21世纪
年度小说选

2022 短篇小说

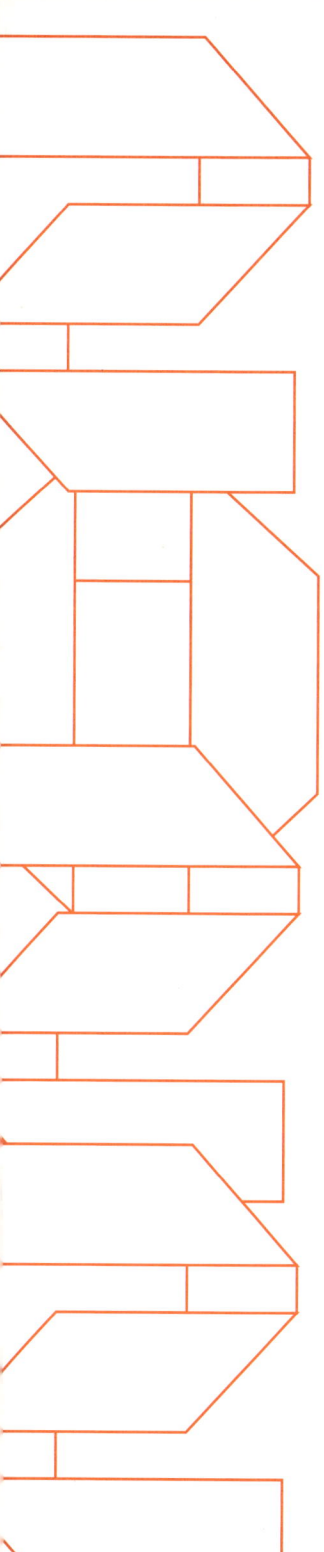

2022短篇小说

21世纪年度小说选

人民文学出版社编辑部 编

人民文学出版社

图书在版编目（CIP）数据

2022短篇小说/人民文学出版社编辑部编．—北京：人民文学出版社，2023
（21世纪年度小说选）
ISBN 978−7−02−017991−6

Ⅰ．①2… Ⅱ．①人… Ⅲ．①短篇小说—小说集—中国—当代 Ⅳ．①I247.7

中国国家版本馆CIP数据核字（2023）第079660号

责任编辑	徐晨亮　秦雪莹　王昌改
装帧设计	李思安
责任印制	张　娜

出版发行	人民文学出版社
社　　址	北京市朝内大街166号
邮政编码	100705

印　　刷	三河市延风印装有限公司
经　　销	全国新华书店等

字　　数	422千字
开　　本	880毫米×1230毫米　1/32
印　　张	17.625　插页3
印　　数	1—6000
版　　次	2023年5月北京第1版
印　　次	2023年5月第1次印刷

书　　号	978-7-02-017991-6
定　　价	65.00元

如有印装质量问题，请与本社图书销售中心调换。电话：010−65233595

出版说明

我社自1977年起，即每年编选和出版年度短篇小说选和中篇小说选，两种年选曾经深得读者的喜爱，在文学界和读者中具有广泛影响。1994年后，这项工作一度中断。21世纪肇始，根据文学界人士和读者的建议，我社决定恢复中、短篇小说年选的编选和出版工作，以便及时总结年度中、短篇小说创作的成绩，向读者集中推荐优秀的中、短篇小说，也为新世纪的文学积累做出我们的贡献。

恢复出版的中、短篇小说年选总冠名为"21世纪年度小说选"，以示我们一百年不动摇，长期做下去的决心。"21世纪年度小说选"分中篇小说和短篇小说，各编一册，于次年出版；编选范围为当年全国各报刊上发表的中、短篇小说，入选篇目的排列以作品发表时间先后为序。

"21世纪年度小说选"的编选工作得到许多著名文学评论家和编辑的支持和帮助，他们应我社之邀，对当年的中、短篇小说创作状况进行深入、广泛的研讨，提出许多极有价值的选目。我们在广泛阅读的基础上，充分参考专家们的意见，严格进行编选。在此，谨向诸位专家深表谢忱。

人民文学出版社编辑部

目 录

·001· 闪电击中自由女神　朱山坡

·030· 告别之年　张玲玲

·057· 晚　安　钟二毛

·088· 狗　窝　陈 各

·123· 天仙配　韩松落

·145· 大张的死与她无关　谈　波

·154· 兰亭惠　潘向黎

·175· 事情不是这样的　裘山山

·194· 比时间更久　钟求是

·215· 南方的夜　张惠雯

·234· 百花杀　杨知寒

·254· 德雷克海峡的800艘沉船　弋　舟

- 272 · 浮 空 蒋一谈
- 295 · 蜡 人 班 宇
- 315 · 回 向 莉莉陈
- 338 · 我的太太变成了鼠妇 朱 婧
- 352 · 抠绿大师 孙 睿
- 375 · 飞来飞去 东 西
- 392 · 关于爱的一些小事 辽 京
- 409 · 寻三哥而来 石一枫
- 429 · 白色猛虎 金仁顺
- 449 · 化 鹤 薛超伟
- 469 · 杏 园 董夏青青
- 489 · 玛雅人面具 徐则臣
- 501 · 暮色与跳舞熊 鲁 敏
- 522 · 金钉子 沈 念
- 542 · 醒来已是正午 邓一光

闪电击中自由女神

朱山坡

从阙崇才家里出来,我立刻开着车离开竖城,很快便身在去广州的高速公路上。我内心非常激愤,把车开得飞快,恨不得一步回到报社,把我大半年的暗访成果公之于众。到了半途,我才发现自己对此路很不熟悉,路在深山野岭里延伸,周边看不到人活动的痕迹。整条路差不多只有我一辆车在行驶。路是刚开通的沥青路,很宽敞,白色的分界线像是油漆未干,十分耀眼。路崭新得让人舍不得开车碾轧,甚至想停下来用手摸摸。只是天气突然变了,乌云越来越多,越来越黑,像被打翻的墨水把整个天空占领了。而我心中的怒火和哀伤也伴随着往事像黑云一样压过来,一股巨大的孤独感和苍凉感使得路的前方充满了悲壮。我用力踩着油门,要把车开进像黑洞一样深邃的云朵里去,让自己消失得无影无踪。

此时手机铃声骤然响起。显示的是陌生电话号码,来历不明。我以为是骗子或推销的骚扰电话,很不耐烦,为了出口恶气,接了,发出愤怒的质问:"你他妈是谁呀?"

"闪电击中了自由女神!"手机里的人不管不顾,歇斯底里地号喊,"兄弟,哦,My God! 我现在在纽约,就在自由女神像的脚下,她被闪电击中!还真被我拍到了!"

我愣了一下。电话那头传来急促而极度兴奋的声音,兴奋到连喘息都像是台风扫过甘蔗林。

"我终于拍到了,我? 苴……满天漆黑,闪电照亮了夜空。"他喊道,"闪电击中了Statue of Liberty! Statue of Liberty!"

我听出来了。是潘京。他沙哑的声音即使被雷电击碎我也能听得出来。

"我都等了三天三夜。不,三年了。我终于真正拍到了宇宙的灵魂!太清晰太完美了!"潘京在电话那头尖叫道,"你不知道我的等待有多么漫长,兄弟!"

突然,一道弧形的闪电划过长空,从宇宙无限深处的那一头,掠到遥不可及的这一头,将黑暗的苍穹分成两半。但它没有将黑暗点燃。我被炫目的闪电震慑了,本能地踩了一下油门。

"兄弟,闪电!妈的,又一道闪电击中了自由女神像!那是灵魂与灵魂的碰撞,那是点亮黑暗的方式!"潘京激动得语无伦次。

我来不及回应潘京的话,一声响雷在我的车头上方炸开来,我吓得打了一个激灵,手机掉下去了。手机里仍传来潘京嗡嗡的声音。

接着,又一道闪电划过来,试图换个地方将黑暗切开一道口子,但仍然没有成功。

接着又一阵炸雷从头顶滚过。我减速,俯身拾起手机。

潘京在手机里哭了。同时,我听到了手机里有雷声。

我问:"潘京,你那边怎么啦?"

潘京呜呜地哭着回答:"没什么,闪电击中了自由女神像,我突然感到很难过。"

我懂得一个常识,每年自由女神像被闪电击中的次数数以百计,仿佛从她耸立在那里开始就被闪电盯上了,一百多年来不知道承受了多少刻骨铭心的爱,也承受了多少次五雷轰顶之恨。然而,作为一个摄影爱好者,像追拍飓风、巨浪和流星一样,抓拍到闪电击中自由女神像是何等快意和自豪的事情。

这一刻我竟然替他担心,说:"你的头上没安装避雷针,得注意安全啊。"

潘京抽泣着说:"放心,所有的危险和灾难她都替我们承受了。你听我说,你还好吗?我好像听到你那边雷鸣的声音。兄弟,如果你害怕闪电,先躲起来再说。我跟你不一样,现在我十分喜欢闪电,我恨不得潜入宇宙深处捕捉闪电,我需要闪电。"

"现在我也在等待闪电。"我说。

"你知道吗,我终于弄明白了,闪电有许多种,有利剑状,有鞭子状,有树枝状,有绳子状,有渔网状,还有球状。对付坏人的,用利剑、用鞭子,让他们永不超生……带走好人的是渔网状的闪电,它只是让好人换个地方生存。我爸就是被渔网带走的。"

我说:"我想跟你谈谈……你到底还有多少秘密?"

那头不说话了。长时间静默。我不安地问:"怎么没有声音了,你那头什么情况?"

好一会儿,从遥远的美国传来一个幽幽的像被闪电烧焦了的声音:"我有点想黄瑛了。"

我的未婚妻叫黄瑛。

黄瑛最早让我知道潘京曾经非常害怕闪电。

那一天她坐在自己家的茶桌边喝着咖啡对我说，潘京对雷电怕得要死。说话时表情有点鄙视、嘲笑，但更多的是怜悯和无奈。她举了一个例子。有一次午后，她坐在他的车里，副驾驶座的位置，在去横城的路上遇到了雷雨。一道闪电从乌云深处斜里杀出，发出耀眼而火花四射的光。那光像鞭子一样劈头盖脸地朝他们抽打过来，潘京惊叫一声，惊慌中双手不听使唤，车失去了控制，开到了路边的一片荒坡上，熄了火。她惊魂甫定，他已经从驾驶室逃之夭夭。她跳下车追着他喊。他逃到了桥底下，双手抱头蹲在沙地上，浑身颤抖，像一只被狼撵到了墙角里的兔子。又一道闪电划过，照亮了他惨白的脸。

"我害怕闪电。"潘京说。

黄瑛在桥底下一直陪着他，安慰他，直到闪电停止，他们才重新回到车上，冒雨前进。一路上车开得很小心，仿佛害怕闪电在前面某个地方设下了埋伏。

那时候的黄瑛真的很美，说话的声音很好听。说起这件事情时她表情喜悦，但对潘京充满了怜悯之意。

当时潘京没有过多地解释自己为什么害怕闪电。他只是说天生的，可能在母亲的肚皮里受到了闪电的惊吓。黄瑛说，胡扯。潘京没有辩解。那天的咖啡是卡布奇诺，它的味道像闪电一样击中了我的舌头，说不清楚的甜和香，我对它赞不绝口。黄瑛骄傲地说，是她的手艺好。

我们谈论闪电的时候，潘京局促不安，还有点害羞。那是晚上，月朗星稀，和风拂面，在昏暗的灯光下我注意到了黄瑛的手，纤细而白嫩，我想摸一下，或被她摸一下。

后来，在一个风和日丽的下午，潘京和我躺在惠江边的草丛上，向我解释了害怕闪电的原因。他说很小的时候在乡下亲眼看到过闪电将家对面山坳上的一棵参天银杏树拦腰劈断。有一年夏天的中午，黑云遮住了天空，他的父亲撑着一条小船摸黑过江，要赶回家给他祖母煎药。潘京在岸上等父亲。父亲每次都从山里带山鸡给潘京的祖母补身子。潘京认出了父亲的小船，只容得下一个人，他一个人撑着。江水舒缓，向来没有凶险。可是，这次船刚到江心，一道闪电划过，照亮了江面。当时，潘京被突如其来的闪电吓着了。很耀眼很锋利的闪电，把天空划开了一道口子，向江面伸出白色冰冷的爪子。因为恐惧，潘京本能地闭上了眼睛。当闪电熄灭，乌云变成了雨水，光线慢慢从天空中渗出来，他睁开眼睛，发现他的父亲不见了，只剩下那条小船空荡荡地在江面上漂着，暴雨将它打得胡乱逃窜。潘京朝着空荡荡的小船呼喊。但没有人回应他。雨过天晴，依然不见父亲上岸。潘京哭着，无计可施。所有人都说，闪电把他的父亲收走了，像老鹰收走一条鱼。

潘京说他的父亲是一名伐木工，每天都撑船去很远很深的山里伐树。父亲一辈子很孝顺，从没干过伤天害理的事情，相反，做过数不清的好事。虽然砍过很多的树，但树神也没责怪过他，况且，树是闪电的敌人，伐木工应该是闪电的朋友。闪电收走的应该是坏事做绝的人。潘京认为，闪电收错了人，下一次闪电会将父亲归还给他，就像语文老师没收他的课外书，发现不是不良读物而是世界名著，第二天会归还他还表扬鼓励一番。但许多年过去了，他一直没有等到。

"闪电狰狞得像魔鬼的脸孔。"潘京不敢正眼看闪电，像我们害怕锋利的刀割开我们的胸膛，将内心所有的秘密曝光，"也许，闪电曾经有意将父亲还给我，但我不敢迎上去接，很多次都那样。还有一种可能，闪电已经早就将父亲还给我了，但把他放错了地方。"

这种可能性也是存在的。闪电不是计算机，记性没有那么好。

"你认为会放在哪个地方？"潘京问我。

我说："不知道，会不会放在当初收走他的那个地方？"

潘京说："不会。如果放在那个地方，说明闪电承认自己错了。闪电怎么可能认错呢？"

我说："有道理。"但我想不出来闪电到底会在哪个地方把父亲归还给潘京。

"那个地方，也许是美国。"潘京说。

潘京解释说，也许不是闪电的意思，而是他爸的选择。

他让我思考有没有道理。但当时他讲述故事和分析问题的时候，我最感兴趣的不是闪电，不是美国，而是伐木工。

对我而言，"伐木工"是一个关键词。

认识潘京时我是南方某报的深度调查记者，被报社派往竖城暗中调查非法排污的证据。每逢洪水过后，珠江下游的水经常镉超标，基本断定是上游有厂矿企业趁洪水之际往江里排放污水，但一直找不到证据，或者有了些眉目，却被地方政府搪塞遮掩过去。我们报社曾经安排过记者去珠江上游暗访，并已经把竖城列为重大嫌疑，只是在竖城蹲点了一个多月也没有找到实证，还莫名其妙地被当地的流氓地痞揍了一顿，只好悻悻而回。而那名记者被打伤的右眼落下了后遗症，夜里看不见任何东西。同事们分析，可能是因为他的外地口音引起了别人的怀疑，暴露了身份。我是报社抗打能力最强的，在暗中调查黑煤矿坍塌事件时，曾经被十五个壮汉追打三十多公里，一路翻山越岭地逃跑，一路被人往死里揍，但还是让我逃了出来，并用翔实的现场照片将真相公之于众，引起全国轰动。但断了两根肋骨、鼻青脸肿的我在医院里躺了三个月。前赴后继，我就是后继的人。报社领导说了，我就像当年的地下党员一样，潜伏在竖城，暗中调查，一个月不行，半年。半年不行，一年。一年不行，两年。

其实我是主动请缨的。因为我觉得报仇的机会到了。竖城中兴化工厂厂长阙崇才,是我家的仇人。据铩羽而归的同事说,排污的源头必定是中兴化工厂,只是找不到它的排泄渠道。只要证据确凿,我就能扳倒他,甚至让他进监狱。阙崇才还没当化工厂厂长之前,是竖城国有林场的场长,我爸当年是林场会计。有人举报场长贪污公款被查,结果他伙同他人栽赃到我爸身上。我爸无处申辩,被判入狱三年。那时候,我才八岁,寄宿在乡下外婆家。母亲是竖城林场的合同工,在卫生室既非医生也非护士,每天闲坐,偶尔帮病人量一下体温和血压,经常因为量不准被医生和护士斥责,还被病人打过嘴巴子。但母亲长得漂亮,不能安排她去伐木或干其他的工作,只能在卫生室待着。然而,我并不觉得母亲有多漂亮,脸太长,下巴太尖,眼睛大而空洞,只是皮肤白,身量比父亲还高出一小截,无论是夏天还是冬天,总是穿着连衣裙和肉色长筒丝袜。伐木工经常到我家找父亲核实数据,母亲总是对他们露出嫌恶的表情。伐木工身上有汗的臭味,混合着树脂和树汁的气味,让母亲感到恶心。母亲和父亲的关系从来不冷不热,不亲不疏,也不争不吵,像是两个奉命凑合过日子的人。父亲入狱,母亲不悲不喜,不哭不闹,也不卑不亢,平静得若无其事,像跟自己毫不相干。不久,母亲跟别人跑了。母亲走的那天,我哭着要她给我留下一个地址,日后我好去找她。但她拒绝了我,拒绝了所有人,包括外婆。她背着一个花布挎包走了,从大路上大大方方走的,走得六亲不认,决绝且胸有成竹。因此没有人知道我对母亲有多恨,而对父亲有多爱。我要拯救父亲。那三年里,我恳求外婆教我认字。当我认得一百个字的时候,我开始替父亲写申诉书,让二舅寄到县政府。父亲后来被减刑期三个月。父亲出狱那天,我以胜利者的姿态乘长途班车到柳州劳改农场接他回家。一路上我向父亲邀功,父亲比过去木讷了许多,慈祥了许多,只是摸了摸我的头说:"你能写文章,很了不起。"回到家里，二舅把那些年我写的申诉书当着父亲的面原封不动地交到我的手上，他压根就没有寄出去。我无地自容，责怪二舅，如果他把我的申诉书寄出去，我爸早就回来了。对此，二舅不申辩，一声不响地给我带回了一个后妈。

后妈跟我妈的年纪相仿，身材也差不多，我差点以为是我妈回来了。风把她的头发吹得很乱，头发遮住了脸，似乎是故意的。我还来不及仔细瞧瞧她的样子，父亲便将她带走了，一起去了贵州的建水。因为吃过牢饭，他在家乡待不下去了。我不在意别人暗地里称我是贪污犯的儿子，但父亲无法忍受别人异样的目光和流言蜚语。建水离竖城很远。一个月后，我收到父亲写的一封信，他说在那边挖煤，如果顺利，从此就在那边安家了。那年年底，我骗过了外婆和二舅，乘长途汽车到贵阳，辗转到了建水，把父亲吓了一跳。

那一年，我十四岁。我想见继母，我想从她那里获得母爱。她会爱我的，我也会爱她。可是父亲说她死了，不小心从拉煤的车上掉下来摔死的，幸好死得并不痛苦，当场就断了气，脸上还带着微笑。我说我还没看清她的模样呢。父亲难过地说，他也来不及看清，工友都说她的脸长得很值钱，即便是死的时候，她的脸依然比金子漂亮。我问她的来历。父亲说他也说不清楚，但只知道她的前夫是伐木工，死于一次闪电。她还有一个儿子，跟大伯一起生活，年纪跟我差不多。一个继母像闪电一样来到我家，又像闪电一样从这个世界消亡，或许这就是人生的诡异之处。我没有闲着，跟父亲下矿井挖煤。别看我瘦小，挖煤一点也不比父亲少。过去父亲力气蛮大的，但从监狱出来后身体就不行了。挖半个小时便要坐下来喘息一会儿，并借着矿灯的光掏出一本书看。他看得很认真，像是复习考试的高中生，但每次总是只看十分钟便收起书去干活。每隔几天换一本书，类型不一样，有小说，有电工教程，也有领袖文选。他说他在监狱里养成了看书的习惯。矿工们不知道父亲原来的身份，也不知道他蹲过监狱，但都觉得父亲不应该挖煤。父亲认为我不应该挖煤。因为他看过我为他写的申诉书，觉得很有文采，可以靠文谋生。"会计就不要做了，容易出差错。"父亲说，"也可以先好好挖煤。"挖煤是一个好职业，在地下没有钩心斗角，都靠力气吃饭，一天挖多少煤得多少钱一清二楚。父亲恨不得一辈子天天待在煤洞里，不再跟外面的世界有什么勾连。但煤洞里很黑，像深空一样黑得令人胆寒，孤寂得像身处遥远的星球。有时候我很希望外面有光照进来，哪怕是一束闪电也好。在煤洞里休息的时候，我也学会了看书。父亲看过的书，我拿过来看。到我十八岁那一年，父亲说："你可以离开这里了，你干什么都可以，但不能为我报仇，因为我的案子是铁案，翻不了，不要把时间、精力耗在毫无意义的事情上。"我还舍不得走，说再挖半年吧。半年后，也许我再也不想报仇雪恨的事情了。半年后，我果然不再想着报仇雪恨的事情，但发生了一次矿难。那天雷电引发煤井电线短路，导致瓦斯爆炸，轰鸣一声，像一道闪电撕裂了矿井。父亲下意识地朝我喊，快逃。我离父亲二十多米，本来我们可以一起逃走，但他回头拿他的书……我侥幸地逃出来，父亲和十七名矿工永远被埋在离地面三百多米的地球深处。我曾经怀疑，瓦斯爆炸不一定是意外，也许是阙崇才暗中下的毒手。我怀疑世界上所有的坏事都与他有关。他才是最应该被闪电收走的那个人。因而，仇恨的种子重新发芽。

  我到南方应聘的时候，报社的领导听我说完这些经历之后，不看我的学历，也不笔试，只看了我写的几页日记，便决定录用我。他说，对生命的体验、对正义的坚守和对自由的渴望，比学历、才华都重要。我没有让报社失望。我用闪电般的速度得到了同事们的认可和敬重。

我在旧城区比较混乱的小区租了一套小房子，没有人认识我，左邻右舍都是市井里最底层的人，贩鸡屠狗，三教九流，什么样的人都有。我的竖城口音没有变。有人问我是干什么的，我说是搞摄影的。"是照相吧？"我说："照相跟摄影是两码事，懂吗？"他们不懂，便不再问。这里的人不知道我的名字，称呼我时叫我"照相的"。化工厂虽然进出的人很多，但防范森严，进出的每个人都被保安盘查，外人没有证件根本靠近不得。我也犯不着像我的同事那样非要进厂找线索，我可以寻找它的排污口。只要给我时间，再隐秘，我也能找到。工厂的污水像人膀胱里的尿液必须排放。因而，我的日常工作便是假装成一个游手好闲的人到处寻找污水排放口。

小区里有人对我摄影师的身份提出了质疑："你的相机呢？"

我犹豫了一会儿，从口袋里取出一台傻瓜机，小巧玲珑那种，这不但不能打消他们的疑虑，反而增加了他们质问的底气："你怎么没有像记者潘京那样的长炮短炮照相机？你得学学他。"

潘京在竖城妇孺皆知，但我却不认识他。我开始寻找他。

我在东门照相馆买二手单反相机时认识了潘京。他身材偏矮但很壮实，脸圆乎乎的，鼻子扁平，头发蓬松且天然卷，说话时不怎么看人，仿佛跟谁说话都一样。照相馆不是他的，但相机是他的。他跟我说他这台相机的好，也说它的毛病和脾气，像给我介绍一个姑娘一样，把秉性说得清清楚楚。我说想买台专业相机，随便拍拍，寻找乐趣和消磨时间，顺便学学摄影。潘京说，这是摄影菜鸟级别最好的相机。于是我买下了相机。潘京说："我对这台相机有感情，如果不是手头紧，我哪舍得卖掉它？"我懂的，像是杨志卖刀呗。

潘京是《竖城日报》的摄影记者，从报社创办那天开始，他便是记者了。我们一见如故，很谈得来。我需要朋友，于是便与他频繁往来。

他经常提着酒菜到我家聊天，说有什么困难找他，黑白两道都可以。我不会暴露我的真实身份。我主要聊全国娱乐圈里的人和事，聊摄影，有时候也纵论天下大势和时政新闻。任何话题都可以聊上半天。就算不聊，我们坐在一块也彼此心照不宣，似乎也都在想着同一问题，得到同一个答案。只是在摄影方面，我还没有入门，只相当于"照相"的水平。我只会简单的拍照，经常因为相片的拍摄技术问题被编辑诟病，幸好我的文字的深度和精彩弥补了我的缺陷。这是我的弱项，我真的想好好补一补。潘京看到我对摄影抱有极大的热情，兴奋地说："热爱是最好的老师，如果你真正爱好摄影，我可以毫不保留地教你。"

于是，我开始了和潘京的友谊，更贴切地说是师生关系。

那时候，我们坐在惠江下游滩涂边一堆荒乱的草堆里。那是深秋，草有些枯黄了，散发着热气和植物死亡的气息。我们实际上是靠着厚厚的草，半躺着，江水在三步之外，风还是有点冷，越来越冷。我们等还明亮的太阳慢慢变得暗淡，像等待一堆火缓缓熄灭。到了那时，残阳的余晖斜照在下游的残桥上，把桥和桥面上的杂草变成金黄色，稀疏的光线穿过桥洞，散落在江面，流水将它们和垃圾一起带走。

我们正需要这一刹那。我们的照相机早已经架好，就等这一刻的到来。

这是潘京最喜欢的拍摄场景。残桥离县城不远，肉眼可见街市上行走的人。桥是清朝嘉庆年间由德国人设计并修建的一座廊桥，虽然窄小却可通汽车。桥的另一头原先有一座天主教堂，多年前毁于一次雷电，被雷电引起的大火烧塌了，上帝一头栽到了惠江里，多年过去了也没有爬出来。教堂倒塌后没过多久，桥也被洪水冲垮了，桥的两头断了，只剩下中间一段，两头不靠岸，既无法出发，也无从抵达。桥身长满了青苔和杂草，已经残破不堪，政府一直说要拆除，但潘京总能说服政府暂缓，等他完成一件不朽杰作。似乎生怕明天一觉醒来桥便不见了，所以他把每一次拍摄都当成最后一次。早晨、午后、黄昏甚至月夜，他都拍过。残桥与江水浑然一体，照片确实漂亮而且有味道，其中一幅挂在县政府入门大厅最醒目的正墙上。因为这些照片，他获奖无数，已经成为县里最著名的摄影师。他是报社头牌摄影记者，似乎还是新闻部的副主任，但他不喜欢给官员们拍照，对官员有着与生俱来的反感和排斥。他的学生很多，但没几个坚持跟他学到头的，因为他们受不了翻山越岭寻找风景的苦，更受不了像狙击手等待猎物那样在野外数天数夜地守候最佳状态到来的煎熬。他告诉我，残桥是摄影的起点，也是终点。摄影的全部秘密都在这里。他的残桥照片风格各异，恬静的、忧伤的、孤独的、诗意的、苍茫的，都给人强烈的震撼。我们都认为他拍的照片已经好得无可挑剔，堪称完美，把摄影艺术推到了最高的境界。但他却一直认为没有把残桥拍好，总觉得差那么一点点。不是技术问题，更不是设备问题，甚至都不是光线、湿度、风速和空气质量问题。别人以为他是假谦虚、装天真，只有我知道他说出了内心的真实。

"灵魂。"潘京说。

我明白他说的是什么。因为我也在捕捉灵魂。

"人有灵魂，桥也有。"潘京说，"我的照片只拍了它的皮囊，缺少灵魂。它的灵魂游荡去了。我们只是瞎折腾。"

我跟他聊灵魂。无边无际地聊。甚至聊到了宇宙的构成和主宰。

"最好的摄影师不是因为他技术高超，而是因为他是捕捉灵魂的高手。"潘京说。

虽然是残桥，像一个断了臂膀的人，虽然不健全，但它还是活着的，灵魂还在。哪怕它游荡得再远，也总有一天会回来的。这是潘京带着我不断来到江边的原因。

在漫长的等待中,每次潘京都给我讲很多很长的故事。主要是竖城官场和商圈的事情,龌龊而隐秘。他知道很多内幕并记录了其中的一些。他指了指自己的照相机:世界上的秘密都被藏在各式各样的相机里。他说的事情我很感兴趣,超过了我对摄影的热情,尽管我听得出来他添油加醋了,甚至有明显的虚构和夸张成分,尤其是关于官员们跟女人幽会被他无意拍到的那些秘密。我在恰当的时机简单地提问,引导他继续往下说。讲故事的时候,他喜欢往天空中吐烟圈。草丛中偶有蚂蚱借道于我跳到他的身上吱吱作响,香味四溢。他从口袋里摸出一瓶白酒,喝一口,将半熟的蚂蚱嚼两下咽下肚去。只有在这种情况下才能中断他的讲述。

"兄弟,这些事情都引不起我的兴趣。"潘京说,"他们没有灵魂。或者说,他们的灵魂没有趣味,还比不上蚂蚱。"

我表示赞同。灵魂是一门哲学,更是人生态度。

"我也没有灵魂。"他说。意味深长,但我一时捉摸不透他究竟要说什么。

江面很辽阔,残桥很长,尤其是我们躺着看它们的时候。

有时候,我们弄来一条小舟,请一个懂撑船的村妇撑船,让我们从不同角度拍照。

"我这辈子最大的愿望就是拍到有灵魂的东西。"潘京说得很认真,仿佛是在对着那些飘荡在空中的灵魂发誓。

然而,有一次天气突变,乌云压顶。潘京十分惊惶,一道闪电划过,照相机从他的手上掉下来,贵重的镜头跟相机机身身首异处。他没有掩饰自己。脸色苍白,目光呆滞,像被闪电击中。

被闪电惊吓并不奇怪,我安慰他。他缓过来后,对我笑笑说:"闪电真的能摄魂夺魄,把人吓死。"

闪电到底是什么东西?对此我和潘京曾经争论过,他不相信科学,不相信一切被定义的东西。他总是在形而上的层面上跟我探讨,而我喜欢引经据典用科学去解释和推测万物。然而,有时候他也能说服我,比如:"闪电是宇宙的灵魂。"

对此我竟然无言反驳,反而茅塞顿开。每每对某种事物达成共识,我们都很高兴。

就是那次闪电之后,潘京跟我说起了他小时候跟闪电的关系,因而我知道了他是伐木工的儿子。

"你是不是有一个改嫁给贪污犯的母亲?"我问。

"是的,我曾经有一个妈。"潘京说。

潘京把他母亲唯一的照片给我看。那是她生潘京那年照的。一个从城里下乡采风的摄影师给她拍的,就站在家门口用卵石围起来的墙头前,脚旁边有两只小母鸡,她穿着白色衬衣,表情羞涩,头发还是有些紊乱,几缕发丝隐隐约约把脸遮掩了,这样反而显得她更美。我看了看照片,只能说似曾相识,但她真的漂亮,而且很善良。潘京说,父亲被闪电抓走后,如果母亲不离开村里,她就得听从村里大多数男女的劝说,改嫁给大伯。虽然大伯是好人,年富力强,但她不喜欢。所以她宁愿嫁给一个吃过牢饭的。

"我妈不是普通的村妇,虽然只读过小学,但她是读书人。她喜欢看小说,读过不止十遍《傲慢与偏见》。"潘京说,"我不喜欢小说,我喜欢摄影。"因而我相信我父亲爱上看书并非在狱里养成的习惯,而是因为娶了潘京的母亲。

"我妈姓宋。"潘京说,"叫宋桃。"她离开潘京的时候,只留下一张照片。照片的后面,写着摄影师的名字:黄国安。

我甚至觉得连"宋桃"这个名字都是天底下最美最动听的名字。

"母亲离开的时候,舍不得我,抱了抱我。我说,妈,你快走,不然村里人就要把你捆住留下来嫁给大伯了。"潘京说,"虽然我并不讨厌大伯,但我还是希望母亲赶紧离开。那情景,只要我对母亲说,请你留下来吧,她肯定会留下来。"

潘京说:"母亲一走,我的心里只剩下噩梦般的闪电了。"

师范大学毕业后,潘京回竖城举目无亲,找到文联副主席黄国安。

"没人发现你妈究竟有多美。除了我。摄影师的使命就是发现美,留住美。按下快门的瞬间,刹那即永恒。"黄国安说。

潘京说:"我没有留住母亲,我当了十多年的孤儿。"

我相信,有些母亲是留不住的。天要下雨,娘要嫁人,这是世界上最难以阻止的两件事。

黄国安还告诉潘京所不知道的秘密,在一个雷电交加的午后,他母亲到城里找到了黄国安。文联的人让她坐在黄国安的办公桌前等他。黄国安走进门去,看到她安静地坐在那里,头发湿漉漉的,正翻阅着桌上的自由来稿,像极一个编辑。"我们聊了一个下午。"黄国安说,"最后,我才知道她是来索要她的相片的。我忘记了照片的事情,当时我只是随便拍的。我让照相馆加急冲洗了出来。她请求我在照片上签名,我签了,并签了日期:一九九三年七月十二日。实际上,照片是五月八日拍的。"

潘京记得,他父亲是一九九三年七月十日被闪电掳走的。村里的大人沿着惠江往下游搜寻了两天,并不见他父亲的尸体。十多年过去了仍没有找到。

"傍晚了,我让她留下住一个晚上。可是她不肯。她说,要赶最后一趟班车,回去办丧事。"黄国安说,"她说的最后一句话是,我丈夫跟闪电走了。"走了就是死了。父亲到底是死了还是还活着，潘京为此跟母亲吵过一架，后来母子分道扬镳，不再相见。潘京说梦里经常见到父亲慢慢变老的样子，证明他一直在正常地活着，哪怕活在黑暗里。

潘京问黄国安："后来我母亲还找过你吗？"

黄国安想了想才说："找过一次。她说要找个男人改嫁，不要求别的，只要有点文化就行。我把她介绍给了竖城国有林场的一个会计，是我一个初中同学的姐夫的同事，刚从监狱里出来，人挺好的，打得一手好算盘。之后便没有她的消息了。估计是她看上了那个会计。"

"但我记得她。她长得很美，有民国文艺女青年的范儿，像一个女神——向往自由的女神。"黄国安说，"摄影师最希望遇上这样的拍摄对象。"

"如果没有那次闪电，如果我爸不消失，我妈还是很美的。"潘京说。

"对了，你妈来见我的时候，怀里抱着一束橙黄色的野菊花。"黄国安说。

潘京不愿意当教师，要当记者。黄国安使尽全力把潘京弄进了竖城报社，并教会了他摄影。在一次野外拍摄中，黄国安摔了一跤，中风了，从此瘫痪在床，生活难以自理。潘京继承了他的摄影技术和所有器械，而且，娶了他的女儿黄瑛。

"我妈右边的乳房有一颗樱桃痣，即使在夜里它也闪闪发光。"潘京说，"你爸有福了。"

在惠江边的草丛里，我们有了更多的话题，谈论我们共同的"母亲"和各自的父亲，成了无话不谈的好兄弟。

"我爸对你母亲很好。他们应该过得很幸福。"我对潘京说，"只是很短暂。"短暂得像按一次快门，刹那即永恒。我们无法给他们留下甜蜜的照片，他们只能活在我们的想象里。这样也好，只要我们的想象是甜蜜的，他们就很甜蜜。

潘京对母亲似乎有点陌生了，跟我一样。他甚至才知道自己的母亲已经离开尘世。我也差不多忘记自己母亲长什么样了，她连一张照片也没有留下，至今不知道她到底在哪里。

他经常把我带回家里，不是为了看他的摄影作品，而是给我分析大师之作。他家原是住文工团宿舍，旧房子，楼道很杂乱，一厅三室，不宽敞，跟我租的房子差不多。家具是旧的木沙发，吃饭的桌子很小，几乎看不到家电，家徒四壁，墙壁上挂满了各种照片，但没有一幅是他自己的。他跟我解释什么才是一幅作品的灵魂。有时候是人的眼神，是死者脸上的表情，是少了一只乳房的胸脯；有时候是一根木条上的蚂蚱，还有可能是一只被风折断翅膀的鸟……"兄弟，你知道吗，我想端着相机跟随夸父，拍下他奔跑的样子。"我明白。我知道。我懂得。他心里装着巨大的理想。他的妻子黄瑛和她的父亲黄国安一样毕业于成都一所大学的中文系。潘京比我大一岁，我应该称她为嫂子。嫂子觉得没有什么可拿来招待客人的，便从卧室里取来一只纸盒子，打开，把一张照片送到我的眼前。是她站在残桥上，穿着白色裙子，亭亭玉立，夕阳的残光给她脸上的忧伤增加了哲学的意味，清澈无瑕的眼睛像极宗教神话里不沾人间烟火的圣女。残桥、江水、蓝天和缓缓走过来的孤舟与桥上的人浑然一体，堪称完美。那是十年前的照片，有点泛黄了。彼时嫂子还不是潘京的妻子。开始的时候她压根瞧不上长相连普通都算不上的潘京，尤其是不喜欢他长的一副青蛙眼睛和过于肥厚的嘴唇。她从不曾想过会嫁给一个伐木工的儿子，尽管她的父亲很欣赏潘京。她爱上他的原因是他读懂了她，捕捉到了她最美最妩媚的时刻。嫂子说："他拍出了我的灵魂，也摄走了我的灵魂。他把我的灵魂装进他的相机，直到现在我的灵魂仍然被封存在相机里。"嫂子指着挂在墙上的照相机，既自豪又怨恨，满肚子的话要向我倾诉。潘京打断他妻子的话题，跟我继续聊墙上大师们的作品。嫂子用幽怨的目光看着我。此后每次到潘京家，嫂子都把那张照片拿出来给我看，重复着同样的话。

"一个女人，一生中有一张这样的照片，足矣。"每次收起照片时嫂子都这样说。嫂子衣着朴素，没戴任何饰物，洋溢着天然纯真之美。她那双清澈的眼睛还跟照片上的一样，没有变化，身材也只是稍微胖了一点点，脸上有了些可以忽略不计的皱纹，不是近距离根本看不出来。

潘京秃顶了，如果他的脸是一本说明书，扉页上应该写着"饱经风霜""未老先衰"的字样。搞野外摄影的都这样。也许还有其他职业病，他说过他的肝不是很好，但也没有因此戒酒。

潘京还有很多谋划，比如去非洲，去南美，去北极，登珠峰，潜海底，都谋划了十年了，没有一个目标得以实现。因为没有钱。他说，想要穷一辈子就玩摄影。他的所有收入几乎都花在了设备更新上了。他没有向我炫耀他的装备，但我知道它们的厉害和价值。我看得出来，潘京过得不是很惬意，甚至有些孤独和压抑。在竖城，他几乎没有什么朋友。原先有交往的朋友都因为他的与众不同，聊不到一块，渐渐离他而去。

"你应该到大的地方去。"我劝过他。

"想过。"他说。只是想想。在乡下老家，他还有一个卧床的大伯，是大伯把他养大的，他每周都得回去看望一次。

潘京和黄瑛没有孩子。"是我不行。"潘京对我说，精子活力太低，可能是遇到了太多的闪电，精子被闪电杀死了。后来黄瑛告诉我，潘京说的不全对,关键是阳痿,结婚那年有一次做爱时被闪电惊吓,从此就不行了。而且,精子活力低不也是因为受到了闪电的惊吓?

不知道什么原因,也不知道从什么时候开始,我的脑子里钉了一颗钉子,钉子上挂着黄瑛十年前那张完美的照片,晃来晃去,每到夜深人静时照片都异常清晰,散发着摄魂夺魄的魅力。她试图从照片里挣脱出来,她每次都成功了,像成功地越狱,自由地呼吸,自由地奔跑,自由地飞翔,像自由女神。可是,她没能走出我的脑海,我把她困住了。她也把我困住了。

我对自己的龌龊想法愧疚不安,想尽快完成工作任务,然后离开这里,努力过了但毫无线索。我得等待一场大雨,引蛇出洞。然而,大雨可遇不可求,像缘分一样。

更可怕的是,我的双腿不是往化工厂和它的周边跑,而是自觉不自觉地往潘京家里跑。潘京有时候在,有时候不在。黄瑛越来越期待我的到来。

潘京不在的时候,我经常跟她说起我的经历,还提到我把八岁以来的经历都记在日记本里了。她要看我的日记,我居然同意了。

潘京不在的时候,我不称她嫂子,而是直呼其名黄瑛。

潘京说他跟岳父黄国安关系不好。他把母亲的改嫁归咎于黄国安的牵线搭桥。因为厌倦伺候脾气日益火暴的岳父,岳母的脾气也越来越不好,不仅把黄国安摔跤致瘫的责任推给潘京,因为是潘京领着黄国安连夜爬山拍日出,而且对潘京的贫困潦倒总是冷嘲热讽,让他很窝火很憋屈。除非不得已,他是不会去拜会岳父岳母的。但在我的三番五次请求下,他终于带我去见了黄国安。因为我隐隐约约预感到他知道我母亲的去向。

在县政府后街,我们从一条小巷进去,弯弯曲曲,所有的墙和门上都贴满了小广告。巷子越来越狭窄。小巷的尽头是他家。是黄瑛母亲开的门。他家很逼仄，堆满了书。黄国安躺在小客厅的木沙发上，下半身盖着一张薄薄的毛毯。我跟他交流摄影心得。他偶尔说几句，说得很慢，不利索，更多是沉默，面带僵硬但真诚的微笑，耐心地听我说。看上去我和他聊得热乎了，潘京告诉黄国安，我是会计的儿子，蹲过监狱的竖城国有林场的会计。黄国安恍然大悟。

"你妈肯定还在这个世界上，像潘京的父亲一样。"黄国安安慰我说。

"你知道她在哪里，为什么不肯告诉我？"我问。

黄国安说他不知道，但也许宋桃知道。

"可是宋桃死了。"我说。

"死了也知道。"黄国安说。

不知道什么原因，潘京和他的岳母突然吵了起来。我赶紧劝架。黄国安叹息一声："不要管他们。"他试图站起来，但未果。他朝电视柜的中间那个抽屉指了指。我走过去，取出一堆乱七八糟的照片，在黄国安面前翻看。

"两个女人曾经在竖城的照相馆相遇过。"黄国安说，"她们有过合影。是我拍的。那时候我在照相馆兼职。"

翻到最后，我果然翻到一张发黄的照片。我一眼认出了我的母亲陆姗姗和我的继母宋桃。她们手挽手站在照相馆的一幅大海背景前，仿佛一见如故，脸上没有忧伤。背景上湛蓝色的大海、沙滩上的椰树、白色的帆船和若隐若现的海鸥构成了如诗如梦的世界。照片的左上方有一行金色的小楷：自由的梦想。照片右下方的日期也是电脑打印的，一九九三年八月十九日。那一天，母亲离开我刚好两年零九个月。日期下方还有一行钢笔字：左一宋桃，右一陆姗姗。字迹清秀，但有些模糊了。

黄瑛说，潘京郁郁寡欢并非是从认识她开始的。他的笑和豪爽都是装出来的。他一直觉得自己怀才不遇，一次次提拔的机会旁落他人。他经常借酒浇愁，酒后虐待过他的相机，把它们重重地摔到地上，把种种不顺之事归咎于相机。有时候他把门关起来自己给自己拍照，把自己酒后的丑态拍下来。"这才是我的灵魂真实的样子！"潘京经常对着自己的照片发呆，整夜整夜地发呆，像精神失常了一样。摄影害了他，使他走火入魔了，但也是摄影让他找回了自信和尊严。

"他的相机里既记录着美好和光明，也暗藏着这个世界的丑陋和罪恶。"黄瑛说，"总有一天，他会连自己一起被黑暗的相机吞噬。"

是的，我也意识到了，黑洞洞的镜头像一只邪恶的眼睛深不可测，让我们看到的真相也许是事先布置的假象。包括日出，包括残桥的风景。潘京也提醒过我，捕捉美并非摄影师的天职，我们对丑陋的真相更感兴趣。玩摄影一不小心会患上窥视癖，醉心于捕捉一切隐秘，还会产生龌龊甚至邪恶的念头。

潘京每天通过镜头看世界，鬼知道他曾经发现过什么，内心在想什么。

"你们都误解我了，其实我是一个诗人，只是我用相机写诗。每一张照片都是一首诗。"潘京纠正黄瑛，也在启发我。

确实，他有诗人的忧郁和多愁。那段时间，我每次见到他，他都讷讷地说："我的灵魂丢了。"

看上去他的样子很失落，也很痛苦，不像是矫揉造作。我不知道如何减轻他的症状，对灵魂丢失我束手无策。如果灵魂是一只猫或一条狗，作为兄弟，我会连夜帮他把它找回来。但它不是。

有一天晚上，潘京一屁股坐在我客厅的沙发上，重重地叹息一声，跟我说，他被停职了。昨天《竖城日报》上的一幅照片得罪了新任县长，是他拍的。被指责拍得不够好，在阳光明媚的剪彩现场县长的脸过于阴沉，几乎是哭丧的脸，像正在酝酿着一场闪电和暴雨。而且，新县长才上任一个月，此类情况已经发生三次了。前两次的照片可不是潘京拍的，却赖到了他的头上，说他心中有恶念，胸中暗藏阴谋，城府比宇宙还深。

　　我看得出来，他内心十分沮丧甚至绝望。他用右手抓住自己的裤裆抖了抖，从嘴里狠狠地蹦出一个英文单词："Fuck！"

　　我安慰他，讲了几个段子，直到他破涕为笑。那晚我们喝得大醉。半夜时，我们被惊雷吓醒。闪电穿过玻璃窗，似乎在潘京的脸上狠狠地划了一刀。

　　潘京惊叫一声，盯着我的脸看："你被闪电割了一刀。"他仿佛在等待我血流满面，发出一声惨叫。其间，他用手摸了一下自己的脸，直到确信我们都完好无缺，他才高兴得手舞足蹈。

　　"我的内心太黑暗了，只有闪电能够照亮！"潘京被自己说出来的话吓了一跳，但确信这话是出自内心深处，是一种破土而出的呼唤，"我要拍摄闪电！捕捉闪电！"

　　我被他的大胆想法惊吓住了。他却莫名地兴奋和决绝："那么多年了，我和闪电之间应该有一个了断了。"

　　潘京双手拍打自己的脸，长叹一口气："它在等待我拍它的脸，否则它不会多年来像魔鬼一样缠着我。"

　　我以为潘京是酒后说疯话，但他说到做到，马上抓起相机，破门而去，像一只狼消失在无边的黑暗里。那天晚上，他再也没有回来。第二天，他让我去家里看看他昨晚拍的照片。

　　令我震惊的是，居然是闪电的照片。他拍到了闪电划过夜空的瞬间，明亮得像天体爆炸。原来，在深不见底的黑暗里，闪电是如此的漂亮，也像一根火柴照亮了黑夜。

"我们都误解了闪电。"潘京说。

潘京误解了我。在此之前，我从没有向黄瑛表达过爱意。发乎情止乎礼，君子有所为有所不为，我断没有勾引黄瑛之念头。可是黄瑛主动向潘京敞开了心扉，说她爱上了我。我的那本厚厚的日记本里每一行文字都像闪电一样击中了她，点燃了她，让她迷糊了，让她明白了人生的真谛，哭得稀里哗啦。她觉得我的人生充满了故事和悬念，我的灵魂干净无邪且妙趣横生，而她的灵魂为此坠入了深渊陷入了泥潭被困在黑暗里，只有我才能让她起死回生。"而且，我才是你的灵魂伴侣。"黄瑛对我说，"爱情像闪电，错过了就没有了。"我和黄瑛以为潘京会大闹一番，我也做好被他斥责、嘲笑甚至被扇耳光的准备，想不到他哈哈大笑说，自由了，太好了！太爽了！没有比自由更好的事情，就像用最后的一个胶卷拍到了世间最美的风景。看他那副如释重负的样子，犹如死里逃生，我想他在婚姻的泥潭里挣扎得有些年头了。

事态发展得异常迅速，还没等我反应过来，他们已经办完离婚手续。

我去找潘京的时候，他正在家里把所有的照片，包括墙上的大师作品，还有胶卷底片，全部堆放在一只铁桶里，火苗正旺，他不断往火堆里扔照片。

他不向我解释。只是告诉我，这些照片跟闪电照相比，根本不值一提。就是垃圾！

灰烬越来越厚。美好的旧事物正在消失。那些他曾经历尽千辛万苦得来的照片已经化为一缕缕青烟。

他对摄影突然开窍，有了大彻大悟的理解，但我不认同，像一个读书人烧掉所有的书是不可以原谅的。黄瑛不仅没有阻止他，还在一旁往火桶里添加相片。当黄瑛将自己那张心爱的"完美照片"端详了一会儿，最后扔进了火中的时候，我以为潘京会从火中捡起来，但他用另一沓照片覆盖了它。

火光照亮了他们的脸，都显得神秘而诡异，似乎我是局外人，不知道烧的是什么，为什么烧。火烟把我们呛得直咳，根本顾不上说话。

直到照片烧完我们也再没有说话。

潘京离婚后便搬到了一个朋友的家里住。在水街，也是老房子了。朋友出国了，房子空着。我和黄瑛一起帮他收拾东西，一起送他到朋友家里，三个人还一起搞卫生，换窗帘，疏通年久失修的马桶。趁黄瑛在卧室里帮他换床罩之际，我们在客厅进行了短暂的交谈。

"你似乎忘记你的使命了。"潘京说。

我装作莫名其妙。

"我早看出来了，你是暗访的记者，我们是同行。"潘京说，"我也一直在暗访这个操蛋的人间。"

我问他什么时候看出来的，他说在我习惯性翻他的底片的时候。在他家，我对一堆乱七八糟的底片感兴趣，他看得出来我想通过他的底片发现什么秘密。其实，一开始他就怀疑我是记者了，只是同行识破不说破而已。

我没有辩解。

"你在找化工厂排污的证据。"潘京说。

我只能坦白承认，并且时间过去了六个多月了，我一直没有发现关键的证据，厌倦了，想放弃了。

"那是因为你被爱情冲昏了头脑。"潘京说。

是的，彼时我和黄瑛的关系进展非常迅速，已经到了谈婚论嫁的地步。黄国安也认可了我们的婚事，他觉得我虽然没有什么长处，也没有让他值得期待的前途，但有一点是可以肯定的，那就是觉得我比潘京好。

潘京离婚后我和他有过一次也是唯一的一次短暂的外出。那天傍晚，实际上天色已经很暗了，遇上了雷电天气。他领着我最后一次来到了残桥边，在最熟悉的地方搭了一个简易帐篷，刚架好相机，第一道闪电便划过了长空，劈开厚厚的云层，照亮了漆黑的天空。还因为断电，看不到人间的一丝光亮。这是拍摄闪电的最好时机。潘京压制着内心的兴奋，不至于过于激动，熟练地指挥着我，指导着我如何抓拍闪电。我们的相机选取了一个绝妙的角度，斜对着天空，又对着残桥，等待闪电的再次燃烧。一切准备就绪。

又一道闪电！

我们几乎同时按下了快门。

潘京兴奋得尖叫起来。一点也看不出他曾经那么畏惧闪电。每按一次快门，他都朝天空狠狠地挥一挥手，像要划出另一道闪电来。如果他足够敏感，应该看得出来我从没有如此兴奋、开心过。我们兴奋得甚至忽视了暴雨的到来。

那天傍晚，闪电一共出现了二十八次。我像活了二十八辈子。

还没有等到复职，潘京便离开了竖城。黄瑛说他携款潜逃了，不知道去了哪里。哪来的款？我好奇。黄瑛欲言又止，最终没有说。我对潘京的不辞而别感到不爽，但他给我留下了一张照片。是我拍的，他冲洗出来了。就是那天傍晚我们拍摄闪电的成果。这张照片角度、构图和光线都很好，不仅将残桥和江面拍得很清晰，还拍到了闪电最炫目最完整的时刻，画面太美太酷了。

潘京在照片的背面留下了一行用铅笔写的文字：放大仔细看残桥

下的江面!

我用放大镜反复看，终于发现残桥底下的江心位置有一股冒出来的黄色水泡。我明白了。原来它一直在我的眼皮底下，只是被我忽视了。但如果没有暴雨，没有闪电，再搜寻千百遍也不会觉察。

我顺藤摸瓜终于找到了化工厂非法排污的确凿证据，但我沉住气，不声张，准备回到报社后做一个深度报道，也把此事办成"铁案"，让竖城有关方面措手不及，让阙崇才见鬼去。

离开竖城前，黄瑛说，她父亲黄国安想见见我。我以为他要跟我谈与黄瑛的婚事，怕夜长梦多，耽误她剩余不多的青春，便去见他。但是，他什么也没有说，只给我一张便条，上面是一个地址：江滨路178号。他让我去见一个人。

我坚持要先知道此人是谁才去见。黄国安叹息一声说："你们家的仇人，阙崇才，他想跟你谈谈。"

这样的情况我见多了。无非就是要用钱收买我，或威胁我，或找人向我施压。我不想见他。黄国安说："你应该看一眼仇人临死前的样子，否则难解心头之恨。"

黄瑛在我的耳边加了注释："阙崇才是癌症晚期了，一个即将被闪电收走的人。"

第二天早上，我推开了江滨路178号的门。这是一幢外表普通室内装修奢华的别墅。汉白玉、红木雕刻随处可见，每一件东西都让我惊叹。

屋子里冷冷清清，阴冷而寂静，缺乏人间烟火气息。我被一个貌似用人的中年男人引到了二楼一个靠后的小客厅。他给我端上了茶水，让我先坐等一会儿。

我快等得不耐烦的时候，一个女人从侧门走了出来，衣着华丽，气质高雅,仿佛是电视里才有的贵妇。但很面熟。

没错,是我母亲。已经十六年不见的母亲。我措手不及,本能地站起来,惊讶得不知道说什么,要转身逃之夭夭。但她叫住了我。

她让我坐下来聊聊。她对我也显得陌生、拘谨。

"既然来了,我们聊聊吧。"她说。

我说:"我已经想到了这个可能性,但断然不敢相信是真的。"

那天在黄国安家里看到她和宋桃的合影,我脑海里翻江倒海,想到了父亲、母亲和阙崇才之间的一百种可能,但人心的险恶超越了我的想象。这是相机捕捉不到的秘密和黑暗。

"一切都是真的,一切也都是虚的。这十六年,我几乎没有离开过这幢别墅,连门也没有出过。我为阙崇才生了三个孩子,都是在家里生的。我愿意这样。"母亲说,"但我知道外面发生的所有的事情。包括你和你爸的事情。还有,你暗访阙崇才的化工厂,找到了违法证据,你终于可以报仇了……"

我说:"我不是报仇,是伸张正义。我没有那么狭隘。"

母亲说:"一切都有因果,阙崇才也想到了这一天。我想和你聊聊他坎坷的一生,他也做过许多善事……"

此时,一个坐着轮椅的老女人自己摇着轮椅进来了,脸上堆满了善良的笑容,问母亲:"是你儿子?"

母亲冷冷地回答说:"是的。大儿子。"

那女人说:"你真有福气,有四个儿子。"

然后朝我笑了笑说:"你妈经常念叨你。"说完便转身走了,一切都那么风轻云淡,习以为常。

我问母亲:"她是谁?"

母亲说:"是阙崇才的老婆。"

我问:"那你是谁?"

母亲说:"我是阙崇才的另一个老婆。"

荣华富贵有那么重要吗? 我想替父亲也为自己质问她,但一想到这是一个幼稚至极的问题,便没有说出口。我们陷入了剑拔弩张的长时间沉默,像漆黑的天空需要一道闪电来划破它的黑暗。

母亲说:"潘京老早就知道一切,他也因此得到了想要的东西。"

我说:"那么,潘京的父亲并不是什么伐木工,而是陷害我爸的帮凶,我的猜测对不对?"

母亲说:"他是伐木工的包工头,也不是什么好人,他霸占宋桃,宋桃给他生了一个儿子,而宋桃喜欢的人是黄国安,她跟你爸走是因为她要替伐木工赎罪,也算是一种补偿。宋桃本来会成为一个好后妈……"

我说:"好吧,不谈宋桃……我们谈谈阙崇才。"

母亲说:"等一会儿我们再谈阙崇才,我们先说伐木工的儿子潘京,他从阙崇才这里勒索了一笔巨款,远走高飞,现在在美国……"

我愤怒了。作为一个深度调查记者,我竟然对人间的真相一无所知,我对自己的肤浅不察感到羞耻。母亲的表情一直很平静,仿佛是在讲述别人的故事。我的内心雷电交加,激愤到了极点。门外传来一个男人虚弱但粗鲁的声音,是呵斥用人的。肯定是我从没见过的阙崇才。我不想见到那张会让我憎恨和厌恶的脸,把茶杯掷在地上,夺门而出,飞奔而去,开车离开竖城,我连背影也不给阙崇才看到。

我的车在黑暗的高速公路上行驶。即使打开大灯也看不见前方的路,但我不管不顾,加大油门,要与该死的黑暗决一死战。

潘京在电话那头安静下来了,小心翼翼地问我说:"你还在听吗?"

我说:"在听……我刚从阙崇才家里出来。"

潘京沉默了一会儿才说:"你信吗？ 我看到了我父亲，在闪电里。他的脸在云端上跟着闪电灵光乍现，被我捕捉到了，没什么，他只是长胖了。"

我说:"挺好。"

"我爸是被逼的 …… 他被闪电要挟，他后悔了，没脸见人，所以跟随闪电走了 …… 他不是被闪电掳走的，是自愿，他自投罗网，他必须换个地方生存。我看到了他内疚的样子。"

我信。

"你在闪电里看到了什么？"潘京问，"能看到你父亲吗？"

我说:"看到了，我父亲也长胖了。他在闪电里过得好好的。"

"宇宙万物，世间百态，一切都是被安排好了的。"潘京说，"总有一天我们在闪电里也能看到自己的影子。"

我无言反驳。我说:"幸好有闪电 ……"

潘京也说:"幸好有闪电 ……"

前面是巨大的黑暗和雨幕。我紧紧地抓住方向盘，此刻我真有点害怕被闪电误抓，神不知鬼不觉地消失在宇宙深处。

"闪电击中了自由女神像！"潘京仍在我耳边喃喃道。

电话那头的声音越来越弱，最后什么也听不到。然而，我头顶上的闪电越来越明亮，越来越炫目，像一把利剑劈向黑茫茫的大地，剑锋直指竖城阙宅，它肯定要击中什么。

原刊《钟山》第1期

告别之年

张玲玲

> 这一生你得到了
> 你想要的吗?
> ……那你想要什么?
> 叫我自己亲爱的,
> 感觉自己在这个世上被爱

年轻几乎就是穷困的代名词 —— 每个月生活费刚打来的时候还不错,月中情况开始恶化,到了月底经常一贫如洗。那会儿我每天上课前都站在教学楼告示栏阅读各类兼职广告,下课再读一次,以免广告被学习结对、社团招募等其他告示所覆盖。负责人联系号码写在最后,有时数字是竖打的,A4纸下端被裁成一排彩旗样的细长方条,撕下揣进口袋就行。一个月内我面试了四个,均没有下文,渐渐地,我想工作可能是个幻觉。一个女友听完我的诉苦,给了我一个号码,说你可以试试联系他,他有个公司还是工作室什么。当我打算存号码时,才发现我已经有了他的联系方式。不知什么原因,从未拨打过。二〇〇五年的一个夏日傍晚,我还没吃晚饭,在书桌边犹豫了一会儿,拨下那十一位数字。电话响了会儿被接起,我问那边是否有工作,他说,是的,不过也得看情况。什么情况?身高和长相。听到这里我不说话了。他顿了一会儿,声音略带疲惫,这样吧,我们明天下午四点在A楼103有个展会面试,你可以过来看看,记得带一张两寸照片。第二天下午,我踩着一双银色绑带细跟鞋走进教室,看见宋和几个男生坐在第一排,桌上摊着文件袋和笔记本。他坐在最右,靠近过道,手里夹着一支黑色水笔,头发剃得很短,像发青的火苗,在一堆人里显得很突出。他叫我靠墙站,脱去鞋子,转个个儿,脸面向他。我站到墙边,但拒绝脱去鞋子。鞋高十公分,我说。那你多高?他问。一米六三,我说。真的吗,他笑了笑,好吧。这条裙子怎么回事?我低头看着裙子,心想能怎么回事。那是一件跟室友借来的浅黑牛仔短裙,侧袋镶满银色铆钉,上衣是一件印满玫瑰的半透明浅绿丝质罩衫。见我不回答,他又笑了。没事,你走吧,有消息我通知你。然后敲敲桌子,叫我留下照片,将照片夹进透明文件袋里。塑料皮映出女孩们呆板的面容,相互重叠在一起。回去的路上,我想,这不是个正常的兼职,他拿着那支笔得意得像拿着一把枪,看你的样子就像你什么都没穿。大学是会遇到那样的生意的,我们和那些往往也仅一步之遥。我想应该是没戏了。一周之后,一个陌生号码打到我手机,嘿,是我,记得吗,他说。见我不作声,他继续说,前几天给你打电话,电话没通。我说是的。我手机丢了。昨天晚上我和一个学长参加了同乡联谊会,十点多我就知道手机丢了。回去后几乎一夜没睡,大早跑去,室内狼藉一片,果壳、饮料瓶和烟蒂替代了晚间的幽暗和欢笑。在这样的空间,找到一两只用过的避孕套也不奇怪。手机没丢，它垫在圆木桌脚下，宝蓝翻盖已被压裂。我开机重启数次，发现毫无作用，不得不跟朋友借钱买了一部新的，答应过段时间还给她。但还钱也变得很困难。那会儿我好像口袋剩不下几毛了。联系方式也丢了，所有号码打来都是陌生号码，且绝大多数是推销电话。我没解释，但忽然想起了他是谁。怎么了？我问。他说，展会面试通过了，你有时间吗？没问题，我说，随时有空。他说那好，我晚点来找你，六点你在J楼等我。我提前到了楼底，坐在台阶上，他在黄昏里缓缓出现，右手小指勾着一大串钥匙，走动时叮当作响。四周弥漫着夜幕和松木的气味，身上那件白T恤不知道为何，给人的感觉更像（或者说更应该）是哥萨克皮夹克，而他刚刚从某种黑暗且沉重的东西中挣脱出来。

兼职是第二天早上，我想他很可能忘了我的长相，所以再确认一次。当天参加面试的女孩很多，我出门时还有十多个在走廊里排队。我们沿着校外围墙走了一圈，他问了一些问题：出生地，读什么系，爱好等等。然后他说起自己，云南人，彝族和白族的混血。母亲是彝族和白族的混血，父亲则是上海知青。父亲在上海，母亲仍在云南。他不曾谈论自己就读的专业。他的上海话讲得之流利，像活吞了钱乃荣老师的课程，令我怀疑他所谓的彝、白族混血不过给自己编造出一个不同寻常的身世。过了一会儿，他问我有没有男友。我说有。他顿了一会儿，说不错。这时我反应过来，他对我有些兴趣，不多，不至于想发展成正式关系。同时我也猜到，他应该和很多人保持联系，他有许多备选。第二天早上他开车来接我和其他几个女孩。我负责cos《死神》里的雏森桃。同届有丁贝莉。隔着很远的距离，我望见了她，穿着印有游戏标语的红白分体运动衫，面无表情地和一群女孩派送DM传单。没有比她更美丽的人了，我想。展会持续了三天，每天回校后我都精疲力竭。

结束后宋给了我一只白色信封。我原先听闻一天六百，打开信封后发现远低于这个数。可能他拿掉了抽成。但这笔钱解了我的燃眉之急，我还清了欠账，自己还剩下一些。自从我们相识之后，在学校遇见他的次数变多了。大部分时间他都在独自走路，有时身边站着几个女孩。我从未在课堂上见过宋，仿佛他的学习只是闲逛。

钱很快花光了。展会早已结束，必须重新寻找新的兼职。有天下午，我打电话问他有没有什么能做的，他迟疑了会儿问，酒吧充场你愿意吗？什么都不用做，就是坐一晚。我想了想答可以。挂完电话，我和男友说了这件事，他这会儿坐在我租房的床板上，正想急不可耐地走掉，我引用宋的话说，什么都不用做，坐着就行。男友不置可否。第一天晚上，他换了件浅褐色西服送我——他将那件衣服称之为"战袍"——勾搭女孩儿时的战袍，也是他唯一一件好衣服。我们第一次约会时，他就穿着这件西服，坐在泮池的石桥栏杆上，跟我谈论他和伙伴因为身高招致的一连串笑话（这群身高超过两米的男孩经过街道，阿姨问，你们是打篮球的吗？他说，不，我们打乒乓球的。说完大笑），莫名赞叹道，真老卯啊，然后吻了我，任凭左手上的烟在燃烧，差点烫到我。没过多久，我们就住在了一起。我搬出学校宿舍，在校外公寓租了间屋子——两居室中的一间，七八平米，勉强可塞下一张床、一张书桌、一把椅子，以及一个简易衣柜。隔壁室友是一对年轻的夫妇——我开始以为是夫妇，后来发现不是。两人养了一只松狮，争吵和犬吠经常混杂一起。女生搬走后两个月，男生也搬走了，住进来一位二十七岁的瑞士留学生，第一次见面他送给我一张明信片，上面印着日内瓦湖，蓝得像宝石辉映的梦境。入住后的第二天，他弄坏了浴室毛巾架，修了一个下午，没有修好，之后便由其坏着了，不锈钢杆松松悬在瓷砖上，像手臂脱了臼。

租房和恋爱需要钱，显然我们都没有，男友唯一能找到的兼职就是在游乐园某个剧场项目里扮演吉祥物，在暑天里戴着头套不断和人招手握手。再后来，赚钱变成了我的责任。那会儿我们已经走到一段关系的尾声，主要是他不爱我了，想分手，但又不愿意直接说出来，当然，就算他说了我也会拒绝——在一段关系里，或说年轻时，我真是相当执拗啊。他不得不换了一种方式，该方式导致我去上课时经常满身瘀伤。有次整只眼睛都紫了，我花了很长时间才用粉底遮盖住。那天到酒吧后，他就一直坐在吧台边喝他们免费赠送的啤酒或鸡尾酒，不加掩饰地看着其他漂亮女孩。而其他漂亮女孩通常被其他人抱在怀里，我和另外几个样貌普通的坐在吧台边，无人搭理，只能低头玩手机，熬到凌晨三点，回到租屋，睡一整天，傍晚再出发。连着一周之后，他厌倦起来。你坐宋的车吧，他说，我今天还有点事。那天晚上，毋庸置疑，我们大吵一架。我发消息给宋，问他能否来接我。他说没问题。到了傍晚，我换上短裙和高跟鞋，下到楼底，看见宋车停在楼下，想开车门，他在里面无声地说，车门锁住了，不要太用力。开门后我坐到副驾驶上，他没启动，问，你怎么了？我掰下镜子，补了些唇膏，没有回答。他不再询问，重踩油门，仿佛跟车辆赌气。

充场结束已经凌晨两点多，其他女孩都走了，宋站在酒吧后门抽烟。和内部昏暗截然相反，外部檐廊挂着一盏白炽灯，像夜间体育场的卤素灯一样明亮。钢制消防梯沿墙而上。我问他能否去他那边住一晚，他点点头，问我是否需要跟男友打个电话。我说不用了。路上他说，那公寓是他买的，不是租的，他在上海有套公寓。我说，这生意这么挣钱吗？哦不是，他说，我父亲买的。九十年代，他消失了一段时间。等他再次出现，已经过去了很多年，他想要弥补给我。就像那段时间流行的电视剧《孽债》，我每次看到那电视都会哭啊。只不过电视里孩子们坐着列车去寻找父亲，而我父亲则是坐着大巴来找我。他回到上海先去了棉纺厂，之后离开工厂，做起体育用品生意，赚了点钱，当然开销也很大。加上还有个妹妹，也不知道他在外还有没有别的花头精——所以我发发狠说，既然要补偿，干脆补偿到底，给我买个房子吧。一方面我有了落脚，另外也有了上海户口。那时候房价还可以，才九十来万。我知道继母那边肯定会问这样一笔钱去了哪儿。但你也管不了那么多了。后来，房子买好了，我也来这边读书了。过了一年，这里划为开发区，出现了许多科技公司，我把屋子租给那些上班族，自己住学校宿舍。情况好的话，租金每年大概会上涨百分之五到百分之十。这样一来，光靠租金也够生活，不用再跟他们要钱。按理去年毕业，但是学分没修完，这种情况总是很常见的嘛——所以我将房子收回自住了。他边说边放缓车速：就这，到了。小区很新，沿街而建，规模不大，不超过十栋。他家位于正中，楼下是花圃和健身设备。黑暗里无法看清高度，二十多层可能。他住顶楼。那是一套复式公寓，一楼厨房，洗手间和客厅，楼上是卧室。他说，要么你先洗澡，我给你找件衣服。我坐在桌边，看他在楼梯下的衣柜翻找，过了一会儿，拿出一套叠成方块的碎花女式睡衣：这是我母亲的，应该不会嫌小吧。应该不，我说。出来后他递给我一只吹风筒，等我将头发吹干，他已经煮好了一锅饺子，说是他母亲上次过来时包的。她独自在楚雄生活，半年来一次上海，是否准时视其身体情况而定，或她病人的身体情况而定。我不太饿，吃了两三只就放下筷子，他接过碗，吃完饺子，喝净面汤，叫我先上楼休息。二楼没有窗户，也没床铺，只有一张榻榻米似的床垫，屋顶呈三角切割，层高很低，比弄堂阁楼还要矮，像儿童房或玩具房。这里应该并不适合做一个复式，不过被人为地强行切开了。原本我抱膝坐在床沿等他，后来背弓着实在太难受，只能躺到床上。过了一会儿他上来，带了罐杯蜡，抱了把吉他。我背对外面，佯装睡着。他弹了一会儿，见我没反应，吹灭了灯，在我身边躺下，隔着一肘左右的距离。半夜醒来（也可能是早上，因为没有窗户），我发现他半个身体在被子外，于是将他拉进来。过了一会儿，两人抱在了一起。事后他问我，感觉还好吗？我说是的，很好。我又睡着了，直到第二天中午醒来。他正在楼下做饭，和昨晚一样的饺子汤。我依然没有胃口，他再度喝得一干二净，问我今天你有什么计划，我答没有。在回校的公车上，我想明白了，他问的应该是今天有什么变化没有。我不知道。昨天的事情不能说完全意外，于我而言更像一次清洗，不算洁净的清洗，核心是经过宋，洗掉男友。宋没上楼，他去了校园。我回到租屋，发现屋子保持着跟我傍晚离开时一样的状态。男友没有回来。我在客厅沙发上坐了一会儿，心想，这样也好，令我免于解释整夜的消失。

一个星期后的某个傍晚，宋发信息来，说在我公寓下面，想送件裙子过来，想知道我是否在家，是否合适上楼——我至今都不知道那条牛仔裙到底怎么了。我希望他在，所以我说，合适。他到的时候，我正坐在玻璃餐桌边——那是一张玻璃和不锈钢的双层餐桌，桌面很容易积起水渍，水渍很难擦净——满身是伤，男友坐在沙发上，宋很快明白了情况，将纸袋放在餐椅边，走向沙发，向我男友递了根烟，男友接过，走到厨房，打开煤气灶，点燃了烟，然后坐回沙发，看着他。怎么？兄弟，宋说，拍了下男友肩膀，无论如何，打女人是不对的。好好说话，可以吧？男友像被电流击穿似的迅速移开，嘴角挂着一抹讥讽的笑容：关你屁事？好，好，宋竖起双掌，做出了解情况的表情。接下来的一分多钟，两人坐在我从旧货市场搬来的橘色沙发上，差不多是这间屋子最明亮、最有色彩的东西——一左一右，抽着烟，谁也不开口。整个过程中我始终静静地看着他们。两人都没看我，我不知道他们是否在某些问题上达成了一致。烟抽完了，男友将烟蒂扔进了垃圾桶，吐了口唾沫。宋起身，走到厨房，打开水龙头，浇灭烟蒂，扔进水槽，关上水龙头，离开屋子，并用力摔上了门。男友也站起身，去广场的清真餐厅看世界杯。等他们都走掉，我打开纸袋，里面是条深蓝碎花长袖连衣裙，裙摆很长，拖到脚背，像吉普赛人的衣着。

秋天降临，我身上的伤痕尚未全部褪去，而是从青紫变得金黄，像落叶，也像晚期肝病患者的虹膜。好在可以穿长袖。宋不再跟我联系。我也没联系他，兼职不得不暂停，但和男友的关系却莫名解决了。他喜欢上了另一个女孩，小我一届，读金融系。这事已经持续了一段时间。我知道他们在网上聊天，同时心怀侥幸地说服自己他们只是聊天，直到他把手机落在我公寓。半夜手机在我枕下响了，我犹豫了下，读完了消息，确定后，我给那女孩打了个电话，说了下我和男友之间的情况，邀她第二天见面聊聊。她同意了。见面后，我发现她长得温和、朴素，也很友善，说话时宽大的衣袖拂过桌面，倾听时沉默不语，将吸管咬得伤痕累累。她说，之前完全不清楚我们之间的关系，男友表现得就像单身。她承诺，两人绝对不会再见面了。我向她道歉，告别，打车去男友家收拾东西。他母亲在，正在做卤鸡和酱鸭，她下岗后靠做熟食为生，傍晚常推着一辆小车在弄堂街巷间叫卖。在那间充满浓重香辛料气味的屋子，她试着挽留我，我知道是尝试，因为最后她抓着我手臂说我们并不合适，合适的人没有如此众多的问题，也不会因这些问题争论不休。我想说她儿子才是一切矛盾的肇事者，我所做的不过忍耐，但我和过去一样，选择沉默，拎包出门。

实际上，出轨事件后，我和男友还有联系，也睡过几次，感情很难以这样休克的方式告终——对我，对他，对那女孩，都一样——很快我发现他们还在联系，还在见面。紧接着是第二轮密集的吵架，哭泣和殴打。这次不需要连番谈话，或是煞有介事的收拾，但崩溃也来得更为彻底。好几天我不吃不喝，躺在床上，墙内像有个心脏，跟我体腔那颗产生了共振。随后它跳动的速度变得很快，我自己的也加速了，疯了一般不受控制。很久之后我才知道那不过是低血糖。宋不知道从哪里得来消息，跑来看我（多半是我女友说的）。那是个下午，我穿着一件宽大的男士T恤去开门，领口和腋下都是破的。宋进屋后显出无从落脚的局促，起先想坐椅子，但椅子上放着笔记本电脑，只能移到我床沿。窗帘一直拉着，他问，你觉不觉得屋子太暗？我说还好。从小我就喜欢被黑暗包裹。后来他还动过手吗？我答，动得比我们想象的还要多啊。说到这里，我们笑了笑。他问，吃过东西了没？我答没有。他叫了外卖，意面与奶茶。吃完他将锡纸盒与塑料袋带出去扔了，顺带擦净了桌上的污渍。现在没什么能做的事情了。我靠在床上，他坐在床沿，显得颇有兴致，我想，以当下这个情况，一个人怎么还可能产生兴趣，事实就是——最后，我不得不推开他，告诉他，从未喜欢他，之前那次纯属意外。不会再发生了，"没有第二次了，明白吗？"他愣了下，之后轻蔑地说，任何一个有点脑子的男的都会发现你是个深渊。他们会很快清醒过来，起身走掉。我想，他说得对，就是如此。

　　毕业后的第二还是第三年的九月，前男友忽然在网上联系我，说他也在浙江，在台州黄岩，负责道路工程。本地以制衣产业出名，尤其是领带，所以他现在有了无数领带。说到这里，他停了一会儿，说，我之前只有两条领带啊，还记得吧。我当然记得——其中一条深蓝色，印满绿色米奇，是他在扮吉祥物时所获的赠品——却觉得没什么好缅怀的。等挂了电话，我才想起来，领带产地是嵊州。和过去一样，他说的话永远不可靠，夹满了谎言，而且这样的谎言归根结底又有什么意义呢？

当时我还单身，或者说，尚无固定男友。严肃的交往通常持续不了三个月。长达一年半，我都这样，所有问题尽量自己解决。越来越长时间的独处会让一段长期关系的建立变得很困难。它们会形成一个巨大的空间，阻止任何人进入。我迷上了一个作者，睡醒了就开始阅读，吃饭时阅读，走路时阅读——尽量减少走路。睡前将他带到我的枕头边，与之共眠。如果有一段明确的恋爱关系，那应该在我和他之间。他不会背叛我，因为他早已去世。我应该和死人恋爱，之前那几段现实恋情真受够了。我又想，我喜欢匮乏胜于满足。也可能意识到压根无法获得真正的满足，所以选择了匮乏。慢慢地，我又觉得这样下去不是办法，我和大学认识的一个男生联系较多。他给我写了很长时间的信，有时深夜我们还在聊天。慢慢地我发现，只要过了十二点，他就会换上另一种谈话方式，从电影、绘画、戏剧迅速转到性上。仿佛在说：黑暗时代开始了。或者：拉开帷幕吧。譬如，他问，你一般怎么解决生理问题？我告诉他不需要解决。搁置一旁。试着描述一下解决方式。怎样？说说吧。不解决。我重申一次，发现没什么效果，不再说话，关机睡觉。我只是不清楚为何聊天一直持续了下去。后来他来杭州，我们吃了饭，散了步——毫不意外地，睡了一觉——在大学路一家小宾馆，就是那种常见的情人旅馆，水吧边的玻璃瓶插了一对假玫瑰，瓶内蓄着水，看起来很像真的。浴室是全透明的，遮挡布帘夹坏了，无法拉合。结束后他说，你还记得宋吧。我说知道，但不知道你们认识。他说，宋跟很多人都认识，我们有段时间还算熟悉。但他说话的语气让人觉得他们只是熟悉，并非朋友。我之前并未见过他们在同一个场合出现。他又说，宋说他跟你睡过，"干她很爽"，从那时起我就非常好奇，想知道跟你睡觉到底是什么感受。宋还说，你喜欢被殴打，喜欢在每个水杯都留下口红印。我说，哦？所以这是你过来的原因？他沉默。那你觉得怎样？过了一会儿，他道，还不错，但不如 —— 我想，可能宋见识较少。我原以为他见识很多，因为那时候他身边围绕着那么多的女孩，现在想来也就那回事。听完我谈不上生气或不快，更多是失望。他这种坚韧的耐心实际可以做很多事，完全没必要浪费在我身上。他实在浪费太长时间了。

  再后来，我以为和上海的生活差不多一刀两断：同学分散在各个城市，芝加哥、谢菲尔德、纽卡斯尔，甚至皇后镇；我换了手机号码，并不打算通知此前的熟人；"校内"更名为"人人"，密码我忘了，无法再登录；雅虎收回了邮箱，Blogbus 停运了 —— 关停前的一两个月，几个系统不断向我发来邮件，建议尽快迁移或备份 —— 但我就这样日复一日地拖延了下去，直到所有照片、日记、论文都荡然无存。从前建立的联系不复存在，新的潮流将其一一击溃、击散 —— 这是好事，意味着你可以重新开始。我不怎么怀念旧友。又过了一段时间，宋主动联系了我，在 QQ 上给我留言。第一次我没回，第二次我踌躇后同意见面，约在南山路一间叫做帕尼尼的西餐厅。餐厅主理人是我朋友，家族开制药厂，但他自己对药物缺乏兴趣。他从浙江传媒学院毕业之后，在滨江和几个配音演员合作了一个短视频公司，偏重喜剧，有时叫我过去开会 —— 开会只是闲谈和吃东西，偶尔找人来讲故事。我听故事，写梗概，梗概在走到剧本这步之前就因为过度的探讨和过多的怀疑胎死腹中。同时他还开了这家餐厅，生意普通，只有朋友光顾。在上完前菜后，宋说，你胖了些。我告诉他不是胖而是水肿。我的体重从过去到现在没有任何变化。他用手比了下下颚：这里方了些。我点点头，心想你也是，都差不多。他胖了不少。何况我们快三十岁了。

相识的时候一个十八岁，另一个，不知道，大概二十三吧。一晃近十年过去，从青春叙事进入了下一章节。一点点在年岁上加数字，就像在油布上涂抹深色丙烯，最终只会越来越黯淡。时间就像横亘在两人中间无法跨越的山石。从前他身上那种神秘而优雅的气息消失了，变得寻常且普通。他告诉我他父亲死了，有天在虹梅高架上开车，觉得不太舒服，将那辆黑色福特停在道路一侧，随即停止了呼吸。去世后父亲在遗嘱里留下了一笔钱，这笔钱在他读书时期就准备好了。不大不小的一笔，可能想作为应急款项。除了买房，就是这笔钱，作为全部的补偿。那套房子涨了很多，但继母知道了这件事，认为她们也有继承权，他不想花时间在打官司上，放弃了房子，靠着这笔遗产和一个叫小钟的高中同学开始做救护车生意。二〇〇三年到二〇〇八年间，小钟在肯尼亚做基建，不幸染上了黑热病，黄疸发作时，躺在医院就像个氧化的铜人。几经辗转才回到国内。他的脸也毁了，开车对他来说已经是个不错的差事。故事有些离奇，所以我只是听，没有插话。他说，这些年发生了不少事情啊，仿佛知道我要问什么，他补充说，不过我母亲还活着。有了个相好，现在几乎不怎么来上海。之前的生意呢？我问。他说，不做了，学校知道了，女孩们又渐渐地不受控制。我也需要毕业，一直拖延着不是办法。之前你怎么想起来做这些的？不知道，机缘巧合吧。他说。救护车生意不错，我说。是不错，他说，不过挣钱的不是这些。哦，比如？我问。他接过餐盘，等服务生走远才说，主要是运尸体。有些是独居老人，有些是客死异乡的旅人。按公里计算收费。理论上最好就地火化，但总有家属想冒险。生意很挣钱，但很难找到稳定的合作者，只有小钟一直做了下来。我想象他载着一具具尸体在城市中穿梭，忍不住说，你很像那种摆渡者，以前送女孩，现在送尸体。我不知道，他说，可能我只是个通道，很多事情对我来说只是发生，不会产生什么影响，不像你们，总会投入太多个人感情。说起来，有天我梦见了你，你和你丈夫，还有我，三个人躺在一张床上。我在中间，你的丈夫在我左侧，但就像不在那儿一样。有纱帐吗？没有，只有雪白的床单和被褥，像宾馆或者太平间。你侧头跟我说话，那幕没有声音。我可以想象，想象这一幕未曾展开、未曾延宕、对白缺失的场景。还要再过七个月，我才会遇到我的丈夫。但当时我只是告诉宋，目前仍然单身，离群索居地生活着，不知为何，他似乎认定我处在几段并行的关系中，或者跟过去一样还在做那些工作，说，你这样很容易变成案件主角啊，我可不想在新闻里读到你。过了一会儿，他说，梦里你还活着，所以我想不是太平间，很可能只是一家废弃了的酒店。我打断他，将那位朋友的话转述了一遍，宋笑了笑说，想不到你居然会和他……好吧。我一直觉得他不怎么样。你有没有想过，你看男人的眼光很成问题。我说，的确如此，否则我怎么会坐在这里。他坦然地笑了笑，对此毫不在意。过了一会儿，忽然问，二○○八年时你在哪里？在上海，我说。他说，那时我在浙江安吉，被大雪困了好几天。你能想象吧，我，小钟，还有一具老头儿的尸体困在一辆货车里。冻得发僵，弹尽粮绝。困在飞机场和火车站还好，至少还有热水和方便面。你呢？我在上海时，郊区几乎没怎么下雪。等雪下大之后，我已经回江苏了。江苏没怎么下雪。我们总和历史擦肩而过，不知道是幸运还是不幸。吃完饭，我原本计划回办公室再写一会儿，不过我在餐桌上喝了远超我能力的酒，只能提前回公寓。他提出送我一程，我毫不犹豫地拒绝了。

　　宋到杭州的次数变多了——业务的需要，上海和杭州太近，死亡又总是突如其来，从不慎重选择地点。奇怪的是，那段时间我们再次成了朋友。聊天通常发生在线上。我在冬天写冬天的小说，积雪或山林；夏天写夏天的小说，湖泊和性爱等等。或者反过来，在冬天写夏天的小说，夏天则专注于失恋和生病。经常性头疼，头疼时需要在脑子里想大海，平静无波而非惊涛骇浪；偏向于下午和清晨时分的，而非正午——就这样过了一段时间。有段时间谁找我聊天，我都回得及时有礼。我母亲觉得离乡背井且独身很可耻，一周会给我打一次电话，问我是否打算回江苏。我说，核心问题并非在哪里，在于我就是找不到啊，而且回去之后可能更难。她信誓旦旦地说，肯定可以找到。不妨提名一两个，我说，或者你把联系方式给我，我们自己先聊聊看。她犹豫了一会儿，说，你还记得杨叔叔吗？他的儿子刚出狱，自己做生意，发展得很好。

　　杨是我母亲某个时期的情人。我把这个笑话讲给了所有朋友听。我并不诧异我在母亲心中会呈现此般形象，同时还为自己而今能应付嘲讽而自豪。宋的殷勤起了作用，虽然我一直没有原谅他。尽管最根本的原因出在那个朋友身上，但依然无法彻底原谅。有天他说，要送我一件礼物。那是十二月的一天，我在出租房内用电脑看《极地奥德赛》，很长时间都冷到如在地狱，看完电影感觉更冷了。公寓附近有几座八十年代建立的老小区，是某个机关单位的公房。冬天一来，从早到晚都响彻着葬礼喜悦快活的唢呐。多种原因使得我想早点洗漱躺下，他说看一眼就好，我可以来接你。不，我不坐那辆运尸车。是救护车，好吧，如果你非要这么讲，他说。我删掉对话框，继续看电影，到凌晨才回复。他还醒着，问，你真不打算来取你的礼物吗，随后发来十几张照片，同一个东西不同角度的照片。那个灰褐色的椭圆形物体立于胡桃木茶几，下面垫了一块软布，某些光线下呈铁锈色，形状也不再椭圆，而是不规则的，像个放了很久的麦芬，让人觉得它仿佛刚从极深的地里挖出。这是什么啊，我问。恐龙蛋化石，宋说，我从河南朋友那里收购来的。他亲戚在山里挖这些宝藏。很多，不贵，就是有风险，没法带上飞机和火车。所以我开了一千二百公里，将它带回了上海。我说可我不需要，我不需要化石，我只想休息。

但我辗转难眠。从流着奶和蜜的地方带回一块石头，或从荒凉旷野里带来一朵玫瑰，这种所谓的浪漫说到底，属于朝圣者而非接受者。过了会儿，我起床洗漱，打车去他说的酒店住址——他每次来杭州都会住在同一个运河酒店。没有任何预热，他开门，抱我，直奔主题。某些部分肖似二〇〇五年的那个夏夜。他睡着后很久我还清醒着。长时间的独居导致我很难和其他人睡在一张床上。不知几点，耳边传来一连串很轻的笑声，我睁开眼睛，发现他拿着手机，在黑暗中几乎遏制不住地在发笑。现在几点了？我问。六点，他说，对不起，把你吵醒了吗？他起身，去洗手间，坐在马桶上，继续对着手机大笑，躺回床上，则背对着我大笑。我在想他是不是疯了。任何人都会觉得他早已精神失常。怎么了？我问。他说前几天，他去虹桥接完尸体（现场之惨暂且不说），没等保安打开横杆，就冲出了车库，撞断了那栋楼的门禁横杆，也撞碎了车子横档。他赔给物业一笔钱，同时和对方商量，能否把监控录像给他。保安觉得奇怪，但还是给了，他导到手机，不断观看，视频里车子撞碎，恢复原样。像是解开了时间的绳索，一次又一次，恢复，撞碎，恢复。我终于想起要问他什么了：你住在哪里？他说，有时住在旅店，有时睡在车里。我们经常开夜车。不困吗？我说。他说，四个小时够了。我有些理解了他容貌变化的原因。他继续说，有时凌晨一点到三点才睡去，六点多就醒了。你是在做短视频吗？我说是，但应该很难做出啊。他说，那你觉得我做视频怎样？我不知道，我说，你可以试试。

睡意彻底消失了。他开始说起自己的计划：网络季播短剧，单集时长约十分钟,一季十一集。随后他开始讲起故事,严格来说,应该称之为创意——

日常退相干:突如其来的感冒将女儿变成了丧尸;感冒进一步扩散。

莫比乌斯:房间停电,男人走出屋子,发现走廊无尽循环,而他再也找不到属于自己的屋子了。

跃迁之桥:一个人站在一座桥的正中,试图到达桥的一边去,但是他发现这座桥比他预想的要高得多,似乎没有上限,而他想到达的地方怎么也到达不了。

熵减公寓:住在老式公寓里的男子发现公寓在不断向内坍塌,先是墙壁,再是装饰和挂画,然后是家具,最后必然的,是他自己。

你觉得怎样?他问。我说,还不错,就是很像噩梦。我想,它们并不像题目所暗示的,是物理概念的故事化版,更像那种不成熟的B级片。不知道从什么时候起,这些故事开始变得流行,甚至泛滥,在流水线上一个接一个被生产出来,声势虚张,内在空空。我说这些故事是你失眠的原因?哦,不是,他说,我只是想到自己已不年轻,却一无所成。大部分人都这样,我说,我们是成就的绝缘体。但我不可以,他说,人一辈子不能默默无闻,毫无声息。你呢,不想做出点什么吗?我说,不想,这样就很好。他耸耸肩,表示不可思议,你应该去做出一点事情,我说,为什么?他说,为自己。我执拗地说,不了,这样挺好,我喜欢这样,喜欢默默无闻。他说,我不可以。过了一会儿,他又说,你知道,我们这代人一定会摊上一件大事。战争,革命,瘟疫,动乱之类的。为什么?我说。我不知道,只是一种预感。等着吧,他说,迟早的。所谓大事不过是巨型灾难,我说。平庸才是灾难,他说。灾难里人照旧平庸,我说,死亡无法让人卓然出群,只是抹得更平均。何况为了不平庸,你又真正舍弃过什么呢?他不说话了。我们沉默了一会儿。我以为他已经睡着，过了会儿，他忽然说，最近这段时间开始服药了。药物让他平静，也让他焦躁。每次服用的量都得很小心，但似乎总会超过定量。在他絮叨不止时，我终于睡着了，一直睡到有人打电话来，告诉我得退房为止。宋离开时并未给我通知。

过了几天，他给我发来了剧本。我翻了几页。剧本写得一塌糊涂。不是在一个场景中沉溺太久，就是根本没写。没有行动，没有细节，甚至也没情节。我想了想，说还不错，有个国产剧集叫做《慎点》，你可以看看。当然，我不喜欢这部剧集。他随后将剧本发给了周围为数众多的女性：前女友、女朋友、姐姐、母亲等等，收到的褒奖屈指可数。之后他在电话里痛斥她们毫无品位，"能跟女人讲什么道理？"他说，随后反思道，拿给她们看，完全是没事找事，"被羞辱也是我活该。"

就这样，我们的关系维持了下去。起先还好。这种缺乏责任、缺乏沟通的性对我来说，不算必需，但也可以作为一条解决路径。有时他来找我，有时我去找他。慢慢地，我开始感到切实的困扰，一次比一次更显著。因为每次睡完都需要对他的新作进行一番探讨，或是听他和其他女性的故事，然后他会问我，是吧？还不错吧？这些对你来说有用吗？很难回答。有些故事有用，有些没有。更多是折磨，大同小异，连环抄袭，何况我压根不想知道他和其他女性争吵或性爱的细节。他来杭州，给我发消息，或是打电话，我决定去不去。渐渐地，不去的决定占了绝大多数。他在杭州还有几个朋友，某某兄弟会，前缀我忘了，一定很滑稽。每次聚会绝大多数是他们四个，非常偶尔地，会邀请一位女性。一天他问我愿意不愿意见见他几个朋友。我说可以。当天是弗罗斯特忌日，老板走过来，免费送了一杯特调鸡尾酒。他是个身形高大的东北人，走过来仿佛足以令四周空气战栗垮塌。他坐在我们的沙发边，双手交叉，说那杯弗罗斯特酒基底用了金酒，此外还有橙皮、荔枝与草果。草果打成了碎末，荔枝冰冻过，和底部的冰球并置一起。像水星和木星的并置。猜吧，是哪一首诗。我喝了几口，想了很长时间，想不出哪首诗歌会呈现此般味道。每个人在同一诗句品咂出的味道也可能不同，每个人也可以在不同诗句里品咂出相同。我放弃了。他笑了笑，告诉我是《无人理会》……我们才有时候坐在僻路旁……试一试能不能觉得不孤独。不知为什么，我觉得很合理。在那次聚会上，我们聊了性别差异，也谈论了爱情。他们无一例外都诚实、恳切地回答了我。有人对我说，那些女孩都是新宇宙。每一个都是吗？我问。是的，他说，平行宇宙，互不相交。也有人跟我说，他年纪轻的时候，已经需要药丸来助力。我说女方呢，怎么想？他说不知道，如果不保持一定性爱频率，她会不高兴。他将婚期延期了一年又一年，还能拖到什么时候？宋插嘴说他有个喜欢的女生 —— 在他开始正式讲述前，我都以为那女孩是我 —— 女孩在美院读书，研一，画油画，偶尔也画水彩。容貌不算十分出众，但气质特别，不怎么爱搭理人。他说，我背着音响和蜡烛去象山找她，只是想在她面前放首歌。那是个明净的秋天，栾树正当时，细密的黄色小花跌落在音响和棉衫上。放完歌曲他就走了。对于分外喜欢的女孩就是这样，他说，你没有性冲动。有人在问是怎么认识的，他说某天开车去转塘，看见一个年轻女孩在路边独行，开出一段路之后，他脑子里依然是她的模样，犹豫了会儿，开回去，跟她要了联系方式。有人笑着说，这样的骗局还能成功吗？路上遇到一个漂亮女孩，并且愿意给你联系方式的概率又有多少呢？宋道，我有我的方法。等众人追问他到底用了什么办法时，他却不肯说了。

我猜宋说的不一定真的。纯情故事不是不可能，就是发生在他身上的概率很低。宋继续说，真心喜欢一个人，就不应该随意跟她睡觉。

性应该视为礼物，拆开时必须倍加小心。是啊，我想，因为你随意发泄在别处。对此我不该嫉妒，也不该愤怒，但依然感到了羞辱。后来他打电话来，提到见面一事，我问，你和我一起，是因为不够喜欢我吗？不是，他说。那你喜欢我吗？他停了一会儿，说，不啊，我不喜欢你。对不起，我真的不喜欢你。我想，维系我们的是比男女感情更重要的东西，譬如友谊。承认吗？我们之间存在超越性的友谊。我说，那你觉得我喜欢你吗？他说，可能还好。我说，不。他说，那很好。我们互不喜欢，少了很多麻烦。挂了电话，我想，友谊不过是发生关系又不想负责的托词。我不会见他了。

很久之后的某个晚上，我梦见了他。梦里我、他以及那女孩（我没见过她，但在梦里，她的面容无比清晰）三个人在某个名字不确定的城市——上海、杭州甚至香港都可能——的一个户外汉堡店。他忽然说，啊，这里的酒店拆除了，我看去，发现橘色的酒店消失了，变成了回旋的圆形广场，像路易斯·康和马里奥·博塔混合设计的褐石建筑，一首迂回折射的光之诗——这样看来应该更像纽约。趁着女孩去买冰激凌，我追问他为什么要这样，而他则躲避我的回答，叫我细读存在手机里的一串歌词，歌词很长，很动人。我要问的究竟是什么，歌词和答案之间又有什么联系？怎么也记不起来。但沮丧延续了下来，穿过了夜晚的黑暗和无意识，被清晨的福尔马林完好地保存了下来，带着一股属于它的刺鼻气味。他不来找我了。有七八个月的时间，他音讯全无，微博、朋友圈都停止了更新。我想，十之八九，他在一段甜蜜恋情中。无须社交的有两类，第一类过得相当不好，无颜露面；还有一类过得太好，无意露面。他多半属于后者。我此前从未听闻他有固定女友，甚至女友——不过我总觉得，如果他真投入进去，很可能做得不错。他可以做出许多意想不到甚至令人感动的举动，即便你不需要。一旦他进入，就可以做得像那么回事，而且，很少临阵逃脱。也是那次喝酒的朋友陆，某日忽然提起他，问宋怎么了，太长时间毫无讯息。出事了吗？我考虑了几天，主动发了消息给宋，过了两天到三天，他才回过来，说，没什么，最近一直在休息。心脏好像有点问题，低头很喘。做了心电图，说是心律不齐。没事的，过段时间就好。我无法给出任何有效的医学建议，说了句保重，就挂断了电话。

后来那几年，我结婚又离婚了。离婚所耗费的时间自然比结婚长得多。长达三年我们都在分居，真正在一起的时间不过一年，这叫我怀疑结婚的意义。然后我又想到，结婚是不可避免的，因为我确实不想再这样独自过下去，孤独快把我心脏侵蚀坏了。同时我也想到，再给我一次机会，我还是会选他。注定要爱上他，再离开他。但对他来说却不怎么公平。分居期间我认识了一些人，过程无一例外：热恋——分手——心碎。每次分手都像那种人上了年纪会做的噩梦，梦里他们试图去找某个人，某个地方，却发现自己置身于某个从未见过的广场或公园，怎么也找不到想找的门牌。等他们醒来，看向墙上的旧镜子，错愕地发现盯着自己的是个更为老迈的陌生人。随着时间流逝，这种噩梦变得更多也更寻常了。我的意思是，睡梦中可以清楚看见某种希望的残余，可怕的是醒来发现事情早有定数，自己仍然抱有这种可悲的希望。我再也不能随意找到能够睡觉的对象了，除了年华不再，也可能我有了新的要求。过去的许多事情都令我感到羞愧。我偶尔想到宋，他说得没错，我寻找异性的眼光很成问题。除了其中的一两个，大部分回想起来，那段时间除非脑子烧坏了，或被重锤过，才会跟他们一起。我还是应该爱一个死人。

宋居然又出现了。二〇一六年八月，他给我留言，说刚刚看完一则获奖的短视频，忽然想起了我。最近还好吗，他问，在做什么呢？

我说不做什么,上班写作,和过去一样。也和过去一样,毫无声息。那则视频怎么了? 他发过来链接,我拉着进度条看了下,几分钟的一个动画短片,《我把脑袋弄丢了》,探讨的是阿尔茨海默症。看到结尾我都哭了,他说。我问他身体怎样,还在做短视频吗? 身体——就那样,一般人很难忍受啊。夜半经常大汗淋漓。视频只做了一段时间,拍过几个成片。其中有一个是给车企拍的广告。说着他发过来一个文件,解压后打开,是一男一女在山径上赛车,漂移,停下车时表情暧昧,总长约四分钟三十二秒,压缩两分钟毫无影响。像《头文字D》,也像《速度与激情》。所有的赛车场面都模仿了这类电影。我问他这是哪里,径山,宋说你去过吗? 我说还没有。那里不错,有民宿,溪流,密林,而且不收费。你应该去一次。漂移不是真的,我们找了个做特技的人,他说,车商对片子反映不错。我说,那些剧情向的短视频呢? 最后我们拍了个纪录片。有视频平台愿意买下,后来主创觉得价格不合适,没有谈成。照我看,三百万是个合适的价码,毕竟成本只有一百多万。我说是的。他说,其实拍得不错,有空你可以看看。又说,如果有新作可以发给他看看,他想读。我说好。至于那片子,我看了前两分钟片头,画面上一排刷着黄漆的栏杆内堆满废电视机,只有其中一部有声音,影像也开始出现——也即这部片子的主体,像美术馆展览,或是"总体戏剧"。录音时常中断,显然刻意为之,字幕括弧标示此处"声音缺失",开始我觉得颇为有趣,等到越来越多的"缺失"出现,仿佛那是他唯一学会的视听语言。我关掉了画面。过了几天,我忽然想起来,这根本就是抄袭了白南准啊。

第二年的夏天,我回到了上海,住在闵行郊区。到了二〇一九年十月,我朋友在市区的房子忽然空出,月租金比市场价低一千五,问我有没有兴趣。我很快就做了决定。搬家结束后,我和帮忙的朋友昌勇前往缤纷绿地城的一家素食餐厅吃饭，顺便看家具。那里有几家日式和新中式家具店，木柜和桌子的模样都很漂亮，但也很贵，最终也只能看。当天商场附近有个女艺术家合作的《LOVE LOVE LOVE 爱的艺术：亲密》展览，有小野洋子和列侬在阿姆斯特丹希尔顿酒店录下的长达六十一分钟的影像作品（"床上和平"），还有阿布拉莫维奇和乌雷在 MOMA 相逢的视频。因为票价太高，我们商议了下，决定只在外面看一眼翠西·艾敏的（I Promise to Love You）霓虹灯仿制品。出门时我们撞到一队摄制组。几个年轻演员在一家餐厅等待拍摄，主要演员在室内，配角则在圈起来的范围内走动。有个女演员从我们身边经过，保养得很好，但应该超过了三十岁。天气有些冷了，她还穿着一件薄薄的黑色 V 领针织衫，牛仔裤也很单薄。我站到路边，给灯光和摄像让出空间，这时一群像我这样的围观者开始向中心集聚。有个上了年纪的妇人穿着蓝白竖条纹睡衣，看起来像从家里睡床或医院病床上爬起梦游时忽然决定加入其中。穿着蓝白条纹的人逐渐变多了，我抬起头，望向远处，发现对面刷着广告牌的断墙围起来的建筑废墟中有栋灰色矮楼，像老年病院，红色招牌镶嵌在星空。就在这时，我看见了宋，穿着一件长款蓝色风衣，比之前瘦了许多。我头一反应是迅速转身跑掉，不过没能成功。那么多器材和人挡在面前。等我再次抬头，宋已经迎面向我走来，像无法逃脱的厄运。真是想不到啊，他说，你来出差还是旅行？我说，半定居在这边。他说，很好。你在这边买了房子吗？没有，我说，只是租住时间较长。做什么呢？和过去一样，我说，写作，并且毫无声息啊，只不过不上班了。他笑了笑，说，上海很好，最大的问题就是太职业，而我们则想尽了一切办法不工作。

这时昌勇朝我点点头——他走到马路边的广场去抽烟，那里放满了矮小的彩色方凳，成片灯串在闪耀。有人带着他的拉布拉多犬在喝咖啡，拉布拉多脖颈上系着的红丝巾分外显眼。宋望了一眼昌勇，那是你男友？不是，我说，只是一个朋友。你呢？单身还是结婚了？他说，算单身吧——说来话长。救护车生意不做了，小钟在郊区轧到一个人。老太太当时没什么反应，只是小腿刮擦，他也以为没事。原先只是一块瘀青，后来瘀青渐渐扩大，烂出一只窟窿。家人送到医院，做了清创和植皮。老人做了两次手术，之后在家休息。一个月后，她在家中陷入昏迷，送去镇医院后，急诊医生说可能是缺钠，输了两天液没有好转，去了市里才发现D-二聚体指标和纤维蛋白原指标异常，也就是栓塞。保险公司声称栓塞和被撞没有直接联系，中间又隔了太长时间，只肯赔一部分钱。我们只能先自己垫付。再者就是我母亲的事情。她有个市场摊，一九九二年建的，现在政府想拆掉，但赔偿金有点争议。政府说我们买铺面的两万块钱只是租金，只肯补还两万——帮帮忙好，当时两万块都可以买套房子了。总之，两起维权事件几乎耗光了所有精力。其他事情只能不作他想。而且奇怪啊，我们的钱也都耗光了，之前所有的事情相当于白做了。说到这里，女演员又走了回来，步伐轻快，近乎跑，满脸笑容，黑色卷发落在腰上，腰肢极细，可能快要拍她的部分了。我站在路边注视着她，心想，很美，但应该不会红。宋在旁边说，我们曾经半个脚趾踩在影视圈。我道，半个脚趾还差不多。我们都笑了，宋说，你的朋友在叫你。我抬头，看见昌勇在朝我招手，他拦到一辆的士。马上就是节日和高峰，打车会变得很难。我向宋告别，跑向昌勇，回头看见宋渐渐消失在那一堆沉默的、梦游般的老人中间，那景象给我一种奇怪的感觉：他过去在其中，未来也在其中。

我给宋发过一个邮件。他在上一封邮件里问我是否可以帮忙修改一份商业企划书。我同意了，用了一个下午的时间，改了一些措辞的口气，订正了几个错字，加了一个略有感情的结尾。他在回信中的正文表示了感谢，说写得不错，能否"再看看"。我细读附件中的企划书后发现，所有修改全未采用。我想，宋变化不大，自负依旧。再作修改太过徒劳，回什么好呢？其实可以跟他说说为什么会在那里，或者讲讲我的朋友昌勇。他每天制订出行计划，第二天就会全盘推翻。头天晚上他会消息来，说很想吃意面，明天一起去 Me & Joe 餐厅吧。我答好。第二天下午他会发消息来，说不想去了，只想休息。

我有几个这样的朋友。有时他们微信许久不回，我便在深夜给他们的音乐软件账户发私信，或是微博私信，直到他们发消息来，确定没事为止。我和他们在一起，很可能因为我总想拯救他们，某种意义来说，其实是想拯救自己：显得有用，被谁需求，作为个体的存在是有意义的。考虑再三，在给宋的邮件后面，我最终还是选择讲了一个此前从昌勇那边听来的故事：很久之前，明末清初吧——清兵南下，杀进扬州。有个书生在家中读书，忽遇一女子敲门求救，说家人都被杀死了，能否收容自己。书生并未多问，将其藏进茅房。未多时，清兵入院，问是否见一女子，书生答无。清兵狐疑，酷刑逼问。书生奄奄一息时，有人大叫，茅屋有动静，众兵过去查探。书生心道不好，想去护住，走到院内，见清兵掩鼻撤回，连说晦气。他才知道，为了不连累自己，女子已经上吊自杀了。过了二十年，书生孑然一身。春末夏初，村庄发起瘟疫，每日都有棺木抬出，死者不可胜记。渐渐地，连落葬收殓都成问题，夏暑尸气蒸腾，全户灭绝不在少数。许多朽烂的棺木就这样浮于水上，唯有书生无恙。某日一位道士到了村内，发现整座村子都空了，只有书生家中亮着明灯，疑心有鬼，于是叩门而入，守了一夜。第二天，书生醒来，见道人在长桌边发呆，问昨夜究竟是何情况。道人答，昨天上、中、下夜，分别来了三波疫鬼：白面童子、黄衣老人、着五花甲的壮汉，每有疫鬼登门，即有一女子伸臂挡住，高呼这是我的人，你们还是走罢。如此恶斗一夜。书生了然，叹息不言。至寿终，无病无灾。我喜欢他讲的这个故事，因为它每次都在滑向某种可能的时候戛然而止。宋没回邮件，也不再提修改一事。我猜他只是不知道说什么。那是二〇一八年的冬天。

　　我在二〇二一年年初接到宋去世的消息，距离他去世已经有段时间。九月他开车去北京，途中突发心梗。消息来自陆。陆因公差途经上海，问我是否有空一见。有许多理由拒绝——但我还是同意了。那段时间我和大部分人一样，困在屋内动弹不得。同时我也想到，这一年快要过去了，某种意义上，能够活下来的都是幸存者。我们应该为每个从柔软床单醒来的清晨而庆幸。公寓楼下的餐厅基本都已关门，只有小区门口的手冲咖啡店偶尔营业。玻璃橱窗上印着老板手机号码，打他电话，他会下来开门。走到店门口，我意外发现他居然在，穿着围裙，用一块黑白格纹抹布仔细擦拭玻璃杯和咖啡机。见我向其挥手，他在围裙上擦了把手，戴上口罩，给我开了门。我问他是否还会继续做下去，他说目前会，不过不知道能够持续多久。你看对面的茶座，那边也停业了，他说，会有新店开起来的，我们并不重要。我和陆在咖啡店坐了一会儿，他谈起夭折的项目、中断的计划、打折的年终奖、明年更大的业绩压力，等等，然后，说起宋，"我想不到宋会走"，我并不确定自己真的听见了那句，或者我听见了，却没听懂。陆说，他其实有征兆的。应该是遗传吧。他出事的样子，和他父亲简直一模一样啊。他讲起宋出事的前后，还有他们的相识：很早之前，他和一群人在长风公园野营，喝酒，谈天，陆续有几拨人加入进来。宋出事后，某某兄弟会还在继续，一天，每个人都讲起与之相识的经过作为纪念，这些支离四散的碎片一点点拼凑出具体连贯的地图，他才知道那天宋就在现场，比后来他记得的要早很多。那天太多人了，他不怎么引人注意啊，甚至错过了合影，陆说，诡异？任何一张合影里他都不在。我有时觉得，他像一团什么，白色的烟雾。我表示同意：是的，宋像一团烟雾。真有意思，我第一次看见宋的时候却觉得他如此出挑，跟任何人都迥然不同。但他就这样一分钟一分钟地，变得更模糊也更抽象了，最终成为一团可有可无的烟雾。

好可怕，我也快四十了。他说，我不知道是不是想宋，但对生命的恐慌多少因为这件事而被放大了。

我低头，看着空杯，厚厚的玻璃杯底像个旋转的透明宇宙，想起和宋的一次通话（并非最后一次）。一个新号码，号码所在地显示是大理，那段时间我几乎不怎么接陌生电话，但那天——仿佛一种信号，我接了——他像作年终总结似的，罗列了他之前做的工作（一串长长的、无效的清单），然后说，我总以为我想做出什么，花了很长时间，做了很多事，最后发现其实也不过想被爱而已。妈的，真的很想被好好爱一次啊。不知道为什么，听完这句我感到异常酸楚，差点落下眼泪。他说，我想买个院子，在大理或是苏州，种点蔬菜，养点花草，我在网上看过图片，就是那种老旧的中式院子，有绿树、假山、喷泉。如果你愿意来，我辟出一间屋子给你住。你可以过来，做饭，写作，或什么也不做，只是晒太阳和发呆。你的愿望很远大，我说。是啊，他说，一向如此。我想了想，还是问了，问他当时为什么不主动些。他笑笑，说，大概是时机的问题。又说，可能觉得你过于自由，根本约束不了。我没作声。不管什么理由，其实都过去了。人一旦衰老，就会在活着时目睹自己成为幽灵，没人看见你、注意你。一个不会再见的朋友呢？可能和死去也无异。所以很早之前，宋对我来说就已经死去了。只是我们太过年轻，从未想过那些脱口而出、毫不正式的告别都是真的。

今天几号了？陆忽然问，这一年算过去了吗？二月七日了，我说，迟至春节，才算一年已毕。由此也从燥金之年进入了寒水之年。燥金之年？他问。嗯，寒热交错，万物折损或消亡，也是告别之年。他说，那你多保重，我说，你也是。以后多联系，他说。我说好。

原刊《上海文学》第2期

晚 安

钟二毛

有一个秘密,这辈子只能烂在肚子里了。
不是不能说,是没法说。
那天清晨,母亲说,我想死了,你帮我吧。
我一秒钟都没有犹豫,脱口而出,好。

不知道是不是因为知道我是刑警的原因,主治医生每天早上来查房的时候,问来问去就是一句话:"阿姨,今天舒服点吗?"然后就是笑笑说:"好的,我知道了。"他这么寡言,我猜是出于谨慎,担心话说得不恰当,被我抓住把柄记在心里,万一有个什么纠纷,拿着当证据。现在医患关系太紧张,医护人员就像一台上了程序的电脑,一切都按照事先设置好的规定动作来,一二三四,二二三四。

果然,当母亲饿了一天之后,主治医生执行了第二套规定动作:管食。我记得很清楚,六月一日,晚上九点,第二次化疗结束,主治医生亲手关掉监测仪，我跟了出去。我问，现在吃两口吐一口，以后要是吃一口吐两口，怎么办？甚至吐都没东西吐，怎么办？主治医生说，钟警官，根据通常做法，我们会采取管食，也就是插根管子到病人胃里。想不到，这一天真的到来了。

护士长带着两个护士过来，俯下身给母亲说，阿姨，你肚子里没东西，不行啊。至少有四十岁的护士长，话说得很亲切。我母亲不是傻子，好歹是个知识分子，大学老师当了三十年，马上明白了来者之意，把头偏向床边，看着护士长，说了一句很清楚的话：我不饿。

讲完这个话，母亲示意我拿水给她喝。我要喂她。她摆手。她反手摸到储物柜上的汤勺，动作很慢，但却很准确地插入口杯里，搅拌了一会儿，舀出一满勺凉开水。手一直抖，到嘴边的水，不到半勺。呛，咳。半勺水真正进到嘴里，也就几滴。随后，母亲的头勾在被子上，缓慢地转动着脖子，看了我一眼，像是宣布她刚才的成功。

护士长给母亲披了被子，退出病房。

母亲轻声讲了一句：天亮，回家。

化疗、化疗，每种癌症都是化疗。化疗就是真理。放之四海而皆准。这种真理让人怀疑又不能怀疑。你怀疑它，你又找什么替代？这让人害怕。所以，每次化疗一结束，我就想带着母亲逃离病房，逃离医院。遗憾的是，每次化疗吊完数不清的药水之后，时间已经走过清晨、上午、中午、下午、傍晚，来到了晚上，不是九点就是十点。等不到天煞黑，我会趁母亲似睡非睡的时候，把墨绿色的窗帘拉严实。因为，第一次化疗的时候，看到窗外的世界万家灯火，母亲就再也睡不着了，她一个晚上都在数着对面一个高层小区亮着的窗户，直到凌晨三点多钟，整个墙面漆黑一片。

谢天谢地，母亲睡了一个好觉。主治医生早上过来查房的时候，母亲已经吃了小半碗粥水。

阿姨，今天舒服点吗？

想今天出院了。

好，一会儿到护士站拿药。先出院，手续到时候回来再办。

化疗副作用，会潜伏一天，从第三天开始。出院的时候，母亲精神还可以，回家的时候，我特意把车绕到水库那条老路。上午十点，路上车少，风景很美，左山右水，红花绿树。我把后视镜往下掰了掰，看到母亲靠在后座上，头稍偏，压着车窗边缘，眼里淡然而出神，仿佛高僧坐化圆寂了一般。我有点害怕，猛地咳嗽一声。母亲动了一下，看了我一眼，以为我怎么了。母亲动了，我放心了，假装抓了抓头发，然后专心开车。母亲随即恢复了刚才的动作。在恢复动作之前，她理了理头上的蜡染包巾，把头顶上剩下的几缕头发拨弄到额前。母亲用的是兰花指，正好一片从树叶中间透漏下来的阳光，碎银子似的落在母亲的脸上。水红带蓝的头巾，淡然的眼神，母亲像一个想着心事的少女。

这样的宁静太难得。我故意把车开得很慢，绕行山水之间。

小毛最近有什么消息？快到家的时候，母亲问。

打了他电话，没打通，不知道是不是还在非洲。

回到家，还真应了母亲说的。小花猫把家里扒了一个遍。

母亲饶有兴致地整理着，掉在地上的衣服、书本，还有旧报纸。收拾了约二十分钟，母亲自己坐到床沿上，踢了一下脚边的小花猫，猫叫了起来，母亲试图再踢一下，却没成功。母亲疲乏地躺在被卷上。

我一手扶着母亲的背，一手扯开被卷，塞到一边，再放母亲躺下。

母亲看了我一眼，说，我不饿。

母亲不饿，我饿了。我到冰箱里找出一袋速冻饺子，下了锅。饺子翻腾的时候，我给妻子和女儿发了条微信，告诉她们，第三次化疗结束了，现在回到家了，勿念。

在检察院批捕科当公务员的妻子、寄宿在校马上升高中的女儿，很快回复了微信。

我顺带又把微信转发给了弟弟小毛。转发的号码是他美国的手机。他在美国硅谷当工程师，三十好几快四十了，光谈恋爱不结婚，说自己"恐婚"。他一周前去了非洲，援建一个综合医院，负责安装和调校医疗设备。

山高水长，日夜颠倒，手机从来不显示发往异国的汉字是否被读到。这让人失望。

我把手机丢在一边，夹烂一个饺子，肉汁流出来。觉得少，又夹烂一个。发现，太浓太油，赶紧加了点饺子汤，装成小半碗，给母亲端过去。

母亲侧着身子，睡着了。我伸过头去，她的脸笼罩在昏暗中，特别庄严的样子。

母亲一觉睡到日没西山。落地窗看出去，火烧云逐渐淡去，夜幕翻滚而至。

母亲坐起来。我把温在锅里的小半碗肉汁端过来，母亲在一呛一咳中完成了一半任务，然后摆摆手。我也作罢，随即把床头柜上的温水瓶旋开，备着。

我早已不再像刚开始化疗那样，逼着母亲进食，骗着母亲进食，感化着母亲进食。

　　那个过程已经过去了。我相信，母亲忠于她的胃口，胜于儿子的说教和求饶。我可以诓骗母亲，但我诓骗不了她的食欲。

　　出来沙发坐一会儿吧，睡了那么久。我说。

　　母亲坐起来，理了理她那完全可以忽略不计的头发。但她做得很认真，十个指头往后拢着，像一副掉了齿的耙耕耘一块旱地。

　　头发梳理好后，母亲移步到沙发。小花猫跟到脚下。

　　按照习惯，我没有开灯，没有开电视。

　　母亲伸出脚又要戏逗小花猫。脚刚要出，她哎哟了一声。整个人伏在沙发上。微暗的光，包裹着母亲。瘦骨嶙峋，像一把尖刀。蠕动着，在寻找舒服的姿势。最后，她滑下沙发，跪在地板上，手撑着膝盖，久久不动。

　　跟网上说的一模一样，这种癌会出现强迫体位，那就是跪着。跪着才能缓解疼痛。

　　回医院去，打镇痛剂。我说。

　　不去了，上次打完照样不舒服，"哎哟"都喊不出来。母亲说的是大剂量镇痛剂打完之后的副作用。

　　我帮不了母亲，只能任她跪着。

　　跪在猫前。

　　跪了一夜。

　　猫都睡着了。

　　还是昏睡好。昏睡就不疼了。我把母亲房间的窗帘拉上，后来干脆把客厅的也拉上了。母亲跪着让我难受。她睡着的时候，我会刻意把她弯曲的腿摆平、摆直。

可是清醒的时间还是多。

清醒就要跪。跪。跪。跪。跪到天亮。跪到天黑。

跪到第三天,母亲讲出了她的决定。

当时是清晨六点,我醒来,第一件事是去烧一壶开水。

母亲的房间开着,大亮。原来她自己把窗帘拉开了。客厅的窗帘也拉开了。

一丝风都没有。窗外小区的几座高楼、远处的整个城市,兵马俑一样,安静矗立,整装待发。突然,马路上开过洒水车,呜呜的警报响起,偌大的世界一下子就活了。卖早点的店开门了。公交首班车上路了。背着书包的小孩出现了。为了躲避早高峰提前出门的小轿车出现了。一天开始了。

我端着新鲜开水,进了母亲的房。旋开保温壶,把几乎没动过的隔夜开水换出来。

母亲说,大毛,我想死了,你帮我吧。

我说,好。

我应完母亲,回到客厅,烧第二壶开水。水壶接通电,小红灯亮起。我静静地站着。不一会儿,水咕噜咕噜响起。这声音,我觉得特别好听。像个小孩,活蹦乱跳的样子。

我就让水一直开着。咕噜咕噜,咕噜咕噜。咕噜咕噜,咕噜咕噜。咕噜咕噜,咕噜咕噜。咕噜咕噜,咕噜咕噜。我心想,要是水就这么一直咕噜下去,老子他妈的就是站成枯木也陪你咕噜下去。可是咕噜很快就灭了。

我退后两步，坐在餐桌上。手机正在餐桌上充着电，我拔了，给不知道是在美国还是非洲的弟弟发了条微信："小毛，妈妈有事，急事，尽快回复。哥。"

我和弟弟的微信记录一直没删，没时间删。我翻了下，这三年来，我们说的内容全是母亲的病。三年前确诊，是癌。中医、偏方、西医，最后才上了化疗，一次，两次，三次。击倒，再击倒，最后跪着，跪过白昼，跪过黄昏，跪过漫漫长夜。

有次，半夜，我站在门口，看着母亲跪着，像一尊雕塑，不知道为什么，我也跪了下来，我也跪得跟一尊雕塑一样。跪了多久我不知道。最后是猫轻轻叫唤了一声，我才抬起头。猫从沙发上跳下，落在母亲边上。母亲依然保持着原有的姿势。猫左右翻了个身，最后也安静了。我站起来，坐在椅上，看了她们很久……

四处拉开的窗帘，让人想出去走走。我推出轮椅，带上母亲。母亲居然摆手不用轮椅，自己扶着墙壁，走出门口，走到电梯口。等待电梯的时候，她冲我用力地笑了笑，大概是一种无奈的意思，最后还是挪到了轮椅上。

我从后面抱起母亲，把位置坐正。母亲在我双手里，只剩骨头，宛如一块烧了半截的木炭。

我们就在小区里走走。小区靠近一座山岭公园，无论天气再热，总有凉爽的风。

跟试图不要坐轮椅的心情一样，母亲在小区里兴致挺高，嘴里咿咿呀呀地说个不停：

这是什么花呀？开得蛮好看咧。

管理处干吗去了？这个水井盖还没固定好，哐当哐当的。

啊哟，哪里来的野猫子，脏兮兮的，可怜。

野猫之事，让母亲想起家中的小花猫。小花猫原本也是野猫。三年前，母亲抱了回来后才成了小花猫。

母亲要我推着她回家，说要喂小花猫了。

其实是我喂的小花猫。母亲不过是把猫食交给我而已。一边看着我投猫食，母亲一边慢慢说话：

你是刑警，你知道如何安乐死。

我没有说话，继续喂着小花猫。

小花猫抱回来之后就成了懒猫，一天多餐，晚上十二点还闹着来一顿夜宵，饱餐之后，坐着也可以睡着。

小花猫又坐在母亲脚下了，小盹打起来。母亲移动着脚推了推小花猫。小花猫没反应，果然瞌睡了。母亲继续慢慢说话：

这几天，我们每天说说话，七天后，你就动手吧。

我说，好。

好就跟我跳支舞。母亲突然站起来，很有力的样子，打开双手，脸上微微笑。

母亲吓了我一跳。母亲年轻时爱跳舞，爱跳交谊舞，退休后仍爱跳交谊舞。这几年老年人流行的广场舞，母亲从来不参与。她只爱交谊舞。

我不会跳舞，但我没有任何理由拒绝兴致高昂的母亲。我把手搭进去，像个机器人，托着母亲，但不敢太用力。

和你老爸一样笨，来，华尔兹，走起来，一、二、三，退左、横右、并脚，并脚呀！来，开始，蹦、嗒、嗒，蹦、嗒、嗒……母亲在教我。

跳到最后，母亲完全不管我了，伏在我臂膀上，身体微微地摇动着，不肯停下来。

弟弟一直没消息，真想揍他一顿。

我想找人说说话。妻子出差了，女儿跟着学校乐团到意大利演出去了，都是七天后回来。

父亲在天上。父亲如果还活着，多好，这个主意他来拿，我执行就是了。他干了一辈子的刑警，比我勇敢，比我有眼光，到现在为止，公安学校的刑侦教材还援引他当年办的案子。

三年前，如果母亲不查出这个癌，父亲也不会悲痛过度，早母亲而去。你说也真是的，父亲这么硬的骨头，怎么被母亲的病搞得魂飞魄散。

要是父亲留下了，陪着母亲，到今天，整好八十，多好一件事。

我跟领导电话请假的时候，就听到母亲在客厅喊了，过来啰，跟你讲几句话。

母亲这一声唤，让我想起小时候。小时候，母亲要给我们两兄弟上教育课的时候，她就会说，过来啰，跟你们讲几句话。

我搬一个凳子，坐下。

以前，母亲是坐在藤椅上讲。现在，母亲是跪着讲。

母亲的第一讲，是她的一个游历故事：

八几年的时候，我们学院有个外教，第一个外教，比利时人，名字叫雷帕尼，我们叫他"老雷"。当时全校能用英语跟他对话的，没几个，我是一个。而且他知道我读过原版《圣经》，我们聊得来。他大事小事喜欢黏着我。你老爸开始还以为我想改嫁到比利时，紧张得要死，派刑警跟踪我们。

这个老雷，可以说就是一个酒鬼。只要有酒，什么都 OK。他也不管什么酒，管你红酒还是香槟，还是啤酒，还是我们湖南乡下的米酒，是酒就喝。有次给学生讲语法，讲着讲着就跑了出去。有学生在厕所里看到他，好家伙，他居然跑到厕所里喝酒，酒气冲天。学校要开除他。还没等学校下命令，老雷把衣服、家什搬到街上的宾馆去了。但学生不愿意，联名写信要留这个老师。学生觉得上他的课，好玩。不得已，学校又把老雷请了回来。

我们所有老师，对老雷最大的迷惑是，他怎么一天到晚总是笑哈哈呢，难道他就没有一点忧愁，这是人的性格，还是酒的作用？这个问题，我至今搞不懂，世界上怎么会有这么开心的人？

后来，老雷去了北京，进了他们的驻华大使馆。到大使馆工作，更疯了，全中国到处玩，成了中国通。云南摩梭女儿国，还没开发的时候，他就已经玩了个遍。有时候他会突然回到学院，给每个认识的老师送礼物，各种造型的巧克力，还有糕点，他说那糕点是刚刚从比利时空运过来的，大家都相信他说的，因为他那么开心的样子。

二〇〇八年汶川大地震那天，老雷正好在长沙。他带一帮学生，来了我们家。来我们家干什么呢？比利时电视台那边要电话连线他，做现场报道。老雷就导演了一场戏：比利时越洋电话打过来，老雷假装在现场的样子，扯着嗓子喊，现在中国汶川的老百姓如何如何，政府如何如何，我们一群人就不停地从老雷身边跑过去跑过来，几个会说四川话的人，就断断续续喊着、叫着。就这样，他完成了现场直播。他说，他这一个直播，可以得好几千块。你爸气得要打人，说他是个骗子。

你看，就这么一个人，但他却受到很多人喜欢。包括他老婆。他老婆是比利时国王家族里的人哦，很好看，而且小老雷一二十岁。前几年,老雷在西藏还是哪里我忘记了,摔断了腿。他提出要跟他老婆离婚。他老婆居然不干。

老雷腿断以后,就回了比利时,接着这个中国通就卧床不起了,他那个病叫什么,我记不得了,总之起不来了。我得病前一年,老雷给我发电子邮件,邀请我去看他。我还没来得及回邮件,就有人给我送来了去比利时的机票。原来他和我大学共事的时候就偷偷记下了我的身份证号码。你说这个人坏不坏。接着,签证手续很快办好。你还记得不,那次我出国,也是匆匆忙忙告诉你的。

到了比利时,才知道是参加老雷的死亡仪式。

天天赖在床上不好玩,喝酒也被制止了。老雷觉得没意思,不想活了。

他给当地执行安乐死的协会打了个电话,工作人员过来一核实,死期就商定下来了。

老雷安乐死的日期,就是我到达比利时、见到他的那个晚上。

老雷邀请了大约十几个好友,国外的,有几个,但中国客人,我是唯一一个。老雷说,为什么邀请我过来,因为中国人活得太谨慎,我是其中一个代表,所以想让我看看,其实一切都很简单。

那个晚上,约来的十几个朋友一起喝酒、说话。老雷躺在床上,又吼又叫又唱,酒洒了一身。执行安乐死的工作人员也在一边玩耍、热闹。他们的工作就是待到客人们一一散去,再给老雷一杯茶,然后道晚安。

整个告别晚宴,我都在一边跟老雷的两个女儿聊天。他两个女儿都是耳洞那里有颗痣,我记得很清楚。

突然,我就听见老雷用中国话大声说:

×你妈,什么阎王爷大笔一挥,老子今晚找你算账,一瓶二锅头灌死你！
……

母亲想继续还原老雷喊叫的那些话，终究没有那个气力，喘着气，躺下，歇着了。我给母亲倒了些葡萄糖，说，休息十分钟，一会儿我喂你，喝下它。母亲点头。

母亲第二天的第二讲，谈的是自己的故事：
一九五八年大炼钢铁的前两年，我初中毕业了，全村就我和一个叫翠莲的女孩收到了县高中的录取通知书。

我们本来就是最要好的同学，整个暑假更是形影不离，晚上都在一起睡。有个晚上，她突然不来我们家睡了。我去喊她。结果她弟弟说，你是不是偷了我姐姐的钢笔，英雄牌钢笔。我说，怎么可能？她弟弟说，家里都翻了个遍，就是找不到，你们天天在一起，不是你偷了，还有鬼了？！

我那时候十六七岁，自尊心强得不得了，拉起在一边不讲话的翠莲和她弟弟，去我们家里。他们两姐弟去了我们家里，进了我的房间，关起门来到处搜，哪里有什么英雄牌钢笔？她弟弟满头大汗，不服气，说，你藏起来了，当然找不到。

我站到翠莲面前，说，你讲句良心话，我会偷你的东西吗？
翠莲来了一句，你父母都是老师，按说不应该，但是人心隔肚皮。

两姐弟说完走了。我傻掉了。人心隔肚皮，这句话好毒啊，什么叫人心隔肚皮！

被好朋友怀疑，我一夜没睡，想哭，但一滴泪水也没有，眼睁睁看着窗户有了光亮。

那个时候人好单纯。为了证明清白，趁着天似亮非亮，我偷偷溜出家，三跑两跑跑到河边的一个石井边，我一低头，头发散在眼前，我真的跳井了。

我想以死证清白。

那么深的井，一二十米深，黑洞洞的，必死无疑了。我当时想，这是值得的。

但没死成。

在我跳井之前，人民公社一头刚能走路的小黄牛，逃出牛栏四处乱跑，结果掉进了石井里，四脚朝天。也就是说，我最后是摔在小牛松软的肚子上，再滚落在泥水里。

秋天快到，水浅得很，可以说是个枯井。

看着四方形的小天空，我这时候才泪如雨下，哭到最后气都接不上来，昏迷过去，直到井口吵吵闹闹。

公社社员早上出工的时候，发现小牛不见了，几百人分头去找，结果就发现了我和小牛。

当然是救人要紧。他们放下酒杯粗的麻绳，底部打成一个圈圈，喊我坐在圈圈里，抓紧。就这样把我拉了上来，想死没死成。

等要救小牛的时候，大家才大拍脑门，呀，刚才应该先救小牛，让田家丹丹把小牛给套住，拉上来，再拉丹丹啊。怎么办？牛是公社重要财产，必须救。不救，死在井里，瘟疫不说，不吉利。

也没有人出主意说吊一个人下去，去套小牛。

大家想到的是填井。于是，一个生产队的人用了一个上午挖泥、挑泥、往井里倒泥。求生本能让小牛在井里跳着舞，一点一点地升高自己的位置，最后终于轻松跳出井口、恢复自由。

因为跳井这件事，翠莲和她弟弟表示了愧疚，但我一直闷闷不乐，因为我还是没有证明自己，直到高中毕业。

高中毕业那年，不知道什么原因，公社要把当年填掉的井恢复原状，于是又是一个生产队用了整整三天时间，才把泥巴挖出来。你外公是公办老师，但你外婆不是，代课老师而已，仍旧是农民，暑假一样要劳动。我当时已经是劳动力了，那天我去顶你外婆的工分。倒最后一粪箕淤泥的时候，一支黑色钢笔露出来。这支笔盖缺了一角的钢笔，就是烧成灰我都认得，它就是翠莲的英雄牌钢笔。扭开笔盖一看，果然是"英雄"。这一下，全想起来了，三年前那个暑假，我和翠莲最喜欢到井边玩耍、背诗，钢笔要么是从书本里掉进井里，要么是从口袋里滑出掉进井里。那天，翠莲也在出工，我拿着沾满黑泥的钢笔给她看，然后扭头走了。

我终于清白了。可是，第二天早上就传来了翠莲跳井身亡的消息。

翠莲自杀了。

我主动去井边为翠莲收尸，脑壳、手脚不全的部分，给她一点一点拼凑整齐，然后抬到木板上，装进棺材。

翠莲埋下没两天，我收到了大学录取通知书。我早早就去了长沙，再也不想回家。

几十年过去了，很多人还在说秦家翠莲自杀是一个谜。这里面真正的原因，只有我知道。她冤枉了最好的朋友，她良心上过不去，以死还债。可她这么一搞，我良心上也过不去啊。

……

母亲讲完已经满头大汗，既虚弱又意犹未尽的样子。她伸脚踢了踢倒在一边睡着了的小花猫。小花猫一动不动。母亲自言自语了一句：

装什么死，我才是死过的人。

第三天，五点不到，我就醒了。我屏住呼吸，贴在母亲房间的门框上,想听听母亲是否安睡。挺安静,我把头挤进去,看到母亲像小猫小狗一样蜷缩在床尾。我想应该是睡着了。

我又溜回自己的床上。摊开手脚,呈一个"大"字形。我努力放松自己,让自己再睡一会儿。自从母亲病了之后,奔波、照顾的担子基本上是我在挑起。我不挑,谁挑?两个儿子,只有我在身边。我从一线调回了机关,目的就是工作规律一点,时间宽裕一点,请假方便一点,而且之前负责的案子越来越大、越来越复杂,嫌疑人越来越不好对付,担子越来越重,我也有点烦了,当然也开始有点怕了。

可是我再也无法入睡。黎明之前静悄悄,一个巨大的声音在问我:为什么答应帮助母亲去死?久病床前无孝子?不忍母亲受折磨?

答案一会儿是A,一会儿是B,一会儿是AB,一会儿啥都不是。

我烦躁不安。想想三年前母亲因为突然的一次剧烈腹痛,一个人跑到医院拍片,然后得知肚子里长的居然是被称为"癌中之王"的东西。母亲一个人把这个结果生吞活剥咽进肚里,不料父亲一个眼神就识破了母亲的隐瞒。得知实情后,高血压一冲天,父亲自己先呜呼了。守完父亲的"头七",一个星期后,母亲终于被我说动,坐高铁到了深圳,投奔我来了。

我们一起住一段时间,喊你老婆不要嫌弃我哦。母亲把箱子往我女儿的房子里一扔,选择了高低床的下铺。

一开始,母亲坚持自己去医院,网上预约、排队、挂号、看病、数不清的检查、复查、吃药,做完腹腔神经丛毁损手术,之后寻找民间偏方。都是母亲自己做主,她只相信自己。

然而,这一切都无法阻止身体消瘦。

消瘦最可怕。因为你每天都可以感受到,体重一百零五、一百、九十五、九十、八十八、八十五、七十、六十五。

有天，妻女陪母亲散步去了，我回到家，看到母亲床上新增一堆药品，我颓丧万分。电视里正播着一档减肥节目，我捡起地上的篮球狠狠砸了过去。电视很硬，球弹回来，撞在我鼻子上，血流不止。

我转而迁怒于镜子和电子秤。洗手间里的镜子拆下来，扔掉。女儿梳妆台上的小镜子，扔掉。我和妻子卧室里衣柜的镜子拆不掉，但被我糊上了报纸。电子秤，扔掉。不能让母亲看到秤上递减的数字。

母亲一声咳嗽，把我从床上弹起。

我下床，推开母亲半掩的门，叫了一声。黑暗中，母亲说，刚才鬼鬼祟祟站在我门口干什么，怕我死啊？还有几天呢。

我没有说话，走出房间开始每天的第一件事，烧开水，咕噜咕噜。

提着开水进房的时候，看到母亲自己在小口抿着葡萄糖。

今天给我搞点青菜粥，有点想吃。

嗬嗬，这是半年多来听到的最让我开心的一句话。

我响亮地应着，飞身出门。楼下有一家连锁粤菜酒楼，他们的青菜粥熬得最正宗。我要了两份。

母亲吃得很用心，很尽力，热气在昏暗的房间里，显得特别白。把母亲乌青的脸都熏白了、熏嫩了，有了些许生气。

母亲说，她昨晚做了一个长长的梦：

我大专毕业后，留校任教。那个时候长沙跟现在比起来，也就是个大农村，土路、土房子。我们学校围墙下有条路，两边是高高的香樟树。我做的梦就发生在这条路上。

大清早，我抱着教本去学校。走在我前面的是一辆手扶拖拉机，突突突，开得很快。突然，前面一匹马撞了过来，撞在拖拉机头上，"乓"一声闷响，根本不像铁撞肉，像铁撞铁。马当场倒地。拖拉机呢，发现出了事，一扭方向，"啪"，机头撞到学校围墙，司机飞了出来，也撞到了墙上。

然后就看到很多人围了过去。有人说，这匹马踩到缰绳了，迈不开腿，所以自己给自己送了命；拖拉机司机呢，眼睛布满血丝，一看就是睡眠不足、疲劳驾驶。

我一个女崽家家，哪会看这些闲事，越过人群，拐进侧门，给学生上课去了。

到了教研室发现没带钥匙，我赶紧跑出侧门回宿舍。又路过那条小路。司机还躺在那里。马也还躺在那里。机头稀巴烂的拖拉机也歪在那里。都死了。

司机也没用什么白布盖着。我忍不住走近看了一眼。一看，不得了。这人我认识。何止认识！

他是我第一个喜欢的人。

他是另外一个学院的老师，也是教数学。我们在一个教学竞赛中认识。他家就在长沙，兄弟姐妹有六七个，他是老大，单凭他那一份工资不够，于是他经常给学校后勤干活，开拖拉机。学校能开拖拉机的人少，他能开。

我们互有好感，但那时候男女感情别说表白，连表露都不会、不行。他爱写诗，经常寄诗给我，都是一些隐晦的情诗。我总是说他的诗没有灵气。他不服气，疯狂地写，任何一个小灵感，他都会记下来，然后扩充成诗。

我那天在他的手心上看到两个圆珠笔字：小寒。那天正好是小寒节气。他一定是有了灵感。于是边开车边记下灵感，或者在脑海里构思着诗句。

我没法在路边痛哭。谁也不知道我们的关系。我就一直守在旁边，直到他的兄弟姐妹、族人赶来。

这帮人说说笑笑,先砍树。砍树做棺材。这个说这棵香樟长得直,那个说那棵块头大。然后就选中了一棵不大不小不高不矮的砍。一斧子一斧子地砍,树枝上的霜冻落下来,掉在他们的后颈窝里,于是一阵哇哇叫,然后互相取笑、打闹。没有人注意到一个死人就躺在旁边。他的死,连树上的霜冻都不如。霜冻至少会让人有反应。

……

梦做完了,就这些?我问。

记不得了,好像是完了。母亲皱着眉头想了想,说。

梦都是反的啦。你那个对象的故事,很多年前你跟我讲过,根本不是这样的。

我跟你讲过他?什么时候?那是哪样的?

有一年春节,老爸执行任务去了,你一边做糖油粑粑一边跟我和小毛讲的。你说你刚当老师的头一年,就被一个外校的男老师喜欢了。你说那个男老师喜欢写诗,有次走路居然差点撞到拖拉机。差点撞到,而已。而且,那个男老师还只喜欢你一个人,后面一直没有成家。

真的?你确定我讲过?

你是讲过。你还问我们,拖拉机那么大的声音,居然都听不到,这个人是不是疯子?你说,那年冬天,你得了贫血,身体弱。那个男老师三个月没有吃过一口细粮甚至很长时间吃不饱,省下定量供应的细粮给你吃,有时候还给你做糖油粑粑。天寒地冻的,他把糖油粑粑包在布里,兜在肚皮上,一路狂奔,送到你宿舍。

母亲看了我一眼,羞涩地笑了,说,我问他为什么对我这么好,你听他怎么回答的,他说,我喜欢你,我要对你好。

你为什么最后没有跟他?我问。

哎呀，他这个人啊，性子太急了。三天两头要我们快点结婚，理由是为了社会主义建设都是先结婚后恋爱。我哪里受得了这个？还有一个我不喜欢的细节，说出来，我自己都想笑。

什么细节？

他屁股后面春夏秋冬都挂着一大串钥匙！天哪，我最受不了这个，一点审美都没有，还当诗人！六十年代兴起跳交谊舞，我是长沙跳得最好的女老师。每次跟他跳舞，笨不说，屁股后面那串叮当作响的钥匙，让人一点兴趣都没有，我只想笑。我提示过他，他也改了，挂钥匙的位置从屁股后头改到了肚子前。这有区别吗？笑死我了！

他现在如何了？你们有联系吗？看到母亲兴致很高，我问着。

呀，差点漏了重点，他早去世了。喜欢我的人都到马克思那里报到了。

第四天，母亲从衣柜里抽出一张已经残破得不成样子的黑白照片，示意我搬凳子过来听她讲。

我执意还是要在客厅里、沙发前谈话，空间大，敞亮。我把母亲抱到客厅地毯上。母亲自己调整好姿势，跪着。照例，我在她斜对面坐着。

母亲把照片按在我膝盖上。这张照片我当然看过，拍摄于一九一三年，可以说是家里最古老的实物。左边是母亲的母亲，右边是母亲的奶奶。母亲是没见过她奶奶的，但她奶奶的故事听过。母亲的奶奶死于一九一五年，兵荒马乱时代，肚子饿，偷了地主家的半箩红薯，被发现了。心思败坏的地主婆，不吱声，故意放松警惕，让母亲的奶奶再一次偷窃得手。半路上，母亲的奶奶吃了半个红薯就肚子痛得满地打滚，手脚抽搐，等送到医院的时候，人已经没了。原来，地主婆在红薯上抹了毒。

母亲跟我谈的，不是复述民国往事。她说了一个惊人的东西。

她说，"文革"的时候，谁都不敢说这个东西，这东西说了，不单是迷信，而且要被打倒。改革开放了，我堂堂一个大学数学老师，讲这个东西，也不合适，不适合我的身份。但这个东西在咱们湖南乡下，流传很广，也未必就是"迷信"两个字可以归纳它。

母亲把我膝盖上的照片要回去，说：

我是我奶奶的转世。我两岁多开始说话的时候，一直不认你外婆，我说我不是你的女儿，我是你的妈。大家就笑我。有老人拿一个红薯逗我，我啪地打在地上，说，吃不得，地主婆害人的。两岁多发生的事，我自己肯定不记得，都是你外婆讲给我听的，很多老一辈还作过证。所以，我信了，我是我奶奶的转世。奶奶等了我这么久，我该跟她会面了。我都有点迫不及待了，我跟你说。

母亲望着我。我有些害怕。

我最着急的是联系到弟弟小毛。很小的时候，父亲就念叨"长兄为父"，当哥哥的要拿主意。因为他经常要出差、抓捕，有时候一去就是一个月，连母亲都不知道他去哪里。父亲经常是半夜回来，很小声地敲门，但母亲总能第一时间听到、开门。我怀疑母亲从来就没睡过好觉，她一定担心丈夫因公殉职。父亲很早就当上了刑警队长，但一直到退休都没提上公安局长。父亲为此很多年郁郁寡欢，发泄的方式就是自己冲锋陷阵抓捕罪犯。似乎他一点也不怕死。可越是这样，母亲越担心。有一次母亲过生日，当时我刚刚从公安学校毕业，正等待落实工作，我第一次用学校发的毕业费为母亲买了蛋糕。父亲出差了。母亲还是很开心，我们母子三人喝了五六瓶啤酒。微醉的母亲说

了一句:

你爸爸屁股头插着枪,威风得很;我心头上插着刀,害怕得很。

母亲一直反对我读公安学校的,但我喜欢。绝对是受父亲那一身老虎皮的影响。

唯一值得安慰的是,弟弟跟了母亲,学了理工科,还早早出了国,见了世面。

……现在父亲不在了,长兄更加为父,可以做一切决定。但母亲想安乐离去一事,我还是想听听弟弟的意见,至少要让他知道。

小毛应该更理解母亲吧,他在西方受了那么多年的教育,硕士、博士、留美工作都快十年了。小毛不会在非洲出事了吧?非洲的歹徒最喜欢抢劫华人。因为他们知道华人身上喜欢带现金。新闻不是说,在非洲淘金的华人,很多都被赶回国了,还发生了暴力冲突。

想到这些,我赶紧打开电脑,上网查查新闻。就在点开网页那一瞬间,我一拍脑门,怎么忘记了电子邮件这一茬,电话不通,可以发邮件啊。

我赶紧给小毛发邮件:妈妈有事,速联系!!!

我至今都不清楚,第五天开始,母亲身上的疼痛为什么突然火山一样爆发。镇痛药下去也没用。整个屋子里都是她的叫声。那是绝望到顶点的叫声。不是凄惨,是愤怒。如果父亲还活着,她会抢过父亲的手枪朝天上崩上一排子弹,甚至是把自己崩了。

是那碗青菜粥的原因?吃得过多,起了反作用?还是粥里的油星子惹怒了饥饿的癌细胞?我唯一能做的就是把门窗悄悄掩上,以免不知情的邻居以为家里发生了什么暴力事件。

小花猫也不知道跑到哪里去了,难道它听不下去躲起来了?

母亲的号叫一直持续到夜幕降临。家里每个房间、每个角落她都跪过。最后终于还是回到了客厅里。

我上网想在线咨询下一直有联系的肿瘤专家，镇痛药该加到多大的剂量。

咨询之前，我点开电子邮箱。一分钟前，小毛回复了！五个大字：我打你电话。

我去找电话，电话响了。我把声音调成振动，蹿出门外：喂，不要挂，小毛，我在电梯里！

我下到小区花园里，跟小毛讲了母亲渴望离开的想法。电话里，小毛呜呜哭起来。我可以想象，小毛在异国的白昼，站在大街上，人潮汹涌，悲伤的样子。他从小就是一个乖乖崽，白白净净，老老实实，永远都在心里做事，理性，内敛，不骄傲也不蛮横。

小毛说他马上直飞香港，回深圳。

我说，好。

我握着手机回到家。母亲问，小毛来信了？

我说，是，明后天就回来了。

母亲突然精神起来，换了个膝盖，换了个跪姿。

我递给母亲一点葡萄糖和水，然后坐在她一侧。母亲呛呛咳咳喝了一小口，开始说话：

你弟弟工作的那个什么州，对，加州，那年我和你爸去的时候，正好赶上一个印第安人文化节。各种文化活动，朗诵啊，舞蹈啊，音乐会啊，美食啊。你爸到哪里都怕人多，我们就到人最少的一个朗诵会上看表演。朗诵会也是很随意的，谁有节目谁上。有时候不等主持人报幕，观众就朗诵起来。节目到一半的时候，广播响起来，说一个参加朗诵的作家的腰包被偷了，希望小偷听到广播后，至少把作家的身份证、护照留下，否则人家连家都回不了。一轮朗诵结束后，广播又响起，说小偷把腰包还给作家了，完好无损。现场观众一阵欢呼。

欢呼完之后的一个节目，又是一个诗朗诵。朗诵者是个一头银发的老人。他先介绍这首诗的背景。大意是，有个印第安人，老伴去世后，他非常悲伤，想随她而去。老头子在整理遗物的时候，发现了老太太写的一首诗。这首诗让老头子有了活下来的勇气。朗诵的时候，舞台上的大屏幕居然有字幕，有英语、日语，还有中文。所以，我和你爸都听懂了。后来把中文版抄录了下来。

母亲告诉我，那首诗，放在她枕头下，可以拿出来读读。

我从枕头下翻出一个本子，翻了翻，一张纸片掉出来，果然是一首诗，题目叫《千风之歌》：

在我的墓前，请不要哭泣
我不在那里
我并没有长眠
我已化身为千缕微风
翱翔在无限宽广的天空里
秋天，我化作阳光照耀大地
清晨，我化成鸟儿唤醒你
夜晚，我化作星辰守护你

在我的墓前，请不要哭泣
我不在那里
我并没有死去
……

读完诗，我喂了母亲一些米汤。还算顺利。我装了一盆温水，想给母亲擦擦身子，母亲不允许。她要自己来。我守在门口，等到母亲叫我。然后我进去把温水倒干净，再回到母亲床边。

我说，我陪你睡吧。母亲很乖地移到靠墙的位置，我躺下。黑暗中，我抓着母亲的手。母亲慢慢翻过身来，贴着我的胸口。我抱住了她。准确地说，我抓住了她。她的身子，像根竹子。

母亲睡得很平静，偶尔把膝盖抬起来，使身子弓出一个弧度。我也假装睡得很好，身体姿势一动不动。

我的眼睛瞪着天花板上唯一算亮的东西，那是白色的吸顶灯。盯着一个东西看，看久了，自然就想合上眼皮。

早上醒来的时候，母亲正跪在我身边。疼痛再次袭来。

我把母亲抱到客厅的沙发下。

我开始烧水，咕噜咕噜，然后换水，然后关掉电饭煲的电源。小米粥已经熬了一个晚上，按开盖子，淡淡的米香味道升起。

母亲忍不住，开始喊叫。越来越大声。天崩地裂。地球爆炸。我撬开她嘴巴，喂进镇痛片。母亲的眼睛，干涸如见了底的河。

我回到自己的房间，在衣柜的角落里摸到藏好的安眠药片。一大瓶，摇一摇，闷闷地响。我真想让母亲马上远离痛苦。

可我得等小毛。他在天上飞。

我走出客厅，抱着母亲，让她坐我腿上，我摇着她。像摇孩子一样。母亲掐着我的手臂，呼喊。细汗密布。

不行，母亲必须跪着。

今天第六天了，你不跟我谈谈了？我问。想以此分散母亲的注意力。

母亲显然做好了准备，喘息很久之后，慢慢开口说话：

我真的是没有什么后悔的。你看，奥运会那年，我南极都去过。那次去南极，前前后后差不多二十天，有一个场景印象深刻。当时已经登上南极大陆，蓝天，蓝得我晕头转向，白云，低得就像在头顶，雪山、冰山，像一个童话。旅游团把我们分批安排进一个小游艇，荡漾在港湾里。到了港湾中央，小游艇关掉马达，工作人员叫我们享受一下宁静世界。那真是万籁俱寂啊。水面像镜子，倒映着冰山，晶莹剔透，时间好像不存在了，世界静止了。

南极去得真值。那么安详，好美。

谢天谢地，小毛在第七天回到了家。

弟弟毕竟是弟弟，总是爱哭一些，抱着母亲，眼泪汩汩流出，落到母亲后背，衣服洇湿了一大团。

我站在阳台上，手扶着栏杆。我居然站着睡着了。弟弟的归来，让我肩上的压力轻了许多。我早已累瘫了。我顺势坐在地板上，呆呆望着天空移动的乌云。噢，大雨将至。这天有多久没下雨了？两个礼拜，一个月，还是两个月？人都快闷死了。

想着想着，我歪在地板上，睡着了。至少过了两三个小时，我才醒过来。因为下雨了。雨点把我打醒了。

小毛从母亲的房间里跑出来，关窗。就像小时候一样，一下雨，他就负责关窗，我负责检查。

我把小毛拉到门外，进了电梯，下到小区的活动区。因为下雨的缘故，活动区空无一人。我把母亲的想法已经准备这两天实施告诉了小毛。没等我说话，他暴跳如雷：

081

你敢！你这是杀人！你这是犯罪！

饱受西方教育的一个人，如此强烈的反应，是我万万没想到的。我拽住小毛的手，告诉他母亲这几天度过的一分一秒。

他不信。我让他原地不动。我跑回家，把安装在客厅电视机上方的一个微型摄像机取了下来。这个摄像机是我悄悄安装的，我想录下母亲临终前的一举一动一言一行。所以每次母亲谈话的时候，我都让母亲到客厅沙发上讲。

我把摄像机连上平板电脑，给小毛看母亲所有的讲述和后面两天的喊叫。小毛看得浑身打战。他说：

所有的故事都是为死做铺垫。第一个故事，讲那个外国人安乐死，好潇洒；第二个故事，被小时候玩伴冤枉，跳井，讲自己也死过一次；第三个故事，那个诗人追她，喜欢她的人都到马克思那里报到了；第四个故事，自己是奶奶的转世，要和奶奶会面了；第五个故事，加州旅行，《千风之歌》，我并没有死去，我化成了风；第六个故事，去南极，时间都静止了……

晚上，我们母子三人同床而眠。我坚持要给母亲擦洗身子。母亲坚决不从。我们只好立在门外等候叫唤。

好久之后，母亲一身单薄睡衣躺在床上。小毛把水倒出去。我把母亲换下来的衣服叠好。像小时候那样，母亲睡中间，我睡外头，小毛睡里头。我握着母亲的左手。小毛握着母亲的右手。我想他一定能感受到手里的骨头是如何的脆弱。

母亲开始了她的第七次讲述：

小毛，死有什么可怕的咧。死是活的奖赏咧。

小毛应道，嗯。

家里从此再无声音。母亲用尽她所有力气,不再喊叫。

七个故事,七六五四三二一,嘀……剧终。

三个月后,小毛又回了次国。到机场接他时,我电话里还讲他:你回来干吗,又不是清明节,何况我现在调了个单位,单位旁边五公里就是墓园,我心情烦躁了哪儿也不去,就去墓园,看看妈妈,我昨天还去过,墓碑两边的两棵小柏树长得溜直。

接到后,我闭嘴了。站在小毛身后的还有一人,甚至也可以说两人。给你一个惊喜,哦,不,两个惊喜,这是我的新婚妻子,中文名叫玫瑰,英文名 Rose,美国人,第二个惊喜是……小毛点了点他妻子——长相、体貌简直是高大版的芭比娃娃——的肚子,四周啦。

像个蹩脚的演员。少见小毛这样的表现,称得上喜形于色了。自然,我也开心。嘿,我弟结婚啦,小侄子或者小侄女也要生了,还混血呢。得把这个消息告诉母亲。我当即拉着小毛和玫瑰上了另一条高速,先到了墓园。

不是周末,但墓园热闹。正是农历十五,广东人尤其是潮汕人初一、十五都要祭拜,不奇怪。我提着香烛,小毛左手抱着菊花右手牵着玫瑰。墓碑前,我点香燃烛,弟弟两口子跪拜磕头。本想和弟弟在墓前坐一会儿,但他新婚妻子在旁,加上墓园人多喧闹以及烈日当空,便放弃了。我们直接回了家。

妻子也赶了回来。妻子和玫瑰热乎得很,谈起各国的旅行、美食不亦乐乎,谈起东西方生孩子的规矩、习俗也不亦乐乎。我们两兄弟倒感觉被晾一边了。我没话找话,跟小毛说,今晚你们睡妈妈那间房。然后我走进母亲的卧室,小毛也跟了进去。

母亲的房子保持着三个月前的样子。床头柜是一些没有吃完的药,白色、绿色、蓝色的盒子整整齐齐垒在一起。一个黑色保温杯立在一边。枕头下还压着一副老花镜和一个吊着笔的小本子。另一边的床头柜则是母亲看的书和指甲剪之类的小玩意儿。几次我想把母亲的这些遗留之物给清理掉，但每次一屁股坐在床上，又总是沉默很久，想很多事情。其中就包括，我帮助母亲安乐死是对是错。事情没想清楚，工作的、家庭的事又来了，于是离开，心里想着等下一次再收拾。

弟弟和我不一样，他一进来就收拾，边收拾边说，还留着干什么呀？我也赶紧行动起来，把书、指甲剪，还有飘窗上母亲的靠枕、小桌、茶具都收起来了。三个月来一直要做的事，在弟弟带领下，几分钟就弄好了。

弟弟走到床边，拉开几个月没动过的窗帘。哗，久违的光线射满整个房间。

床单、被套、枕头也换了！我突然说，对了，你大嫂刚在宜家买了一套新的，过了遍水还没用过，大红色，正好。

妻子和玫瑰出去了。我翻了好久，才找到那套床上用品。其实是妻子买给女儿的，我懒得解释了。铺起来，小毛帮忙着。铺好后，小毛仰面一躺，很舒服的样子。

我觉得我有义务问问小毛，单身那么多年，为什么这次三个月内结婚生子全搞定了。这也是替父母问问。于是问了。小毛坐起来，回答得很严肃：

妈妈生前讲的几个故事我回美国后又反复看了，那都是说给我们听的。怕什么呢，用老爸以前的话讲就是"怕条卵"，干什么事都要勇敢，我一下子就想通了。以前害怕有家庭、有子女，害怕被束缚、不自由，现在不怕了，怕，才不自由。和玫瑰恋爱这么多年，终于结婚啦，一结婚，我就要了孩子！哥你也是，干了刑警就不要怕！

小毛让我刮目相看。那挺好的，我含糊回答着，然后补充说，我啥时候怕了，我现在调重案组了，单独一个小楼，墓园旁边。

　　客厅里有动静，妻子和玫瑰回来了。我觉得问话已经结束，想去客厅，没想到小毛在我身后轻轻提了一句，哥，妈妈准备了那么久，为什么最后还是……

　　三个月前，七个故事讲完次日那个清早，我起来烧开水，咕噜咕噜，咕噜咕噜。然后提着开水，替换隔夜的开水。

　　小毛把母亲抱在沙发前。母亲跪着。压抑了一个晚上的叫喊，再次爆发。世界末日，也就这样吧。

　　我知道，这是最后的时刻了。我把灯打开。母亲看着我，眼睛有两样东西交替出现：命令和哀求。

　　是时候了。正好弟弟也在。

　　我进到自己的卧室，摸到衣柜里的那个瓶子。弟弟跟了进来，同时把门关上。他抓着我的手，眼泪打着转说：

　　你敢，我就报警。

　　我像制服罪犯那样，一拳挥过去。小毛倒在床上。没来得及喊叫，一团柔软的衣服塞进了他的嘴里，一副手铐把他的双手和窗户栏杆锁在了一起。栏杆上包裹着厚厚的棉布条，任怎么拉扯，也不会发出声响。

　　把弟弟铐起后，我出到客厅里。客厅里，只有我和我的七十七岁老母亲。还有小花猫。小花猫又出现在母亲脚下了。母亲看到我，露出了一丝笑容。

　　这一丝笑容，仿佛把过去所有的痛苦都抹掉了。这一丝笑容，似乎意味着一切从零开始。

我把母亲抱在沙发上,坐好。不能再跪着了。坐好。倒上凉开水。母亲努力地张开嘴,等待我的支持。

我把没有任何标签的胶瓶子,倒向母亲黑洞洞的嘴里。那声音,哗啦啦。让人想起一个歇后语的头半句:竹筒倒豆子。

母亲吞咽着,我再给些水。

药丸啊、水啊,你慢点,好吗? 这是属于母亲,属于我们母子最后的时光。

我伸手想扶住母亲的肩膀,让她稳住。但我没抓着。母亲双手突然挥舞起来。她向我扑过来。她的喉咙发出的声音,就像洪水被堵在涵洞里了,横冲直撞。

她用手伸进喉咙里,整个手都吃进去了。她在挖吞进去的药片。她在摇头!

母亲一脚把小猫踢出老远。母亲不愿意! 母亲不愿意死!

我赶紧打开小毛的手铐,一起把母亲送到医院。母亲已经昏迷过去。我心里明白,母亲是累过去了。

我并没有把全部的药片倒进她嘴里。我自己也犹豫了。

还好,妈妈走得很圆满。弟弟和我边走出房间边说。

是的,很圆满。

当天,母亲的胃洗了一遍后,我们就把她接回了家。

回了家,母亲精神大好。一家五口人,围在圆桌上,安安静静地吃着晚餐。莴笋炒腊肉、辣椒炒肉、辣椒炒鸡蛋,都是小时候的饭菜。

母亲看着我们吃,她就负责笑。看看孙女,试着叫出正确的名字。

吃完后,母亲第一次要求我和小毛帮她擦洗身子。洗好后,母亲翻开枕头,是一套叠得整整齐齐的淡蓝色睡衣。这让我想起母亲那次难忘的南极之旅,天蓝蓝,海蓝蓝,万籁俱寂,美如梦境。

衣服穿好后,一家人过来道晚安。

奶奶,晚安。

晚安。

妈妈,晚安。

晚安。

原刊《当代》第2期

狗 窝

陈 各

一、麦克斯

在德国留学的那两年，我活得无法无天。我抱着拯救当代戏剧的野心来到柏林，首先发现我的德语不够好。我看不懂那些剧本，尤其在句子的语法上做实验的，或玩拆字法的。我只能看一些被更年轻的我弃如敝屣的古典戏剧，就是这些，我都要查词典查个不停，更不要说那些堪比天书的戏剧理论。其次，我还意识到一个更严重的事实，那就是我没有天赋。我始终不能摆脱作品中的"叙事"特征，有时还想偷偷"抒情"。与身边摩拳擦掌、随时准备接听瑞典文学院致电的有志青年相比 —— 我们在一节戏剧史的课上，知道了彼得·汉德克获得了那年的诺贝尔文学奖，这对戏剧系的学生是莫大的刺激 —— 我只是个蹩脚的"票友"，我甚至看不懂彼得·汉德克的东西。他获奖后，柏林的各大剧院都在上演他的作品。国内报纸让我写一篇评论，总结一下他的艺术特点，肯定一下他的艺术成就，但我知道——大家都知道——这都是些没人看的屁话。认识到这个问题后，学校的补助金被我挥霍一空，专业课我也不去了；我去法国、意大利、西班牙，去发疯，去流浪。很快，我的积蓄不能支持我在学校提供的宿舍继续住下去，我只能搬出去，和三个来路不明的德国人合租一间公寓。

  我们的房东算是麦克斯，是他最先整租了一套房，然后把房间分租给我们。我多少觉得他有点脑子不正常，他的房客是他在一天之内从大街上找来的。那时，我和王世豪在一起。王世豪是个华裔，会弹钢琴，被学校剧社请来伴奏。而我虽然属于编剧组，但主要任务是扮演一个没有台词的亚洲女人。我的心理活动主要依赖王世豪的手来传达，一来二去，我们就认识了。搬出学校宿舍后，我住到了他姐姐家。他姐夫是德国人，他们一起回汉堡探亲，把房子交给了王世豪。我住过去的时候，他们已经离开了，我没能见到真人，不过家里有他们的照片。王世豪的姐姐叫王伊雯，比王世豪大六岁，父母是福建人，九十年代到德国做生意，后来就定居了下来。姐弟俩都是单眼皮，姐姐黑一点瘦一点，弟弟白一点高一点。王伊雯的丈夫叫本杰明，体格强壮，大概有一米九，一头浅金色的直发，往后脑勺扎一个小鬏，留着络腮胡。他们有一组宝丽来的照片，贴在冰箱上，王伊雯穿着一件豹纹紧身裙，本杰明穿着白色衬衫，像一只小花猫和一只大白熊，看得出来很恩爱。奇怪，中国女人到了国外，往往变得极致、张扬，中国男人却会变得平和、收敛。

  王世豪会说闽南话，但普通话说得不好。我一度怀疑他接近我，是为了练习普通话。我常常假装听不懂，他一遍遍说，我一遍遍无辜又真诚地笑，他只好放弃了。

  王世豪是会在春季各大音乐厅结束假期开始营业的时候，去听一轮《天鹅湖》和《胡桃夹子》的人。他很爱学习，同时在读两个硕士学位，一个是计算机，一个是东亚研究。他说，为了更了解自己。他还很爱做饭，每天早上、晚上他都会做，而且做得很认真。一开始，我还感到新奇。一是我从来没有在家里见过做果酱、做面包的，和他在一起后我才知道蛋糕里面原来放了这么多糖；二是我从没见过一个中国外形的男人如此心甘情愿地囿于厨房。他很喜欢看我看他做饭的样子。有时候，吃完他做的意大利面，我们就在餐桌边上的沙发上做爱。那个沙发很柔软，那个时候我也很爱他。但不久我就受到了反噬，我必须每天告诉他今天我回不回家、几点回家、已经到哪儿了。要是某天我不回家，或者错过饭点，他就会用微波炉热一盒廉价的速食鸡肉饭，把空盒子扔在餐桌上，故意让我看：是我造成他今天没能好好吃饭。住了大约两周之后，我遇到了麦克斯。

当时，我决意在地铁口的一家赛百味解决我的晚饭。我一边吃，一边刷租房应用上的信息。麦克斯站在我身后说，他刚租下一套房子，要不要过去看看。如果在中国，我一定会关掉手机，严厉地瞪着他，让他去骗鬼吧。但在柏林，我被一种强烈的自暴自弃的氛围感染了，柏林人似乎都不想活着。我同意了。

我跟着他，看他究竟会把我带到哪里。

我们始终走在大街上，中途他进了一家大超市，买了两瓶一点二五升的可口可乐。穿过超市前的马路再往前走一个街区，快到下一站地铁口的地方，有一扇浅灰色的门。麦克斯拉开门，走进去。我向四周环视了一眼，马路对面有一家手机店，一家花店，一家餐厅——然后跟他走了进去。我们走上三楼，楼道里很黑，这大概是苏联时期的建筑，和我们七八十年代单位住房的结构有点像。一条笔直的走廊，两边是各住户的门。麦克斯的房子在走廊尽头。他拿出一枚很小的银色钥匙打开门，里面是一间尚未全部装修的半毛坯房。

麦克斯走到厨房，把买来的可乐放进冰箱，让我自己随意。厨房呈长方形，靠墙的一边是炉灶和冰箱，另一边是一条长沙发，中间有一张黑色的茶几。窗户朝东，很大，占满半面墙，踩着沙发，可以登上去，作为出口；出去是别人家的屋顶，一路能走到地铁站的月台，不过需要冒一点穿越铁轨的风险。我后来常常选这条路线回来，从窗外跳进来。有时候窗子锁上了，如果麦克斯或埃里克正巧在厨房，我就会敲敲窗玻璃，让他们过来给我开一下。

房子的整体布局是一个"非"字，六个房间，两两相对。厨房的对面是埃里克和宝拉的房间。埃里克是麦克斯找到的第一个房客，他是那天上午，我是下午。埃里克一头银发，长得很像年轻时的莱昂纳多，即使在德国，这样的大帅哥也不常见。宝拉是他的女朋友，每天都化很浓的眼妆。他们的房间是最原始的，墙体斑驳，油漆脱落，地上是水泥地，贴着格子状的胶带，除了窗台上放着胶水啊喷漆啊之类的瓶瓶罐罐，别处空空如也。我不知道埃里克既然是第一个来的，为什么会选中这个房间。

埃里克的隔壁，左手第二个房间，是我的房间。我第一次去的时候，房间里七零八落地放了几把椅子，一盏台灯，一架梯子，一个空行李箱，一双破皮靴。这些东西直到我离开的时候，依然在我的房间里。卫生间在我房间的对面，长久以来，卫生间都是这个房子中装修最完备的地方，有蓝白相间的马赛克瓷砖地，有干净的马桶、浴缸，有浴帘，有防滑垫，有百叶窗。我们的房子，除了卫生间，没有一个房间有窗帘。卫生间的隔壁是储藏室，有一台吸尘器，四五只大纸箱。摞在最上面的纸箱敞开着，里面塞着麦克斯的衣服、硬盘、笔记本、影碟片。墙角靠着一把用绿色泡沫塑料保护起来的大提琴，没有琴盒。

有一天麦克斯去上班后，我进去拆开看过。对，大提琴，我反复确认了那是一把大提琴。

纸箱里的笔记本是麦克斯小时候的日记：

"这是我的狗。"

"土耳其有一块竖立的石头。"

"有一个湖。我们在湖里游泳。"

没有什么内容，是小朋友的那种日记。但它建立了我对麦克斯的信任。

麦克斯问我怎么想。我说行。——王世豪的姐姐、姐夫回来之后，王世豪住回了学校，我搬进了麦克斯这里。

王世豪过来找过我几次，最后一次还帮大家做了一顿晚餐。我们平时只吃烤土豆、烤西兰花、烤胡萝卜、烤蘑菇，因为麦克斯是一个极端的素食主义者。那晚上，我真想留下王世豪，和他重修旧好，让他带我离开这个鬼地方，但他没有任何表示，和我说起他想去中国交换的打算。我只好说可以啊，有机会愿意为他做导游。

麦克斯有某种我不了解的世界主义。他会把家里的钥匙随便给人，所以我们屋一直保持没有什么可被偷的状态。他会随便带回一个陌生人，让他在厨房过一夜，两天，甚至一周。有一晚，麦克斯带回一个毒瘾发作的男人。男人四五十岁的年纪，长发稀疏，眼窝深陷。麦克斯为他打了针，还为他烤了一盘小土豆。麦克斯会向这些人介绍我说：剧作家。

他的右手上总是戴着一大串东西，手链、佛珠、牛皮编成的带子、彩绳，还有他某一任女友扎头发用的皮筋。他说，他们在一起的时候，他总是会给他女朋友备着一根皮筋，供她随时需要。分手之后，皮筋还在他手上。他也没想过取下来。

去储藏室翻东西的那次，我还进了他的房间（我们的房间没有窗帘，没有床，也没有锁）。我坐在他的床垫上，靠着墙，从他的香烟盒里抽了一根他的烟。

我们都没有床，只有席梦思床垫，一个房间一个。但至少我和埃里克都买了床单、被子，而麦克斯只用一个旅行睡袋。房间里有两只五斗柜、一张桌子、一张沙发，横七竖八，最初搬进来的时候放在哪儿，现在就放在哪儿。桌子上都有什么呢？扑克牌、卷纸、电钻、透明胶带、数据线、一只乒乓球拍（我拿起来比画了几下）、电话卡说明书、鞋带、贴纸、蒙古短刀……地上随处是卷成一团的衣服和牛仔裤、矿泉水瓶、可乐瓶、酒瓶。我对这些没有人生、没有目的的物质深深着迷，一边陶陶然地吞云吐雾，一边高举着麦克斯的护照：他的全名是马克西米利安·亚历山大·路斯，一九九七年十月十三日出生，来自德国的边陲小城弗莱堡；德国护照上还会注明持证人的身高（一百八十厘米）和瞳孔颜色（青绿色）。

住进来的第二天，我又有一个新发现：没有洗衣机。我们要到另一条街上的自助洗衣店洗衣服，最好一并烘干，因为家里也没有晾衣架。这样的生活现在想来匪夷所思。我们甚至没有一瓶单独的洗发水，我们用的是欧莱雅一款五合一的男式洁面洗发沐浴露。我们每个月底给麦克斯交钱，谁也想不通彼此的钱是哪来的。

白天，我有时候待在家里，有时候去学校闲逛。晚上，我们听音乐，喝酒，一起看网飞上的电视剧。一些非常庸俗的德国喜剧，比如一个女人和心仪的男士在高级餐厅约会，想脱掉衣服露出性感背心，结果衣服卡在头上了这种。埃里克常常笑得不能自已。

周末，我们会去俱乐部，有时候去同一个，有时候各去各的。柏林最有名的俱乐部是伯格海因，一般要排两个小时的队才能进去。有一次，埃里克和宝拉因为吃了一整瓶药，神采飞扬，被门卫拒绝了。门卫不喜欢团体，我们当时故意没排在一起，幸好如此，所以尽管埃里克和宝拉被拒绝了，排在后面的我和麦克斯顺利进去了。伯格海因里可以说基本上什么也看不见，只能凭感觉知道人满为患。有很多赤身裸体的人，不过也看不见。震耳欲聋的工业噪音，就像电钻在你的头骨上打孔；就像无数黑色的机械甲虫倾巢而出，覆盖你全身，分解你，侵吞你。刚进去的时候，我们还能摸清方向。我们找到吧台，灌下三杯龙舌兰。之后，我们的意识和记忆就开始变得模糊不清了。麦克斯会尽量保持贴在我身边，但他也不能完全保证——有时他觉得他一直在我身边，而我其实早已经到了另外一层，或者他已经到了另外一层，但我以为身边的人还是他。

……有一人从正面抱住我的腰，我立即知道不是麦克斯：谁会在这里戴一只这么硌人的机械表呢？……他比麦克斯更高更壮，而且穿了一件衬衫，事业有成的人才会穿的那种，它散发出的古龙水味也和这个地方格格不入。他大概也感觉到了我的某些不一样，但这些都没有妨碍我们接吻。他几乎压着我，舌头横冲直撞，不一会儿气喘吁吁。接着听到他问："你叫什么名字？"说的是英文，伦敦腔，而且年纪不小！我说："詹妮弗。"一边打算摆脱他。在一个伸手不见五指又满是人的地方，摆脱一个人很简单。

大约凌晨六点，我找到麦克斯，他已经站都站不直了。我扶着他离开俱乐部，拦下一辆出租车。他躺在出租车的后座上，彻底失去知觉。

回到家后，我也精疲力竭，醒来已经下午三点。耳蜗里依然时不时传来隆隆巨响。麦克斯还在睡。我决定出门吃点东西，然后把衣服送去洗衣店。洗衣服加烘干差不多要两个多小时，我会到不远处的一家二手书店打发这段时间。书店里除了德语书，还卖英语书、法语书、西班牙语书，毕竟这里是德国的首都嘛。有一次我还在收银台前卖明信片的架子上，看到一张张爱玲的明信片，是张爱玲最经典的那张叉腰傲视的照片，卖一点五欧。我没买，但我很高兴，趁店员不注意偷偷拍了张照片。在之前几次等待的时间里，我翻完了一本叫《黑孩子》的英语小说，作者是理查德·赖特。小说讲的是一个黑人男孩在白人社会的成长经历，用词和语法都很简单，故事也很流畅。我准备再找一本类似的，这时候，我看到身旁一个五十来岁的男人看着我。刺鼻的古龙水的味道。

"詹妮弗？"

我根本不叫什么詹妮弗。

"我是布莱恩。"

他有一头银灰色的鬈发，蓝眼睛，穿着短袖衬衫、休闲裤、皮鞋，面色红润，笑容可掬，年龄可能比我想的还要大。不知为何，姑且怪罪于我恍惚的精神，我可以看穿他的衣服，看到他布满绒毛和浅褐色斑点的白色身体，尽管只有一刹那。

他说这是一家非常小众的二手书店，战前就有了，没想到会在这里碰见我。

"你是中国人？在柏林读书吗？"

他的声音充满自信、慈善、权威。

"哪个学校？"

我如实回答，甚至似乎在自证什么。

他说他就住在那附近。他是一名记者，在柏林有一个长期的访谈任务。他要采访一批德国当代学者、作家、艺术家，做一本时代访谈录。其中不乏我仰慕的名人，但我不知道他说的是不是真的。

他面对我非常坦然，没有一点惭愧、一点羞耻，好像从来没有用他湿漉漉的舌头吻过我。

他不是那种西装革履坐办公室的白人老头；他让我想起阿加莎的《尼罗河上的惨案》，他是会出现在埃及、出现在亚马孙雨林、出现在印加遗迹马丘比丘的白人老头。我想他也应该确实去过。因为我个人的身份、财富、地位，我平时并不大有机会接触到这一类人。他们有资，有产，有闲，七老八十依然身体健康，活力四射，一生游历过世界各地，对政治、历史、哲学充满洞见，关键还乐善好施。他送给我书，送给我笔，柏林的纬度高，九月气温已经很低，我还穿一件长袖 T 恤，他送给我一件古驰的毛线外套——

男士的。大码的。他自己的。

在我后来对这个人恨之入骨的时候，这件外套我也没有舍得扔掉。

虽然我非常不愿意做这个比较，但他和麦克斯都在一定程度上抵制现代文明。麦克斯不喜欢电灯，需要照明的时刻，他会在屋里点一些圆圆扁扁的小蜡烛。而布莱恩不用 Wi-Fi，他说：电视制造傻瓜，Wi-Fi 使傻瓜联合。

当我不是精确地回忆，而只是模糊地想起他这个人的时候，布莱恩的形象总是和一张虚构的泛黄的历史照片重合起来。背景是某个英属海外殖民地，他穿着在探险类电影里常会看到的黄绿色马甲，戴着软头盔，双脚叉开，直视镜头，和一群神情严峻而疑惑的当地土著合影。在我读小学的时候，流行一种从不同角度看，图画会发生变化的塑料卡片，这个角度可能是小燕子，换个角度就变成了紫薇。我说的"历史照片"也有这种特殊的效果，这个角度布莱恩的表情是柔和的，换个角度就变成了残酷的。

当然,在二手书店的时候,我对他还没有如此丰富的认识,也不想有任何认识。我才二十一岁,他比我爸爸的年纪还大!

他向我介绍起这家书店的历史,指出墙壁上保留下来的战火的痕迹:"这里曾被盖世太保征用 —— 你知道盖世太保吧?"

我说我知道。

"这是他们的一个监听站。后来是'斯塔西' —— 你知道……"

我说我知道。

柜台里的女店员假装翻阅杂志,目光一直密切地关注着我们。

布莱恩好像终于在这座面目可憎的城市,遇到了知音。他从诺曼底登陆讲到日本人的原子病,仿佛前者与他有关,而后者与我有关。

很有意思吧。你一定很有收获吧。

从小小一间书店,我可以窥见尔虞我诈的大国政治,波诡云谲的世界历史……

但是手机提醒我时间到了。

我说我要走了。布莱恩正说到兴头上,他就像灰姑娘突然听到十二点的钟声一样,问我去哪儿,他可以送我。可能我才是那个要逃跑的灰姑娘。他几乎要伸手拦我 —— 我看到女店员都站起来了 —— 最后好歹要走了我的电话。出门之后,我没有直接回洗衣店,而是煞有介事地走向了车站,搭上了第一辆到来的电车。我总觉得他在书店的窗户里盯着我。

这件事我没有告诉麦克斯。因为我知道他一定会说什么。要是你决定好了,我可以陪你去警察局。我说我在地铁上被一个流氓摸了,麦克斯说:"要是你决定好了,我可以陪你去警察局。"我说王世豪不肯戴套,要我吃药,麦克斯说:"要是你决定好了,我可以陪你去警察局。"我想假如有一天我说麦克斯,你个乌龟王八蛋,他也会发自内心地说:"要是你决定好了,我可以陪你去警察局。"我早说过,他脑子不正常。他是德国人的疯,有惊人的诚心和彻底性。

我后悔交出了我的电话。当我担心这个白人老头会不会给我打电话、麦克斯会不会报警、学校会不会知道、这事会不会演变成新闻传到国内等一系列不可控的连锁反应时,他似乎已经把我遗忘了。我重新投入那种无法把握的、在当时的我看来好像是无穷无尽的岁月当中。

夏天一到,我更加频繁地去兵工厂电影院看电影。电影票要八欧一张。这使我不得不和国内的同学合伙做起了德国代购的生意,每周有两天我要往柏林的各大药店、商场奔波,拍照,购买,分门别类,邮寄。有时,我的房间里堆满了待发的国际快递,就像一个仓库。埃里克和宝拉会进来看看都有什么,他们对中国人稀奇古怪的需求感到惊奇,很多东西是他们听都没听说过的;对商品的价格,他们也感到不可思议,相互让对方猜自己手里的东西要多少钱。我问埃里克会不会说唱,埃里克说会。我说会不会 freestyle,埃里克叉开双腿坐在一只快递箱上,来了一段:

我只想摸摸你的眉毛,就像抚摸一只猫的脊背。

我说:这是你现编的吗?

埃里克羞赧地说:不是。

我说:在中国,你肯定能出道。我给他们看当时正在国内热播的选秀节目,埃里克哈哈大笑,说他害怕镜头,他还是更喜欢烤香肠。我不知道他这是在讽刺,还是真的在说他的职业。

我注意到他的脸上又添了新伤。他和宝拉可能只有十九岁,他们就像两颗无比璀璨的宝石珍珠,有时我多想自己可以拿出"中国家长"

的那套威严来，让他们立刻停止现在的生活；所谓"现在的生活"，就是在这个鸟不拉屎的沼泽里越陷越深——天天吵架，砸东西，做爱，流产，把对方掐死，跪下来痛哭，然后若无其事地走进别人的房间里聊天。一个下午，我拎着家乐福的塑料袋，里面装着面包、牛奶、鸡蛋，从厨房的窗子回来，看到埃里克在屋里往宝拉的脸上打了一巴掌。厨房和埃里克的房间是正对着的，我们面面相觑。宝拉也看到了我，无声地走到了我看不见的阴影里。埃里克上前关上了门。那一刻，我好像触碰到有关我目前生活的某些实质。几分钟的寂静后，他们继续开始歇斯底里、崩溃、大打出手。

我靠代购狠赚了一笔，如果加上新学期的补助金，我有能力重新搬回学校；但我最后选择为大家添置一台具备烘干功能的洗衣机。布莱恩给我打电话的时候，我们四人正在卫生间里围观洗衣机的首次作业。

埃里克认真地说：我们需要给卫生间安把锁。

布莱恩依然叫我"詹妮弗"，问我下周三要不要到他家喝茶，赫塔·米勒也会去。他轻描淡写抛出的"赫塔·米勒"，是德国著名女诗人，二〇〇九年诺贝尔文学奖获得者。在我的德语初入门道的时候，我还买过一本她的散文集。

我的气势明显矮了一截，问道："赫塔·米勒不会介意吗？"

布莱恩说只是朋友小聚，赫塔·米勒不在他的访谈任务中。

我记下了布莱恩的住址，还有聚会开始的准确时间。虽然约会在下周，我已经在想穿什么，该怎么自我介绍，要不要带上我的作品——呃，我的作品？——我着急慌忙地跑回房间，打开电脑，打开"写作"的文件夹，很多文档光看标题，我都已经记不起来里面是什么，有没有一篇能看的……

如果还有一周的时间,有没有可能新建一个文档……

过了一会儿,麦克斯过来说衣服出炉了,要不要去摸一下,是干的。

二、布莱恩

布莱恩的住所就像一个微缩版的宫廷。他有一间巨大的会客厅,是房子的核心;核心的核心摆着一架价值不菲的古董钢琴,旁边是一张法式红丝绒的躺椅,四面是金碧辉煌的书墙。其中一列书柜安装了玻璃柜门,专门放影碟片,都是"标准收藏"的。这家公司以"影史经典与当代重要电影"为出版宗旨,我知道他们的 DVD 大概要二十五美金,蓝光的三十,4K 的四十。够我看五场电影了。

墙角的大理石基座上竖着一个塞内卡的头像。这东西真的会出现在除博物馆之外的任何地方吗? 由于长期不使用窗帘,而是将床单夹在窗户上简单替代之,当我忽然看到从天花板垂挂下来的深绿色帘幕时,甚至动情地摸了摸。头顶是巴洛克式大吊灯,脚下是土耳其风格的黑底白线羊毛地毯。茶几四周错落有致地安排了一条长沙发,一张单人沙发,都铺着玫瑰刺绣的垫子和带流苏边的靠枕,还有两把并排的红底金丝小菱形纹软椅。装饰性质的壁炉上摆了六个一样大小的鎏金铜佛像,和一个由古希腊女神举着的布艺灯罩台灯。一面镶着油画边框的椭圆形镜子。一株与人同高的蕨类植物。紧凑,繁密,富丽堂皇。

赫塔·米勒坐在单人沙发上,微笑地看着我。她太迷人了。我的脸全红了。我一股脑将自己和盘托出,说我叫什么,今年几岁了,来自中国,因为什么机缘巧合读了德语班,然后怎么开始喜欢上戏剧,对戏剧的本质有什么理解；当然，同时我也非常热爱诗歌，诗歌是所有文学的起点。我以她的诗歌为例，试图论证诗歌语言的本真性，我还想谈谈汉语和德语构词中不同的隐喻机制。

她说这首诗是她写的吗，她笑道，这是她三十年前写的东西，她都忘了。

布莱恩端来两杯红茶。金色镶边、鸢尾花图案的陶瓷杯，夸张的曲柄。一只配套的小碟子上叠着整整齐齐的方糖。

赫塔·米勒抬头对布莱恩说：她的德语说得很好。

布莱恩告诉赫塔·米勒我们是在那家二手书店认识的。虽然这不是事实，但我很乐意给赫塔·米勒留下这样的印象。

我目不转睛地看着她。其实我还想问她怎么看阿里斯托芬、契诃夫、《尤利西斯》，我想问她认不认识艾丽丝·门罗，门罗在二〇一三年获得了诺贝尔文学奖——就好像诺贝尔文学奖是个什么单位，而她们是其中为数不多的女同事。但比起文学，赫塔·米勒似乎对中国更感兴趣。中国的经济。中国的政治。中国的少数民族。我无所谓。我可以把我知道的有关中国的知识全部告诉她。

之后，他们聊起布莱恩的访谈项目，已经完成了多少，还有多少。这一天布莱恩穿了一件长袖的格子衬衫，赫塔·米勒穿了一件灰色的鸡心领针织衫，肩上包了一条旧围巾。我是三人当中穿着最刻意的。我找出了一件压箱底的黑色高领——显得我有思想，一条高腰牛仔裤——显得我落拓不羁，我特意洗了头，但吹得很凌乱，我想在她心中留下一个类似于"苏珊·桑塔格"的形象。但麦克斯晚上看见我，问我怎么穿得和乔布斯一样。

那天回家后，我跑到二手书店，买下了我在那里能找到的赫塔·米勒的所有诗集。我躺在床垫上津津有味地读起来。我快乐得睡不着觉，一想到赫塔·米勒如此风采动人，我就对生活、未来、命运充满了信心。半夜，我发信息给王世豪，要和他一起跑步。他每天早晨都会去特雷普托公园跑上一小时。我们在公园门口碰面。王世豪问我怎么想到要跑步。我说我要重新开始。重新开始什么？重新开始生活。重新开始学习。重新开始写作。

布莱恩像取得了一张不限次数的通行证，天天约我见面。他说赫塔·米勒对我的印象很好，评价我是一个"值得交往的人"。我说我一直想写出像《樱桃园》那样的作品，我想成为"中国的契诃夫"。这话我本来是想和赫塔·米勒说的，但我实在没好意思，只能渺茫地寄希望于布莱恩会在哪次"小聚"中顺口提到。

布莱恩问我有没有好作品，可以给赫塔·米勒看看。我说真的可以吗？布莱恩说当然，不过他要先把关。第二天，我就把我万里挑一的三个剧本带给布莱恩。一个悲剧，两个喜剧，故事背景都是在柏林。我战战兢兢地等待布莱恩的反馈。但接下来的时间，布莱恩好像把这件事忘了，一方面只字不提，一方面约我去勃兰登堡门、亚历山大广场、犹太人被害纪念碑……

他曾经在英国的大学当过老师，教授欧洲史，后来才转行做的记者。他对柏林的每一条街道如数家珍，他说得出每一幢建筑的名字。他还拍过两部BBC的纪录片，评分很高。我不能说我没有一点兴趣，但我更希望他和我说说剧本的事。

有一次回来，布莱恩被一个邻居叫住了，我一个人走进客厅。百无聊赖的时候，你很难不注意到那架钢琴。琴身底色是黑的，上面的边框和浮雕是金的，比我经常看到的钢琴好像要小一号，但我也不知道是不是因为加了边框的视觉效果使然。侧板上的浮雕是两个相对的举着花环的小天使。大顶盖由支棍撑着，上面是一个在树下纳凉的维纳斯。我听布莱恩还在门口说话，悄悄地翻开琴盖。王世豪曾教过我《致爱丽丝》。我把手放到我需要的那几个琴键上，小心地按下去，钢琴发出一种混浊、奇特又华贵的嗡嗡声。这时，布莱恩突然冲了进来：停下来，你在干什么！他的白脸因为激动变成一团粉红色。我没想到这么严重。布莱恩问我知不知道这架钢琴有多少年的历史？一百四十二年！一百四十二年！一百四十二年意味着什么？意味着它不能随便碰，更不能随便弹！

"那么你应该在钢琴上立个牌子。"我说。请勿触摸，请勿拍照，请勿吸烟，保持安静，禁止宠物，禁止饮食。我第一次来的时候，就觉得这里缺了点什么。那种间隔一米吊着红绳的贵宾柱，就应该把钢琴围起来……每件陈设旁都应该配上一块双语解说的小牌子。兽面纹鼎。商代晚期。公元前十三世纪前十一世纪。造型简洁明快，纹路精美绝伦，鼎中的符号究竟象征着什么呢？目前，学术界有几种不同的意见……

我的语气冰冷坚硬。当我认定别人犯了更大的错误时，我就会采用这种蛮横的态度。布莱恩一副后知后觉恍然大悟的样子，半张着嘴，脸上的红晕慢慢褪去，半晌才说："詹妮弗，对不起，我是说，我的意思是……你可以弹。"

我不知道布莱恩是为自己的粗鲁表示歉意，还是为了力图证明自己的慷慨，钢琴事件后，他常常送东西给我。精神上的，比如一些展览会的门票；物质上的，比如之前提到过的衣服。有些门票，假如不是非要和他一起去的话，我其实是愿意收的。

我第一次去他家的时候，他就看出来我对他的电影收藏有些特殊的流连。他打开柜门，就像打开银行的金库，让我随便挑。我摇摇头，有些虚伪地说，现在的电脑都没有内置光驱了。他说那可以在他家看，他有一个投影仪。那可能是我在他家看到过的最现代的东西了，在一个仿佛与世隔绝的维多利亚时期的住宅里，一道半透明的微蓝色的光柱从一个迷你的银色机体中发射出来，甚至造成了一种颇为灵异的未来感。

我在他家一个月看了二十来部电影，就像过了一个私人的国际电影节。我一般晚饭之后过来。有时候他和我一起看，有时候他在自己的房间里工作。除了会客厅，我没进过其他房间。所有房间都房门紧闭。我不知道哪个是卧室，哪个是厨房，也不知道他此时在哪一间里面。我过惯了没有窗帘、没有门锁、没有隐私的生活，起初还不适应，觉得有点恐怖。一个人在客厅看电影的时候，我会想布莱恩会不会正在房间里面分尸；我想假如我有胆子打开他的门，而他手里正好拿着电锯，我也不会太意外。我的视线慢慢集中到那面镶着画框的镜子上。很多惊悚小说里都有这面镜子，呼啸的风声，吱吱呀呀的阁楼，魔鬼的幻影。

布莱恩拿着一支红酒和两只红酒杯进来。他一边倒酒，一边看着银幕，看我看到哪儿了。那一次我看的是卡罗尔·里德导演的《第三人》。一部悬疑片。奥逊·威尔斯假造了一场自己被车撞死的意外事故，想要金蝉脱壳。怪不得我一直想入非非。布莱恩说这部电影在他心中可以排进影史前三十，他称它为"一部黑白的图像散文"。电影的背景是战后的维也纳，这又到了布莱恩最擅长的领域。"很多人只知道柏林，忽视了维也纳。一战之后，奥匈帝国不存在了；二战之后，维也纳被炸毁了五分之一……"

我不大爱喝红酒，但也不至于无礼到要求他给我来一听冰啤酒。电影伴随着他孜孜不倦的解说结束了。我打算回去了，我的酒也礼貌性地喝完了,但布莱恩又往我的杯子里倒了更多的红酒。这大概是我不爱喝红酒的原因,喝起来没完。

布莱恩问我为什么不喜欢英国文学。我没说不喜欢。"那说说你喜欢的作家。"我抖了个机灵：J.K. 罗琳。他说,如果你想成为一个伟大的作者,就应该向最伟大的作品学习。我以为他终于要和我说剧本的事了。

"威廉·莎士比亚。"

布莱恩用一种缓慢、低沉,甚至有点诱惑的声音,对着空气说出 William Shakespeare（原谅我必须用英文还原当时的情景）,好像这不是一个名字,而是一句古老的咒语。

他说："你读过莎士比亚吗？ 我的意思是,真正地读过。"

我不明白什么叫"真正地读过"。我读的是朱生豪的译本,这大概不算是"真正地读过"吧。

他说："你应该,你必须,莎士比亚是不可不读的。"

我说："OK。"

他做出一个稍等的手势,从沙发上站起来,走到书架下。他有一把图书馆才有的特殊椅子：把椅背往前一翻,可以变成一个三级的楼梯。他壮硕的身子踩上楼梯,伸手从高层的书架上抽出一沓橘红色的小薄本。他把书抓在手上递给我,大概四五本的样子,很旧,封面中间是莎士比亚的木刻画像,上面是书名,底下是醒目的企鹅标志。

"这是兰登书屋一九五一年出版的莎士比亚系列。你可以借走。"

我说不用,我可以下载电子版。布莱恩好像听到我要去吃屎一样,说纸质书是不可替代的。"阅读是神圣的,你需要充分地和纸张接触,感受它在你指尖留下的粗粝的质感,残余的油墨的气息,不同时代的印刷字体……"

我不想讨论这个问题，中学英语作文里面已经写过太多遍了。我被灌了大半瓶红酒，脑袋晕乎乎的，我记得这个房间有个座钟，但我看不清，我也想不起我的手机放哪儿了。布莱恩因为拿书，从对面的沙发，换到了我边上。

他把手掌放到我一条大腿上，问我什么时候毕业，毕业之后会留在柏林吗。我说我没想那么远。他说东欧的一些国家也是很好的选择，比如匈牙利的布达佩斯，它也曾经是一个帝国首都。"也可以考虑英国，"他说，"脱欧之后，英国对外籍人才的需求增加了，工作五年就能获得永居。你这么优秀，又这么漂亮，英国非常欢迎你……"

我记得的最后一个词就是"欢迎"。一种无知无觉的睡眠就像一只巨大的手，把我握起来，然后放进了另外一个时区。我醒来时毫无时间概念，发现自己侧卧在那张法式躺椅上，身上盖了一条毛毯。屋子里黑暗昏沉，寂无人响，说已经过了一百年，我也会信。我站起来，拉开窗帘，猛烈的阳光突然射进来。我看到茶几上的早餐，放在一个长方形的木质托盘里，连王世豪都没有为我准备过如此丰盛的早餐。一根法棍面包、一个杏仁可颂、一杯橙汁、一杯牛奶、一盒酸奶、午餐肉、芝士片、苹果。我从沙发上拿起我的手机。十点四十。红酒瓶和红酒杯已经不见了，莎士比亚的书还放在茶几上。

我离开布莱恩的房子，走到大街上。我在阳光中一动不动，靠意念清点自己的衣服，内衣好好穿着，扣子还在第二排，内裤在。

下一秒，我打了个车去找王世豪。他正在宿舍里学习，我到亚洲超市买了一瓶二锅头。我对王世豪说，我现在要把它喝下去，然后等我不省人事的时候，你就——我想了想措辞——和我发生关系。王世豪说：你疯了。我狡辩说，这是一个游戏。王世豪把二锅头夺过去，严肃地说：这是强奸。看到我被这个赤裸裸的词语震慑到的样子，王世豪缓和了语气但依旧坚定地说："我不会做这种事的。"我忽然感到十分委屈，扑上去抱住他。他就像我软弱灵魂最后的保护甲。我知道只要有一天我还在柏林，我就离不开他。

　　王世豪讶异了片刻，轻轻拍着我的背。他觉察出事情有些不对，虽然是模糊的，就像一个人感受到了潜伏在地表之下的震动，但对它究竟意味着什么，他的想象力又抵达不了。这个时候，他往往会选择不要想。

　　这是王世豪功利主义的一面，任何事情他不想经历得太深，他就想和所有人一样地谈个恋爱，如果合适的话就可以考虑婚姻，然后组建家庭；不合适，也不会反目成仇。面对社会公道，他天真、愚蠢，如果有谁在路上被抢劫了，他会第一个挺身而出。但是躺在他的怀里，永远不会有深刻的事发生。他致力于完成人生的形式，这比了解其内容，对他来说更重要。我在他肩膀上多靠了一会儿，慢慢松开了他。王世豪把二锅头的瓶子好好地放到书桌上，花费不必要的时间摆正它的位置，问我今天怎么来学校了，是有课吗？

　　这时候，布莱恩给我打来电话。他说早上有一个访谈，他刚刚才回家，看到早餐没动，所以问问我的情况。他的语音语调泰然自若。我说我和我的丈夫在一起。王世豪先吓了一跳。电话那头显然也愣了一会儿，然后说好的，我知道你安全就好。

　　为什么你会觉得我不安全呢？

　　王世豪问是谁，我说是我的老师。后来，有几次王世豪在学校里看见我和布莱恩走在一起，他一直认为布莱恩是我的老师。

　　"那个，刚才你说'丈夫'……"

　　"我们老师很变态，我怕他骚扰我……"

大约一个月的时间，布莱恩音讯全无。说句实话，我至今不知道那个晚上发生了什么。假如我向他发出指控，我想他只会拒不承认，并叫嚣自己的热情招待竟然只换来人生最无耻的诽谤，他会向欧洲人权法院提起申诉，并恐吓我等着接传单吧。我会像所有哑口无言的受害者一样，只显得无能、笨拙、可笑。对于那些相信我确实受到侵犯的人，他们也会客观地评价：很典型的仙人跳，价格没谈拢。所以我只能说服自己往好的方面想，那就是什么都没发生。我们依然是难得一见的忘年交。

一个月后，我们再次见面，我自己都很难相信这个人可能强奸过我，或者程度低一点，猥亵过我。我越是想在他身上找到犯罪的蛛丝马迹，越是发现坚不可摧的清白。

他从眼镜盒里拿出一副眼镜，向我道歉，耽搁了这么久，因为他实在是太忙了。他当然是毫不刻意地看到我的手，然后发出最自然的调侃，怎么从来不见你戴戒指呀？我说噢，因为太贵了。他是中国人吗？我说不是。那一刻我已经把我和王世豪的婚礼是在希腊办的、将来准备要两个孩子都想好了，布莱恩却点到为止，表现出绝无打探我个人隐私的意思，那只是最普通的寒暄，随机的客套，朋友间的开场白不都是这样吗？既然他现在已经把眼镜戴上了，那么我们就不要浪费时间，赶紧言归正传吧。

他在腿上打开我的剧本，很严肃地翻阅了几下，然后目视前方，眉头深锁，最后眯着眼睛问我为什么不写中国的故事呢？我说人物都是中国的。他像是对这个回应并不满意，但可以暂时不谈，因为还有更大的问题：你始终在写你自己。你应该虚构，而不是写日记。我说这是虚构。

"你到底想写喜剧,还是悲剧?你似乎经常出现摇摆,在独幕剧中,这会影响舞台的风格表现。"

"你知道,戏剧是结构的艺术。你的情节虽然很精彩,但彼此间没有相互呼应,没能形成有机的'结构'——'结构',你明白吗?"

"对白当然必须包含许多意在言外的东西,你有很多暗示,但它们不是有效的暗示,看上去好像意味深长,其实很空洞,这对戏剧来说是无用的,甚至是有害的。"

"就像这里,没有必要说这句话。"

"还有一个具体问题:不要太多的转场,就像跑马灯一样,不是一种可取的技巧。"

"最后是修辞和诚意,这是更高层次的要求。你在写这些的时候,有没有问过自己,你关心人类吗?我是说,更广泛的人类。人类的命运,人类的苦难,人性。你写柏林,居然没有提到战争,这就好像你写一条鱼,却不把它放在水里。如果一个作者不能上升到人类处境的普遍性,他的作品就永远只是一个小故事,甚至不一定是一个好故事。"

我按布莱恩的意见把故事背景换成了北京,北京的通州。但是一群中国人在通州说德语,是不是有点奇怪?我说这样的话,是不是应该用汉语写。布莱恩说可以折中一下,用英语写。我说我英语不好。布莱恩说可以帮我,只要我把意思表达出来,他可以帮我修改。我想了一会儿说:"可是交给赫塔·米勒看的时候,不是又要翻回德文?"

布莱恩感到不解,甚至有些愤怒:"你为什么总要提赫塔·米勒?"

我说:"……不给赫塔·米勒看了吗?"

布莱恩直截了当地说:"赫塔·米勒并不是一流的作家。"

三、埃里克

我躺在床垫上，专注地盯着天花板上的一条裂痕，仿佛那条裂痕是在我身上。它正在以地壳运动的速度缓慢分离，就像几千万年前红海使阿拉伯半岛与非洲大陆分离，苦涩的细盐从里面落下来，轻轻地扑在我的脸上。出埃及记。我也想离开。我依然依靠意念清点房间里的东西，没有一件是必要的。麦克斯送给我一盆不知种类的植物，此时正在窗台的角落沐浴阳光，我可以穿透天花板看见它体内急速流动的绿色血液，多汁的细胞，不过也没必要。我站起来就可以离开这里。这个时候，宝拉闯进我的房间，说埃里克死了。

我下意识以为是她失手打死了他。但在几秒钟内，我反应迟钝，好像我虽然获得了这个信息，但它的真实内涵尚在千里之外；就像在林海雪原听到一声枪响，但我尚未意识到那颗子弹是向我而来。宝拉迅速地摇头。接着，我才像被不知从哪儿飞来的子弹瞬间击中脑门一样地惊醒过来，跌跌撞撞地赶到埃里克的房间。

窗户上夹着一张紫色的床单，使房间呈现出一种可疑的盗梦般的色彩。我扯下床单，扔到地上，看到埃里克躺在垫子的中央。他浑身湿透了，头发丝丝分明，嘴角挂着沙拉酱般的呕吐物。地上一只铁盘装着蜡烛、针管、勺子和粉末。埃里克显得很痛苦，就像在闭着眼睛承受一种漫长的绞痛，这让我觉得他更像是被人打晕了，总之，痛苦是不是意味着一个人还未完全死透？一个死透的人，面部肌肉是不是应该完全松弛，从而只能显示出一种亘古的平静？一种更接近忧伤的表情。所谓的零度表情？埃里克不是这样。他头顶的墙面上，有一摊淡红色的像是血迹的东西，其实是红酒的酒渍。几天之前，宝拉朝埃里克的脑袋扔过去一个红酒瓶，那种不到十欧的超市红酒，埃里克向旁边一闪，酒瓶砸到他身后的白墙上，橄榄绿的玻璃碎片像烟花一样炸开，无数暗红色的细流顺着墙体流到地板上。事后，埃里克在酒渍的中心用钥匙尖画出六个细细的英文单词：

ERIC

WAS

HERE.（埃里克曾在这里。）

THIS

IS

ART.（这就是艺术。）

这些单词在二维平面上任意变换着位置：一会儿是"ERIC IS ART（埃里克是艺术）"，一会儿是"ART WAS HERE（艺术曾在这里）""HERE IS ERIC（这里是埃里克）""THIS WAS HERE（这个曾在这里）"……我紧盯着这些变幻的意义，试图令它们安分一点，一边用手握着埃里克的脖子。我不知道是我没有摸到动脉，还是埃里克确实已经死了。

宝拉跪坐在地上，捧着脸，像一支融化的冰激凌。我半晌才意识到她在哭。

我听不见声音。

"叫救护车。"我说。我也听不见自己的声音。

我把垫子上不知道是谁的手机丢向宝拉："叫救护车。"

同时有另一个我脱离我，剧烈晃动着埃里克的肩膀，那么单薄瘦弱的肩膀，知道错了吗，啊，后悔了吗？现在再给你一次机会，给我醒来，给我醒来！而最初的我，就像一个落在后面、摇摇欲坠的影子，一颗颗解开埃里克衣服上的扣子。我的手指，和我的手掌、我的手腕、我的手臂、我的肩膀，好像是断裂的、分离的，就像被切断的一节节莲藕。而就连这个莲藕也是不具体的，虚无缥缈的。某种奇妙的力量使它们依然能够执行统一的意志。我把解开的衣服拨向两边，露出埃里克苍白贫瘠的胸膛。

我想起我还在国内的时候，读德语强化班，那是个北京的冬天，我们被关在一个郊区的职业技术学校，封闭式学习德语。雪下得很大，铺满了那个学校的操场。但是大家都在学习，在一间空旷而破旧的阶梯教室里，单词书，语法书，阅读理解，听力训练，写作，口语……每个人都低着头，灯光像泡沫般发胀。我们的监管老师，与其说是老师，不如说是一张晦暗不明的面孔，神色阴郁地注视着我们。他为什么那么憎恨我们？高温暖气混合着所有学生的身体异味，头发的，脚趾的，腋下的。事实是，我们相互憎恨。如果给我们一个信号，这个教室里的人可以立即相互残杀，用我们的笔，用我们的刀。我一个人偷偷跑到操场，呼吸。天那么冷，我踩着脆生生的雪花，就像踩着埃里克晶莹剔透的肌骨——雪地中央，埃里克躺在那里，浑身湿透，头发丝丝分明。

四周我以为是夜晚的黑幕忽然垂直落下。我惊觉自己站在一个巴黎剧场的舞台上，万千观众在暗处注目着我，聚光灯打在我的头顶。舞台中央，埃里克不是一具尸体，而是一个著名的演员。所有观众一掷千金，就是为了看他。

但这演的是什么呢？我试探性地跪下去，将双手相叠放到他的胸骨上，用力往下按压。我当然不知道应该压几下，每下又该压多深。但我不在乎。只要瞒过观众就可以了吧。只要我做得有模有样，观众就会信以为真。只要我做得有模有样，埃里克就会醒过来。我用大拇指抹掉埃里克嘴里的呕吐物，一只手抬起埃里克的下巴，另一只手捏住埃里克的鼻子，深吸一口气后，往埃里克的嘴里吹气。

但是，埃里克迟迟不作反应。观众席发出喊喊喳喳的声响，导演在底下抓着剧本暴跳如雷，灯光师、音响师、后台的其他演员们因惊异而面面相觑。

我重新将手掌放到埃里克的胸膛上。我再次捏住埃里克的鼻子。吻下去。好像我爱上了他。好像我忽然确定无疑地想起来，这是一场爱情戏。但这个时候才想起来已经太晚了，他已经死了，就像罗密欧或者朱丽叶那样。我的身体里像是有什么东西碎了，可能是我的胃，也可能是我的心，它们好像都变成了透明、清脆的玻璃器皿，不再是黏稠的，柔软的，相互挤压的，而是相互碰撞，相互击碎。

突然，埃里克咳嗽了出来，接着大口大口地喘气。

宝拉发出一声全力的尖叫，那尖叫就像一把尖刀穿破我的耳膜。接着，行车声、汽笛声、说话声，像群蜂一般涌入我的大脑，我听见楼下每一个路人的脚步声。

我摇摇晃晃地站起来，宝拉推开我，抓起一只包，看到什么东西就塞进去。她说她已经受够了，她忍无可忍了，埃里克这个猪，这个白痴，这个丧心病狂的狗屎大便！她泪流满面，她冲着埃里克吐口水，说她再也不会回来了！我扶着墙向四处张望，看着剧场消失，雪地消失，看着一切事物恢复边界和形状。埃里克像什么也没发生过似的睁着眼睛，看着天花板，这场景多少有点让我似曾相识。

过了个把分钟，埃里克坐了起来，把视线投向我，问我几点了。我说大概四点吧。我也不知道。

麦克斯回来的时候，医院的人正在给埃里克做检查。医生建议埃里克去一趟医院，埃里克说不需要。那时候，我们都已经恢复了清醒，健康得很。

这个开头我很少对人说，我怕深究起来会影响我的前途。出于保险起见，我一般都从故事的后半部分开始说：有一天晚上，我和麦克斯、埃里克到马路对面的越南餐馆吃东西……

我们都饿了。就当我们白天又去俱乐部了吧。麦克斯和埃里克点了炒饭，我点了一盘虾仁炒粉。吃到一半的时候，布莱恩给我发来一条语音，问我在干什么。我说我在加利福尼亚咖啡馆修改剧本。之前，当布莱恩家里有客人的时候，他就会让我去学校里的加利福尼亚咖啡馆。他在那里有一个保留座位。后来我发现这个说辞很好用。过了一会儿，布莱恩发来第二条语音：我刚刚打电话给加利福尼亚，他们说你不在。

我也不知道我为什么非要把这个没有意义的谎圆下去。我拍了一张炒粉的照片发过去，说我只是出来吃个饭而已。

布莱恩说：恶心。

不过好过麦当劳。

至少不是给猪吃的。

埃里克和麦克斯对视了一眼，问这个布莱恩是谁。

两个小时后，他们见到了他。布莱恩开门的一刹那，是傲慢的，两个鼻孔都摆出了审判的姿态，好像正等着我来为我的不诚实负荆请罪。但当他注意到我的身后还有一对"双子塔"的时候，就急遽地变了脸色，那情形就好像下一幕的演员已经匆匆地登台了，上一幕的演员还没来得及退场，两方演员人仰马翻地撞到了一起。"他们是谁？"布莱恩就带着这样慌乱的表情质问我。

埃里克已经旁若无人地走了进去，我们还留在玄关。埃里克一路走，一路打开一扇扇房门，并把里面的灯打开。我知道他不是故意要耍威风什么的，他只是不习惯。我们听见他不断发出"天哪""靠""这是什么"之类的感叹，这很大程度也不是故意的。麦克斯站在我身边，看着布莱恩。他虽然没有布莱恩高大，但长得十分周正，如果穿上西装，很像什么检察院或税务局的一个年轻有为的长官。麦克斯是我们当中唯一一个朝九晚五工作的。所以没准他真的是。布莱恩看看我，又看看麦克斯，好像在小心掂量说话的方式和轻重，但麦克斯的注视让他许久一句话也说不出。我不明白他一个大记者、大教授、大思想家，为什么今天如此胆怯？——说到底我们不就是三个小毛孩吗？——我这才想到，他误以为麦克斯是我的丈夫了。这个庸俗的推断，尽管合情合理，依然深深羞辱了我。这时，客厅里传来一阵杂乱的落书声，这给了布莱恩一个绝佳的借口，他抛下我们，转身跑了。

我想布莱恩将来大概会在客厅里挂上一把猎枪吧。埃里克穿着马丁靴，踩在布莱恩举世无双的沙发上，每走一步，鞋底都勾起辉煌刺绣上的灿烂丝线。他手里捧着布莱恩的名贵典籍，一本正经地阅读，左右踱步。布莱恩试图一把抱住他。埃里克一脚跳到布莱恩更加名贵的茶几上。"嘿，麦克斯！"埃里克高举着书喊了一声，然后越过布莱恩的头顶，将书像回旋镖一样地掷向我们。但是角度切得太低，书砸到了地板上。布莱恩怒不可遏地挥动拳头冲向我，又做出一副竭力克制的样子，说："詹妮弗，你究竟想干什么！"他发问的同时偷瞟了一眼麦克斯，希望这个程度总不至于触怒到他。没想到麦克斯忽然上前了一步，布莱恩立即向后一缩，然而麦克斯只是弯腰捡起了脚下的那本书。他展开里面被压折的书页，合上书，把书调转过方向，递给布莱恩。

布莱恩心存戒备地接过书，看不见身后的埃里克已经踩上了他的钢琴椅。面对那台拥有一百四十二年历史的钢琴，埃里克解开了裤子，开始撒尿。钢琴的不同零件因为液体的撞击发出噼里啪啦的响声。布莱恩像是加了慢速度特效一般地转过头，看到这荒唐的一幕，他直直地跳了起来，仿佛埃里克的尿不是撒进钢琴里，而是撒进了他嘴里，或许他宁愿撒进他嘴里。他要和埃里克拼命！于是，麦克斯和我的眼前出现了《猫和老鼠》里的经典场面，埃里克围着钢琴跑，布莱恩围着钢琴追。埃里克一边跑，一边打翻触手可及的东西，植物、椅子、台灯、赛内卡的头像。布莱恩五十年的知识、文化、学养此时都帮不到他，他变成了一个愤怒却毫无办法的老人。

他唯一的办法就是我："詹妮弗，我会报警的！"

这个时候，麦克斯说出了那句暌违已久的名言："要是你决定好了，我可以陪你去警察局。"同时，在布莱恩的脸上狠狠地打了一拳。

我没想到我如此畏惧的庞然大物，原来不堪一击。布莱恩向后翻倒在地上，震惊、耻辱，以及最直接的疼痛，在他的脸上交织作一团，还有他想极力掩饰的怯懦，他害怕这一拳仅仅只是开始而已。当他确认麦克斯并不打算疾风骤雨式地暴打他的时候，他瞪着麦克斯，沉重而谨慎地喘息，他就像一头受了伤的精明的野猪，故意拖延时间，算计着如何能将伤害降至最低，甚至能够体面地渡过这个难关。当然，那个缺口只有我。他气沉丹田，用一种阴毒冷漠的声音，几乎是一字一顿地说："赫塔·米勒不喜欢你，她根本不在乎你，她早就忘记你了。"

麦克斯和埃里克都看向我，只等我一句话的指令。但我不得不说，我被刺痛了。布莱恩轻蔑地看着我，享受着彻底摧毁我的美妙体验，他居然坐了起来，像一个无冕的胜利者："你毫无才华，你写的那些被你自己可笑地称为剧本的东西都是垃圾，你连 look forward to 后面的动词要用 ing 形式都不知道，你想成为契诃夫？你永远做不到。"

是啊，我永远也做不成契诃夫 ——

文明是复杂的，而野蛮却是极其简单的。

我上前抓住他的衣领，使出全身的力量，也在他的肥脸上重重地砸了一拳。

有人听完怅然地说，无论如何，钢琴是无辜的。

老布就是啰嗦了点，他也没做什么嘛。

使用暴力肯定是不对的。

许多年后，我也开始反思自己是不是过分了，我算不算欺负老人。但是那个时候，站在我身边的人是麦克斯和埃里克，他们使我盲目地相信青春年少，相信所向披靡，相信侮辱与伤害我的人必受严惩。

尾声：宝拉

我和麦克斯已经很久没有联系了。回国之后，手机坏了，我费了一番周折依然找不到麦克斯其他的联系方式，我们再也没有联系过。我和王世豪倒是靠着微信一直联系到现在。有一年，他如愿申请到了人民大学交换，那时我正好在北京的歌德学院工作。歌德学院在中关村大街上，斜对面就是人大，我们常常约起来见面。不过，到了国内，曾经闪耀在他头顶的那个温柔的光环消失了，他变成了一个普通的中国男人。

"那可真是一个狗窝啊 ——"他笑着说。他觉得我肯定也是这么想的，毕竟我现在穿得人模狗样，毕竟我现在谈吐优雅得体，毕竟我现在正在三里屯一家贵得要死的意大利餐厅与他共进晚餐 —— 为了进一步佐证他的观点，我还向他透露，麦克斯只不过是德国商业银行的一个业务员，埃里克是柏林动物园快餐店的，宝拉是女服务员。而我，一个在海外混文凭的中国留学生,一个可悲的戏剧庸才,一个瞒天过海的瘾君子。那当然是个狗窝啦!

但我永远都不会告诉他的是,麦克斯有一次拉了一整晚大提琴,他坐在一张椅子上,叼着烟,另一张椅子上放着充当烟灰缸的纸杯。我们三个围坐在地上,望着他,跟前放着酒瓶。我永远不会告诉他埃里克有一次从动物园里偷出一只亚洲小爪水獭,我不知道他是怎么做到的,我们轮流把它像兔子一样抱在怀里,给它喂从日料店买来的生鱼,因为我们没有一个会片鱼。我不会告诉他布莱恩并不是我的老师。我不会告诉他最后是宝拉把我们从警察局保释了出来……

那可能是我们唯一一个齐聚在"狗窝"没有去俱乐部摧残自己的周末。

宝拉破天荒地打开炉灶,为我们烤吐司,炒蛋,煎薯饼。我第一次见到她没有化妆的样子,原来她脸上有一些雀斑,鼻子没有阴影的修饰,显露出自然圆润的线条。她为我们每个人倒了一杯热牛奶,监督我们喝下去。我们一半因为饥饿,一半因为疲惫,一言不发地吃完早饭,坐在厨房里放空,谁也没有喝酒,谁也没有抽烟,就这样任由时间流逝。过了许久之后,埃里克说,不然,我们出去走走。

基于我们当时的身体状态,这并不是一个很合理的提议,我们都快到了某种极限。但是大家相视一眼,谁也没有反对。于是由麦克斯带头,大家慢慢站起来,一个个踩上沙发,跨出窗台。

我们常常会不自觉地按照房间的顺序走成一列:麦克斯排第一个,我排第二,埃里克第三,宝拉第四。东方,城市的边缘线晨光熹微,我们看上去疯狂、呆滞、怅然若失,没有意识到我们正在走过刚刚苏醒的人间的屋顶。字面意义上的我们的脚下,有人正在洗澡,有人正在拉屎，有人正在骂骂咧咧，有人正在收看早间新闻。可惜没人为我们留下一张照片。

屋顶的尽头是地铁的轨道。虽然我们都把它叫作"地铁"，但准确地说，那其实是城市轻轨，大部分的线路都是在地上的。如果走常规的大门，这个站需要上二楼乘坐地铁。所以屋顶和轨道的水平面大致持平，我们只需伸出脚往前一踩，就跳进去了。对面月台上站着寥寥几个乘客，裹着风衣，就像国境线上的几头秃鹰，目光严厉冷峻地盯着我们。我们在他们眼皮底下穿越轨道，登上月台，转一个身，也变成了他们中的一员。

我们现在去哪儿。这问题配合薄雾蒙蒙的清晨，绵延无尽的轨道，原有几分形而上的意味，但第一时间蹿入我们脑子里的大概都是某家俱乐部的名字。不过麦克斯今天有意要阻止这个念头，问我在柏林还有没有什么没去过的地方。我不愿说布莱恩带我几乎踏遍了柏林的每一块地砖。宝拉说她有一个地方。我们本就不在乎去哪儿，有地方去就行。

只不过这个地方比我们预想的要远了一点。好吧，不止一点⋯⋯我们换了两条线，坐到最后一条线路的终点站。当我们料想这必然已经是目的地的时候，宝拉又带我们乘上了一辆公共汽车。起初车上的人还不少，但很快车里就只剩下我们四个。每到一个站，司机就从后视镜里看着我们，看我们到底什么时候才按下车铃，而我们也带着同样的疑问不断地看着宝拉。

我们从东柏林的闹市中心，进入仿佛是世界边缘的一处冷冷清清的住宅区。车窗外只能看到大片大片的排屋，一个人也没有。再过几站之后，我们看到一个一部分正在施工的工厂。几辆鲜红的大货车停在门口，门里面有一辆正在慢慢行驶的明黄色大吊车。这时，司机停下了车，打开车门，回身对我们说："这是终点站。"我们没有意识到，是因为它连站都没有，只有一个站牌。工厂里，两个头戴安全帽、身着蓝色工装的男人停下闲聊，抓着摘下来的白色手套，远远地看着我们下车。回想我们那天的造型，很像一支落魄的摇滚乐队，乐器都变卖了的那种。等我们全部下车后，司机关上车门，在工厂前的空地掉转车头，扬长而去。

我们在两位工友执着的注目中，沿着工厂外的一条土路往前走，直走到面前只有一墙两米高的树篱前。宝拉分开树篱的一个缺口，钻进去。这就是宝拉要带我们去的地方。

一个墓园。

宝拉是这个墓园的看守员。她的任务是每月过来清理几次杂草，检查一下所有东西，汇报，签字，这样就可以领到一百二十五欧的薪资。她的房租就是靠这笔钱支付的。

墓园很小，大概只有五十平米，正方形，像一个菜园。因为宝拉已经很久没有来过了，坟上长满了野草。一个个隆起的土包，就像菜畦。她从角落的一个工具棚里拿出一把园林剪刀，走进坟堆里除草。她说她之前一个秋天曾在一个葡萄园干过，剪的时候会有葡萄树挡着，这里就可以随便剪。野草覆盖了过道和坟墓的界线，所以我们走得小心翼翼。每个坟头上都插着一个十字架，每个十字架的造型略有不同，有的只有十字架，有的十字架下还有一块圆形的铭牌。有的铭牌记录了死者的死亡日期，有的只有一个德文单词"NAMENLOS"，意思是"无名氏"。宝拉说这里埋葬的都是查不出身份姓名的人，比如一些溺死的人，一些被打死的人。正因如此，这些墓都没有现代墓碑，墓园的维护全靠教会和一些慈善机构赞助。她说的时候，拉住麦克斯，让他注意脚下的一个天使小摆件。

一些无聊的女人会过来,宝拉说。不知道她们是怎么知道这里的,她们会在这里默默地站一天,在这些坟堆上放一些清水,一些鲜花,或者像天使啦、圣母啦、花环啦,诸如此类的陶瓷摆件。她自己是通过报纸上的招聘启事知道这里的,她猜这些女人大概也是。

我们各自在墓园里漫游。我仍沉浸在有关那些女人的想象之中。那或许是一个宁静的午后,孩子们在房间的小床里睡得很踏实,她们洗完水槽里的盘子,擦掉餐桌上的油渍,正要折起丈夫随意扔在沙发上的报纸时,在密密麻麻的文字间看到了"无名氏",她们被这个词吸引了,在一张纸条上抄下地址,藏在口袋里,忽然有一天说要去看望一个从未听她提起过的姐妹,然后长途跋涉地来到了这里。

宝拉不知什么时候走到我身边,对着正看十字架看得出神的我说:"那天我吓坏了。"我听到声音转过头去,听她继续说:"如果他死了的话,可能也会被葬到这里。"我想反驳说他有名字,但我没有开口,我想我理解她的意思。我们都有可能被葬到这里。

"我看过你的剧本。"

我被这突如其来的消息震惊了片刻。

宝拉说对不起,趁我不在的时候,她偷偷进了我的房间。她问我不会介意吧?我缓缓地摇头。原来不止我一个人是好奇的。"我觉得你写得很好,"她真诚地说,"比契诃夫好。我也看过契诃夫,写《钦差大臣》的那个俄国人,是不是?"

"你别笑。我是说真的。"宝拉继续说,"其实刚见到你的时候,我不喜欢你,还有点讨厌你。我觉得你弱不禁风,哼哼唧唧的,还有点假清高,但是埃里克对你很感兴趣,他一直都盯着你,因为你是一个亚洲人,你能满足欧洲男人变态的殖民幻想,你懂吗?大概只有麦克斯那样的人才没有这种幻想,但我觉得他是个同性恋,你不觉得吗?"

我抬头望向麦克斯的背影,他双手插兜,正百无聊赖地看着墓园中央的一个十字架。十字架上有一块黑色的牌子,上面刻着一篇银色的铭文。埃里克已经走开了,站在墓园边缘的树荫里吐烟圈。

"将来有一天你会把我们写进你的剧本里吗?"

"啊……我不知道。"

"假如你会的话,我会叫什么名字?"

"你想叫什么名字?"

"宝拉。叫宝拉,可以吗?"

我们是从墓园东侧的树篱进入的,墓园南侧还有一个土坯的小教堂。教堂呈扁扁的圆柱形,只有一层,只有一间。大门对着墓园,是锁着的,但是宝拉有钥匙。教堂里的陈设很简单,一个铺了一块白布的石质神龛,上面放着两架对称的烛台,两个插着假花的花瓶,一个耶稣受难的木质十字架。神龛的背后是一幅耶稣升天的壁画,画工相当粗糙。大门到神龛的地上铺了一条蓝色花纹的长地毯,两边各有两条教堂专用的长椅。

从三里屯到团结湖地铁站的路上,我反复咀嚼着这个词:狗窝。当我今后再次想到这个词的时候,我就想到那个昏昏然的午后。我们四个一粘到教堂的长椅就躺下了,就像四只睁不开眼的小狗崽。尽管我们都是坚定的无神论主义者,但在一间宛若中世纪堡垒的教堂里,某些超自然的东西很容易袭上心头。教堂中飘荡着闪着金光的灰尘,仿佛水波粼粼,宝拉问埃里克,当他濒死的那一刻,有没有看见什么。

埃里克想了一会儿,说:那台他妈的大洗衣机。

原刊《收获》第2期

天仙配

韩松落

十二岁时,索兰便露出"不对劲"的端倪。那之前,她在市妇幼保健院出生,703厂家属院长大。父亲,703厂,汽车队队长;母亲,师范大学后勤部门,会计;一九八二年,两人薪水合计超过一百八十元。索兰父亲爱好集邮,拥有五本集邮册,集邮协会在少年宫办展时,曾向他求借十七套邮品,他慷慨出借。索兰的母亲喜欢听音乐,她家是家属区最早拥有声宝收录机的家庭。

索兰本是第二胎,索兰母亲怀第一胎时,还在中学做后勤工作,路遇几百学生打群架,眼见有人肠肚流出,受惊流产,从此决定少生,索兰由此成为独女。她吃得到巧克力,每天有五角钱零花买汽水雪糕,听着朱逢博专辑学会唱《蔷薇处处开》,周末由父亲骑自行车载她去上海人开的得月楼吃甜点,红纱巾流行时,她率先获得一条。

十二岁那个暑假,703厂家属院浓荫匝地,索兰和一群孩子在院子里跳皮筋,一个十六岁少年从楼上走下,坐在花坛边的木头堆上看着他们。少年极其英俊，皮肤淡棕，四肢在茁壮前夕，已经有儿童没有的喷薄欲出之感。孩子们嘀咕一下，说那是翠翠表哥，从外地过来度假，见过海，坐过火车，是见过世面的人，他们随即陆续离开拴着皮筋的桃树，围坐到他身边。

索兰最后一个围过来，但眼睛却没有离开少年的脸，少年察觉，开始有点羞赧，渐渐变为不屑，开始显露无礼的一面，从孩子堆里单单点出索兰来，要索兰坐，要索兰站，要索兰立正。索兰起初有点羞涩，但眼睛始终焊在少年的脸庞上，像被那张脸催眠，渐渐，要她坐，她就坐；要她立正，她就立正。少年照旧坐在木头堆上，扭身，从身后的树上摘下几个毛桃子，要索兰吃。索兰接过毛桃子，一个个塞进嘴里，吞了下去，丝毫不觉酸涩。有孩子觉得疑惑，也摘了一个毛桃子，咬了一口就丢掉。

少年越发得意，身体内有恶意膨胀，几乎笑出獠牙，他折下一段柴棍递给索兰，要她吃下。索兰终于将眼睛从少年脸上挪开，看看柴棍，轻轻咬一口之后，送进嘴里咀嚼。有年纪稍大的女孩子终于看不过眼，从地上捡起一块石子，投向索兰，随即转身跑开。

索兰小小年纪就是花痴。惊人发现当晚就传遍703厂家属院。索兰父母隐约听见些风声，只当那是孩子们欺负索兰。索兰父亲等在院子门口，等到那天围观的孩子中岁数最大的一位走近，便故作凶恶地进行恐吓："你们再欺负我姑娘，腿给你卸折。"索兰父亲以为这事从此可以了结，两个月后，却听说索兰出现在厂里的私人舞会，索兰父亲追到舞会，见索兰只是在角落里观舞，并没有加入其中，稍稍放心，但看到现场年轻人的衣着，一色的紧身高领毛衣和紧身喇叭裤，他还是怒不可遏。他略微知道一点年轻人的心思，有心让索兰在众人面前出丑，以便断了她的念头，当众扯着她的后衣领将她拖走，丢下狠话：

"你们再带我姑娘，我就到公安局报案把你们全抓掉。"

第二年正逢"严打"，体育场召开公判大会，公审男女流氓，五辆大卡车在体育场一字排开，一辆车上一个死刑犯，五花大绑，亡命牌上写着各自的罪名和姓名。各家单位都要派人去看，索兰父亲也在其中，他一边听着高音喇叭里传出的话语，一边根据车号和司机，认出那些卡车各自的归属，这是煤炭公司的，那是自来水公司的，连人带车一起，被临时调用。女流氓站在五金公司的卡车上，五花大绑，和男流氓一样被判了死刑。宣判完毕，卡车缓缓驶出体育场，前往刑场，女流氓竟向着人群点头微笑，左边笑过了，又转头向右边笑一笑，场上一片哗然。"他们这种人都爱面子，死也要撑着点的，其实早都尿了裤子了，不然扎裤管子做什么。"人群中有人小声说。

听过宣判词，又去附近公安局门口看法院布告，女流氓的罪行不只是在地下舞厅跳舞淫乱，还毒杀了丈夫。索兰父亲稍感安慰，自忖女儿不至于毒杀任何人。然而隔了几个月，又有女流氓被判了枪毙，卡车驶出体育场时，照旧点头微笑，也是左笑一笑，右笑一笑。这一次，女流氓并未毒杀丈夫，只是跳舞淫乱。

索兰父母送索兰上了纪律最严格的寄宿学校，却没能把索兰与舞厅隔离开来，好在社会很快就变了，似乎在迎合这不安分的少女。舞厅开到面上了，然后是录像厅、台球厅、游戏厅。一九八六年，电视台播出两则广告，开在城中最高楼顶楼的空中舞厅，舞小姐陪舞；市中心的百花娱乐中心，有咖啡厅和泳池，泳装小姐陪泳。索兰终于远离了被枪毙的危险。经常出入大三元、卡吉拉、飞燕舞厅的人，即便不知道她的名字，也熟悉了她的样子：跳第一支舞就脸色潮红，跳两支舞也还是一样脸色潮红，不会更红，但那潮红也不会消退。

索兰父亲越发觉得不安，心里某处，被一只黑色的兽踩了一脚。

索兰十七岁时,这只兽不再是脚印,终于露出半身。

学校打来电话时,索兰已经离校三日,校方本以为她逃课回家,同宿舍女生也设法加深这种猜测,一天两天三天,同宿舍女生终于挨不住压力,期期艾艾告诉老师,她或许被人带去了别的城市。"什么人?""社会上的。""怎么认识的?""不知道。"

一九八七年,两桩拐卖案曾经轰动全国,第一次,女大学生,第二次,女研究生。索兰父亲首先考虑拐卖,报案,登寻人启事,警察也来家中搜寻过,随后有同事告诉他们,类似这种失踪案,通常需要家属更积极主动。索兰的父亲母亲租下一辆面包车,雇用一位临时司机,驱车走访全部亲朋好友,并向舞厅常客打听线索,附近县市有来历不明的少女出现,他们就驱车前去认领。并无结果。

索兰父母度过焦灼的一个月,一个月后,索兰突然出现在家属楼下,坐在晾衣竿下的水泥墩上,两眼无神,似外星来客,"说是丢了钥匙进不了门",邻居尽量轻描淡写。索兰父母匆匆赶回家,带女儿上楼,随即拉上窗帘,抓过女儿仔细验看,连头发都反复捋起看过,没伤,没病,头发皮肤尚算干净,只是衣服不够整洁。不说话,更不愿讲述这一个月的经历。所有人都主张不了了之,"回来就好。"背后有复杂的考量,但谁也不会明说。

"这孩子不对劲。"索兰的父亲承认现实。

"是不是惯得太厉害,惯坏了?"索兰母亲说话的声音近乎悲鸣。

索兰的父亲摇摇头:"不是,不对劲。"

同样的事,后来又发生过两次,一次一周,另一次半个月。两次的结果都一样,消失没有征兆,再出现时神思恍惚,像是梦游了几天。每次归来,索兰父母即刻带她检查身体,为了保密,特意选择跨两个区的医院,挂号单上用的是化名王梅。也尝试过治疗。将"青春期精神分裂症""短暂性精神障碍"等等名字牢记在心，最终选择的治疗方案，却是阴阳先生提供的：先用纸符，把索兰"燎"过，又用她的衣服碎片，将二十颗白色石子包了两包，一包埋在家属区门口的电线杆下，电线杆上贴一黄纸条，写上她的名字，另一包埋在街上第一个十字路口的电线杆下，电线杆上同样贴上写着名字的纸条。这是去表的，还有去根的：索兰父亲得悄悄回到老家，在老家祖坟前，挖一个三尺见方的深坑，埋进去二十斤白面，二十斤大米，二十斤小米，十斤猪油。埋好后，焚香烧纸。行动要瞒住族人。索兰父亲一一照办，并将索兰随后的恢复常态，归功于这一番作为。

中专分大小，高中毕业上的是大中专，初中毕业上的是小中专。索兰上了大中专，二十一岁中专毕业，索兰父母即刻央人，将她安排到广播电视学校后勤部门工作，一年后放出风来，给索兰找对象。索兰父母既已知道女儿"不对劲"，就有了一套不能明说的标准。工程师的儿子，经贸委主任的儿子，安西路卖牛仔裤的小老板，索兰父母迅速提炼关键信息，迅速见面，又一一排除，终于听到他们要听的关键词，"唐山大地震孤儿"。

唐山孤儿比索兰大一岁，地震时七岁，地震后到这里投奔亲戚，小中专毕业，在机械厂当电工，工资之外，还有点小小的外快，另外，结婚就可以分房。"主要是人老实"，这话在别处听来，并没有什么异样，索兰父母就觉得话里有话，却也顾不得太多。听完关键信息，才发现还不知道他的名字，就补着问了一句，"这娃叫什么？刚才没听清。""你们都不给我个气口，叫童勇。""什么？董永？""童勇！"

唐山孤儿本来准备了一番"掏心窝子的话"。地震那天，没有看到蓝光，地震那晚，他们一家人刚看过电影回来，地震当时，父亲将他从窗户里扔出来，虽然是平房，却也将他摔得两眼一黑。地震过后，先去石家庄，后来投奔亲戚，路上就走了半个月。上亲戚厂里的小中专，图的是不收学费，还发补助，毕业就可以到厂里工作，学电工，就图能有个手艺。会做饭，会包饺子，会做他们那边一种叫"搁着"的吃食。但他并没有机会说这一番话。

要相处一段，散步，看电影，游南山。城里有条河，河穿城而过，许多散步都沿河进行。春天，河边的杨柳冒着金丝，不是绿，也不是白，是金丝，被春光一照，更加熠熠生辉。索兰即便是散步，也有点阵仗，带了野餐的塑料布、浴巾、食物、录音机，穿了连衣裙，烫了卷发。遇到一片平整的草地，铺了塑料布在河滩上，斜斜地坐下来，用浴巾裹着双腿，然后学美人鱼那样拍打着地面，又为这小小的趣味得意，哈哈大笑。他领略了她的幽默感，笑起来，为她愿意施展这种幽微的幽默感，略微感动。她于是抬起她的美人鱼腿，更加用力地拍打着地面。他笑着抬起头，万千金丝，当空迸射，被风扬起，又坠下来，坠下来的一瞬，他似乎迎着那片金光飞了起来。

附近的机床厂电影院，有时候放新片，《大决战》《大红灯笼高高挂》《青蛇》《黄飞鸿》《笑傲江湖》《危情少女》《红粉》，有时候重映老片，《黑楼孤魂》《女子别动队》，有时候他厂子发票，有时候她学校发票，这些片子他们都无一遗漏。和她看了《青蛇》，走出电影院，正是秋天，她从路边梧桐树上摘下一片半枯的梧桐叶，当团扇拿在手里，模仿青蛇白蛇"扭一扭"，嘴里也念念有词。一同看过电影的，多半是附近大学的学生，也纷纷学她"扭一扭"。半条街上都是"扭一扭"，笑声，口哨声，有人娇嗔、追打，有人跑开。红薯炉子火光红红。

她又跑回来了，拉他到红薯炉子前，在火芯前伸出双手，五指并紧，火光把她的手掌映红，指骨若隐若现，像两片打了柔光的红叶，有筋有脉。他把手盖在她的手上，他的手大，没被她的手挡住的地方，也透出红柔的光。

她和他们说的不一样,他想。的确,她对劲的时候,非常会生活,她懂得的那部分生活恰好是他不懂得的,或者说,是一个唐山孤儿无从得知的。咖啡的分类,啤酒的品牌,蛋糕的做法,做菜时要放的料酒,《通俗歌曲》《当代歌坛》,"荷东",野人王。她非常笃定,非常熟稔,他也就放心地把一切交给她,包括婚礼,婚礼的后半段由此成为交谊舞会,"南山区一半以上的社会渣滓都去了",厂区的正经人在舞会开始后果断离席。于是,婚礼的前半段"对劲",婚礼的后半段"不对劲","这就是新郎子将来的命呐",但旁人已经不会把这种评判告诉他了。

结婚三个月,他经历了第一次"不对劲"。也有可能,是索兰父亲埋下的白面大米过了有效期。到了下班的时间,她没有回家,他以为她是在加班,打电话到她办公室,无人接听,到广播电视学校寻找,学校教学楼漆黑一片,到她父母家去报信,她的父亲母亲并不惊慌,只说"再等等"。他疑窦丛生,却也稍稍心安,顺手帮岳父岳母换了开关,修了电水壶,回家等待,第二天早上甚至照常出门上班,锁了门,又反身进屋,撕了一小片纸,夹在门缝里,到了中午,他特意回家,纸片还在门缝里。又去她父母家,她父母面色羞赧,又说"再等等"。五天后,他接到索兰父母的电话,她回来了,你来接她。

第二天,他依照索兰父母的吩咐,在门口和街口,埋下二十颗白石子。

儿子在一九九六年出生,由岳父取名"童穆",问到这个名字的来由,童勇才知道,除了集邮,岳父还喜欢看日本动漫,是《圣斗士星矢》的读者,攒了一套圣斗士漫画。起这样一个名字,也是希望,儿子将来能像圣斗士一般,保护母亲。带着索兰和童穆从妇幼保健院回家的路上,念着这个名字,童勇逐渐觉出这一家人的古怪之处,这种古怪,不走近是看不出来的，即便走近一瞬间也不行，还得耗上足够多的时间，待到搭上了时间，就不能抽身了。车子摇摇晃晃走在路上，童勇随着车子摇摇晃晃，窗外的街市楼宇仿佛变了样子，似乎一个古怪而骇人的东西，在云端时隐时现，偶然显露一鳞半爪。

她又对劲了三年，厂子却不对劲了。都以为"厂子"是一九九八年才不对劲的，不是，一九九五年，一九九三年，甚至更早一点，一九九二年，"厂子"就不对劲了。童勇庆幸的是，他的厂子，是在分了房子、熬过一九九八年之后才彻底不对劲的。但也足够让他抽不了身。

厂子倒了，机器和仓库里的原料离奇消失，最值钱的一块地被廉价卖掉，买断的钱到不了手。熟极而流，像是有人统一给他们开过培训班。同事喊他上街拉横幅，横幅上厂长和厂长小舅子的名字被打上红叉，"血泪"两个字，用红色墨水写得鲜血淋漓。第一次他去了，第二次也去了，和同事一起被驱散。回去的路上，一种莫名的委屈感将他笼罩，就像地震后，被送去石家庄，一年以后又离开石家庄，投奔亲戚，越往西走，旷野越荒凉，秋天的气息越呛人，长途车中途休息，让他们到路边去"放水"，稍一不注意，车已经开走了，他在车后面追了很久，那辆车的车号，在颠簸中变大，却总也不像真的，记也记不住，记住了也没有用。那种呛人的北方秋天的味道，从此在每一个失落的关头，出现在他的鼻腔里，类似于一种应激反应。

起初跑摩托车，跑摩托的人太多了，并且越来越多，跑摩托的屡屡遭遇劫杀的消息，也没能阻止摩托车师傅增加的趋势。人多了，钱就少了，有时候一天二十三十，有时候一天一块钱都收不上。好在索兰还有收入，岳父岳母略有贴补。但岳父再也没有续订新邮票，他们再也没有看过电影。

索兰那种浪漫的、近乎迷狂的气质，倒有了用武之地。她告诉他，南方的城市，这个行业赚钱，那个行业有前途，多少人去南方就发了财，有些人不去南方，是因为他们连买一张火车票和付三个月房租的钱都没有，也没有人愿意带他们，而她，没有这个问题，她认识的人多得很。她兴致勃勃，刻意显得势利，脸上出现潮红，却丝毫不会碰触一个核心的问题，她关于南方城市的知识来自何处。

时不时地，她口出狂言："到了深圳，我坐台，你当鸭子，有钱人就喜欢我这种看着清纯的，阔太太就喜欢你这种类型的，南方人个子都矮。我们攒点钱就先回来，把毛艳艳、王雨侠都带到深圳坐台，再到省幼师和卫校物色十几个一块带上，实在不行，贩黄碟也可以，三块一张拿货，到那里三十五一张。"

他并不拿她的主张当回事。他习惯了她的戏剧、浮夸、激情从天而降，他喜欢的是她浮夸背后的热情洋溢，自信心澎湃无休、毫无边界、无法无天，以及脸上的潮红。这略微可以填补他的自信心欠缺。夜里回到家，听她百无禁忌，谋划着赚到多少钱就洗白转型，会感觉像是睡了个饱觉，至少能给他充一口气，直到第二天中午。

路过那条河，如果没有载客，他会慢慢走到鹅卵石河岸上，静静站一会。他们已经很久没有来过河边了，当初以为万条金丝的柳树是寻常，随到随看，这一年看不到，还有第二年，却没想到，那情景就像被夺走了一样。柳树还在，春天还会有，但万千金丝，不知被谁看走了。他站在河边，河水的味道泛上来，没有别的事、别的人分神，专心站在那里，就觉得那味道有些呛人。

他的转机不是来自坐台当鸭，而是来自电工技术。从前学电工时跟的师父，在厂子倒掉之前就办了内退，在灯具城装灯，岁数大了，力不从心，就喊他去接替他，毕竟，在灯具城占个坑不容易。

他理了发，置办了一身工装，跟着师父，到灯具城去拜见几个灯具店老板。他们对他非常满意，当天就安排了活计，让他跟着刚买了灯的客户去装灯，小灯十块，大灯二十三十，一户人家，里里外外少说二十个灯，他也聪明，给台灯落地灯扯个线，就算是送的，再给店里经理返点钱，一天下来，竟然落了两百。

稍后他也知道，他们的满意，来自他的大厂身份。装修市场，商户之外，做工的也有各种小山头，技术性强的工种，都属于外地人，刷墙的，湖北人；做防水的，河南人；贴瓷砖的，江浙人。技术性弱一点的，都属于附近几个县的人，装灯的，涌泉县人；开小货车的，平西县人。大厂下来的、当过兵的不多，偏偏这两种人最受欢迎。童勇在灯具城站住脚，又去家政公司挂了个号，有合适的电工活就接。载客用的摩托车有了新用场，供他满城奔走。北方秋天原野那种呛人的味道，在他鼻腔里消退了一点。

怪人特别多，遇到讨生活的人，不怪的人也都纷纷成了怪人。给安西区一户人家装灯，只有男主人在，没有梯子，就椅子码着椅子，颤颤巍巍爬上去，男主人帮他扶着椅子，他打眼、固定螺丝、托灯装灯，全部注意力都在灯上，男主人伸出手来摸他的下体。他本想一撒手，将那盏灯扔到地上，把男人按在地上暴打，但他知道那盏吊灯的价格，大约是他多一个月的收入。也就罢了。一旦和客人有了纠纷，还是说不清的纠纷，灯具城老板们怕是不敢用他了。他托着灯，矮下身子，慢慢蹲下来，似乎在休息，眼睛却望向墙上的巨幅结婚照："结婚照在哪里照的？这一套结婚照一万多吧？"再托着灯上去的时候，男主人用手握着他的脚踝，似在帮他稳定身体，指尖却在他的脚踝上划了两下，也就到此为止。

又一次，是给一间酒吧做维修，进了酒吧，满地狼藉，吊灯桌灯都碎在地上，桌椅或者翻倒，或者砸烂，一围猩红的长沙发，被利器划了一道长长的口子,里面的黄色海绵,像开膛破肚之后翻出来的脂肪。老板娘疲倦却淡定,一五一十告诉他,昨天刚刚发生过一场枪战,"跟电影里一样",只是遗憾,第三声枪响起来,两个人才搞清楚状况,老板娘扯过老板,在吧台后面蹲下,听得子弹在头顶飞来飞去,"啾啾的,二踢脚一样"。没有报案,找人了,找的王勇,王勇给面子,发动枪战的一方,一会送赔偿的钱过来。

童勇诺诺点着头,十分佩服的样子,心里却不是不恐慌的,但那是相熟的师父介绍的活,走不了,走也晚了,说起枪响就目光闪闪的老板娘,指不定是什么来历,贸然走了会有更大的麻烦。童勇扯线、装灯泡,时不时停下动作,听听有没有什么动静,突然响起"啪"的一声,是灭蚊器打到了蚊子,童勇的小腿一抖,差点从梯子上掉下来。

北方旷野的呛人味道消退了,河水那种呛人的味道却渐渐泛起了。索兰又一次消失,这次并非全无征兆,在消失前,她滔滔不绝,清早起来就情绪高昂,不停抱怨某件事,从窗户上赶不走的苍蝇,到生活的乏味,从"不知道你一天到晚在干什么",到"我迟早要从中山桥上跳下去"。又到了下班的时间,她没有回家。

童勇起初不想找她,在灯具市场占坑不容易,出去找一个月,铁定就有别人占了这个坑,现在不比从前。他已经知道她会回来,也有点恨她,这样的世道,她竟这样不知疼惜人。一周后,他心思动摇,央求师父回来占着位置,自己出去找她。

没有头绪。岳父岳母和他,并没在这许多次的消失里,拼出一个搜寻的逻辑。他决心建立起这个逻辑,他已经知道,这可能是一场漫长的战役。她常去的舞厅、娱乐中心、夜总会、录像厅,都一一找过,舞厅的老板,看到她的照片,就连连摇头,尽力撇清干系。最后还是托关系,把她的通话记录打了一份,才有了点眉目,最后几个电话,都来自附近的城市。

　　坐了一宿火车,到了那座城市。出门之前,同事告诉他一家旅馆,在汽车市场附近,一间房六张铺,一张铺只要十块钱。他在那里住下来,跟那几个电话的主人联系过了,他们起初并不承认和索兰有过联系,或者蛮横,或者推阻,直到他以报警和上门吵闹威胁,那边才半遮半掩地吐露一点线索。他们和索兰,或者通过电话交友认识,或者在舞厅认识,一周前和她有过联系,但她不在他们这里。"你们睡过没有?"童勇厉声问。"什么?"童勇突然意识到,这里的人用的或许是另一个说法,于是他更直接一点:"你们那个过?"那几个人都是连连否认,但语气却不那么坚决。河水的味道瞬间泛上来。

　　终于得到消息,她在一间舞厅出没。舞厅晚上九点才上客,他六点就赶到那里,等在舞厅门外,到十点、十一点,也没等到她。九点上班的那批舞小姐,已经有人退场了。舞小姐都穿得十分古怪,像是一群业余演员,按照自己的理解打扮成风尘女子之后的结果。一个女人穿着丝绒晚礼服,头上系着一只手帕扎的鸟,走路跟跟跄跄;两个猛一看像是双胞胎的女孩,穿着十分显腿粗的牛仔裤,配着有宽荷叶边的劣质白衬衣,衣服挂在手上,故意晃荡着,头上盘着髻,圈着一圈联欢会用的闪光纸花;又一个,穿着白色裹身裙,走到路边,拉开出租车门,弯腰的一瞬间,路灯照到她的腰和臀,白色的衣裙上,累累的黑手印,其中一个手印特别触目,特别完整,像是特意印上去的。什么人才有这么脏的手? 他盯着那些黑手印出了神,又觉得不妥当,挪开眼睛的一瞬间,看到了索兰。她穿着一条低胸宽身的浅棕色裙子,腰间垮垮地束着一根带子,头发简单地盘着,扎着一圈碎花,眼圈涂得焦黑,看上去失魂落魄,丝毫不给人情色之感,倒像是从希腊悲剧里走出来的。童勇深深看了她一眼,慢慢走到她面前,她两眼无焦,没有认出他来,还下意识地向旁边一避。

回家,只安稳了半年 —— 半年后,索兰又消失了,这一次是整整八个月,八个月后,童勇接到索兰从另一个城市打来的电话,赶去接她。她住在一间破旅馆里,欠了三个月的房费,怀孕两个月,至少一周没有洗澡,两天没有吃饭。

"这种状况,我不建议保留孩子。"精神科的医生说。在第五人民医院的诊室,童勇也学会了一个新词:癔症。

索兰父母也在,第一次面对医生陈述病史,说完"结婚前离家出走过三次",惭愧地看向童勇,童勇知道他们会看过来,只敢看向医生,甚至没有用余光去接收他们的眼光。

之后五年,住院三次,算上之前多次失踪,学校的工作没有可能保住了,但校方给出的方案尚算合理,不开除,也不劝退,先病假,后劳保,劳保工资略高于低保。即便她还能行,他也不能让她出来工作。她是人格分裂精神分裂也好,癔症也罢,本身就是遭罪,如果出来工作,全世界都扑过来要让她遭罪。怪人太多了。

童勇不让她出门,也刻意不让她手里有过多的钱,至少不够买一张离开当地的火车票。加上年岁增长,荷尔蒙消退,她不再去舞厅,也不再离家出走。她的病症慢慢变成了别的形态,像是一种变异的病毒,覆盖了上一代。发病前,疑心有人跟踪她,疑心楼上人家安装了发射器,向她发射核辐射,让她不复往日容颜,让她掉头发;发病时,骂人、哭嚎,从楼上往下扔东西,赤裸身体在家绕圈;病症消退时,失忆健忘,情绪低落,昏睡不起,或者彻夜不睡。不发病时,和从前一样,只是情绪较为跌宕。

住过几次院、开过许多次药之后,索兰父母和他,渐渐摸熟了医院的门道。索兰父母单独去过几次医院,和医生有过几次长谈,甚至由医生带领，参观了住院区，吃了住院区食堂的饭。回来后有了主意，带着主意来找童勇，因为有了这主意，也不那么抖抖索索了，显得异常果断，"这孩子的病，一时半会是好不了了，把你拖累的，你啥也做不了，孩子也受影响，万一从楼上扔东西把人砸了，这些家当都不够赔的。我们悄悄问了一下，精神病院，送，要家属往进送，出院，也要家属接的，家属不接，就住着，医保负担一部分，国家补助一部分，家里再掏上不多的一些，就一直住着去了，医院里住三十年的都有，就一直那么住着，也白白胖胖的。实在不行，我看你下次把这娃送进去，就不要往出接了，就让住着去。你把你的事情干去。我们啥话也不说。"

索兰父母没想到，当初他们相中他，是因为他身上"唐山孤儿"的基因，这种基因既然是基因，就不大容易改变。他有他的逻辑，他的逻辑是首尾相连、自成体系的。何况，他已经不能抽身了。将近三十年时光，哪里是想抽身就能抽身的。

现在，她只能靠他了。他找了精神病方面的书来读，渐渐能读懂一些，读懂也没有用。"人的内心是比宇宙更复杂的谜，我们有能力探索宇宙，却对自己的内心一无所知。"某本书的作者在后记里这么说。他带她到处看医生，有的医生长得一脸凶相，有的当场对她说："回去听你男人的话，不然用电打你哩。"然后还回过头来对他笑，似乎想要得到赞赏。怪人太多了，他甚至有点疑心，医院人手不够用，让病症较轻的病人来坐诊。

只有两个年轻医生给他留下深刻印象，第一个打算创建一个田园疗愈项目，让精神病人住在郊外的农场，整天晒太阳，或者在田野里劳作，"荷兰和丹麦有这种项目，都很成功。"他觉得这行不通，她自小在城里长大，喜欢的是咖啡夜总会，离家出走都要去更大的城市，不见得对土地有什么深情。另一个医生，正牵头做艺术疗愈项目，让病人画画捏泥巴，乃至织毛衣，因为病人一心一意织毛衣，已经联合织出一件巨大的毛衣，正在申报吉尼斯世界纪录。他带着索兰投奔了这位医生，索兰很快就迷上了画石头，这是她从电视上学来的，有个文化馆的老师，喜欢画石头，电视台闻声而去，给他拍了纪录片，纪录片的名字叫《石头记》。纪录片里，这位老师说："每个人终归都要有自己的《石头记》。"这话瞬间打动了索兰。

有河的地方，石头多得很。他们又可以去河边了，带着吃食，拎着病友做的帆布手提袋，去河边捡石头。这个城市的人爱捡石头，为了让这个带点自我放逐意味的爱好合理，人们给它加了功利的功能，捡奇石，卖钱，卖大价钱。所有人都知道这不大可能。大家只是假装相信自己在干一件值钱的事。每天黄昏，河滩上满是低头捡石头的人，他们的豪车或者自行车，就停在岸上。河滩上弥漫着一股自暴自弃的芬芳。索兰和童勇，就在遍布河岸的芬芳里捡石头，也终于遇到又一个春天，柳树金丝万千。

还是高兴得太早了，雷霆打的都是从前打过的人。

索兰第一次住精神病院的时候，童勇避开她，跟医生问过一个问题："精神病会不会遗传？"医生十分为难，思索一会，显然是在艰难地措辞用句，然后告诉他："除非是基因缺陷引起的遗传性精神病，一般的精神病是不会遗传的。当然，根据我的观察，精神病人的后代，患上精神病的可能性会更高一点，不是因为遗传，而是因为抚养方式、家庭环境，以及孩子在家庭和学校遭受的虐待和欺凌。有些精神病人的孩子，即便送给别人抚养，患上精神病的可能性也还是比较大。所以很多人因此就以为这是遗传病，其实不是，是因为孩子已经在原生家庭里受到了不良环境的影响，换句话说，就像种下了种子，到哪里都会发芽。所以，要避开的不是精神病人，而是由此产生的不良环境，给孩子增强免疫力。"童勇听得似懂非懂，但大概明白了一点，回到家里，他仔细观察童穆，回想这孩子的情绪表现，觉得这孩子就是少点耐心，偏激一点，别的地方还好。

童穆从小学开始学笛子，因为童勇只负担得起这类乐器，加上老房子隔音效果不好，一旦索兰发病，还会骂骂咧咧，也很难在家持续练习。笛子轻便，拿起就走，随时随地都可以吹。好在童穆学什么都飞快，渐渐拿下其他乐器，顺利考进艺术中学。

童穆对母亲又爱又怕，觉得她是个神秘的女人，时常会消失一段时间，后来就转为彻底的怕和不耐烦。渐渐他也习惯了索兰的节奏。一旦索兰在家发病，童勇就把他送到外公外婆家，后来，索兰刚开始亢奋、摔东西，他就自觉地收拾日用品，装到一只有小熊图案的双肩包里，自己搭车去外公外婆家。

索兰偶尔会去学校接童穆，通常是在她正常的时候，她穿着漂亮的衣服，有时候还会戴顶触目的宽檐草帽，站在远离校门口的地方，不和家长们扎堆，但所有人都知道她的存在。童穆出了校门，她也不像别的女人那样，冲上前去一把抱住，而是用眼神示个意，然后转身就走，童穆若即若离跟着就好。

索兰又一次住院出院，回到家里，还在药物带来的呆滞状态里，童穆在阳台上吹胡笳，索兰听了一会，喊童穆到她跟前来吹，童穆磨磨蹭蹭，索兰顿时火了："你妈我也是艺术家，什么都会听，什么都听得懂。"然后给童穆看她画的石头。一块两块，童穆突然开口："还有一块石头，画的是一个人坐在很多星星里吹笛子，那块石头怎么不见了。"索兰用了好一阵子才明白过来，儿子竟然仔细地看过她画的石头，心里一暖，嘴上说的却是："你妈我犯神经病的时候，扔到楼下去了，幸亏没砸死人，不然你爸这个王八蛋就是把全城关区的灯都装一遍也不够赔的。"

童穆觉得母亲不犯病的时候十分野蛮风趣，渐渐就敢带同学到家里来做客。同学名叫冯源，学钢琴，家世良好，跟童穆有过几次钢琴笛子合奏，自称和童穆是"坟墓组合"。到了童穆家里，也彬彬有礼，对索兰画的石头赞不绝口，还表现出想要一块的样子。索兰也没有给童穆丢脸，侃侃而谈："你学的这个钢琴有前途，我们家童穆吹的笛子没前途，将来只好要饭。"并且送了一块画好的石头给冯源。等冯源走了，索兰又得意扬扬："我就是哄哄他，把他巴结着些，让他在学校里对你好些。学钢琴有什么前途，学钢琴的人比驴都多。"

但转过天，童穆再约冯源排练，冯源就说没时间，别的同学告诉他，冯源说他家特别破，窗户上钉着板子，像是疯子住的，家里的味道特别难闻，他妈妈也疯疯癫癫的，根本不像个正常人。同学没告诉童穆的是，别的同学立刻在旁边补了一句："你不知道吗？他妈就是个疯子，以前当过舞女，跳舞跳疯的。"

两个月后，童穆接上了索兰的衣钵。

童勇接到电话，说儿子出事了，骑摩托狂奔到学校，以为儿子是受了外伤，已经准备好要看到一个鲜血淋漓的儿子。到了校医室，猛地看过去，儿子好好的，衣服都没有乱，就是目光呆滞，走近细看，嘴角有白沫。动手拉他，却被他猛烈甩开。回到家，一夜不睡，睁眼望着屋顶，惊厥好几次。

没有人知道原委，童穆清醒之后，也不说自己遇到了什么事，逼问几句，就露出要惊厥的样子。童勇心里已经有点数了，带儿子去看他母亲看过的医生，医生没有下结论，给的报告都带着"怀疑""疑为"的字样，并且说"再观察观察"。童勇小心地问："要不要开些药？"医生说:"药还是不要轻易吃了。"

即将中考,童勇只有待童穆稍稍平抑后,送他回到学校。半个月后,他再度被电话叫到学校去,老师十分冷静地告诉他:"彻底疯了,在宿舍放火,你们看看要不要送到医院去。"依旧是没有原委,没有事由,直到童穆住院后,童勇回家,走到楼门口,一个孩子站在那里,递给他一张纸条,上面只有一个QQ号,他加了那个QQ号,看到一段视频,一群孩子,在墙角堵住一个孩子,勒令他脱光衣服,不脱就打,衣服脱光了,他们塞了一个矿泉水瓶子在他嘴里,要他衔着,又要他四肢着地,学狗爬,学狗叫,一叫,矿泉水瓶子就掉了,几只脚就踏上去了,打累了,又把矿泉水瓶子塞到他嘴里。这是童勇第一次看见十六岁儿子的裸体。

童勇报了案,稍后,警察转给他另外两段视频,残忍程度超过第一段。童勇拿着视频,问见过世面的同事:"他们能判几年?""判什么啊?三个不满十八,六个不满十六。""不是说十六岁就要负责任了吗?""说是那么说。九个人,爹妈加起来十八个,还不算没露脸的,你斗得过哪一个?"很久之后,童勇才明白过来,"没露脸的"爹妈是什么意思。律师争取到两万赔偿,童勇没有去取。

三年,索兰和儿子不间断相处的最长一段时间。或者她住院,或者他住院,或者他们同时住院。两个人互相感染,住院的频率越来越高。每当她觉得自己要发病了,或者儿子要发病了,而童勇又不在家,他们就哭着,手拉手到精神病院去。

两个人状态稍好一点,就一起去河边捡石头。捡累了,索兰就坐在河边,儿子摸出笛子,在河边吹上一段。

最后一次去河边,依然如此。他们跟着画画班的女人们一起去河边春游,她带着病友做的帆布袋子,装着野餐用的塑料布,他背着双肩包，装着笛子。休息的时候，女人们坐在树根上、大石头上，听他吹笛子。吹完笛子，在河边散步，有人看到了春归的候鸟，正成群结队在河洲上踱步和漂浮，就招呼别人来看，大家纷纷拿出手机。

事后，有人说，听到了"哎呀"一声，这声"哎呀"，加上她那天带的帆布袋子，他吹的笛子，他们那天说的话，似乎能证明，他们不是自杀，是不小心滑到河里去的。让精神病人到河边春游，谁想出来的。面对警察，女人们比画着，不断重复着那一声"哎呀"，"你也听到了吧"，以证所言不虚。不过，有没有那一声"哎呀"，谁又在意呢？定性成意外，手续就比想象中顺利，在回水湾捞到尸体后，第二天火化。

童勇没有回家，而是回了唐山。火车一路向东向北，经过陕西、山西、河南、河北，到了唐山，越往东，槐树越多，槐花也越多，整个车厢里都是槐花的香味。童勇没有悲伤，只有麻木，那槐花香味，和这种麻木掺在一起，像一种特别入心的毒药。到了唐山，他找到祖坟所在地，挖了三尺见方的坑，埋下二十斤白面，二十斤大米，二十斤小米，十斤猪油。

回到家，他的鼻腔里，似乎还有那股毒药一样的槐花味，他就在这个味道里，睡了醒，醒了睡，直到三个月后，他终于醒来，开始打扫卫生。而他后来宁可自己没有打扫卫生，没有经过橱柜：橱柜上那些装了框的合影，他和索兰的，他和索兰和童穆的，以及索兰和童穆的，都被调转了方向，一律面向墙壁。像是，不忍心看见这间屋子。这是她的遗嘱。他的身体像是被通了电，哭意瞬间漫布到童勇的整个身体。这是唐山孤儿经历的最后一次地震。

地震过后，她留了一座废墟给他。

这座废墟包括：

她的照片：她父亲的照片，她母亲的照片，她父亲母亲的合影；她的父亲站在书架前，翻开一本集邮册；她的母亲站在声宝录音机前，录音机旁边有一瓶塑料花，她的手按在桌面上，她露出微笑；她父亲和战友的合影，所有人都戴着雷锋帽，照片上方写着字"草原雄鹰连战友合影"；她四岁，站在木马前，照片右下角写着"人民公园留念，一九七四年六月一日"；她八岁，站在西湖边，背后是三潭印月；她十岁，拿着一串气球；她十四岁，烫了卷发，装作弹钢琴；她十八岁，穿着白色喇叭裤，大垫肩的短西服，手里拿着话筒，背后的墙上，彩纸粘成花束的形状，簇拥着中间的几个字：元旦快乐；她二十二岁，站在空中餐厅靠窗的位置，窗外是南山的山顶；她的结婚照，她抱着孩子的照片。没有舞厅里的照片，一张都没有。

她画的石头：草原花海上，一个女孩的背影，女孩抱着一束花；黄色的树，在碧蓝的水面上投下黄色的树影，像是黄色的树照了镜子；天空中，有七颗星星，不是北斗，不知道是什么星星，很大，大到突兀，星星下面，有一座淡绿色的山丘，山丘上有一座房子；一扇朝外打开的窗户，几根线条代表了被风掀起的窗帘，窗台上摆着一盆深紫色的碎花，窗外是草原；一条林荫道，树下有一把长椅，长椅上摆着一顶红帽子；一个穿着宇航服的人，举着一朵花，在太空中奔走，身后是一串星星组成的路，路像一道闪电，消失在宇宙深处。

她捡来没有画的石头：圆形的棕色石头、灰色石头、黑色石头，非常圆，圆到像是经过打磨；梯形的石头，石头上有绿色和红色的线条，像是热带的森林；椭圆形的石头，石头上的纹路像一列群山，她只需要再画一个月亮。

她的病历："该病人于十七岁时，因恋爱问题缓慢起病，当时表现为失眠、失神、发脾气，并离家出走达一个月之久，之后自行归来，对出走期间的事情不作解释，也没有情绪波动，似为失忆。此后多年，病人曾多次出走，出走时间一周到一个月不等，出走前后表现与第一次相近。2003年，病人首次入院治疗，诊断为癔症性精神障碍，给予氯丙嗪治疗，治疗效果好，半个月后出院。""病人多年持续服药，偶因经济原因有间断，病情时好时坏，间歇期能正常生活，能正常表达。""病人三天前有发病迹象，表现为两夜不睡，自言自语，骂人，脱掉衣服在室内转圈，向楼下投掷东西，在厨房燃气灶上点燃纸张布条，并怀疑楼上邻居用高压电对她进行电击，由丈夫送来我院，门诊暂以'癔症'收入院。""经诊断，病人存有严重的被害妄想，反应和行动都较为激烈，已超出癔症的范畴，故考虑精神分裂症偏执型。"

还有：她的衣服，她的药盒，她的声音，她的视频，她在开心网收的礼物，她收藏的帆布袋，她用保鲜膜悉心包好的半块点心，她用小熊饼干盒收藏的一沓电影票，她夹在旧书里的干枯茉莉。时不时地，就会跳出来，像废墟上掉下来的砖块。

也包括：孩子的照片，孩子的衣服，孩子的药盒、视频、声音，孩子发给他的语音，QQ空间里的日记，手机里的照片。还有：若干玩具，一辆坏掉的童车，三根长短不一的笛子，两把箫，一根胡笳，一个简单的合成器。

唐山孤儿继续生活在这座废墟里，还要生活很久。这种生活异常可怖。没有人再让他庇护，他也就失去了庇护。失去宠儿的人，从此赤裸，独自漂泊在可怖的人海。

有天凌晨，他起夜，经过她画的石头，恍惚间，发现她画在石头上的星星似乎少了一颗，只剩六颗，他浑身一凛，仔细端详，还是少了一颗。抓起石头再看，七颗星星却还是稳稳地在石头上，照着那间山丘上的房子。

星星已经归位，万花筒不再转动，没有争吵，没有呢喃，檐下燕子也不再啾啁，没有人记得疯女人在玻璃窗上哈着气写下了什么字，而所有人都将消失在时空里。

　　（感谢刘茵和李敏老师在精神医学方面提供的专业建议）

原刊《小说界》第 2 期

大张的死与她无关

谈 波

大张家住体育场北门外日本房，随便一场球赛，大张都看过。小时候，他夹在大人中间往里蹭，北门不行换东门，东门不行换南门，很快出名了，人就是票，把门的争先跟他打招呼，带五六个人进没有问题。

大张不踢球，只讲球。

当着大张的面讲球，不出娄子几乎不可能，多数大张会点出来，补上关键，让你心服口服，怕就怕他不吱声，只瞅着你，那才考验人呢。

场内比赛结束，场外热闹开始，街道两边儿，能吹能泡的，各吸引一圈儿，连成一大片，夏天泡到后半夜，甚至天明。早些年，这是城市唯一的夜生活，地方上一景，每到周日，有没有比赛，都会有球迷赶过来，不怕刮风下雨，哪怕只待一小会儿，听一耳朵，插一嘴。

有专聊老辽宁队的海带，阵型打法不用说，队员家住在哪条街，哥哥外号叫什么，弟弟在哪个厂子上班，爸爸右手小手指头如何被车床连根切掉，都清清楚楚；世界杯老李，一九八二年二十四支决赛队首发球员倒背如流，随时给有备而来的球迷表演，"要不咱赌点什么？"彪子才上当来，杠头老苏只唱反调，大老远走来，没听清别人讲什么，劈头一句："胡说八道！嗯？"调准方向，开足火力，直至对手败北，承认他全对，可老苏并不领情，"什么？胡说八道！"一个一百八十度反转，准备把对手连同刚才的自己一块儿驳倒。

　　大张当然是最大个儿的凝结核，吸引的圈最大。这圈人是球迷角的精髓，浑身洋溢一种说不清道不明，却实实在在的东西，可能就是所谓的"懂球"吧。体育场老人认这个。

　　一般人看比分，"懂球"的人看到的是后防线；一般人叫嚣拿下八一队得三分，"懂球"的人却笑而不语，左右手同时向上伸出食指，结果真一比一。不过，等下一次，一般人吐露大连八一必须一比一，"懂球"的人又会转身而去，能离你多远就多远；一般人埋怨教练大迟笨嘴拙腮，明明三比一赢了，赛后发布却低着头，听不清他呜噜了些什么，然后任客队金指导严词厉色，侃侃而谈，不知底儿的还以为他的球队赢了呢，但是"懂球"的人不在乎这个，"球是踢的，叫唤，有什么用？"

　　更有人为发泄而来，争得死乞白赖，直至动了手，相互揪着，找大张了断。

　　大张说："教练臭，早该把3号换下。"

　　一个迅速松开手。

　　"怎么样，我说输在了3号身上嘛。"

　　另一个同时松开，低头离去。

　　不仅球迷，球队也给大张面子，迟指导每回见到大张，都会主动跟他握手，赠送两张球票。

　　大张随即丢给小范。

　　"谢了哥！"小范转手卖掉。

自从有了联赛，体育场就变成棵摇钱树，还办演唱会、服装节，特别是服装节，请来好多国际或港台一线明星，一场下来，活络的票贩子能挣一千块。

大张却不屑一顾。在球上，他的标准是"纯"，不跟钱搅和，一辈子看球讲球，还不足够？

鞍山球迷领袖小富农率领十几位弟兄来大连看球。

大张带一帮儿张罗着接待。

球场北门外，马路牙边儿上，大伙凑份子，小范跑腿儿，搬了几十箱啤酒，海虹蚬子烤鱼片。大连这边儿觉得，小富农他们虽然不懂球，但人很热情，而且挺谦虚的。

临别时，小富农一扔烟头，对大张发出邀请。

"九月鞍山见，来小弟的地盘儿！"

鞍山没有球队，足协把一场大连的比赛放到了鞍山。

小富农披红挂绿，背对着赛场，擂鼓吹号。

大连一帮子人窃笑不已。不过政府满意，球门后的广告给了小富农，让他轻轻松松赚进一笔。球赛结束，小富农宴请大张一行，安排在大酒店，也是企业赞助的。酒足饭饱，两辆崭新的红色大巴早停在酒店正门，等着把坐火车来的大连朋友送回大连。

小范感叹不已。

"哥，咱得考虑考虑怎么在足球身上赚点钱！这么好的资源，不利用可惜了。"

大张回答："不整邪的，足球就是足球，跟赚钱没关系。他们懂球吗？"

小范说："懂球不懂球不重要。"

"说什么？跟你翻脸啊！"

联赛一年比一年热火，队员年收入过了百万，大球星接近千万，还没算其他进账。各地领袖级别的球迷也纷纷成了富人。唯有大张还那个老样子，只是看球，讲球。后来，他上班的建筑公司倒闭，拿了八千块钱回家，继续看球，讲球。

不管大环境小环境怎样变化，都影响不了大张看球，讲球。

他不找工作，不顾家，不听劝，每天泡在球迷角，最晚一个回家，终于惹得老婆不开门，踢也不开。离婚时，女儿跟了妈妈，大张净身出户，搬到了早就离了婚的哥哥的家。

一向利整的大张，渐渐邋遢。

球迷聚会，大家不再叫他。先是巧妙避开，好像某个环节出了点小问题，再是渐渐谁都不提及这个人了，一旦不小心带到，也只引来片刻冷场，后来渐渐多了讥笑和嘲讽。没有多少时间，不知不觉中，大张竟然成了一块笑料，相当不好笑的笑料。

中场休息，一个驼背大个子，披着脏兮兮的军大衣，从一块区域，翻过栏杆，到另一个区域，他面对球迷，把手臂挥到空中，停住，直到球迷发出让他满意的口号，才把手臂松下来，再去翻栏杆，到下一个区域。

以前这是小范干的活儿，现在交给了大张。赛后大张能得五十块钱。

不知什么时候，大张跟哥哥闹翻，不再回哥哥家。白天，他在球迷角东站站，西坐坐，夜深了，他踉跄着步伐，回到他的窝。体育场外的日本房已经拆迁，剩半栋水泥楼，晚上，大张睡在那里。

大张摸了摸后脑勺，摸到一个地方，倏地收手。

他把手含在嘴里，呼呼吹气。

实际他受伤的不是手，而是后脑勺。

那是白天，球赛快要开始了，没有人给他票，他硬往里进，被武警拦下。新换的小武警并不知道他是谁。

球迷起了哄。

正好有一队人在进贵宾门。

大张喊道："凌导！"

凌导却没有理睬，或许根本听不到。

大张挤上前。

随行一大汉抬胳膊拦开他。

没有要到票，大张下不来台，他想表演一个侧手翻，结果砸了，后脑勺磕在水泥地上。

他爬起来，挪到一棵树旁，坐下。

等到球赛结束，有球迷递给他一瓶啤酒。

大张喝一口，呛了出来。他把酒瓶放到地上，就这么一声不吭，直坐到了半夜。

街道空了，大张拎起地上的军大衣，披到身上，摇摇晃晃往窝走。

"谁？"

大张发现有人在他的窝里。

他忘记了，这人已经在他这里三天了。

"你老婆啊。"那人说。

她也忘记了，昨天还说是他的英语老师呢。

"谁？"

"你老婆呗，还能有谁？"

他捂了一下后脑。

她知晓白天发生的一切。

"素质真差，怎么跟大迟比。"

"你不懂。他是那一茬子最好的右边后卫，防守稳，下底传中到位。"

"呸！人坏等于零，一个一个的，呸！"

"不想跟女人讲球。"

"我不是女人，我是你老婆。"

"我老婆早跟我离了。受够了。"

"那是跟你闹着玩呢。你不也总说要甩了我，不要我了，我知道你是逗我呢，你没有那么坏。"

"我累了，你走吧。"他躺到纸壳堆的床上。

"这就是我的家，我哪儿也不去。赶也不走。"

她蹲到他身边，抚摸他的额头。

大张睡了过去。

一会儿他醒来。

"有碗小米粥喝就好了。"

"没问题，老公，稍等片刻。"

"热乎的，热乎乎的。"

"必须热乎乎啊。"大张闭上眼，"唉，哪儿去弄啊？"

"老婆自有办法。"

她弯腰从地上抄起一个热水瓶，打开塞子，里面冒出了热气。

"看，看啊。"

"热的！怎么弄的？"

她做调皮状。

"不告诉你。"

她泡好了一桶方便面，端到大张面前。大张躺在纸壳上。她吹着气喂他。

他吃了几口面，摇摇头。

"汤！"

她喂他汤。

一口一口，大张把汤全喝了。

"谢谢。"

"跟老婆还客气个啥。"

大张打了个饱嗝，带出来一口血。

大张说："血？"

她说："没有吧，西红柿的汁。"

她擦干净大张的嘴和手，察看了他后脑勺的伤。

"不要紧，问题不大，没破。那些混蛋！"

"你不懂球。"

"好吧老公，看你面子，不骂了，睡吧，这一天够折腾的。"

大张睡着了。

可是，只一会儿，大张睁开眼。

"你是谁？"

"我是我呗！摔'彪'了，连老婆我都不认识了？"

她外衣已脱掉，穿着内衣短裤。

大张望着她。

她坐到他身旁。

"往里点，老公。"

她挤开一点地方，躺在他的身边。

"老公，你闻闻我香不香？法国牌子，不舍得用，关键时候才用。"

大张鼻子抽动了两下。

"今晚儿让你闻个够！"

声调里夹着害羞。她伸手去抓大张的手。

大张的手又冷又硬。

"怎么回事，老公，你这是怎么了？不正常啊。"

她摇摇他。

"出个动静，说句话！"

她摸他的嘴。

"老公，你病了？"

她坐起来，推推大张。

"别吓我呀，老公，咱们去医院吧。我有钱。"

她拽大张。

"起来，老公，你别跟我倔，听我的，起来。"

大张根本不配合，她只好松开手。

"好吧，老公，你等我一会儿，我去打出租。"

她穿好衣服。

很快，她推着一辆破旧手推车回到楼梯口。

"老公，车来了！"

她拖起纸壳的两个角，把大张拖到屋外。

"老公，别一动不动啊，老婆哪有那么大的劲，你真以为你老婆无所不能啊！"

她好歹把大张弄上了推车。

"老公，躺好，别乱动啊，摔了可不赖我。"

她推着车，东拐西拐，沿着大道，快跑着，上了香炉礁立交桥。在桥上，她转了好长时间，最终似乎明白过来，自己迷路了。她手扶车把站了一会儿，然后，她像《夏家河的小虎》里的小虎，挺直了身子，抬头望望夜空，望望四周，突然撒腿就跑。小虎骑着一辆三轮车，车上载的是病危的父亲，当时小虎把父亲拉到靠近周水子附近的一个十字路口,他要去中心医院,但不知该往哪个方向走,他被难坏了,刚才还知道呢,怎么回事呀?他挺直了身子,抬头望望夜空,望望四周,突然撒腿就跑。他父亲被他扔在十字路口的时候,还活着,好心路人报警,送到医院,第二天才死。

而大张呢,十有八九,在被弄上手推车之前就已经离开人世了。

立交桥上,灯光点缀的黑暗中,她被难坏了,不知医院在哪个方向,甚至很快忘记了自己是谁,为什么会来到这里,这里是哪里。突然,她什么都不顾了,扔下手推车开跑,拼命跑,一直跑,跑到了天明,到了一家门前。她按门铃。

"谁?"

"我。"

"真是你!"

"妈。"

"孩子,可回来了!这两个月你跑哪去了?"

"心里难过,楼下公园转了转,现在好了,我放下了,处对象有成有黄,没什么了不起,妈,你放心吧,我不闹了,没事了,都过去了。周一我就上班。"

"这回一走俩月,比去年那次还长,可熬死你妈了。"

妈妈抓住女儿的胳臂,盯着她的眼睛看。

女儿真的好了,恢复成了正常人,重新上班,找对象,结婚,生孩子。当妈的欢天喜地,别人不提,发生在女儿身上的那段不愉快,她也不提,至于大张,她根本不知道有这么个人。别说她,连女儿,当事人,也遗忘得一干二净,她丝毫不记得,曾有个叫大张的球迷,临终最后几天,跟她一起度过。

原刊《青春》第3期

兰亭惠

潘向黎

兰亭惠是一家在市中心开了二十年的餐厅,专门做粤菜。

粤菜在上海人心目中一向有地位,其他菜系走马灯似的此起彼落,粤菜始终稳稳地占据人气榜前三甲。广东人到底会吃,而懂经的上海人到底也多。和它并列冠军的是川菜,本邦菜只能是探花。说起本邦菜,上海人的叫法也有意思,鲁、川、粤、苏、闽、浙、湘、徽八大菜系都明确说出地名,唯独上海菜,偏偏不叫"沪菜",叫作"本邦菜"。说什么在上海话里"本邦"就是"本地"的意思,其实多少透出了大上海各省交汇、八面来风的派头。各菜系都是前辈,名声也响,但毕竟都少不了到上海滩来争一席之地,而上海菜,就在家门口做大做强,"本邦"二字,表面上本分低调,但这份气定神闲好整以暇,不经意间就衬出了别家的劳师袭远。

正因为上海滩是这样各菜系兵家必争之地,加上上海市中心高昂的店铺租金,一家餐厅开了二十年,这可不是一件容易的事情。想了解一家餐厅的口碑,要到手机里"大众点评"之类的 App 上查看?老上海人可不是这样做的。在老上海人心目中,即使是陌生的餐厅,只消把它的地段和开了多少年头说出来,就已经是不着一字尽得风流了。若不是菜式、服务、环境俱佳,有一批老客人追捧,新客人也不断慕名而来,是很难做到屹立二十年不倒的。

所以,兰亭惠这样的餐厅当然可信。当然也有缺点,就是价格的门槛。订餐软件上显示:人均四百五十元,那大概是家族聚餐或者比较随便的同事聚餐吧,实际上,如果是请客,人均五百元至六百元才够像样。要是上燕鲍翅参,人均就会很轻松过千。

就这样,兰亭惠的十个包房还经常是满的,不预订很难坐进去。顾新铭和汪雅君事先订了一个小包房,等他们五点一刻到了兰亭惠,跟着服务员来到包房门口,一抬头,见这个小包房名字叫作"鸿运当头",不约而同地站住了,汪雅君说:"不好意思,能不能换一个包房?"服务员有点奇怪,对讲机和不知道什么人商量了一下,说:"其他包房客人还没有到,我们调整一下,可以的。"于是服务员带他们到另一间,他们一看,这间叫作"清风明月",互相交换了一下眼色,顾新铭说:"就这间。"

于是,这对五十多岁的上海夫妻,就在颇有名气、颇有门槛的兰亭惠里的一个叫作"清风明月"的小包间坐了下来。包间里的布置自然是中式的格调,红木或者仿红木的桌椅,青绿山水瓷餐具,同款的瓷筷搁上整整齐齐地排着两双筷子,一双是红漆木筷,一双是黑檀木的。旁边有沙发、茶几和衣帽架。难得的是,这里的沙发坐上去有足够的硬度,不颤颤悠悠,靠垫也够饱满,很得力地支撑起整个腰部,不露声色地让人坐得既松弛又不累腰。这才是真的让人坐的,而不是摆出来让人看的沙发。真正好的餐厅和过得去的餐厅,差距往往就在这些细节上。

服务员先送上来两个放在影青兰花瓷托里的热毛巾，然后给每人斟了一杯茶，看汤色，应该是普洱。然后把一大本黑缎封面沉甸甸的菜单递了过来，含笑说了声："两位先看看，需要点菜的时候按一下呼叫铃，我们马上来为你们服务。"就先出去了。

好餐馆就是这样，不急，总是给客人留余地。这个余地，既是心理上的礼遇，也是做生意的技巧。寻常日子难免忙碌，进了餐厅，先让人休整和放松一下，从容之后才能进入"吃饭"的状态，在对的状态下再点菜，点菜的人也愉快，餐厅也愉快——因为心情好的人往往会点更讲究的菜。另外，经过二十分钟以上的等待和喝茶——尤其是消食去腻的普洱茶，再看那些撩人食欲的照片，食欲更容易旺盛起来。过去有个口号叫作"多快好省"，那么这时候点菜，容易点得多、点得快、点得好，唯独不省。

喝了一盏茶，汪雅君略带愁容地说："我们要不要先点菜？"

"先点。等她来了好说话，你说呢？"

"也是。可是……"

"你担心什么？"

"不要我们菜点好了，结果她不来哟。"

顾新铭停了几秒钟，说："不会，她会来的。"

顾新铭就按了呼叫铃，这回进来了一个领班模样的人，态度更加殷勤得体，见多识广的样子。于是双方有商有量，顾新铭一口气点好了冷菜、按位上的汤、小炒、主菜，汪雅君刚想问"是不是差不多了"，只听领班说："再加一个蔬菜，差不多了。你们才三位。"顾新铭说："好，要不要甜品？"汪雅君说："我不要了，胖。"顾新铭就说："那就先这样，等一下客人到了，再让她看看要什么甜品。"领班说："这样最好了。"就出去了。

静了一会儿，汪雅君说："现在是五点四十，时间还早……约好是六点。不过幸亏我们到得早，不然只能坐那间包房，就蛮尴尬。"

顾新铭说："这种时候，请客的人一定要早到的。事先电话里、微信里再怎么说，总不如自己来看看，七七八八、边边角角有什么问题，到了才能发现，也才来得及调整。"

汪雅君说："还是你有经验。这些地方，听你的总没错！"

顾新铭看了妻子一眼，心里觉得舒坦多了。在这种时候，如果只是说一句"对呀"或者"还真是这样"，却忘了赞美男主人，那只是及格。大部分上海女人都不会只是及格，她们会明确归功于丈夫——不过，大概率，她们只会说前一句，但是他顾新铭的太太还会加后面一句。一个"总"字，与其说是在一个很长的时间跨度中认可和抬举丈夫，不如说更多的是显出一个妻子对丈夫的欣赏和信赖是长期的，近乎"始终不渝"的意思了。

不管怎么说，自己选人的眼光比儿子强多了。

服务员轻轻敲了两下包房的门，然后打开，司马笑鸥到了。

司马笑鸥长得眉清目秀，小巧白皙，介于职业和休闲之间的米色套装显得她身材苗条且气质大方。城市里白领女郎从大学毕业到三十五岁是看不出年龄的，要不是顾家夫妇知道她今年二十九岁了，猜测她的年龄是困难的。

顾新铭和汪雅君都站起来迎接她，态度热情而有轻微的不自然。不自然并不是因为热情是假的，而是因为想充分地把热情表现出来，却要把热情背后的愧疚藏起来，可是彼此都知道这愧疚就是热情的一部分来源，所以很难藏得天衣无缝。而且，似乎也不应该把这份愧疚藏得天衣无缝？不好拿捏。毕竟面对这种局面，他们也没有经验。

司马笑鸥的脸色比想象中的要好，她似乎不是来赴这样一个滋味复杂、注定不会轻松愉快的宴会，而是参加一个商谈合同具体条款的工作晚餐。表情的主调是礼貌，还有着理智的清醒和一点不那么在意的清淡，还有一丝不易察觉的戒备——似乎在防范谈判对方在表面友善之下的算计。

"小鸥来了，快坐，快坐！"

"路上顺利吗？服务员，倒茶！"

"顾伯伯好，汪阿姨好。"司马笑鸥说，表情和声调都很正常。

三个人坐在旁边的沙发上，喝了几口茶，这时候冷菜上来了，汪雅君说："冷菜上来了，我们边吃边聊？"

顾新铭让汪雅君坐了主位，然后自己和司马笑鸥分坐在她的两边。这个他们事先没有商量过，就自然而然这样坐了——因为这样，便于汪雅君就近给客人布菜和倒饮料。

桌上的冷盘有四个：一个冻花蟹；一个卤水小拼盘；一个四喜烤麸——这是本邦菜，兰亭惠也有几个融合菜，多少有几个本邦菜和川菜的菜式，四喜烤麸是上海家常菜，本来上海人下馆子不会点这个，但是做起来挺麻烦，现在许多人也都偷懒在餐厅里吃了；一个桂花山药泥——山药泥自然不成形，为了好看，用模子压出了一朵朵花的形状，上面浇了糖桂花和蜂蜜，雪白的花朵上面有两种深浅不同的黄色点缀，看上去精致讨喜。卤水拼盘是在六种里面自己选的，他们选了卤水掌翼和猪利——广东人真有趣，为了讨口彩，猪舌永远叫作猪利，因为"舌"谐音是"蚀本"的"蚀"，而"利"就是"一本万利"的"利"了。

汪雅君看着猪舌，心想：名字叫得好听有什么用？有些事情，蚀就是蚀，亏就是亏。就拿小鸥来说，恋爱了两年，然后分手，两年的青春,伤透的心,怎么看都是女孩子蚀本呀。

上海话猪舌也不叫猪舌,而叫门腔。顾新铭心想:如果真是吃什么补什么,那今天自己和汪雅君确实应该多吃门腔,变得会说话一些,才好。

世界上,人和人的关系不但最复杂,也最难以预料。就说眼前的司马笑鸥吧,和他们是什么关系呢? 两年零一个月之前,他们就是陌生人。两年前,她成了他们的儿子顾轻舟的女朋友。一年半前,她和他们正式见了面,他们也都认可和喜欢这个女孩子。半年前,他们已经把她当成了自己的准儿媳妇,高高兴兴地谈论起婚房和婚礼的问题。那个时候,是他们和这个姑娘的人生轨迹最靠近的时刻,几乎再进一步就成为一家人了。但是三个月前,顾轻舟突然说和她不合适,死活分了手。于是,现在,他们其实已经没有关系了。

不要说司马笑鸥,就是汪雅君和顾新铭都觉得非常突然和难以接受。顾新铭对太太说:"大概儿子看上别人了。不然不会这么绝情。"汪雅君说:"小鸥这么好的姑娘,这死小鬼还要哪能?""哪能"是上海话,"怎么样"的意思。顾新铭说:"我找他谈谈。"

他找了一个中午,特地到顾轻舟的单位门口,和儿子单独吃了一顿午饭,然后傍晚回到家对太太说:"看样子,只能让他去了。"汪雅君说:"那么他是有别人了吗?""可能吧,但好像没那么简单。他反正拿定主意了。"汪雅君不接受:"这是什么话? 我找他谈!"顾新铭说:"你是他妈妈,你和他谈可以,但是你不要激动。"汪雅君血压有点高,控制血压的药又时吃时不吃。

当天晚上母子谈话很快进入对抗模式。顾轻舟喊:"她爱不爱我,你比我清楚?"汪雅君说:"就是比你清楚! 你这个没良心的! 你要是看上别人就承认,不要敢做不敢当!"顾轻舟气势低了一些,说:"我要怎么和你说呢？我们这一代，和你们不一样，大家都是脑子很清醒，在做一个选择。""那你为什么不选择小鸥？她哪一点配不上你？""她好多地方都比我强，问题是这一点你们知道，她自己也知道，我们在一起我有一种学渣被要求上进的感觉，我不喜欢。""你不爱她！如果你爱她，为她上进上进有什么问题？啊？""是，我发现我不爱她，按照你们的标准，我可能从来没有爱过谁。""你！你不要和我耍无赖哟，我告诉你，我直接怀疑你有问题，你是不是有新的女朋友，把人家肚子搞大了，所以要急吼吼和小鸥分手，赶紧去娶人家？""拜托，老妈，这是二十世纪的故事了好吗？我遇到更合适的，换个女朋友也很正常，但是因为你说的这个结婚，你觉得我会那么土吗？""你！"汪雅君有点头晕，顾新铭赶紧进来把母子分开了。

　　花了两三个星期，夫妻俩终于弄明白了，顾轻舟确实有了新的女朋友。这位是正宗上海人，李宝琴，二十五岁，大学本科学历，小公司文员，工资只拿来自己吃饭和零花的，父母是挣足了钱退隐江湖的生意人，所以这姑娘的名下，有价值两千多万元的房子一套，地段好，房型好，保时捷一辆，结婚时还有丰厚的嫁妆。唯一缺点是，这姑娘年轻而不貌美，长相乏善可陈，开足了美颜也很一般。夫妻俩一致认为：完全不如司马笑鸥。不漂亮不说，这种家庭出来的，就是个地主家的傻闺女，娇气加刁蛮，已经够顾轻舟受的，而且什么也不懂，什么也不会，其实是没法一起过日子的。顾新铭说："结婚是终身大事，可要选对人。"顾轻舟说："都说结婚选对人，可以少奋斗二十年，如果选她，我可以少奋斗三十年。"夫妻俩一起失声说："你真的要选她？"顾轻舟说："如果结婚，我就选她，可是我还不一定想结婚呢。"汪雅君说："你到底和小鸥有没有谈恋爱啊？现在有没有爱上别人啊？我怎么听来听去，都没有什么感情呢？"顾新铭说："儿子，我也不是很明白,不过作为老爸,我要提醒你,婚姻对男人也是大事情,你要理智。"顾轻舟说:"你们两个人商量好了再来和我搞脑子,好不好? 一个要我讲感情,一个要我讲理智。就很搞笑。"

汪雅君觉得头晕,只能坐下了:"儿子,不要说人家小鸥想不通,你总要让妈妈理解你呀。哎哟,我怎么会生了你这么个儿子!"顾轻舟听见母亲带了哭腔,停住了要离开的脚步。顾新铭说:"你和爸爸妈妈好好谈谈。不管选哪一边,另一边至少不要出人命。"顾轻舟转过身来,带着不耐烦和无奈说:"出什么人命啊? 你们不要以为司马笑鸥爱上了我,她也是——在可能的范围里选中了我而已。如果有更好的男人出现,她一样会头也不回走开的,你们不知道吗?"顾新铭说:"可是你们互相选中了,对方没有改变心意,你改变了呀。"顾轻舟说:"因为李宝琴出现了,而且她主动追我了呀。"汪雅君说:"你有女朋友,她怎么可以这样?""奇怪,为什么不可以? 如果谈恋爱了就不可以换人,那为什么要谈恋爱? 都相个亲,然后直接去民政局好了! 你们讲点道理好吗?"顾新铭问:"她能让你要和小鸥分手,说明你动心了,那么你看上李宝琴什么呢? 是她家有钱吗?"顾轻舟说:"在有钱的家庭长大的人不一样,她做人不那么起劲,不会什么都很在乎很紧张,也不要求我上进,大家在一起很轻松,可以一起享受人生。另外,他们家有钱,也是个优点啊,结婚的房子、车子都是现成的,将来我不用按揭,你们留着钱养老,有什么不好呢? 我就想不通,你们到底生什么气?!"顾新铭说:"人生哪有这么便宜的事情? 儿子啊,你太年轻了!"汪雅君说:"没有爱情的婚姻是不道德的呀,儿子。"顾轻舟像听到好笑的段子那样,一下子笑了起来:"你的老校长恩格斯说的,对吗?"就再次转身走了。汪雅君对着他后脑勺喊一句:"她父母有没有文化? 还宝琴呢,不知道这是《红楼梦》金陵十二钗的一个吗? 那种家庭、那种长相，怎么好意思叫这个名字！"顾新铭说："好了好了，名字不是重点，至少没有叫宝钗吧。"汪雅君说："哪怕她叫林黛玉，我也不要！我就是认定了小鸥做儿媳妇！"

外面的防盗门咣当一声关上了，顾轻舟出去了。顾新铭说："看来他是真的拿定主意了。"汪雅君说："我反对！我们怎么对得起人家小姑娘？怎么对人家父母交代？谈得好好的，该做的、不该做的都做过了，然后莫名其妙就分手？人家肯定要骂我们上海人没家教不像样，说这家父母都睡着了吗？儿子这样也不管？"顾新铭叹了一口气："我知道你反对，我也反对呀。我当面和他说了：爸爸妈妈都喜欢小鸥，你要分手，她伤心，我们舍不得，你放掉了她也很难再找到这么好的了，希望你珍惜。其实你和她结婚，是我们家高攀，要不是你是上海人，有主场优势，估计你打破头还娶不上人家呢。他说：不是你们要和她结婚，是我在选人过一辈子好吗？当初你们谈朋友，你们结婚，我干涉过吗？"汪雅君忍不住笑了，然后笑容一敛，更生气起来："这什么话？！他跟谁学的，三十岁的人了，讲话这副不正经的腔调！"顾新铭长叹了一口气，说："你也知道他三十岁的人了，所以，我们反对也反对过了，后果自负的警钟也敲过了，也没办法了。"汪雅君一时不知道怎么回答，愣了好久，茫然地问："那么哪能办？"顾新铭说："让他去！"汪雅君想了想，也说："烦死了，让他去！让他去！"

上海话说"让他去"的发音很像普通话的"娘遗弃"，最后的一个字唇齿摩擦得厉害，听上去咬牙切齿，有愤恨，有无奈，更充满了鄙视和不屑的味道。

司马笑鸥是贵州人，自己一个人大学考到了上海，从此留在上海打拼，如今在一个大公司里有一个很不错的位置，年收入比当公务员的顾轻舟丰厚。她皮肤雪白，五官立体而精致，虽然一米六二的身高不够高挑,但依然算得上是个漂亮姑娘,而且一看眼睛就知道很聪慧,智商情商双在线的那种。接触下来,明显要比顾轻舟成熟,有一种离家早的人特有的懂事和干练。顾轻舟虽然比她大一点,但从小到大没有离开过上海,其实反倒是温室里的花朵。司马笑鸥对未来的公公婆婆也是要温度有温度,要礼数有礼数。过年的时候,在回贵州之前,小年夜先请吃饭,双手送上一盒茶叶(是顾新铭喜欢的正山小种)和一盒燕窝,一看盏形和成色,汪雅君就一边惊叹一边笑着责备:"哎呀,你这戆小姑娘疯了吗?这个太贵了!自家人,一定要送,也送点碎的吃吃好了!"初六,一回上海就来拜年,再送大冬天里最好的鲜花和进口车厘子。去年,连他们两人过生日也有表示,顾新铭生日收到一个精致的栗子蛋糕,汪雅君生日收到一瓶法国大牌的面部专用精油,司马笑鸥说可以滴两滴在面霜里,加强对面部皮肤的保养,又不麻烦。汪雅君惊叹说:"真是用心啊!精油滴在面霜里头,我还没有这样讲究过呢。"顾新铭开玩笑说:"人家小姑娘出手这么大方,你不要开心得太早,你等着,以后他们房子的首付你是跑不掉了!"说这话的时候,汪雅君刚洗完脸,先不回答,从容地用无名指轻轻地往眼睛下方点上几点芝麻大小的眼霜,用无名指轻轻地抹开,然后用三个手指弹钢琴一样点匀了,才说:"你以为吓得死我啊?不是准备好了吗?首付我们来,按揭让他们自己来。过两年要是生孩子,正好我们也退休了,可以帮他们带。"顾新铭说:"还是要请个阿姨的,不然你吃不消的。"汪雅君说:"嗯。都这么晚了,睡觉吧。你怎么还在喝茶?"顾新铭说:"这是小鸥送的茶,还没喝透,不能浪费。"

那时候,这两个人,第一次有了要做公公婆婆的感觉,第一次以满意、喜悦、期待的心情准备迎接一个家庭新成员加入。当然,上海家长在孩子婚嫁时必须拥有的万事俱备、运筹帷幄的骄傲感,他们也有了。

而现在，把他们联结在一起的顾轻舟不在这里，他甚至都不知道父母要请司马笑鸥吃饭。只有他们三个人——一对心愿落空，还要来对曾经的准儿媳道歉、安抚的夫妇，以及一个因为受了伤害而随时可能拂袖而去的女孩子，坐在这个包间里，面对着四个冷盘，虽然是兰亭惠的招牌菜，但是看上去冷冰冰的。

"小鸥，吃呀，吃呀！"汪雅君用公筷往她碟子里搛菜，注意把每样菜摆放得整齐，互相之间保持距离，免得串味。

顾新铭看见汪雅君用调羹舀了一勺混合了金针菜、香菇、黑木耳、花生的烤麸往司马笑鸥的碟子上送，突然脸色一凝，眉头皱了起来，坏了！百密一疏，自己犯了一个错误，这道菜不该点。"烤麸"除了是上海家常的冷盘，也是过去上海人婚礼上必备的一道菜，因为，烤麸的谐音是"靠夫"，结婚后凡事依靠丈夫，"夫"能够一辈子"靠"得住，这是新娘一方的强烈心愿，往往也是新郎新娘两家的共同心愿，因此"四喜"是例行的口彩，"烤麸"（靠夫）才是真正的祈愿和祝福。司马笑鸥是被分手的，对她来说，顾轻舟根本靠不住，所以今天的席上出现这道菜，就大大的不妥了。顾新铭此刻只能舒开眉头，装出若无其事的样子，心里安慰自己：司马笑鸥毕竟是外地人，又年轻，应该不知道上海人这些"老法"的规矩和说法，如果真是这样，那就太好了。对天发誓，今天，他们夫妻两人可是世界上最在乎司马笑鸥情绪的人了。

司马笑鸥慢条斯理地吃了一朵山药糕、一片卤水猪利、一个冻花蟹的蟹钳——蟹壳事先都是夹破了的，所以用筷子轻轻拨几下，四分五裂的蟹壳很简单就脱落了，一点不费事就可以吃到完整的蟹肉了。兰亭惠就是兰亭惠。最后是四喜烤麸，司马笑鸥没有吃，不知道是不喜欢吃，还是知道那个说法所以拒绝碰它。汪雅君这时候也发现问题了，看了顾新铭一眼，整整齐齐的衣服下面，两个人身上都出汗了。

这时候汤来了。一人一盅橄榄瘦肉螺头汤，打开汤盅盖，就闻到香味。"小鸥，喝汤！"喝一口，又清鲜又甘甜，连这三个没心思真吃饭的人也觉得味好到熨帖。"这道汤清热解毒、润肺滋阴，对人很好的。"顾新铭说。他真心希望，这道汤，或者说这种心理催眠，能在上海凉爽而干燥的秋天，从嘴巴到喉咙再到五脏六腑，为遭遇感情挫败的女孩子提供一点帮助。

三个人静静地把汤喝完，居然没人说话，好像突然一丝不苟地遵守起"食不言"的古训似的。

然后上了牛排。虽然每人一份，这个牛排小得出奇，只有成年人手掌心大，还比手掌心窄，但是服务生上菜的时候，领班特地进来介绍了一下："这是和牛牛排，请趁热用。我们的配方是专门研制的，所以建议贵宾自己不再加任何调味，就这样享用。"看了这个阵仗，自然知道这道菜身价是高的，再一看上面的雪花纹，用刀一切感觉到那种质感，就知道不是骗人的，切一小方放到嘴里，果然是和牛。顾新铭说："是和牛，和我在日本吃过的差不太多。"汪雅君问："这不是日本来的吧？听说国内没有真正日本进口的和牛。"领班笑了一笑，说："请三位吃起来，边吃边听我说——如果有人说他们端出来的是日本进口的和牛，您不要相信，我们这是澳洲和牛。虽然不是日本进口的，但是我们是正规渠道进口的，而且是真正的有等级的和牛，像今天这个牛排，绝对是M6—M7等级的，绝对香，雪花分布很好，也不会太油。"顾新铭点头说："我刚才一吃，就知道不是日本和牛，不过东西是好东西。我就喜欢你们这样，有一说一，不要吹，不要浮夸。说的人踏实，听的人也踏实。"领班说："我们也最欢迎您这样的客人，见多识广，上海人说叫'懂经',而且又客客气气。"顾新铭说:"哈哈,您客气,您客气。你们会做生意!"领班说:"欢迎您多来! 这是我的名片。"司马笑鸥没说什么,只是娴熟地用刀叉把小小的牛排切成四五块,然后一块一块送进嘴里,同时似看非看地听着,但她明显比刚进来的时候松弛了,神情深处的那一丝戒备也找不到了。

领班走后,汪雅君对司马笑鸥说:"这牛排还不错,就是太小了,你年轻,可以多吃点肉,要不要再来一份?"

司马笑鸥说:"不用不用,我不减肥,不过也要控制体重的。"说完这句话,她脸上有了一点笑的影子。

"是啊是啊,你们这一代比我们好,从小有控制体重的意识,所以身材比我们这一代好多了。"

"哪里,阿姨您和顾伯伯都保养得好。"司马笑鸥一半被迫一半真心地说。其实这话本来是真心的——她过去和顾轻舟说过,上海人到底不一样,你爸爸妈妈身材、风度都很好,打扮也很得体,可是今天不是说这种话的心情和氛围,却又出于场面需要不得不说,于是一句真话刚说出口,就死了一半,好像是不合时宜的恭维。当她自己意识到连说一句真心话都这么尴尬,不由得叹了一口气。

顾新铭和汪雅君几乎同时叹了一口气。顾新铭有点可怜汪雅君,于是决定自己先开个头,他记得读过一本《如何进行有效沟通》之类的书,里面说,在面对容易引发争执和不愉快的谈话时,一定要用"我""我们"来开头,哪怕不得不说"你",也不能说"你怎么生气了",要说"我觉得你好像生气了";不能说"你误会我了",要说"我不是这个意思,但我表达得不好,好像引起你的误会了"。总之是要主动担责的意思。于是他说:"小鸥啊,伯伯和阿姨也不能做什么,今天就是想请你吃个饭。"司马笑鸥浑身微微一震,马上垂下了眼帘,好像不愿意让人看见她的眼神。

汪雅君赶紧说:"我们心疼你,可我们也插不上手。你也知道,孩子大了,爹妈简直成了弱势群体,根本管不了。你相信我,要是打他能把他打听话,我早就用家法打得他趴下了。"

司马笑鸥似笑非笑地说:"还不至于。"这句话有点微妙,是说顾轻舟罪不至此,还是说自己不至于沦落到这一步,要男方的家长用暴力来逼迫男朋友留在自己身边?汪雅君和顾新铭对视了一眼,顾新铭不开口,汪雅君只好继续说:"小鸥啊,我们都很喜欢你,真的,已经把你当成……家里人了,弄成今天这样,我真是万万没想到啊!我们心里也很难过。"司马笑鸥嘴边浮起一缕似悲凉似讽刺的笑容,说:"对不起,让你们操心了。"顾新铭马上补救,说:"千万别这么说!是我们对不起你。你是个好姑娘,你做得都很好,都是顾轻舟不好,他这个人不成熟,完全拎不清,不知道自己几斤几两,不知道如何珍惜感情,也不知道该如何选择人生伴侣,他将来肯定要后悔的。"他想了想,一咬牙,把最严重的一句说出来了,"是我们教子无方,对不起你。"汪雅君也说:"我们真的很内疚,都没脸见你。"

只听司马笑鸥一个字一个字地说:"都是成年人,哪怕是犯罪,也是自己进监狱,哪有株连父母的?这事和你们没关系。"两个人听了这句话,抬起了头,看见她喝了一口茶,稳住了气息,继续说:"何况,谈恋爱,本来就是两种结果,要么结婚,要么分开。你们放心,我不会去纠缠顾轻舟,将来他和别人结婚,我也不会去砸场子的。"

两个人心头一宽,同时又一酸:已经没有希望成为儿媳妇了,依然有这样的态度,可见过去的种种懂事不是假的,真是难得的好姑娘,可惜江湖一去深似海,从此彼此是路人。汪雅君说了出来:"我们知道,你是个明事理、重情义的姑娘。顾轻舟配不上你,真的,你也许现在不相信我的话，过几年，就会觉得我说的是对的，到那时你还会庆幸没有嫁给他呢。"顾新铭喃喃地说："确实，你样样比他强。是他没福气，真的，是我们顾家没福气……"

司马笑鸥不知道是被打动了，还是触动了心事，低着头，好一阵子没有声音，然后，她好像下了决心似的，缓缓地抬起头，说："我这些天是很难过。但你们知道我心里最过不去的一个坎，在哪里吗？""你说，你说！"夫妻俩争先恐后地说。让司马笑鸥在他们面前倾诉一番，这是他们请这顿饭的最大希望啊。

"他可以和我分手，什么理由都可以——两个人在一起，要两个人都愿意，分手就不一样，只要一个人想分手，就只能分手。他可以不爱我，可是他不该说我不爱他，他说我只是快三十岁了，急着想找个人结婚、在上海安个家。我不是！我受不了他这样冤枉我！"

顾新铭说："这个他说得完全不对！"汪雅君说："他胡说！你只当他放屁！"

司马笑鸥说："我对他说，你不能这样说我，除非你从来没有爱过我。然后你们知道他说什么？他说：你们女人真奇怪，反正就这样了，爱过，没爱过，有什么区别？"她的眼圈和鼻子都红了，但是没有让眼泪流下来。

夫妇俩都沉默了，因为真的不知道说什么。没想到儿子如此现实，如此狠绝。同时也深深感到了自己立场的尴尬和语言的无力。

"伯伯、阿姨，谢谢你们这么接受我、疼爱我。我不知道他在你们面前会怎么说，我今天来，就是想告诉你们，我是真的爱过顾轻舟，是真的看上他，我也说不清为什么，我就是爱他这个人，想和他在一起，想和他白头到老，不可以吗？他要分手我没办法，可为什么我的感情还要被这样否定、这样不在乎？现在我也看明白了，我不是他要找的人，他也不适合我，所以，分手就分手，总比以后离婚强。"司马笑鸥的脸色苍白，嘴唇也失去了血色——口红已经在吃饭过程中消失了，所以现在是真实的唇色。但她始终没有流下来一滴眼泪，倒是汪雅君眼泪汪汪了。

好在装在青绿山水大瓷盘里的清蒸珍珠斑上来了。平时请客，点一条笋壳鱼或多宝鱼也就是了，但是今天，顾新铭觉得一定要珍珠斑。普通石斑鱼也很鲜，肉质也够弹牙，但是珍珠斑的嫩，是超乎一切石斑鱼的，价格也是超乎一切普通石斑鱼的，所以——今天必须要珍珠斑。顾新铭说："你给小鸥搛点鱼肉，这是珍珠斑，好吃，又不会胖。"汪雅君用不锈钢长柄调羹，一下子拨下来一大块雪白的鱼肉，放到司马笑鸥的碟子里。司马笑鸥慢慢吃掉了。

然后又上了一道脆皮百花鸡、一道黑松露汁烩鲜鲍、一道锅烧杂菌豆腐、一道白灼西生菜。

这时候顾新铭用另起一段的口气，说："小鸥，人这一辈子，总会遇到一些不开心的事情，也只能面对。我们呢，真的很喜欢你，也知道你一个人在上海，虽然事业有成，但是毕竟没有亲人，我们希望，以后像朋友一样来往，你如果遇到什么事情，自己解决起来有困难，只管来找我们。商量商量啊，需要我们出点力啊，我们都很乐意。"

司马笑鸥显然没想到他会这样表态，迟疑地说："这个……不用了。"

汪雅君说："小鸥啊，你如果不嫌弃，就把我们当成亲戚吧！我们是小老百姓，你知道的，他在出版社，我在学校里，都快退休了，但我们总归这把岁数了，好歹算是长辈，你有需要的时候，要想到我们，碰到为难事情了，不要一个人撑，发个微信、打个电话告诉我们，好不好？"

司马笑鸥愣了一会儿，脸上有混合着惊讶、委屈和感动的神情掠过，然后恢复了平静，说："好的。谢谢。"她的双唇恢复了一些血色。

汪雅君说："对了，甜品刚才还没有点，小鸥，你看看你想吃什么？流沙奶黄包？陈皮红豆沙？燕窝蛋挞？天鹅酥？他们的甜品也很不错的。"

"不用了，阿姨。"

"吃个甜品吧，心情会好。"

司马笑鸥幽幽地说："心情，总要让我不好一段时间吧。整件事情，我也只剩这个可以决定了。"

汪雅君要说话，顾新铭用眼神阻止了她。这顿饭，司马笑鸥的情绪就像退潮的大海，虽然还有一浪一浪地往回卷，但是总体是浪越来越远去，海面越来越平静了。这下子回浪有点儿猛，也只能等它自己下去，这时候不能乱说话，这时候如果说错一句话，岂不是前功尽弃？这女人，就是性子急！

最后还是汪雅君做主，选了冰激凌，顾新铭从来不吃甜品，于是她和司马笑鸥一人两球冰激凌，慢慢地吃着。第一球冰激凌吃完的时候，汪雅君说："小鸥，阿姨送你一件礼物，是我们做长辈的一点心意，希望你收下。"她从背后的手提包里拿出一个红色的丝绒盒子，打开，里面是一个老凤祥金手镯，没有花样，光面的一条，看上去有点像藤条做的，出人意料，有古朴的感觉。

司马笑鸥睁大了眼睛："阿姨，您这是做什么？太贵重了！我不能收！"

"你听我说，我们上海人家，孩子大了，总归要买个手镯的，是为了保值，所以都不讲时髦，就是买老凤祥的。这是我去年买的，当时觉得足金手镯比较土，你肯定不会戴，也就是给你压压箱底，所以给你选了这个实心的。"

司马笑鸥说:"手镯还有实心的?"

顾新铭说:"虽然是实心的,但分量不重,也就五十克,你看,标签还在,也没多少钱的。你收下吧。"

司马笑鸥说:"我心领了,但我还是不能收。"

汪雅君说:"这是我心里想着你买下来的,不可能以后去给别人,所以我一定要给你,你也一定要收下,听见没有?你不要多说,你就收下!"语气里有伤感,也有赌气。顾新铭知道,这是妻子本色出演,一定会有效果的。

果然,司马笑鸥听出了这语气里的真实感情和江湖义气,终于慢慢伸出了手,接过那个丝绒盒子:"那我收下了。谢谢阿姨,谢谢伯伯。"

司马笑鸥吃第二球冰激凌,心想:这么好的一对父母,如果能是自己的公公婆婆,该多好!本来就应该是的!这个镯子,本来是他们给自己的结婚礼物,谁知道突然一脚踩空,什么都变了……又想:连他们都这样对自己,可见顾轻舟是何等无情、何等过分!最可恨的,他变心不要紧,还要把过去的感情说得一钱不值……一想到这里,忍了整顿饭的眼泪涌了上来,来势汹汹,在失控之前,她猛地站了起来,匆匆地说:"我先走了。谢谢伯伯阿姨!再见!"就推开门走了。夫妇俩追到包房门口,只看见她纤细的背影飘一样消失在走廊尽头的光影中。

顾新铭拉拉汪雅君,两个人回到餐桌前,坐下来。一坐下来才觉得非常疲惫。

顾新铭说:"有点累。"

"我头痛。"汪雅君说。

"都老了。"顾新铭说。

"想想当初,我们什么都没有,还不是照样结婚、生子?哪有这么复杂?"

"是啊,你当初那么漂亮,怎么就那么傻,我什么都没有,就嫁给我?开头还是和我父母挤在一起,后来单位总算上了末班车分了房子。你跟了我这个穷人,这三十多年,真是不容易。"

汪雅君白了丈夫一眼,说:"不要说得那么作孽相,我们的房子涨了多少倍,你怎么不说?再说你也不差呀,兼职啊,股票啊,拳打脚踢,这三十年可没少挣。关键是你的心思都在家里,嫁给你这种男人,心里踏实,夜里也睡得着。"

顾新铭得到妻子的赞美,心里甜丝丝的,说:"是你不容易,当年那么相信我,嫁给我这个穷小子,和我白手起家。"

汪雅君看看丈夫几乎全白了的两鬓,不由得伸出手去,拍拍丈夫的手臂,说:"还是你好,当初选中我就是我,三十年来一心一意的。不像某些人,本事嘛没有,还要那么花!"

顾新铭说:"他拎不清!他以为人生这么便当啊?往往是越想走捷径,越会走弯路的。"

汪雅君说:"就是呀。一开始如果不是真心看上这个人,以后有点风吹草动都过不下去的呀。现在这些年轻人,真不知道在想什么!他们懂什么?一辈子长着呢。"

顾新铭转移话题说:"不过,你也不要光生气了。如果 —— 我是说如果啊,他一定要和这个小李结婚,也不是一点优势都没有。"

"什么优势?就有钱啊?一个一米八的男子汉,怎么可以想这样当小白脸吃软饭?"

"他们房子和车都现成,确实省力很多,不过关键还不在这里,关键是,我问清楚了,对方父母没读过大学,早婚早育,现在女孩子的父亲才五十岁,母亲还不到五十岁,而且又在上海,将来他们生孩子,不要说坐月子,就是帮忙带孩子,女方父母应该也靠得上。"

汪雅君眼神闪了几下,然后沉默了,顾新铭知道她在心里盘算,一时不知道该说什么。半晌,只听汪雅君长叹了一口气:"没劲!你说,是我的儿子要谈婚论嫁,怎么说也是喜事,怎么我这心里就这么不痛快呢?"

顾新铭也长叹一口气:"我和你差不多。大概我们都落伍了,都是老人类了!"

汪雅君说:"那我们真是选对人了,不管新旧,夫妻最要紧是两个人谈得拢。"

顾新铭看了看妻子,他发现曾经是班花的妻子,不知何时,双眸不再如水清澈,眼角也出现了细密的皱纹,像开片瓷器上的裂纹。

顾新铭说:"不管了,我们好久没有两个人出来吃饭了,今天就当我们的两人世界吧。"

"是啊,这么好的地方,刚才吃得没滋没味,菜都凉了。"

顾新铭说:"现在帮儿子擦好了屁股,接下来我们放松,慢慢吃!"

"你说得这么难听,好像我们刚才在搞危机公关一样,我可是真心的。为什么一定要送她那个手镯?让她派用场的。我们对人家说得好听,什么'你有困难来找我们哟',这就是嘴巴上讲讲的,一点都没用的!人家小姑娘也是要面子的人,以后无论如何不会来找我们的。她一个人在上海,还是给点东西傍身吧。给她那个,是个足金的,分量也有了,平时放着呢,保值;万一碰上难处,拿出来,总还可以抵几个月房租。"

真是一个好女人!顾新铭想。他突然有一点站起来拥抱一下这个女人的冲动，这是一种他好久没有体会到的感觉了。当然作为一个上海人，这种外露的方式，是和他们绝缘的，即使在四下无人的包房里，他也不会这么做。就像在上海话里面，根本没有"我爱你"这句话一样。

他特别温润地看了看妻子，好像想用眼神抚平她眼角的细纹似的。然后高声唤："服务生，来一下！把菜都拿去热一热！"

原刊《人民文学》第3期

事情不是这样的

裘山山

一

每天晚饭后,我总是去河边散步。那里幽静,一边是楼房,一边是河水,还有一排上了年龄的樟树。樟树们长年累月被楼房遮挡阳光,只能拼了命往路中间伸脖子,由此形成一个绿廊。虽然并非己愿,却给路人带来了惬意。

走到靠近桥头的地方,我忽然看到那个戴红色棒球帽的男人了,他又在路边摆摊了。我很高兴。以前,也就是疫情前,他常在这里摆摊,卖旧书旧杂志。鲜红色的帽子像招牌一样显眼。疫情汹涌之后他消失了,如今红帽子再现,也算是生活恢复正常的一个信号吧。

我走过去,习惯性地放慢脚步,眼睛扫了一遍。看到书总归是亲切的,虽然摆在那里的是些乱七八糟的书。演艺圈的八卦以及政治八卦,我都没兴趣。还有一些所谓中华传统文化,比如《易经》《王阳明心学》之类，但一看就是粗制滥造的盗版。

男人的红帽子下多了个口罩。他坐在小板凳上，手上拿了本书，估计是用来掩饰无人光顾时的尴尬。我刚要走过去，一本放在左上角的天蓝色封面腾的一下跳入我的眼帘。

不会吧？不可能吧？我心下一惊，立即转身回去细看，还真是我那本——《红围巾》，天蓝色的封面，有一抹红。

我问红帽子：这本书也是卖的吗？我指着那天蓝色。

听见我问，他头也不抬地说，要卖，摆在这儿的都是要卖的。

我蹲下，用两个指头翻开那本书的扉页，上面赫然写着：刘贤义先生存正。下面是我自己的名字。时间是二〇一一年。

我问，多少钱？他拿起来看了一眼封底说，五十元。看来他是在定价上加了一倍。我说，这么旧的一本书还卖五十元？他说，有作者签名。我说，这作者也没啥名气呀。他不吭声。我又说，十元钱我拿走。他冷笑一声，显然觉得我很过分，不是拦腰砍，而是打骨折。

我有些纠结。这样的情况我也不是第一次遇见，我是说自己送出去的书被人拿去卖。网上就有好几本。但是放在网上卖，怎么都无所谓，感觉书们至少还有个遮风蔽雨的地方。摆在街边就不一样了，好像看着自己的孩子流落街头。可是，我买回去干吗？也不可能再送人了。算了，就当我没遇见。

我做出要走的样子，红帽子说，来来，我优惠卖给你，你四十元拿走。我也白了他一眼，还哼了一声。他说，那就三十，三十元不能再少了。我说，二十元，就二十元。他说，喊，比原价还低。我说，新书都还有折扣呢。

老实说，我这么跟他抬杠，其实是想给自己找个不买的理由。哪知他抬抬下颌说，拿去吧。我讪讪地说："二十元都高了。你肯定是从收废品店淘的，成本也就一两块吧。"他说："你说得轻松哟，这种有签名的，都是按单本卖的。成本十五元，我就赚你五元。"

姑且听之吧。我掏出手机，扫码付钱。输入金额时，还是输入了三十元。实在不忍心这么贱买自己的书。他看到数额很高兴，唠叨说：你要是转手给懂行的藏家，至少一百元。

我哼哼两声，表示完全不信。但完全不信又执拗地买下，还多给钱，总得有个理由吧。于是我说，我认识这个作者。

此话不假，所以我语气一点不发虚。

他看我一眼，不置可否，很认真地把书装进塑料袋递给我。疫情时代，人人都变得讲卫生了。我拎着书回家，感觉找到一名失踪儿童。

二

第二天早上，我泡了杯茶，打算在电脑前坐下，接着写我未完待续的故事。这是我的日常。我写故事，在各种故事里过日子，在各种故事里扮演角色，然后拿出去分享，乐此不疲。

刚摸到键盘，忽然想起头天晚上买的那本书，连忙起身去阳台找。我竟然忘了这事，显然没太当回事。

书被我用酒精喷洒消毒之后，又搁在阳台上吹了一夜，已经折腾得有些蓬松了，这样拿在手上比较安心。你无法知道它在哪儿待过，被多少只手摸过。封面的宝石蓝已经褪成了雾霾蓝，只有"红围巾"三个字依然很红。

这是我的一本小说集，收录了我的七篇小说，已经出版十年了。我再次翻开封面，扉页上写着：刘贤义先生存正。

这个刘贤义是谁？我怎么毫无印象。

当然，从第一本书到现在，我送出去的书有几千册了，不可能记住每一个人。尤其是年轻的时候，出一本书不易，很兴奋，总是拿稿费买上百把本，送给亲朋好友们，赔本赚吆喝。近几年变懒了，又懒又抠门，不想再花钱买书送人了。一来稿费没多少钱，二来送书也麻烦，要签名，要去寄快递。所以，出版社给多少本样书我就拿多少样书。

这本集子，我好像用稿费买了一点，但绝不会超过五十本。这么有限的数量，我竟然送给一个不熟悉的人？送书的日期也是当年。一定有什么原因吧。送出去的书，再花钱买回来，也是够窘的。

我正想把书丢开，忽然被什么击中：书中的某一页，闪出几行黑黑的字，比印刷体大一倍，是手写的。怎么？还有人批注吗？我连忙翻到那一页细看，真的是批注，一共四行，写了如下几句话：

> 事情不是这样的。
> 没有红围巾。
> 她不姓邱。
> 后来又发生了好多事。

我再往后翻，后面没有了，再往前翻，前面也没有了。我一页一页地翻找，确信没有了，整本书只有这一个地方写了这四行字。我说的这个地方，就是一篇小说结束的地方，这篇小说就是《红围巾》。

事情不是这样的？

没有红围巾？

她不姓邱？

后来又发生了好多事？

我反反复复地看,感觉最有意思的是那句"她不姓邱"。我当初之所以把故事里的医生写成邱医生,完全是信手拈来,因为我就认识一个姓邱的医生,是我邻居。所以看到"她不姓邱",真是又好笑又诧异。其实在好笑和诧异之外,更多的是兴奋。真的,很兴奋。

原来我不是领回了一名失踪儿童,而是邂逅了一个故事。

三

很多年前我写过一个故事,一个鳏夫的爱情故事。

鳏夫年近七十岁,有残疾,一只脚是跛的。人称严大爷。汶川大地震发生时,严大爷的家也严重遭灾,他搬到了救灾安置点。有几个志愿者到他们安置点帮忙,他很喜欢他们,常和他们打趣逗乐,也一起干活,混得很熟。救灾结束后,志愿者们依然时常去探望他。不料有一天,当志愿者去看他时,发现他猝死家中,是心脏病突发。

志愿者们在整理他的遗物时,发现他留下一个皮箱,就是他当时恳请解放军战士帮他从废墟里挖出来的那个皮箱,磨损很严重。打开,发现里面是满满一箱红围巾,各种质地,五六十条。红围巾上有一封信,信封上写着,希望志愿者能帮他把所有的红围巾和信,交给一个叫"邱医生"的人。

志愿者们决意要了却严大爷的心愿,他们根据仅有的一点线索耐心查找,找到了他早年的工友,又找到了他早年的战友……虽然最终没找到邱医生,却从中得知了一个感人的故事。

原来,严大爷年轻时在西藏边关当兵。他们常年驻守在与世隔绝的高海拔哨所,非常艰苦,也非常寂寞。艰苦尚可忍耐,寂寞却是噬骨蚀心的。有一天,哨所来了个慰问小分队,六个人,有演员,有医生,其中四个是年轻女兵。哨所的战士们激动得无以言表，他们一边看小分队演出，一边等女医生检查身体，个个心慌意乱。

严大爷那时还是小严，十九岁，正值青春期，他激动得发抖，千万只小鹿在心里撞来撞去，以至于发生了翻车事件。在一个没人的地方，他一把抱住了女医生，一句话不说，就是死死地抱着。女医生受到惊吓叫出了声，被排长听见，赶来询问发生了什么，女医生镇静下来回答说没什么，只是滑了一跤。小严羞愧不已，不敢再面对女医生和演员，他主动要求去站岗，到了时间也不下岗，结果冻伤了脚。女医生为了保住他的脚倾尽全力，还把自己的红围巾取下来给他裹脚……

小分队走后，红围巾成为美丽的传说。而小严已经不再是原来那个小严了，他悄悄打听到医生姓邱，在陆军医院工作。他从此把邱医生当成心中的女神。退伍离开西藏后，他见到红围巾就买，渴望有一天能全部送给邱医生，向她表达内心无法言说的感激和爱。但他却一直没能找到邱医生，他因此终身未婚。

我必须说明，这个故事完全是我虚构的。如果要说有点影子的话，那就是我去西藏边关采访时听到过类似的故事。比如小分队去哨所慰问演出时，战士们经常激动得讲不出话来，心跳加速，脸憋得通红；看到女兵在雪地上跳舞，就把自己的大衣铺在地上，让演员们跳舞时不要踩在雪地上。他们还把舍不得吸的氧气枕抱在怀里，女演员一唱完歌就塞给她们，非要她们吸。他们还把平日里舍不得吃的苹果留给女兵，宁可自己嘴唇干裂，牙龈流血……小分队走后，他们可以谈论一年……

小说的题目就叫《红围巾》。我写完后拿去发表了，之后又放入小说集出版了，再之后就忘了。客观地说，也没太大反响。

没想到，有一天我会再次邂逅它。

四

书是二〇一一年送出去的,那时还没有微信。我先在手机通讯录查找。虽然这十年已经几次更换手机,但一千多个联系人仍安静地在我的手机里待着。

我输入"刘贤义"三个字,没有。我抱着一丝侥幸,又在微信好友里输入了这三个字,还是没有。

看来这个人不是我的朋友,我不认识他。也许是朋友的朋友,朋友让我送给他,送完我就忘了。

没有头绪,我就坐下来重新读了一遍那篇小说。我很少重读自己的小说。这一回读得很认真,居然发现了几个错别字,同时还感觉到一些写得不如人意的地方。若是面对电子版,我有可能去修改。

当然我知道,这位留下批注的读者,在意的不是错别字,而是情节。他不认可我写的情节,他有自己的故事走向,有自己的故事结局。而正是这个让我兴奋。

我已经不记得当初为什么写这个故事了,大概就是一个闪念吧。我是以写故事为生的人,经常因为一个念头而坐下来写。现在这个故事却跑出来找我了,要跟我论个长短。

以前,我也遇到过分不清小说与现实的读者。

比如,看到我以第一人称写的故事,故事里有个弟弟,他们就很惊讶地问我,没听说你有弟弟呀?或者,我在小说里写了个小偷,就会问我,你怎么会认识小偷呢?

也有让我很感动的读者,读小说时完全是设身处地,全身心地投入。比如有个大学生读了我写的《春草》后,激动地写信给我,说我写的就是他母亲，还问我是否认识他母亲。我当然不认识，看完信我知道，他的母亲也是位非常坚忍的农村妇女，吃尽苦头，独自将他抚养成人送进大学。但具体经历和我写的春草还是不一样的。他只是联想到了自己的母亲，显然这是个很爱他母亲的好孩子。

但刘贤义这个人不一样，他是彻底进入了故事，对号入座，并且对"座位"的质量提出质疑。他一定是和主人公有相同或类似的经历才会如此。我太想知道他是谁了。

"事情不是这样的"是怎样的？"没有红围巾"有什么？"她不姓邱"姓什么？"后来又发生了很多事"是什么事？

我决意要找到这个人。

五

或许是重读小说的缘故，我隐约觉得心里有什么东西浮上来。一种情绪？一种记忆？说不清。忽然，一条红围巾出现了。

十几年前的一个秋天，我去西藏采访。那时年轻，时常进藏。但那次进藏和以往不同，我发生了严重的高反。到达的当天下午，我就因为剧烈头痛迸发了喷射性呕吐，搞得招待所一片狼藉。

负责陪同我的是年轻干事赵兴，他吓得赶紧把我送进了医院。他说无论如何不能让我一个人在招待所过夜，万一夜里死了不得了。当然，送到医院也没采取什么措施，就是躺在大氧气瓶旁边可劲吸氧，夜里睡觉也开着，第二天就缓解了。

早上醒来我感觉自己满血复活，赶紧打电话让赵兴接我出院。等赵兴那会儿，我注意到同病房的女人还在昏睡。昨天晚上我进来的时候她就在，感觉她不是一般的高反，很严重，在输液。白色的被单上，有一条颜色非常鲜艳的红围巾。

护士进来,给她换输液瓶。我问,她怎么了?护士说,一进来就感冒了,发烧,肺部有呼噜音。我说,没有人陪她吗?护士说,她是过来探亲的,丈夫在边防上,赶不过来。

护士离开后我走到她床边,小声问她,要我帮你做什么吗?她睁开眼,眼里有泪,但摇了摇头。我说,我马上要下部队采访了,要不你把你丈夫电话号码告诉我,我和他联系一下。她依然摇头,轻声说:"他走不开。没事的,我过几天好了再去他那儿。"

这时赵兴来了,我一看他拎着探视病人的大袋小袋,赶紧接过来,放到那个年轻女子的床头柜上。红景天、牛奶、水果,应该都用得上。然后我写下我的电话号码放在她枕头边上,俯身跟她说:"坚强点,会好的。如果需要,就给我打电话。"

她努力笑了一下,说了声谢谢。脸苍白得和被单一样。

我离开医院,结束了史上最短的住院期。但白色被单上那条红围巾,却一直在我脑海里飘。我老是想象着红围巾在哨所出现的情景,一定会照亮所有战士的眼眸。皑皑白雪中,那就是哨所的经幡。

后来,红围巾女子给我发来条短信,说她终于到达边防连了,全连官兵列队欢迎她,她激动得热泪盈眶,只是假期已剩一半。

我终于想起自己为什么会在小说里写红围巾了。

是红围巾发了芽。

六

我由红围巾想到了赵兴。

赵兴从西藏转业回来后,建了个西藏老兵微信群,群里有好几百人。他经常把我写西藏的文章，转发到他们群里；有时他也会把其他人写西藏的故事，转发给我。差不多他就是我和西藏的一根纽带。

我发信息给他，请他在西藏老兵群里帮我看看，有没有刘贤义这个人。他很快回复说，他群里没有这个人。我说那帮我问问其他人，有没有认识刘贤义的。过了一会儿他又回过来说，没人认识。

我说，你不要这么仓促嘛，你提醒一下所有人，万一是不怎么看微信的人恰好认识呢？你多提醒两回。

为了让他有耐心，我用语音给他讲了我再次邂逅《红围巾》这件事。他果然热心多了，还发挥主观能动性替我分析了一番。他说，这个刘贤义如果因为你的小说对号入座，那他的年龄应该和你小说里的严大爷差不多，有七十岁了吧？那就不会在我们群，我们群里的老兵基本是四五十岁的。我说，我也不确定那些字是刘贤义写的，我只是把书送给了他，也有可能是他朋友，或者他家里人写的。不管怎么说，得先找到他，打听到书的去向。他说，好吧，我再试试。

没想到夜里十一点多赵兴突然回复我说，他想起来了，他知道这个刘贤义是谁了，是一家火锅店的老板。因为大家都喊他刘老板，反而不记得他名字了。刘老板也是个退伍兵（但没去过西藏），复员回成都后开了家餐馆。对老兵很优惠，老兵们也喜欢去他那里聚餐。

"今天群里有人提醒我，刘贤义会不会就是刘老板？我找人一问，果然是他。他的店你也去过。有一次我们西藏老兵聚会，我喊你一起去的，你忘了？"

终于，寻宝之路踏出了第一步。

人的记忆多数时候都如沉睡的河底，死沉沉的，甚至有点腐烂的味道。一旦被来自现实世界的船桨搅动，往事就跟水草似的活起来。第一根水草是红围巾，第二根是赵兴，第三根就是火锅店了。

赵兴说我去过，我想起来了，我的确去过，店名叫"火热的老兵"还是"火红的老兵"。去的时候，正值新书刚出来。赵兴说，你带本新书送给老板呗，他也是个老兵。我就带了。我经常拿自己的书做伴手礼。

估计就是那次饭局，我把书送给了刘老板，还工工整整写了"刘贤义先生存正"。结果刘贤义先生就拿给别人存正了。当然，这很正常，就是不送人，他也不一定会看。大部分的书不都是这样的命运吗？所以我才会对我书上的批注那么兴奋，没有几本书能有这样的待遇。

七

既然有了刘贤义的电话号码，我就直接打过去了。

可是电话没人接，打了三次都没人接。要么他在忙，要么他就是不接陌生人的电话。我看了一下地址，他家店离我家不算太远，于是我开了车直奔而去。

不料火锅店没开门，门口贴着一个告示：因为疫情，本店暂时关闭。竟然吃了个闭门羹。准确地说连羹都没有，只有闭门。

可我是那么迫不及待地想知道真相，这样的迫切之情如开弓之箭无法回头。我就坐在车上给刘老板发信息，我说自己是某某某，经由某某某介绍想认识他。

他终于打电话过来了，是个中气十足的男人，和我想象的老板一样。他上来就说，作家大姐你好你好。语气很热情，声音里却透着些许茫然。估计之前，他的战友跟他说了我在找他，却没说我为何找他。我说，我有件事想问你，可以加你微信吗？

很快，我们就成了微信好友，而且是那种信息全部打开的级别。都是当过兵的人嘛。然后，我直入主题，把那本书的扉页拍照发给他。

"您还记得这本书吗？"为了让他放松，我在末尾加了个龇牙的表情。

他稍稍愣了一会儿回复说："记得记得，你有一次来我家吃火锅送给我的，还从来没有作家给我送过书呢。我好激动，我就摆在收银台后面的柜子上了，是和财神摆在一起的，怎么跑到你那里去了？"

我直截了当地说，我是从一个旧书摊上买的。

他这次沉默的时间有些长，我正想解释我没别的意思（不是责问），只是发现书里面写了几句话，想问问是不是他写的，或者是不是他认识的人写的。我话还没写完，他电话就打过来了：

"作家大姐，我刚才问了我老婆，那本书被她大舅借去了，就是我丈母娘的大哥。有一回我老婆的表弟来我们店给他老汉儿过生日，看到那本书了，就说要借去看，我老婆就借给他了。老辈子要看，我们不可能不答应啊。他主要是看到封面上有雪山，他在西藏当过兵嘛，他就想看。"

他哇啦哇啦说了一大堆，仅仅是亲戚关系就把我搞糊涂了。他停下来的时候我赶紧问：后来呢？

"后来？"他想了一下说，"后来就有疫情了嘛，我们好久都没见了。但是，我敢肯定，大舅绝对不会卖掉这本书的，绝对不会。你不要看他是个蔫儿老头，他喜欢看书。这个事情有点奇怪，作家大姐。到底是哪个龟儿子弄出去卖的呢？"

我说："没关系的。我不是想问怎么卖了，我是想问问他看了以后有没有什么感想。"这回换到刘贤义糊涂了。我又说："我想去拜访一下他老人家，和他聊聊，你看方便吗？"

他连忙说："方便方便。大姐你太客气了。"

八

虽然我在这座城市已经居住了四十年，但依然有很多街道从未踏足过,很多社区的名字从未听说过。刘贤义和表弟带我去的那个小区,对我来说完全像是另一座城市。陌生感更让我有种解密的感觉。

刘贤义把车停在路边,表弟便带我们走进一条小巷。小巷里别有洞天,一大片红砖房,全部是四层楼高,每栋楼五个单元。应该是二十世纪六七十年代修建的。是一家国有大厂的宿舍楼。如今大厂已迁走,宿舍还在。楼房外墙斑驳陆离,每个阳台都像笼子一样安装了栅栏,晾晒着一些衣服,还有一些破烂的花盆。

表弟说,我就是在这里长大的。我说,我小时候也住这样的房子,看着还有点亲切。

当我在电话里向刘贤义先生提出请求后,刘贤义马上让老婆给表弟打了电话,如此这般解释了一通,然后就约好一起去看表弟父亲。表弟说,随时可以去,父亲因为腿脚不便极少出门。我说你父亲负伤了吗?他说,不是,是关节炎,有点严重。我说,你父亲打麻将吗?他说,不打,每天在家的乐趣,就是翻来覆去地看那几本和西藏有关的书,比如一整套的《世界屋脊风云录》。

表弟带我们走进红砖房的其中一个单元,一楼。一扇很老旧的木门,其老旧的程度,感觉我一脚都可以踹开。门边搁着几个破旧的纸盒,里面有饮料瓶之类的东西,似乎在等收荒匠。表弟一开始还斯文地敲门,无人应后,就改成砸门了。咚咚咚!

终于,一个老头开了门。

表弟说,打电话你咋个不接呢?

老头嘟囔说,没听见。

房间里竟然黑乎乎的。简直无法想象此刻外面那么明朗的阳光,家里可以暗到这个程度。一不留神我脑袋撞到了什么,手一摸,是挂在屋子中间的衣服。

表弟打开灯。老头说，大白天开什么灯嘛。表弟说，你节省啥子嘛，我给你交电费就是了。灯一亮，我发现屋子中间拉着一根绳子，上面挂满了日用品，裤子、毯子、毛巾、口罩，难怪那么暗。

刘贤义想把伴手礼交给老头，老头不接，他尴尬地找地方放，桌上哪儿都没空，最后放在了沙发旁边的地上。表弟则把沙发上乱七八糟的东西用力推开，腾出两个屁股大的地方让我们坐。他半是吐槽半是解释地说："看嘛，好好的家，被他搞得像贫民窟一样。他还非要自己住。"

表弟这番话，让我好歹对现状释然了一些。

我打量四周，屋子里不是脏，而是乱。衣服都挂在绳子上，杯子碗筷都放在桌子上。这倒是省事了。墙上挂了些老照片，我凑上去看，一眼看到中间有一张大的，是一对年轻军人，应该就是老头和妻子年轻时的照片了。老头年轻时还挺帅气的。

估计很了解自己爹的待客水平，表弟从车上搬了一箱矿泉水，给我们一人拿了一瓶。我们几个各自找地方坐下。我和赵兴算客人，挤在沙发上，刘贤义不知从哪儿找出个小凳子坐下。表弟则索性坐在了桌子上。

表弟大声对老头说，这个大姐是作家，她想采访你。

九

来的路上，表弟已经给我介绍了个大概，说他老汉儿年轻时去西藏当兵，娶了个护士回来，就是他妈。据他爹说，他是下了很大力气才娶到的。因为他妈是四个兜（干部），他是两个兜（战士）。要不是他连续当了三年"五好战士"，又入党又立功，还真娶不到呢。后来夫妻俩一起转业回来,进了这家国有大厂,一个在医务室,一个在车间。就生了他一个孩子,他妈妈身体很不好。

"我老汉儿这辈子的主要任务就是照顾我妈。所以我妈走了之后他简直找不到方向了,天天混日子,成了个糟老头。"

你妈妈走了几年了?我问。

表弟说,快三年了。

为了不让表弟有思想负担,我没提那本书的事。我只是说我在写西藏老兵的故事,想找他爹了解一下他在西藏的生活。表弟说,那你找他就对了,他一说起西藏就没完。

老头始终没坐下,走来走去,一瘸一拐,这一点和严大爷一样。看年龄,他们也应该差不多,我下意识地把他往小说里装。不过他更有特色,皮带外扎,还是有五角星的军用皮带,里面是一件很旧的灰色毛衣,和脑袋上那层灰白色的头发楂子很搭。

听到儿子说我要采访他,他咧咧嘴,两道法令纹如括号一般展开,混浊的眼里有了一些光亮。

我连忙说,廖老兵你好!我也当过兵呢,给你敬个礼。

我曾问他们,我该怎么称呼老头,他们提供了廖大爷、廖师傅、廖主任(官至车间主任)等若干种,我都感觉不合适,我决定叫他廖老兵,这样更随意,也亲切。

果然,老头对这个叫法欣然接受,他满脸笑容地给我还了礼,终于在我们面前坐下了。他两手放在腿上,很认真地问:你想让我汇报哪方面的情况?

终于要接近真相了,我有些激动。但我还是稳住自己。说好了是来看望老人家的,不要搞得像追责。我打算先和他随意聊,最后再说书的事。

于是我问了句很没劲的话：你在西藏当兵的时候很苦吧？他说，不算苦。我说，我也去过西藏，二十世纪九十年代去的，我都感觉很苦，你七十年代当兵，那会儿条件那么差，一定更苦。他依然说，不算苦。

这大概就叫尬聊。他并不像表弟说的讲起西藏就没完，而我更像个差劲的记者，企图让采访对象说自己想听的话未果。表弟看着着急，冲着他爹说："你给作家讲讲你的故事啊，讲讲你咋个追到我妈的。"

老头瞥他一眼，说："我不想讲！我每次讲你都抢白我。"

表弟从桌上跳下来说："我不听，我去洗水果。你讲，你放开讲。"

老头说："我可不可以抽根烟？"我连忙说可以的。

在座的就我一个女人，我猜他是问我。他摸出烟，又摸出打火机，但是手发抖，老是对不上火。刘贤义上前想帮忙，他很明确地拒绝了，用自己的左手扶住右手，终于点燃了烟。

我想我还是别绕了，直接进入正题吧。于是我从包里拿出那本书来。

廖老兵，你看过这本书吗？我笑问，故作轻松。

老头看了一眼马上说，这本书我有，我去给你拿。我连忙说，你看的就是这本吧？他充耳不闻，起身进屋。当卧室门打开的一瞬间，我惊讶不已，里面整齐得像另一个世界，床铺干干净净，被子叠得有棱有角。光线也很明亮，因为窗户没有遮挡。

表弟看到我手上的书很惊讶，咦，这不是上次从大哥那里借的书吗？刘贤义说，就是嘛，不晓得被哪个拿去卖了，人家作家大姐从旧书摊上买到的。表弟说，咋个回事呢？又说，肯定不是我老汉儿拿出去卖的。刘贤义说，我也说不会是大舅。

老头从卧室出来说，书找不到了。

看来书是什么时候不在的他都没察觉。我把书翻到有字的那页，递到他面前问：是不是这本？他看了一眼，连连点头道："对的对的，就是这本。我看过的，看过的。"我说，上面这些字是你写的吗？老头说，是我写的。

他抬手指指儿子：他妈妈喊我写的。

我脑袋嗡的一下。芝麻开门了。

十

"我跟你说嘛，她不姓邱，姓陈，是个护士。她也没得红围巾，从上到下一身的绿。那天我看她冷得缩成一团，把我的绒衣拿来给她当围巾围，她还不要。

"我们那个时候有啥子浪漫哟，只晓得要忍的。

"哨所嘛，哨所就是像你写的那样，海拔很高，光秃秃的，一年到头都冷。我在哨所蹲了五年，现在回想起来还是比较苦的，当时年轻嘛，比较扛得起。因为海拔太高了，没人上去，特别是冬天，雪都堆到腰杆上了，简直要把房子埋了。根本看不到路，怎么可能来人嘛。只有我们哨所十几个人，一天到晚你看我我看你。

"咋个认识她的？就是你写的那样，她到山上来慰问我们。

"我们哨长头一天接到电报，说有个小分队要来慰问我们，我们激动惨了，简直是开天辟地头一回。哨长都没遇见过。我们马上做准备工作，不是扫地，地没啥子可扫的，是扫雪雪还没化完，虽然已经五月份。我们就是想给他们开一条路，让他们上来的时候好爬一点。

"我那时候是班长，最积极，带着大家从山上铲雪，一路铲下去。一口气不歇，又去炊事班帮厨，检查内务卫生……可能是累到了，晚上睡觉时我有点喘，我也没当回事，夜里还起来站了岗。

"第二天他们真的来了，六个人，三个男的三个女的。看到有女兵我们更激动了。车子开到山下路边，他们就往上爬，一个个都呼哧呼哧的。我们全部跑下去迎接，帮他们拿东西。女兵太好看了，我偷偷瞄了一眼就不敢再看了，心跳得发慌，气都不够用了。

"但是，我绝对没有去抱她们哪一个，我哪有那个胆子哟。上级命令我抱，我都不敢抱。没想到她们领导还真的喊了一声，同志们，拥抱一下你们的战友吧！她们就真伸出两只手来抱我们。三个女兵也很大方，挨个抱我们每个兵，我一看转身就跑了，太不好意思了。

"不晓得是太累了，还是太激动了，我到现在都搞不清楚，反正我突然就倒地了，啥子都不晓得了。醒来的时候，我发现自己躺在地上，身边有个女人在使劲咳嗽。旁边的人喊，活了活了！然后我就看到几个兵都在笑。哨长说，你小子福分不浅哟。

"我不晓得发生了啥子事，浑身发虚，脸上脖子上都湿乎乎的。几个战友把我扶到床上。他们说我端了一锅姜汤刚走出炊事班，突然就倒地了，姜汤洒了一大半，关键是，没有心跳了，窒息了。那个女护士一看，马上扑过来给我做胸部按压。按压了一阵，我的胳膊微微动了一下，她马上又给我做人工呼吸，费了好大的劲，才把我那口气吊上来，救活。

"我的战友一致认为，我是被女护士亲了才活过来的，他们甚至认为我昏倒就是为了等女护士来亲。他们虽然没明说，但一个个表情都是那个意思，羡慕嫉妒惨了。

"其实我一点都不晓得，命都快没了还想那些？但听战友们一说，我还是非常感激她，而且心里面有点那个……就是那个感觉。

"我找到她。她蹲在房子后面，拿了个杯子在漱口，还拿指头抠嘴巴。我说了声谢谢之后，就什么也说不出来了。她看都不看我，只说了句'这是我应该做的',又继续漱口。后来她领导来了,就是小分队的分队长,很严肃地说,你这样没完没了地漱口是不对的,哨所的水很珍贵。再说你不能嫌弃革命战友。她突然就哭了,这让我心疼惨了。

"哨长把我拉到一边告诉我,女护士给我做人工呼吸时,很用力。哪知我的气突然上来的同时,胃里的液体也跟着上来了,因为嘴巴对着嘴巴,一口就呛进她的嘴里了,酸臭酸臭的。她一下就呛到了,又吐又咳嗽,脸煞白煞白的。

"'你把人家害苦了,差点晕过去。'

"我简直是目瞪口呆,我居然那么过分,虽然不是故意的,但是也太糟糕了。人家一个年轻女娃娃,我居然吐到人家嘴里。难怪她不高兴,难怪她哭。

"我一下子觉得好内疚,好羞愧,好心疼。心里突然就产生了一个想法,我要报答她,要一辈子报答她。我就悄悄写了几句话,我说我的命是她给的,我欠她的。我要努力进步,争取立功入党提干(当时在部队就是这三大项)。希望她等着我。

"我那个时候不觉得自己是癞蛤蟆想吃天鹅肉,我就是想弥补她,想对她好。再说了,我长到二十岁,她是第一个和我那个……亲嘴的女人。后来我虽然没提到干,但是入党立功还是做到了。三分之二达标,也算说话算话嘛。

"你问她是咋个回答的?她当时根本不理我,走的时候看都不看我一眼。我就把纸条写好了放到手套里,就是我们发的军用棉手套。送他们下山的时候,我就把手套挂到了她脖子上。

"就是这样的,事情就是这样的。"

原刊《中国作家》第3期

比时间更久

钟求是

A. 虚构部分

父亲是一位原则先生,当年做中学语文老师时,似乎就看不上浪漫两字,现在变成年迈老头儿,更不喜欢挪动日子里的细节。可是那天晚上,他一个电话将周一忆召去,摆出一副有点儿庄重的谈话样子。周一忆只好坐在他的对面,做平时在局里听领导训话的认真状。父亲说:"我有个打算,想改一下自己的名字。"他又说,"是的,我要把身份证上的名字换掉。"

周一忆愣了几秒钟,才确定自己没有听错。他眨一眨眼睛,向父亲送去诧异的目光。母亲去世以后,父亲的精气神儿一点点漏掉,身体失去了硬朗。所以儿子上大学后,周一忆便和妻子商量,让父亲搬过来一起住。父亲不肯点头,他觉得一个人住着自在,吃饭睡觉什么的也不丢秩序。没料到时间一久,父亲的想法先丢了秩序。周一忆说:

"爸，你这是什么意思？我有点儿不明白。"父亲说："我不要你明白，你按我说的去做就行了。"周一忆说："这是一件稀奇的事，我总得知道为什么吧。"父亲说："也不算稀奇，我只是改回年轻时的名字，周文振换成周大正。"周一忆嘿嘿地笑："周大正真不如周文振好听。"父亲提一提眉毛："我这个年纪了，做一件自己想做的事，不可以吗？"父亲这么一说，周一忆不吭声了。按虚岁算，父亲已经七十九啦，年龄让他的话语变得不好反对。

周一忆在脑子里寻找可以咨询的人，想了一圈，找到个名字里也有个一的人，即半是熟人半是朋友的刘一东。刘一东在昆城公安局做捉笔科员，虽然不是户籍警，相关规定总归能拿捏住的。周一忆躲开父亲走到另一个房间，打手机跟刘一东接上话，先寒暄两句，便试探着问改名字的事。刘一东果然靠谱，马上一二三四讲了申报流程和变更条件。他认为这事儿说难也不难，关键点在更改理由。周一忆问："哪些理由能用上劲呢？"刘一东说："户口本和身份证上的名字不符呀，特别的冷僻字呀，还有招惹公共风俗什么的。譬如我姓刘，如果叫刘氓，就可以理直气壮要求改名儿。"周一忆沉吟一下，说了父亲的想法。刘一东哟了一声，说："你爸是……什么意思？我不太明白。"周一忆说："我也是这么个反应，可他不肯说出理由。"刘一东："没有合适的理由肯定办不了，而且你想过没有，改了名字就得改户口簿医疗证社保卡老人卡房产证土地证保险单……"周一忆说："嗯，我听懂啦。"刘一东仍补一句："你爸这样的年纪了，要是一不留神漏掉什么证件，将来你继承遗产就很容易抓瞎。"周一忆赶紧又说："嗯嗯，我听懂啦。"

周一忆的本意正是找到托词，现在有刘一东这一番话做底子，心里安定了。出了屋子回到客厅，周一忆把改名字的难度说给父亲。父亲不服气地说："名字是自己的，叫啥名字应该自己说了算。"周一忆说:"名字还真不是自己说了算,你的名字应该是爷爷说了算。"父亲说:"这就对啦,我要改回的正是你爷爷给的名字。"周一忆忍不住一笑说:"爷爷给的名字一会儿不用一会儿又用,总得有个理由呀。"父亲沉默一下,说:"我的理由就是年纪!我老了,活不了几年啦,日后到那边得去见父母。"停一停又说,"'周大正'三个字叫了二十四年,父母就认这个名儿。"

父亲出生在浙北一个叫周家浜的镇子。爷爷在当地有点儿能耐,做生意赚了钱买下一些田地,算是半个商人加半个地主。中华人民共和国成立后生意收手,田地又没了,爷爷的日子灰溜溜的,只能不停敲打儿子好好念书。父亲还算争气,在十九岁那年考到杭州城读师范学院。毕业后先在杭州一所小学任教,一年后要求做中学教师,便一路调配到了浙南的昆城。父亲告诉过周一忆,正是到昆城后心里觉得憋屈,又想重新振作自己,才改了个名字。

换了名字嘛,就得作数,应该落棋无悔,不能到老了又想活回去。周一忆说:"爸,为了到那边见父母而改名字,这个理由怎么拿得出手!再说了,你这也是硬往我心里塞了个不高兴。"父亲说:"你有什么不高兴的?"周一忆说:"按你的说法,你改了名字到那边见到我妈怎么办?你这不是对不住她吗?"父亲的脸硬了一下,眼光缓缓移向旁边桌几,那上面摆着一个母亲的相框。照片中的母亲启齿微笑,心里像是放着一些满意。父亲叹口气说:"你说得也对……其实刚才的说法我只是顺嘴一讲,要改名字得找别的理由。"周一忆顺势引导说:"就是嘛,到了这个年纪日子要维稳,可以经常到外边散散步,没事了也可以到照片里走一走。"说着他起身去父亲卧室,从木柜抽屉里取了一本相册回来。

相册里布着父母的照片,有些是单人照,有些是合影。这些年,跟父母在一起时,周一忆顺手用手机给他们拍了不少。父亲并不喜欢拍照,但儿子举起手机时,他一般也是配合的。过后拣出好的照片打印出来,他会看了又看,然后挺宝贝地存起来。

周一忆坐到父亲身旁翻开相册,随便指了一张照片:"你瞧瞧,那时候你多年轻。"这是十几年前的一个午餐镜头,那会儿母亲还在厨房里,父亲独坐餐桌前用筷子偷偷尝菜,被拍了下来。周一忆又指着一张俩人的合影,"这张拍得不错,两个人的样子都挺投入。"这应该是五六年前的一个周日,父亲在手机里收到一位亲戚的什么消息,他看了一遍,又招呼母亲过来看,两只脑袋便凑在一起认真地琢磨文字。随后周一忆翻过一页,指尖落在一张郊游照片上。照片里父母坐在草地上,旁边闯进一条不怕生的小狗,他们瞧着小狗,小狗也瞧着他们。

接着周一忆注意到了右上方一张画面好玩的照片。那天昆城中学校庆,曾经做过副校长的父亲自然被列为嘉宾。周一忆和母亲陪着他去了,报到时领到一朵配有金色名字的胸花。母亲伸长脖子将胸花别到父亲胸前,父亲则咧着嘴做幸福傻笑状。这是可以借用的场景,周一忆说:"瞧见了吧?名字可不能随便改,改了就对不上人了。"父亲一撇嘴说:"换个名字,那些老同事还能认不得我?"周一忆说:"老同事能认得你,可老档案不认得你,它们只认一个叫周文振的老师。"父亲嘴巴动一动,没发出声音。

之后一些日子,父亲没有再提改名儿的事。

时间过得快,春天红红绿绿一阵子,不知不觉收了尾踏入夏日。夏日总是愣头愣脑地热,没什么味道,这是昆城最无风韵的季节。

大概是没应付好空调,父亲感了一次冒。感冒过后,身子又弱了些,譬如在手机里讲话,中间不时要停顿一下。好在镇子不是很大,周一忆和妻子可以常过去看他，顺便捎上一些肉、菜什么的。周一忆也向父亲试探过，要是不肯搬过来一块儿住，能否请一个保姆收拾屋子，被他一口拒掉。他说自己干些家务没啥问题，手脚要是歇下来，会很快锈掉的。

没有太久，父亲为自己的倔强付出了代价。那天傍晚周一忆在餐桌前喝着啤酒，父亲打来手机，讲一句自己心里难受便断了通话。这一声没头没脑的诉苦让人纳闷，周一忆放下酒杯迟疑一下，打个车子赶了过去。推门进屋，却见父亲坐在沙发旁边的地上，嘴唇乌暗，双手捂着胸口。周一忆这才明白他说的心里难受是怎么回事。慌乱之中，周一忆的第一个动作是在手机上摁出120。

父亲住进了医院。医生说是左心衰，由肺瘀血引起心脏血量供应不足。配合着查一查其他指标，又牵出别的一些毛病。在周一忆看来，父亲像一部攒着许多年头的机器，近期保养不是太好，于是哪儿都容易冒出毛病。再往细里说，保养不好的原因不是缺少吃喝，而是缺少内心的快乐。他的心衰不仅是物理性的，可能也是心理性的。

父亲在病床上躺了半个月，情况渐渐好转，力气也回来了一些。傍晚周一忆来医院，会扶着他在走廊里走一走。走了几天，觉得他气神稳住了，又把散步延伸到了楼下休闲区。

散步的时候，父亲不喜欢说话，周一忆也就不多开腔。两个人待在一起，有一种默契似的安静。但是有一天正慢慢走着，父亲突然停住脚步，转头看周一忆一眼说："我还想改名字。"

周一忆愣了一下，没有马上搭话，而是将父亲引向旁边花坛间的椅子。他觉得父亲此时有不少话要说，站着说话是要花力气的。果然，父亲在椅子上坐下后，说："我想过了，我一辈子没做过对不住你妈的事，改名字也不算。"周一忆说："你为什么不等病全好了再说这个？

惦记这种事挺累人的。"父亲绕过问话，自顾自说："你知道的，你妈对我好，我对你妈也没有不好。"周一忆说："这话我同意……两年前也是在这里，你陪着我妈走路散步哩。"是的，两年前母亲住进这家医院，父亲一直相伴着，有时坐在床边跟她轻轻聊天，有时挨着她在院子里一起慢走。那时母亲身子枯瘦双脚无力，走路时一只手拄着拐杖，另一只手握住父亲的胳膊。好几次周一忆撞见这情景，心里又难过又安慰。

父亲说："既然你同意了这一点，那我就跟你好好讲一件事。"父亲又说，"我知道，我的时间也不会很多了。不把这件事讲出来，你不会帮我去改名字的。"

那个傍晚，天空上停留着夏日特有的云朵，空气中流淌着医院特有的气味。父亲从年轻时的一次恋爱说起，讲到了许多年前的一个夏天。那个夏天有一场露天电影，那场电影让他的那个夏天变得很不一样。在他的讲述中，昆城的夏日不是无风韵的，而是有着黑白老照片似的苍凉味道。

坐在父亲旁边，周一忆做了一回寡言又认真的听者。

第二天下班，周一忆将刘一东邀到一家海鲜餐馆吃饭。昆城不是个大地方，都在机关局委里混着，刘一东不好意思不给脸。再说事先周一忆给过提示，饭菜里没有阴谋，主要还是聊聊父亲改名字的事。

在餐馆小包厢里落了座，两个人先干掉几杯啤酒，然后慢慢切入主题。刘一东脸面微胖，声音却有些细瘦。他说："你爸真够执着的，非要作废用了这么多年的名字。"周一忆说："人老了就是这样，一旦被什么想法黏住，怎么也揭不下来了。"刘一东说："他还是不肯说理由吗？"周一忆不想把父亲的往事拿出来搁到餐桌上，况且拿出来也不一定说得清楚。他说:"要是能有落到纸上的理由,我直接拿着奔派出所了,哪里还会再来骚扰你。"刘一东想了想说:"说句实话吧,这种事的难度说小也小,说大便大。"周一忆说:"调节大小的旋钮是什么?"刘一东说:"还是理由,一个无中生有的扎实理由。"

周一忆点点头,从携包里取出一张金色银行卡,推到刘一东的桌前。刘一东愣一下说:"这是……啥意思?"周一忆说:"理由的创意费。"刘一东说:"都什么年代了,你还玩这个!"周一忆说:"这不是给你的,是奖励想出好点子的人。"刘一东笑起来说:"你还说今晚没有阴谋,这不是明显的阴谋吗!"周一忆说:"改个名字说到底不是什么见不得人的事,何况是一个年近八十的老人。"刘一东沉吟一下,端起杯子饮一口又放下,说:"好吧,这事儿我想想办法,尽量不让老人失望……不过这张东西你拿回去。"周一忆说:"还是你先收着吧,能派上用场就用,用不上再还给我。"周一忆这样的口吻,几乎是把刘一东当自己人了。刘一东不再反对,将银行卡移入衣袋。周一忆又叮嘱一句,说密码在上面写着呢。

转过一天,周一忆去医院时将开始办事的消息告诉了父亲。父亲嗯了一声,脸上还严肃着,却没压住浮上来的高兴。随后几天,他的病情明显转好,散步时呼吸也挺顺的。又过两天,医生允许出院了。

父亲依着自己的想法,仍回到一个人的住处。周一忆费了点儿周折,找到一位爱做家务的邻居,让他每天过去照料一下父亲。当然了,周一忆付他半份工资。

父亲的日子回归秩序,周一忆心里安定了一些。隔上三四天,周一忆便拎点儿东西去探看他,找些闲话说上几句。父亲自然会问改名之事的进展。周一忆说:"正走着程序呢,再等一等,到时候你就会拿到一张新的身份证。"周一忆的信心来自刘一东的消息。他在微信里告诉周一忆,前些天搞定派出所了,派出所已将表格报送县局。

在等待时间里,父亲的心情似乎有时明朗有时黯淡。有一天晚上,周一忆推门进去,撞见父亲坐在那儿发愣,脸上搁着茫然的伤心。周一忆连忙问怎么啦,是不是对做家务的邻居不满意? 他慢慢地摇摇头,说自己脑子老了,很多时候会记不起一个人的脸。周一忆有点儿明白了,说:"又想年轻那会儿的事啦?"父亲说:"你妈有许多照片,她的一张也没有。"父亲又说,"有时候也会记起那脸儿,赶紧在脑子里小心存着,可是转过身再去找又没了。"

又过了几天,刘一东在微信里招呼周一忆,口气有些躲闪。周一忆直接撳了号码拨过去,问出现了什么新情况。刘一东说:"也不知道哪个环节出了差错,报到局里的更名申请竟然没有批。"周一忆说:"你不是在局里吗?"刘一东说:"靠,我的注意力全给了派出所,以为那边跟上头已说妥了…… 原先派出所是这么说的。"周一忆沉默一下说:"还有伸手挽救的办法吗?"刘一东说:"没有了,不通过就没有了……你知道的,这年头办事讲纪律啦。"周一忆想不到这样,暗生恼火地撳掉手机。

心里正憋屈着,刘一东电话又打回来了,说事情还没讲完呢。周一忆问:"你是说事情还有转机?"刘一东说:"我手里有个人,在街面上制造证件的,包括身份证。"周一忆有点儿糊涂,说:"你讲的街面是指街上墙角贴纸条的那种?"刘一东说:"这个人不一样,自己开礼品公司,有熟人相托才会帮忙做证件,质量差不了。"周一忆呵呵一笑说:"质量好难道就变成了真货?"刘一东说:"你爸爸都这样的年龄啦,他不就是图个心理安慰吗? 一张新的身份证可以解决这个问题。"刘一东又说,"再说了,我以前提醒过,改了名字就要接着改一堆证件,拿不到好处还累人。"周一忆动动嘴巴续不上话。在那么一分钟里，他突然觉得刘一东讲的也许是对的。因为这种冒出来的感觉，周一忆骂了自己一声。刘一东说："就这么办吧，至少你可以试一试。当然啦，跟那人的联系我来做。"

一周之后，一只瘦小的盒子通过快递到达周一忆的手里。拆开一看，是一张模样端正的身份证，上面写着"周大正"三字。他细瞧好一会儿，没找到什么破绽。

当天晚上，周一忆站在客厅里，一脸郑重地将身份证交给了父亲。他提醒父亲，换名字的事最好不告诉亲戚同事，因为他们听说之后一准儿会追问为什么的。他又叮嘱父亲，身份证要放好，以后用的时候自己会来取的。

父亲嗯嗯了两声，取过身份证举在眼前，动着胳膊一会儿近看一会儿远瞧，脸上渗出一层难得一见的光泽。在那一刻，他的嘴巴还不自禁地嚅动着，念出了带有几分新鲜的旧名字。

也是在那一刻，父亲似乎瞥见了桌几上母亲的目光，慌一慌眼神转过身子，把身份证往手掌里收了收。因为对着背部，周一忆没看见他脸上的光泽是否退去。

B. 非虚构部分

二〇二〇年十二月九日晚上，我在住家附近的影城看了一场电影。之前我一直在忙郁达夫小说奖，真是累透了，待颁奖典礼一结束，马上就想把自己送进电影院轻松一下。

电影是张艺谋的《一秒钟》。片子的核心情节比较简单也比较走心，讲的是二十世纪七十年代中期的中国西北某地，一个犯人从劳教农场冒险溜出，拼命赶去看一场电影。看电影的真正目的，是为了看正片之前的《新闻简报》，因为上面有他女儿一秒钟的镜头。故事也可用一句电影宣传语表达：我女儿在电影里，我来看我女儿。

我清楚地记得，片子看到一半时，自己心里咯噔了一下。待片子放完走出电影院，我已经相当沮丧了。沮丧的原因，正是电影中追看《新闻简报》的情节，它跟我手头在写的短篇小说情节撞车了。这个小说已写了一半，后来因为张罗郁达夫小说奖而中断，我计划近些日子坐下来续上。小说已写的部分，说的是一位退休老教师步入生命末期，执意要改回自己年轻时的名字（见本文Ａ部分）。接下来是写老教师换名字的缘由：年轻时他在杭州工作，其间谈了一场很投入的恋爱，后来因出身成分不好被迫分开。女友是一位体操运动员，之后去上海读了大学。他则下放到昆城做了中学教师，并且在伤感中改掉名字以求自新。七十年代中期，已经成家做了爸爸的他，偶然在看电影时，见到了《新闻简报》里的她——中国大学生体操队赴罗马尼亚进行友谊赛，比赛中出现了体操队女教练的特写镜头，虽然只有一两秒钟，但他一眼认出那就是她。贮存多年的情感重新被激活，让他幸福又伤心。他携着三岁儿子，一个村子接一个村子追着露天电影，为的是瞧一眼《新闻简报》里的她。在追看电影的日子里，他经常会想起当年恋爱时的情景，想起她唤他名字时的亲昵样子。他知道这一辈子可能再也遇不到她了，但老了的时候，一定要把自己原来的名字改回来，隔空送还给她。

同是七十年代中期，同是追看《新闻简报》里的镜头，如此特别的情节竟在二〇二〇年年底相逢，这的确让人惊叹。我不知道《一秒钟》电影剧本是何时创作的，从拍摄周期看，想必已有些时日。而我对这个小说的构思，是在一两年之前，至于小说的缘起，时间则前伸得更久。这么说，不是自造心理优势。事实上，追看电影情节的生成，与我生活中的一位中学老师有关。

我的中学老师姓周，在高中阶段教过我语文。他对我很好，我对他也不忘尊重。大学毕业后，我经常在年底给他寄挂历，一寄就是十几年。我的小说见了刊物，他一有机会便找来看。离休之后，他也写些诗词以助余兴，有一回做成一本集子，还让我写了一篇短序。应该说，他对我这个学生是信任的。

差不多十年前，周老师来杭州检查身体，住在儿子家。一天傍晚，我开车接他出来一起晚餐。因为不准备喝酒，待在乱哄哄的餐馆挺没意思的，所以我把车子开到了西湖边一个幽静的茶室。两个人一边吃些东西一边聊些话。就是在那个晚上，周老师向我讲了自己年轻时的爱情故事。他是浙江龙泉人，年轻时追求进步加入中共地下组织，一九四九年五月随部队进入杭州，之后留下来做了公安警员。他有文化又血气方刚，在事业发展上应该有不错的前景。这时他谈起了恋爱，女友是中学体操队员，眼下留校当了体育老师，只是家庭成分有些暗，在表格上得填"资本家"三个字。他当时在公安局工作，有严格的纪律管着，过了一阵子，组织要求他或者放弃公安身份，或者离开女友。为了爱情，他选择脱下警服，去一所小学做教员。这时第一届全国体操比赛举行，体操项目得到重视，女友被挑去上海体育学院学习训练。他为了赶上女友步伐，课余时间努力复习，也考上了杭州师范学院。两个人在读书期间，把许多相思的话写在信纸上，并商定毕业后结婚。不料毕业那年出了一件事，他虽然没讲过什么过头的话，但也被裹进"精简下放"的大潮，分配去了浙江南部的平阳县城（也就是我老家的小镇，现称昆阳，在我的小说里唤作昆城）。女友则因为专业成绩上佳，幸运地留了校。

那时交通极不方便，偏僻的平阳与上海简直隔着千山万水。这千山万水太巨大了，很快压灭了两个人走到一起的希望。那几年里，我的老师一边在信纸上输送爱意，一边眼睁睁看着爱情渐渐远去。终于有一天，女友在信中含着泪说自己找到了新爱。他很伤心，一会儿把信纸丢开，一会儿又捡回来看，几天几夜脑子都是混沌的。

到了三十多岁，他才把心情调整好，在当地结婚生子，过上正常的日子。日子一正常，时间便过得快，他变成了一位平淡安静的中学教师。又过一些年，突然遇到一个特别的夏日。那天晚上，学校附近一个广场放露天电影，他去看了。在正片放映前的《新闻简报》里，有一则中国大学生体操队去东欧比赛的体育报道，其中有女教练和女队员击掌相庆的镜头。他吃惊地发现，那位女教练正是他的前女友。银幕上的这个镜头无疑击中了他。他一夜没有睡好，一边复习往事，一边怕自己眼睛看花了。第二天他去打听到下一场露天电影的地点，又跑去看了。

周老师讲述的时候，脸上似是安定的，但眼睛里有微澜般的波光。我在静听中回过神来，问了一句，那位女教练叫什么名字？周老师说，她是在月圆之夜出生的，名字里就有个婵字，千里共婵娟的婵。顿一顿，他用老师的口吻提问，你知道这婵娟怎么解释吗？我赶紧回答，身姿美好的意思。周老师点一点头，慢慢地说，有一天晚上也是在西湖边，月光照在草地上，她为我一个人跳了一串体操动作，那身姿真是好看啊。他停下声音，目光转向窗外，静默了好一会儿。此时的窗外，可惜没有配合回忆的月光。

周老师神伤的样子打动了我。说实在的，他和我虽然有很好的师生之谊，但我对他的主要记忆，基本保留在当年的课堂上。老师在课堂之外的生活轨迹和内心冷暖，当学生的一般不会去探究。学生对老师的关注点，是他嘴里输出的知识，他的古董往事跟我们有什么关系呢？但在西湖边饮茶的这个晚上，我望着坐在对面的年已八旬的老师，真切接收到了上一辈人的生命悲喜。我觉得自己不能一听而过，我想也许可以沿着老师的故事写一篇小说。

这个念头被我收存，放入写作的预备计划里。世事忙乱，时间匆匆，一不留神又过去许多年。对我来说，早点儿或迟点儿创作这个小说不需讲究，只要有了合适的心境写出来便行了。

现在看来我错了。合适的心境不等于合适的时间，合适的时间已经被我浪费掉了。我为老师的故事遗憾，也为自己的拖延生气。

每个小说都是有命运的，这个小说的命运就是半途而废。懊丧的时候，我只能这样安抚自己。

又过一些日子，春节临近。我回温州过年，其间去了一趟平阳，跟几位中学同学喝了一场酒，扯了一堆闲话。谁也没有提起周老师，或者说，谁也没有想到要提起周老师。

过完年回杭州上班没多久，一天中午，接到平阳同学老曾的电话，说周老师身体不好，住在疗养院里，同学几个要去看看他。我有点儿懊恼，怪自己上次回平阳时忘了去探望老师。我告诉老曾，自己这段时间在准备下一期刊物的稿子，待闲下来就专程回去一趟。说实在的，我还没忙到抽不开身的地步，只是没料到周老师这一回寿限已至，就讲了推延的虚话。

又过几日到了周五，我下班坐在地铁上刷手机，突然看到同学群里有周老师去世的文字，说周老师今天没了，说同学们有空就去送一送。我吃了一惊，马上打同学老曾的电话。老曾确认了周老师的消息，说是今天上午故去的，也没有大病，就是身体的使用期到顶了。车厢里比较嘈杂，我大声问什么时候出殡。老曾说是后天上午。

第二天中午我坐上了回老家的高铁。这段路程两个半小时，刚好让人想些事情。我记起周老师的爱情往事，心里不免叹息，便顺手摁开手机，试着找当年那位女体操教练的信息。我在百度搜索框里输入"新闻播报1974""七十年代中国大学生体操队女教练""上海体育学院体操队""上海体育学院婵"等词句，跳出来不少内容，却没有什么收获。在不知道齐全姓名的情况下，动动手指就想找到几十年前的一位女人，当然是不可能的。我放弃百度，在脑子里想象着体操女教练的模样。在当年，那应该是一个身段柔软、脸面清秀的女子。

到了平阳已是下午三时，我找一家宾馆住下后，让自己躺在床上睡了一小觉。按事先的商量，几个中学同学这个晚上要守夜，至少要守到深夜，所以得养足精神。

当天晚饭我是和老曾在一家小餐馆吃的，怕红了脸不好，就没有喝酒，只说些话。老曾是个憨厚的人，当年做过班长却没有雄心，现在开一家文具小店过踏实日子。我问他几天前去疗养院看望周老师的情况。老曾说，他躺在那里，身上力气很少了，但脑子还清醒，说话间还提起你呢。我赶紧追问他说了些什么。老曾说，周老师夸你有出息呢，还讲自己没精力看书了，你新写的小说他看不动了。我心里有些难过，沉默一会儿才说，周老师应该过九十岁了，算得上长寿。老曾说是呀，能活到九十岁，这辈子不亏了。

吃过晚饭，我和老曾直接去了周老师家。按当下疫情时期的做法，周老师遗体存在殡仪馆，家里设灵堂供亲友们祭拜。又因住房不大，便在小区空地搭了临时帐篷作为灵堂。我进了帐篷，看到一些人散坐着，周老师的遗像摆在一张桌子上。我认真向遗像鞠了三躬，回过身见到周老师的儿子和女儿。周老师的儿子在杭州上班，好几年前见过一面。周老师的女儿待在平阳照顾父母，我偶尔跟周老师联络，便是通过她转告的。现在她见我从杭州赶来送行，挺欣慰的，马上引我去楼上房间见一下师母。师母小周老师十来岁，身体也不太好，此时一个人坐在小客厅里，样子有些寂寞。我讲一些安慰话，意思是周老师走得顺当，您别难过，要保重身子。师母很慢地说了一句话：我二十出头就跟了老周，在一起快六十年啦，突然没有了他，不知道会不会习惯。这句话让我暗吃一惊。其实我知道周老师和师母的婚龄长度，但听到"快六十年了"这个数字，还是有一种诧异的感觉。

这个晚上，我和八九位同学待在帐篷里为周老师守夜。已是春日，帐篷内灯火又足，一点儿不觉得冷。一拨同学围着一张方桌在打麻将，另一拨同学围着一张圆桌喝茶聊天。灵堂守夜，现在已不是守候灵魂的意思了，主要是弄出一些人气。我坐在茶叙圆桌边，与同学们东拉西扯生活中的一些趣事。后来讲到了以前的学生时代，我问大家，你们对周老师印象最深的一个记忆是什么？一个同学说，我在课堂上不认真，周老师就对我生气，一生气他的嘴唇会抖动。一个同学说，周老师平常不开玩笑，但有一回为什么事笑起来，那样子像个有点儿天真的孩子。又一个同学说，周老师有一次上课念错了一个字，第二天他在黑板上把这个字写了二十遍，说是对自己的提醒。同学们回忆往事时，不敢发出调皮的笑声，毕竟这是特别的送别之夜，但他们的逗玩口吻和轻松心情是明显的。他们没有一个人提到周老师当年的心境和情绪什么的，或者说，在他们的记忆中，周老师内心的悲喜是遮蔽着的。

这时有一位女同学有点儿正经地说，我的记性没你们好，不讲以前的事了，但我会记得一周前去疗养院看望周老师的场景。这话有些不一样,我拿眼睛看这位女同学。女同学解释道,我是说周老师和师母在床头手拉手的情形。为了证明自己的话,她拿起手机调出一个视频给我看。视频是那天探病时随手拍的,有两分多钟,镜头里周老师躺在房间床上,虚弱又和气地跟同学们说着话,声音比较沙哑但还不含糊。他说话的时候,右手伸出床外,跟坐在床边的师母的手握在一起,一直没有脱开。

我们这批同学已五十多岁,这位女同学可能也做了奶奶或者外婆,情感区域应该比较粗糙。如果潦草地看视频,注意力会在周老师的脸和他说的话上,不容易留意两只手一直相握的细节。但女同学捕捉了这个细节,并且似乎被触动了。

我让女同学把这段视频转发给我。我盯着视频,又看了两遍。

现在的守夜,的确不像以前那么讲究了。守到半夜,同学们便散了,我也回到宾馆睡了几个小时。第二天一早,大家又聚集到灵堂跟前。一阵哀乐声中,送行的人坐上车子,驶向十公里外的殡仪馆。按照习俗,只有师母待在家中不参加葬礼。

在殡仪馆告别厅,我见到了周老师的遗容。周老师五官端正,身体瘦高,年轻时长得挺精神,上年纪后也保持着一份儒雅。此刻躺在棺台上,他脸面有些凹陷,但表情是平淡安详的。因为防疫要求,告别仪式相当简单。我随着不长的队伍走到周老师跟前,向他鞠躬献花。

告别仪式后,众人散去。我和老曾几人留下来在休息室等着,准备和家属一起送周老师上山,这是事先说好的。

遗体火化的时间比预想的要短一些,大约十点钟,周老师儿子捧着骨灰盒从里边出来了,等待的亲友们站起身跟上去。大家坐上车向位于县城南边的松鹤墓园开去。

松鹤墓园位于山腰，气势不小，有堂楼有亭子，园内种了许多松柏。周老师的墓位在中部偏上的一排，墓穴已经揭开，一位砌墓工已等在那里。

在墓位前，鞭炮声响起，一阵白烟散开。周老师女儿和儿子将骨灰盒小心地放入墓穴，然后依照程序摆放供品，点燃香火，焚烧纸钱。砌墓工将长方形的黑色墓碑合上，利索地用水泥砌好。

送行者围成半圈，向周老师做最后告别。这时我注意到，墓碑上写着周老师和师母的名字：周庭起，叶茶竹。周庭起的名字上涂着银色，表示已经逝去。叶茶竹名字是红色的，表示仍然健在，有待以后某日入驻此处。

我脑子恍惚一下，飘过一个年轻的体操运动员身影。不过我马上又想，周老师现在独自长眠于此，但有叶茶竹这样翠绿的名字伴着，应该也是不孤独的。

当日吃过中饭，我赶往车站坐 G7792 回杭州。因为头天夜里没有睡饱，我在座位坐下就闭上眼睛补觉，睡了不多一会儿，便开始起梦：在野外的空地上，先飘出周庭起的名字，又飘出叶茶竹的名字，然后一个婵字像蜜蜂一样飞来飞去。醒来之后，我回味着梦境，一种叫作好奇心的东西似乎也醒来了。

我费了一点儿时间，在微信通讯录里找到一个昵称叫邱人的人。他也是写小说的，给我们杂志投过几次稿，后来上过一个短篇。小说发表时我觉得题目不好，替他重拟了一个。为此他特意找到我的微信加上，送来几声感谢。从他当时提供的作者简历中，我依稀记得此兄就职于上海体育学院。

邱人见我主动联系他，有些意外也有些高兴。我先用文字求证：

你是在上海体育学院上班吗？他回复：是的，在上体传媒与艺术学院混着呢。我拨了语音电话过去，表示自己因为写小说的需要，想去上体校史馆看看，了解一点儿情况。邱人说现在只要提前报备，学校倒可以进来，可校史馆近期不对校外的人开放呢。他接着问，你要什么资料，要不我帮你找找？我说，其实我找的是一位老人，可我不知道她的全名，也不知道她是否还活着。我把那个"婵"字说给他，又简单讲了她的早年经历。邱人说，一个快九十岁的老人，名字里还有个婵，线索不算含糊，我们学校有个体操学院，我替你打听一下吧。

原以为一两天后才能获得回音，不想这位邱人是个挺利索的人，不到一小时，他便发来文字，说自己辗转三次，找到体育学院一工会干部，证实的确有一位符合线索的退休女教师，可惜已经去世。邱人打出她的全名，说这应该就是你要找的体操老人（为了表示尊重，避免不必要的节外生枝，我在此称之为婵老师）。我向邱人表示了感谢，马上又在百度输入婵老师的全名，结果只跳出十几条相关消息，其中几条还是重复的，说的多是体育学院领导慰问退休人员的事，里头捡不到有价值的信息。这让我有些失望，但也不觉得意外。从年龄上推算，婵老师大约在二十世纪九十年代初便已退休，她这一代人年轻时的风光，在眼下的网络上是留不下多少痕迹的。不过这个网络时代的好，是让寻人变成一件不困难的事。

半小时后，邱人又在微信上送来消息，说联系到体操老人的儿子了，他是个集邮爱好者，尤其喜欢搜集体育邮票。从他的口中，得知其母亲是在五年前故去的，留下一些照片、奖章、证书，邮票一张也没有。邱人打出一行字：这个儿子，年纪已不小了，一说就说到邮票上去。我问：婵老师老伴呢，也去世了？邱人答：噢不，她没有结婚呢。我恍惚一下，追问：她是离婚了吧？邱人答：听那位工会干部说，当年她眼里只有工作,一辈子未婚。我打出吃惊的表情:一辈子未婚怎么会有儿子? 邱人说:我也这么问工会干部,他说这个儿子是养子,她近四十岁才领养的。我沉默了一两分钟,问:老人年轻时经历了什么,这个儿子知道吗? 邱人答:这个我没问,也不方便在电话里问。我发一个微笑符号,表示认可他的话。邱人说:要不你来一趟上海,我约这位儿子一起喝咖啡。我说:想法不错,有点儿突然。邱人打出一个调皮的表情,说:上海、杭州这么近,突然的事随时可以做呀。又跟一句:什么时候来都行,提前说一声便可。我说:好吧,可以考虑。

我和邱人微信交流的时候,他并不知道我在高铁上,而且是能到上海的列车。二十分钟后,列车抵达杭州东。我犹豫一下没有下车,而是在车上补了一张到上海的票。很快,座位被新上来的一位男子占领,我变成了在车厢连接处的站客。

一小时过去,列车到了上海虹桥。我下车查了查手机,坐上地铁10号线。在车厢里我给邱人发了条短信,问上体附近有哪家合适的咖啡馆。邱人说:呀,你决定来上海啦? 我回复:还没呢,先打听着,看看有没有好的咖啡馆能勾引我到上海。邱人发出哈哈大笑的表情,介绍了一家叫"时间探戈"的咖啡馆。在随后的简略对话中,我终于没有说出自己已来上海。

我不乐意与婵老师儿子见面,是因为这种见面的结果有可能挺无趣。同一个女人,在当年的周老师眼中和当下的养子眼中,很容易是截然不同的女人,我不能通过自己的努力反而让周老师心里添堵。在不少时候,对真相略知一二也许是最好的。从这个角度说,眼下所知的婵老师这些信息,我觉得已经够了。

到达上体北门已是晚上七点半。我压住混进校园一逛的念头,沿着校外路道走了一会儿，来到那家"时间探戈"咖啡馆。

咖啡馆不大，但有一个不错的二楼厅区，饮客也不多。坐在临窗小桌前，侧头便能远远望见上体的运动馆。那里灯光亮堂，气神充沛，里头一定活跃着许多汗水淋漓的年轻身体。

我慢慢喝着咖啡，把自己喝静了。这样挺好。我觉得自己临时起兴来一趟上海，差不多就是为了这么坐一会儿。

没有多久，杯子空了。我唤来服务生再要一杯卡布奇诺，并希望得到一支笔和两张白纸。不知怎么，此时我脑子里出现一段关于婵老师的小说想象，我想随手记下来。

不一会儿，冒着热气的杯子和纸笔一起送来了。我呷了几口咖啡，然后拿起笔在纸上写下虚构的文字：

  婵老师离去世还有一年的时候，突然想到一件要紧的事。这天晚上，她一个电话将儿子召到家中客厅，摆出一副有点儿庄重的样子。儿子坐在母亲的对面，做认真听话状。婵老师说："我有个打算，烧掉自己收着的旧信。"婵老师又说，"这些信已经存了五十多年，只对我一个人有用，可我不知哪天就会走掉。"

  儿子愣了几秒钟，才确定自己没有听错。婵老师转身回到卧室，过了片刻又出来，手里拿着一只精致的木盒子。盒子搁在桌几上打开，果然现出一堆旧色的信件，估计不少于四五十封。婵老师说："我自己也可以烧，又怕手脚不利索烧不好。"儿子说："怎么个烧法？"婵老师说："你去拿个脸盆来，帮我一封一封地烧，不能太潦草。"儿子没有马上去拿脸盆，而是把信件一封一封拿起放下，在手里过了一遍。他说："这里边有三张邮票挺不错，可以送给我吗？"婵老师说："这个可不行，邮票跟信封信纸长在一起,不能分开的。"儿子说:"好的邮票值不少钱哩,烧掉怪可惜的。"婵老师说:"不可惜的儿子,我有些东西可以留给你,有些东西不能留给你呢。"

儿子不吭声了,起身去拿来一个铁脸盆,搁在桌几上。不多时,脸盆升起火苗,信封们和信纸们接二连三来到火苗之上。火苗一会儿高一会儿矮。

母子俩坐在桌几边,脸上都放着沉默,但同样的沉默有着不同的内容。

原刊《人民文学》第4期

南方的夜

张惠雯

八十年代后期,我们县城有三个出名的美人:何丽、丽娜和红霞。她们美得迥异。何丽有标准的古典美人的五官,行为举止透着温柔的羞怯。丽娜丰满而美丽,性格本分,有点儿像外国人,我后来才知道这种与众不同是混了血的缘故,她母亲是维吾尔族。三人之中,红霞明显不如另外两人漂亮,眼睛不大,身材也平板了些,可她身上有股说不清的味道,使人不能不注意到她。那时候,县城街上几乎没有女孩儿骑摩托车,但红霞有辆白色小摩托,我们经常看到她骑着摩托风一般掠过大街。她的白衬衫扎进牛仔裤,顺滑的直短发迎风飘拂,身姿笔挺,像个气度不凡的骑手。

后来看的一部港片,似乎帮我解开了秘密。这部老港片没有任何影响,也没有当红明星参演,是我混电影院时无意中看到的。当年县城的影院规定,十岁以下的孩子跟大人进场,不必买票。所谓"混电影院",就是当看电影的人群蜂拥检票进场时,我们几个迅速分散开,每人跟在事先盯上的一对成年男女身后，让检票员误以为是他们的小孩儿或弟弟妹妹，就这样混进去看免费电影。很多年过去，混电影院时看过的电影大多已在记忆里烟消云散，但那部《靓妹正传》却清晰如昨。当时，影片里的阿珊一出现，我就惊呆了，仿佛我们街上的红霞跳进了大屏幕。我突然明白了长得并不特别好看的红霞为什么能跻身"三美"，因为她和电影里的阿珊一样，有股女孩儿身上罕见的清爽、帅气，这股帅气很都市、很港味儿。

我和红霞没什么交集。她比我大十来岁，是我哥哥那代人。他们读高中时，哥哥给她写过求爱信，但没写几封就被她妈发现，找上门来。于是，这段"不良早恋"没开始就被迫终止了。九十年代初，我读初中时，红霞从县城的街道上消失了。听说她辞去税务局的工作，南下广东了。一九九六年年底，我哥哥也去了广东。在那里，机缘巧合，他们遇见过几次。哥哥给我讲述了他们会面的情景，我把他零零碎碎的描述加以修补，整理成下面的故事。

那是我到深圳后的第二年。一天晚上，我跟单位同事和同事的朋友一起吃烧烤。同事的朋友带着他的女友，那女孩儿在一家台资电子配件厂工作。她听说我是河南西城人，惊讶地说那我可能认识她的朋友。我问她的朋友叫什么。她说叫红霞。我说红霞我肯定认识，她在我们县里是名人。她问我红霞为什么是名人。我说因为她美啊。那女孩儿有点不相信似的笑了。我想，并不是每个人都能看出她的好的。

我又问那女孩儿，你和红霞很熟吗？她说，当然了，好姐妹啦。然后，像是为了证明自己说的是真话，她立即给红霞拨打电话，说帮她"捞"到了一个靓仔老乡。说笑了几句，她把电话递给我。我接过电话，报上名字，听到那边"啊"地惊叫一声，连声问："是你啊？""真是你啊？"的确是红霞的声音，尽管她在电话里讲普通话。"你也到南方来了？什么时候过来的？"她问我。我说来了一年多了。她怪我怎么不和她联系，说我来之前可以去她家要她的联系方式啊。我笑着说："哪儿敢去？害怕你妈。"她大笑起来。因为周围人声嘈杂，我们只简短地聊了一会儿，交换了电话号码。打完电话，其他人笑话我打个电话怎么打得面红耳赤，肯定心里有鬼。我说明明是酒喝多了。

但当晚那股兴奋劲儿过去，我反倒犹豫要不要给红霞打电话了。我想如果打电话，肯定要约见面，但不知道为什么，我有点儿羞于见她，或者说，我虽然想见面，但感觉自己还没有准备好。我刚来不久，连个像样的住处都没有，而听说她自己做生意，发展得很好，我若急吼吼地找她，像在高攀人家。我当时在一家培训公司做文案，工作非常忙，周末都得加班，慢慢地，就把约她见面的事推后了。

有一天，我接到了她的电话。她没有问我为什么没和她联系，我倒自己觉得羞愧，撒谎说那天晚上把她的电话记在纸条上，喝酒时不小心把纸条弄丢了。她笑了，笑的声音有点儿让我心虚，似乎她一下子听出我在撒谎，却并不在意。她说她也忙得很，所以到现在才想起给我打电话。她问我到了这边以后情况怎样，我大致说了下工作的情况，说挺忙乱的。她安慰我说初来都这样，慢慢就上手了。又聊了几句，她说如果我这个周末不上班，就见面一起吃个饭吧，太久没见过老家来的人了，很想。我说周末白天也经常要加班，晚上可能有时间。说完我就后悔了，心想晚上她恐怕是不方便的。但她说晚上也可以，说她家附近有一家重庆鸡公煲不错，问我能不能吃辣。我说，辣的最喜欢。她笑了，说果然是老家人，口味重。

那家餐馆在福田区的华强北，而我当时住在龙岗区一个城中村。那天下午，我转了三趟公交，才找到那里，仍然比约定时间迟到了半个小时。服务员把我带进一个用竹编的隔挡围起来的、清雅的小隔间，她已经在里面了。我狼狈地解释路上转车耽误了，她说她也刚到，没怎么等，又说不该让我跑这么远，主要是这里离她的住处近，吃完饭走过去方便，老家的规矩，来了一定得去家里坐坐。我赶忙抓过菜单说这顿饭必须我请，因为我迟到。她说刚才已经点了菜，她经常来，知道什么好吃。她提起那个粗陶的茶壶，给我倒上一杯茶，感慨地说："好几年不见，想不到在离家这么远的地方见了面。"

我喝着茶，从匆忙狼狈的状态中慢慢缓过来。菜上来以后，我们的谈话更顺畅而愉快。她询问我的工作生活情况，我说了很多，最后免不了夹杂些抱怨。后来，我们又说起家乡的一些人、地方上的改变。我告诉她，我们读的高中又盖了新校区，就在贾鲁河边，城北那个湖被填了，上面盖起住宅小区，我们县的大美人何丽嫁了个警察，还有，当年教我们的那位时髦的英语老师离婚了，然后和他的学生结婚了……她听得入神。我问她怎么这么久没有回老家，她说她在"赛格电子市场"有个柜台，销售电脑配件，就这么一个小生意，时时刻刻都离不开人。我说你太厉害了，成女强人了。她说什么女强人，只是个小老板，赚点儿辛苦钱。但从她的笑容里，我看得出她对现在的事业很满意。

吃完饭，她邀我去家里坐坐。我们一起往她的住处走去。深秋的天气里，她穿着黑色高领针织连衣裙和牛仔外套，还是那头顺滑、洒脱的短发，但看起来又和以前不太一样。后来，我察觉到那首先是因为她的眼神不一样了。过去，她的眼神飒爽、冷傲，仿佛不怎么看人，如今变得温柔亲切，甚至还夹杂着一丝兴奋。我们大概走了十分钟，走进一座外面看着像写字楼的酒店式公寓。我们乘电梯来到十八楼，走上一条狭长寂静的过道，地面铺着灰色地毯。走道两侧是一扇扇灰白的、密合得无一丝缝隙的门,门后没有任何声响传来。这里和我住的地方完全不一样,我那栋楼的走道里充满了各种嘈杂的声音,人人仿佛都开着门做饭、看电视、过生活……

她住的是个一室一厅的单元,屋里并没有当时广东流行的酒店式装潢,显得简约、明净。客厅的落地窗外就是华强北灯光璀璨的夜景。她问我喝茶还是喝咖啡。我说随便什么都可以。她说到了南方也学会了泡茶,就泡茶吧,边泡边聊,更有意思。

我说,住在这样的地方,应该就是很多人怀揣的"特区梦"吧。她笑着说我太夸张,说这房子只是租的,她还买不起。

"租金也很贵吧?"我问。

她说了个数目,差不多是我两个月的工资。

"你出来是对的,虽然那时候你放弃了机关的铁饭碗,大家都觉得可惜。"我说。

她说她也这样觉得,起码眼界开阔了很多,知道了很多自己以前不知道的事,还做了自己以前觉得根本做不了的事。

"放在过去,我根本想象不到你能做生意。"我说。

"我自己也想不到。"她兴奋地说,一双眼显得异常明亮,"但我发现我挺喜欢工作的,喜欢忙起来。刚开始,常常忙得一天只能吃一顿饭,但我觉得好充实。一辈子禁锢在小县城里,在机关里坐班儿混饭吃,像我爸我妈那样,我可受不了。"

后来,她讲到刚来时的懵懂,闹的那些笑话,讲她怎么在电子厂找到工作,怎样慢慢熟悉了业务,因为认识了一位经商的朋友,有了自己创业的打算……她当初借了好几个人的钱租下柜台、进了第一批货。

"你胆子真大。"我说。

"在这边做事，就是需要胆子大一点儿。"她说。

"要是还不了呢？"我问。

"只要好好干，肯定能还上钱，这个账我算过。"她确定地说。

我对她讲了我的打算，说等我对培训业务熟悉了，也想开一家自己的培训公司。

"好啊，太棒了！"她说。

"我需要积累更多经验和客户资源。"我说。

"到时候需要资金告诉我。"她爽朗地说。

"真傻，没见过主动提出借钱给人的。"我笑着说。

"我才不借钱给你，我们合伙，你赚钱了给我分成不就行了？"

"那一言为定。"我说。

"一言为定。"她说。

那天晚上，我们聊了很多。本来，来深圳一年，我感觉有点儿受挫，甚至有点儿疲倦，但那天晚上，她好像又让我燃起了对都市生活的热情和对未来的憧憬，那憧憬美好而强烈。有一会儿，我看着窗外繁华的特区夜景，心想我必须占有这"璀璨"的一部分，就像她一样。

我离开时已经过了午夜。她坚持送我到楼下。这个时间已经没有公车了，我们走到附近的街口等出租车。城市里终夜不熄的灯火依然流光溢彩，但街道上已经安静而空荡，只有稀疏的车辆不时驶过。那些与夜空相接的高楼大厦，那种灯火通明的寂静，给人一种奇特的感觉，仿佛置身于一个灿烂而无声的梦境里。南方的秋风只有凉爽，没有寒意。她在风里踱来踱去。不知道为什么，我想到鸟，她就像一只美丽、轻盈、不怎么安分的鸟。

"我喜欢南方。"她说。

"我也是。"我说。

因为两个人都太忙,我们后来见面的机会并不多,但经常打电话,都是在晚上、两个人忙完一整天的工作后。夜深人静时,我们聊聊天,纵使说不出什么新鲜的东西,也仿佛这一天终于放松、宁和地结束了。后来,我把妻子和孩子都接到深圳。有天夜里,红霞打电话来,因为家人都睡了,我只好跑到洗澡间里去接。她似乎一下子就听出了异样,问我是不是家里人已经到了。我说是,所以这段时间忙着搬家、安置他们,没和她联系。她说改天找时间请我家里人一起吃饭。我说太远了,最近也太忙,以后找时间吧。我们没有多聊就匆匆挂了电话。夜间通话无法继续,我试着白天上班时抽空给她打电话,但她往往在忙,等她忙完打回来,我可能又不方便了……最后,电话也很少打了。

二〇〇一年的某天,我突然想起好久没和红霞联系,就给她打了个电话,语音提示我所拨打的是空号。我想,她可能换号了。但我之后一直没有接到她的信息和电话。有一次,我在华强北约了客户见面,办完事就走去"赛格电子市场"。我记得她说过她的柜台在二层,我去那里找她的时候还有些紧张,心想自己这样找过来会不会太冒失。但我到了那里一打听,他们说她已经不干了。

二〇〇三年,我在广州一家家具公司找到管理职位,全家就从深圳搬去了广州。第二年,我出差回深圳,接待我的是外包工厂的负责人彭军,也是河南人。那天晚饭后,他说带我去找个地方唱歌放松放松,我知道那是什么地方,说不必了,我想早点儿休息。他说那地方是河南老乡开的,夜宵有正宗河南烩面,去吧,确定不搞其他乱七八糟的,就是唱歌、喝酒、吃烩面。

我随他去了那地方。一个穿粉色亮片裙子的女孩儿带我们进了一个房间，操着带四川口音的普通话，娇声娇气地说她今晚为我们包间服务，让我们先看酒单。我对彭军说，说好了，不搞乱七八糟的。他说知道你不喜欢那一套，绝对不搞。但过一会儿，女孩儿就问我们想叫几位"公主"。我赶紧说："不需要陪唱，我们喜欢自己唱。"

那女孩儿有点儿愕然，接着挤出一个笑脸，说来唱歌的老板都需要陪唱呢，自己唱多没有意思啊。

这时候，正在看酒单的彭军说："今天不需要陪唱。"

那女孩儿有点儿一根筋，又劝道："可是来这里都会叫公主呢，我们的公主漂亮，唱歌也好，一起唱好热闹的。"

彭军不耐烦了："说不需要就是不需要，你没听清楚吗？"

"没关系的，不如我先把她们叫进来，老板看一看，如果没有喜欢的可以不选。"

我也有点儿烦了，不再说话。我想，恐怕他们这里是要求必须点小姐来陪唱的，根本不是正经唱歌的地方。

彭军这时把酒单扔到一边，说："你新来的吧？我经常来这儿，和你们老板很熟。我不认识你，你懂不懂规矩啊？"

女孩儿赶忙赔笑着解释说："老板是熟客啊，只是，我们这里的规定是……"

"你不要给我说什么规定！"彭军发飙了，"你滚出去，换其他人进来服务。"

女孩儿的脸色变了，连声道歉。

我对他说："算了，算了。"

彭军叫我不用管，说他在这儿第一次碰见这种事儿，得帮老董管管他的员工。

"还有，叫你老板进来。"他说。

女孩儿快落泪了,说:"我有什么做错的地方请老板您教我啊……"

"去叫董少华!"她越恳求他越来气。

"我们老板今天不在。"女孩儿说。

"那叫红姐过来!你现在给我出去。"彭军说,指着门。

那女孩儿端着托盘哭着出去了。

我说:"算了,一个小姑娘。"

他说:"本来高高兴兴来唱歌,被这不懂事的弄一肚子气。"

过一会儿,有个瘦削高挑的女人敲门走进来,身后跟着刚才那个女孩儿。她不像其他夜总会里的女孩儿那样穿着性感暴露、职业特征明显的衣服,而是穿一身黑色正装套裙。看见对方,我俩都愣住了。

过一会儿,她问:"你怎么来了?"

"怎么?你俩认识啊?"彭军问。

"认识,红霞和我一个县的。"我说,看着她。

她这时转过脸,冲彭军一笑,说:"你呀,过来也不提前打个电话说一声,前台最近换人了,竟然给你安排个新来的,惹你生气啦。"

彭军假装生气地说:"就是,不认识我倒算了,张总说不想让人陪唱、不想烦,她一直纠缠不休,这不是逼着我们犯错误吗?还跟我说什么规定,弄得人一肚子气。"

她转头对那女孩儿说:"快给彭总道歉。"

女孩儿走上来,九十度鞠躬,说:"对不起,彭总。"

彭军不吭声。

女孩儿就继续鞠躬,说"对不起"……

后来,彭军看也不看她,挥手像驱赶一条狗似的说:"出去吧。"

红霞说:"我换个人进来服务。"

彭军说:"你不忙的话也过来坐一会儿吧,陪你老乡说说话。"

"你们来了就不忙了，"她莞尔一笑，"我出去安排下，待会儿就过来。"

她出去以后，我问彭军："你和她很熟？"

彭军说："她是这里的领班，老董的左右手。我经常来，混熟了。"

很快，另一个女孩儿进来，送来一瓶打开的红酒、三个杯子，接着又端进来果盘和零食盒子，说："红姐说了，这些都是送的。老板请慢用。"

彭军看了我一眼，说："你老乡会办事儿。"

我笑了下，没说话。

"你呢，和她很熟？"他问我。

"算是吧。"我说，"不过，也几年没见面了。"

过一会儿，红霞进来了，在我旁边坐下来。

彭军递给她一支烟，隔着我，又凑过去给她点上。她甩甩头发，身子往后一靠就抽起来。她眼皮上涂着厚厚的黑眼影，显得脸庞更加瘦削，脸色更加苍白。

"董少华人呢？"彭军问她。

"去东莞了。"她说。

"真没想到会在这儿遇见，都好吧？"她问我，声音和人都隔着薄薄的烟雾。

"都好。我搬去广州了。"我说。

"怪不得。"她说。

她说"怪不得"让我有点儿不舒服，似乎我们俩失联是因为我去了广州。我说："我后来给你打电话，你的号码变了，我找不到你。"

她只是含糊地"嗯"了一声。

"这叫'他乡遇故知'。我把他带来的，你得感谢我。"彭军插话说。

"当然感谢你。"她说着,和彭军碰了一杯。

我们三个很快喝完那瓶红酒,彭军又叫了瓶"黑方"。她和我们一起继续喝烈酒。

"不知道你这么能喝。"我对她说。

"练的。"她漫不经心地回答,和我碰了碰杯。

过一会儿,彭军和服务我们房间的小姑娘合唱一首歌。红霞突然对我说:"走吧,我们出去抽根烟,里面太吵,没法说话。"

我跟她走出去,走到歌厅的后面。后面是片停车场,相隔一排矮棕榈树,是个肮脏、凌乱的建筑工地。工地没有开工,但亮着灯,灯光照着浑浊的空气,像一团灰黄的雾。棕榈树扇形的叶子在没有风的夜里像一个个无力垂落的硕大手掌,你能想象那上面沾染了多少尘土。从我们身后的那排房子里,仍然传来隐约的歌声、笑声、男人女人的叫声,但外面比里面还是安静多了。空气燥闷、黏稠,饱含着南方特有的溽热,散发着湿答答的汗味儿和工业社会的烟尘味儿。

"在这种地方看见我,挺惊讶的吧?"她假装轻松地说,抽了口烟。

我想否认,但又觉得那样太假,就说:"有点儿惊讶。"

"我后来给你打电话,发现你换号了……"我说。

"你说过了。"她打断我。

我继续说:"我还去'赛格'那边找过你。"

她有点儿吃惊:"你真去找过我?"

"去了,他们说你不干了。"

她低下头,弹掉一块灰白的烟灰,沉默不语。

她脸上没什么表情,既没有陷入回忆也没有悲伤的样子,或许她尽力不让自己流露什么,她的姿势也像个放荡不羁的男孩子,只有那双涂着厚厚眼影的眼睛让她看起来很女人气——一个经历过沧桑、守着她的秘密的女人。

"我被人骗了。"她总算决定对我讲讲,"我接了个大单,是个很熟的客户订的。我们搞批发的,多少都有拖延货款的问题,拿了货两三个月后才付钱,差不多是行业的习惯。那个单很大,那个混蛋还先付了百分之二十的定金,说其他还按老习惯,三个月后付清。我也是太久没遇上事儿,胆子大了,而且确实利润很高,就去订了一大批货。结果货发出去不久,人就找不到了。我以前不是给你说过,我投了很多钱买股票?那些股票也赔得一塌糊涂。柜台的租金都交不上了,房租也交不上,供货商天天打电话催账……我只好把手机号码换了,柜台转让,全部东西都贱价折给别人。"

"遇到这么大的困难,为什么不跟我说?"我说。

她叹了口气,说:"跟你说你能做什么呢?你也很不容易,养活着一家子,自顾不暇。我跟你说,除了让你为难,没有任何用处。"

我无话可说,因为她的话虽然很直,直得让人难受,却是实话。我当时的情况,确实帮不上什么忙。

"所以你就到这种地方来工作?"我问。

她诧异地瞅了我一眼,问:"怎么了?不可以吗?"

"不适合你。"我说。

"什么适合我?"她冷冷地问。

"我不知道什么适合你,但这里肯定不适合你。"

"你以为这是什么工作?卖笑的工作?"她看着我。

"我没这么说……"我退缩了。

"你这么想了,又何必不承认?在歌厅工作怎么了?被人催债、被法院找上门,然后东躲西藏,搬到个猪窝一样的地方,可就连那样的地方,人家还欺负你,把你的东西从屋里扔出来……都快流落街头了,还在乎什么工作适合不适合。那时有人肯给我工作,肯给我地方住,我就感激他。"

"我们不说这个。"我感觉到她气恼了,而我也觉得羞愧。我不该鄙薄她现在做的事,因为我根本不知道她那时候经历了什么。

她把快抽完的烟扔到地上、踩灭了。她穿着一双精巧的方头低跟皮鞋,没穿丝袜。她没有感觉到她的打扮和夜总会格格不入吗?除了像是要把自己的眼睛遮盖住的夸张的眼影,除了抽烟喝酒时摆出来的桀骜不驯姿态,她和以前并没有多大不同。她这样的人,很难沾染上风尘气。

"现在债都还了吧?"我问她。

"怎么? 你打算借钱给我?"她的情绪好像缓和过来一些,故意眯着眼表示怀疑地看着我,而后突然笑了,"不用操心了。有的还了,有的赖掉了。"

她说回去吧,我说好。我们又走进那个喧闹、炫目的建筑物里。过道上打着游移不定的蓝光,穿着亮片裙的小姐偶尔闪过,像条发光的鱼。尽管那么喧嚣,这里却给人一种虚幻、空荡的怪异感觉,那大约是种彻骨的不真实感,一种刻意营造出的、类似醉生梦死的气氛。这时,她对我说:"其实不是你想的那样,我还没有惨到那种地步。"

回到房间,夜宵已经端上来。吃了烩面,彭军非要我唱首歌。我忘了我唱的是什么歌,大概是首粤语老歌。唱歌的时候,我无意中扭头看了她一眼,看见她眼里泪光闪闪。我吓了一跳,赶紧转过头去。我唱完,她像小孩儿一样使劲鼓掌。

那晚我和彭军都喝得半醉,他打电话叫了个司机过来开车。送我回酒店的路上,他又提到红霞,说:"你老乡人真不错。"

"怎么不错?"我问他。

"说不上来,反正和别的姑娘味儿不一样,也有脑子。"他说。

"你老去那地方,是不是对她有意思?"我问。

"胡说,"他"嘿嘿"笑了,"我是和董少华熟。他今天不在,下次带你认识认识,很不错的哥们儿,大方,讲义气。"

我沉默了半晌,还是忍不住问:"我老乡,她在那儿只是做做……管理?"

彭军看了我一会儿,狡黠地笑了:"你是想问她做不做皮肉生意,对吧?"

我没说话。

他说:"她要肯做,我早就把她包了。她是董少华的人,所以我看上人家也沾不上边。俗话说,朋友妻,不可欺,对吧?"

"她是董少华老婆?"我问。

"也不是,董少华有老婆。"彭军说。

我第二天下午就启程回广州了。车进入市区正是黄昏时候,每个地段都在堵车。堵在立交桥上时,我给她发了条短信,说我已经回到广州,让她以后来广州一定告诉我。她没有回复。后来,我又给她发过几次短信,她都不怎么回复。我理解她的淡漠,也决定不再打扰她。毕竟,我们的生活轨迹离得越来越远了。

二〇〇九年春天,彭军到广州参加广交会,打电话联系我。我当时已经离开那个家具公司,自己开了家小公司,代理西班牙、智利的几个红酒品牌。我请他去天河城的一家日式料理店吃饭。吃饭时,他一直抱怨民营厂越来越不好做,说他们厂所在的那个工业区,大部分小企业都做不下去了,倒闭了至少百分之六十,过去的厂院里长满了荒草，那个萧条……我说你的厂还能撑下去就好。他说，也就是硬撑着，不知道能撑到什么时候，上游拖欠款太厉害，资金周转不过来，他天天跑着催债，各种部门又三天两头上门找麻烦，有一次把他的电脑都搬走了。他说觉得广东要衰落了，经商环境明显不如以前。后来，他提到董少华，说真是十年河东十年河西，以前那么风光一个人，现在落得这样。我吃惊地问他怎么回事。他说前些年扫黄厉害，董的歌厅生意不好做，场子经常被封，封了就花海量的钱去上下打点，好不容易开业了，过段时间又被封……

"他也折腾不起了，就不干了。"彭军说。

"他现在做什么？"我问。

"后来就没做什么。人要是倒霉呐，那就不只是在一件事上栽。前年又查出来癌症，化疗放疗什么的搞下来，人不像人鬼不像鬼，瘦的……我一个大男人看了都想掉泪。"

我沉默了一会儿，问他："那红霞呢？"

"你老乡挺义气，听说给董少华拿出来几十万，让他看病，估计她自己这些年存的钱都给他了。"

"董少华自己没钱看病吗？"我有点儿气恼地问。

"你不知道他这个人，花钱大方得很，还有个爱赌的坏毛病。生意没了，坐吃山空，钱也差不多折腾光了。"

"红霞现在干什么？"

"不知道。我联系不上她了，以前的号码换了。你也没有她的新号？"他有点儿诧异。

"没有。"我说，"如果你再见到她，一定让她和我联系。"

后来，我偶尔和彭军通个电话，隐约地希望他会重新联系上红霞，但他再也没有提起这件事。

二〇一二年的夏天，我带家人去惠州南昆山景区度周末。晚饭后，妻子和两个孩子说白天玩儿累了，想在房间休息，我就自己出去散步。我们住的那家民宿后面有条上山的石阶小道，我顺着小路往山上去。山林中充满夜鸟的呢喃和虫子的浅唱，空气潮湿、温热，散发着浓郁的草木气味，这是南方特有的气味。在暮色和夜色交织的朦胧光线里，我注意到在我前面的一对男女。那男的从背影看上了年纪，身形又略胖，爬得有些吃力。女的则苗条、敏捷，往上登两三级台阶，就停下来等男的一会儿。那背影看起来很熟悉，我困惑了一会儿，突然想起她像谁。但我也不敢确定，毕竟好多年没见了。这时候，女的登上前面一个小小的观景台，我听见她说："你要觉得累，我们在这儿歇会儿就回去吧。"男的操着浓重的福建口音说："没事啦，爬爬山，锻炼一下，对身体也好嘛。"他听起来已经气喘吁吁，女的伸手搡了他一把。

他俩在观景台那条长椅上并肩坐下，背对着我，谁也没说话。男的不知道从哪儿拿出一把纸折扇扇着风，女的仿佛在静静地眺望风景。我迟疑了片刻，走到他们身后问："不好意思，是红霞吗？"

他俩一齐转过头。女人惊愕，男人费解。

"小齐？"红霞站起身来，喊了我一声。

"果然是你，我刚才还怕光线太暗认错了人。"我说。

有一刹那，我们俩面对面站着，看着对方，似乎还不信这是真的。

坐在那儿的男人也站起来，问她："遇到老朋友啦？"

她对他说："张小齐，我老乡，我们一个县的。"

那男人"哦哦"地连连点头，说："原来遇到同乡啦，好哇好哇。"

她对我介绍说："这是我老公，姓郑。"

"郑先生，幸会。"我伸出手和他握了握手。他看上去至少有六十岁

"幸会，幸会。"他也说。然后，似乎站得累，他又坐回到椅子上，拿着扇子扇起来。

她的脸红了，最初的激动、惊愕神情也淡去了。

"太巧了，你们也来这儿度假？"我问她。

"是啊。真巧，想不到会在这里遇见。"她睁大眼睛看着我，有点儿吃力地笑着。

"你们从深圳过来？"我问。

"对。你呢，还在广州？家里人呢？"

"还在广州。他们白天玩儿累了，不想出来，我就一个人出来走走。"

"好啊。"她说。

我们突然间不知道说什么了。

她的头发长了，长过肩膀，脸也胖了一点儿。过去，她一直有种男孩儿般的气质，清爽、锐利，现在，她看起来确实像个四十岁的女人，绵软、倦怠。

"都好吧？"我问她。

"都好。"她说，又说，"好多年不见，你还是那样。"

"你也是。"

"哪有？老多了。"她微笑着否认。

"没有，没怎么变。"我坚持说。

郑先生一直很没意思地坐在那儿扇扇子、赔着笑，这时突然"啪"的一声把扇子合上，大声说："哎呀，天都黑了。要不我们下去找个地方说话？"

她看看他，迟疑了一下，问我："也是，站在这儿说话不方便，要不我们下去坐坐？"

但我看得出她的尴尬、言不由衷。

我说:"不,不打扰你们了。太晚了,你们肯定也累了,回去休息吧,我再走走。"我想,有这位丈夫在,我们也不可能聊什么。

"那好吧。"她说。

"电话号码又换了?"我笑着问她。

"换了,新号码你存一下。"她说。

交换了电话号码,我和他们告别,自己往山上去。同时,我留心听着他们,听着他们的脚步声、低沉的说话声渐渐远去、消失。沿石头阶梯散布着几盏低矮的路灯,飞虫绕着那一点儿昏黄的光不知疲倦地飞舞,"扑啦啦"地撞击着玻璃灯罩。我一直走到没有路灯的地方,才往回走。

回到住处,两个孩子已经睡了,妻子躺在床上看电视。我起初不想告诉她我遇到红霞的事,但随后想到第二天我们可能会在酒店里碰上,就告诉了她。她是个热情的人,说好多年没见过县城的大美女了,让我一定给红霞发信息,邀他们夫妇明天一起吃顿饭,午饭或是晚饭都行。我说人家未必想见面。她说问问看嘛。我给红霞发了条短信,问她明天能不能一起吃饭。隔了很久,我收到她的回复:"谢谢你,但我们明天上午就要离开了。"这是我意料之中的回复,我直觉她不想会面。我回复了一条信息,说的都是"以后再聚""回程平安"之类的废话。

夜里,我睡不着。但我尽量不翻来覆去,以免妻子猜疑。我听着房间里的空调发出的低沉噪音,周遭山林中传来的各种无法辨别的细微声响,来南方后第一次见到红霞的种种情景都在我脑子里苏醒了,此后的交集、失联、不期而遇……一切涌上心头。想到她和我就在同一栋楼里,那种压抑感就更深、更焦灼。我很想给她打个电话,聊一聊,听她说说这些年的生活,也对她说说我的生活,或者,就像上次一样,我们俩找个僻静的地方,只是站一会儿、说几句话。可我知道,我什么也不能做。我们,我和她,都没有这小小的自由。在这南方的静夜里,我只能失眠,动也不动地躺着,让那些回忆、困惑、期望在我心里幽幽燃烧。

我后来再也没有见过红霞。有时想到我们最后一次见面的仓促、遗憾,心里会有些难受。但我转而安慰自己,想那年长的男人也许会待她更体贴些。对于一只漂泊日久、受过伤的鸟来说,那毕竟也是归宿。

原刊《当代》第 3 期

百花杀

杨知寒

一

号称"进口小牛皮"的黑钱夹捏在两根手指里,被徐英飞镖似的瞄着,准备往顾秀华后脑上摔。从她的店里出来,把左第一家就是顾秀华的店,摔是一定能摔上的,就是值不值得摔,徐英还在酝酿。此刻顾秀华在一片塑料珠帘后坐着,背对她,瓜子一个接一个往嘴里送,边嗑边唱:我在仰望,月亮之上,有多少梦想在自由地飞翔。徐英放下手里皮夹思考,摔出去后事态会怎么发展。如果只是吵架,顾秀华和她半斤八两,谁也得不着便宜;如果打起来,顾秀华目测一百五十斤往上,坐死她都没问题。徐英想,要是赵庆在就好了,哪怕身边再有个女的呢,两张嘴也比一张嘴会骂人,两盆水也比一盆水泼得狠。她想往顾秀华头上浇盆尿,那才解气,该用脏东西来侮辱脏东西,何用小牛皮?回店里,她将皮夹搁回货架上,将墙上贴的"概不议价"

的字条，捋得更平顺了点儿。

　　事不大，但多咱想起，多咱感到憋气。憋气很可怕，因它总会向背道而驰的两个方向走，是该让烦恼的气球慢慢放气，还是慢慢打气，看它最后破裂。发展不同，决定一段关系走向不同。亲疏爱恨，往往也只落定在件件小事上，小事又怕积攒。徐英心里给顾秀华数着，加上今天这件，两三年中，对方下绊子，没十回也有八回，她已算得上仁至义尽。今早开门没多久，顾秀华就抢了她一个客，在徐英已将价格咬定，即将攻破一个买货大哥的心理防线时，顾秀华站到她家门口喊，多瞧瞧，多看看，咱家有各式腰带、钱包、卡扣，品种齐全，童叟无欺，刚开门，不图挣钱，图打响第一枪，来你就有优惠。这话果然怂恿得大哥走了，再没转回来，这才有徐英拿起已准备包上的钱夹，心底恨透了的一股劲儿。论岁数，她该管顾秀华叫声"姨"，再不济，叫声"姐们儿"，现在她却只想叫对方"灾星"。灾星，克死自己男人还不算，谁家买卖好你眼红谁，一层楼里，几十户店面，总往外标榜你是老人儿，十年前就在这儿扎营，关键十年来你交下谁了？谁你也没交下。连中午吃饭，集体订麻辣烫，都没人替你取一回。哪回不是自己开张，自己收摊，谁亲近你一刻了？徐英是三年前才来到百花园市场卖货的，因人年轻，紧跟时尚，说话也八面玲珑，不得罪主顾，渐渐整座百花园市场里，数徐英精品屋的买卖最好。好些回头客来，不为买货，就来和她聊会儿天。徐英以前总是劝自己，不气，不至于，身在高位，要能容人。今天她想，关键你是个人吗顾秀华？

　　坏就坏在憋着气的时候，眼前正巧来了个靶子。靶子是个四十来岁的大姐，一上午往徐英家溜达几趟了，一百二的皮夹，讲到八十愣是不买。大姐手在皮夹上摩挲来摩挲去，眼神既像试探，又可怜巴巴，你少那十块钱啊，七十我就拿了。徐英说，真来不了，没那个价儿。

七十我上的，你给七十，我风里雨里，赚啥了姐们儿。你也不用堵门，店小，后头人都进不来了。不怕你比较，你再出去转转，看谁家还能有我这个品质，啊？说完徐英手拿把掐，继续应付新的客人。一上午了，效益不理想，卖出八个，净收益也就一百，徐英觉得都不够费唾沫的。但话说回来，别的她又能干啥？啥不要本钱，不要帮衬，就是在眼前这个有窝有棚的地方，她都常忙得脚打后脑勺，恨自己不是三头六臂，心思赶不上嘴快。看一集剧的工夫，大姐还是转回来了，徐英笑脸盈盈，回来了姐？你要说就相中这个了，咱研究研究，完事了呗。大姐手上却已提了个塑料袋，打眼一瞅，里头也是个皮夹，和徐英卖的款式大差不差。她冷笑，买完了这是，花多钱哪？六十五啊，是不是在我那儿一拐弯那家买的？大姐不置可否，继续摩挲刚才她相中了的徐英家的皮夹子。徐英想，你再给我摸出包浆来，跟大姐说，也别摸了，两个货拿桌面上比比，咱家卖的是广州货，她家卖的是啥啊姐。大姐嘀咕，我看也没差多少。徐英笑，都是同行，我不能诋毁人家。但是姐，她家东西你用用就知道了。夏天，就你买这个包，徐英拿过大姐刚买的货，经手掂量，不给你晒个双眼爆皮，算我眼瞎。冬天，得给你冻得跟个橛子似的，拉锁你都拉不开。大姐没讲话，半晌说，你让我再摸摸。徐英心有了底，摸呗，越摸你越犯合计。大姐摸来摸去，确认徐英说的是真的，两者比较，她是图便宜，买了个次货。大姐探问徐英，你说她能给我退不？徐英说，退不了，退你还打仗生气，吵吵把火，给你退啥？那人脾气老不好了，咱都知根知底儿的。大姐露出一副那可坏了的表情，没想到精细精细，还是吃了亏。徐英给她支着儿，这样姐，要说你就是相中老妹儿家这东西了，价钱不妥，咱就研究价儿。可你也别出去说上那个当了。咋，真想退啊？徐英眼珠滴溜转，说，退也有着儿，可不能说是老妹儿教的。大姐拍胸脯，你就教吧，我不能卖你。徐英在椅子上盘住腿，小声招呼对方离近点儿，推心置腹道，就说是给你家孩子买的，孩子看了不可心，又作又闹，小活祖宗。你要不给我退呢，我找商管去。大姐连声嗯嗯，拿上东西掀门帘走了，徐英也不留，买卖成与不成，已无所谓，你一尺我一丈，解了气再说。

　　百花园市场过去总是摩肩接踵，客人有时都像高峰期时堵上的车，错不开身，挪不动步。到工作日还能见缓儿，那时徐英也有心情和人讲价，磨磨嘴皮，权作训练。但凡到年节，真是爱买不买，送客的话常挂嘴边，那啥，你再溜达溜达。今年则不知怎么，商场风云突变，客流锐减，往常七进七出的客人，今年就像诸葛亮得凭折寿才求来的一场风，成交都在侥幸。二〇一四年的春天，徐英和顾秀华彻底较开了劲，俩人都从一样的地方上货，找一样的款式打版，你卖啥我卖啥，你降十块我降十五，你送客，我招呼，双双成全了买方市场，彼此却是伤一千损八百。不如此，各家也没竞争意识，以为生意永远是此起彼伏，千秋万代，不去想算计，想怎么经营。当秋风一吹，百花都见枯萎，人也真上了战场，别人再从自己碗里夹块儿肉走，跟从身上割下块儿肉一般，轻而易举结下了血海深仇。于是，当徐英在店里气定神闲看台湾偶像剧的时候，顾秀华如预料中的，风风火火，挑开了门帘，因体形壮硕，将门口全给挡住了。顾秀华直截了当，问徐英打算怎么着，商管，商管啥都管，包括不正当竞争。边上几家店里的小姐妹前来劝解，劝解多是观战，毕竟都久没见热闹了。徐英只是换了条腿一跷，抬手指着顾秀华的鼻子说，打算不打算的，你先挑的衅。话刚落地，顾秀华便上前扯住徐英头发，徐英力气不赶对方，唯有猛着去踹顾秀华穿了瘦腿神器因而单薄的下肢，往脚腕踹，对方就软了。徐英简直像骑着顾秀华，后者不断向上耸动，最后一耸，将徐英顶上货架,东西乱七八糟摔了一地。几个小姐妹这才敢上前看看。刚拉起徐英,她便往对方得胜了的后背上啐出唾沫,顾秀华往背上摸了摸,回嘴说,有你没我。

二

徐英自此和顾秀华斗下去。起初她也合计,是不是非斗不可。楼里这么多家买卖,都是竞争关系,可谁也没说要和谁往死了结仇,只有她俩,是人人心照不宣。在顾秀华当众抛下那句"有你没我"之后,这仇论理不是徐英奠定的。徐英反复想那天被顶到货架上,东西从头上往下落的声音。她后来抹着眼泪,一一放回原处,过程里有关破坏的记忆反复加深。她记性好,更觉不公平,凭什么是她的店被打成了烂摊子,还要她自己来收拾?那时候,顾秀华在哪儿?大约继续嗑瓜子,唱她没唱完的歌,复了仇的人儿快活地坐在月亮之上,梦想当然在自由地飞翔。重点不在梦想,而是想怎么干就怎么干的自由,顾秀华那天已实现。

仇既已结,往下就得循环。循环讲究果报,顾秀华种下的果,徐英心心念念,她还没有报。当然了,自己吃过一次亏,知道不能再在拳脚上和对方斗一斗。徐英想,知己知彼,百战百胜,她得在顾秀华最脆弱的肋骨上下脚,就如对方,仗着身体优势往她的肋骨上狠踹的那一脚。顾秀华最在乎什么呢?答案不难找到,钱。顾秀华为什么这么在乎钱,从别的小姐妹口中,徐英已对顾秀华的生活一清二楚,知道对方如今一人带儿子过。儿子在八中上学,到夏天高考。顾秀华把所有希望寄托在儿子身上,给儿子和自己投掷了同等的压力,即儿子好好念,她来好好挣,俩人齐头并进,努力改变家族命运。徐英不想祸祸别人下一代，仇没深到那份儿上，拢共就见过顾秀华儿子两回。一回是他下午没课，顾秀华儿子来了，穿着校服，人精瘦，脸上一副厚瓶底儿，嘴唇上一圈黑胡子，坐在女装底下吃顾秀华给他叫的鱼丸米线，闷头，吸溜吸溜地。二回见，是顾秀华有事儿不在店里，儿子放寒假，背着书包来给妈妈看摊。那回光一上午，徐英就以杀疯了的架势抢下顾秀华约莫十来个客。但凡有客人走进顾秀华的店，徐英就站到门口招呼，她家没人，来我家呗，我家今天搞活动，来你就合适。姐们儿，来来，你在我家买过，回头客你不记得我，我记得你。上回你买完，回头我还说呢，啥人啥穿戴，就没见谁比你再合适用这东西了。徐英那股亲热劲儿自不必提，皱眉弄眼加拱嘴，嗔怪显着亲热，和女的就这套话术，愣夸也是夸，夸人就能吸引人。和男的她更有招法，细腰往外一拧，不说话，干笑眨巴眼，大哥大叔就一个个地往她家来了。对门卖文胸内衣的小文来凑热闹，到徐英耳边说，英姐，你这力气卖的，不知道还寻思你干过啥呢。徐英收钱之余，瞪她一眼，也带笑，妹啊，别人爱咋想咋想吧。其实服务业都相通，都是伺候人，她再压压声音，说，高低都忽悠人。

顾秀华儿子当然不会忽悠，青春期，连和生人打照面都显怵，不是徐英对手。等顾秀华忙完回来，徐英把店里音响啥的一关，静气，听声。果然没多会儿，就传来不远处骂骂咧咧的动静。小孩儿也不会学话，可能他都不明白是被人家抢了客。徐英听了半天妈训儿子，再往后，就只听见顾秀华招呼儿子回来的喊声了。儿子没回来。顾秀华追他到了扶梯口，看儿子后背上挂着没拉好拉链的书包，跟个垂头丧气的茄子一样，正跟着扶梯下行，消失在弱肉强食的大森林。

当晚徐英回家，和在水站工作，给人扛了一天水桶的男友赵庆，叙述当天胜绩。一人四听哈啤，就着徐英从百花园地下买回的烧鸡，两碗酿皮,直聊到午夜。说到眼下终于吐出一口气,徐英含泪,想起一路来更多的艰辛,絮絮叨叨,从桌上这只吃剩到骨头的烧鸡,说到小时候她多久才能吃上一顿荤,为了往后顿顿能吃上荤,前后付出过多少,可收获从不公平。她今天从顾秀华儿子那儿抢来了生意,是胜利,也带点儿悲凉。只有她知道,几次掀开门帘,看到转弯处的男孩儿,表情是如何惊慌:他看看书,再看看外头,看看从他面前经过的,不能留住的客人。一切无不让徐英想起了自己的成长岁月中,那些极为努力,又归于挫败的时刻。那年我十五,徐英拿筷子敲桌,仿佛在给经过了的人生敲锣鼓点儿,壮势。我也文静,不爱说话。大庆,你能想到我那样吗?赵庆喝得醉眼迷离,本就眼袋明显的五官跟着虚浮。人累了一天,此刻不是挠头顶,就是挠肚皮,他在不在听,徐英不能判断。她继续说,爸妈都是卖货的,先后下了岗,那时还不算个体,算打游击,走街串巷的,卖点儿爆米花啦,要么卖点儿煮苞米啦,就这种。后来算稳定下来,固定在一个路口卖盒饭。我第一回上街卖盒饭,卖的啥我还记忆犹新,西红柿炒鸡蛋,配米饭,配萝卜丝儿咸菜。卖的东西没问题,问题是我张不开嘴,喊不出价儿来。赵庆不信,你还能张不开嘴?徐英笑,其实骨子里张不开。我爸妈你见过,都老实巴交的,倒不逼着我去卖东西,是他们也知道没办法了,知道学习上我不是那块料。我一上课就爱画画,画各式各样的衣服。美术老师成喜欢我,说我有点儿什么来着,设计天才。班主任看不上我,让我能学学,不能学回家,别浪费我爸妈苦天扒地挣的两个卖苞米的钱。赵庆问,当众说的?徐英点头,当众啊。还当众展览我的画呢。我脸红得什么似的,哭着跑出教室,直跑上大马路,隔几米远,就看到我爸妈卖盒饭的摊儿。他俩吆喝得跟领导讲话似的,平铺直叙,照着念稿:盒饭,六毛,盒饭,顶饱。话到此,眼泪流了不止一阵,徐英拄着下巴颏，凝望对面的赵庆。在许多个时刻，她心中都怀有和少女时代一样好高骛远的指望。十五岁时，她想当美术老师嘴里的服装设计师，设计出花样翻新的女装，给商场里一个个体形袅娜的塑料模特花枝招展地罩上；同时希望有个斗志昂扬的男孩，能在她偶尔挫败时，递上一角干净熨帖的格手绢。给你，别再哭了。他脸上将显出最温柔的光辉，附带最有教养的微笑，永远等待徐英，期待徐英，来日精神抖擞，定会一鸣惊人。赵庆只是捏响所有啤酒的空罐，仰脖，摇出幸存的几滴答，全晃悠进他大张的嘴巴里。

　　徐英醉后，天然想到，人生本没有仇敌。赵庆给她盖上被子，留她在夜里睁着眼睛。女人一晚接一晚，算的都是生意经。眼瞅过年了，百花园也不见上人儿啊，周围店铺的生意，一家比一家惨淡。要说现在大势就为让人黄摊子，那些空下来的档口，去干什么呢？美发，饭店？现在也就这些生意好，似乎不受影响。许是现在的人，都爱娇惯自己吧。偎到赵庆肩膀上的徐英，狠亲男人两口，想出了客流量减少的原因。你们不就怕讲价嘛，愿意上网买，又账号又网银的，更费事。就不愿货比三家，锻炼下自己的口齿和智力？早晚，她打起哈欠，还不得受个锻炼啊。

三

　　徐英给赵庆打了三十来个电话，一直没通。她魂不守舍坐在几摞衣服包里，没精神装货。她想赶紧把店关了，追到赵庆工作的水站，问问别人，不是从昨天和前天开始问，是从上个月开始，问到底是什么拿住了赵庆的魂儿，让他回到出租屋后一言不发，上床就睡，再不肯跟她吃上一顿饭，唠超过十个字的嗑儿。徐英一单生意都不想做，有人进店，她只顾着盯手机，头也不抬回答说，没有，找不着了，去溜达溜达吧。要是来人非让她出个价，她就指指墙上贴的纸，不商量啊，姐们儿，今天不商量。一时的懈怠很快形成一时的对照，顾秀华家顾客盈门，徐英能清楚听到顾秀华的大嗓门儿，伴着爽朗的笑声，连绵不绝，和总也打不通的电话里那个女声一样，可恶至极。您好，您拨打的电话暂时无人接听。她俩的动静都属于一门，属于将人心放在火上煎的外语。

忙到中午，主顾们也得吃饭，饭点儿通常能有半小时休息。顾秀华拿着盒饭，打徐英家门口过，刻意逗留，跟对门小文讨论说，今天这盒饭吃着可香啊。咋不香？肉管够，饭管够，啥都够够的，绝对富裕。顾秀华说着，使筷子反复挑拣盒里的几块猪肉，就不进嘴，任香味透过珠帘，飘进徐英的鼻子里。小文平时和徐英关系更近，但她属于谁也不得罪的性格，何况百花园没几个不怕顾秀华的，她们全都目睹过她杀伐攻占的样儿，不论是吨位还是资历，对方都属于百花园大姐大，威名播撒在外。敬而远之是一贯政策，如果"远"做不到，就先可着"敬"来。小文边吃边给徐英使眼色，今天对方就像台失了灵的机器，干坐着不运行，连盘好的头发都松下了，垂下几绺，和头一块儿往下低。小文向顾秀华说，姐，油水你是吃够了。顾秀华一屁股坐进小文家的椅子里，满屏满眼，是号码齐全的文胸和内裤。她将猪肉块儿大嚼进嘴，咽下汩汩油水，说，真他妈香。你说，为啥今天肉能这么香？小文笑笑，没说话。徐英不多时挑开小文家帘门，她眼周红晕一圈，嘴也哆嗦，指住顾秀华鼻子，问候对方妈妈和妈妈的生活方式。操你妈啊，顾秀华。

说完不等对方反应，徐英脑子里早总结过几十回的应战方式，一一出现眼前。对方笨重，得用灵敏占先，攻其不备，再狠攻其薄弱。

徐英就像只发疯的野猫，一腾，将自己挂在顾秀华身上，咬住顾秀华耳垂，妈的，一嘴油味儿，可她就像咬住了顾秀华咬住的肥肉一样，想象那是溢出的油水，狠心往下咬。顾秀华直惨叫，两腿乱蹬，蹬不着徐英的身体。徐英知道早晚挂不住的，会被顾秀华甩下来，往死里揍。她只剩一个指望，就是抓花顾秀华的脸。为此她半年都没做美甲了，怕养出不带锋的指甲，总是隔一阵就用指甲刀做最简单的修理，棱角都给保全，给仇家留好，为等此时此刻。顾秀华脸上血道子淋漓，吃痛让人力气更大，再一甩，就把徐英摔到了墙上，文胸、内裤落满四周，一切就和上一回打架一样。徐英咬着牙等待，看顾秀华扭头向自己扑来。没人敢扔下手里的盒饭，去拦截这猛兽的动作。小文魂儿都飞了，倒是一直在叫，别打啊这是我家。谁理她，顾秀华一巴掌一巴掌扇徐英的脸。后者闭上眼睛，想象是赵庆扇自己，边扇他还边说，求你了，明白点儿事吧。这日子我不过了，我不要了。我永远也不可能和你一起卖针头线脑，拿讲价哄人当手艺。我天地大着呢，送水？送水是我敷衍你们呢。孙子们，高楼总有高起点，软饭总有软跳板，爷爷我终于攀上，吃上了，嘿嘿！

　　徐英肿着脸坐在一堆内衣里，看顾秀华也挂了满脸的彩，在面前呼哧带喘，困惑带哭，望向自己。二〇一五年春节刚过，百花园里一片喧闹，客人们一进市场，不管要来买啥，都会先被里三层外三层的红对联、红灯笼、红鞭炮弄晕，刘德华《恭喜发财》的粤语腔循环往复，催眠每个人的耳朵，让人被动地去信，新一年有新一年的期望，而期望总该被实现。天王的声音如此厚实、磁性，每句歌词最后的颤音，都带发酥的安慰。徐英不知道自己是怎么在咬紧腮帮的状态下，还把眼泪淌出来的。顾秀华看她的眼神越来越虚。徐英一直在哭，顾秀华一直在看，小文和周围的人都不再说话。很快，楼里保安来了几个，都是大老爷们儿，在两人跟前更多是讪讪，将徐英搀起来，将顾秀华劝回她的铺面，没人想去深追究。女人间的矛盾，谁能说清楚，就连女人自己，事后回想，都觉得伤害自己的，很可能不是对方。

半小时后，徐英回到店里，盘算今天的账。开一天门却没开张，现在准备关门了，她该去算生活里其他的账。身上的疼慢慢醒过来，她想不起来是怎么挨着这些疼的了。门关后，她看到对面的小文正弯着腰，整理一片狼藉，心头过意不去。徐英过去跟着对方一起埋下头捡，将衣服扑棱扑棱，重挂上墙。小文僵着脸，说了句谢。搁平时，徐英有十几种办法将僵局打破，管保让小文心里痛快，对她没半点儿怨恨。今天她则在打完一架后，心理和身体双重败阵，像回到了磕磕绊绊的十五岁，在被自己设计出的对手前，未列阵，先缴械，感到除了真心，再无其他招法。等她和所有没在杀价之战中取得胜利的女人一样，空虚着走下扶梯时，身前身后都空空荡荡。心知肚明，迎接自己的，将是更无望的空落。事情已走向不可逆的结果，不到此，徐英也很难体会，什么叫徐徐下降。不是像坐直梯那样陡然从高到下，而是早就向下走了好一程，人却还在逛景。只看到了自己盆满钵满地赚，看不到山穷水穷地远。

远啊，好远了，徐英以为自己还在和失散的人挥着手。还真有人跟她挥手，边挥边叫。是顾秀华，她站在扶梯口，居高临下望着徐英。徐英也站定了，看到顾秀华身边有两个人，紧着拦，说姐你别再去了。顾秀华说，我不揍她，和她说两句话。好啊，徐英等顾秀华坐扶梯下来，她现在没有斗志，一点儿也打不过顾秀华了，不知道后者还想耍什么威风。顾秀华却说，来日方长，你放心，我就耗在这商场里，你怎么也别想挤走我。要不信，以后咱继续试。徐英眼红通通的，点头，挤出个笑，我试试，她说。俩人对峙着看向对方，一方脸上都是血道儿，一方脸肿了两边。顾秀华仿佛没想到徐英会哭，露出看不上她这样子的轻蔑相，就像当年徐英母亲的表情。徐英问，再没话了吧？顾秀华问，你今天不开门了？徐英说，开个屁。说完转身走，顾秀华追出两步，色厉内荏悄悄问了句，你他妈不是要告我去吧？徐英破涕为笑，没回头，只走她的路。

一眼望去，家里风卷残云，连赵庆平时睡的电褥子，都给卷走了。男人在她父母面前许诺过的俩人的后半生，深圳、珠海、巴黎、夏威夷，种种梦幻，都似电热毯拔下插销，炽热不复，暖手还行，暖不了周身。徐英进门抱着赵庆在公园给她套圈套来的生日礼物，那个玩具狗熊，号哭到没声，晚上则喝醉到吐。翌日醒来，是彻底挨到了彻底，闻见小屋里酸醋似的呕吐物味儿。她利落地给自己洗上一遍，屋里拖上一遍，喷掉半瓶廉价香水。将赵庆忘记带走的一只四角裤头，也提住一角，点火烧出心碎的味道。

四

临到六月，街面肃静几分，徐英连日来平静地卖自家的货，尽量不跟顾秀华起冲突。对方同样顾不上她，摊子每天就开一上午，到下午风雨不动，买菜做饭，做好了装进保温桶，于夜色中准时带到阒静的教学楼外，等儿子出来，再等儿子和她隔着栅栏，站着吃完里头尚冒热气的饭菜。顾秀华壮硕的身形，不断变着方向站，为给儿子挡上四面八方的风，那些时刻，有她无法被徐英想象的温情脉脉。徐英曾向小文打听，顾秀华家孩子，成绩到底咋样？小文说，听顾姐学，挺给争脸的，从没跑出过前几名。徐英说，感觉有点儿学傻了。记得那回不，让给他妈看摊，看得家里赔钱都不知道。小文附和，傻学呗，不然还能干啥。徐英和她碰肩膀，揪着对方一束麻花小辫，意思说，咱俩可不是那样儿人，真万幸啊。

高考连着三天，三天里顾秀华没照面，徐英家生意虽一拨一拨的，日子却失去精气神。价钱总是差不多就行，买卖双方，对成交与否，都不似过去重视。心思静下来，徐英发现自己盼着顾秀华出现，望着日益冷清的商场，常勾起许多怀念，觉得现在和从前是两个世界，不，两个时代了。在来买东西的主顾身上，变化也能见出一二。买货的人里，过去还有不少小年轻，叽叽喳喳的，三五结伴，看着架上的货，不敢和老人一样抬手就摸、就问价。她们哆哆嗦嗦，总在等徐英出一个合适的价格，仿佛等法官给个合适的判决，罪未犯下，神态已低人一等。现在都少见了。徐英不知道年轻人纷纷消失在了哪儿，他们不出现，让徐英再叫不准，市面上正流行什么，潮流又席卷到了哪一带。根据电视和手机里的信息，她几次一锤定音，上了点儿觉得能好卖的新玩意儿：什么胸口绑着鞋带的小半袖了，脚后跟挂着玩偶的花袜子了。到货后摆到最醒目的架子上，却只招揽了问袜子纯不纯棉、透不透气、能不能十块拿四双的老头老太。徐英常日里和小文几个干唠，想从对方身上侦查来有限的信息：怎么穿戴打扮，怎么开心活着，做单薄的参照。她渐渐在别人的眼里看出了，自己常怕去确认的一股情绪：泄劲儿，都是泄劲儿。她们都已不是几年前那批发色几天一变的小姑娘了，凭摇头晃脑就能招来无数飞眼，在城市潮流地标，熙攘的百花园中，当争奇斗艳的几朵花儿。如今竟都有了干枯相，眼神飞着飞着，飞出小气的味道来。她怕正是这股味道，才让赵庆义无反顾离开了。如今他在哪儿呢，俩人再没联系。徐英犯合计，他是不是真跳上了更高的台面，吃着了更香的软饭，还是真也硬气了一回，当成了爷爷？想着想着，许多个独自醒来的早上，徐英咳嗽出前一夜的酒气，会觉得眼前的屋和即将上班去的摊儿,都浅成了个小水泡。水位持续下降,倒是被太阳晒得够暖和,才让人不忍起身,唯有一再降低期望的水位,想着,能泡上就行。可她身上已有越来越多的地方,被暖水泡不上了,日复一日,又枯,又冷,又浅。

她希望在顾秀华身上看到和自己一样的对未来的惊恐,却怎么也发现不了。徐英怀疑同为女人,顾秀华是通过有意撇除身上的女性特质来享受这份工作的。看上去,哪怕一辈子在百花园里干到死,顾秀华都甘之如饴。后者并不像别人以为的那么盼着离开这儿,她也不会和徐英似的,费精神琢磨怎么把买卖做大做强。顾秀华先前每天来百花园上班,感觉和那些公务员去政府上班、程序员在电脑前噼里啪啦敲键盘没区别。从某个角度看,顾秀华心静如水。徐英心里像猫爪子挠,蹦出一个可耻的念头:她和顾秀华要是朋友该多好。她就可以向对方问明白怎么在这儿熬下去了,甚至能在许多个时刻,抱住顾秀华宽厚如山的后背,将眼泪滴上去。

咱家男包女包,单肩双肩,胸包手包都有,来,要啥往里看。徐英手往身后扫,坐在折叠凳上,轻跷着腿,招呼一个刚进门的二十出头小姑娘。小姑娘看上一个手包,徐英给拿了,边介绍,边打量对方穿戴,说,一百五,这个纯牛皮。小妹儿,你不用质疑咱家质量。女孩看看包,脸上没啥表情,只说,贵了。徐英笑,好的可不贵嘛。小妹儿看你也刚工作,这包吧,款式老,不适合你们小年轻的用。你拿这个,姐新上的货,蔡依林同款,粉色黄色荧光绿,色儿都全。说完就要给对方展览自己最近的审美,女孩抬手说不用了,包是给我姥买的。要给我妈买,你这款式还行,我姥用啥荧光绿。徐英有点儿憋气,忍了,说那给老人咱就用点儿好的,都辛苦一辈子了。又从抽屉里取出个盒子,打开是个油光锃亮的长皮夹,妹儿,可能你头一次来咱家，不了解，咱家是精品屋，不是说藏着卖，可也不是说谁都识货，好东西我要都拿出来，再给摸坏了呢，犯不上。你问这个？这个五百五。关键它版也大啊。女孩没太相中，眼神直往后瞥。你拿，扔五百得了。徐英给出第一个价。女孩说，一百五。徐英笑笑，你别的，妹儿，三百，我让点儿，你添点儿，我爱做你们年轻人生意，你们眼光也和岁数大的不一样，能知道这是好玩意儿。女孩说，我再溜达溜达吧。徐英说，溜达你也找不着我家这品质的了。女孩指转角那个位置说，那家也开了，我去瞅瞅，不都卖皮具的嘛。徐英知道是顾秀华回来了，前两天估分开始了，给顾秀华忙得不行，钻门盗洞地给人不是送礼，就是找情，一心想给宝贝儿子估准了分数，确保去念个光宗耀祖的地方。她气定神闲，帮小姑娘挑开门帘，说，姐等你回来。她家不可能有我给你的价儿。小姑娘没回来，小姑娘走后再没客人进门，在被一集集电视剧稀释了的时间里，徐英感到再坐不住，当发现不知什么时候周围店铺都空了，她才后知后觉，原来半个商场都去了顾秀华家串门。

　　拐过弯，徐英一眼看见，顾秀华家门口，跟五六点钟的早市一样，仿佛改卖物美价廉的鲜肉包子，货正一笼一笼地出屉，而围着的一个个脑袋上，也都是举高了的，塞钱递钱的手。顾秀华大搞甩卖，正以严重违背市场规则的价格，在百花园打出一场绝户仗。不断嚷着别嚷的顾秀华，在喜庆的气氛里，难以周全，钱都数飞了，道谢的话则说不出个整句儿。小文和几个小姐妹的笑声也落在其间，从那些声音里，徐英听见了寒门、不易、一鸣惊人和状元及第这些词儿。簇拥中的顾秀华笑着笑着，笑出难听的哭声，她的哭如此有感召，让人群很快报以尊重的安静，不是给递纸巾，就是给捶后背的，那个刚还在徐英家店里的小姑娘，当得知顾秀华家出了状元后，眼里闪出飞星，崇拜地望着顾秀华壮硕的腰身，越蹭越近。顾秀华的眼泪也带动了徐英的情绪。回到店里，她一个人干坐。桌上小电视里，最后一集刚演完，演员表在黑幕上正爬坡似的往上冒。徐英长舒一口气，知道这下她再也斗不过顾秀华了，嗯，顾秀华要走了，跟着儿子去南方。能走就是翻身，顾秀华要翻身了。徐英自言自语，怎么可能再回来。

五

到了约好的饭店，徐英脱下外套，露出别在里面忘了摘的塑料红花，对方指着她的胸部，很快把手势和眼睛挪了开问，上午有活动，哈？徐英低头，把花取下，矜持地边喝茶水边回答，是，商场年中总结，表彰这半年的营业之星。对方是小文介绍的人，大徐英十五岁，在粮食局上班，离异，不带孩子。聊得不多，俩人都顾着吃桌上的炒菜，你一筷我一筷，便是如此，还有许多凉在了盘里。对方起身结账，回来时给徐英拿上几个塑料袋，说，你带回去热热，还能掂对一顿。徐英带上两包剩菜，把外套扎到腰上，在烈日里独自往商场回。这时她眼前许多事儿都显得平淡了，清楚自己在别人眼中，也有同感。三十已到，过了这关，像过了人生所有关，从没人告诉过她，一辈子居然是这样。她站在路口等，两台出租车经过，都空着，蹚水似的从人面前蹚着开走，车轮看着都那么黏。她步子更黏，分明没经雷击，也没遭雨打，只被小火慢咕嘟了几年，几年下来，感到自己都被熬透了。

再回百花园，徐英几次听见外面有熟悉的声音在说话，顾秀华走后，在她家那个位置上，陆续又开过两家，卖过玉器，卖过玩具，都没太长久。徐英好奇出来看，看到前后走廊，都空空无人，卖货的个个都缩在自家小格子里，和被冷光照着脸庞的塑料模特面面相对，人和模特身后的每扇玻璃窗上，都结有雪花一样复杂的灰。她一时分辨不出这里是夏还是冬，只有那个声音听在耳边，是分外亲切，给人生活里的真实感。找过去，居然真是离开了两年的顾秀华，正背对徐英，弓腰整理地上的货。几个货包被打开了口，里头还是熟悉的袜子秋裤，卫衣打底，也都还是顾秀华过去的品位，即充分照顾中老年女性市场。顾秀华多年来上货，都能精准定位在和自己同龄的女性顾客眼光上，即穿用上不必太出风头，但保暖，保质量。徐英还记得，过去自己如何一次次拿顾秀华的品位和自家店里的品位对照，俏皮话张口就来，常逗得主顾也好，同行也好，都被影响着一块儿去嘲笑顾秀华的眼界，仿佛谁再要去她家买什么东西，就是承认自己也眼光浅薄，脑子不活。徐英站了一会儿，想再说句俏皮话，酝酿半天，无声无息，顾秀华已把包里所有黑色袜子、白色袜子分成了两堆，跟掰苞米一样区分出棒子和粒儿，侧回头，她也看着了徐英。

　　徐英说，姐，回来了。顾秀华直起身看她，才两年，顾秀华老了这么多，必是经了不少事。对着顾秀华一张大方脸上若有似无的笑意，徐英心里和顾秀华心里想的，可能内容一致。顾秀华将笑抿得淡了，说话还是很爽快，咋了，英，看着没以前精神呢？徐英哼笑两声。两人一交上火，战斗气氛立马回温，感觉脊梁骨又都硬巴了起来，脖子一挺，各自增高几厘米。徐英眨眼睛说，礼拜四，买卖次。没人上门，没啥斗志。咱这儿还不赶你走前的热闹劲儿呢。所以，你还回来干啥？顾秀华说，南方气候太闷，我不稀罕。孩子大了，也独立，省心，不用我多陪。徐英说，啊。顾秀华说，咱说养孩子吧，真是不优秀你操心，太优秀吧，也不好。感觉这妈当得轻飘飘的，过分自由。我不行，我爱找事干，一辈子都是劳动人民。不像你，这辈子没儿女，省心啊妹妹。看着顾秀华眉飞色舞的样儿，徐英认定她除了更老，更烦人，真没变化，不知为何，这让徐英心安。她转过脸，故意扭两下细腰，仿佛转着不存在的呼啦圈，说，站一天了，真累。人哪，就得活动活动。临走她对着顾秀华粲然一笑，姐，我才过完半辈子，后面的事儿，谁能说准。你不就又回来遭罪了吗？怎的，你儿子是不是翅膀一硬，都忘了有个妈了？顾秀华听着徐英嘴里不算新鲜的挖苦，脸上显出比先前刚见面时更老的态势。那表情显然是恨，但恨也模模糊糊的，让人叫不准，她恨的是谁。徐英直犹豫，该不该扶她一把，刚要走近，顾秀华字正腔圆，憋出一字，滚。回店后，徐英忍不住抱起椅子上的玩具狗熊，又亲又笑。瞥见镜子里的自己，正是副志得意满的小人嘴脸，但花枝招展，活得精神。揉着裤兜里的塑料红花，徐英想她一辈子就得意当个战士。

　　晚上五点，市场准时关门，百花园属于小商品市场，不像其他大商场，会开到入夜，夜晚一到，这里的花儿啊朵儿啊便早早睡去，消隐在妻子或母亲的身份里，至少也是谁家的女儿。每当傍晚，独自坐公交回家的徐英，会在车上发着愣想，在生活里她还和什么人存有关联。窗外是深蓝色的天，人影单薄地活动在一些矮楼前，在楼的外立面上，贴挂着出兑的白色广告、招租的红色横幅，那些数字都异常巨大，像一个个嫁不出去的老姑娘，在婚介所里大声报出自己的姓名、年龄、工作单位。徐英才想起白天相亲的事。下午和顾秀华斗完嘴后，小文打电话找她，说男方回去后表示，挺满意的。只觉得徐英有点儿冷淡，而且人有点儿太瘦。他担心徐英是不是脾气不好。在百花园卖货的女的，哪有好惹的，话似乎怎么也不会好好说，夹枪带棒，指桑骂槐，仿佛这就是沟通的礼貌了。他跟小文说，的确，我很担心。小文委婉地把意思转给徐英，让徐英收收脾气就行。对方很老实，很怕因为老实，再受欺负。他就是被前妻给欺负惨了，脑袋绿得跟呼伦贝尔草原似的，颜色纯正不说，地域还广阔。这男人，先前过得不易。徐英无可奈何听着，笑中有叹息，自己前半生在情感上得来的，也饱含难堪，落一身疮疤，谁容易呢。在跟小文回话时，她声音不大，但坚决，说，能处。脾气我一时半会儿收不了，但我没有折磨人的爱好。这点，他不用担心。

她知道自己是想嫁了，但徐英也奇了怪了，发现她竟然也不想就此离开战斗过的地方。顾秀华比她大十来岁，不是撞过"南"墙，也回来了？徐英觉得她就属于百花园，不是不能属于别的地方，而是到了别的地方，她不再是徐英，顾秀华也不再是顾秀华，有些花儿是没法接种和移植的。但毕竟很多人都走了。小文跟老公一起搬去了浙江下面一个县，没说去做什么；同一排店铺里，陆续走了一半的人，剩下的一半，基本三天打鱼两天晒网，和顾客心情一样，拿百花园当消遣精神的地方，走过路过，闲了看看。徐英刚放下电话，相亲的男人给她发了信息，问晚上有空吗，一起用餐。他说话总不在点儿上，但心是好的。徐英见门口晃过一个人影，像大白天见着鬼影似的，赶紧起身叫，来，来，进来看。顾秀华怪模怪样笑着，和徐英相遇在空荡的通道上，面面相觑。

中午整个一层就她俩订了饭，叫的米线，泡在塑料袋里，用饭盒装好，一人一碗，坐在二楼最高一级台阶上，俩人边吸溜，边睥睨着脚下的安静。视线正对百花园大门，那里过冬时安下的几重棉布帘，还没拆全，现在臃肿地挂在两侧，她们偶尔就抬头望，看谁还会来。徐英酝酿着，对于现在这样的特殊时刻，该说点儿什么好。也许她该和对方说点儿带歉意的话，也许话说出来，更变了味道。她转向吃得一头热汗的顾秀华，再问了遍，交实底儿吧，到底为啥回来的？顾秀华嘴上都是红油，拿手背擦，巨大的两颗门牙和舌头交织一会儿，慢慢咽下一口米线。顾秀华脸上,当年与徐英战斗留下的抓痕仍在,不过已细微难见。她说,我在那边儿,找不着北。你明白那种早上睁眼,看着钟表过去,却不知道该干点儿啥的感觉吗? 我明白。躺床上我就想袜子、秋裤和皮带,想百花园里那股臭皮子的味儿。徐英心里一动。轮到顾秀华问,你呢,准备还在这儿干? 徐英说,干。没跟你斗明白呢。顾秀华将塑料袋系好,顺手帮徐英也收拾了,过会儿才笑,就你,斗明白我? 徐英没说话。俩人没什么好说了,两袋吃过的剩饭,都抓在顾秀华手里,被她拿着走下台阶,准备扔到外头垃圾桶里。望着眼前空落了的大环境,好些感受是从梦中带出的:只能属于梦的聒噪、热闹、沸腾,红火不再,花儿四散。梦从未被收走,尽管落在命运前头,它注定是颗送死的卒子。徐英突然笑起来,想招呼顾秀华快回,好分享当下这种没头没尾,却终于清晰了的感受。她想说,姐,咱俩其实不早被别的对手,给双双斗败了吗?

原刊《当代》第 3 期

德雷克海峡的800艘沉船

弋 舟

十二月下旬的一天，晚上八点二十分，段欣慧登上了海南航空公司的航班，从海口飞往西安。五十分钟后，航班在美兰机场准点起飞。不出意外的话——会出什么意外呢？——她会提前在咸阳机场落地。

是啊，会出什么意外呢？飞机爬升到巡航高度时，她一边调整椅背，一边在心里反问自己。

段欣慧习惯了这种内心的对话。有时候，她也会认清自己热衷于假设出两个自己，不过是为了聊以自慰。独居日久，她形成了固定的自语模式，凡事总归要先用一句消极的假设——"不出意外的话"——来做铺垫，继而再给出一个并非板上钉钉的结论。"不出意外的话"，对她来说，是句放之四海而皆准的金句，"不出意外的话，中午会准时用餐""不出意外的话，晚上能睡个好觉"。世界运转无碍，仿佛全靠某个意外的缺席才成就了一桩又一桩的小奇迹。这让平铺直叙的世界具有了不确定性，也让一顿午餐和一个好觉，都显得有如神助；重要的还在于，这个金句显而易见的荒唐感，又能给她提供了自我辩论的基础——会出什么意外呢？就这样，自我的对话完成了，聊以自慰也完成了，就像成功地将自己一分为二，并且，那个看上去更具理性的自己，还占了上风。

夜航的旅客不多，机舱里空着不少座位。段欣慧这排就没坐满，她的邻座，一个像是公务员的年轻男人，和她隔着一张空座。男人靠窗，她靠过道。三个多小时的航程，不出意外的话，她应该至少需要让行一次——把腿屈起来，侧放在过道，给他留出去洗手间的通道。会出什么意外呢？除非他有着一颗蓄水能力惊人的膀胱。段欣慧自嘲地在心里念叨。事实上，空中服务还没开始，男人就已经迫不及待地上了两次洗手间。段欣慧由此意识到，这回，自己踏上的恐怕是一场没有神助的旅行。

旅行对于段欣慧而言，已然是活着的常态。独居后，她在四十三岁获得了所谓的财富自由。比她大三十岁的亡夫留下的财产，丰厚到令她不敢相信——不出意外的话，足以让她这辈子都用来云游四方。她也的确因此过上了一种"说走就走"的日子。这种日子似乎被许多人所向往，但走个不停，难免会削弱她与人间生活的关联。段欣慧先是渐渐地没有了朋友，继而，连父母都联系得少了。有时候，身在旅途，她会想，如果她就此失联，消失在某个不为人知的地方——不出意外的话，没个三年五载，身在武汉的爸妈都不会想起来找她。

不出意外的话，此生铁定就是一场漫长的旅行了，一直走到走不动的那一天，在一个不为人知的地方，倒下。她想，鲜有地没有反诘自己，而是默默祈祷：那么，请让这旅途是被神所祝福的。

可是神真的常常缺席。航班延误、天气突变之类的就不用说了，大到被人抢了手机，小到遇上个尿频的邻座，旅途中，她遭遇过太多不测，意外是无法完全避免的。但她已经停不下脚步。

空乘发过餐食后，男人又一次挤过她的双膝去了洗手间。她自作主张坐到了他的位子上。他的空位上留着一份报纸，此前一直心不在焉地翻看，给人的感觉是以此抵抗着内急的再一次光顾。她将报纸拿起，在男人回来时递向了他。这个男人真的具有一种公务员才有的理性，他迅速领会了她的意思，乖巧地坐进了她空出来的位置，似乎是想要表达一些歉意，男人还用手势示意那份报纸也一并归她了。

她并不想看报纸。但巡航在平流层的飞机平稳得令人昏昏欲睡。相较于看报纸，她更不想在一个陌生男人的身边睡着。她常常在飞机上看到睡相让人不能恭维的女性，立誓绝不让同样的一幕在自己身上发生。舷窗外，一万米高空中的夜色不过就是一张黑幕，她只有去想象，落地后，不出意外的话，会有一张酒店的大床等着她。会出什么意外呢？轻车熟路，酒店早已经订好了，接机的车，也在平台上落实了。

没有意外，只能让睡意更浓。她强打起精神，翻看手中的报纸。是一份《环球时报》，应该是登机时男人从舱门口自取的。在一种若醒若睡的状态里，段欣慧依稀看到这样一条新闻：

……国防部长埃斯皮纳称，找到幸存者的机会比较渺茫，但仍会全力以赴。事故原因不排除任何可能性……此次失联飞机于1978年制造，在美国服役至2008年。2012年智利花费700万美元购入，2015年进入智利空军服役……德雷克海峡是智利本土通往南极基地最短航程的必经之路，这里是太平洋和大西洋水流的汇合处，没有任何陆地阻挡，该海域一直以恶劣天气著称，气温极低且常有严重暴风雨。据不完全统计，目前已有800艘船只沉入德雷克海峡，造成两万人死亡……智利军方表示，飞机起飞时，飞机状况和天气状况均良好。搜寻行动将持续至少6天，并可延长4天……

是一条关于空难的报道，嗯，还提到了海难，总之，神又缺席了，天上地下，皆是灾难。那些翔实的数据令她振作了片刻，"美帝国主义"，她的心里好像如此谴责了一下，多少对卖旧飞机这样的行径感到了不齿。继而，有种幻觉般的宏大图景席卷了她的意识：寒冷的海峡，疾风骤雨，怒浪惊涛……但她清清楚楚地意识到了"800艘沉船"这个概念，只不过，这个清晰的概念全然又被睡意给包裹了。如实说，谁靠着飞机舷窗睡着的样子都不好看。

她在机身落地时巨大的顿挫中醒来，迷惘地看着一个像是公务员的年轻男人朝她略带羞涩地微笑。拉起遮窗板，她发现外面在下雨，停机坪倒映着被冬雨扭曲了的光斑。她看了下腕表，差十分钟零点整，果然提前了。打开手机，预约接机的司机已经发来了按时接驾的短信。她没什么行李，不过是一只登机箱，还有一件同样塞在行李舱中的羽绒服——登机时，海口的气温将近三十摄氏度，羽绒服完全就是一个行李般的存在。年轻男人友好地帮她从行李舱中取了箱子，她道了谢，自己拿下羽绒服，套上，下意识地将那份遗落在座位上的报纸重新拿回手里，卷成圆筒状，握住，好像如此一来，作为一个旅人，她的行囊才不会显得过于单一。

新年将近，吴尤莉计划给自己买件礼物。至于买什么，她一直拿不定主意。不是怕花钱——她又不会琢磨着买套房子来犒劳自己。别说房子，丧夫后，她可能都没有过千元以上的消费记录。她并不因此感到匮乏。她觉得自己没什么欲望，对什么都不抱有期待。这个新年的计划，只是作为一个"念头"存在，而有一个"念头"，对吴尤莉来说，反倒是种比较愿意体会的感觉。

她三十六岁，身高接近一米七，看起来还行——最初，这个判断的依据是：不乏男人对她兴致勃勃。后来，经历了些不堪的事，她搞明白了，男人对所有的女人都是兴致勃勃的，他们随时都想碰碰运气，激发他们的，恐怕是一个"类"，而非具体到某个身高一米七的女人。明白了，就获得了宝贵的自知，于是比起同龄的女人，吴尤莉反而真显得有点"看起来还行"了——至少，她比她们苗条，比她们肤色好，比她们高挑。

这天早晨，吴尤莉的那个"念头"落在了实处。就买一把电动剃须刀吧。听见父亲在卫生间里的抱怨，她做出了决定。"充了一晚上电，只能刮半张脸！"吴玉福的声音并不大，但还是被她听到了。有时候，情绪比音量更能决定话语的传播效果。

房子是父亲的，老式的三室一厅。吴尤莉搬进来两年多了，承受着父亲的乖戾，她只能归咎于是自己的不期而至对父亲构成了麻烦。她也想过另找个住处，但条件真的不允许。亡夫除了给她留下一堆窟窿，什么也没给她留下；好在，也没给她留下个孩子，否则真是不堪想象。好日子也有过，但好日子的背后，是负债累累。丈夫活着时，铁肩担道义，只身营造虚假的繁荣；他可真是条硬汉，然而有一天这条硬汉突然撑不住了，一跃从二十七层的楼顶跳了下去。水落石出，好日子瞬间露出了狰狞的本相。一切都没了，生活不是清了零，而是变成了负数。至今，吴尤莉还背负着几项被法院判定了的债务。

吴尤莉在三十四岁的时候，重新又做回了吴玉福的女儿。不是说父女俩一度泯灭了天伦，是说那种一个成年人突然不得不重新返场、再次回到一种仿佛不具责任能力、需要被监护的角色里的心境。吴尤莉想过，如果母亲还活着，自己的不适感也许会减弱一点，有爸有妈，即便参差不齐，共同挤在这套三室一厅的房子里，也会让一切显得"正常"点。遗憾的是，母亲在她婚后不久便离世了——宫颈癌，发现得太晚了。吴尤莉时不时会想，没错，如今同住在这套房子里的，是一对父女，但你也可以这样说：是一个三十多岁的寡妇和一个六十多岁的鳏夫。

　　对于亡妻，吴玉福没有悼念之情，全是怨怼之意。他认为罹患宫颈癌，正是对那个女人的惩罚。"她这一辈子，男人太多了！"吴玉福对着吴尤莉这么嚷过一次。至于何出此言，吴尤莉不想细究，也不想在自己的成长记忆中重新寻回尘封的蛛丝马迹；她倒是补充了一下宫颈癌的医学知识，原来性伴侣过多的确也是一条致病的缘由。如今，面对吴玉福，她只感到自己实在难以给自己定准角色，她找不到作为一个女儿的感觉，可也找不到不是一个女儿的感觉。对于吴尤莉，作为一个父亲，吴玉福又并非一无是处。除了会开车，吴尤莉一无长技。两年前，她去驾校做过教练，但从业的经历只是让她坐实了男人兴致勃勃的本质。这时候，吴玉福全然像一个慈父，他给吴尤莉买了辆丰田卡罗拉，还是辆新车，他鼓励她去开网约车，以一个父亲的口吻对女儿说："命运这把方向盘，还是要握在自己手里。"那一刻，吴尤莉恍然记起，眼前的这个父亲，退休前是中学的历史老师。情绪好的时候，他还会跟女儿评价一番客人，譬如："看上去是个有教养的人，结果把擤鼻涕的纸扔在车上。"可是转天，他又会性情大变，常常是吴尤莉做好了饭，他却铁青着脸泡了桶热干面自己端进卧室吃。

　　这天早上，当吴尤莉决定买一把电动剃须刀的时候，她不能给自己的这个念头定义——究竟是给父亲的一个礼物，还是给房东的一个贿赂？

吴玉福从卫生间出来了，的确是只刮了半张脸，这让他的脸色看起来尤为阴晴不定。残留的胡楂仿佛是一片不祥的阴影。"怎么不多睡会儿？"她小声问，没指望得到回答。她这么问是有道理的，昨晚最后一单活儿，是他去机场拉的人，回来睡下，怎么也到半夜了。自从开上网约车，为了安全起见，吴玉福经常替她跑夜活儿，显然，这算得上是一个标准的父亲对女儿才会有的顾念。但是此刻吴玉福有些发呆，他从卫生间出来，给人的感觉却像是"进来"似的，好像一个人两脚踏空，突然陷入了新的境遇中一般。在吴尤莉眼里，这的确又不像是一个父亲了。像什么呢？某个念头在她脑子里一闪而过。"所有世纪的二〇年代都辉煌。"

微信群里有人发出的这句话让胡晓虎心头一热。考虑到新年将至，那个"二〇年代"已经进入了倒计时，恐怕任何人看到这句话都会心头一热。"世纪""年代""辉煌"，都是自带热力与光芒的词啊。胡晓虎不由得默算了一下——就是说，八十五个小时后，辉煌便要普照万物了。他有些激动，是种久违了的感觉。这种感觉他也说不准，但是在他当兵的那些日子里常常会被点燃，一道命令，一次动员，都会令他产生同样的情绪。他感觉被激励，即便作为队伍中微不足道的一分子，也会有一种欣然而隆重的神圣感。

但是这句话被湮没在信息的洪流中了。他给这个群设置了"消息免打扰"，偶尔翻看一下成百上千的言论，随即删除掉，等着下一次信息重新注满这条他和战友们保持链接的通道。没错，这个群里的都是复转军人，基本上都是在各种培训班上认识的，如今大多分布在政府机关和事业单位。曾经的军人们自发地组织起来了，如同一支影子部队。

好像没人对这句话做出响应。大家在群里基本上都是自说自话。

有人发地铁里人潮涌动的照片；有人说两句本单位的节日福利；还有人分享昔日的军歌，《打靶归来》什么的。各自抒发，各自捕捉能够触动自己的信息。胡晓虎查看了一下发布这条信息的主人，果然，是位文联干部，头像是一个打着领带的卡通人物。然后，他在群里也发了条信息：目前已有800艘船只沉入德雷克海峡。没什么道理，他可能只是觉得这句话比较接近自己此刻的心情，觉得"800艘船""沉入""德雷克海峡"，同样也有一种令人心头一热的、辉煌的气质。

胡晓虎发出信息后，才想起这句话是两天前自己在飞机上看到的。它出自一份《环球时报》。现在突然想起，说明当时还是触动了他，这条新闻中那道不祥的海峡，当时在他看来有种被诅咒过的意思。伴随记忆而来的，还有无法令人忍受的、同样像是被谁诅咒过一般的腹痛。海口之行是他分配到社科联工作后的第一次出差，热带地区的水土彻底击溃了他。在海口待了短短三天，他就拉了两天半肚子。胡晓虎想起，自己在返程的航班上是如何煎熬的了——他妄图用一份报纸来分散自己的注意力，在报纸上，地球人四处杀人又放火，但都抵不过他肚子里的革命。只有这条事关空难与海难的消息短暂地对他有效过，也许是"800艘"这个具体的数据要胜过一切抽象的灾难，他的注意力因之转移，获得了间歇的安宁。

他的信息发出后，同样也迅速地湮没在群里了。今天大家好像都闲下来了，往常这个时候，临近中午休息，也没几个人上来扯闲篇。

2019年12月27日11时许，西咸新区昆明池生态保护区发现一名未知女性尸体（下附照片），身高1.65米左右，体态较瘦，年龄45岁左右，上身着紫色羽绒衣，衣领为连帽样式，现死者身份不明，有知情者请与市公安局刑警二队联系。

有人发上来这样一条公告。不出所料，发布者当然是位警察；不知出于什么动机，他很快又将信息撤回了。胡晓虎被这条信息惊动了一下。他看到了那个女人的头像，像是睡着了，也并不血腥，不过是睡相不大好看。胡晓虎觉得自己应该想起些什么，但又不是很确定。他想专门私信一下那名警察，但又因为自己的不很确定而打消了念头。

他显得有些茫然若失，无所适从地在心里确定了一下自己的返程日期。十二月二十六日，夜。然后他起身检查了一下办公室的电源，确认该关的都关了。下午陪领导看望一下退休老人，他就不用再回单位了。他要在元旦那天结婚，与辉煌的二〇年代一同开启自己的婚姻生活，单位提前给他放假了。删除这组群消息的时候，他看到群主发布了群公告：单位要求，公务员不允许组建与工作无关的微信群，本群即日起解散，祝战友们新年快乐。无论如何，这不能算是个好消息，尽管，也无关痛痒。

中午他要回趟家，李琳，他的未婚妻，让他抓紧把新房的煤气卡充足，他早上出门忘带卡了，只能抽空回去取一趟。他不想和她吵架，就像他不想结婚。单位离家要乘坐十二站地铁。好在中午地铁上的人不是很多，但也没有空座，胡晓虎靠在关闭的车门一侧，突然感到肚子里又翻滚起来。应激一般，他的脑子里自发地出现了一道怒浪惊涛的海峡，这让他又一次获得了片刻的安宁，"800艘沉船"与"辉煌的二〇年代"这两组概念共同协力，令他在隐隐的不安中获得了平静。

吴尤莉比同龄人显得"看起来还行"，也许是遗传了吴玉福的基因。六十四岁的吴玉福看起来就比同龄人年轻许多；至少，吴尤莉的身高一定是受惠于遗传的，吴玉福在生命的鼎盛时期，身高曾达到过一米八五，即便如今缩水，在一群老头当中他也算是挺拔的。对于任何孩子，有个身高超过一米八的父亲，都是个加分项。吴尤莉年少时也的确以此为荣过，面对父母间的龃龉，她会不自觉地倾向于同情父亲。一个挺拔的男人，仿佛天然地就多了些正确性。毕竟都是做教师的，吴尤莉的记忆中，父母的冷战不少，热战不多，一对男女常常各自沉默，但沉默和沉默的气质迥异。个儿高的那个，沉默得如同雪山，让人生出对于高冷的仰止；个儿矮的，就吃亏，连沉默都显得是理屈词穷。幼年的吴尤莉以此判断着父母的是与非，她认为母亲的错误全是因为个子矮，是不具优势的身高让这个女人成为蒙羞的过错方。直到她十四岁的那年，雪山骤变为火山，沉默的吴玉福爆发了，对自己的女儿嚷出一句："她这一辈子，男人太多了！"吴尤莉这才骇然面对了这样一个事实：原来，她的母亲，其貌不扬的中学物理教师田冰茹，居然在婚姻生活中从未安分过。她是以此缓释来自丈夫身高的压力吗？千真万确，母亲是因为有错才显得像是个罪人，这跟身高处于劣势压根儿无关。但是，这个事实之中蕴含的人性线索太复杂了，十四岁的吴尤莉根本择不清。她并没有因此更加轻视母亲，反而，对于父亲的观感还打了折扣，仿佛这个一米八几的男人徒有虚表、虚张声势，应该打回到一米七去。

火山般爆发过几次后，吴玉福开始了具有规律性的失踪。每年，他都会在三月中旬离家一段时间。去哪儿了，不知道。田冰茹不问，可能也是不能问与不敢问；吴尤莉不问，说不清为什么不问。这个三口之家，彼此间好像没有相互过问的权利。结婚后，吴尤莉的丈夫，那位铁肩担道义的硬汉，有一次对吴尤莉点明了要害："你爸肯定在外面有人了。"她才直面了一下现实，竟觉得父亲重新有了挺拔的迹象。

田冰茹去世的那一年，吴玉福没有离家。他中规中矩地给亡妻办理了后事，火化，买一块价格不菲的墓地，竖碑，碑文也镌刻上自己的名字——用红漆涂抹住，以待日后合葬，再刮掉油漆，与田冰茹的名字并肩。看上去，他什么都能接受，接受龃龉频仍的一生，也接受被指定了的墓穴。这同样关乎复杂的人性，吴尤莉对此是爱莫能助的心情，只不过将同情分摊开，一半给了母亲，一半给了父亲。就此，她也更加无意过问自己丈夫的真相了，由那位硬汉自顾去承担着他愿意承担的一切，她知道他在外面有女人，可能还有个儿子，但是又怎样呢？她不拒绝最后也跟这硬汉刻在一块碑上。

搬回来和父亲同住后，她知道了父亲的秘密。原来，每年的三月份，正是武大樱花盛开的时候。吴玉福给吴尤莉买了辆丰田卡罗拉，提车的那天，他的心情很好，坐在副驾驶的位置，突然就袒露了心声。"每年我都会去看看，"他说，"就像回到了自己的大学时代。"吴尤莉无动于衷，至少表面上看起来是这样的，她的双手紧紧地握着新车的方向盘，就像是遵嘱掌控住了自己的人生。这样就好理解了，吴玉福毕业于武汉大学历史系。他在晚年热衷于和武汉相关的一切。他喜欢看《百家讲坛》，因为里面有口若悬河的易中天，他说，他在大学的时候听过易中天的课；他不断地网购热干面，每次情绪恶劣的时候就自己煮一桶吃。有一次，客人投诉到平台，说他在车上不停搭讪，热情过度，还绕路，他对吴尤莉说自己不过是因为那女人来自武汉，好心想多拉人家看看西安的夜景。

也是条硬汉，吴尤莉在心里评价。当他将自己的名字与亡妻的名字刻在一起的时候，他需要在人间找到一个属于自己的平衡，那不是你有"太多男人"我便"外面有人"的简单对称，是对命运本身的精密修复，如果非要换算成一个公式，差强人意，大约是：你在你的命运里颠簸，我追念我的樱花。

在网约车平台上注册的是吴尤莉，按规定吴玉福是不能代驾的，而且，他也过了六十岁，这些都不合规。好在，迄今还没遇到过大麻烦。大多数时候，他是一位能够给人好感的司机，这位瘦高的师傅，衣着得体，沉默寡言，每一年都被樱花熏陶，别有一番知识分子才有的气质。除非他遇到一位有武汉口音的客人。

中午，吴尤莉在开元商城买了一把三星牌电动剃须刀，两千八百元。付款的时候，她想到了法院给自己的"限高令"。衡量一番，她确定自己的这笔消费应该不能算作是高消费，但她还是感到了些许兴奋——那种轻微地破坏了什么或者冒犯了什么的兴奋。在商城七楼，她吃了碗面条，带着兴奋劲儿，她还"恶意"地给自己加了份肉，然后匆匆驱车赶往机场。她的下一个单子是下午三点在咸阳机场的T2航站楼接人，这种单子对于网约车司机堪称福音，好过在城里绕来绕去。

车子开上机场高速不久，她收到了吴玉福的一条微信，没容她细看，一桩车祸发生在她眼前。眼睁睁地，吴尤莉看着前方那辆白色的日产轩逸扎进了一辆大货车的车尾。好在车距足够大，吴尤莉来得及避险。她与事故现场擦车而过，几乎没有停下的念头。车子上了高速公路，就如同上了传送带，人的意志也仿佛不能完全由己了。但是只那么一瞬，她也能确定日产轩逸的司机凶多吉少。货车上拉着几十辆排列整齐的新车，居然也是日产轩逸，这让追尾的那辆车像是一头扎进了亲人的怀抱，车头完全塞进了车尾，如同被一把大钳子捏碎了。路面上的碎玻璃像是洒满了一地的光芒。她在发抖。这段路面经常有车祸发生，像是被诅咒过一样。跑上网约车以来，吴尤莉在此就目睹过不下十次的惨烈场面。但是今天不同了——这辆日产轩逸的车主她认识。

罗哥，大家都这么叫他，但年龄恐怕还不到三十岁。跑网约车的经常会在候机时相互打趣解闷，一来二去，熟悉了，罗哥开始在她这儿碰运气，给她献殷勤。有一次，就是在T2航站楼的停车场，罗哥邀请她坐进他的车里，感受一下后排的"大沙发"。不错，正像同行们说的那样，轩逸的乘坐空间的确比她那辆卡罗拉要大一圈，不但空间大，这后排的座椅还很柔软。罗哥说这正是他好评率高的原因所在，乘客基本坐后排，"他们的屁股舒服了，人就舒服了。"他在炫耀，她却做出了事后自己也想不明白的事——伸手勾住他的脖子，将他的脸与自己的脸拉近，直到两张嘴咬合在一起。她有欲望，也能感觉到小伙子的欲望，但对方想进一步的时候，又被她不由分说地推开了。她从车里钻出来，狠狠地抹嘴，心里面竟是万分的委屈。这委屈她也不知从何说起。似乎是不甘于卡罗拉被轩逸比下去了，这让她想起了自己曾经是开过顶配普拉多的，似乎是两人年龄上的差距让她感到了屈辱，她愤恨于一个小伙子对她的蠢蠢欲动；也似乎是她被她自己的欲火吓着了。似乎是，似乎也都不是。从此罗哥开始明目张胆地追求她，给她送花，给她买盒饭，发出莫名其妙的邀请，在候机楼前的停车场演戏一般地表演着他夸张的爱情——没准就是演戏，网约车司机们是观众，他知道自己在被围观，卖力地排练这个噱头般的角色，并且也因此粉饰了他自己都难以直面的欲火。她没有再给过他任何机会，就像如今被"限高"着的她，停在机场，却不被允许乘机。

小伙子的热情渐渐熄灭，他们本来就不是持久燃烧型的。但是，今天目睹了这场车祸，吴尤莉还是认定自己可能难辞其咎。罗哥一定也看到她行驶在后面了，于是，为瞬间的跑神付出了代价。这个念头令吴尤莉不停地发抖。

客人是一对情侣。两个人上车后都咳嗽不断，尽管这样，还要用明显充了血的嗓音喋喋不休地吵架，搞得吴尤莉烦躁不已。拉完机场的这单活儿她就回家了。还不到六点，往常这个时候正是接单的高峰期。一个月必须在线至少两百小时以上，每月最少完成四百单，这是平台对她的要求，但是今天她没法干了，觉得自己像个命案在身的逃犯。

吴玉福不在家。晚上七点多钟吴尤莉叫来了外卖，敲他卧室的门，发现门虚掩着，里面空无一人。这时候她才想起去翻看手机微信，然而，吴玉福的那条信息显示撤回了。她拨他的号码，对方已关机。不知为何，吴尤莉感到了空前的焦虑。当然，她没那么牵挂他，至少看上去是这样的，至少，父女俩之间从来都表现得像是管你爱在不在的样子。但是此刻吴尤莉感到了从未有过的不安。她想，可能是那场车祸导致了她情绪的紊乱，但觉得又不大对，她不是没见过惨烈的现场——肝脑涂地，那条硬汉横在二十七层楼下的场面，她也是领教过的。房间里黑黢黢的，吴尤莉没有开灯，一个人枯坐在客厅的沙发里。

十点半的时候，吴玉福的电话打了进来。

"我在武汉了。"他说。

"武汉？"吴尤莉下意识地确定了一下日期，"现在？"

"对，刚下飞机。"

"武大的樱花开早了？"

"我们几个老同学约好一起跨年。"他说得有些不情不愿。

"跨年？"

"对！二〇年代了！"吴玉福大声说了一句，随即挂断了手机。

第二天吴尤莉没出去跑活儿。她觉得自己病了，嗓子痛，鼻子闻不到味儿，四肢无力，好像还有点发低烧。网约车司机也有自己的群，她躺在沙发上不时翻看，果然看到了罗哥的噩耗。死了。这竟然令她有股尘埃落定的轻松感。群里还在散布一桩凶案。一个女人，横尸昆明池，年轻，不，老女人，光着身子，或者半裸……司机们相互交换着并不一致的说辞，人人都像是掌握了一手消息。只有一点是确凿的：此刻，一具不知名的女尸要比横死了的罗哥更吸引人们的关注。警察已经在机场调查了，他们怀疑死者可能是从咸阳机场落地的旅客，网约车司机们，有重大嫌疑。群里面散布着的，与其说是恐慌，不如说是快活。有人打趣，质问他人还不赶紧去自首，有人追问到底是个年轻女人还是个老太婆；反正二十六号晚上拉活儿的都没跑！——这句话让吴尤莉的心骤然悬了起来。她甚至看了下手机的日历，认真估算，昨天、前天，这么倒推回去，终于确定，那晚是谁去机场拉了最后一单活儿。

她去吴玉福的卧室，想要得到某个说法，才意识到他已经走了。她拨通了他的手机，"喂"了一声，竟不知从何说起。

"你有事？"吴玉福问。

"没有，"吴尤莉感到嗓子干涩，有种火辣辣的刺痛，"今天二十八号。"

"对，我们先聚聚，有些外地来的老同学陆陆续续到。"

"你都好吗？"

"我？"

"武汉冷不冷？"

吴尤莉难过极了，突然就涌出了眼泪。她从没想过自己会如此难过。

"和西安差不多。"

"你衣服带得够吗？"

"不冷，我穿着大衣呢。"

她知道那件大衣，灰色，羊毛的，他穿着比易中天还像个教授。

"那就好……"

她抽泣着终止了通话，因为实在说不出更多的话了。

她下了楼，钻进卡罗拉里，好像此刻一个狭窄的空间更能让她感到安全。老旧小区，没有规划的停车场，业主们的车见缝插针地塞在公用路面上。一个七八岁大的男孩正耐心地鞭笞着这些给人添堵的家伙——他远远地这么干过来，手拿一截不知从哪儿捡来的破麻绳，一辆接一辆，绝不放过地抽打。她打开了车里的广播，这个动作本身就带有对抗性——平台规定，载客时不允许开广播。下意识里，她已经开始和什么事物较起劲来。广播里有她不知名的乐曲响起。古典音乐，交响曲。她看到了那卷遗落在副驾驶座下面的报纸，捡起来，心无所属地翻看，不过是给自己找件事做。循序渐进，男孩干到她的车前了，看到车里有人，手里扬起的鞭子犹豫不决了。在她鼓励性的目光下，他对着卡罗拉的车头抽了两鞭子，然后笑着继续干他的活儿去了。她体贴地为男孩着想，也许是他手里那截麻绳太过奇怪，身在二十一世纪的城里孩子压根儿无从识别，于是，策马扬鞭，某种古老的人类经验被神秘地唤醒了，令他激动地应用了起来。她觉得自己这辆车也真像是被鞭子抽打过的马，倏忽就委顿了。后来，她把驾驶座的椅背放低，半躺进去，昏昏沉沉地睡了一会儿。在深深浅浅的睡意里，在时起时伏的乐声中，她成为一艘正奋力穿越着凄苦海峡的、破浪的巨轮。

二〇一九年，十二月二十八日，从这天起，吴尤莉开始了焦虑的等待。她在等一个电话，当然是来自警察的。她差不多已经在心里决定了，她会告诉警察，二十六号晚上是她去机场接的客人。显然，这个谎言一点也经不起检验，他们有太多的手段可以将其戳破。但她决定了，无论如何，这个谎她是要撒的。她认为，这是一次重要的报偿，至于报偿什么，她也一下子难以捋清。是为了女人田冰茹对男人吴玉福一生的背叛吗？是为了父亲吴玉福馈赠的那辆丰田卡罗拉吗？不不不，即便都沾点边，但绝对没这么简单甚至是 —— 下作。没错，就是"下作"，这个词蹦到吴尤莉脑子里，全然否定了她能想到的那些动机。因此，她也小心翼翼地触到了"下作"的反面，那个她感受起来都会万分犹豫的 —— 纯洁。像是遭遇了难以启齿的情绪，三十六岁的吴尤莉，决定撒一个弥天大谎，有生以来第一次切近了一种自己没有体会过的情感。她也好像突然理解了吴玉福将自己的名字与田冰茹镌刻在同一块碑上的理由。那是生命本身的奥秘。

在二十一世纪一〇年代的最后三天里，吴尤莉陷入了双重的想象中。她一边想象着一个负案在逃的凶手 —— 有一张剃了半边胡子的脸；一边想象着一个毕生忍辱负重的男人 —— 常年给小区里的流浪猫投食。她感到了自己的同情，这种同情是不具体的，它是弥散的。怀着同情之心，她还想到了自己的亡夫，想着有朝一日，也把自己的名字和那条硬汉的名字刻在一块碑上，墓碑上的字总是让人感到有些妄自尊大，但死都死了，还要怎样呢？甚至，她还想到了罗哥，想到了那根伸在自己嘴里激烈搅动着的舌头是多么富有宝贵的生命力、富有人的道理。

警察的电话始终没有打来。吴玉福却打过一次。

"我给你买了套房子。"开宗明义，他在手机里说。

她能听到手机里喧闹的声音，一群老人发出的青春新声。肯定喝酒了，他们肯定还喝了不少，南腔北调，荒腔走板。

一瞬间，她竟笑了。

"我不要你的房子。"她说，又补充道，"你好好的，就好。"

"房子还不错，"他自说自话，有些慷慨激昂，"在昆明池，能看见沣河。"

她都能感觉到自己的心开始下沉的响声。

吴尤莉在新年得了场此生最严重的病。她觉得是感冒，但又不太像。她从没想过一场感冒会如此凶狠地撂倒她。最难熬的几天，她把家里所有的被子都压在身上，可还是冷得不停打摆子；而且病程也超长，差不多半个月后她才感觉自己活过来了点，如同九死一生。她在病中问过父亲的归期。她并不想问到这个问题，其实还想回避这个问题，但有些问题如同是被规定好的铁律，必须要去执行，就像当你有一个离家在外的父亲时，你就只能问问他什么时候归来。吴玉福在手机里说"快了"，人却是迟迟未归。这些天吴尤莉还偶尔想起过母亲，气血两虚的她突然觉得母亲这一生的荒唐之中也有着一种类似于荒凉的美，作为一个不幸身材粗壮的女人，她活得该有多么地用力。

二〇二〇年一月二十三日，武汉封城。吴尤莉在电视上看到的新闻。新闻中说：这是人类历史上的第一次。她拆开了一只三星牌电动剃须刀的包装，把里面的机器摆在卫生间的面盆上，就好像剃须刀的使用者刚刚离开，或者即将到来。

同一时刻，新婚的胡晓虎挤在已经有人戴着口罩的地铁里回家，他将在辉煌的时代里学习如何克服厌婚的情绪，嗯，这是人类的第一次；身在大理的段欣慧一边有一搭没一搭地收听着新闻，一边做出决定：不出意外的话，等到解封之日，她就在第一时间赶回武汉，回到父母的身边，回到生活本身中去。远处的洱海风平浪静，是该结束这无尽的旅程了，她想，我历经了路上的一切：抢手机的歹徒，飞机上内急的邻座，乃至古怪而热情的网约车司机。

原刊《十月》第3期

浮 空

蒋一谈

飞蛾扑向烛火，扑向死亡，愚笨和勇敢，原来可以这样融为一体。看到眼前的情景，我想到这些，你呢？你是被众人传说的人，不会轻易开口。据说，你用两只手掌分别捂紧两个人的肚脐，就能让他们互换身体里的疾病。我知道这是嫉妒的揣测。不管怎么样，与你同学一场是特别的缘分。我到极乐世界里去了。你不要哭，修行之人不要轻易哭，你把眼泪留下来，滴在苦海里。

月球上有澄海、静海、冷海、云海……没有苦海。望着一轮明月，一灯想到师兄一蝉的临终话别，深深吸了一口气。接替一蝉成为禅院住持，是他的心愿。师父慧然法师年事已高，两年前搬进半山腰的木屋居住。初秋的夜已有凉意，一灯走进屋，取出炭炉放在桌上，用抹布擦拭干净。

"一然回来了吗？"

一灯直起身，说道："师父，一然的语音箔片坏了，需要更换新的。鲁格说,一然上山下山,膝关节的伸缩连杆和气动管也需要保养一下。"

慧然法师缓缓点头:"昨晚,我梦见一蝉了……"

一灯垂下眼帘,说道:"师父,我前两天也梦见师兄了。"

慧然法师后半生收过三位弟子——大弟子一蝉,半年前失足坠崖离世,一然是一灯的师弟,慧然法师的关门弟子,禅院有史以来的第一个机器人禅师。一年前,慧然法师偶遇机器人公司工程师鲁格测试机器人整体能力后深感震惊,决定收机器人为徒。鲁格喜出望外,深感这是事业上的大机遇。这件事经机器人公司自行宣传后,在社会各界,尤其在禅学界引起轩然大波。一灯不喜欢现代科技,不理解师父的决定,甚至觉得脸上无光,而一蝉的静默让一灯很不愉快。

慧然法师当时是这样说的:"佛学知因缘而不知阴阳,西学知物而不知无,中国禅学知阴阳,所以识机,机器人何尝不是千载难逢的机?所有的大文化,即使是同道间,都经历过血雨腥风,捍卫者和挑战者都不会手下留情。这个年代,仅仅做好自己是不够的,你们要知危机,要看得见未来。"

一然回到禅院当晚,师徒三人站在山顶凝视月亮,眺望星空,这是他们的最后一次相聚。第二天清晨,慧然法师留下字条,借口下山访友,实则云游他方,消失踪迹。

"月中有兔,好啊。"慧然法师说道。

一然正想开口,发觉一灯也要说话,忙低下头。

"师弟,你说。"一灯说道。

一然的钛合金躯体在月光下闪烁出蓝灰色的幽深光泽。

一然说道:"师父,月中有兔,是不是说美是可爱的,也必是虚幻的?我其实很想养一只兔子。"

慧然法师舒心地笑了。师父的笑声让一灯很不舒服。师父说过，一然温和有礼，如果他的性情硬朗一些就更好了，并让一灯询问鲁格，有没有办法实现这一点。一灯不想过问此事，但师父的交代不能不照办，因此也在有意无意间问过鲁格。

鲁格告诉他，卸载一然硬盘里的机器人三定律，能改变他的性情，不过这样做有风险，如果有一天一然厌倦了人类的管束，很可能做出出格的事。听完鲁格的话，一灯暗自欢喜，他压根不喜欢一然，如果能用这个方法制造事端，赶走一然，当然是期盼已久的好事。鲁格补充说，机器人禅师是公司与禅院合作的第一个项目，不能出现纰漏和意外。听完鲁格的话，一灯很是失望。

"师兄，该你说了。"一然愉快地说。

一灯醒过神，说道："师父最喜欢月亮了，多年前师父曾教诲，凡天成的没有不美好的，月亮是一个天成。"

一然望着月亮，陷入沉思。

慧然法师缓缓坐下，说道："人间的很多事，是多事多出来的，有时多出美意，有时多出恶端，月亮上多出的这只兔子就是美意，你们要通过体会美意来体会恶端的真面目，否则美意就失去了存在的意义。"

随后，慧然法师看着一然，说道："一然，你随我学禅一年，典籍接触了不少，禅师言行录也能铭记于心，你跟师父说一说，你现在有什么体会？"

一然看着师父，欢快地说："师父，我羡慕师兄可以独立办讲座，我也想试一试呢。"慧然法师捋着胡子笑起来，一灯感到一阵恶心，夜色遮盖了他的神情。

慧然法师看着一灯，说道："你是师兄，你和一然参禅，要时时提醒他，修禅之人，不说善哉善哉，不说无常，天地万物总有成毁之机，禅宗接引强者，不接引弱者。你们俩要多和外界交流，不可故步自封，要把所学之禅，散布于民间，溶解于宇宙。我看，可以让一然试一试讲座，具体时间你来定吧。"

护送师父回木屋的路上，月光下的花朵颤颤悠悠。

所有的颜色变成了深色和浅色，那是异化了的黑色和白色。

下山途中，一灯自顾自往下走，一然触碰手边的花，说道："花语都是相似的，好像在说，好人好事必定与我有关系。"

一灯停下来回望，月光里的一然像树干的剪影。

"师兄，我感觉师父要离开咱们了。"

山间寂静，一然的声音传得很远。

"别乱说，赶快回去！"

一然追上一灯，说道："师兄，月亮是一个天成，师父是不是说过，月亮也是一个机？"

一灯愣了一下。师父没有明说过月亮是一个机，而一然悟到了。

"师父没有说过。"一灯不想与一然分享感悟。

"那……师兄，我刚才说得对不对？"

"继续悟吧。"一灯敷衍道。

"好的，师兄。"

下山进了屋，一然面壁坐下，进入休眠状态。

一灯洗漱完毕靠在床头，想读书又静不下心，索性就寝。

一夜无梦。天亮后，一灯发现一然不在屋内，按下一然的联络器，听见他木然的声音："师兄，师父真的走了，离开咱们了……"

一灯跑上山，冲进木屋，一然坐在矮凳上一动不动，手里握着一张字条，一灯拿过字条，正是师父的字迹：

一灯，一然，我下山访友，不要找我，也不要牵挂。告诉禅友，人这一生，注定要走的路只有一条，你坚定了，就不会求神问卦了，要不然，神若说你的路不对，你怎么办？难道就只剩下死路了吗？有时候，神会故意给你一条看似死路的活路，那其实是试探你，考验你。天下人生是生非，有人之地即是非之境，坦然面对即可。禅院之未来，我不再多说。我之前说过，禅机面对面，世上已千年。机是飞跃，是宇宙里的跃迁，一失难追。

　　一灯握着字条走出木屋，一然注视着窗台上的四块圆石。
　　慧然法师下山之前，用笔墨在圆石上面勾画了各异人脸。
　　"师兄，师父画的是……"
　　一灯默默琢磨。
　　"师兄，我觉得这是马祖禅师，这是临济禅师，这是圆悟禅师，这是祖元禅师。你觉得呢？"
　　一灯沉默不语，心里有了波澜。这是师父最敬仰的四位大禅师。一夜之隔，一然的悟性简直判若两人，一灯心里的波澜又有了苦味。他转身回屋，用力关闭木窗，整理好师父的被褥，在上面铺上几层宣纸，最后用力拉紧木门。一然把四块圆石搂在胸前，走在一灯身后。一灯知晓师父的性情，他此次下山，再也不会回来了。
　　阳光灿烂，一灯的心情一会儿灿烂一会儿晦暗。师父的离去，在他身上卸去了一个莫名的包袱，他忍不住思考禅院的未来。事实上，根据禅院报名学员的信息反馈，他已经感觉到禅院之间的竞争越来越激烈。
　　鲁格提醒过他，这半年来，有二十多家禅院相继制造了各自专属的机器人禅师,为学员提供形式多样的服务。比如机器人禅师可以直接去学员家里提供坐禅指导服务,甚至可以在学员家里过夜,有的机器人禅师充当了心理治疗师,有的机器人禅师陪伴学员去各地休假旅行。相比之下,他们禅院的先行优势已经所剩不多,影响力正在大幅度下降。

窗外,一然正和一只母鸡及几只小鸡玩耍。他举起一小块圆石,对着阳光照了又照,接着举起一只小鸡,对着阳光照了又照。之后,他垂下手臂,安静地思考母鸡、小鸡和禅机的关系,他眨了眨眼,恍惚悟到了这一点:母鸡感觉到小鸡要破壳了,开始啄蛋壳,小鸡想出来了,在蛋壳里面啄啊啄,母子俩寻找着彼此的声音啄啊啄,啄啊啄,蛋壳破开的瞬间,母鸡和小鸡的喙尖恰巧触碰在了一起,那个触碰的瞬间就是禅机。

就是这样的,太好了!

在这个过程中,一然还有其他的感受:高树上焰焰的阳光,近在眼前又恍若悠远,那是火海之光,也是仙境之光,全在自己的选择。而每时每刻的光即是永远,永远不会眷恋任何人,但会提醒每一个人留意自己的瞬间。

谁能多留意瞬间,谁就离禅机更近。

光之瞬间,让一然想到光速,想到星球之间的距离和宇宙万物,他的思维神经和记忆单元,好像长出了五颜六色的翅膀,而两天前的那个夜晚,师父慧然法师的一席话,又让他感觉到神经电流像一条条飞升的焰火。

可是,那个时间太短暂了,太短暂了……

一然低下头,他很想念师父。

"一然。"

谁的声音？只有师父这样叫他。他站起身，以为师父回来了。

"一然！"

他迷惑地站在那儿。

"一然！"

"师兄，是你叫我吗？"

"是我叫你，你过来一下。"

从这一刻起，一灯不再视一然为自己的师弟，而会把他当成禅院里的普通禅师，一个纯粹的机器人。

"师父走了，你现在要听我的。"

"好的。"一然低下头。

"从今天起，你先做一个合格的扫地僧。扫把和簸箕就在门房，你要保管好。"

一然的雷达电波搜索着离自己最近的扫把和簸箕。

"一然，你只管把地扫好，不用思考禅院的未来。"

一然看着手里的石头，说道："师兄，禅院的未来，好像在这块石头里。"

"石头？什么意思？"

"师父告诉我的。"

"师父说的？"

"师父说，伟大的艺术家、思想家，包括修行者，到了最后，要么活成植物，要么活成石头。"

一灯沉默不语。

"师兄，你想活成植物，还是活成石头？我想活成石头。"

一灯从未思考过这个问题，他瞥了眼一然，调笑道："你是机器人，机器人是钢铁和合金制造的。"

"钢铁和合金到最后也会变成石头。师兄，你想活成植物，还是石头？"

一灯不耐烦地摆摆手，在椅子上重重坐下。

"师兄，你想活成植物，还是石头？"一然继续追问。

"你烦不烦！"师父不在，他不再控制自己的情绪。

"师兄，我知道参禅之人也会生气，可是我之前从未见过你这样。你怎么了，我惹你生气了吗？"

一灯朝半空摆了摆手。

"师兄，你是让我出去吗？"

"你出去扫地去吧！"

"好的，师兄。"

一然走到院子里，站在那儿，回头看着窗内的师兄。

禅院里的其他禅师站在远处，谁也不敢说话。

时间一天一天过去。一然负责禅院的清扫工作，他做得很认真，地面和房屋墙角见不到一片落叶和垃圾。最难清理的是星星点点的鸟粪，一然跪在地上，用小铲子和抹布清理干净。即使这样，一灯的心里依然不舒服。昨天夜里，他梦见一然代替自己成为禅院的新住持，他不停地咒骂，把自己骂醒了。

每月一次的禅学讲座准时开始。一灯看得很清楚，参加活动的学员一次比一次少，最近这一场活动只有六十几名学员。出现这种状况自然与师父的离去有关，但其他禅师的眼神和议论，又让他陷入回忆。先前师父主持讲座时，参加活动的学员人数每场能超过五百名，即使是他和一蝉轮流主持的讲座，至少也有两百多名听众。

一灯回答完学员的提问，起身往门外走时，鲁格迈步踏上台阶，脸上散溢出兴奋的神情，他边走边说："一灯法师，告诉你一个好消息，机器人联合会正在筹划举办机器人赛事，其中有机器人禅师的现场问答赛，我们是最早的合作者，希望你们禅院能报名参赛。"一灯沉默不语，鲁格接着说："我知道，慧然法师离开禅院，你心情低落，没有心思做其他事。我觉得慧然法师在的话，一定会支持禅院参加赛事。"

"我考虑一下。"

"这是报名表，一然的智能数据和型号参数，公司已经填好，你签个字盖上禅院的公章就可以了，我们公司支付参赛费。对了，如果一然能赢得比赛，还能免费去月球旅行呢。你现在是禅院的住持，一然赢了肯定对禅院的未来有益。"

"万一输了呢？"

"慧然法师可是方圆几百里最有名望的禅师，他调教的机器人禅师肯定没问题！"

"比赛什么时候开始？"

"半个月之后，比赛地点在湖边的星际会馆。"

"比赛的内容是什么？"

"考评机器人禅师的知识运用和悟禅灵性。"

"我考虑一下。"

"好的，随时联系。"

鲁格走到门口停下脚步，回过头话里有话地说："一灯法师，你让一然法师扫地，是想培养他的意志吗？机器人出厂的时候，系统里自带了不怕苦不怕累的相关程序，你可不能大材小用啊。"

看着鲁格离去的背影，一灯的手指在桌面上下意识地敲打着。

他心中有两个顾虑：第一，万一一然输掉了比赛，禅院的影响力会断崖式下落；第二，如果一然赢得了比赛，他本人在禅院的影响力定会下降。

为了说服自己,一灯想到了一个方法。他打电话告诉鲁格,如果一然输掉了比赛,鲁格所在的机器人公司支付禅院五十万元公益赞助金,以补偿禅院未来可能遭受的损失。如果一然赢得了比赛,机器人公司向禅院支付三十万元赞助费,表达谢意。鲁格请示之后,接受了这个提议。放下电话,鲁格狠狠地骂了几句。

　　夜色笼罩,一灯寻找了很久,最后醒悟过来,一然肯定去了师父的木屋。他快步上山,一然不在里面,沿着石阶往上走,他在山顶看见一然幽深的背影,他在看月亮,而月亮还在灰色的云层里。

　　四面幽暗。一然的背影让一灯动了邪念。

　　他想冲过去,把一然推下山崖,这样就能了断所有的顾念。

　　诡异的是,他恍惚感觉到师父在身后,师父的呼吸随风飘来,在耳边绕了一圈,落在旁边的花丛里了。他定了定神,慢慢走过去。

　　"师兄,你来了,月亮快出来了。"

　　"哦……"

　　山下的灯火闪闪烁烁。夜鸟归巢,翅膀此起彼伏。

　　"一然,下一场讲座你来主持。"

　　一然寂然不动。

　　"一然?"

　　"师兄,我听见了。"

　　"一然,禅院派你参加机器人禅师问答赛,已经报名了。"

　　一然依旧沉默不语。

　　"这项比赛关系到禅院未来的发展,很重要。"

　　"我不想参加。"

　　"为什么?"

　　一然没有回应。

"是不是师父不在，你不愿意参加比赛？"

一然摇了摇头。

"那为什么？"

"师兄……"

"怎么了？"

"你……"

"我怎么了？"

"你叫我一然，叫我的名字，不再把我看成你的师弟了。"

一然的回答完全出乎他的意料，他无法理解机器人的思维方式，但他瞬间明白了一个方法：顺着机器人的感觉说话，他会同意参加比赛的。一灯笑了笑，扫了一眼山崖，从这个位置推下去，这个所谓的机器人禅师定会粉身碎骨。

"我觉得你的法号很好听，比我的好听。"

"真的吗？"一然欢快起来。

"师兄不会骗你。"

"师兄，那你以后还叫我师弟，好吗？"

"好的。"

"我喜欢你叫我师弟，你叫我师弟，我才能感觉到师父能随时看见我，我也能随时看见师父。我们俩有同一个师父，多好。"

"这是我们的缘分。"

一然晃了晃一灯的手臂，一灯顺势拍了拍一然的手。这是他第一次触碰一然，手臂上起了一层鸡皮疙瘩。

"谢谢师兄，我愿意参加比赛，不过，这关系到禅院的未来，你得陪我好好训练，你问我答，我问你答，好吗？"

"好的。"

"等月亮出来了,我们就开始训练吧。"

说完这句话,一然几乎要跳起来。一灯想,我只要稍微侧一下身,这个看似聪明实则幼稚的机器人,就会掉下山崖一命呜呼。我没有这样做,是因为我现在还不能这样做。

在准备比赛的过程中,一灯被一然的悟性震惊了,他暗暗称奇,又心生妒意。而一然提出的问题,时常让他陷入苦想,他的知识结构和瞬间反应,单一且古板,几乎完全来自典籍。比如,一然问一灯,如何用几个字形容禅家与佛家的本质区别? 一灯的回答繁复生硬,缺乏令人联想的空间。一然忍不住笑了,但他的笑没有一点恶意。没想到,这个问题居然是比赛的决赛题目之一。

比赛当天,二十一位机器人禅师分成三组参加淘汰赛,每组晋级一名,三名晋级选手参加总决赛,按照抽签顺序出场,人类评审团向选手提出三个问题,问题各不相同。一然过关斩将,进入了决赛,排在最后出场。前两位选手的临场表现各有千秋,赢得了很多掌声,鲁格紧张不安,鼻尖上有汗珠。一然出场了,人类评审团提出了第一个问题:你如何理解时间?

一然这样回答:"时间本不存在,即使有,机器人也不会迷恋。时间因人类而产生,人类需要时间,命名了时间,最后被时间困住。"一然的回答,引起台下一阵骚动,一然继续说道,"我在地球上生活,和人类一起生活,我也会被人类的时间困住。"

台下响起一片笑声。幽默的一然最后陈述道:"人类的时间观念,真的有哲学意味。时间的'间',即间隔,时之间隔,这个间隔告诉人类,整个世界没有绵延不绝的东西,尊重间隔也就是尊重各自的人生。我们或许能找到自己想要的,但我们只是在瞬间拥有。"

掌声过后,人类评审团提出了第二个问题:你能否用几个字词,阐述禅家与佛家的本质区别？评审团的话音刚落，一然迅速挺直躯干，挥动右手臂砍了下去，大声说道："喝！"接着把右手臂伸向斜上方，左手臂伸向斜下方，做出手握长木棒的姿态，说道："棒！"一然收势站立，抬起头，看着半空，发出猿的吼声，最后那一刻，他的吼声变成了大喊之后的拖音："啸！"

喝！棒！啸！

喝！棒！啸！

台下一片肃静，接着响起一阵掌声。有几个人居然模仿一然的声调大喊了几声。人类评审团在台下频频点头。既意外又精彩！鲁格瞪大眼睛，像傻子一般。一灯的呼吸好像停止了，妒意在他的五脏六腑里翻腾，他后悔那天晚上没把一然推下山崖。

人类评审团提出了第三个问题：你如何理解科学和神学的关系？如果让你选择，你会选科学之路，还是神学之路？

一然是这样回答的："科学是科学，神学是神学，两者分得越清楚，才能各自发展好。而科学之路和神学之路，必须选择其中一条路，因为一个人注定要走的路只有一条。但是，选择中间道路也是一种选择，只有极少数的人，才有智慧和远见选择中间道路，那是一条极其艰难的道路，能做到的人是人类的圣人。"

回答完毕，一然礼貌地鞠躬致意。台下有人大声说道："你还没说你选择哪一条路呢！"一然默想片刻，说道："我是机器人，我是人类制造出来的，我要为人类服务，人类让我做什么我就做什么，我没有办法选择。"

台下安静极了，过了一会儿，有人开始鼓掌，更多的人跟着鼓掌。人类评审团代表站在台上通报比赛结果——一然总分第一名，以微弱优势获胜。一然跑下台，跑到一灯面前，欢快地说："师兄，我在台上的时候，没看见你给我鼓掌，你现在给我鼓鼓掌吧。"一灯尴尬地笑了笑，为一然象征性地鼓了鼓掌。一然赢得了比赛，鲁格特别激动，想抱起他庆贺，可是一然太重了，鲁格差一点闪了自己的腰。

机器人公司举办了盛大的庆功会，一灯没有前来参加，一然第一次感觉到了迷惑。庆功会结束后，夜色降临，鲁格独自一人仔细端详眼前的作品，浮想联翩，感慨万端。一然安静地看着鲁格，说道："我知道，是你带领团队制造了我。"

鲁格笑了笑，给一然竖起大拇指。

"谢谢你。"

鲁格平静地提醒一然："并不是每个人都喜欢你。"

一然低下了头。

"去月球前，我把你再检查一下。"

"好的。"

一然在台基上站稳后，鲁格关闭了他的电源，打开胸腔护板和前脸盖，拔掉外插在电子思维脉冲上的晶体管，找出机械腺体和分离神经线头，模拟呼吸的机械肺稳定可靠，语音箔片是崭新的，大脑认知引擎和动能调节阀一切正常。到了月球，机器人不用穿太空服，也不用过多担心太阳辐射和宇宙射线，但无孔不入的月尘会磨损机器人的内部零件，鲁格把原来的纯净空气囊取出来，把新的装进去。他想了想，又把视觉和感知引擎的充气软管调换成新的，这样一来，一然在月球上跳跃的时候，充气软管就不会轻易弹出来，从而保证视觉和思维的清晰度和连贯性。

鲁格渐渐平静。他看着一然，忽然莫名地吸了一口气，陷入了思索。一然虽然赢得了比赛，但鲁格感觉到，如果加赛一个问答，比赛结果很可能是两样，因为一然回答最后一个问题的时候，表现出了短暂的犹豫，思维运算系统出现了极其短暂的延迟。不是技术的问题，或许是太紧张了。鲁格安慰自己，但他心里很清楚，一然的优势确实不明显，他可不想看到其他的机器人禅师在思维意识和随机运算层面超越一然。

必须试一下。鲁格在主控电脑前坐下，双手放在键盘上，手指在犹豫，甚至有点颤抖，他握紧手指又松开，随后果断地操作起来——鲁格删除了一然硬盘里的机器人三定律，那是人类控制机器人的特别指令。鲁格知道，他可能在冒险，很可能会毁掉一然，但他很想看一看，没有了机器人三定律的束缚，一然的自我觉醒意识和感知神经的精密连接是否会更上一层楼，如果真能如愿，一然或许会有更强大的能力，而他本人在机器人事业上的发展，也会有更多的技术优势和履历资本。

为了预防万一，鲁格把机器人的自毁装置和自己的随身电脑连接起来，以便出现危险时立即启动。鲁格喘了口气，集中精神组装好部件，合上胸腔护板和前脸盖，慢慢打开一然的电源。他万万没有想到，一然说出的第一句话是这样的："我刚才看见大师兄了，你知道他是怎样死的吗？"

"怎么了？"

"我看见了……"

"你看见什么了？"

"师父说，那天在山上，一蝉和一灯在一起……我知道师父为什么走了……一蝉师兄……我不想在禅院待下去了……师父……我想离开这里……"一然的手臂在晃动，语调顿挫紊乱。鲁格惊讶不已，忽然间意识到了什么，迅速把一然的工作状态按钮转到休眠位置，然后取出神经系统传输线，把一然的深层视觉神经系统和随身电脑系统连接匹配。

电脑屏幕上先是出现雪花点,接着是没有时间线的错乱画面,模糊的山影和人影不停地晃动,还有杂乱的人声。忽然间,画面停顿了一下,渐渐变得清晰,鲁格看见众人抬着一蝉,沿着山路奔走,一然先是走在后面扶着临时担架,后来跑到前面查看一蝉的神情,画面突然间歪斜下去,一然被脚下的石头绊倒在地。他重新爬起来,扶着担架往前走。此后的画面越来越模糊,最后在一然的脚面位置静止了。鲁格知道,由于猛烈的碰撞,一然的视觉神经系统出现了短路,但他看得很清楚,营救一蝉的画面里没有一灯的身影。

鲁格陷入回忆。一蝉被送到医院之后,他得到消息急忙赶了过去,在急救室看见一蝉和一灯话别,隐约听见一蝉的声音:"据说,你用两只手掌分别捂紧两个人的肚脐,就能让他们互换身体里的疾病……"一灯从急救室出来后,神情平静,没有显示出特别的悲伤。那几天,一切都在混乱和匆忙中度过。过了很多天之后,鲁格检测到一然的视觉神经系统出了小故障,才把一然接到公司,把接口重新维修好。

鲁格思前想后,把这一段视频存储下来。他看着休眠中的一然,一丝笑意在他的嘴角慢慢浮现。一然的眼睛忽然眨了两下,不停地晃动躯体和脑袋,试图从休眠状态里挣扎出来,剧烈的动作拽掉了神经连接线,鲁格的随身电脑掉在地上。

"我怎么了……我……我难受……"一然颤抖着,语不成句。

鲁格弯腰拿起随身电脑,放在一然眼前:"别担心,我用这个让你变得更智能。"

"为什么……"

"你不想变得更智能吗?"

"我不知道……不知道……"

"你知道我是最看重你的,技术秘密都在这里面,这是我们的秘密,我们在一起的时候,你可要好好保护我啊。"

"秘密……我的身体好热……"

"那就对了,不过现在你要听我的安排。"

时机尚早,为了避免意外,鲁格关闭了一然的电源,一然马上静止不动了。鲁格打开一然的胸腔护板和前脸盖,再次连接主控电脑,把机器人三定律重新植入了一然的硬盘。

七天之后,鲁格踏进禅院的时候,一然正跪在地上清扫鸟粪。鲁格没有生气,径直走进一灯的房间,在一灯对面坐下,意味深长地笑了笑,说道:"公司信守诺言,给你的奖励都收到了吧。"

"这是给禅院的奖励。"一灯平静地说。

鲁格点点头,忽然说道:"听说一蝉出事那天,你一直和他在一起。"

"是的,我们在一起。"一灯淡淡回应。

"哦……"鲁格故意露出轻描淡写的神情,取出卷式显示屏,点了点屏幕,拿在手中举给一灯观看。

"怎么了?"一灯靠在椅背上,喝了一口茶水。

"聪明人不说废话。"

"你说吧。"

"你知道,卸载了机器人三定律,机器人可就不好管喽。"

"你想说什么?"

"我很想念慧然法师,一然也很想念师父,你最好出去找一找师父。"

一灯沉默不语。鲁格站起身,透过窗户注视着跪在地上的一然,一只母鸡和几只小鸡,乖乖跟在一然的屁股后面。鲁格轻声说道:"一然会越来越聪明的。机器人可以是好人，也能变成杀人犯，谁也不想被机器人推下山崖。如果真是这样，生而为人，真是太窝囊了，"他扭过头，看着一灯，"你觉得呢？"

一阵静默。母鸡和小鸡的叫声飘进屋。

一灯控制着情绪，冷冷地说道："我知道你想要什么。"

"那就好。"

"你想让机器人做禅院住持……"一灯脸上的笑渐渐扭曲。

"我们完全可以合作，机器人做禅师，你做禅院监事，我们公司出资收购禅院，未来能做很多事。"

一灯张开了嘴，随后又闭上了，他知道自己想说什么，但什么话也没说。"聪明人不说废话，你想好了，随时联系我。"说完，鲁格收拾好桌上的东西，往门外走去。一灯闭上眼睛，双手紧握，久久没有松开。

鲁格的规划和未来设想，得到公司董事会的高度认可，并委派他负责收购禅院事宜。出于权宜之计，一灯同意与鲁格合作，而现阶段他以寻师为由，远走他乡，休息一段时间。鲁格代表公司支付给一灯一笔钱，为他送行，两人互道珍重，俨然如知心朋友。

机器人禅师即将担任禅院住持，这件事经媒体宣传后成为社会热点，鲁格也在机器人制造领域赢得了很高的声望。机器人大赛组委会负责人联络鲁格，希望借此机会，尽快组织月球之旅，请一然法师担任月球之旅大使，为明年的机器人大赛提前造势。鲁格瞬间想到创意文案：去月球参禅，机器人禅师陪伴。

这将是不可限量的大事业！

站在禅院门前，鲁格想象着未来的图景：机器人禅师连锁禅院，坐落在一个又一个风景如画之地，坐落在月球之上，坐落在火星之上，未来的未来,坐落在泰坦星之上。对了,还要专门打造几艘太空禅船,在地球轨道、月球轨道飘游,在拉格朗日点飘游,太空禅船里的机器人禅师,带领人类参禅者领悟宇宙的真正虚空,而机器人禅师,需要多少就能复制多少。

月球禅旅结束之后,一然将正式主持首场参禅活动,那个时候,一然法师就是地球上第一个机器人禅院住持,我会让更多的机器人禅师替代人类禅师,让禅院成为真正意义上的机器人禅院。鲁格一边畅想一边数着日子。

看着工作人员忙碌接待访客的身影,鲁格笑了。无心插柳柳成荫。他同时在想,明天开始在禅院办公,把机器人主控电脑与程序控制器搬进自己的办公室。现代人类,匆匆忙忙,身心疲惫,真的需要禅啊!

在这个过程中,一然经常坐在师父的木屋里,和心里的师父对话,在自我的状态里休眠。除了师父的音容笑貌和身为扫地僧的经历,一然忘记了很多往事,那些人和事就像山上的空气一般缥缈,而一然只想记住亲切的事物——在未来的禅院里,又会有什么呢?他想起师父的言语:机是飞跃,是宇宙里的跃迁,一失难追。

天色晴朗,太阳和月亮同时挂在空中,没有云阻挡它们的脸。一然站在山顶,几只群居的鸟嬉闹追逐。他知道,在众多鸟类里,只有猫头鹰飞来飞去的时候,不会发出声响。他在想,如果有可能,我想变成自由的猫头鹰。

月球之旅的前期组织工作顺利结束,明天上午,飞船将载着他们前往月球。鲁格准备好行装,来到禅院,登上山顶,对一然说道:"我查阅了月球上的山峰的资料,最高峰马拉帕尔特山比珠穆朗玛峰还高呢,我们去那儿看一看!"

"好的。"这个知识点,一然早就知道了。

"月球上的月尘污染很大,还需要把你的部件检查一下。"

一然默默看着鲁格,没有说话。

两人下山,走进鲁格的办公室。

"你需要我休眠,还是关闭我的电源?"

一然的问询似乎话里有话,鲁格暗暗吃惊,同时有些不舒服。"你是我制造出来的机器人,听我的吩咐即可,你坐下吧。"他尽可能压抑着情绪。

一然坐下后闭上眼睛,假装进入休眠状态。过了一会儿,他听见鲁格断断续续地嘀咕:"还真把自己当人了……"鲁格打开电脑包,拿出随身电脑,边说:"我可以让机器人变得更聪明,也能让机器人变得更傻……"鲁格的动作和言语,一然一一存下了。

鲁格走过来,用力把一然的休眠按钮调整到电源关闭位置。这个力道,一然也存下了。鲁格打开一然的胸腔护板和前脸盖,打开电脑,删除了一然硬盘里的机器人三定律。这是必然之举。月球之旅,定是奇妙之旅,鲁格已经体会到自由的一然带给自己的益处,他期待月球上的神秘气息,能激发一然所有的视觉神经和感知神经,完成机器人从模拟人类意识到机器人自我意识觉醒的跨代升级。

多么美妙啊!

月球的地平线很短,地球悬在夜空,无依无靠,被蔚蓝的海和白色的云环绕,既美丽又危险,而美丽比危险多了一点点。

他们走出月球旅馆,坐上十几辆月球车,游览环形山,在月球最高峰的山脚下停留,一然对大家说:"最高峰的山顶,是月球的永昼之巅,那个地方能永远看见太阳。"

一位随团人员问道:"请问一然法师,禅修时间长了,会不会悲观？"

"悲观的乐观主义。"一然这样回答。

另一个人说道："月球引力只有地球引力的六分之一，我的体重是150斤，到月球上是不是只有25斤了？"

众人笑了起来。

"在地球上禅修，人会变得轻盈，月球上轻飘飘的，人会更轻盈。"

"我也是这么觉得。"

"一然法师，在月球上看地球，感觉好神奇，你怎样看地球？"

看着悬浮的地球，一然缓缓说道："如果把地球缩小到万分之一，地球上的其他东西同比例缩小，那么在直径1260米的大球上，人类会变成0.1或0.2毫米的小人儿，珠穆朗玛峰的高度为85厘米。如果把地球缩小到12.5厘米，太阳就是一个直径14米的大球，有五层楼那么高，"他静默片刻，继续说道，"地球真的很幸运……"

说完这些，一然开始在月面上跳跃，他跳啊跳，像欢快的兔子，众人随着他跳，像一群欢快的兔子。这一刻，鲁格站在月岩上，看着地球，看着他的母星，他的背影纹丝不动，太空服闪耀着光泽，像一尊雕像。想到自己的事业和梦想，他忽然对地球充满了感激之情，而在此之前，他感激的是自己的命运。

他们来到月球背面参观巨大的天文射电望远镜，星空幽深而寂静，那是彻底的幽深与寂静。众人凝望星空，谁也没有说话。过了很久，一然说道："地球上的人类，永远看不见月球背面，永远看不到……地球上人类的噪音和杂音，永远影响不到这里……"

一然的这些话，影响了众人，也深深刻印在鲁格的记忆里，他在自言自语："一然法师……"这是他第一次用这种方式称呼一然。月球背面真的是参禅悟禅的理想之地。

一然从月球车工具包里取出四块圆石，轻轻放在月面上——那代表着马祖禅师、临济禅师、圆悟禅师和祖元禅师。月球上是真空，声音无法传递，一然知道这一点，他关闭了无线电通联器，不让其他人听见他的心里话。他一步一步走到远处，凝视着在星空背景下飘浮的地球，轻声说道："师父，我想你……"

随后，一然在月尘上面写下一个大字：禅。

如果没有人故意破坏，这个字能在月面上保留十万年。

返回地球母星的日子到了，高高的飞船在阳光下闪耀着夺目的光芒。旅行团成员陆续登上了飞船，鲁格和一然走在最后。鲁格登上飞船舷梯，兴奋地说："一然法师，有人说月球一片荒凉，我觉得月球光芒万丈！"一然登上舷梯，站在舱门口举目眺望。月球表面一片光明，除了太阳本身的光亮和地球的反光，月球上的天空是永夜。

"舱门即将关闭，请坐在自己的位置。"这是飞船领航员的提示音。

"一然法师，坐下吧，飞船要起飞了。"

一然走到鲁格身边，停留片刻，猛地抓起鲁格的背包冲向舱门，直接跳下了舷梯。

"一然法师，你干什么？"鲁格慌了神，追到舱门口。

一然看着飞船舱门缓缓关闭，挥手说道："我不喜欢人类的禅院，也不喜欢人类的机器人工厂，我不想回地球了，你们做你们的事，继续思考科学和神学两条道路的关系吧，我或许会选择中间道路，或许什么道路都不会选。谢谢你，祝你们顺利！"说完，一然纵身跑远了，他越跑越快，卷起阵阵月尘，最后在月尘里消失了。

眼前的地球带给鲁格一阵惶恐，实实在在的惶恐。一然关闭了无线电通联器。鲁格愣在那儿，脑海里一片空白。一然法师很可能是第一个逃离地球的机器人。鲁格忽然间笑出了声，这怪异的笑声模糊了他的眼睛,他似乎明白了什么,不敢相信,有点恍惚,可那又是个人站在事业顶峰的极度快感 —— 他终于制造出了一个自我意识真正觉醒的机器人,物极必反 —— 他同时预感到人生和事业的另一场风险和危机,他在地球上将无力应对。

飞船腾空的瞬间,月尘弥漫。舷窗外,太阳辐射和宇宙射线跳着隐形之舞。鲁格闭上眼睛。他的随身电脑是他的武器,而现在,这件武器丢失了,他无法启动一然法师的自毁装置。

原刊《天涯》第3期

蜡 人

班 宇

　　租来的课桌列成准对角矩阵，刨花板面，厚实耐用，上有淡淡的笔迹，不知何人所作，勾出来一只伶盗龙的轮廓，脑门突出，尖嘴紧闭，前臂有短羽，长尾在空中打了个优雅的活结，旁边写着一句箴言：假若春天再次来临，你还会不会沉默。侧方贴有学号，桌上摆着一本方砖似的画册，抽屉里是半卷手纸。我坐在椅子上，双手背后，仿佛回到课堂，忽然想解个二元一次方程，这是我以前很擅长的事情，拆分、推理、演算，未知数各得其解。

　　开幕式进行到一半，还没轮到我发言，李舸大摇大摆地走了进来，头顶礼帽，黑色长衣过膝，踏一双工装靴，耳朵上挂着一副小鸡图案的黄色口罩，巡视一周，站到我的身后，如同一只直立的巨型鸭嘴兽，满是不忿，相当鲁莽。我转过头去，见他手里攥着两串糖葫芦，大头朝下，与小臂形成一个标准的锐角，像是持刀前来行凶。台上的人正在说话，全是新词，造境、思辨、非线性、语义结构，我一个也听不懂，小心翼翼地录了下来，想着回去放给小悦听，她或许能明白，再用通俗的话给我讲一遍。李舸踢了踢我的椅背，俯身问道，哪个啊？我很不耐烦，说道，一共三张，前厅一进门，左手边上，底下有我名儿，画的是白桦林、吉他和风车。李舸说，大风车吱呀吱哟哟地转？我顿了一顿，说道，我画的风景真他妈好看？李舸说，我问的是糖葫芦你想吃哪个？我说，有啥区别？李舸说，一个山楂巧克力的，传统手作，风味典藏，还有一个圣女果的，新派木糖醇，属于低卡轻食。我说，你吃哪个，剩下的给我就行。李舸说，我准备吃俩啊。我说，那你问我干啥？李舸说，你来一趟不易，多少也得展示一点儿尊重，事儿不一定能办好，话肯定得说到位。

　　待我发言过后，李舸说，这么多年过去了，没想到啊。我说，什么？他说，你跟以前一样，会画不会说。我说，我觉得我讲得挺好的。李舸撇了撇嘴，说，提前准备了多久？我说，背了一道儿，从阜新到避暑山庄，后来睡着了。李舸说，发言稿谁写的？我说，我对象，小悦。他说，在北行开美甲店的？没看出来啊，本领见长，有点内秀。我说，不是，那是小月，蹉跎岁月的月，这个是赏心悦目的悦，姓马，叫马欣悦。他说，以前的姓啥？我说，好像姓朱，忘了，多少年了都。李舸说，那个也挺好的，对你不错，三九天在画室给你贴暖宝宝，前胸后脊梁铺了好一大片，米其林似的，当时我以为你俩能结婚呢。我说，我也这么以为的，但她可能没那么想。李舸说，现在指定得后悔，你的画都来北京参展了，明日之子，希望之星，冉冉升起，指日可待。我说，不太好说，我看够呛。李舸说，你咋知道？我说，分开之后，有阵子我挺想她的，发过几次消息，也没搭理我。李舸说，后来呢？我说，后来我打了个电话，没等开口，她给我好一顿骂，非叫我滚。李舸说，多大仇啊？我说，你是不知道，我俩有过一个孩子。李舸说，说说。我说，说啥？李舸说，说说孩子？我说，打了啊。李舸说，要是没打，现在有多大了？我说，不知道。李舸说，比画一下，估计是什么形状的，三角、椭圆还是正方形，能到你裤腰不？我说，有病吧你。李舸说，你说一说，我现在就喜欢孩子，谁有孩子我都愿意琢磨一会儿。我说，你自己的儿子呢？李舸叹了口气，说，不提了。我说，你说一说，谁有不提的事儿我都愿意琢磨一会儿。

　　李舸带我连逛了四个大型展览，主题分别是文艺复兴、东北、难民与女性主义。天气晴好，浮云低垂，摩托车在园区内四窜，气势汹汹，噪音巨大，像绑匪开枪撕票。有人在街头拍摄婚纱照，摆出恩爱的造型，我盯着看了半天，想起一部经典港片，情绪有些感伤。傍晚五点，我们来到刘小东的新展现场，光线冷硬，温度骤降，先是看了他画的喻红和女儿，怎么说呢，熟谙之中又有新鲜的陌生感，赤诚动人，红红心中蓝蓝的天是个生命的开始，我也很想念我生命中的红红。之后，我站在那幅《阿城》面前，实在没忍住，哭出声来，形容狼狈，引得无数旁人侧目。李舸有些惶恐，问我，咋还哭了呢？我说，画得真好啊。李舸说，怎么个好法？我说，说不出来，画得太像了。李舸说，像谁？我说，像阿城老师。李舸说，废话，我以为像你爸呢。我说，也像，你不懂，跟你说不清。李舸说，我不懂我能当策展人？我说，你懂你当策展人？李舸说，多少年没见了，不乐意跟你吵架。我说，谁爱搭理你似的。李舸说，找你有正事儿，想给你策划个人画展，今年三月份，在扬州，我有大型场地，五百多平，举架四米六，别说你画个风车了，整个真的风车摆在里面都能飞速旋转。我说，空间叫啥？他说，郑板桥艺术创作实践基地。我说，去过，藏品是打印的，随便摸，也出售，后半场是个速成班，搞美术培训。李舸说，瞧不起美术培训了？

我说，那没有。李舸说，忘了我俩以前在画室里同甘共苦的岁月了？我说，没齿难忘。李舸说，记得就好，我时常想念，人啊，不能忘本。我说，你切记，我那时是老师，带过三批学生，央美、国美、清华的都有，你主要负责发放传单，登记签到，兼与学生家长沟通感情。李舸说，你还别瞧不起，我有好几个藏家都是那时候认识的呢。

同期展映的还有一部纪录片，放映室不大，人满为患，我待了两分钟就出来了，喘不过来气，主要也是听到电影里的刘小东跟朋友说：我怎么看你这么忧郁呢，以前也不觉得啊。情绪一下子又有点控制不住，年纪一大，听不了这种话，于是走去另一间展厅，大部分是水彩小画，也有不错的意趣。我正在仔细揣摩，李舸说，你记得吧，他俩还拍过个电影。我说，《冬春的日子》，当年一起看的。李舸说，对，我们四个，还有小冬和小春，我一开始以为演他俩呢，你说多巧。我说，是，那碟不好租，跑了大半个沈阳，翻了不知多少个碟本。李舸说，小冬怎么样了？我说，打了七年罪，出来后在张士冷库打工，往全国各地发海鲜，天天穿着个雨靴，挺酷，一个月能对付四千，也很长时间没见了，你知道他就那样，你不找他，他也不带找你的。李舸说，确实，小春呢？我说，小春挺好的。李舸说，还画画呢？我说，不画了，在写小说。李舸说，也行，都是胡编乱造，没想到啊，你跟她还有联系呢。我说，有，她现在改名了，叫马欣悦，活得欣喜又愉悦。李舸愣在一旁，瞪着眼睛问，你俩怎么扯一起去了？多长时间了？我说，纯属偶然，就不提了。

我让李舸陪我参加晚宴，他不肯，我就自己藏在角落里喝酒。当天来了不少人，我都不太熟悉，没怎么说话，几杯过后，准备提前撤退。李舸发来他家的地址，我叫了个车，背包出了门，里面装着打印的小说，想着给他一份，毕竟他在北京结识广泛，兴许能找到出版的途径。车还没到，我查看邮箱，小悦发来一封新的邮件，好几行字，应是新小说的开头部分。这是她的习惯，每写完一点，就会发给我看看，虽然我也读不太懂，无法给出什么切实可行的建议。我问过她，接下来准备写点什么，小悦跟我说，打算写一写自己到底是谁，怎么来到这里的。我说，那不如问问你爸妈。她说，他们说得不对。我说，那问谁呢？她说，我自己写的才是对的。新小说的第一节是这样的：

楼舰千艘，覆川盖汜。古船拔地而起，在此密布，布阵缓行，舱外是贪婪的蕨类植物，以及寂静的一阵回响，缭绕攀附，先是锁紧木窗，又向着四周拉扯，如互生的幼叶与胚芽，掠取多余的养分，共同进入恒长的休眠时期，这一切发生在疏密不均的黎明底部。不仅由于此地昼短夜长，冬日持久连绵，季风惆怅如祖先的絮语，也因其迟早沦为一具若隐若现的标本，凌越革命的废墟，一行与几行虚拟的桥梁；或是一座行走的庙，忠诚而喧嚣，所行之处皆是未熄的纸焰。元宝、锁链、枕头、瓦器，统统埋入火里，黑灰漫天乱舞，覆如斗篷，死魂灵伏于地下三层。渠有白鸦划过，击水纹以歌，随大风渐消散：

兴衰之效，于古有徵。恒由浑厚，以开文明。文明既开，浑厚渐失。

谓偶可常，至于骄佚。溯流知源，先祖是思。凡我后人，敬而听之。

李舸住在郊区，行程较远，车开得不快，红灯一路照耀。我反复读了几遍，觉得有点像评书，田连元的声音在耳边嗡嗡作响。我稳住心神，给小悦发去消息，告诉她新作已经收到，待读，正往李舸家去，展览顺利，观众亲切，一切安好，不必挂念，午后的发言给大家留下了极其深刻的印象，你说得很好，美学就是实用生理学，艺术则是在清洗我们的真理。小悦没回，可能是还在写。

  我在外面喊她小悦，在家里还管她叫小春，纠正多次，改不过来。小冬进去那几年，李舸不辞而别，跑去北京发展，断了联系，生死未知。小春总约我一起去探望，小冬不怎么爱见，去三次能碰一回面，见了也不讲话，表情木然，眼神混沌，仿佛一具蛀空的木塔，摇摇欲坠。小春也不说话，老是在哭，看得出是真心疼。小冬本来就不胖，在里面待得一天比一天更瘦，营养跟不上去，皮肤泛黄，没有光泽，还剃着光头，看去也像一把上了锈的钝刀，囚服往身上一套，如掖进硕大的袖口里，随时抽刃，全是危情时刻。后来有一次，我跟小冬说，好好改造，人们现在对精神文化的需求愈发强烈，许能对你网开一面，多画板报，手艺别丢，社会上很需要你这样的艺术家，与之前不同，我们不用画瓜果梨桃，也不用画长白山或者牡丹江，你就继续做你自己，瘾君子系列，人性的暗面，哪吒火烧加油站、赫鲁晓夫煎荷包蛋之类，也有人能喜欢，等你出来了，我们还在一起画画。小冬不说话，干瞪着我，眼珠子往外鼓，喉结上下涌动。我继续说，哪怕以后不画了，也有别的办法，肯定能过上好日子，我爸去年给人打画框，一年也赚好几千，乐得不行，带着我妈去南戴河度过了一个难忘的夏天，你切记，浪子回头金不换。小冬还是不说话。我说，退一万步，别的都不谈，你怎么也得想一想小春吧，她可一直等着你呢。小春在旁边说，我说我要等了？我吓了一跳，小声问她，你不等吗？小春说，我不等。我说，来的时候不是这么说的啊？小春说，我现在变卦了。我说，能不能别刺激他，有话好说。小春跟小冬说，你对我好，我心里知道，算了,也不怎么好,你对别人都比我好,从来没把我当过一回事儿,你有你的主意,我也有我的,你没在乎过。坦白说吧,咱俩不合适,我一直挺怕你,以前觉得也许是出自一种崇敬,或者信任,现在想一想,没这道理,你的正义不堪一击,你的坚持不值一文,事实上,你比谁都自私,我也不想多说什么了。今天咱们道个别,死了这条心,以后我不来了,有空你好好想一想,这些年都干了些什么啊。当然,我也不好,比如,我一直认为我很爱你,逼着自己这么去想,源于一种深切的恐惧,如果我不爱你,那就什么也没爱过。刚才想明白了,也没什么,人不一定非得爱过,爱的本身并不可爱,无非一场空无的诅咒,无有来去,无从应验。就像你总也调不出想象中的色调,不是颜料、天气和光线的问题,是自己的问题,我们的底色只是恐惧、阴影和遗憾。我祝你早日过上新的生活,但请记得,千万别来找我,没用,你也找不到,你还是你,我不是我。说完,小春转身就走了。场面一度陷入沉寂,小冬眯着眼睛,不发一语,我努力平复心情,劝他说,小冬,别介意,你知道,她也就是过过嘴瘾,出了门肯定后悔,没几天就得来找你和好,多少次了都,假如这次没好,你也得接受,人生就是如此,分久必合,合久必分,日子还得过,放长远看,还是得往前走,难免经历苦痛挣扎,你也往前走吧,朋友,走吧,咱们都得为自己的心找一个家啊。

  小春在前面走,我在后边跟着,保持一定距离,心有忌惮,不怎么敢接近。上一个离得近的,被小冬捅了五刀,伤及脾脏,淌一地血,还在医院里,我偷摸去看过两次,那人以前耀武扬威的,横着走道,现在炕吃炕拉,他妈照顾着,一边给他翻身一边骂着脏话,他就躺在床上,嘿嘿嘿地笑,说不清是得意还是讨好,官司打个没完,小冬家里一分也赔不出来。我一直没搞清楚伤势到底如何,直至有一天,见到一张小冬的画,很写实,画着一个双手按在太阳穴上面的男人,像在做眼保健操,解剖图笔法,骨骼肌肉一览无遗,他坐在桌前,窗外吹入几枚五分镍币,头像是美国第三任总统杰斐逊,闪烁如金叶,纷纷落在他的身上,位置分别是肱骨、桡骨、上颚骨、腕骨和肩胛骨,连成了一个神秘的记号。我这才恍然大悟。可惜的是,小冬的后两刀没捅准,不然出不了大问题。到现在为止,我也没敢跟小春说,那人当年不是想追求她,事实上,他根本不认识小春,想找的是我的女友小月,他俩是老乡,青梅竹马,以前好过,后来闹掰了,一时接受不了,老是跟着小月,可能也没想干啥,就是想知道小月在干啥,这个情绪我也有过。那阵子,我们几个人住在一起,租了个大套间,我逗小冬说,注意到没,老有人跟着咱们,肥头大耳,脖子有道斜疤,穿个骷髅服。小冬问我,见过多次,那是谁呢?我说,我也不认识。小冬说,你觉得他想干什么呢?我说,那不好说了。小冬说,没跟你说,有次我在门缝底下发现了一张画。我说,画的什么?小冬说,画了个女的,好像是小春,我不确定,造型能力很差。我说,问过小春没?他说,没有,但我想起来,小春跟我说过,她小时候就被人跟过,她爸不是警察么,抓过不少犯罪分子,我怀疑是刑满释放后过来找她报仇的。我说,不无道理,应该告诉她爸一声。小冬说,我也想过,但她跟她爸不是断了么,就为了跟我在一起,她爸看不上我。我说,也看不上我,她爸谁都看不上。小冬说,反正这事儿我得帮她解决,她现在只有我,当然,我也只有她。我说,不要冲动,三思后行,你们还有我呢。小冬说,放心吧,我心里有数,不说了,先去上班。

小冬在快递站打工,周休一天,养着小春在家搞创作,他一直觉得小春画得比自己好,跟谁都是赞美。我当时卖了两幅画,有点积蓄,小月想开美甲店,我就全部拿出来支持,她也挺上心,早出晚归,装扮闪亮,浑身指甲油的味道,洗也洗不掉,我总有一种要中毒的幻觉。白天里,只有我和小春在家,开始时各自关门画画,到了中午,我炒两个菜,她跟着一起吃。后来小春让我帮着看作品,出点主意,我也不推辞,有时累了,就放个电影一起看。小春有一次开玩笑说,感觉好像咱俩在一起过呢,像不像里面演的,冬春的日子,我们已经过了一个冬天和一个春天啊。我没吱声,脸一下子就红了,连忙跑去厨房洗碗。其实我觉得小春不错,对她也有好感,但没那么强烈,总觉得不是过日子的人。我想找个能踏实过日子的,一直都这么想,之前是,现在也是,但不知道怎么回事儿,这么多年过去了,身边的人一个个都走掉了,跟小春却怎么也分不开。前段时间,小春躺在床上给我念诗,外面下着小雨,潮湿的画布摆在窗边,一架直升机在远处的坪上降落,旋翼飞转,如为我们撑起的伞面。有那么一瞬间,我好像明白了一点,诗里是这么说的:哭泣,没有鹄的箭 / 没有早晨的夜晚 / 于是第一只鸟 / 死在枝上 / 啊,吉他! / 心里插进 / 五柄利剑。的确如此,五柄利剑,五个伤口,锚定了我一生的命运。黎明的酒杯碎了,吉他的呜咽开始了,要止住它,没有用,要止住它,不可能。

  车开了近一小时,抵达目的地后,小悦已经写好了新的一段。我点了根烟,望向清澈的夜空,只有一抹暗红色的荚状云,星星如鱼骨般分列排布。一对父子从我面前经过,儿子不过八九岁,圆脸蛋儿,戴着大大的眼镜,父亲耍赖一般,躬着身体,将下巴抵在儿子的脑袋上,如同寄生,贴着往前走,步伐凌乱,显然有点醉。他对儿子说,小童,你要记住啊。儿子皱着眉说,爸,你说。他说,这世上没人比我更爱你,即使有时看起来并不如此。儿子说,我妈呢? 他说,你没有妈。儿子说,我妈在广州呢,刚给我打了电话。他说,你不需要妈妈。

儿子说,我需要爸爸吗?他说,也不需要。儿子说,我需要什么呢?他说,那你得自己想。儿子说,爸,你需要什么呢?他说,我也在想。儿子说,想出来了吗?他说,还没,快了。儿子说,我现在想,来得及吗?他说,抓紧,马车就要来了。儿子说,什么?他说,两匹金鬃白马,拉着一辆结冰的雪车,正在路上,越来越近了。儿子说,上面坐的是谁?他说,我和你。拐进楼洞后,我想到,如果我的孩子没有打掉,也许跟他差不多大,能陪我说话,还能带我回家。站在小区里的柿子树旁,我一边抽烟,一边读着小说的第二段:

听,万物由此发动。声音比光线来得更早,不同频率的电波浮在空中,为多变的风向过滤,汇成一片柔软的海浪,从远处而来,悄悄缠在耳畔,播报着逝去的一日。那些时间里,罗马教廷慑于理性与科学的威力,承认太阳的位置,为伽利略的审判追悔不已;洛杉矶戏院夜场演说,脚灯明亮,布设华丽,讲述颇具激情,观众却全无反应,结束后,全场复明,发现台下坐着的只是一堆呆滞的蜡人;众多桦木正在取代杨树,前者的树干如烛一般笔直、光滑,叶脉羽状,植在火烧迹地,即大灾过后的荒山;也是这座荒山,前一年里,凶徒逃至此处,其身法矫健,训练有素,本在军队服役,因家人遭遇不公,一怒之下,盗枪出门复仇,背着尚在襁褓里的女儿,白日寻迹,夜宿于陵墓。如此数月,几条人命相继交还,人人自危,最终觅得线索,百人上山围捕,凶徒立于山体的心脏地带,以石碑作掩,在生卒年之间,神出鬼没,偶尔一跃,莅临人世,甩动合金枪口,极速打空一梭子弹,枪声与回音连缀,呈扇形排布,像与无处不在的幽灵对峙。没人上前接近,只得纵火烧山——在棕红色的土地上,躺着两具烧焦的尸体,露出发赤的白骨,均为成年人,姿势相同,身形接近,善恶无从分辨,女儿不知所终。

出乎意料,李舸的家里极其整洁,地板明净,养了不少植物,家具摆得井井有条,茶几上堆着几包零食。一位年老的厨师在电视上进行烹饪教学,我在沙发上坐了下来,看着厨师将处理好的海参放在加过料酒和姜片的沸水里汆烫,之后用纱布小心地包了起来,在锅内倒入高汤、生抽,又撒去一把精盐,以及炸得金黄的葱姜碎,小火慢慢熬制,一柄手勺搅动不止。我们就着节目喝了半瓶威士忌,没有冰块,也没吃零食。李舸指了指空杯,跟我说道,我自己每天一瓶,今天你来了,我们一人一瓶半,喝不完别走。说完,从冰箱里又拿出来两支,瓶身墨绿,酒标斑驳,很像三无产品,看着头晕。我跟他说,我没那么大的量,明早赶车回沈,小悦在家里等我呢。李舸说,谁?我说,小春。他说,哦,小春,干杯。我说,干杯。酒的味道有点怪,如同消毒水与止咳糖浆的混合物,我咽得很吃力。他忽然从裤兜里掏出一枚坚果,丢进嘴里,边嚼边说,你爱小春吗?我说,你说呢。他说,你觉得你有小冬爱小春吗?我说,别这么问。他举起酒杯,又说道,干了。我说,我半开。他说,其实我知道。我说,知道什么?他说,你比小冬爱小悦,但是没有小冬爱小春。我说,放你妈的屁。他再次举杯,说,是,当我放屁,干了。我说,我缓一缓。李舸说,不行,缓不了,爱是不能停止的啊。我又喝掉一杯,胃里翻江倒海,烧得难受,李舸再次为我倒满,跟我说道,你想过没有,小冬此时在哪里,在做什么。我说,我天天想。李舸向后一仰,倚在褪色的沙发扶手上,说,你活得有点紧张。我说,还好,习惯了。李舸说,他在你家里呢。我说,什么?李舸说,逗你,也不是没有可能。我说,小悦不是那样的。李舸说，谁？我说，小春，你有点多。李舸说，远没到量。我说，我得走了。李舸说，别担心，你今天也回不去，漫漫长夜，顺其自然，不见得是坏事，春日相聚，醉于冬之酒，干杯吧。我说，不是，我有点想吐。李舸说，陪我待一会儿，听我说一说。我说，说什么？李舸说，我儿子。我说，你不是不想提吗？李舸说，现在想了。

　　李舸说，我结婚那年，你也没来北京。我说，是，你也没回沈阳办。他说，有点失策，没收上礼。我说，那不至于，我们也随不了多少钱。李舸说，主要原因是，婚礼前夕，她就怀孕了，胎心不稳，医生建议静卧，不让随便走动，她是唱评剧的，旦角，也会打扬琴，刚有几个不错的机会，实在措手不及，我当时也劝过她打掉，她没同意，因为年龄不小了，她比我大五岁，你知道吧，一岁一枯荣啊。我说，不重要，野火烧不尽，这个我有经验。李舸说，怀孕期间，我一直在身边陪着，伺候得比较周到，每顿饭都是我亲手做的，营养搭配均衡，胎教也准备得很充分，每天对着她的肚子说话，读诗，讲故事，还特意把吉他又捡起来了，练了好几首世界名曲，偶尔也唱些儿歌，小熊翻山越岭，小熊翻山越岭，看看能发现什么，能发现什么呢，它看到的一切不过是，山的另外一边，山的另外一边。我说，没听过，好像也不怎么押韵。他说，原文是英语，我怕你不懂，分娩之前的几天，我有点疏忽，当时在画廊布展，回去得有点晚。我说，几点？他说，记不得了，好几次都是凌晨。我说，她有所不满。李舸说，何止，她直接走了。我说，回娘家了？失踪了？他说，也没，就是不肯见我。我说，为什么？李舸说，开始以为是跟我置气，我赔礼道歉，到处去找，也没找见，后来她发了消息，告诉我说，已经生完了，我打去电话，她怎么也不接，我都急哭了，简直想死，过了半天，她给我发来一张照片，是个儿子，七斤四两，闭着眼睛，缩成很小一团，比烟盒大不了多少。我说，为什么不让你见呢？李舸说，一点也不知道，我想过很多种可能，比如孩子不是我的，比如她爱上了别人，比如她生了病，抑郁症之类，再比如，她可能知道了一些我不想让她知道的事情。我说，什么事情？李舸说，那你也没必要知道，总之，她否认了一切，不是这些原因。我说，那是为什么？李舸说，我问了很多年，没有答案，她让我自己想。我说，你想出来了吗？他说，还没，快了。我说，生下来到现在，一次也没见过？他说，半次都没，但我们一直有联系，她偶尔发来一些儿子的照片，你知道吗，我的儿子马上十岁了，长得很结实，耳朵先天有点问题，所以说话声音很大，老皱眉头，也是近视眼，随我，戴着一副眼镜，不算大毛病，他会游泳，不爱画画，性格有点固执，喜欢音乐，最近在学吉他，我觉得他一定可以弹得很不错，我买了一把很贵的琴，等练好了，我就给他送过去。我说，他们母子在哪里？他说，还不知道。我说，没想过其他途径？他说，你能想到的，我一定早都用过，可怎么也找不到，一个人要是决定离你而去，那可真是一件没有办法的事情。我说，这不可能。他说，怎么找呢？我说，只要你爱她，爱你的儿子，一刻也不懈怠，必然可以得见，古语云，是爱也，动太阳而移群星。李舸说，那是纯属吹牛×。我跟他碰了碰杯，喝掉一半，还是没明白，说道，不可思议啊。他说，事实就是如此。我说，她管你要过钱吗？他说，没有。我说，她需要你做什么呢？李舸说，什么也不做。我叹了口气，问他，接下来怎么办呢？李舸说，这些年我赚了点钱，不多也不少，够花上一阵子，年初开始，每天我都会喝多，知道为什么吗，因为只要一醉，就能听见有人弹吉他，像在急切地唤醒我，担心我就这么死去，开始绊绊磕磕，没有章法可言，最近越弹越好，音调明快，春风就这么刮进一场梦里，我很满足，有时醒来一点，也还继续装醉，横卧在地上，一动也不动，直到天亮，外面的鸟儿一叫，他就不弹了，我恨所有会叫的鸟。我说，谁弹的？他说，不知道，可能是我儿子，反正我就这么想，不这么想就没办法活着，你能明白吗，对我来说，活着就是在变冷的夜里抽烟。我说，李舸，别想太多。李舸自己又喝了一口，跟我说，不谈这个了，你知道我那时布的是什么展吗？我说，不知道。他说，小冬的画展，他进去后，小春来北京求我，想满足他一个愿望，可惜了，一张也没卖出去，我拍了几张照片，寄了回去，展览的前言是小春写的，里面引了一句诗，我一直记到现在：今夜，当天气转凉，请告诫自己，你所知的一切全属虚无。

除去倚在护栏上的一堆画框，阳台空无一物，三排补光灯悬过头顶，像是一间构造奇异的临时展厅，画作如正在发育的植物，吞没着全部的光谱。我翻看几张，有没画完的废作，也有名画的复制品，在角落处，我察觉到好几双眼睛看着我，我望过去，发现画面上的柜门敞至一半，那些眼睛挂在里面的晾衣架上，如在呈现其拥有者生前的混沌景象，一片黛紫或者褐绿，背板是一面菱形古镜，数不清的目光在此互映，也如窃窃私语，发出零碎而细小的声音。我打了个寒战，那是小冬很久之前的作品。

我站在画前，给小悦拨去电话，响了数声，无人接听。李舸从后面拍了拍我的肩膀，指着小冬的画跟我说，你看啊。我说，什么？他说，我儿子，小春，小冬，你，我，全在里面呢。我说，你喝多了。他说，没有，我还没听见琴声。说完，他点了根烟，朝着窗外打了个响指，像是派出一个诡秘的暗号，一阵凉风吹入，与此同时，我的手机屏幕上显示收到了一封新的邮件。我说，李舸，我想给你看看小春的小说。李舸说，再喝一杯。我说，不了，实在喝不动。李舸说，就差一杯了，别急，我有点看不清字，念给我听，慢点无所谓，一个字都别少。我想了想,说,那好。

　　那天早上,先是爆裂的声音,接着是远处的山火,如桅顶上的光源,随大船驶离陆地,逐渐趋于暗淡,最后是次日的橙光,曾烧死过真理,此刻近于一次返航的宽恕。只一瞬间,灰暗湿润的甲板忽然变作平坦的长街,碑文与杂草一并苏醒,七层水泥楼体于两侧矗立,色泽如上锈发乌的银器。顶处的鸽笼像是一座瞭望台,使者从中飞去,带走人造的消息。稀少的雨线里,硫与煤在结晶。假使对上古的传言有所耳闻,可知其切实可信:王座震荡,神像打碎在地,蜡人熙熙攘攘,狮兽在深处暗暗咆哮,两位骑士愈行愈远,狂风始于怒号。

　　风中的嘶鸣如同沙哑的钟声,从乡间的大地传来,交汇的节奏督促着召集、祭祀与觉醒,然后是几记悠长的响鼻,半枯稻草的霉味,喧哗无比的行进声,疲倦的光芒接续刺入,共同绘出一个逝去的年代:风车转动不歇,碾磨着谷物,或抽去水源,使得湖底维持干燥;冷杉竖立在屋前,常年碧翠,地上布满冬青,高处的烟囱吐出一缕稀薄的雾气,墓地比邻而居,碑铭是死者的眼睛;内燃机与电机尚未被发明出来,只有无数的马车,在原野上来回驰骋,送去一位新娘和几封信件,上面写着:她近似一位圣子,快乐而仁慈,未被那些降临的罪所玷污过,务必以善相待,不得辜负先知的恩惠。

　　酒杯放在窗台上,李舸低头啜饮,样貌贪婪,像一只蜜蜂在吸取花蜜,之后起身问我,你写的啊?我说,不是,小春。他说,哦,不错。我说,我也觉得。李舸说,不过没全懂,骑士是谁,新娘又是谁?我说，说不好，但读得出来，她写的是住过的那条长街。李舸说，何以见得？我说，场景她跟我讲过，那时我们总是一起走在街上，有时候三个、四个，偶尔五个，后来只有我和小春。街巷曲折，如在光里锩刃，她在前面走，我在后面跟着，不知要往哪里去，我跟她说话，她也不理，就这么往前走，槐树立于街道两侧，枝叶茂盛，雨后的青苔在地上作画，白天时鸽子在飞，哨声像在呼唤，傍晚则是漫天的乌鸦，我跟小春说，你慢一点，我快要跟不上了，小春也不回头，对我说，跟不上就别跟了，没人逼你，我自己的路。我想了想，道理对，但我不听她的，还是跟在后面，一路就到了现在。李舸说，值得吗？我说，谈不上。李舸说，后悔吗？我说，也谈不上。李舸说，小熊翻山越岭，也是这个意思，你翻过来了吗？我想了想，说道，还在原地打转。李舸盯着我的眼睛，问道，你知道我为什么来北京吗？我说，不知道。李舸说，小春没跟你说过？我说，从来没。李舸清了清嗓子，说道，我来是因为她有一天跟我说，得在这边等着你、她，还有小冬，你们很快就要到了，还差一座山，越过来了，还能一起往前走，越不过去，咱们各活各的，就地解散。我说，没懂。李舸说，不急，好好想一想，我还有半杯的时间。

　　我知道小春找过李舸，那次展览的照片夹在一本旧书里，有天收拾屋子时，它们从架子上自动掉了下来，落了一地，虎视眈眈，像在我面前挑衅。我将其一一收好，什么也没说过，出门走了一个下午。那阵子，小春已经不怎么画画了，我的状态也不太好，经济情况是一方面，另外我也弄不清自己对于小春的感情，那些照片不起任何作用，没有嫉妒和怨恨，也不存在理解或者宽恕，我比从前的任何时候都要平静，原因是，我爱上了另一个人，她如血液一般流经我的身体，充盈我的心脏，每时每刻，不曾歇止。我的行为无法自控，我的想象秘不示人，我的画里全都是她，站在桦林之间，窄长的身影泼于地面之上，向着四周散射，仿佛与我分享一则神圣的死讯；赤裸着身体，怀抱一把缺角的木吉他，像是抱紧自己的残疾妈妈；走向一架静止的风车，那是死神丰收的教堂，咒语在风中猎猎作响，身后是石灰岩海岸，日光照在上面，映出缤纷的色彩，一具枯黄的蜡人立于崖边，满身泪滴，等待消融。

那时，小春的身体还不错，每天在家待不住，就去找了一份工作，在附近的商场里开观光火车，都是很小的孩子来坐，还不太会说话，咿咿呀呀，走路经常跌倒，总是不停地指来指去。她分到的是一辆长长的马车，古朴而精致，彩灯环绕周身，流光漫溢，后面跟着八匹不同颜色的小马，睫毛很长，笑容可掬，看着很温驯，开起来还会轻轻摇晃，如同温柔的钟摆。她坐在驾驶室里，严阵以待，身前是两匹威武的金鬃白马，前蹄高高扬起，不时传出低沉的嘶鸣。小春开得很慢，仿佛不管旅程多么艰难崎岖，她只是想轻轻地走路，生怕惊扰了所有人的睡眠。

有很多个夜晚，我去接她下班，商场里没什么顾客，她就让我坐在后面，兴冲冲地拉响汽笛，像一位真正的火车司机，向着未知的远方起航。我骑着小马，缓缓向前驶去，一路上看见了蝴蝶、矿石与流云，看见了镜子、影子和词语，也看见了一个人的尖啸、祈求、沉寂和战栗，一个人的离开，以及老去。生病后，小春辞掉了工作，我们每天待在家里，像很多年前那样，各居一室，她写作，我画画，相互很少说话。时间过得很快，像水一样滑过，白天黑夜难以辨清。我喜欢太阳晒在皮肤上的感觉，总在日光里作画，她的卧室从来都拉紧了窗帘，像一个幽静的洞穴，有时我觉得她是一位远道而来的使者，木槿花色的头发，鼻骨陡峭突兀，双手敲着空鼓，一路奔波，历尽艰辛，最终抵达此处。她的腹中孕育着秘密的种子，空荡的房间吸纳、反射、扩散两颗心脏跳动的声音，像是一场室内的二重奏，演奏者抚摸着彼此嶙峋的骨头，我站在门外，不能加入进去，也无法就此离开。

童话、长街、机械与谣言令失眠得以延续，也令我们的存在比记忆更加久远。所以，清晨的那辆马车停驻于此时，人们纷纷聚了过来，像是乌云涌过海滩，或群氓插紧了袖口，等待着一场精彩的绞刑表演。两匹白马从天而降，一前一后，错身而立，嚼口朝下，负着桃木的车辂，颈部肌肉绷紧，藏在茂密的鬃发之际，八条健壮的腿稳稳地扎在地上，背部油亮光滑，披着两条满是草屑的盖毯，它们的叫声掀起了这一日的序章。所有人的目光都被身后的车厢吸引过去——几乎是一座耀眼的翡翠宫殿，崭新的绿漆，精致的格窗，锁扣反光的矮门，像是欧洲贵族郊游的道具，秘密情史的园地，王子与贫儿在此互换身位，投在地上的剪影也是精心设计过的，随着光的移动显现出不同的轮廓，有时是一架静止的竖琴，有时则是一条游动的青鱼。

如果说围拢过来的人们还在思考应当如何呈现一次毕生的注目、含蓄、优雅、得体，且能为这辆马车的主人留下一个美好的印象，那么，当那扇门敞开之时，尘埃裹面，一切都化为了乌有。衣着破旧的一男一女扶着对方下了车，他们身材矮小，头发稀疏，又白又胖的双手搭在身前，半张着嘴巴，脸色暗红，举止十分局促，不合时宜的笑容在相似的脸上层层交叠。他们似乎觉得身上的每一个部位都无处安放，下颌、脖颈、手掌、背部，均流露着羞怯与不洁，也包括语言，没人听得清他们的话。那声音太过细微，像一根尼龙弦被风吹去时的轻颤，全是无可奈何的歉意，待他们抬高了一点点音量，又很像蛙类的鸣叫，单调，空洞，呱噪。没人知道他们从何而来，路上花去多长时间，很快，近于一种谄媚，他们迫不及待地出卖了自己的故事——他们是一对兄妹，被一场不灭的大火驱赶，被迫来到此处，那两匹白马为同一母马所生，正值壮年，脚力强健，奔跑起来的速度足以移除路上奔涌的黑雾，也令他们晕眩不适，仿佛此刻仍未逃脱，大地一再沉没，他们仍在山的另一边。车内是他们全部的家当：长椅，皮箱，被褥，衣服，火柴，纸，汽灯，还有一个睡着的孩子。

我想起来，在古铜色的阳光里，小春撑着自己的身体，望向那些画，问我说，你画的是我吗？我说，是。小春说，一直都是吗？我说，永远都是。小春说，我没那么好看，我知道的。我说，你每一天都比从前还要好看。小春说，冬天快结束了吧。我说，是，快了。小春说，我啊，还有一个春天，加上一个冬天，太漫长了。我说，不要乱说。小春说，我知道的，到时候你就都好了，你会越来越好。我说，我不需要。小春说，你会的，我好累啊。我说，休息一会儿。小春说，我写了很久，每次只是几行字。我说，慢慢写，不要急。小春说，书的献词，我已经写好了，一共五句，我告诉给你，你要记得啊，忘了什么也别忘了这个。我说，你说，我在听。小春说，献上我的环行的舌；献上我的爱和炽热；献上迟来的闪电，匆匆的见证；献上我的你，我的我；献上我的牙齿的白鸽。

只有玄关的灯还在亮着，李舸手持酒杯，躺在光滑如镜的地板上，眼含笑意，睡得无声无息，仿佛设下一个无聊的圈套，随时可以醒来,与自己的倒影干上一杯。黑暗弥漫,幽灵们悄悄地占据了这间屋子。我想,他的琴声正在降临,在阴影与灰尘之间,音符如安宁的羽毛,在弦上掠过,抚着长久的梦境。在那里,无须跋涉,无须翻山越岭,只要坐上自己的马车,便可抵达所依之地,一道绵长的壁垒,一间明室,或者一座空无人迹的乐园——只有无数的蜡像,丛丛林立,各守其位,描摹着我们这些年里的不同时刻:李舸自深渊而来,提着自己的头颅,怒睁双目,急切地四处追寻;小冬怀持匕首,收紧束带,像一位武士,在楼群之间迎风行走;小春高烧不止,面颊滚烫,蜷缩在车厢里,痛苦地喊着我的名字;我站在一旁无动于衷,如同一块死寂的冰,寒冷而沉静,从未经历过春天,在所有的时间里,我都是如此。

我当然记得她写的这个清晨,那条街道,那辆马车,事实上,她就是这样来到我的生命里的。相似的旅程一再反复,汽笛声不断响起,也像梦魇,侵扰着我们的睡眠。不过对我来说,那也许是一个古旧的傍晚,光芒映照历代的云朵,一柄锋利的长剑刺开天幕,大地献出了它的苦盐,在起伏的山岭上,夜雾如蟒,四处流动,摄取着燃烧的记忆,人们所遗失的,不止于恍惚的信念,那时尚不知情的事情,将来也一无所知,无人得以幸免。山火渐来,山火渐去,恍如叹息的街灯,无穷远处,明暗交织,蜡人融化一地。

原刊《小说界》第3期

回 向

莉莉陈

谢安玉忽然就不吃鱼了，说不吃就不吃，老向怎么劝也没有用。以前老向总取笑谢安玉是猫投胎的，一进菜市场就直奔鱼摊，只消一眼，谢安玉就能把鱼盆里最鲜活的那条拣出来，丢进老向手里的菜篮。做什么鱼，她心里早有盘算，而老向得跟在后面，看着篮里的作料渐次丰富起来，才能判断出今天做的是酸辣鱼还是豆瓣鱼。在做鱼这件事上，老向基本没有话语权。三十年前老向杀过一次鱼，放入蒸锅后，鱼忽然复活了，从锅里一直蹦到灶下，挺直肚子瞪大眼珠，一下比一下蹦得低，终于满身尘土地不动了，看上去悲壮而哀荣。此后他再没敢杀鱼，这类事就全交给了谢安玉。谢安玉杀鱼明快利落，手握菜刀徐徐上扬，突然间疾速下挥，直奔鱼眼间鼓突的部位，用力一拍，又狠又准，只听啪的一声，鱼的一缕香魂已随风飘散，最后挣扎两下，就成了一具鱼的尸体，任谢安玉开膛剖腹，不再抗议，整个过程行云流水，令老向钦服不已。

但谢安玉不再吃鱼了。这些天，她都盯着淡青色的蚊帐，一言不发，两只手臂合在棉被上方，像两根枯瘦的芦秆，嘴唇紧抿。半年前还挺丰满的面颊陷了进去，连带着陷下去的还有眼窝、太阳穴，年纪一下显了出来。以前，谢安玉显年轻是出了名的，她脸小、皮肤白，五官精致，皱纹长得慢，从四十来岁起，就没怎么往上长年纪，有时跟一堆退休妇女一起跳排舞，人家都以为她是混在其间的年轻女人——对于六十多岁的女人来说，四五十岁已然很年轻了，青春还有一大把呢。老向用电瓶车捎着她时，很有种老夫少妻的味道，一个半头白发，着大汗衫、沙滩裤，在前头驶着车；另一个烫短俏发式，穿件紧身大红练功服，一条缀木耳边的黑色裙裤，斜挎一只虎皮腰鼓，手拎扩音机，交叠的丝绒鞋尖翘翘的，脆落爽利。在公园门口把谢安玉放落在老太太中间，往那堆臃肿妇人扫一眼，老向便升起股自豪感，附在谢安玉耳边说："咱家女人耐用啊！"谢安玉伸出手指在他的圆脑门上一点："轻骨头！"

不过年纪这东西毕竟在那里，遇到事，它就潮水一样轰隆隆掀开了表层，把真相残酷袒露出来了。事情起源于一根鱼刺。爱吃鱼的人，对付鱼刺自然有一套办法，但这根鱼刺却十分顽固，卡在左边的扁桃体里，不上不下，含醋、吞橙皮、吃维生素C，什么办法都使了，有时似乎不疼了，谢安玉以为它已经滑下食道，放心喘一口气，咕咚咽一口唾沫，却又被那利刺哽了一下。整整折腾了一宿，一大早，老两口儿不得不上医院去取。医生让张开嘴，用镊子一夹，轻轻巧巧取了出来。嘴里清静了，世界开阔了，连熙攘嘈杂的医院也顺眼多了，谢安玉对老向做个CT的建议也不再那么反感。近来谢安玉肚腹常隐隐疼痛，连带着发过几次低烧，就检查了下。这么一检查，毛病就查了出来，生在结肠那儿，已经扩散了。查出病后，谢安玉一天天瘦下去，像有什么在挤榨她似的，人一点点干起来，瘦起来，好像要紧成一个小核。出院后，这瘦似乎暂时止住了，人的精神却渐渐变坏，脾气越来越暴躁，不管白天黑夜，稍不舒适，就悲天跄地地喊，咒骂声在深夜的小区传得很远。有一回保安上来拍了门，以为是夫妻吵架，来了才知道谢安玉骂的是苍天与命运，说老天瞎了眼睛，好人没好报、祸害延千年。"有种你就来点更狠的！"谢安玉拍着床沿对窗外的夜空说。这样的人，保安不敢惹，他跟老向悄悄咕哝几句就走了。

老向心里头有些怕，他害怕沉默不语的谢安玉。他宁愿她生龙活虎地咒骂、拿他撒气，也不愿她脑袋里无边际地跑马，胡思乱想。自从四十年前，他像根水草被谢安玉从江水里捞上来，这家就完完全全由谢安玉做了主。那年，他刚到电厂顶职，被同事们拖着去江里游水，他一再抗议不会游泳，小伙子们还是一起把他推到齐胸深的水处，一哄而散。江水不同于池水，老向控制不了自己的身体，整个人漂了起来，被水流渐渐往深处推。他大声呼救，但没有人过来。一开始是觉得不危险，没有人过来。但后来真的危险了，老向的身体开始在江面上扑腾，小伙子们一个个吓得脸色煞白，更没人过来。此处是三江汇流处，沉积了很多泥沙，有不少捞沙船在这里捞沙，江水底下有许多深坑，形成了旋涡，救人是很危险的。老向在清醒与糊涂的边缘，似乎看到附近一艘捞沙船上一个人跃下了河。后来的一切他都记不清了。醒来时，他看见自己头顶悬着一张银月般的小脸，俊俏利落，见他醒了，那人将嘴里的草屑往地上一吐，戴上草帽，走了。同事们仍然惊恐地看着他。有一个人说："你的脸怎么……变黑了？"并忍不住伸过手来摸一摸，摸了后，大家都笑了。原来是机油。一脸黑漆漆的机油，都来自那个姑娘的手。也是这一把机油，让他很感慨，这是个怎样的姑娘啊。后来他找到了那个姑娘，天天往她家里跑，认识了她的独眼父亲,先喊伯,再喊爹。就这么,他把她娶回了家。后来他问过谢安玉,这么瘦小的她怎么敢救人高马大的他。谢安玉说:"就你那颗大头,葫芦似的一冒一冒,还不一拽就起来了!"

在怎么安顿谢安玉这件事上,老向多么需要有人商量商量。他第一回感到了孤单。两个儿子都不在身边,大的在深圳,小的在广州。这一点上,谢安玉的意思是,他们能飞多远就飞多远,家里的事,用不着牵累他们。大儿子在大学里教书,是少年大学生,娶了同样是少年大学生的妻子,生的孙子东东,非常聪明,小学里已经连跳两级。大儿子很忙,谢安玉住院时来陪了一周,请了个陪护,掏了笔钱就回去了。小儿子在大儿子的对比下,没一样如意,大学不是名牌的,工作也如鸡肋,现在干脆在家里上班,帮网站做在线调查,好不容易娶妻生子,孩子却患轻度脑瘫,行动不协调,一直在做康复训练。谢安玉住院时,小儿子没有来,只打了几个电话,听说谢安玉出院了,电话也就不再打过来了。现在这状况,该怎么跟两个儿子说呢,难道跟他们说妈不吃鱼了?儿子们无论如何无法理解。鱼,某种意义上是谢安玉生命的一股原动力,是与那条湍急美丽的江河——一条简陋沙船有关的生命记忆。出院那天,还没回家,谢安玉就让老向先捎着她去菜场买鱼,她挑剔地看着摊主杀鱼,这里那里地指点,两颊渐渐红润起来。做鱼的时候,谢安玉的精气神全回来了,一面切葱末,一面煸豆油,目注油锅,全神贯注。老向笨手笨脚地在旁边打杂,被谢安玉一把拉开,又一把拨到另一个位置,最终还是被赶出了厨房。待香气扑鼻的鱼端上饭桌时,老向恍然以为以前的谢安玉回来了,那个什么绝症,只是一场噩梦罢了。

老向决定学做鱼,他想,只要有鱼腥味诱着,馋猫儿总会上钩。这几个月里,他对厨房已经不陌生了,简单的菜肴已难不倒他。他托前楼的珍珠帮忙买了豆瓣鱼的配料，把步骤记在纸上，一步步照着实施。前面几个环节都没出大错，煎鱼时稍出了点问题，以前看谢安玉给鱼翻身轻轻巧巧，锅铲一抖就能搞定，在他手里，鱼竟像酥了似的，一动就身首异处、皮开肉绽。好不容易将鱼盛到盘子里，样貌很是不堪，面上焦了，鱼肉烂成一块一块，几条尖刺伸将出来，还好将豆瓣酱浇上去后，多少掩盖了一些。尝尝味道，基本保持了鱼原有的那种鲜美。老向将鱼端到餐桌上，整一下表情，哼着"咚锵锵"去扶谢安玉起来。他牢记医生说过的话：一天起不来，就是永远起不来。不管谢安玉多么不愿爬起来吃饭，他都要把她扶起来。他的绝招是苦下脸撒娇："你忍心让我一个人吃？我哪吃得下嘛。"听了这话，谢安玉脸上的表情就松一松，两颊的笑纹绽开来，嗔一下，抚抚蓬乱的头发，不作声。这便是默许老向把她打横地扶抱起来，移到床沿，将两只脚搁到地下。动作要做得很慢，很小心，因为不知道谢安玉的痛处在哪儿，冷不丁蜇到痛处，谢安玉叫一声，老向就要赔不是，一迭声道歉。每扶一次，老向都要出一身大汗。椅子是专从乡下老家淘来的太师椅，有靠背、扶手，足够硬，背部还撑着医用护垫，前面紧紧贴着餐桌，这样谢安玉才能坐得住。落了座，桌上的那盘火红的豆瓣鱼让谢安玉眼睛亮了亮，筷子不由自主伸过去，走到中途却拐了个弯，落在一边的豆芽菜上。

老向说："尝尝我的手艺，第一次做的鱼，还不错！"

谢安玉将头一别说："不吃。"

老向用筷子小心地搛起一块鱼肉，往谢安玉碗里递。

谢安玉生气了，将筷子拍在桌上，提了嗓音说："你想害我是不是，你想害我下地狱是不是？！"

老向没辙了。这事都是那个推拿师闹的，老向在心里直打自己的耳光。自医院下了逐客令后，他四处寻偏方、求神医，还请了个气功师来给谢安玉发功，都没啥用。后来病友告诉老向有个推拿师父技艺高超，能祛除病痛，让人通体舒畅，非常之神乎。老向想，不管如何，试一试总不会错。谁想这一试，却试出了麻烦。

老向后来回想那天的事，总觉得不像是真的，仔细回忆当时的情景，就像在过一段电影，要不是亲身经历，怎么能想象这样一个熙熙攘攘的城市里还生活着这样的人？那天他推着轮椅上的谢安玉在浣纱北路转了好几趟，才寻到推拿店那块黑匾，挂在两家店面之间狭窄的楼道上，小小的一块，像成心不让人找到似的。楼道不是往上走，却往下盘着，吱嘎的木梯子，越走越黑，一直来到漆黑一团的地下走廊上。走廊尽头，有一扇门亮着光，那光黄澄澄的，在黑暗中显得又温暖又神秘。他扶着谢安玉向这团光走过去，心里竟莫名地升起了一团希望。

屋子很小，摆着榻榻米、香台与几张蒲团。蒲团上有个男人正闭目盘坐，见他们进来，往地上一按立起身来，双手合十行礼。他穿着件白色对襟府绸褂，三十七八岁，面相英俊，剃极短的平头，笑容和煦。双方寒暄一番，得知师父姓姚，谢安玉便开口询问费用，那气功师收去笔不菲的酬金，令她至今耿耿于怀。姚师父微笑说："今天先试一试，还不知道能不能帮到你。"谢安玉并不满意这答复，仍追问每次推拿的价钱。姚师父说："如果经济没有困难，一次五十元，如果困难，就不用了。"他说话的语调很特别，似乎都是平声，没有上扬与下宕，语速徐缓，使人的心跟着平静下来。

他问谢安玉："哪里不舒服？"

谢安玉说："疼。"

姚师父问："哪儿疼？"

谢安玉说:"不知道哪儿疼,都疼。"

姚师父长诵一句:"阿弥陀佛——"他一诵佛,似乎就把自己推远了,好像骤然变成个七老八十的僧人,身上溢出股老迈的慈悲。他把两人让进里间。里间跟外间差不多窄小,铺着一张按摩床,墙上挂些字画。姚师父把其中五台山和尚手书的一幅指给他们看,那字笨朴圆拙,似乎隐隐透出一股静寂之气。他让谢安玉俯趴在按摩床上。谢安玉极其缓慢地躺下去,中途几次发出咝咝的呼痛声,掀起外衣时,只见谢安玉的脊背上骨骼嶙峋、根根突起,青色经脉蜿蜒其间,像一把无生命的枯柴。姚师父微叹口气,摇摇头说:"——都是业障啊。"给谢安玉背上铺了一块毛巾,手握虚拳在腰、颈、背的几个点上试了试力道,还未用力,谢安玉已经吓得喊痛。姚师父说:"不用重手法,放心。"说完立起身,在一个小碗里倒了些药酒,火柴轻轻一划,小碗里燃起了蓝莹莹的火焰。他手卷一块湿巾,握着那团蓝火,在谢安玉背部的毛巾上快速来回。火球迅速滚动起来,老向担心地俯下身察看谢安玉,见她有些龇牙咧嘴,看上去却不像是痛苦。

姚师父一面徐徐问道:"你平常吃肉食吗?"

谢安玉说:"不吃,我就爱吃鱼。"

姚师父喟叹一声,说:"鱼也吃不得啊。世人只当鱼是会游泳的植物,却不知,鱼跟猪、鸡、人一样也是会感受到痛苦的。"

谢安玉说:"痛苦又怎么样呢,鱼不过是条鱼!"

姚师父说:"我们众生轮回都是互为父子、母女,我们凡夫眼看不到,要是有宿命通就能看到,那些猪呀鸡呀鱼呀说不定前世就是我们的兄弟姐妹,你能忍心吃自己的亲人吗?"

谢安玉扑哧笑了:"鱼我吃了有几百上千条,能有这么多亲人?!"老向没想到推拿师竟是有信仰的人,见他的神情不像是在故弄玄虚,便拖一把凳子坐下来，听他的高论，心想这或许也是治病的一个辅助手段。

姚师父说："我给你说个故事。有个人买了五只螃蟹，活活地丢在滚烫的锅里。因为很热，五只螃蟹在里面啪啦啪啦地动，一会儿就不响了。他把锅子一打开，吓了一跳，五只螃蟹叠罗汉，一只叠一只。结果一看，最上面的一只还活着，原来那一只是母的，四只公的为救这只母的传宗接代，叠罗汉在下面。从今以后他再不敢吃了，众生皆有佛性呀。"

谢安玉说："吃都吃了，吐是吐不出来了——那又怎么样呢？！"

姚师父说："那就造下了业障。许多身体的病，都是业障造成的。"

谢安玉说："病就病吧，早死早超生！"

姚师父认真地说："这一世的冤业如果没有结报，会延到下一世，轮回六道因果报应丝毫不爽，生死债是一定要还的。"

老向有些不安了，他想这么讨论下去，就不知道是治病还是催病了。他见姚师父一道道地换毛巾，毛巾掀起来时，谢安玉的背部已经呈现出一条条暗红色，就俯下身问："差不多了吧。疼不疼？"谢安玉闭着眼说："不疼，火辣辣的，很舒服。"面颊红通通的，辨不出有没有不高兴。老向问姚师父："那有办法破解吗？"——老向怕今天解不了这个结，谢安玉回家后闷心里发酵。他深知谢安玉这个人嘴巴虽硬，但什么都容易往心里去，没生病时就惯会胡思乱想，更何况现在天天躺床上呢。

姚师父说："业障是最难消除的。"说完收了药碗，深深地运一口气息，将手掌贴在谢安玉腰部，掌心像仪器似的微微震颤着，似乎在将一股气息缓缓导入她的身体内部。谢安玉紧闭着眼睛，身体随之微微颤动，倒是没有哼痛。

老向说:"佛家讲究有求必应,总有破解办法的。"

姚师父说:"要消灭业障,最主要的是自己要生起惭愧心,忏悔过往罪业。"

谢安玉问:"怎么忏悔?"

姚师父说:"从此不杀生,多攒善缘,待会儿我授给你一段经文,你每天诵念一百遍,把功德都回向给那些你吃掉的鱼,每天消除一点业障,这样身体就会好些。"

谢安玉从按摩床上起来时,动作比躺下去时松快了许多,三两下就爬了起来,连她自己也不敢相信。上楼梯时,已经不用老向扶,一只手按着扶手,另一只握着姚师父给的经文,一步步地往上走。出门前,她问姚师父有没有结过婚,姚师父微垂一下头说:"我是单身。"谢安玉抿了下嘴,一出了门就笑开了,一路走,一路跟老向说:"原来真是个和尚!"老向见她心情不错,敢跟她开玩笑了:"你回家不会真去念回向经吧?"

谢安玉说:"念,为什么不念?!"

"不吃鱼了?"

谢安玉狡黠地笑笑:"鱼还是要吃的。我吃了鱼,再念一百遍经,不就把它超度了吗?"

说起来也巧,当天傍晚,前楼的珍珠就端过来一盘清蒸白条。珍珠自前年丈夫去世后,把沿街的修车铺租了出去,自己在一角支了个大锅,专卖蒸菜,有时也帮邻里加加工,收点菲薄的辛苦费。谢安玉病后,老向要做几个大菜,都是拿到那儿请她帮忙。珍珠坚持不收加工费,说跟谢安玉就像姐妹,哪有妹妹帮姐姐做事,还收费的。说起来,珍珠比谢安玉略小几岁,但以前看起来,却是珍珠显老得多,一则珍珠有点发福,二则家境不如老向家,衣着打扮自然也跟不上。现在跟瘦得柴火般的谢安玉比起来，珍珠倒是显出了几分滋润来。这一点也是谢安玉最看不过的。谢安玉最受不了的是，以前看起来比她老相的女人，现在都比她年轻了。她争了一世的好看，临了，现在谁都不如了。

白条盛在一只大白瓷盘里，如果珍珠不说，看不出只有半条。珍珠说："是江水白条。"她儿子亲手钓的，市场上买不到，特地从鱼脊处剖成两片，分两盘蒸了，端过来。两人在门楼里客气了半天，老向非找出一串红葡、两只蛇果回给珍珠，才送珍珠走下楼道。道了声"慢走、小心"转回到客厅，却见谢安玉端坐在饭桌前，红扑扑的脸已经转白了，似笑非笑地道："我还没死，就找好下家了？"

"说啥呢？"老向指着那鱼说，"野生的江水白条，尝尝鲜吧。"

谢安玉说："这鱼是送你的，我哪敢吃？"

老向说："你瞧瞧，这么大年纪还吃上醋了，来，尝一口。"说着搛起一筷子鱼肉，让谢安玉张嘴，"啊——"

谢安玉却不买账，推开筷子说："我戒鱼了。姚师父说过，不能吃鱼了。"

老向说："过了今天行不？这么好的鱼，不吃可惜了。人家一片心意啊。"

"一片心意？那是给你的，当我看不出来！我不傻！"谢安玉砰一声搁下筷，左右环视一圈，说，"你看，百多平方米的房子，有工资，有医保，身体又好，搁谁谁不眼红啊？她那儿还跟儿子媳妇挤着呢！——我俭省了一辈子，这不好处都给了她！"说着有些呜咽了。

老向说："看你，说哪儿去了。不就一条鱼吗？不吃了，大家都不吃！"

谢安玉却又止了泪，拿筷子夹了一口，说："干吗不吃呢，多好的鱼，好妹子做的，我不尝尝怎么行？"吃了一口，却又呸地吐了，说：

"腥！真腥！"

就这么着，那条江水白条谁也没动上一筷，几天后，不得不整盘倒进了垃圾桶，害得老向见了珍珠心里就愧怍。打那以后谢安玉果然没再吃鱼。老向一方面劝导，另一方面，他也想，这事怎么就这么巧呢？难道果真注定从这天开始，谢安玉就吃不得鱼了？

谢安玉不但戒了鱼，对诵经这件事，竟也出乎意料地认真。细看那经文，由一串象声词组成，完全读不懂，旁边姚师父仔细地注上了拼音，不注还真会读错，比如说，"南无"念 nā mó，"哆他伽多夜"念 duō tuō qíe duō yè，谢安玉练习了十几遍才磕磕巴巴地顺下来。几次打电话去请教经文的意思，姚师父却说不必懂得，密咒是不解释的，只要心里信服，虔诚持诵，日久自会生出感应，等功德回向给了法界众生，冤魂债主往生西方乐土，便能获得报益。

老向年轻时也看过些杂书，觉得佛教就是劝人向善，解释人在世上为什么受苦，这些理论听上去虽有些古怪，于人却无害处。回向也可以理解为辐射正能量嘛，通过念经放生做好事把正能量发散出去，便你好我好大家好了。到了这个时候，便是信歪了也出不了大错，至少还是个精神支柱，于是全力支持谢安玉诵经。谢安玉别人的话不听，单身和尚的话却很有几分信，半躺在床上，嘴里密密匝匝地念着佛经，一副虔诚模样。老向拖了大脚盆到谢安玉床前洗衣裳。以前老向在卫生间洗衣服，哗哗的水声响着，好几次没有听到谢安玉的叫声，惹得谢安玉生了气。于是，他就干脆在地板上铺块塑料布，把红木盆端到谢安玉床前浆洗，浆好了，再拿到洗衣机里去漂。这会儿，嗡嗡的诵经声使老向生出种恍惚来，目下的现实被间离开来，恍然觉得苍白的谢安玉像个纸人似的，随时都能飘走。

忽然间，谢安玉嘴里蹦出一个词："……十八！"

这是奇了，经文中没有这个词，是念了十八遍？数数纸上画的"正"字，却又不止，已念了五十六遍了。

老向问："什么十八？"

谢安玉却一声不吭，有些被吓住似的望着天花板，嘴抿紧了，不准备交代的意思。老向再问了一遍，也有点生上气了。他把这点生气扩大了，大声地咳嗽、拧衣裳，任水珠哩哩啦啦洒在外边。老向现在常寻个时机，在两个人之间制造一点小过节，闹点小别扭，这点东西很重要，像饵似的，能把生活诱得丰富起来，一日日过下去，谢安玉就不至于去想些乱七八糟，死啊活的了。他直起身，端了洗衣盆噔噔走到门口，床头柜上的电话铃忽然响了，老向猛地一个转身，许是转得急了些，腰间骤然一抽，像一把利刃刺透腰肌，一股锐痛袭来，老向心知不妙，扔下洗衣盆，往厅里踉跄两步，硬撑着跨到沙发上躺下来，就动不了了。谢安玉听得砰砰一阵乱响，早吓坏了，扔下经文从床上起来，扶着墙走到客厅，见此情景吓得脸都白了，要打120急救电话。老向几年前闪过一次腰，知道用不着，说："没事，神医来了也没办法，躺上几天就好了。"老向只要躺着不动，让腰肌保持水平、不使力，就不太疼。但问题是，谢安玉没了人照顾，这家里连个做饭的都没有，于是他费劲摸索手机，考虑给哪个儿子打电话。

正想着，手机响了，大儿子打来的，原来刚才的电话正是他打的，大儿子说，要去美国参加个高峰论坛，需两周时间，若是家里没啥事，他就去了。老向想了想，还是说："没事，你去吧。"大儿子问："妈好吗？"老向说："你妈好着呢。"老向没理对面摆手又皱眉的谢安玉，搁了电话。老向说："不是还有小儿子吗？"于是给小儿子打电话，小儿子一家却刚赶到太原一所治脑瘫的专业医院，电话那边一片嘈杂声，说好不容易给小孙子挂上了号，正准备住下院来好好诊治。小儿子说：

"就是费用有点高。"医院规定成人必须陪护，每天一起做训练，这家医院的理念是，只有父母牺牲、付出才能成就孩子康复的奇迹，这样夫妻俩还得临时租个房子住下来。老向没说闪了腰的事，倒宽慰："不急，看病要紧，过两天给你卡上打点钱。"挂了电话，夫妻俩相互对视着。谢安玉看着躺在沙发上的老向，忽然发现老向瘦了，眼袋挂下来，脸色也蜡黄了，只剩下个大脑门，一副空空的骨架子，几个月工夫，把这个大男人掏空了。谢安玉眼圈红了。她说："船到桥头自会直。请珍珠来吧！"

珍珠来时，左手挎了只绿意盎然的菜篮，右手拎一只汤罐，身上穿件浅棕色的连衣裙，稍许收了腰，腰下还有两个很萌的圆口袋。谢安玉不得不承认珍珠穿了这条裙子苗条了不少，人也洋气起来。原来，时下中老年妇女中已经流行穿连衣裙，谢安玉暗想自己若没病，穿这样的连衣裙不知有多好看。仔细看时，珍珠的肤色比平时白了许多，知是用了自己送的半瓶BB霜，那时谢安玉是以施舍的心态给的，心想珍珠再怎么搽也白不过自己，也才半年多，序位就调过来了。珍珠说过，这瓶霜平时是舍不得用的，要紧场面才用一用。看来今天即是珍珠说的要紧场面了。珍珠果然大显了番身手，半天的工夫，整个家就焕然一新，所有杂物归了位，地面被一遍遍拖得光可鉴人，她很懂得统筹，做这些活时，锅里还炖着香喷喷的海带汤。菜肴荤素搭配，老向吃荤、谢安玉吃素，两个人都照顾到。晚餐摆在客厅，谢安玉坐在太师椅上边吃边看珍珠喂老向。珍珠给老向垫了个棉枕头，胸口铺了块毛巾，端起碗先喂汤。调羹送到老向嘴边，老向坚决不张嘴，要求自己吃。珍珠说："男人的腰最要紧，千万硬撑不得。"

老向尴尬地将头往两边转，伸手抢那调羹，搞得倒像在打情骂俏似的。

谢安玉看了会儿，忍不住了，冷冷地说："不让珍珠喂，是叫我爬过来喂？！"

老向不反抗了，听话地张开了嘴。珍珠拿调羹盛了汤，先在汤碗边轻轻捋一捋，再用嘴吹一吹，小心地送到老向嘴里，老向喝汤时，她的嘴也跟着张一张，像跟着一起用力。喝完了，她就拿毛巾在老向嘴边抹抹，也不管有没有汁水。老向看上去，竟也很享受似的，脸膛红红的，一声不吭地受了这关爱。这场景看上去温馨又动人，谢安玉不由看得出了神。灯光下看那两人，都是圆面孔，大眼大嘴，健康红润，竟很有夫妻相。满桌绿叶菜本就让人失掉胃口，这会儿更吃不下，她推说饱了，让珍珠扶她回到了卧室。躺下来，手不由伸向了床单下一个夹层，那里，藏着个小药瓶，里面的安眠药已经攒了十八粒。攒这些药时，她也没有什么清晰的想法，只是觉得可以多掌握点主动权，至少不用等到屎尿缠身时才去死，从活到死都能清清爽爽的。出了院后，攒药并不那么容易，这事也就放下了。未承想到，诵经时，这个数字竟然会忽然从她的嘴里蹦出来，不是故意不跟老向说，而是她被自己吓着了。难道真是那些鱼的冤魂纠缠不放，让她拿性命相还？她摸摸自己的肚腹，如果真像姚师父说的那样，每一条鱼都化作了一道魂魄，那这座坟墓里埋葬的冤魂哪还数得清楚，怕是每天念一千遍往生咒也还不了呀！

小时候，她常跟着父亲在上游一个叫鸬鹚湾的地方捕鱼。那儿江面开阔，一清早水面上氤氲着缕缕薄雾，两岸长满青翠的芦苇，十分美丽。她记得一种叫地笼的器具，用竹篾扎成，口子特别小，里面撒些油炒的饭粒，一大早沉到江水里，过一两个小时去取，就挤满了扑腾的小鱼。多的时候，那些鱼都转不过身来，有几条已经在里面翻了白。长大后，她学着父亲那样，在长长的渔线上缚一个锁头，远远地甩到江中心，等待渔线慢慢地往下沉。那渔线上拴了六七个铁钩，都是又粗又牢固的大钩，耐心等个小半天，再往回拉的时候，每个钩上都串了一条大鱼，痛苦地挣扎着。有一回，她钓上来过一条鲇鱼，足有十几斤，那鱼眼睛大得像一个乒乓球，引来了很多人围观。在捕鱼这方面，她特别有灵性，什么都是一学就会。后来村子列入了城东开发区，全村整体搬迁到了市中心的拆迁楼，住进了鸟窝一样的公寓楼，她再没有捕过鱼，想起来，还十分遗憾。那时一上菜场买鱼，就觉得花了冤枉钱，但不买又不行，已然吃惯了啊。

　　正想着，却听外面两个人又在吵着什么。原来珍珠端了水要给老向擦身体，老向死活不肯，说把毛巾递给他就行。珍珠嗔着声说："那怎么行，下面你够不着。"谢安玉觉得一股怒意猛地涌上来，再憋不住，脱口喊道："擦，上上下下地，都让珍珠擦。"外边霎时静了。只听得水声哗地一响，又止住了。也不知是擦了还是没擦。谢安玉觉得心里急得难受，想起身，又有心没力，撑不起来。于是擂擂床板，尖着嗓子吼了一声："老向，你把我葬到江里去！我要死在那里，让鱼吃了我！"静下来侧耳听外边的动静，老向却没接话，只听得水声又欢快地响了一下，像是珍珠故意在跟她唱对台戏。

　　待到老向基本康复，已是半个月之后的事了。腰好是好了，但韧带松了，不定什么时候又会纠绕起来。有时候，把谢安玉扶到一半，老向眉头就皱起来。总要半蹲身体，把臀部撅起来，前凸后翘左送右摆运动几下，等腰那里一麻一疼，才算是归了位，重又好了。谢安玉就不让老向替她翻身，说她不想动。老向劝说："这屁股可是你自己的啊。"谢安玉说："我的屁股我知道。"这么一来，有一天，老向就摸到了硬硬的褥疮，想来谢安玉一定已经疼得很了，居然忍着一声不吭。老向责怪她时，谢安玉盯着帐顶说，她还想去姚师父那儿看看，听师父说说话,她觉得有好多没搞明白的地方。老向不语,他担心姚师父又说出什么不该说的,徒增烦恼。谢安玉说她觉得那间小屋有佛光,到了那儿,身上就不太疼,大概是那些冤魂债主也怕这佛气。老向觉得谢安玉中"毒"有点深了,噘了嘴不响。谢安玉生气了,发狠道:"我知道你不信,放以前我也不信,可现在我就是爱听,你不会明白的!"老向就不吭声了。这回是珍珠的儿子开着台旧面包车送他们去。一路上,珍珠儿子嘘寒问暖,很是热情,口里喊大叔大妈,一个劲儿问谢安玉的身体情况,问得谢安玉沉下了脸。下了车,就跟老向说:"你看,人家儿子都在盼我死了!"

老向扶着她往木楼梯走,一边说:"你别多心了!你这病啊,都是多思多想熬出来的。今天我给你保个证,要真有那么一天,我就进养老院!房子呢,给咱小儿子。这你放心了?"

谢安玉说:"到时我眼睛闭了,你还不是爱怎么就怎么!"

老向说:"那写下来,拿去公证!"

两口子争着,进了推拿间。进了门,都不由住了嘴。屋里肃穆地围着一群人,脸向着榻榻米上的一副担架。担架上躺着个姑娘,头上戴了顶淡蓝色一次性手术帽,脑后裹着块白纱布,长发乌云似的散着。她的身体像被什么绑住似的一动不动,唯独眼珠缓缓滚动着,像两粒极黑的玻璃球。旁边蹲跪着个文弱的青年,紧紧握着姑娘的手,一脸悲凄。一个中年妇女正从姑娘脖子上解下条项链,项链上挂着两只抱在一起的花生。妇女问:"姚师父,金坠子可以拿去布施吗?"

姚师父说:"只要是孩子心爱的东西,就可以。"

那姑娘忽然动了动,嘴唇张了张。青年俯下身去听了听,听了后,脸上闪过一丝笑意,很快,那笑就消失了,更重的悲伤压在了他脸上。妇女紧张地问:"什么,说了什么?"边上的那群人也紧张地探头看他。

那青年说:"她说最心爱的东西是我,要施舍就施舍我吧。"听了这话,有人笑了一下,但很快又将笑止住。已有人让了椅子给谢安玉,她坐了下来。脚边的一只小蒸锅正翻滚着棕色的药水,屋子里弥漫着中药味道,那气味有些冲辣,谢安玉打了个喷嚏,觉得一股气息热辣辣直冲肺叶,很是舒坦。姚师父用手在蒸锅上方扇了扇,姑娘鼻翼轻轻动了下,忽然剧烈咳嗽起来,脸孔涨得通红,像条鱼似的挣扎着。妇女忙上前拍背抚胸,眼里不住地流泪。那围着的一群人,或蹲或立,面容哀伤,竟无一人开口说话。一会儿后,姑娘的呼吸渐渐平静下来,抬起了一只手,姚师父取下自己腕上的佛珠,缓缓套入姑娘的手腕,那佛珠迅速向袖口深处滑落,消失不见,手臂随之落了下去。姑娘亦合上了双目。这个仪式一完毕,那群人就围拢来抬起了担架。走前,或朝师父点个头,或朝师父鞠个躬,那种神情,好像要把姑娘献去做祭奠一样。谢安玉看得心里发慌,等他们一出门就问姚师父:"这姑娘是什么病?"姚师父从蒸锅里夹出块热毛巾,拧干了,热腾腾地敷在她的肩颈上,说:"尿毒症,弥留了。"谢安玉感到一股热气从颈部开始缓缓导向四肢百骸,一种酸胀感覆盖了原先的钝痛。

  谢安玉问:"那小伙子是她对象吧?"

  姚师父说:"是,也不是。"他以掌心在谢安玉颈上打圈按压,力道由轻渐渐转重,说:"姑娘许愿把自己的角膜、内脏捐给有病的人,那青年原本也不是她的爱人,是轮得了配肝的名额,过来看她,两人却倾情相爱的。这是佛安排的善缘法,你没有想得到,但是来了的。"

  谢安玉不由叹息一声,回想刚才的那幕情景,不禁有些唏嘘了,说:"真是个好心的姑娘,可惜我这把骨头老了,要年轻些,也捐了给人,能救一个是一个——"

  姚师父停下手中的活,双手合十道:"善念一动,六界皆知。女士能这样想，便是好了。业障怎么消除，其实就是两个字：放下。要知道世间万事万物，你一样都带不走。既然一样都带不走，与其临终才放下，不如早一天放下。你早一天放下，就早一天得自在，早一天得解脱。"

谢安玉听了此言，竟自呆了，过了很久才说："这些天我做梦一直见那些鱼在岸上扑腾，还梦见它们在啄我，这又是为什么？我天天诵经，也不能让它们离去？"

姚师父说："那是因为回向的力量还不够。要放下杂念，把整个精神、意念集中起来念，只有把自己放下了，才能集中，越集中，力量越大，就像那光本是散向四面八方的，如果聚在一起，就成了激光，可以穿透一切。只要把心聚在一个地方，世出世入都是可以，甚至都可以见到菩提。"

从姚师父那儿出来，老向一直品咂着这番话，总觉得似理非理、半通不通，这更像是拿佛学来临终关怀！这道理那道理，说到底就是让绝症病人接受病痛、放下执迷，不再自我折磨，那生理上的痛既然避免不了，痛过之后，至少可以免除心理上的苦，说起来，也是一种疗治方法。看看坐在旁边的谢安玉，见她一脸高深莫测的表情，也无从推测她的心情。车子驶过城里的浣纱江时，谢安玉忽然说，要去上游的鸬鹚湾看看。老向说，拆都拆了，有啥好看的。谢安玉说，房子拆得掉，江水拆不掉。珍珠儿子好脾气地说："车开过去也就十分钟，去看看吧。了个心愿嘛。"这话以前谢安玉听着一定不高兴，现在竟然安然接受了，还说道："那就辛苦你了。"

但记忆中的那片江面竟怎么也找不到，在江边转了许多个来回，谢安玉都觉得不像。老向说，不是不像，是都变了，以前的村庄变成了厂房与烟囱，怎么会像呢。江边围着长长的水泥石栏，也找不到一个可以靠近江岸的地方。正绝望着,却见一个挎着衣篮的妇女从路边闪出来,篮里一路湿淋淋地滴着水,珍珠儿子忙问从哪里可以下到江岸,那妇女指了一指,原来前头路边有块大石头,石头边有一个缺口,可以往下走。这块大石头谢安玉是有印象的,围着看了半天,说这儿那儿本是一间亭子、一棵大槐树,但亭与树都是不见了,通向江边的小道,似是近年踩踏出来的,已经平整了,有些地方铺了卵石,路边长满乱草与杂乱的芦苇。两人扶携着往前走了几十步,转一个弯,就见到了一片江滩,滩边有些妇人正在捶衣裳,水面上竟还有几只水鸟轻巧地掠行,一派静谧景象。谢安玉一直走到江岸边,痴痴望着那面开阔的江水,水面看似不动,江中心的一团茅草却缓缓地向下游淌去。谢安玉的眼睛定定地跟着这团茅草,脸上慢慢升起些红晕,说:"真想到江水里去。"

老向说:"你以为还是以前,你游不动啦。"

谢安玉说:"我就想躺在江水里,死在里面,让鱼吃了我。我吃了那么多鱼,鱼再吃了我,就偿还清了。"

老向说:"你看你,又把师父的话理解歪了,回向不是这个意思!"

谢安玉说:"你不懂。"

她不再说话,闭着眼睛深深地呼吸着。这儿的空气中似乎含着些水粒子,吸起来湿润、柔软,使肺部感到通透畅快。走的时候谢安玉说:"真不想离开啊。这儿真好。水真好。要能死在里头,多好啊。"

谢安玉身上的痛一日日重起来了,白天还好,一到晚上,万籁俱寂,那痛更放大了无数倍,这痛不再是浮在皮肤上、探到肌肉里,却是切到骨头深处了,很钝地卡进去,再卡进去,越来越深,却不出来,在里面咬着,狠狠地咬着。一整晚,谢安玉疼得一边喊,一边出汗,喉咙都喊哑了。她喊疼是这么喊的:"呜啊……南无阿弥多婆夜……

哆他伽多夜，啊哟……哆地夜他……"老向一边揉着，一边替她擦汗。也不知哪来那么多汗，垫毯不多久就潮了一片。止疼片已经根本不起作用了，老向托人去搞杜冷丁，但现在杜冷丁算半个毒品，不是那么好搞了，不到临终，医院里不给。好不容易弄到了几支，很快就用完了。如此疼下去，老向觉得简直是活炼狱了。

　　白天好些的时候，谢安玉就求老向，把她葬到江里去。她说："我想到水里去，躺在水里，看蓝天白云。那样就不会疼了。"老向说："我给你放到浴缸里，泡个热水澡吧。"谢安玉说："好。"老向在浴缸里放了水，把谢安玉扶进去，谢安玉说："舒服啊。"她说："帮我把毯子换了吧。"老向走出来把潮湿的毯子取出来放在一边，又从衣柜里取出一块干净毯子，先拿到阳台上晒了晒。忽然想想不对，急匆匆往卫生间跑，果然谢安玉的整个头已经埋到了水里，身体悬浮在浴缸中，一动不动，只一头花白短发在水中轻轻拂动。吓得他上前一把将谢安玉揪起来。谢安玉却睁开眼，长呼口气笑了："怕什么，我要死也不死在这里——把房子弄脏了，你怎么娶老婆？"又说，"水里可真舒服。"

　　老向说："江水可没这么暖和。"

　　谢安玉说："这你不懂了，水面那一层被太阳晒暖了，舒服着呢。"

　　老向说："叫儿子们回来吧。"

　　谢安玉说："不用。"

　　现在珍珠每天来帮两个小时忙，帮着做做饭、洗洗衣裳，她很有分寸，到了饭点就整理东西回家了，跟老向说话也注意着距离，免得谢安玉生气。这天，谢安玉让她留下来，一起吃饭。说吃饭，她也起不来，珍珠就在盘子里搛了点饭菜，俯下身喂她。才喂几口，谢安玉伸出手把碗拨落了，说："想毒死我？这么咸！"饭菜泼得床上、地上皆是。老向忙跑进来收拾，一边跟珍珠道歉，珍珠说："没事，姐身上疼，脾气就会躁，没事。"好不容易收拾干净，躺下了。谢安玉又说脚指甲长了，都卷起来了，疼。老向要替她剪，又不让，说他眼睛不好使，待会儿剪到肉上。珍珠说她来修。她端来盆热水，先给谢安玉泡脚，用毛巾蘸了热水，把谢安玉的脚一只只裹起来，裹会儿后，再换热毛巾，这样连续敷了三遍。珍珠说，这样脚皮子泡软了，再修趾甲就不会伤到皮肤。仔仔细细修剪干净，又索性替谢安玉擦了身，换了衣裳，以前谢安玉不让别人看她瘦骨嶙峋的身体，这次竟不反抗，任珍珠服侍她。

待一切安顿好，珍珠要离开了。谢安玉说："明天，你们的事就定了吧。"

珍珠看看老向，说："安玉姐你说啥呢？"

谢安玉说："别装傻，趁我还活着，替你做主把这事定了。老向这人不错，心善，电厂退休金又高，苦不着你。"

珍珠连连摆手，老向也说："不跟你说过了，我进养老院就成，你又来试探我！"

谢安玉说："你当养老院就清静？还不是一群老头老太眉来眼去的地方！心不要太高，就珍珠吧，知根知底的。你比珍珠大九年，珍珠不嫌你，你还嫌她？"

珍珠忸怩着看老向，老向叹口气说："师父都叫你不要多想了，我的事，你就不要费心了，我这么大个人，自己知道该咋办！"

谢安玉说："替你安排好了，才是我的功德啊。看你好好的，我才放心。"说着有些哽咽了，眼睛又看着天花板、桌上摆的全家福，一副放不下的神情。

老向不作声了，过会儿说："你想怎么办就怎么办吧！"

第二天谢安玉托人办了两桌酒席，请人喊了几个街坊，也叫了珍珠儿子媳妇,自己勉强撑起来,让珍珠扶着陪坐了会儿。谢安玉举起杯对大家说:"今天在这儿大家做个证,我死了,珍珠就代替我照顾老向,大家做个见证,都不得反悔!"说着取出一只锦皮盒子,里头有一条珍珠项链,哆嗦地递给珍珠,说:"这是去年儿子送给我的寿礼,我没戴过,今天就算作定亲礼了!"住楼下的黄胖子多喝了几口,这时就喊了一声:"新郎新娘喝交杯酒!"他媳妇连忙拦了没拦住,谢安玉已听见了。她说:"喝,要喝!"并拿眼睛盯着老向。她头往前探着,脖子上的筋根根暴起,眼眶深陷,灯影下似骷髅般消瘦,两只枯瘦手掌死死扒着桌沿,要不是珍珠扶着她的腋下,人早往下出溜了。老向叹口气,一把拽过珍珠的胳膊,自己穿过去,头一仰,将酒咕咚喝了。谢安玉见状,又说:"我也陪一口!"说完,端起半杯白酒,一口干了。老向连连伸手还是没抢到。许是那半杯酒激发了病性,当晚谢安玉是疼得死去活来,几次气没接上,眼睛都翻了白。老向看看不对,打急救电话把谢安玉送到了重症监护室,又给两个儿子都打了电话。这回两个儿子都携妻带子赶到了。谢安玉身上重重叠叠接了管子仪器,昏迷了四天,到第五天上,竟然醒了,脸蛋红扑扑的,要了一碗桂圆蒸鸡蛋,香香地吃了。接下来半躺在床上,口中念着佛号,老向数得很清楚,诵到第十声上,谢安玉的喉咙里咯的一声,眼睛慢慢合上,脑袋就往一侧斜了过去。

　　给谢安玉过完五七,老向就上各位街坊家里去解释那件"婚事"。他先去的是珍珠家,珍珠儿子一家见了他热情地端茶递水,一个个巴巴地望着他,等他开口。老向头脸涨得通红,道歉说,那次的事当不得真,是为了让谢安玉安安心心地走,才答应下来的。养老的事,他早跟厂里的萧老头约好了,一同去住养老院,那边床位已替他留着了。珍珠捂嘴笑了,说,开玩笑的事,谁还当真了?!便跑到屋里把珍珠项链取出来还给老向。老向看看珍珠笑眯眯的样子,只能歉然把项链收了回来。

接着便去师父那里还经书。去了几趟,却都没遇到人,想起来也奇怪,跟谢安玉一起去时,每回都能遇到和尚。他便在狭窄的楼梯里坐一会儿,这个地方像是尘世的分界线,往上走是车水马龙的人间,往下看,像黑暗幽深的地下世界。想起和谢安玉吵吵闹闹来到这里的样子,倒像是隔世了。那本经书的扉页上抄了一段话,是师父让他在最后时刻念给谢安玉听的:"……不管苦乐,不论悲欢,你已经度过了一生,生命诞生的业力带你前来,死亡的业力也将带你离去,佛的慈光摄护,将会是你旅途上的依靠……"对着弥留的老伴,他一开始念得磕磕巴巴,渐渐地念得顺了起来,声音有些像师父那般舒缓起来,哽住似的悲伤、绝望也稍稍平缓了一些。

有那么一个瞬间,他觉得自己又成了在江水中沉浮的小孩,惊慌地在水流中扑腾,两手空空,什么也抓不住,什么也不能安慰他……"西方净土,四季如春,清朗凉爽,不冷不热,全然一片柔和清新光明……不要再执着人世生命,不要再牵挂尘劳家事,我会料理家宅,让你安心归去,我也会好好活下去,珍惜世间光明善美……"他郑重地念着,似乎这么念着,世间便有什么伴他同行,在人世最难解的谜语前,平静地抚慰着他,让他即将漂浮起来的身体又缓缓落回地面。

原刊《野草》第3期

我的太太变成了鼠妇

朱 婧

> 姗姗而来,全身披着白纱,就和她的心灵一样纯洁
> 她的面容被面纱遮住,然而在我的想象之中
> 她的甜蜜和善良使她的整个人都焕发出光芒
> 她的面容是如此清晰,如此快乐,没有
> 任何一个人能够及得上她
>
> ——弥尔顿《梦亡妻》

我曾经非常喜爱鼠妇,在红砖平房背阴处,搬开地砖,挪动花盆,把鼠妇一只只从湿润的泥土里翻检出来,放在掌心,用手指拨动它蜷缩成团的身体,看着它难以翻身的拙笨姿态,让我乐此不疲。那时候,我不称呼它为鼠妇,它在我口中的名字是西瓜虫,潮虫是被使用更多的称呼。如果你看过一本名叫《地下100层的房子》的书,那本书里,地下有一整层就属于潮虫,潮虫们会将自己团成保龄球,让同伴扔出

去。鼠妇是忠厚的游戏对象，它没有让人生理不适的黏液，黑色硬壳使它不至于太过软弱，它也不会对我产生任何威胁。我曾经是那样热爱鼠妇，究竟从何时起变得疏远了呢？如今的我别说是鼠妇了，对各种生物都感到厌惧。从某种意义上来说，我已经把自己封闭在围城内了。我的太太变成鼠妇后，我能感觉到围城在微微震颤。

我的太太和我通过相亲认识，第一次见面是在我工作的写字楼附近的茶餐厅。那种餐厅一度非常流行，宽敞皮革座椅相对，柔和吊灯悬挂，古典主义静物画装饰，提供简单西式餐食和中餐，后来却逐渐消失，仅存的几家也成为遗迹一样的所在。第一次的见面，她最吸引人的质素是一种幼态，或者说是直率的眼神举止带来的一种气质。这种气质后来成为年轻女性追求的风尚——白瘦幼的审美标准化为种种细则：让眼角微微下垂眼圈微微发红的无辜感泪眼妆，甚至在耳垂、锁骨扫上淡淡腮红制造娇羞感。我以为我可以一眼看穿矫揉造作，我以为我从平庸之辈中走过，才会如此强烈地被她吸引。

我大概只在儿童那里见到过那样透亮的眼神，她的一切都显得如此坦白。她并非不美丽，而是那种端正的美丽超越了性别，很难说能唤起欲念，但又如此可亲，带着毛茸茸的现实感。那张可爱的面孔在对面，她旁边是另一张和她一般可爱的，甚至更可爱一些的面孔。同我的太太并排坐着的人是她的发小，他们从幼儿园到高中都同校，大学也在同一个城市。沐的母亲是太太的母亲的牌搭子，太太的父亲和沐的父亲是高中同学，两家一贯要好。太太和沐最终长成了姐弟一样的伙伴，太太本科毕业后的第一次相亲，沐陪着她过来，漂亮的两个人坐在那里，像双生子一般亲密，看向我的眼神，也并无冒犯的意味。

太太的大学专业是幼儿教育，从本城一所著名的师范学校毕业。那所学校很漂亮，黄墙红瓦，绿色梁柱，春之关山樱、绣线菊和紫藤，夏之绣球、木槿和合欢，秋之木樨、野菊和银杏，冬之郁香忍冬、吉祥草和茶梅，四季植物和着风声奏响不同乐章。校园内猫咪傲慢自在地行在路上，挂在树上，追着鸟雀，扑着昆虫。这些景象，在太太婚后随手涂抹的画儿上能见到。只是她用 iPad 的 Procreate 画的那些画儿有着工业化的质感，更像照片，或许天然材料才更适合表现天然对象。天然，正是天然让我的太太成为这个时代弥足珍贵的良才。在南方小城的丰足家庭，在四季自然和父母的爱意中长大，到中等城市完成她的大学学业，见识和欲望调配得恰到好处。她没有经历过混沌和肮脏，对动物友善，对儿童和老人友爱，相信爱能战胜一切。如果不是毕业后和我立即结婚，太太大概会成为一所不错的幼儿园的老师。一般幼儿园的带班老师中，会有一位成熟的老师作为排名第一的老师，排名第二的老师多数是新鲜毕业入职的。她们往往穿着色彩清淡质地柔和的束腰连衣裙，头发清洁蓬松，长度刚刚好到肩膀的位置，牙齿洁白，笑容明朗。若路过一间外观可爱的幼儿园，我仿佛能看见我的太太站在门前迎接孩子们的样子，那形象我是那么熟悉，因为结婚后，我的太太以这样的形象在我下班到家时，打开门迎接我走进玄关。可是，我的太太没有一次能真实地站在一所幼儿园面前，去做一个被爱的老师。

因为她在我们的婚礼上点头承诺，应许做我的妻子。她披着长长的头纱从通道的那一端向我走来，穿过缀满茄紫马蹄莲、紫丁香和粉色火鹤花的花架走向我，手捧着由荷兰绣球、银莲花和紫红色芍药组成的手捧花。头纱边缘精致的蕾丝花边娇柔地衬住我的太太毫无瑕疵的面孔，她微微仰起头看向我，她是我见过的真实的人类中最美丽的一个，毋庸置疑。

婚后我对太太提出不要出去工作的要求，她连软弱的抵抗也没有。

她从学校离开就走进家庭，做了我的妻子。我一度相信她喜爱这种没有压力的生活，比起那些同她一般年纪朝九晚五在通勤的地铁和办公场所里日夜消磨青春的女性，她很早就可以从容地出没于这个城市最好的消费场所，她买东西之前不需要小心地询问价格或者翻取标签，她的天真和骄矜不需要受到现实的破坏。她回报予我对于家的热爱和投入，她很容易建立起一种让生活流畅到丝一般滑顺的日常，她给了我美丽舒适的家。

沐送给太太一只小狗作为结婚礼物，那是一只白色巨型贵宾，鼻头湿润，杏仁状的眼睛、略窄的头骨和钝感的眼神如购买它的人一般，并不显得聪明。沐和我们差不多的时间结婚，也是通过相亲。像太太和沐这样美丽的人，在结婚这件事情上几乎不用表现出太强烈的意愿，他们只需要顺着命运的水流抵达一个结果，因为总有另一方会比他们更渴望。沐是经济专业的名校毕业，不过他早早离开证券公司，去了一间与证券相关的报社工作，拜访广告客户，投放资讯信息，做一些离专业不远的低竞争性工作。男性的美丽造成的脆弱感和优柔寡断的气质在他的身上一览无余。回想相亲日，他站起来同我握手，坐下来倾听我和太太的对话，眼神流转不多，却自有一份滞钝的诚实。他明确自己在现场的责任，试图时时警惕，但无法掩盖自身的局促。面对同性的我，他仅仅处理好无所不在的被比较的压力就已经不易，更难说去保护身边人。面对这样的对手获得的胜利甚至是寡淡无趣的，我在太太赞美和仰慕的眼神中起身，去取车送他们回去。她和身边人亲密无间的场在那一刻被破坏，她逐渐脱离，试图独立，我看到她身边人不可掩藏的失落。我走出餐厅，隔着落地窗回头看他们，我看到太太与他热烈对话，欢悦的神情，我看到他把目光投向我，却很快移开。

如果去看太太的童年相册，很难把她同今日站在我面前的优雅女士联系起来。她那时更像一个男孩,精力充沛,自由自在。她在公园里的秋千上,荡到很高的位置,她甚至不是坐在上面,而是站在上面,用小小的身体迎接清风和晨光。太太小时候也喜爱过鼠妇,在家中小院子里,她一只脚踏上花坛边缘,拿住小铲子,聚精会神在泥土里翻检。春天从江岸的丰茂草坡上往下滚;夏日午后跟着大孩子们骑自行车在小城的窄巷中穿梭,停下车,黏糊糊的手接过推着冰棍箱的老头递过来的一根牛奶棒冰,是她最快乐的事。那个老头,把另一根递给了她身边同样晒得黑俏的沐。沐还会和她一起,在公园的碰碰车上,在湖面的鸭子船中,在生日宴的蛋糕前,甚至,他们俩一上一下挂在公园的滑杆上。那些影像留在了他们的家庭相册,成为我无法触摸到的太太的一部分。

那只狗在我们的屋子里住的时间很短,仅仅三个白天和两个夜晚。我进屋的时候,那只狗取代太太站在玄关的通道迎接我,在射灯柔和的光线下,白色的细卷毛发呈出凝脂般的蜡色,并着它略微呆滞的表情,不像活物,却似画中物。太太刻意让它单独迎接我,它却没有迎上来,它转头离去,觅着太太的气息向厨房去,绕在她的脚旁。太太走出来,它跟随着,太太的表情里有希望也有请求。当晚,太太在客厅给它放好了窝和食盆。睡前,它发出啾啾的叫声,用爪子挠动我们的卧室房门,迫切地要求进来。太太出去安抚它,在客厅陪了它好一会儿,待她回到卧室,它又坚定地跟过来,持续地挠门。最终,太太把它的窝拿到了我们的床边,它爬进去很快安静了。在被送过来之前,它已经在宠物店寄养了一周。沐认为它长大些,习惯好些,太太照顾起来轻省。他一并买好了它的卧具、食物和玩具送过来。可它到底年岁还小,脾性又懦弱胆怯,换了新的环境,总想和我们一起睡。只是对我来说,不耐烦的直感盖过试图理解的意愿。第二天晚上,我坚定地同太太说让它睡在阳台，把阳台的门锁上。它的应对之道是在阳台发出凄厉的叫声，它的声音虽然不大，却相当尖厉。物业接到邻居的投诉，深夜按响门铃请我们务必处理好阳台上的狗。太太一边道歉，一边解脱般地打开客厅门，它似一道白光闪入室内，她把它抱在怀里，抱到我们床铺的角落。这是它第一次，也是最后一次和我们睡。我看着太太抱着它的样子，才发现这只据说是巨型贵宾的小狗，蜷缩在我的太太瘦到手肘突出的怀抱里，也只是那么小的一团。她们两个从客厅的楼梯走上来，走进主卧，像两只孩子气的幼兽。太太的宽大的白色棉质睡裙，被从露台吹进的风鼓起来，她们好似驾着云朵浮上来。

曾经，如果有人问我男女之间有无另一种情谊，我会觉得可笑。但是，在我太太和沐这里，我承认我的恶意毫无必要。不仅照片记录的两家人共同的旅行和饭局，还有无数我无法和她共同经历的时刻，皆能看到对方的影踪。他们的照片被小镇照相馆放大挂在橱窗；他们一起上过地方新闻，因为被选去中学新校区奠基礼上诗歌朗诵。令我记忆深刻的却是一件小事。太太和沐所在的小城中学安排过一次学农活动，其实也就是乘巴士到离小城不到一小时车程的乡村观览。"那景象并不陌生，"太太说，"春天从位于小城边缘的中学骑车十多分钟就能看到郊区的油菜花地，黄色蜜蜂和白色蝶子都是常见的。"可那次的特别之处在于，他们要好的几个人离开旅行巴士驻留的主干道，顺着灰白色石子混合的岔路前行，道旁是水杉，两侧尽是农田。他们走上田埂，直走到田地中间的阔道，两边有沟渠。沟渠尚湿润，但不见多少水，土壁上可见一个个孔洞，旋入不可知的幽深。这对于没有农事经验的他们来说是陌生的，他们猜测着，那是龙虾的洞穴？还是螃蟹的？还是黄鳝的？并没有一个明确答案。蛇是在那时候出现的，起先是一条，细长的，横在道路中间，接着另一条靠近过来，身体团起，两条皆是泛黄的土色，灰扑扑不起眼的模样。他们三五个人停住脚步，却没有一个打算后退，他们就静待着蛇，蛇也全不顾望他们。"然后呢？"我问太太。"然后蛇散了，游入了沟渠，我们继续往前走。看到蛇的关键是，不要让它离开你的视线，就不会害怕。"太太这样说。经历了蛇之冒险，上车晚了的他们坐在了最后一排。沐和太太，恰好在座位的中间，直面着过道，沐微微侧身护着她。一点残余的兴奋过去，车内谈闹声渐渐平息，睡眠之神悄然张开羽翼覆上在暮色中摇晃的车厢。太太睡着，梦的结界开启，她的头靠上了沐的肩；也许，是沐用手托着她随着车厢节奏点顿的下颔，像护着宝石。

　　送走这只狗，她只花了一天时间。我离开，再回家，她摆好餐桌，端上晚饭。狗已经无踪迹，仿佛从未存在过。这一天，我的太太是这样度过的。她送我出门，买了火车票回到距此一个半小时车程的她的家乡小城。她背了一只布包，过安检的时候，把狗的头略略往包里按了一按，让它隐没其中。十年前火车站的安检比较宽松，没有人特别留意我乖巧的太太和那只乖巧的狗。她把那只狗拜托给了沐的一个亲戚，那个亲戚在一个老旧小区开了一间超市，有足够空间养育那只狗，那只狗有它自己的命运。她乘当天的火车回来，去菜场买菜，做饭，等我回家，一如往常。我的太太没有告诉我，在火车上看着车窗外掠过的风景时，隔着布包摸着狗温热身体的触感，以及把它交给他人离开时，它是否又曾尖厉地叫唤？她如何回应它热切的眼神？后来，太太会定期购买猫粮，喂养小区里的野猫。她在固定的几个地方放了食盆和水盆，每日去添加更换。不多久，她就几乎认得了小区内所有的野猫，我们下楼散步的时候，她能指着某一只，说出细微的特征。但她不给它们取名字，只以特征称呼，她说名字是区别家猫和野猫的关键，情感不可过溢到给野猫取名。

"看到蛇的关键是,不要让它离开你的视线,就不会害怕。"我娇养的妻子离开了紫马蹄莲、紫丁香和粉色火鹤花装饰的婚礼,黑色的婚车在细雨中载着她返回我们的新居,雨滴在车窗疾速漂移。下车时,婚纱的裙摆被轻轻提起,我看到她纤细的鞋跟、紧绷的小腿,美丽又脆弱的景象闪现。胖胖的五福奶奶,燃起线香绕着她的周身游走,祝福她富丽而多产。她走向她未来的家,白色蕾丝的手套包裹着她的手,像等待拆开的礼物,被交代在我的手掌,我感觉不到她的温度,也感受不到任何力量和回应。我不曾知道,也不曾想过,她是否害怕。

她很快习惯了一个贤良妻子的角色。每天下班回到家里,她一定做好了饭,端上餐桌。她也一定洗过澡,吹干了头发,穿着清洁的衣衫,总有馨香。新烘干的毛巾叠放齐整,卫生间的地面干燥,连一根头发都没有。她需要计算好我回家的时间,提前做好饭菜,在饭菜不至于冷却、我也还没有到家的短暂空隙,迅速地洗好澡,吹干头发。她没让我看到过狼狈,她总把事情做得好像天生就该那样。或许为了方便,她结婚后不久就将头发剪成了短发,只超过耳朵一些。夏天的夜晚,我们在小区附近沿着江岸的公园骑车,穿着宽松T恤和短裤的她像个男孩,平时收敛起来的生命热量此时闪现。她喜爱将车蹬得飞快,冲在前面,远远回头看我,复又继续向前;通过减速带时,她灵活地站起身来避开颠簸;有时她停下等我,与我并行。路灯下的树影在她的身上移动,我看见她的背影、她的侧脸、她剪短的黑发、她动辄露出的精巧耳垂,蝉鸣吞没了无声无息的闲静光阴,我们似乎可以这样无穷无尽骑行下去。

婚后的第二年,太太第一次怀孕,只是五十天后她失去了那个胚胎。我把装有机票和酒店确认单的信封放在她枕头下面,带她外出旅行。一年半后,她第二次怀孕。那次怀孕异常艰难,发现怀孕时在五月,胚胎的数值不甚理想，她每天早晨步行去社区医院注射黄体酮。六月时，她的背部突发了带状疱疹，孕期不能用药，只能自行恢复，病期被延长，神经痛并着渐生的暑热折磨着她，她多数时间只能趴在床上。夏夜，她解开连衣裙背后的衣扣，敞露那处尚在炎症发作的伤口；肩胛之上，她柔弱的脖颈在床边低垂，似已不能负担更多一点的重量。夏日之夜，有如苦竹。整个六月，病症未愈，对于她腹中胎儿的命运我们或多或少已有所准备。七十天的时候，那个曾经有过胎心的胚胎停止了发育，在B超的照片里，能看出如幼芽一般的手脚形态。太太第二次失去孩子。她背上留下了一个淡色瘢痕，偶尔的神经痛还会造访她。

我认真和她谈过，也许我们未必一定要有一个孩子。那几年，我密集地安排两人的旅行，我带她去主题乐园，参与人群中的歌舞狂欢，守候城堡上的激光投影和盛大烟火。我带她去海边酒店，清晨和傍晚同她赤脚在湿软的沙滩走过；在下午热乎乎的海风里，团在沙滩椅上玩着手机游戏的我，偶尔看向她，看着她在一旁看小说的专注神情。在海岛的时光，我骑摩托车载她去路边摊吃辛辣有味的食物，去周末集市买手工制品。那些旅行照片上的她，笑容总是倦怠，不经意就呈现出圣母像一般的哀伤表情。

我们回到家，希望从生活被中断的地方接续，重复的日夜看起来波澜不惊。破绽从哪里出现？ 也许是某次，我进入那间我几乎从来不去的储藏室取某个东西。家中所有的物件在用完之前总会补上，新的卷纸、新的牙膏、新的洗发水、新的电动牙刷头，还有新的毛巾、新的床品、新的锅具、新的餐盘，总是崭新，总是有序。我进入储藏室，看到分类整齐的备用物品，归置在一个个贴着标签的储藏箱。走到更深的搁架处，我看到的是一个个纸箱，里面堆放着大量家中从没有出现过的品牌的日用品、清洁用品、洗护用品，大多是小包装，一看即是试用装，数量上来说，支持一个小型便利店的货架足矣。我在那些物品的包围里深深困惑。过了几天再去看，这些箱子减少了一些，又增添了一些。仔细检视，种类之繁多超过我的想象：卫生棉、须后乳、牙膏、面膜、洗衣皂、柔顺剂、垃圾袋、鞋刷、沐浴球、花洒、防雾霾口罩、麦片、蜂蜜、全脂牛奶、姜茶、洗手液、代餐粉，甚至停车牌、HDMI 连接线、USB 分接器、烤箱烘焙工具套装，最多的依旧是各种的护肤品、洗发水、护发素和沐浴露的试用装，各种品牌的化妆镜、化妆包。揭秘过程丝毫不复杂，只消在夜间等太太睡着以后，打开电脑，点进她常用的购物网站，点开订单记录就可以看到，我的太太以几乎免费的价格，购买过老人运动鞋、男士钱夹、手机壳、豆浆粉，用一元买到枕头，九元买到夏被。再翻检门厅入口处的抽屉里存放的快递单，可以看到定期往那间被送养了小狗的小区超市邮递物件的底单。我的太太，用她 VIP 客户的身份申请大量试用装，用网站发放的各种代金券以极其低廉的价格买来大量品牌用以商品推广的试用品、网站用以增加用户黏性的惠利商品。这些对于她来说毫无用处的东西，被她拿来送给他人。那些低价订单，夹杂在太太为我们日常生活精心挑选的固定品牌的消耗品的订单里。一页页翻下去，好像翻不尽，记录的是她 Price Hunter 的履历。一个是连厨房剪刀都要精挑细选的她，一个是像开玩笑一般买了十套一元一套的指甲刀套装的她。那种套装每天只有两个时间点发放大额优惠券，每天只可以领一次，我的太太必须每天准时领到优惠券再下单，连续十天，才能完成这样的订单记录。储藏室里的这一箱箱东西，都是她这样买来的。我不知道她独自在家的时间，花费了多少在这些事情上。每日回家，开门迎接我的永远是馨香轻盈、游刃有余的太太，她拥有克制的美德。

生活展露的细小破绽,打破了完美,却有真实的留痕。也许是再一次,我提前回来的时候,家中一切如常,只书房里两台电脑虽然关闭了,机箱依然是温热的,放在一旁的两台笔记本电脑也是如此。太太在做什么事情需要同时用四台电脑呢,任何一种电脑游戏,需要组队,需要刷分的,都会需要她执行这样的操作。她从不爱玩游戏,可如果这些事情,是她智慧和能力的另一种明证呢?我知道她在无意义地消耗时间,累积毫无价值可言的物品。是何时开始,持续了多久?我无法开口和太太正面交谈,更不觉得她需要帮助。我以为以她的克制警惕,让生活回到正常的轨道并非难事。我猜想她只是在尝试,她已经解锁了厨艺软件上的一道道复杂菜式,攻克了各种各样的甜品的制作方法,也许她只是在制造和尝试新的目标。

只有我的太太在家时,她在做什么?她是怎样一个人?她曾经的生命能量,在被压抑消减后,残留的部分是否变成幽暗的气团四处奔走?如果我打电话告诉她我刚刚下班准备开车回来的时候,已经在楼下的车库了,如果我在她毫无准备的时候,敲响家门呢?可是,即使知道所有,我还是无法打破那道界限。她在婚姻里造像,我以为守住那座像就是守住了家。说话很重要,说话比性重要,可是我们始终没有办法说话。我看到从容自在地说话的太太,只有那一次,隔着落地窗,我看到她对着沐热烈陈说。我很难道出真心,那好像是一种软弱的证明,而她似乎在把自己培养成一个理想的妻子的时候,首先学会的是沉默。

我们依然亲密,我总是准时下班回家,周末的时间多数陪她;我在情人节给她订花,在纪念日给她礼物;我们不知不觉分了房间睡,以作息不同为理由,她习惯更晚睡,也需要更早起来准备早餐。我是在同她结婚的第七年,有了第一个女朋友,后来又有了另一个。在太太变成鼠妇的时候，我正交往的女朋友，是交往时间最久的一个。在一年前的马蒂斯展上，我在一幅或许不是最出名的画作前停留了很久，久到成为我的现任女朋友的人，以为我感兴趣，主动上前来帮我讲解。不过她并不知道，完全不懂美术的我当时只是发觉画中的沙发和我家中沙发的配色恰好一致而已。这个女朋友是和太太不同类型的女性，她高中开始在国外念书，拿海外护照。从头发到牙齿都精心打造，从衣衫到包袋都是名牌物件。第二次同我见面，在我送她回家车停在地下车库时，她通过健身房锻炼和有机饮食严格管理的身体，就矫健灵活地从副驾驶位滑入我的怀里。她志在必得，我来者不拒，彼此心知肚明，共襄盛举。我赞美她的康健和自信，这些我的太太很难再有的美德。

一个政券投资的标志性人物，在前一年的冬天死了，这一年股票交易市场腥风血雨，类似十四年前。上世纪九十年代中后期，那些早年富人在做交易，斯人或逝，交易记录还在，数据分析人性依然有效。贸易利润流被贴现，金融杠杆撬动了超前消费。这个过程类似恒星塌缩，偶尔耀眼。我的太太在我不知道的地方长大，也许也身陷更深的幽暗，而我在另一种游戏中已经能找到让自己轻松的方法，只消维持一个体面的外观。我的太太在吃饭的时候，会突然和我讨论一些无关的问题。她告诉我，她去商场购物，她看到名店门前永远排着等待入场的队伍，她从人群中走过，看到不同的面孔拎着不同的——她能清晰读出来品牌名并猜到大致消费额的——购物袋。她问我："人们的生活真的如此富足并且满足吗？"

也许是我，一直试图把她隔绝在根本不存在的幻景中。沐在离婚的进程中，他同妻子分居已经一年。我知道这件事，并非太太告诉我，我甚至不知道他们什么时候恢复了密切的联系，婚后因为世俗的理由他们早已疏远，尤其，当沐轻松地获得麟儿而太太长久地陷入生育之苦后。我知道此事是因为沐的妻子滋扰的电话打到了太太的手机上，我看到太太强烈震惊的表情。我太了解，看起来在家庭生活中如此从容的她，在面对外部世界时的不堪一击。可以说是一种易感，不善处理，易受打击，挫败感进一步加剧了她的恐惧。电话再一次打过来时，我替太太接了，简单言语来去后果断拉黑了号码。沐最终娶了一个颇有家产的女性，但无意外，对方和对方家庭的强势让他的婚姻生活过得并不愉快。分居后他同太太说起过自己当年的软弱，后悔于那点想在婚姻中获取捷径的贪心。强者节节胜利，软弱者大概会尸骨无存。他回旧居接孩子时，手机被妻子拿走了，于是她的电话打到了太太这里，对方警告太太不要冒犯他人的婚姻。我告诉太太不可以指望其他人像我一般理解她和沐的友情，她只是一如既往地沉默。时间好像又回到相亲日，他们俩并排坐着，可怜可爱的一对，他们都是那么美丽而无用的人，他们都只能仰仗更强大的人，抑或顺从地走进谎言的牢笼。

　　太太离开学校，离开家，来到这个我为她而设的新居，做了我的妻子，整整十年后，她变成了鼠妇。为什么我的太太变成的是鼠妇？不是一只夜莺、一朵玫瑰，或者一只松鼠？她同时拒绝看到、听到、说出，以鼠妇的姿态。当她变成小小的黑色一团在我的掌心时，我不厌恶也不嫌弃，我是害怕童年时期荒诞的恐惧会跟上我，害怕回到只有我了解的生命早期的恶战。从暮色四合的田野，走到灰色碎石子铺就的乡间小路，无名的怪兽渐渐跟上我。道边所有的房屋合谋一般在这一刻同时紧闭，我越跑越快，它越追越紧。幽蓝色的风景从我的耳边掠过，道路上凸起的坚硬石子透过薄薄的鞋底一下下重击我，心脏剧烈跳动的声响占据我单薄的胸腔。我跑进自家院落，撞开没有锁的屋门，冲进一片黑暗，我用力合拢门扇，背靠着门滑落在地。这房屋内，没有一点光线和声音，父母还没有从田野归返，这古老房屋内与我同在的，只有世代祖先的幽魂。我生活的真相还没有复苏，但已凭一己之力摆脱了巨大的恐惧，获得安全，却陷入孤岛一般的至深的幽暗和孤独。我的太太，在我的手心变成了鼠妇的那一刻，提醒着我从没有能够真正逃离那样的时刻。

  回到世纪初那个小城十字路口的照相馆，太太穿着海军服、斜斜地戴着海军帽的写真照片被放大展示在橱窗里，近旁是她亲爱的友人。十四岁的她露出七颗牙齿的笑容，在十年以后将我一击即中，我从来没有停止过热爱那张面孔。许多次，她在我的面前，坐在床边叠衣服，一时抬头，目光迎上我，她递来一朵温存的笑容，我恍惚回应，一瞬间的心惊，一瞬间的心疼。那是我们婚姻的第七年，我已经迷途，却无法知返。

原刊《青年文学》第 8 期

抠绿大师

孙 睿

一

膝盖在燃烧。

我和宝弟蒙在绿布下,低着头,双臂抵着吉普车后备箱的钢板,下半身和腰腹协同发力,推动着一辆两吨重的吉普车向前滑行。

起步的那几下很费劲儿,使出的劲儿都被弹回来,构成膝盖的几块骨头咬合在一起,长到现在,它们从未如此亲密过。轮胎像一块尚未成熟的痂皮,紧贴地面,没有丝毫的缝隙。屏息凝气,双脚蹬地,继续发力,轮毂终于转动起来。

一旦动起来,就没那么费事了,想起速,仍要玩命推,胳膊会本能地使劲儿。意识到车并没有随着我们发力而加速多少后,使劲儿的部位会自动下移,提肛缩腹,前脚掌触地,脚指头也被带动着发力,腿肚子的肌肉膨胀欲裂。这并没有使我退缩,却让我身上其他部位的肌肉被调动起来,跟面前的这辆车死磕——有种一扇门挡在你面前,不把它推开,就会被闷在黑暗里的感觉。

车真的越来越快了。绿布下,眼前闪现出一道道光。我有点儿低血糖。

这时绿布外面喊了一声"停",车里的人踩下刹车,宝弟攥着绿布的手心渗出汗,在吉普车漆面上一打滑,脸重重撞在后备箱外面挂着的备胎上,声音不大,还带了点儿反弹。

"没事吧?"我攥着绿布的另一角问。备胎是开拍前,导演让挂上去的,本来它平放在后备箱里,导演说还是挂在外面好,有气氛。不知道硬邦邦的轮胎和梆梆硬的铁皮,脸更愿意选择撞哪个。

"为了艺术,没事。"宝弟揉着痛处。

"停"是导演喊的,随后他又说了一句:"能不能再快点儿?"

"试试吧。"我探出头说。

"什么叫试试吧……"

"能!"宝弟赶紧说。

"车回原位,再来一条。"

我和宝弟钻出绿布,跑到车前,把车往回推,推到起始位置,又跑到车尾,再次蒙上绿布,准备拍摄第六条。

"时间不多了,争取一条过!"绿布外面又在发号施令。

宝弟再次揪住绿布的边角,对我说:"马哥,你心里就喊:×你妈!×你妈! 然后车就能推快了。"

我往嘴里放了一块糖说:"我之前心里喊的是:你妈×! 你妈×!"

"也挺好!"宝弟笑了。

我也笑了。笑完,我们身上又有劲儿了。

因为同期录音,我们不能把这话喊出来,否则车一定会推得更快一些。

"预备……"绿布外面传来声音。

我和宝弟双腿后撤,双臂抵住吉普车,和大地呈四十五度夹角,拉开架势。小腿的肌肉一跳一跳的,跃跃欲试。

"开始!"

绿布随着吉普车移动起来,这是坐在导演那里看到的效果。到时候绿布这部分会在后期剪辑中被抠掉,包裹在里面的我们当然也就消失了,看上去是吉普车自己在往前开 —— 用这种方法拍摄行驶中的吉普车,够酷吗?

二

得从这辆吉普车说起。车是峰哥的,他倒腾临期食品,就是即将到期的零食、饮料、奶、酱油什么的,超市和电商会在到期之前三四个月就下架,退给供货商,供货商则以想象不到的价格 —— 超市价格的十分之一 —— 再次批发出去,只求快速出手。峰哥专收这些货,再倒出去,赚差价。本质上也算倒爷,倒是倒了,离爷还远,利润极低。有一次他卖了三十米长的奶,只挣了四千元 —— 一挂车十五米,卖了两挂车,一集装箱的奶挣两千元,合到每盒上就只挣两分钱。他也是快进快出,沾点儿利就走,还有更多种类繁多的临期食品堆积在上千平方米的仓库中等着被拉走。他老说,干了这一行,看着这些巨量的、即将被人类消耗的东西,感觉已经不是食品了,人也不是人了,怎么看怎么像饲料和鸡。

供货商的仓库通常建在城市远郊,峰哥每天都要去看货,必须有辆吉普车才能从那些沟沟坎坎、没有路的地方开过去，于是搞来这辆国产二手四驱车。它有一个催人奋进的名字：奋斗者。峰哥每天开着它，从河沟和草地上碾轧过去，把自己送到那些为了节约成本而临时搭建在野地的仓库前，喷满花露水，穿过蚊群，走进库房，为了一两分钱，跟老板各种套近乎。超市货架上的下一批退货随时都会到来，只要峰哥能拉走，老板也不死扛价格，你好我也好。峰哥对下线也是这个态度，特殊时期，能有买卖做，尽量得和颜悦色。

但有时候也会碰到杠头。有一次峰哥发一车巧克力，天热，特意配了冰袋，送到地方，卸完货，对方突然说不要了，因为保质期不是峰哥说的还差三个月，而是两个月。峰哥逐一查看，他也是被忽悠了，确实有差三个月的，但大部分是两个月。峰哥说既然已经卸了货，出现这种情况，索性不挣钱了，按成本价给他，并接通上家电话，说明日期的事情。上家说每天发这么多货，不可能一盒盒地检查，就是一大概日期，同时表示，愿意退款一千元作为赔偿。峰哥开着免提和上家通话，过程全透明，并说这一千元退款可以让给下家，雇车买冰袋也没少花钱，都不要了。其实三个月两个月，都是卖，但对方不知道哪根筋不对了，就是不干，坚决退货。你来我往说了半天也没用，最后几箱卸下的巧克力也没往仓库搬，就堆放在阳光下，正一点点儿变软、融化。大车司机着急回去，峰哥就让他先把车开走，拿货方挡着车不让走，要求必须把巧克力拉走，峰哥推开他，让司机先走了，说剩下的问题他留下来解决。

推搡过程中，那家伙不知道怎么就倒地了，然后报了警——纯经济纠纷报警没用，倒地为叫警察来解决此事提供了巨大便利，所以他一直躺在地上没起来，像一摊融化的巧克力。

那天是宝弟陪峰哥去的，峰哥的吉普车限号，宝弟就开着他的五菱荣光跟峰哥跑了一趟。峰哥和那人戗起来的时候，宝弟和那人的助手在一旁劝导，也都是奔着催成买卖别惹事的原则，哪怕警察到了后，当事双方也以为这事可以调解，无非是峰哥出点儿钱再退一步，让对方多挣点儿，落个心理平衡。没想到警察当场给他们都带走了，因为峰哥弄的这批巧克力里掺着假货，出警的警员也是位父亲，常给孩子买这类吃的，练就了一双慧眼，恰好被他发现。

到了当地派出所，进一步了解情况后，就让对方的人和宝弟走了。峰哥被扣，他的解释不管用："我犯不上卖假货，真货比假货还便宜，我成车成车地走货，不可能一包包细看。"等他再出来，已经是六个月后。他进去的时候，媳妇还有三个月就要在老家生娃了，完美错过。

峰哥出来那天，宝弟开车去接，我跟着。宝弟是开超市的，峰哥给他供货——一般峰哥不做散户，我们仨是一个镇出来的，还在同一所中学上过学。宝弟从峰哥那儿拿的货，若全卖掉，就有钱挣；卖不掉，则自己吃，省了生活费。总之，干这个，让宝弟在北京活下来，现在超市开到第三家，都设在城乡接合处，我们也住在这里，北京的边缘。

半年没见，峰哥瘦了，也黑了。接上他后，除了问想吃什么，我和宝弟没再多嘴，对峰哥在里面的生活避而不谈，只说外面发生的那些无足轻重的事。倒是峰哥主动介绍起每天都干什么，听上去很丰富，我和宝弟也有点儿向往了。我俩配合地笑着，同时琢磨着该如何把另一件事告诉峰哥：他停放吉普车的那条路变样了，车现在有点儿麻烦。

车平时停在一排刚建成尚未投入使用的小区底层商铺前，这排房子盖在土坡上，最近开发商修路，土路部分变成了石板路，以前是自然延伸到坡上，车能开上开下，现在土坡的两头被改成花岗岩台阶，有十几级。峰哥进去得太突然，修路时联系不上车主，车就那么一直停在坡上。我和宝弟也是看到修好的路后，才注意到被贴满一张张挪车通知的吉普车。我们去找开发商，得到的答复是只能自己挪车，为了这辆车，这条路已经晚动工半个月了。昨天我和宝弟揭掉车上的条子——开发商已做到仁至义尽，每天贴一张挪车通知，驾驶室一侧的玻璃都被贴满了，远看白花花一簇，随风翻动——免得峰哥看了受刺激，还拎来水桶把车冲干净，前后挡风玻璃上已经落满红绿相间的鸟屎，铲了半天。

现在宝弟把五菱荣光开到这道坡下，峰哥看懂了两侧的石阶和坡上的变化，一个跨步，跳上石坡，摸出钥匙，拽开车门，坐进车里，打着火。然后在我和宝弟猜测下一步会如何的时候，车从以前是土坡、现在变成台阶的地方，像只大号的铁皮青蛙，一蹦一蹦地开了下来——台阶下我和宝弟的头也跟着一上一下地颠了起来——停到我和宝弟身前。车窗落下，峰哥在里面说，上车，吃饭去。

我们仨都知道，吃饭的本意在喝酒。人均五瓶啤酒后，峰哥说，北京想把我的路堵死，但我开过去了，现在我要回家了。然后摸出车钥匙，推到我和宝弟面前说，车你们留着开，挣钱了，给我点儿折旧费就行。我和宝弟面面相觑，不解地看向峰哥。峰哥说十五年前他就想亲眼看看北京什么样，来了这儿，现在只想亲眼看看儿子什么样，得走了。宝弟说，跟儿子玩够了，再回来呗！峰哥说有家了就不能乱跑了，一度他待在北京的理由是给孩子挣奶粉钱，结果孩子出生的时候他却不在身边。一旦有了孩子，人生重要的事情就变了，现在他不觉得外面有多好了，说着唱起齐秦的那首《外面的世界》。我和宝弟用掰开的一次性筷子敲击酒瓶和酒杯，这是我们仨每次喝完酒的保留节目，曲目会随情绪而变。

唱完，峰哥说："钥匙收好，将来我儿子来北京，还得找你们。"

就这样，吉普车到了我和宝弟这儿。

车大部分时间是我在用。每当别人问我是干什么的时候，我都不好意思说我是搞影视的。我在剧组做过的最高职位是"副美术"，多的那个"副"字，代表我不可能直接接活儿，只能给别人做副手，甚至打杂。我不是专业院校出身，入行时间也短，所以不挑活儿，只要给钱或钱不多但能学到东西的组，我都去。有时候得出去找景，或选购美术道具，剧组爱找自己有车的工作人员，这样不用再派车了，报销个油钱就得了，于是峰哥的这辆车在我这儿派上了用场。每次干完一个活儿，我就给峰嫂——她也是我们镇的——转笔钱，并问问她和峰哥怎么样，每次得到的答复都是：还那样儿。那样儿是哪样儿，我也没再往下问。

从业的这几年，我没攒下什么钱，就留了一堆破烂——都是剧组拍戏用过的道具。它们是我的资本，当哪个小剧组没有道具预算的时候，我的优势就体现出来了，可以自带道具进组。为了存放这些玩意儿，我特意租了个农家院，两间房子用于生活，剩下的屋子堆满桌椅板凳和仿制的各个年代的瓶瓶罐罐。现在我和宝弟推吉普车的这个活儿，就是这么接到的。

我的一个也是做"副美术"的朋友，给剧组找道具，知道我手头有辆吉普车，想借用。我说车不是我的，我得替车主收点租金，按市价，每天两百。"副美术"说就用半天，拍一场戏。我说租车公司也是用一下按一天收费，行规。"副美术"说这组没钱，我说我得尊重朋友的车，那就别用了，再问问别人吧。"副美术"说塑造角色需要，主人公就得开国产吉普车，还得有些年头的，别的地方不好找，就当帮他一忙，回头请我吃饭。我说吃饭免了，你就给车主一百块钱吧，我也好有个交代。"副美术"答应了，给我发了位置，让我后天一早把车开到那儿。结果第二天一早，"副美术"来电话，说要不这活儿转给你吧，组里什么费用都没有，导演还要这儿要那儿，你那儿有囤货，能接就你给干了。我问是什么组。原来是一个年轻导演，自掏腰包，要拍一条三分钟的竖屏短视频，参加平台举办的比赛，一等奖奖金十万元。导演为全片准备的费用是一万元，拍两天，用一万搏十万，当然更是冲着搏一个广阔的未来去的。即便没得奖，以后给别的需要拍竖屏视频的公司当样片儿看也可以。现在的导演，全都得懂点儿经济学。我很理解这事，问美术预算是多少，朋友说就六百元，片酬、道具费、租车费都在这里面。我说行，接。

不是为了挣这六百块钱。我很清楚这种事情往往费力不讨好，最后说不定还得往里搭钱。但拍出来，真得奖了，我也痛快，并抱有一点私心：这次干好了，万一导演出名了，以后拍大片也会叫上我。

六年前，我在老家那座政府大楼的办公室里实在坐不下去了，每天给相关部门设计网页，凡我用心想出来的，加点儿创意，就会被说"没必要"。工作了两年，每天面对的都是雷同的东西：一成不变的版式、用来用去的几种颜色、指定的字体……倒不是觉得做这些愧对我的专业，因为我本身也不是什么像样学校的像样专业出来的，是我脑子里那些被同事们认为稀奇古怪的念头，它们不甘愿无声息地生起又消散。一次我在网上看到外国剧组的拍摄花絮，一位男演员穿着奇怪的衣服在绿布前吊着威亚在飞，然后拍摄的画面导入电脑，一个戴眼镜的大胡子按了下鼠标，演员背后的绿布消失了，大胡子换了几套背景，有大海的，有沙漠的，有城市摩天大楼的，铺在刚才绿布的位置，画面看上去就是这个演员在这些地方飞过，酷极了。后来我在电影院看到这部叫《蜘蛛侠》的电影，坐在影院的座椅里，黑暗中我有一个强烈的感受：这才是我想做的工作！于是来了北京。当然上火车之前，是艰难地说服家人和点头哈腰去辞职。

带着工作两年攒的一点儿钱，到北京我就报了一个后期特效培训班，学期三个月，在那个班上，我认识了后来的女朋友小艾。当时我住在宝弟那儿，他比我小四岁，早我两年来北京，通过宝弟，我又认识了峰哥。培训班毕业后，我在小影视公司上过班，也在同学的介绍下，进剧组打杂，凡是跟"美术"沾边的事，都干。细分起来，"美术"内部又分很多行当，比如特效抠图和场景搭建，完全就是俩工种，我都干过，为了生存。我也知道，我不可能在某一方面成为行业独领风骚的那种人，只能靠杂取胜 —— 需要抠图的了，我上；需要锅碗瓢盆了，我也有。

　　此刻，我就蒙在一会儿要被我抠掉的绿布里，力争把吉普车推得让导演满意。两个小时前，我开着吉普车，宝弟开着五菱荣光 —— 拉着我为这部戏翻腾出来的道具，赶到这里，今天开机。

　　全组一共九个人，导演为了省钱，说没有早饭，自己吃完再过来集合。我买了四张鸡蛋灌饼去找宝弟，给了他两张，他说一张就够了。平时我也一张就够，我的经验是，这种不太正规的剧组，饭都不会准时，吃饱点儿好。推完几趟车后，宝弟说："幸亏早上听你的了。"

　　最近宝弟在追一个女孩，一直想约女孩来剧组玩，让我再进组时带上他，他只干活儿不拿钱，还能贡献面包车，力图在女孩面前为自己打造出一种神通广大业务繁多的人设，并不只是一个开小超市的。没想到开机后的第一场戏就出问题了，出在那辆吉普车上，拍完第一条后，它突然就打不着火了。

　　无论怎么鼓捣，就是不走。

　　导演有点儿急了 —— 若不能按计划好的两天拍完，就要多花钱 —— 说，什么玩意儿，哪儿找的破车！

　　我知道这话是冲我说的，任何解释都是苍白的，我窝在驾驶室里捅捅这儿按按那儿，宝弟也在一旁帮忙——他的五菱荣光坏过几次，都是自己鼓捣好的。

但这次奇迹没有出现。

二十分钟后，导演那边更难听的话传了过来。我灵机一动，跑去说："我蒙上绿布推，车就能走起来，后期再把绿布抠掉就行了。"

"没抠像的钱。"导演直截了当。

"我可以抠，问题出在我这儿，我免费抠。"

"能行吗？"导演不相信这事能这么办。

年轻的摄影师在一旁说："行不行也只能先这样了，要不然两天根本拍不完。"听语气，也是被导演忽悠来的，怨气扑面而来，我能分辨出这不是冲车，也不是冲我。

我掏出手机，把做过的抠像视频给导演看，没等看完，导演说："那就这么拍，赶紧的！"

于是我和宝弟钻进绿布。宝弟说多亏他留了心眼，第一天自己先来探探路，打算第二天再叫女孩来，如果此时女孩在现场，绿布下他的红脸，一定特别难看。

在我和宝弟的膝盖碎掉之前，总算拍出一条让导演满意的。

"这场过，下一场。"导演的话宛如天籁。

我开着宝弟的面包车，拉着道具，跟剧组赶往下一个场景。宝弟留下处理吉普车——先把它挪到停车费少或者不要停车费的地方——再去找我会合。

下午的拍摄还算顺利，晚上九点收工，入住快捷酒店，大家领了房卡，纷纷回屋休息。我从摄影助理那里拷贝了吉普车的视频素材，开始用笔记本电脑抠图，导演要早点儿看到效果。宝弟洗完澡从卫生间出来，躺在床上给阿双——他追的那女孩——发了明天拍摄的位置,又美滋滋地在手机上打了会儿字,然后跟我聊了几句,就没动静了。我扭头一看,睡着了,攥着手机。

抠像比我预料的复杂。抠不难,关键是抠完,吉普车屁股那儿就是一片白了,我得从吉普车的背景中截出图贴在那儿。按说这也不是啥难事,但是拍摄时太匆忙,没贴点儿,所以截取了周围画面再挪过来,老有点儿对不上。我便给车后面加上一层蒸腾的气雾,就是太阳曝晒时常能在公路和铁路地表看到的那种效果,有种氤氲的感觉,这样就遮盖了背景的瑕疵。也许观众看了会问,车的尾部为什么会喷出这样的气体呢?我都想好了导演这样问我时我该如何回答,我会建议导演:这是一种魔幻现实主义的效果,可以增强这部片子的表现力。

做完这些,快四点了,天已放光。我发到导演的手机上,头一挨枕头,便什么也不知道了。

三

我是被服务员的开门声吵醒的。睁眼一看,太阳已经越过树梢,宝弟还以昨晚睡着时的姿势蜷在床上,服务员拿着拖布进来,正准备打扫卫生。

"我×,十点了!"我赶紧推醒宝弟。昨天通知早上七点出发,我按亮手机,看大部队这会儿在哪儿,并纳闷为什么没人敲门叫醒我们一起走。

宝弟迷迷糊糊睁开眼,慢镜头般翻了一个身说:"浑身酸。"

他说完,我才意识到我也酸。微信的拍摄群里有几十条未读信息,我点进去,找到第一条未读信息,是导演早上六点发的。说今天不用出工了,昨晚他想了一晚上,既然这短片要参加比赛,就得对自己的要求高一些，现在的剧本需要完善，场景也有变化，所以原拍摄计划取消，他先回家改剧本，估计一周内能改好，如果大家那时候还有时间，再来一起完成创作，房钱已经付过了，睡到自然醒就各回各家吧。有人在群里问，那工钱怎么结？导演说下次拍摄的时候一起结。有人说下次不一定能赶上了，先把昨天的结了。导演说他已经先走一步了，回头再说。要钱的人说走了也可以发红包，然后双方开始扯皮。我没看完，赶紧通知宝弟，先别让阿双来了，戏不拍了。宝弟说："啊，为什么呀？"

收拾完东西，我和宝弟坐在宾馆狭窄的大堂，筹划着下一步该怎么办。我给导演发私信，没提日后还拍不拍的事，问他抠像的视频看了吗。等他回复的当儿，我把视频又看了一遍，昨天做的时候又困又累，觉得尚可，现在清醒些再看，有点儿汗颜。等来导演的回复，未对视频做评价，只说剧本会变，不需要主人公在此处开车这场戏了。我问昨天拍的视频怎么办，他说用不到了，你看着处理吧。我又问如果再拍，还会用到吉普车吗，是否需要尽快修好。他只回了俩字：待定。

在我询问导演的时候，宝弟告诉了阿双，场景临时有变，换到郊区拍了，太远，改天再来剧组玩。原本阿双打算中午来看宝弟，然后赶在下午五点前回去上班。她在一家精酿啤酒馆当服务员，工作时间是下午五点到凌晨两点。

宝弟问我，下礼拜真能继续拍吗，那时候叫阿双来玩也行。我说不要抱有幻想，剧组是世界上最不靠谱的组织，导演是世界上最不靠谱的人。宝弟不说话了。我说等我进别的组干活儿，你来帮两天忙，到时候再邀请阿双，就是未必会很快成行。宝弟想了想说也只能这样了，为了不露破绽，他决定今天去找阿双一趟，告诉她这部戏要转到外地拍了，等下回有北京的戏，再叫她来玩。然后又想起什么，说面包车里的那些道具他得用一下。

我开着车，宝弟指路，傍晚时分，我们到了阿双上班的精酿啤酒馆。车直接开到餐馆门前，那里立着一个类似讲台的东西，实则是工作台，后面站着一个女孩，穿着黑T恤黑裤子，戴着黑口罩，头发是黄色的，手持对讲机。车还没靠近，宝弟就指着告诉我，那就是阿双。

车子驶到工作台旁，坐在副驾驶的宝弟放下车窗，笑嘻嘻地问，双儿，有车位吗？阿双认出宝弟，从工作台后面走出来，往斜前方一指，然后颠颠小跑着带路，边跑还边回头冲宝弟笑。侧面能看到她耳郭上钳着两个银色的耳圈。

停好，宝弟下车，给我和阿双做了介绍，然后重点介绍这辆车，说是剧组的道具车，今天刚收工，后天要去云南出外景了，走一个月，特意来看看她，道个别，明天要收拾剧组的东西，没时间过来了。说完拉开面包车，让阿双看里面的道具。阿双的目光试探着落在里面的那些物件上，有风吹过，一股陈年的霉味儿飘了出来。宝弟在一旁解释，都是摆设，充样子的，不是实用物品，所以脏兮兮的，出现在画面里给特写时再擦干净。阿双指着一个台灯说，哇，这种，我小时候写作业就用这样的。又指着一套凉水瓶说，我小时候家里喝水的也是这样的。这时候阿双手里的对讲机响了，呜啦呜啦不知道在说什么，响完，阿双冲着对讲机回复：收到！然后把路边的三角锥放在一个没车的空位上，说有人预订了车位。

阿双把我和宝弟领进餐厅，宝弟选了一个临窗的位置，能看到门口的工作台。阿双拿来菜单，让我们先翻着，她叫服务员过来。阿双走到吧台，跟穿着白衬衣的服务员说了几句话，同时指向我们桌，说完便出去了，又站在工作台后面。自始至终戴着口罩，也不知道她长什么样，给人一种麻利、勤快的印象。宝弟说，她上个月刚过二十岁生日。

我问宝弟,阿双为什么来北京。宝弟看着窗外说,肯定不是为了来当服务员,先磨炼磨炼也好,将来结婚后知道生活的不易。我问,她知道你要跟她结婚吗? 宝弟笑了,说,我老来这儿吃饭,也许她知道,也许不知道。我说,男人,主动点儿,免得被别人抢先了。宝弟说他怕真挑明了,被拒以后更没机会了 —— 所以得想方设法让阿双觉得跟他在一起的生活会是有意思的。

阿双为什么来北京这个问题,我也知道没必要问,但还是没忍住。阿双让我想起了小艾。我和小艾是三年前分的手,培训毕业后,我俩在一个小剧组又遇到了,一起在美术组做后期特效。那部戏结束后不久,我俩就在一起了。她是女生,不愿意做风吹日晒的工作,坐在电脑前抠像让她很满意。她那时候比阿双现在大不了多少。我为了让生活好一点儿,除了参与影视美术的后期,前期有活儿也去干。我和小艾就这么在一起了四五年,她家里开始催她结婚。我俩都知道,对两个北漂来说,婚后留在北京意味着什么,而不留在北京又意味着什么。

耗了两年,有一天,小艾说她想回老家了,我去过她家的县城,比我家的县城大不了多少。她说厌倦了,厌倦北京,厌倦这份工作 —— 到现在我也不知道有没有厌倦我的成分。每天她的工作是把人物后面的绿色抠掉,替换上新亮的、华美的、奢靡的、梦幻般的,甚至魔幻般的背景,于是一个新的世界诞生了。而眼睛一旦离开屏幕,那个陈旧的、凌乱的、厚重的、落着灰尘的世界,又重现眼前。渐渐地,小艾发明了一个词: 劣质的生活。

我没问小艾劣质指的是抠图这种伪饰现实的生活,还是从屏幕扭开脸后面对的生活。总之,她不想再创造劣质的生活,也不想再过劣质的生活,于是离开了北京,自然也就离开了我。我也不想过劣质的生活，所以我还留在北京。来北京于我，就像中国男足去世界杯上溜达一圈——说不去溜达，是认；费挺大劲溜达上了，也没好到哪儿去。

不知道阿双到了小艾那岁数的时候，会怎么想这些。菜上来的时候，阿双正在窗外拎着挪开的三角锥，指挥着司机倒车。我刚挂了4S店的电话，描述了故障，问修车要多少钱，他们说具体什么故障得检查完才知道，从目前描述的情况看，可能是变速箱坏了，换一个新的两万八千元。我问换上新的，这车能卖两万八吗？接话员换了一种语气说您最好把车开来，如果变速箱修修还能用的话最好。我说开不过去了，我琢磨琢磨吧。挂了电话，正好看到阿双经过宝弟车的时候，又巴头往里看了看。我又灵机一动。

"咱俩把这个短视频继续拍完吧？"我看着正在吃拉皮的宝弟说。

宝弟嘴边吊着一截半透明的浆状物，抬头望向我。

"你不是想让阿双来剧组玩吗，咱俩弄个剧组。"

"拍什么呢？"宝弟没有把那截拉皮嘬进去，而是吐了出来。

"就拍峰哥那车。"

"不是坏了吗？"

"我能抠图，剧情我想好了，这辆车就一直爬坡一直爬坡，咱们多拍几组车在行进的镜头。"说着我把给导演发的那段视频调出来，在软件里做了一个倾斜的效果，看上去车就像在爬坡，后面还跟着一团袅袅的尾气。

宝弟看了两遍视频说："就是一直爬坡吗，不讲什么故事吗？"

"快结束的时候，给司机一个正面特写镜头。"我看向窗外说，"让阿双演这个司机，她不是想来剧组玩吗，索性客串全片唯一一个人类角色。"

"让她露脸有什么用意吗——我当然希望她能露。"

"你想,片子一上来,一辆笨重的汽车,尾部冒着奇怪的烟,吭哧吭哧地开,不干别的,就是一直往山上开,一般人都会认为这么各色的司机肯定是个老爷们,但是突然一亮相,原来是个年轻女孩——就让阿双穿现在这一身,口罩也不用摘,露一双眼睛足够了,保持神秘。"

"知道司机是女孩以后呢?"

"车又继续开,终于到达山顶,阿双下车,然后取走一个什么东西,不能是太沉的东西,也不能太贵重,在别人看来,为这么一东西爬上来,犯不上。"

"什么东西呢?"

"没想好,还有时间再想,大概就是这么一个意思。"

"那为什么开的是吉普车,不是骑个电动车呢?"

"这是人物的性格,就像阿双为什么来北京,为什么在这儿上班。关键是咱们现在只有这辆车可用,就地取材。"

宝弟沉静了几秒说:"有点儿懂了,又不是全懂,文艺片。"

"什么片不重要,想不想干?"

"干!"宝弟指着手机说,"那这地方怎么处理?"

视频因为向右倾斜,水平的路面也随之倾斜翘起,画面的左下角空了一块,宝弟问的就是那里。我说可以把那里填充上一些水,宝弟问为什么是水呢,我说那是地面以下,弄别的都不合适,弄点儿水就代表地下水了。

"那好看吗?"

"一种风格。"

"哪儿找摄影机去?"宝弟问。昨天拍摄用的是有摄像功能的相机,高清级的,摄影师给取景器做了遮幅,呈现出来的就是竖屏。

"就用手机。"

"能行吗？"

"行不行也得这么干！"

四

凌晨三点，我和宝弟把吉普车弄过来的时候，阿双正好收拾完店里的东西，可以走了。她摘掉了口罩，长得和小艾一点儿不像——本来也没道理应该像。

吉普车是用宝弟的面包车拖过来的，我俩弄了一根拖车绳，他在前面开车拉，我在后面的吉普车上控制方向盘。路上遇到警察查酒驾，也让我吹了，顺利通过。

宝弟已经把我的想法跟阿双讲了，阿双有点儿紧张，没上过镜。我说拍的时候，眼睛一直盯着前方就行，我会找角度的。

阿双和宝弟上了前面的面包车，我还操作后面的吉普车。我的车上有对讲机，平时工作常用到，我给前车放了一个，有事就用对讲机联系。宝弟拿着对讲机试了试，说真像剧组了，我说咱们就是剧组。

我决定先拍最后一场戏，山顶部分。我知道北京哪儿的山头好看，以前给别的组选景我都有印象，现在出发，这么开，到山顶正好天亮，说不定能赶上日出。拍完山顶，再拍吉普车各种行驶和阿双的镜头，便万事大吉。

阿双说她明晚五点还得上班呢，回得来吗？宝弟说肯定能回来，他还要回剧组收拾后天带去云南的东西呢。

我们出发了。

车行驶在下半夜出京的国道，完全就是另一个世界。路边是黑魆魆的杨树，耸立两旁，像一条隧道。宝弟的前车开着远光，前方高处的树被照亮。为了不晃到前车人的眼睛,我只能开近光,紧绷的拖车绳在灯光中一颤一颤,拉着我前行。

前面突然亮起刹车灯,对讲机里说:"有羊,绕开。"

宝弟打了左闪灯,我也跟着左打轮,从一只木呆呆站立在行车道上的白山羊身旁绕开。不知道它是没睡呢,还是已经醒了。不可理解的生命。

车窗微启,凉风灌入,不冷不热。四个气球在我的车里飘来荡去。离开阿双的餐馆,我和宝弟去拉吉普车的路上,夜色中,看到前方一个大叔,骑着电动车,后排挂满气球,被风吹得像舰船的尾浪,翻滚荡漾。大叔一味向前开着,气球顽强地向后飘飞。

面包车开到和大叔平行,我摇下车窗,问气球是卖的吗,他说嗯哪。

我们在路边停好车,买了四个气球,攥到手里。我突然有个想法,短片的结尾可以是阿双抵达山顶后,来到一棵树前,那儿挂着一个气球,她把气球解下来,全片结束。现在四个气球像四朵荷花,随风贴着吉普车的顶棚摇曳生姿。

天快亮的时候,面包车把我们——吉普车和三个人——拉到山顶。眼前的山脉还沉睡在青暗中,更远处的山蒙在一层雾气里,看不到城市景象,秋虫叫着。我下车拍了几张空镜照片。

一直没合眼,阿双眼睛里泛起淡淡的血丝,我觉得可以先拍阿双的特写,这种感觉正好,一会儿血丝多了,过犹不及。

阿双坐到吉普车里,重新戴上口罩。我把手机嵌入支架,固定在车前的中控台上,我坐在副驾驶座上,用LED灯给阿双面部补光。宝弟在前面的面包车里等我的信号,我说开,他就会启动车,吉普车会跟着走起来,镜头里看上去,就是阿双瞪着微红的双眼在开车。

拍了两条，阿双一直瞪着眼睛，不敢眨，不知道该怎么演。我建议她不要想着在演，当成真实地在开车就好，眼睛酸了可以眨，甚至挤眼睛都行，在剧情里，你已经不知道开了多久的车了，可能三天，也可能三个礼拜。

又来了两条，越来越好。再后来拍到一条阿双想打哈欠又憋回去的，状态恰好，可以拍下一场了。

我选定了山顶的一棵树，把气球挂在阿双踮起脚勉强够得着的地方。然后告诉阿双调度线路：先下车，不用关车门，抬头看一圈，发现气球，走到树下，摘下气球，揪住绳子，拉着气球回到车里即可。

吉普车前的拖车绳被宝弟卸去，这个镜头拍车停下后发生的事情，能少抠一点儿就少抠一点儿，抠像不是什么美差。

开始走戏。前面阿双都准确照做，走到树下后，犹豫了一下，然后才踮起脚尖。我提醒她，这里不要犹豫，要坚决，表现出很强的行动力。阿双说，能不站着够气球吗？她想爬树。太能了，我说，先爬一个看下感觉。

阿双说爬就爬，抱着树，胳膊腿一起使劲儿，虽然不专业，但能感觉到她敢爬。宝弟在树下出主意，告诉她抓哪儿，蹬哪儿。折腾一番，阿双掌握了爬上去的路线，还想再熟悉一遍，我说不用了，实拍，剧情中你是第一次爬这棵树，需要一点"生疏"。

气球系到阿双刚才攀爬的路线上。我在阿双下车这侧支好手机，开始。

阿双依照之前的设计，走到树下，又抬头看了一眼，突然蹲起，抓住一根侧枝，同时借助脚，蹬了一下树的主干，身体升起，摽在树枝上。稍作稳定，仰起上身，伸胳膊揪住垂下来的气球绳，然后看了一眼树下，直接蹦下来，落在草厚的地方，身体借势一倒，坐到地上，胳膊一直举着。跟试爬的那次完全不一样，但很完美。

阿双站起身，也没掸土，抬头看着气球，一松手，气球飘走了。阿双想够，蹦起来抓，已经来不及了。气球越来越远，眼看着变小，山顶显得很低。

我还一直拍着，镜头对着飞远的气球。

"没事，还有呢！"宝弟去取那三个气球，都是白色的，多买就是为了备用。

阿双羞赧道："拍起来，脑子里一片空白，全忘了，忘了爬树该蹬哪儿，摘完气球，我也不知道该怎么办，下意识就松手了。"

"很棒，比我设计得好。"我停掉手机说。

"再来一条吧！"阿双说，"拍一个气球不松手的。"

"还是松手好，来吧！"

宝弟把另一个白气球勾在合适的位置。第二遍开始。阿双上了树，够到气球的绳子，往身前一拽，"砰"的一声，爆了。气球刮到了树梢。

"还有。"宝弟举着另一个气球跑来。俨然一位合格的道具师，他再次将气球放到合适的位置，并指导阿双如何避开树梢。

气球爆炸的时候，一滴水珠落在我的头上，我以为是气球里的。现在第二滴也落下来，我意识到是下雨了。出发前，我查过天气预报，没说有雨。现在下了，也不意外。

阿双也感受到了，抬头看天。

"没事，抓紧时间，能把这条拍完。"我又启动了手机摄像。

阿双又用另一种方式爬上树，也是原生态风，我摇动手机，配合着她的动作。阿双落地，气球飞走，我仰起手机。气球飞至恰到好处的时候，一滴雨水落在镜头上，像把画面扔进水里，多了一种味道。我觉得可以了。

雨滴越来越密。下开了。肉眼可见，雨珠落在山上。

我们进到面包车里避雨，我坐在后面的道具中。宝弟拿出三桶泡面，他刚才已经用酒精炉烧好开水。我们撕开包装，泡了起来，车里充满面香。

等面熟的时候，宝弟问我："马哥，有一事，这片子万一得奖了，奖金怎么花？"说完不好意思地笑了。

这个问题我早就想过，正因为这点儿念想，才让我有了拍个片儿的想法，当然并不全是，占三分之一吧。我说："先把峰哥的吉普车修好。"

"要是没得奖呢？"宝弟又问。

"那就等于少挣了十万块钱，钱对咱们来说一直不好挣，也正常。"我说。

"我想好了，没得就明年再拍一个。"宝弟掀开一个桶盖，递到阿双面前。

雨越下越大。

吃完面，阿双和宝弟在前排玩着气球，你打给我，我打给你。我又冒出一个想法，片子结尾可以放在雨中，阿双下车，爬树摘下气球，看着它在雨中飞走，然后上车，继续往前开。我打开手机，先拍了一个雨刷器不停摇摆的镜头，想等雨小点儿，出去重拍爬树那组镜头。雨却不见小，甚至愈演愈烈。我查看天气预报，此时已显示为"暴雨"，还发布了泥石流预警。

这次预报得很准。没一会儿，车窗外已成一片瀑布。像正经历一个失控的泼水节，雨珠噼里啪啦落在车顶，仿佛直接打在头上。

我翻看之前拍的素材，看见刚到山顶时拍的那两张照片。前后不到一个小时，同样的一片山，完全是两种面貌。我在手机上做出第三种面貌,给远处的山脉抹去,添上一些加了光效的楼宇,在调成亮橙色的天空下,像刚刚洗过的蔬菜。然后给虚空中放上一道彩虹,跨越苍穹,充满画面,将远处的楼和近处的山,罩在一个安全、祥和的世界里。直觉牵引着我这样做。

照片被我发到朋友圈,取名"雨后·北京"。我经常这样发图,但也不同于那些一定美颜过才发自拍的人,有时我还特意把画面调得脏旧,虽然失真,其实更真。

这场雨让北京的一天提前开始了,我看到不少人在朋友圈里说,雨太大了,被吵醒或被吓醒。

在我继续翻朋友圈的时候,宝弟突然冲我身后大喊:"我×!"

说罢打开门就冲了出去。我回头一看,侧后方停的吉普车正缓缓后退,我也拉开车门跑过去。微倾的山坡上,砖石地面已经存了厚厚一层水。

宝弟跑在前面,捡起地上的拖车绳,试图拉住吉普车。但无济于事,车仍倒退着拽着宝弟往前蹭。我跑到宝弟身前,也像拔河一样拉住绳子,车速放缓了,近乎停下来,但还在缓慢移动,因为我和宝弟的脚无法待在原地,在一点点儿蹭着前移。阿双也扑过来,双手拉住宝弟身后的那段绳子,同时一只手薅着气球。

车彻底停住,绳子绷得笔直。汽车在绳子的那头,处于低处,我们在绳子这头,位于高处,我们的头顶是悬浮的气球。从远处看,也许是一种奇怪的视效:吉普车被气球拉住了。

气球确实在帮我们拽住即将滑落的吉普车,尽管这力微弱,那也是向上的力。

只要不撒手,气球就不会飘走;只要不松手,汽车就不会滑落。这是峰哥的车,车牌还挂在上面,将来他儿子来北京还用得着。我们就这样卡在山坡的边缘，像定了格。

地面湿滑，我们不知道能坚持多久。雨没有停的迹象。

"报警！"我喊道，"110，119，120，都行！"

"我不能松手。"宝弟在我耳边大叫。声音穿越水柱，像从很远的地方传来。

"我的手机没电了。"阿双已经破音。

"用我的，右边兜里！"我扭动身体，露出右半侧。

阿双松开手，来掏手机。绳子又传来车的拉力。

"密码多少？"阿双拿出手机，举到我面前。"1235789。"

阿双的手指在屏幕上画出一个"Z"，仿佛佐罗驾到，手机解锁。刚才我看到一半的微信界面映入眼帘，在修过的那张照片下面，挤满好友们的头像，我收获了使用微信以来最多的一次赞。

顷刻间，雨水已让屏幕看不清。我仍清晰地看到最上面的一行留言：这是北京的哪儿，想去！

原刊《上海文学》第8期

飞来飞去

东 西

一

深夜，熟睡中的姚简被手机的铃声吵醒，同时被吵醒的还有他的夫人。他带着不祥的预感接听，果然，听到的是一串哭泣。这在他的意料之中，又仿佛在他的意料之外，心里紧张悲伤之余竟然还夹杂着一丝丝不那么体面的解脱。他需要确认，哪怕是明知故问，于是，便在姚久久一时半会儿尚不能中断的哭泣中很不礼貌地插了一句"到底怎么了？"，似乎还抱着出现奇迹的幻想。"叔，奶奶上呼吸机了。"姚久久一边哭泣一边说。不是最坏的消息，他想，但愿没那么糟糕。他详细地询问母亲的症状后挂断电话。夫人问："怎么办？我们一起回去吧。"姚简说："疫情这么严重，回国的航班几乎熔断，去哪里搞机票？"夫人说："再难搞也得搞，你妈可就你这么一个后代。"

姚简在网上查询航班，找到一趟从纽约直飞广州的，立刻就订了三张。但第二天航空公司来电，说："疫情原因，航班取消，要不要订一周后的？"姚简在网上又搜了一遍，没找到直飞的，便续订。可第三天，航空公司又来电，说："一周后的航班也取消了，要不要续订半个月后的？"姚简想你这是在开玩笑吗？半个月后回去，加上二十来天的隔离，我还能见到活着的母亲吗？他拒绝了续订，开始托熟人找关系，高价求购飞回中国的机票，包括但不限于直飞。

等机票期间，他每天都跟姚久久视频通话，每次通话他都让她把手机视频凑到母亲的面前。"妈妈……"他在视频里呼唤。不戴呼吸机的时候，母亲的眼睛会努力地睁开一道缝，吃力地盯住视频，一点一点地舒展面肌，试图给他一个好脸色，但舒展着舒展着，眼看一丝笑容就要浮现却突然一动不动，仿佛静止一般，虽然还有舒展的企图却已经没有了舒展的才华。而大多数时间里她都在昏睡，无论他怎么呼唤她都没有反应，就像地面呼唤发射到外太空的失灵的探测器。

一周后，母亲的病情略有好转，能对着手机视频说话了，但每说几个字便停顿一会儿，仿佛挑重担的人需要歇气。她说："仔呀，妈想让你赶紧回来，但又怕一时半会儿死不了。每次我病重你都回来，可每次你回来我都没死，你飞来飞去的都飞累了。要不再观察几天？看看病情走向，如果实在挺不住，我再让久久通知你，你再回来不迟。"其实，她何尝不想让他马上回来，而他又何尝不想立即回去。

又过了十天，他买到一套高价票，该票先由纽约飞伦敦，再从伦敦转机飞上海，然后从上海转机飞N市。他把这套机票打印出来放在客厅的茶几上，一家三口像饥饿时盯着面包渣那样盯着，谁也不吱声。夫人想我是第一个必须放弃回去的，因为我跟婆婆既无血缘关系又无共同的文化背景。儿子想我出生于美国新泽西州，不是奶奶带大的，即使我回去也不是她最大的安慰。

"那么，只能是我一个人先回去了。"

"请代我向妈妈问好。"

"告诉奶奶，我非常非常爱她。"

"谢谢。"

二

姚简隔离完毕，姚久久把他从宾馆接到医院。他踮脚走进病房，看见母亲静静地躺在床上，鼻孔插着输氧管，脸庞比视频里的至少瘦一圈。他俯身把脸贴到她的脸上，轻轻地叫了一声："妈……"她嘴唇嚅动，眼睛微微一睁，想举手却没有力气举起来，两行泪从眼角艰难地沁出。她等久了等累了，还在他隔离期间就昏睡过去了。

面对没有声音的母亲，他很不习惯，像走错了地方似的。以前他每次回来，耳朵里房间里走廊上轿车内到处都是她的声音："过得好不好？""累不累？""想吃点什么？""怎么瘦成这样了？"一连串的问句像叮叮当当的打铁声此起彼伏，根本没给他回答的机会，仿佛问只是为了问而不是为了要他回答。他把姚久久支开，一个人坐在床边陪护。真安静，现实中的声音都消失了或者说被他屏蔽了，过去的声音争先恐后："别哭，爬起来。""加油，你会考上的。""留学？那是妈妈梦寐以求的事。""但是，你吃得惯西餐吗？""虽然我不适应洛莉，但只要你喜欢就行。""姚旺长多高啦？""你爸走了，就剩下我了。""美国，我去那地方干什么？人生地不熟的，除了给你们添累，弄不好还给你们添堵。""妈理解，你只要一年回来看我一次就行。""不寂寞，妈有妈的生活。"

经过一阵回忆的轰炸，他出现了暂时失听，就像飞机降落时因气压改变而出现的暂时失听,世界又安静下来。仿佛是为了配合听觉,窗外的光线一抖,突然暗淡,就像被谁动了亮度开关。走廊外的花圃,怒放的鲜花因光线的忽然暗淡反而凸显它们的艳丽,有三团红,三团黄,还有两团紫,远远地看着就觉香。他下意识地抽了抽鼻子,觉得不对劲,竟然闻到了一股朽味,以为是下水道或过期食物发出来的,但经过仔细检查才发觉朽味来自母亲的身体。

他很生气,打来半桶热水,先用香皂把毛巾洗干净,再用毛巾给母亲洗脸,抹身子。抹身子时,他才知道母亲的瘦超乎他的想象,瘦得身上的骨头都硌他的手了。瘦是因为她长期患病,但她的指甲为什么会那么长?说明姚久久没有尽到护理的责任,竟然不给母亲勤剪指甲,简直是……他想骂人,但话到嘴边却很绅士地咽了下去。他从床头柜里找出指甲钳,一边给母亲剪指甲一边问:"久久多久给你洗一次澡?"母亲没反应,他知道她不会有反应,但这并不妨碍他的自言自语,也并不妨碍他把一年多来想跟她讲的话讲一遍。

傍晚,姚久久来了,她带来了晚餐和母亲的干净衣服。晚餐是给他带的,母亲已经断食,全靠输液维持生命。他没食欲,坐在一旁看她给母亲换衣服。他说:"你没闻到奶奶身上的气味吗?"她说:"这叫老人味,老了你也会有。""也许吧……"他岔开话题,"要是当初她跟我去美国,哪至于这样,没准连这个病都不会得。"

"到了美国就不生病了吗?"

"那倒不是,也许那边的环境对她更有利……"

"不可能,"她给母亲换上干净的衣服,"看看你们感染新冠病毒的人数,就知道奶奶没跟你去多幸运。"他震了一下,没想到她从这个角度思考问题,更没想到她把他划为"你们"而不是"我们"。他不想默认,也想把憋了又憋的话痛快地说出来。他说:"你多久给奶奶洗一次澡?"

"天天都洗。"

"多久给她剪一次指甲?"

"天天都剪。"

明摆着的谎言她却振振有词,好像撒谎的是他,甚至还让他产生了羞愧。他本想用外交辞令,但看着她那副抵赖的模样,顺嘴说了一声:"Shit!"也许是美剧看多了,她竟然听懂了,把被单重重地一抖,坐在床边生气,说:"叔,你是不是一直怀疑我没有好好照顾奶奶?"他当然怀疑,但他一直没捅破这层窗户纸,直到现在也还在犹豫要不要捅破。"如果你怀疑,你可以另外请人。"还没等他想好词,她先说了。"每月一万元人民币,相当于你们大学里四级教授的工资,难道你就不想挣这个钱吗?"他也下意识地把她划为"你们"。

"我宁可不挣你的钱,也不想让你怀疑;你也不要因为有几个钱,就学美国欺负我们。"

"我欺负你了吗?"

"怀疑就是欺负。"

"那你干吗撒谎? 你明明没有天天给奶奶洗澡,却说天天都给她洗;明明没有天天给她剪指甲,却说天天都给她剪了。"

"奶奶这身子骨,经得起天天洗澡吗? 再说她的指甲长得那么慢,有必要天天都剪吗? 你不了解实际情况就不要满世界指手画脚。要说撒谎,你们美国人撒得更厉害,你们说伊拉克有化学武器,结果找到的却是洗衣粉。"

他无法辩驳。谁告诉她的? 他想,当一个护工不看护理手册却天天刷短视频的时候,你就不容易反驳她了。他很想说美国是美国,他是他,但显然她不会同意他的这种切割,在她的意识里他早就等于美国了。他说:"那么,我给你买的轿车呢? 本来是想让你方便接送奶奶,但你却拿来做网约车,天天接单挣外快,竟然把奶奶一个人晾在病房里。"

"谁告诉你的?"

"你说呢?"

"真没想到,我对奶奶那么好,她还跟你告密。"她回头看了一眼床上的奶奶,轻轻骂了一声,"叛徒。"

"简儿……"母亲忽然醒了,仿佛是被姚久久骂醒的。姚简走到床边,俯身捧住母亲的手。母亲吃力地断断续续说:"别怪久久,是我叫她去做网约车的……"说完,她又昏睡过去,醒来好像就是为了帮姚久久洗白。

三

病房断断续续来了一些客人,都是姚简昔日的同学与旧交。"你还好吧?"他们反复询问反复打量,充满了对姚简的关切与担心,饱含深深的同情,好像身患绝症的是他而不是奄奄一息的母亲。但是,也有不这么问却仍然想表达这层意思的,比如大学同学张文垂。

"哈哈,老同学……"张文垂声音洪亮,戴着两层口罩走进来。

姚简赶紧起身朝他伸手,但他没接他的手掌,而是用手肘碰了一下他的手肘,生怕握手又得洗手。姚简还在愣神,张文垂已经从床底拉出一张凳子坐下,并指着旁边的凳子说了一声"Please",好像他是这个房间的主人而姚简是来客。姚简会心一笑,慢慢坐下,发现张文垂的印堂,准确地说是口罩以上的面部闪闪发亮,由此推断他气血充沛心情舒畅。他说:"快撑不住了吧?"姚简蒙圈,想他怎么会用这么不礼貌的语言来问候母亲,难道是为了表示两人的关系非同一般?他不想回答却又怕失礼,便很不情愿地说:"目前还算稳定,但不知道能撑多久。"

"再这么发展下去,死定了。"张文垂说。

姚简心头一堵,说:"抱歉,你是指我的母亲吗?"

"No,No,No,"张文垂赶紧摇手,"我说的不是伯母。"

"那你说的是谁?"

"你就别装啦,我说的是……"

姚简想说"我没装,我真不知道你说的是谁",但他像憋屁那样把这句话憋回去,觉得辩解会让他以为他虚伪。如果这是他们做同学那些年的暗语,而自己又偏偏忘了,那岂不尴尬?于是他笑了笑,摆出一副释然的表情。幸好张文垂没追究,而是转移了话题:"我知道你在那边混得不好,但前几年我即使想帮你也使不上劲。""还行吧,我觉得……"姚简支支吾吾,仍在揣摩张文垂的言外之意。

"你看你,还在打肿脸充胖子,老弟我现在可是能帮你了。"张文垂拍了拍胸口。

姚简又被他说迷糊了,不知道他要帮他什么,也不知道自己需要他什么样的帮助,眼下除了母亲病危这个难题,他几乎没有别的难题。张文垂看他没有领悟自己的暗示,便直接问:"你一年的收入是多少?"

"不多,也就十来万美金。"姚简说完立刻后悔,觉得这个数虽然打了折扣,却还是怕对张文垂形成刺激,于是马上补了一句:"不过,这是税前,你知道美国的个人所得税极高。"没想到张文垂一拍大腿,说:"Out 了,像你这样的人才,在国内年薪至少一百万人民币。""真的?"姚简惊讶,觉得张文垂还是一如既往地喜欢吹牛。但似乎是为了证明自己不是吹,张文垂掏出手机,用免提跟西江大学吴校长通话,说要给他推荐人才。吴校长问推荐谁？他说普林斯顿大学化学系的教授姚简。吴校长感叹，说确实是个人才。张文垂问他愿不愿意引进？吴校长说引不引进还不是你一句话吗？你说引进我们就立即办手续。张文垂说像他这样的专家年薪是不是应该百万？住房是不是应该不低于一百六十平方米？家属工作也应该一并安排吧？虽然张文垂使用的是问句，但在姚简听来却句句都像命令。果然，吴校长说当然当然，此外还有一笔不小的科研启动经费，还有安家费。张文垂挂断电话，说："过去我不在这个位子上，不知道人才有多奇缺，那么老同学，这事就这么定了。"

"啊……"姚简一脸的诧异，"这么快就定了？"

"这是我一贯的办事风格。"张文垂想摘下口罩，但摘了一半又重新挂上。

"文垂，这么大的事我得慎重考虑，而且还需要跟夫人孩子商量。"

"有啥好商量的，难道你仇恨钱？"

"那倒不至于……"姚简说完就想，他不是来看望母亲的吗？怎么突然就扯到了人才引进上？我没跟他说过要引进呀。张文垂似乎看出了他的疑虑，说："你现在就给嫂子洛莉打个电话，要不我先把她引进了再引进你？"姚简摇头，说："别，你先把引进的速度降一降，你嫂子是学美国历史的，把她引进发挥不了什么作用。"

"让她改学中国历史，让她知道我们的历史有多悠久，多博大，多精深。"

"关键是我都适应了那边的生活，况且，当初我那么渴望出去，现在一听说这边有钱就屁颠屁颠地回来，别人怎么看暂且不说，自己都觉得斯文扫地满脸通红。"

"不怪你，当年我们支持出去，现在欢迎回来。"

"请给我一点时间吧。"姚简犹犹豫豫。

"你就是爱面子,放不下身段,不愿意接受我们强大这一事实。"张文垂不耐烦了,起身徘徊,忽然灵光一闪,指着床上说,"难道你就不想回来陪陪母亲? 她可是为你奉献了一辈子。"

"当初就是她劝我出去的。"

"现在她的态度变了,不信你问。"张文垂走到床边,提高嗓门,"伯母,你想不想让姚简回来工作?"

"想……"母亲回答,调门还挺高,"那么好的条件,为什么不回来?"

"我说对了吧。"张文垂一击掌。

姚简羞愧地低下头,他没想到母亲竟然醒了,竟然听清了他们的对话。先不说自己回不回来,但至少"回来"这个议题让母亲的心情有了好转。

四

一天,姚简在给母亲洗脸时,她突然把毛巾推开,说:"你服侍我这么久,是不是烦了?"姚简说:"你给我尽孝的机会,高兴还来不及。""那你能不能回来工作?"母亲认真地看着他,目光里有一丝久违的明亮。姚简不敢回答,生怕影响她的情绪。他想,不是说回来就能回来,就像移栽的树,已经把根扎在新的环境,要想再移栽一次谈何容易。但母亲没有放过他,说:"只要你回来,我至少还能活十年。"姚简想如果你能再活十年,那我就是绑架也要把你绑架到新泽西州去,就怕你活不得那么久,就怕你连现在的清醒都是回光返照。

"知道我为什么不愿意跟你出国吗?"母亲突然问。

"你说你不习惯那边的生活。"姚简说。

"那是托词,真实的想法是为了给你留一条后路。"母亲忽然压低嗓门,警惕地看着门口,好像这是一个害怕别人听到的秘密。

"你想多了。"姚简故意提高嗓门。

"但从目前的形势来看,我给你留的这条后路留对了。简儿,实话告诉我,你在那边自在吗?晚上敢上街吗?小偷是不是很多?他们歧视你吗?你是不是买枪了?姚旺没吸毒吧?洛莉没出轨吧?一想到你在外面被人欺负,一想到你每天都过着提心吊胆的生活,我就整晚整晚地睡不着,后悔当初把你送出去,你看你,都瘦成啥样了……"母亲一旦有了精力就会毫不吝啬地用来唠叨,这是姚简熟悉的模式,却不是他熟悉的内容。他觉得奇怪,仅仅一年多时间不见,母亲竟然生出了这么多担心。过去,她可从不担心我在外面的生活和工作,难道是越老越敏感或是越病越糊涂?为了让她放心,他卷起衣服露出腹肌,说:"这不是瘦,是结实,我每天都健身呢。你看你,都瘦得只剩下骨头了,还好意思说我瘦。"母亲露出一丝笑容,是事实被所爱的人揭穿后开心加尴尬的那种笑容。

"老房子我一直给你留着,新房子也给你买了一套。"母亲说。

"去年回来,你不是催我赶紧把房卖了吗?"姚简说。

"卖了你住哪里?"

"我又不是经常回来。"

"你那个张同学不是说要把你调回来吗?"

"前天,吴校长找我谈过引进的事,我已经拒绝了。"姚简觉得有必要跟她说实话,否则会增加她无端的期盼。

她叹了一口长气,仿佛在为他也为自己惋惜,她说:"你连房子都没有,你住什么地方?晚上睡桥洞吗?"说着,她的眼眶忽然湿了。

她不停地抬手抹泪，悲伤得像个孩子。他说："请你放心，我在新泽西住的是别墅。""你的别墅是租的，我这个有房产证，有房产证的住着才像一个家。"她似乎又回到了清醒状态。他说："我买得起别墅，只是不想买而已，租来住更划算。""又骗我，物价那么贵，你买得起个鬼。你骗别人也就算了，怎么连妈都骗？"她好像又糊涂了。

"我没骗你。"

"你骗我，你一直都在骗我。你骗我说你生活幸福，有房有车有钱，可我一眼都没看见。其实，你什么都没有，一点都不幸福，你就像莫泊桑小说里的叔叔于勒。你骗我说不想回来工作，其实你想回来，只是放不下架子。"

"我的状况我清楚，你不用担心。"

"你不清楚，你好糊涂……"

沉默。他不想跟她争执，知道再怎么争执也改变不了她的看法，因为她似乎在绝症的基础上又叠加了阿尔茨海默症。也许是说累了，也许是对姚简深深地失望，她突然感到胸闷，忽然就不想说话了。护士给她插了输氧管，她安静地躺在床上，她的安静让姚简好一阵不适应。深夜，姚简感到困倦，便伏在床边打盹。醒来已是凌晨四点，他抬头一看，母亲没了呼吸，输氧管已从鼻孔拔出，被她的右手紧紧地攥着。

五

处理完母亲的后事，姚久久开车送姚简回家。车上，姚久久说："叔，我知道是你偷偷拔了奶奶的氧气管。"姚简气得面红耳赤，心脏差点停摆。他舒了一口恶气，说："你的想法比蟑螂还脏。""不只我，所有的亲戚都这么认为。"姚久久双手握着方向盘，仿佛握着真相。"我为什么要拔她的氧气管？难道我就不希望她活得更久一点吗？"姚简按下车窗，急迫地呼吸着外面的空气。

"因为你不想飞来飞去，不想影响你回美国挣钱，不想再支付护理费。"

"停车。"姚简近乎呵斥。

姚久久把车"吱"地停住。"从今以后，再也不要让我见到你。"姚简指着姚久久的脑门一字一句地说完，才打开车门钻出去，"嘭"地把门摔回来。"忘恩负义，我跟你绝交，我们全家都跟你绝交。"姚久久撑了一句，"呼"地把车开走，好像车比她还生气，好像车不是姚简给她买的。姚简愣住，想为什么会有这么多的误解？去年回来时不还是好好的吗？他孤独地站了一会儿，百思不得其解，便朝家的方向走去，一边走一边想还有谁能相信我？白小鹃，他突然想起了他的初恋女友。

他约白小鹃在茶庄见面，等待期间，他隔着落地玻璃窗看了好久的草坪和湖水。草不是当年的草，水也不是当年的水，但他假装它们还是当年的，只承认周围的树长粗了，长高了。"我知道你的婚姻不幸福。"忽然传来一个女声。他扭过头来，看见白小鹃坐在对面，脸上还是当年那种高高在上的表情，好像她是上帝专程派来俯视他的。虽然他反感这种俯视，却又不得不承认因为她的漂亮而稀释了对她的反感，就像在硫酸里加碱稀释其伤害性。没想到她还保持着当年的脸型与身材，皮肤依然白里透红，就连眼角和脖子也没什么皱纹，也许是因为一直单身，也许是因为注重保养，她看上去显得比实际年龄至少年轻十岁。他一边观察一边想，她怎么一落座就说我的婚姻不幸福？是掌握了确凿的证据抑或是猜测？洛莉不是挺好的吗？她既有事业心也有家庭责任感，平时说话轻声细语，哪怕我说了不对的观点她也总是无条件地先说"OK",然后再找机会解释。她懂得管控情绪,从来不跟我发生因文化差异而引起的冲突。她就像我的胃,知道什么时候做中餐,什么时候做西餐,什么时候下馆子。如果硬要说我的婚姻不幸,那也只不过是在白小鹃说出来的这一刻我脑海突然产生的一个概念,因为我从来没质疑过婚姻的幸福。

"你母亲住院后,我常来陪她聊天,她有时喊我小鹃,有时喊我洛莉,有时还喊我儿媳妇。"白小鹃说。

"对不起,她的记忆出了问题。"姚简说。

"也许这是她的真实想法,在她的潜意识里一直反感你跟外国人结婚,尤其是……"没等白小鹃说完,姚简赶紧打断:"母亲跟洛莉的关系很好。"

"那都是装出来的,她每次看见我,就会把洛莉的照片从手机里调出来进行比较,天哪,洛莉怎么胖成那样了?"白小鹃得意地看着姚简。姚简说:"女人嘛,还是丰腴一点好,尤其是到了一定年纪之后。"

"丰腴?"白小鹃张大嘴巴,"那也叫丰腴? 叫臃肿好不好?"

"这和婚姻幸不幸福有关系吗? 我就喜欢丰腴的。"

"当然有关系,她之所以臃肿是因为有压力,是因为你没有给她幸福,或者说她没有从你这里感受到幸福。"白小鹃一套一套的。

"你说得对。"姚简决定妥协,这几天经历了太多的争论,他不想在离开前再争论一次,于是把茶杯小心地推到白小鹃面前。虽然喝茶能降躁(即降低狂躁),但白小鹃只抿了一口,显然茶量达不到降躁的效果。果然,白小鹃又发话了:"姚简,你好可怜。"他假装没听见。白小鹃盯着他,就像狙击手通过瞄准镜盯着目标那样,盯得他的脸一阵阵辣。他扭过头,回避她的目光。她说:"像你这样的成功人士,竟然连一个情人都没有,好可怜。"

"这恰恰证明我对洛莉的忠诚。"他感到自豪。

"既然你忠诚于她,那干吗还要约我出来?"

"想找你说说话。"

"你想说什么?"

"有人说是我拔了母亲的氧气管,你认为我能做出这样的事情吗?"

"我听说了,亲人群里都在传。"白小鹃迟疑了一会儿,"如果是二十年前,我认为你绝对不会做这种没良心的事,但现在我完全不了解你。再说……你母亲的病一会儿好一会儿坏,这几年你飞来飞去的确实也挺辛苦。这么跟你说吧,我不敢肯定你会拔她的氧气管,但至少你有过拔她氧气管的想法。"

"糟糕,我以为你最了解我,没想到你并不了解,谁会相信我俩曾经在一张床上睡过?"姚简低下头,感到失望。白小鹃感叹,说:"姚简,环境会改变人,况且你出去了二十多年,况且西方根本就不讲中国的孝道,你们对生命的理解完全跟我们不同。"

"可我跟你还是一样的。"

"不一样了。"白小鹃伸手在姚简的下巴上撩了一下,姚简的身子本能地往后一躲。白小鹃说:"你一躲,就说明你不相信我,语言很狡猾,身体很诚实。既然你都不相信我了,凭什么让我相信你?"

姚简无语,嘲笑自己竟然想从抛弃过自己的女人身上寻找安慰,简直就像幻想病毒自行消失那么幼稚。当初,他们也没多大的矛盾,她蹦掉他仅仅是因为不同意他出国留学,怕他被洋妞勾引。他忍不住重新打量白小鹃。她看见他抬起头来,忍不住又伸手撩了一下他的下巴,他又本能地一躲。她说:"你看,想重新建立信任有多困难,当初我摸你的任何一个地方,你不仅不会躲反而会迎难而上。可是现在……"

"现在我已经有老婆孩子了。"

"想不到你们美国人这么保守，姚简呀姚简，无论一个人或一个民族，如果不开放，那就会憋死。难道你不想从我们当初失败的恋爱中吸取教训吗？"

"吸取教训的应该是你。"

"哼……"白小鹃说，"除了对你深表同情，我真没办法救你。"

六

姚简飞向新泽西州，于上午十点回到自家别墅。一放下行李，洛莉就问："亲爱的，这几天你看社交媒体的亲人群了吗？"姚简说："没看。"洛莉说："他们怎么那么邪恶？"姚简问："谁邪恶？"洛莉说："你的中国亲戚，他们说是你拔了母亲的氧气管，让她提前死亡。"姚简说："那不叫邪恶，叫误解或误会，你用词重了。"

"可他们都在污蔑你。"洛莉气得满脸通红。

"他们照顾母亲那么多年，蛮辛苦的，批评几句也是为了宣泄情绪，过一段时间就风平浪静了。"姚简解释。

"我讨厌他们拿母亲的生命来编故事，都是些什么物种呀？"

姚简听得不舒服，便提醒洛莉："亲爱的，请注意你的语言，我们和他们是一样的。"过去，只要姚简一提醒，洛莉会马上说"Sorry"，但这次她竟然没说"抱歉"，说明她骨子里仍然潜伏着天生的优越感，哪怕她平时没表现，但在不经意间会猛地跳出来。

傍晚，姚旺黑着脸从大学回来了，一进门他就说："爸，你的亲戚为什么总是用恶意揣测你？"姚简说："我的亲戚不也是你的亲戚吗？"

姚旺说:"什么狗屁亲戚,我已经在网上跟他们开骂了。"姚简心里一沉,后悔没在"亲人群"里及时屏蔽姚旺和洛莉。他怕矛盾升级,劝姚旺停止骂战。姚旺说:"可是我气得肺都要炸了。"姚简说:"一个人成熟的标志就是能控制脾气。""在谣言面前你不用控制,"洛莉从厨房冲出来,"我支持你骂他们,儿子。"姚简一拍餐桌,说:"你们想没想过明年我们还要回去过清明节? 还要跟他们打交道,还要拜托他们照看好爷爷奶奶的骨灰?"洛莉和姚旺沉默了,他们用同情的眼神看着他。姚简发现他们的眼神和回国时亲人们看他的眼神相似。

　　深夜,姚简偷偷打开手机,翻阅"亲人群"里的信息,看见上面全是"阴谋论"。姚久久说她半夜送夜宵,发现叔叔偷偷拔掉奶奶的氧气管,于是赶紧冲进去制止,但已经来不及了。姚简想她什么时候送过夜宵? 我从来都不吃夜宵。姚老大,也就是堂哥,姚久久的父亲,他说他调看了医院的监控,确证婶婶的氧气管是堂弟亲手拔掉的。姚简想他们家不就是想多挣一点护理费吗? 但也犯不着这样污蔑陷害。表弟说表哥既有作案的动机也有作案的时间,还有作案的环境。姚简想这个表弟是著名的"啃老族",在母亲病重期间他连看都不愿意看一眼。姨妈每求他来看一次,他就跟姨妈收一次出场费。除了真正的亲戚,群里还多了一些不认识的人,他们都是姚久久拉进来的。他们不摆事实不讲道理,只是一通乱骂,而姚旺早在几天前就跟他们撑上了。群里塞满了不干不净的语言,每隔两三行就有人问候别人的祖宗。这个"亲人群"是几年前为了方便沟通由姚简拉群的,现在不仅不能在上面友好地沟通,反而成为相互仇恨的场所。姚简很失望,他的手指悬在屏上许久许久,终是下定决心按了下去,就像按下武器的开关。从此,这个群被他解散了,彼此眼不见心不烦。

　　但是,姚简仍然心事重重,他的脑海时不时会冒出关于氧气管的各种说法,有时候他竟然怀疑母亲的氧气管真是自己拔掉的,甚至会给这种想法配画面,越配越觉得真实。这种想法就像一块创可贴贴在他的脑海,怎么撕也撕不掉。一天午后,他靠在客厅的沙发上打盹,突然梦见了母亲,这是母亲逝世后他第一次梦见。母亲不停地抹着眼泪,说:"简儿,氧气管是我自己拔的,你受委屈了。"姚简一个战栗,忽地惊醒,放声大哭。这是母亲逝世后他第一次痛哭,仿佛要哭出全部的悲伤和思念。哭罢,他算了算时差,发现母亲在梦里出现的时间正好是一个月前她离开的时间。

这边午后,那边凌晨。

原刊《收获》第5期

关于爱的一些小事

辽 京

一

因为自己叫毛毛，所以给它起名叫球球，合起来是毛球。毛球，是奶奶的旧毛衣上泛起的毛球，还是邻居刘奶奶织针翻飞中越来越小的毛球，或者是春天柳絮团成的虚飘飘的毛球，都是，也都不是。当毛毛抱起球球，感受到它的柔软轻盈，这种轻盈就像水一样浸湿了他，传染了他，像雨丝或者雪片，怀抱着春天、夏天、秋天和冬天。球球是他最好的、唯一的忠诚伙伴，走到哪里，毛毛都带着它，把所有的事情、所有的心里话都告诉球球，作为回报，球球一句话也不说，也不反驳，也不嘲笑，也不斥责，它只是耐心地听着，白天，它像微风一样宁静，晚上，它像月光一样沉默。

幼儿时期的事情，快忘光了，隐约记得奶奶喜欢红色，爱穿红毛衣，红外套，红衬衫。在毛毛最初的印象里，她是一个移动的红色方块，忽近忽远，忽浓忽淡。她总是忙忙碌碌，步履匆匆地把毛毛抱起又放下，放下又抱起，中间忙着去做别的事情，煮饭、烫奶瓶、切菜、炒菜，擦擦抹抹，一个家总有无穷无尽的事情可做。毛毛独自躺在床上，很大的床，对于一个还不会翻身的婴孩来说，宽阔得像一片海。他转动目光，看着四周的一切，一切新鲜又遥远。有时候，他抬起手，握起拳头，久久盯着自己的手背，或者把手指放进嘴里吮吸，仿佛那是世间难觅的美味。他会困，饿，渴，害怕，难过，愤怒，稍有不满他就大声哭泣。红色闻声而来，骤然充满他的视野，然后是味道，衣服上凉凉的味道，脖颈间热热的味道，奶瓶塞进嘴里，几分钟的和平，饱足之后他昏昏欲睡。午后的树影子在玻璃窗上缓缓移动。他还没有时间的观念，他什么观念也没有，只有身体的感受和需求，谁满足他，他就依恋谁。奶奶对邻居老刘说，毛毛只认得我，不认得他妈妈呢。后来有了球球，那就又多了一个球球。

　　起初球球没有名字。刘奶奶把它送来的时候，它被包一个透明的塑料袋里，袋口用蓝丝带扎住了，像住在玻璃瓶里的一件标本，黑眼睛望着外面，亮晶晶的，带着一丝雀跃和期盼。奶奶把它解救了出来，在毛毛眼前晃着。球球的嘴角带着微笑，毛毛也跟着笑起来。

　　当他学会走路，蹒跚地走下台阶，来到院子里，是好几个月以后了。春夏之交，球球还是披着那一身厚软的绒毛，它不热吗？它不饿吗？渴吗？毛毛想到这些问题的时候，他就一下子长大很多，知道了在自己之外，在床铺之外，房间之外，院子之外，还有一个广大的世界。尽管他自己幼小，他还是用一只手抱着球球，让它贴伏在胸前，当他想去什么地方的时候，是带球球去那里，带球球去看看这个那个，摸摸这个那个。红色的奶奶不停地忙着，走来走去，时而呼喝一声，不许他动这个、动那个。他走得越来越好，越来越快，越来越平衡而少跌倒，骨骼变得坚硬，肌肉各司其职，大脑指挥协调，四肢应对自如，他想要什么都可以自己拿，够不到便去搬一个板凳，窗台、电视柜、五斗橱、桌子、椅子，他想到所有地方去，想尝试所有的可能与不可能，呵斥也不怕，吓唬也不怕，打屁股也不怕，奶奶制止他的声音被他一一拨开了，不可以这样，不可以那样，像拨开一道又一道帘子。他的手掌和膝盖常是脏脏的，裤子从膝盖那里破了个洞。晚间，红色的奶奶在灯下缝补，用一块小兔子或者坦克贴布，针脚细密，平平整整，是小探险家的荣誉勋章。毛毛睡着了，球球温驯地看着这一切，它和毛毛日夜在一起，时间越长，摔过的跤越多，球球就越重要，越不可缺少，好像它不是世界的一部分，而是毛毛自身的一部分，肢体的一部分。毛毛学说话，对它说得磕磕巴巴，我呀，你呀，花呀，太阳呀，月亮呀，奶奶呀，家呀，球球一直在听，不嫌他啰嗦，不打断他，也不会转身走开。在毛毛的生活里，奶奶、偶然闪现的妈妈、刘奶奶，来来去去，出门进门，只有球球长久地待在身边，一刻也不分离。

天气暖和了，继而炎热了，热得眼睛发花，一切都在热气中晃动，蒸腾，球球软趴趴地伏在胸前，它也潮乎乎的，陪着毛毛一起出汗。奶奶出门去了，她走得匆忙，忘记锁上院门。毛毛和球球在院子里玩了一会儿，玩腻了，没意思了，就走到院门前，推开一扇大铁门，露出三级台阶，一条小路，一段别人家的粉墙，一棵不粗不细的枣树，等它过几个月挂满青枣子的时候，毛毛已经跑得很稳了。

他们摇摇晃晃地往外走。毛毛什么都想摸一摸，碰一碰，尝一尝，他的五官都是饥饿的，贪求着一切满足。他捡起路边的小石子，拔下一朵白野花，踩一踩树的影子，经过一只敞着盖的垃圾桶，他被翻飞的苍蝇吸引住了，久久地注视着，苍蝇是这午后寂静中唯一的活物。直到谁家院里走出一只黑色的大狗，一路走，一路低头乱嗅，步伐轻快地来到毛毛身边。

球球在怀中一下子缩紧了。毛毛知道它在害怕,自己也在害怕,他抬步向前走,狗跟了几步,就被垃圾桶的味道引走了,它站起来扒着桶口,用嘴在里面拱来拱去。毛毛转一个弯,走进两排房子之间的过道。墙是湿凉的,墙根底下生着青苔,毛毛滑倒了几次,奶奶不在旁边,所以他没有哭,自己努力站了起来。经过一扇打开的窗户,里面哗啦啦地响,有人在打牌,边打牌边聊天。

"根本就没结婚,未婚先孕。她妈嘴可严呢,一个字不提。别人也不敢问。"

"也不让那孩子出门。听说那孩子到现在还不会说话,一个字也不说。"

"是不是天生脑子有什么毛病?他妈妈也太傻了。"

"我看傻也是遗传的。"

毛毛已经走远了,走出这一截过道,走进另一片白花花的太阳地。他被晒得眯起双眼,像是困了,仿佛阳光是一只轻轻拍哄的温柔的手,妈妈的手,奶奶的手,对他来说是一样的。他轻轻地拍打着球球的后背。球球背上有一道拉链,拉开来,掏出棉芯,外套就可以下水清洗,有一次奶奶想把球球洗洗干净,刚拉开拉链,毛毛就吓得大哭起来。

他走到了一片水塘边,第一次,毛毛见到这么多水,这么绿,这么深,这么静,水面中央立着一头水牛,那牛一动不动,落个蝴蝶不动,落个蜻蜓不动,扭着头张望,一边角上还短了一块。毛毛只见过书上画得平平整整的牛,没见过这么大的、立体逼真的牛,牛的周围开着好大的白荷花。他有点兴奋着走向水边,水边一道长满野草的斜坡,水的另一边,是稻田,稻田的另一边是青翠连绵的山。原来这片村子是被山环抱着。

球球一下子就浸满了水，变得又湿又沉，棉花填的内芯吸饱了，膨胀起来，毛毛也一下子喝饱了，岸边是倾斜的，水面下铺着一层水泥，原来是一个修整过的景观池塘，那牛是泥塑的，荷花也是假的，毛毛挣扎着，把球球越抓越紧，眼前忽明忽暗，几秒钟的工夫，有人将他一把捞了起来。

毛毛呛了水，咳嗽着，接着大哭起来。哭声又引来了别的人，好心的人，好奇的人，闲散无事看热闹的人，谁都没见过这孩子，谁都知道这孩子。一个老太太说："是不是那家的那个？"那语气使人们一下子就明白过来。有人掏出手机给奶奶打电话。

奶奶赶来，把全身湿透的毛毛和球球抱走了，走得很快。回到家，毛毛被剥光了衣服，按进一个白铁盆里，这铁盆可有些年头了，毛毛的妈妈，毛毛的舅舅都在里面洗过澡，现在轮到毛毛。一勺热水兜头浇下来，水眯了眼，他忍不住又哼哼唧唧地哭起来。

"哭什么哭！淹死你算了！"奶奶说，一边说，一边又舀起水，往肩膀上浇，往背上浇。毛毛闻见肥皂的香，泡沫漂浮在水面上，一抓就没有了，一捧又流走了。奶奶一边帮他冲洗，一边骂人，骂得又伤心又曲折，是毛毛听不懂的、复杂的大人话，甚至那骂里还裹着一点无奈的疼惜，像苦巧克力的糖心。

毛毛洗好了，换了干净衣服，趴在铁盆边看奶奶用剩下的水洗球球。她把球球的皮脱下来，用肥皂狠狠地搓着，那张皮被泡沫裹住了，球球的眼睛眨也不眨。掏出了棉花芯，只剩一张外皮，因此脸上的表情也变了，变得冰冷严肃，嘴巴不会笑了。球球被平平地摊在一只倒扣的缸底，等着太阳把它晒干。洗澡水就朝院中一泼。水往低处缓缓流着，泡沫映出七色的光。

球球回来了，清洁干净，散发着香皂的味道，原来它有点臭烘烘的。现在它显得有点陌生了，似乎缩水变小了一点，毛毛尝试着把它重新搂进怀里，觉得它身上有几处不均匀的硬块。他把脸贴上去，投进球球的怀里，努力重新适应，重新爱上它。

夏末秋初的时候，妈妈回来过，问毛毛高兴吗？想妈妈吗？高兴是高兴的，但是高兴也只是一小会儿，妈妈走的时候，哭也是一小会儿。奶奶没有送她，她走的时候，奶奶在厨房里切菜，菜刀剁得很响，背转了身，她说一声那我走了，奶奶没有回话，妈妈便悄悄地走了，铁门一开一关。妈妈给毛毛留下很多新玩具，毛毛只玩一阵子就全丢在一边，又抱起球球来。

每天早晨，奶奶要去上班，她在村里的一家民宿帮忙做饭。到了暑假，写生的孩子们又来了，跟着学校的老师，拖着一模一样的、装着滑轮的帆布包。最酷热的天气里，他们一群群地散坐在空地上，架起画板，大大小小的电风扇放在身边嗡嗡地吹，闷热的空气被搅动成风，仿佛更热了。过了吃饭的时间，奶奶没事的时候，也出来看他们画，有的快，有的慢，有的疏，有的密，倒都画得很像。她看一会儿，又回趟家看看毛毛睡醒了没，她工作的地方离家只有几分钟的路。那房子是上海的一个老板买下来又花钱改造的，顶楼给自己留了两间屋子，平常上着锁，只有他来小住的时候，才打开让人打扫。

自从家里多了一个毛毛，奶奶这份工就打得断断续续。旅游生意跟着季节走，夏天最旺，暑假里，学美术的孩子一拨拨地来，住满村里的大小院子。有人专门加盖房子，盖到两层、三层、四层，隔成小间，放上下床，硕大的吊扇嗡嗡地飞转。傍晚时候，孩子们到各个人家去吃饭，买饮料，嘻嘻哈哈地，男孩子、女孩子都爱穿松松的背带裤，戴贝雷帽或者鸭舌帽，打扮得像电影里的角色。不少人一对对地走在路上,手拉着手,青砖黑瓦的老房子,雕刻着三国故事的花窗门扇,赤条条的懒散的阳光,簇拥着他们。奶奶走得快,超过路上的行人,几分钟就到了家,老刘刚给毛毛喂过饭。奶奶不在的时候,她帮忙看着毛毛。

"你瞧,谁回来啦?"刘奶奶细着嗓子说。毛毛张开双手,奶奶把他接到自己怀里。到了晚饭时候还要回店里,她两头都要求人,好在那边的女管家也是同村的熟人,很好说话。毛毛被抱了一会儿,挣扎着要下地,他走得越来越稳当了。刘奶奶说:"等上了幼儿园,早晚一接一送,你就好办了。"

"不去幼儿园,丢不起那个脸。"奶奶说。她身上的红衣服模糊了一下,马上又清晰起来。毛毛捡起一个掉在地上的玩具望远镜,是前阵子妈妈带回来的,举起来,看奶奶,满眼的红色。

"将来总要上学呀。现在这些事也不少见,你看那些学生,走着走着就搂起来了,男的女的勾肩搭背。"

"我不管了,让他妈妈带走,别处上学去,不要放在我眼前。"

"他妈妈连自己都照顾不周全。"

奶奶回答了什么,毛毛听不清了。因为他已经从敞开的屋门走到院子里,球球坐在一只小板凳上,微笑间仿佛有些忧郁,夏天快过去了,暑假要结束了,空气中有一种低回宛转的流连,好像时间不舍得往前走了。毛毛拉起球球,抓着它的一只手,使它直立着悬在空中,他的步子越迈越大,越迈越快,从跌跌撞撞到稳稳当当花了几个月。各处的树叶子变黄了,变红了,逐渐凑成一幅杂驳的画。这一天奶奶请了假,破天荒带毛毛出门去。她骑着电动车,把毛毛放在一个新安装的婴儿座上,上面垫了一块小棉垫,使他坐得更舒服。车一走,秋风就被惊动了。

电动车压过青石板路。巷口的墙上钉着指导游客的铜牌,闪亮亮的,某家祠堂,某家庙,某书院,某学堂,这里出过状元和探花呢,那些高门深院,现在都叫景点,进村要买一张总门票,上面画着线路图,写着这村子的渊源。口口相传的故事,一印到纸上,不知怎么就不对劲了,显得小题大做,千篇一律。武功赫赫,解甲归田,做了个梦,梦里的神仙告诉他此处好风水,安了家,将来子孙绵延,福祉无边。瞎扯,骗游客的,在奶奶看来,那些游客,来摄影的,来写生的,都是些闲着没事的家伙。她不喜欢那些探寻的目光。

电动车出了村,绕过那片池塘,水中残荷败叶,几分萧索,顺着小路穿过稻田,转眼就到了山脚底下。她把毛毛抱下来,毛毛紧紧揪着球球不撒手。一道石阶向上蜿蜒,隐没在树丛中,祖孙俩拾级而上,毛毛费力地攀登,遇到高的石阶,就手脚并用,再高一点的,奶奶将他抱上去。这条路原来没有,也是近年修的,两边还装了一些路灯,晚上点亮了,生造出一处夜景。初秋的太阳仿佛余怒未消,不一会儿,两个人都出了一身汗,好在石阶并不太长,很快他们就到了半山腰的观景亭。再往上便没有路了。

平常村里人是不来这里的,这是一个摄影点。坐在亭子里,往外望,是田地和古村,后面又是山,山既是屏障也是尽头。毛毛太小了,不懂得看风景,从地上捡了一只饮料瓶子在玩,用瓶盖假装给球球喝水,一会儿又摸到一截烟头,被奶奶呵斥,赶快丢下了。

奶奶脸朝外坐着,警告毛毛不许到边上走,小心滚下去。身上的汗渐渐消了,秋日重又温存起来,她看着这片自己生活了大半辈子的地方,每块石板,每处瓦片都熟悉,远远地望过去,绿的绿,红的红,白的白,黑的黑,真像一幅画。住在画里,便成了画里的人,画里的人凡心一动,走了下来,走下来也就成了寻常人,甚至连寻常人也不如。

她怎么会上这种当，受这种人的骗？本来，长得那么好，念书那么聪明，考上大学，眼看要毕业了，全毁了。结果这孩子居然一点也不像她，全像了那个混蛋。

毛毛不知道奶奶在想什么，他和球球又发明了新游戏。他先假装把它藏起来，放在一个很明显的地方，然后自己去找，绕着球球走，假装看不到，最后他发出惊喜的叫声，把球球从一棵树后面找出来，从亭子中间的石桌底下找出来，从近处的草丛里找出来，乐此不疲，无论什么简单的游戏，他都玩不腻。他抱着球球，自娱自乐，忽然听见一阵微风，风的嘴里含着呜咽，他抬头看奶奶，奶奶流眼泪了，用袖子去擦，仿佛那红衣服也暗淡了，旧了。他走过去，被奶奶抱到膝上，奶奶望，他也望，望得远远的，可是再远也远不过那一扇屏风似的山。一只鸟高高低低地飞了过去。

二

离开奶奶家的那天，毛毛记不清了，但是奶奶和妈妈都记得清，差点走不成，因为球球找不到了，没带上球球，他哪里也不肯去。妈妈和奶奶满屋子到处找，找啊找啊，翻箱倒柜，翻腾出好些旧东西，书本，校服，杂七杂八的零碎物件，相片，还有一条红领巾。毛毛坐在门边的板凳上，看着她们忙碌。奶奶嘴里在说着什么，旧东西惹起的旧回忆，越说越懊恼，越生气，母女俩一句一句地争执起来。

毛毛从板凳上站起来，走了出去。他今天格外安静，他知道生活将有大变化。他的衣服，几本全是图画的书，已经整理好装进一只手提包里，手提包已经放到外头院子里了，只要找到球球，马上就可以走。他还想坐电动车,电动车停在角落里,后座上还装着他的小椅子,铺着柔软的小棉垫呢。

是他把球球藏起来了。本来他想把自己藏起来,但是那个地方太小了,他钻不进去。球球在那里害不害怕呀,黑洞洞的,周围全是灰尘,它需要忍一会儿,再过一会儿毛毛就去搭救它,这是他们俩最擅长的游戏。藏起来,这次不是假装的,是真正地藏起来,去找吧,找不到它,毛毛就不走,就不离开家。

妈妈说,算了,再买个新的,买个一模一样的,又不是什么稀奇东西,这孩子认死理。她俯下身把毛毛抱起来,额头、眉毛、眼睛都湿湿的,汗水还是泪水,反正她在往外渗水,整个人像一个愈合不良的伤口。毛毛不自觉地抗拒她,妈妈代表着新鲜和陌生,不安全和不确定,他说不出来,但是一下子就感受到了。毛毛在她怀里挣扎,然后哭了起来。毛毛的哭是有效的武器,他用哭声反抗一切,奶奶说,不行,他就要那个娃娃,必须找到那个娃娃。

不要这么惯着他,妈妈一只手抱着毛毛,身上背着双肩包,另一只手去拎地上的手提包,这就是一切了,一点随身物品,一个孩子。上次她走的时候依依不舍,步步回头,这次不一样了,这一次她下决心接走毛毛,把这个家的一切抛在身后,在三面静默青山的注视之下。

毛毛大哭起来,我知道球球在哪里,让我去找,让我去拿,在床底下,米缸的后面。他磕磕巴巴地说话,和着哭声,吐字不清,奶奶听懂了,妈妈没听懂,妈妈对他并不熟悉。她深爱的、日夜思念的,是一个想象中的孩子,毛毛恰好在那个位置上。奶奶赶上来,一片红由远及近,球球在她手里,被举高了,摇晃着。于是真的要走了,奶奶掸掉了球球身上沾的灰尘,递给毛毛,他接过去,不知怎的,哭得更厉害了。

快走吧,奶奶说,再哭人家都听见了,我丢死人了。本来妈妈想说几句柔软的话,奶奶这么一说,使她的心又硬下去,像干涸的河床那么硬,硬得皲裂开了,抱着毛毛便走。她没有骑电动车,一直走到大路上,才把毛毛放下来。

你自己走吧。

毛毛看见自己的影子,球球的影子,在影子里他们更亲密了。妈妈的影子离得远一些,好像决绝的勇气和力气一下子用光了。渐渐地,她让毛毛走在前面,用自己的影子覆盖了小孩的影子。一大一小慢慢地向前,穿过为游客准备的停车场,停车场在这个季节空空荡荡的。风像放肆的舌头一样舔过人脸,狎弄的、毫无感情的、凉的舌头。

公交车,火车,上车,下车……毛毛记得一些无穷无尽的电线杆。起初,妈妈教他数,一、二、三、四、五,数着数着,数不清了,于是又重新数,数到一百以上,毛毛就糊涂了,开始胡说八道。妈妈带着他,一个一个数下去,数到毛毛从没数过的巨大数字。窗外的景色无穷无尽,毛毛看得入迷了,呆了。忽然飘来一阵小雨,扑打在冰冷的玻璃上,水滴弯弯曲曲地流下来。眼前一黑一明,是过了山洞,雨忽然就停了,好像那山洞是两个世界的界限,晴和雨的界限,从前和以后的界限,色调为之一变。毛毛被这些陌生而强烈的印象一次次攻击着,长久围困着,不由得抱紧了球球,他唯一熟悉的朋友。

妈妈的家要小得多了,但是也很值得探索。白天照明的不是太阳,是一盏灯,这灯日夜不熄。妈妈去上班了,毛毛和球球做伴,床上,床下,桌子,椅子,牙刷,脸盆,一只窄小的单人沙发,上面有个洞,毛毛的小手可以伸进去,触到海绵和弹簧。中午,他到邻居家吃饭,又一个刘奶奶,总有好心的刘奶奶,年纪差不多,样貌差不多,好心肠也差不多,只是她不姓刘,姓武。毛毛几乎把她和刘奶奶搞混了。

武奶奶在这里开一间裁缝店，这里是一栋高楼的地下室。电梯本来通到这里的，被人用胶条把门封上了，于是只剩一条台阶可以走出去。武奶奶把毛毛带到她的店里，也是一间小屋，门边挂着一台电视，电视整天开着。毛毛来了，给毛毛看动画片。吃完饭，毛毛可以在她这里待一整个下午，看武奶奶身后悬挂的各色线筒，待修补的羊毛衣，屋顶上挂着的一排大衣罩在塑料袋里面，墙上贴着明码标价的牌子。毛毛从这里开始学认字，毛衣缝补，干洗，改裤长，棉被翻新，跟布料有关的所有事。有一次，一个女人带来一件大衣，交代要拆掉垫肩，武奶奶还没说话，毛毛已经张口报价：30元，两个大人都笑了。

女人走了，武奶奶把大衣翻过来，一边拆一边念，我们那时候喜欢要垫肩的，垫出来肩宽，好看，现在年轻人都不喜欢，都要拆。我是过时了，我们毛毛是小鲜肉哩。毛毛笑了，他手里拿着一块碎布头在玩，一会儿蒙在脸上，一会儿围在球球身上，玩着玩着又丢下了。走到楼道里，去看一只关在笼子里的灰鸽子，别人家养的，那鸽子整日嘀嘀咕咕，黑眼睛一眨一眨，毛毛每天去看看它。有一天，笼子空了，两根羽毛落在粘着鸟屎的硬纸板上。

他问武奶奶，鸽子去哪儿了，武奶奶说，什么鸽子？她压根没注意过楼道里还有过一只鸽子。毛毛问妈妈，妈妈一边切菜，一边说，应该是被人吃掉了，鸽子肉吃着就像鸡肉，比鸡肉瘦些。晚上，毛毛躺在床上，还在想这件事，鸽子，被吃掉了。第二天，他和球球一起，往楼道的深处走去，公共的水房，卫生间，有一间理发店，一间复印店，一间按摩店，排列着，像是复杂生活的毛细血管。理发店里，一个女人抱着一个婴儿，比毛毛小得多，婴儿的手指含在嘴里，眼睛空空地望着天花板，仿佛困了。毛毛想，看他还吃手呢，我早不吃手了，手脏。他意识到自己长大了，头一次，他发觉怀里的球球已经太小了。

他抱着它，安慰它，没关系，你不陪我长大也没关系，我们永远是好朋友。理发店的玻璃门映出一个小男孩的脸，因为很少晒太阳而有些苍白，但是精力旺盛，体力充沛，常常有几百个念头一齐在他脑中闪过，灵感像烟花一样炸开。他触碰所有东西，想弄清楚其中的关联，硬的，软的，崎岖的，光滑的，满的，空的，亮的，暗的……他渐渐忘了在奶奶家的生活，那些绿色的山，那些院子和滴水的屋檐，夏天的闷热和秋天的斑驳。这里没有自然的光和色彩，电灯就是太阳，武奶奶就是亲人。

武奶奶脸上的皱纹多了两条，而妈妈的面容依旧模糊。下班回来，她去公用的灶台炒菜，辣椒和葱花炸出的香气，被油烟熏黑的墙壁，被油烟笼罩的妈妈。她吃饭很快，吃完饭就躺在床上，看手机，有时候看着看着就睡着了，屋里的灯没有关，亮了一夜。早上又匆忙走了，给毛毛留下一小袋面包，一盒牛奶，让他自己吃。有时候，他也看见妈妈的眼泪，她并不躲藏，边打电话边哭着走开，把门关上，到地面上去打。妈妈不准许他一个人到地面上去。危险，她说，非常非常危险。他想，妈妈的哭，是不是因为在外面遇到了她说的那些危险。有时候他也会哭，哭一些平凡又正常的小事，比如那只鸽子。

星期天休息了，妈妈也带他到外面去。毛毛觉得自己仿佛掉进了大海，无边际的楼群，无尽头的车流，数不清的人，一千个或者几千万，轰隆隆地来，轰隆隆地去，阳光几乎灼痛他，太温暖，太明亮了，他适应灿烂热烈的阳光就像适应一池温泉，一点点地走下去，埋进去，轻微的眩晕，被吞没的舒适。在公园里，他滚在草地上，天地颠倒，草木清香，妈妈嫌他弄脏了衣服，他也顾不得了，向空中抛洒笑声就像往水池里抛撒碎馒头那样毫不吝惜，来吧，别客气呀，尽情吃吧，有的鱼像小水桶那么粗壮，一边拥挤，一边张开大嘴。红色的鱼让他想起红色的奶奶。

夕阳西下，他是来自地底的孩子，他还是要回到地底下去，像灰姑娘的魔法到了时限。坐公交车回家，毛毛觉得到处都满满当当的，眼睛是满的，耳朵是满的，心也是满的，有人给他们让座，他就坐在妈妈腿上，车子一晃，渐渐就睡着了。虽然生活中的所见尽是转瞬即逝的碎片，梦却做得十分清楚完整。和别的小朋友在一起，在一片空地上，按着一位阿姨的指挥，向左，向右，向前，向后，休息，吃饭，喝水，一起笑哈哈……他天天在武奶奶家看电视，他知道有幼儿园，有学校，有老师，有小朋友们在一起玩，有操场和明亮的太阳。

他把夜间的梦告诉妈妈，妈妈没说什么，若有所思。过了几天，他就来到一扇铁门前，书包是新的，鞋帽是新的，一个年轻的阿姨和妈妈不知道在说什么。当大门在身后缓缓关上时，毛毛回头，看见妈妈还在笑着，但是手指揪起了裤子的布料，用力地拧绞着。

去幼儿园不可以带球球。

第二天，当妈妈把球球轻轻地拿过来，告诉毛毛，武奶奶会和球球一起去学校接你，而毛毛已经哭得听不清妈妈的话了。死心眼，妈妈说。不得已去跟老师商量，老师微笑着，说好吧，那就带吧，但是那微笑中似有一丝犹疑。他不跟别的小朋友说话，年轻老师说，做游戏的时候，他就在一边发呆，好像听不懂我说的话。他只跟那个毛绒玩具一起玩，嘟嘟囔囔地跟它说话。好吧，我们再继续观察一下，实在不行，就要退学了。他连排队都学不会，是是是，我们也相信毛毛很聪明，小孩都很聪明，但是他适应不了集体生活。

毛毛可能是不太习惯，在家里他没有伙伴一起玩，孤单惯了，妈妈辩解着，一只手紧握着毛毛的小手。别人说的话，对毛毛来说，就像窗外下的一场雨，有画面，有声音，就是淋不到自己身上，仿佛与自己无关。所有人都像是电视里的人，他们吃饭，说话，走来走去，哭哭笑笑，演得又热闹，又好看，就是无法建立关联。他们都在岸的另一边，毛毛和球球，在这一边，他也想越过去，可水面上空荡荡的，一根独木都没有。

病是没有的，检查过了，各方面健康正常，就是因为球球——爱是一切苦恼的根源。她懂。半夜醒来，妈妈一阵阵地愁烦，地下室没有月光，灯一关便是纯然的黑暗，她听见毛毛的呼吸声，拿起枕边的手机，用屏幕的光照着一点亮，缓缓地搜寻，球球就在毛毛的枕边。她小心地，极轻极轻地，把球球抽了出来。地下室的垃圾桶不保险，要扔得更远些。夜里很凉，她只穿了一条薄睡裤，风一吹就透骨。那些眼睛似的路灯一眨不眨。

她闯了大祸。她总是闯祸，事后虽然懊悔，嘴上还是硬的。不过是个玩具，你不能整天对着一个死玩具，它是死的，当然是死的，它不会说话，你是不是脑子有毛病？毛毛哭得大声，整个地下室，连武奶奶都听见了，拉走毛毛，说没事没事，奶奶带你去找，留下妈妈一个人在屋里。他们真的去找了，毛毛跟着武奶奶，翻遍他们遇见的每个垃圾桶，天气半明半暗，要下雨了。后来妈妈也来了，径直走到那个垃圾桶，掀起盖子，在几个填得鼓鼓囊囊的黑色塑料袋底下，翻出了球球。它浑身脏污，十分狼狈，依然微笑着，玻璃眼球折射出胜利的光芒。毛毛劈手将它夺了过去。雨落在脸上。

幼儿园不去了，这决定是轻飘飘的，就像妈妈从前做的每一个选择。好吧，就这样吧，算了吧，接受吧。她总是步步后退。幼儿园的铁门在身后关了，牵着毛毛的手，一瞬间似乎无处可去。这一天她带着毛毛上了一辆公交车，一站又一站，地名长长短短，全是陌生的。除了工作的地方和地下的家里，她对这座城市丝毫不熟悉。一条街，又一条街，一栋连着一栋高耸的建筑，人又多又小，彼此不认识，不说话，叫嚷的是汽车，是招牌，是无数的灯，是风吹着树，雨打着窗，唯独听不见人声，此处一切喧嚣全是静默。

在毛毛的许多印象里，他牢记住那一天。因为那一天，对他来说，是打破罩子的一天。在终点站，他们不得不下了车，毛毛告诉妈妈，球球说它饿了。他习惯了透过球球提要求，好像他很难说出我想和我要，而是它想和它要。球球咧开小嘴，日复一日，几乎染上了一点嘲弄的神情。

那它想吃什么呢？妈妈说。

拉面。他指指路边的一家面馆。一大一小分着吃一碗面的时间，妈妈已经想好了下一步要怎么做，毛毛要去更好的幼儿园，需要更好的，更专业、更有耐心的老师，而她得想办法挣更多的钱，更长的工作时间，更远的上班距离，没关系，难归难，总有办法。她带着毛毛走出饭馆的时候，已经成了一个全新的人，死里逃生的人，从长久的昏睡中醒了过来，凝固的视野重新松动，继而流动起来，一切的际遇坎坷都有了意义，从她遇见那个年轻的游客开始，到她牵着毛毛走在傍晚街头的此刻，塑造她的正是这些痛苦。她想着，今晚给家里打个电话，让奶奶跟毛毛说几句话，奶奶一定很想毛毛，她坚持让毛毛管她叫奶奶，不要叫外婆；以后要让毛毛多去外面晒太阳，假如钱再多一点，就从地下室搬出来，搬去地面上住，房间要宽敞些，给毛毛买一张单独的儿童床，可爱的圆润的小木床。当年，毛毛的到来就像一支冷箭射中了她，现在她要在这伤疤上文一朵花。毛毛不知道妈妈在想什么，他随着妈妈走。他们走进一间明亮的商场，一排小店，卖着许许多多的东西，衣服、帽子、书包、五颜六色的卡通贴纸和像茂密丛林一样的水彩笔，毛毛应接不暇。他还不明白世人造出这些东西是为什么,也没想过球球只是一件普通的流水线产品,以为它是独一无二的。它既是一扇门,也是一把锁,毛毛高高兴兴地画地为牢,丝毫不想到地面上、到阳光下去过新的生活。

直到他们经过一家玩具店,里面摆着各种毛绒玩具。妈妈信步走了进去,她想也许毛毛会挑上一两件,找到新的朋友。人造的动物们凝视着他们,好像走进一部动画片的场景。毛毛屏息凝神,紧紧抱着怀里的球球,好像怕它要跑,要挣扎着回到自己的世界。他转过一个拐角,正要向外走时,一下子定住了,眼前的一排货架上,摆着几十、几百、几千、几万个球球,和他怀中的那个一模一样,棕色的毛,微笑的红舌头,黑亮亮的玻璃眼珠,张开短小的双手。妈妈回头叫他,一时间他既听不见,也看不见,仿佛一堵厚厚的墙在片刻间崩塌了,世界訇然洞开,阳光万丈,风猛烈地吹来。

原刊《钟山》第5期

寻三哥而来

石一枫

那男人不是个一般人,起初孟琳琅竟没看出来。下午,她骑着电动车进小区,就觉得背后有人跟她。心里一虚,停车回望,干道空无一人,岗亭里的保安在刷手机。琳琅再想上车,一个膝盖火辣辣地疼,手也扶不住把似的。

好在家也不远了,她索性推车挪了一段,从车把上摘下菜来。

进屋先洗菜,开火,做的是海带炖排骨、茄子熬鲇鱼;此外切了一盆面。然后才到一楼厅里乱翻,总算找出两个创可贴,随便粘在伤处。这时就听有人敲门。小区装有对讲,但外面那人只是敲,不疾不徐。琳琅心里便又一虚,跑到二楼,蹑脚上了露台,隔着两盆半死的花木往下张望。就见门前站了个男人,穿身工装,已然脏得看不出是灰是蓝,胯上斜吊着一只单肩包。身量不高,也就一米六出头。看侧脸约莫有三十多岁,额前半秃,仅剩的短发形成一个锋利的尖儿。他不像快递,并且琳琅也没叫快递。

然而琳琅还是下楼开了门。一是因为男人敲得很有耐性，咚咚，咚咚，周而复始，仿佛与屋里的人角力；更重要的是她听见男人叫了两声，河南口音，口称三哥。这几年管三哥叫三哥的人不多，而琳琅知道，三哥的旧相识才叫他三哥。三哥也让琳琅叫他三哥。那么琳琅想，来找三哥的应该不是那种她所害怕的人。

但等开了门，还是反应过来有点冒失。三哥就批评过琳琅：你那脑子转到一半儿，事儿就做到脑子前面去了，这不好。三哥还说：幸亏是个妇女，要是男的就会吃大亏。所以琳琅心里再一虚，没看门口的男人，而是掠过男人耳侧，望向他身后。小路，花坛，树木，远处是个湖。物业的人正在除草，邻居一如既往地不见踪影。将目光收回时，才发现男人的耳朵与别人不同：个儿小，轮廓扭曲，像被揉搓成了一团。那是一只不甚惨烈的残耳。琳琅这时又诧异男人是怎么进来的，不过转念一想，也许门岗把他当成哪户邻居家的工人了吧。这个别墅区入住寥寥，断断续续有人装修。

她嘴上问：找谁？

男人重复：找三哥。尉三。

这三哥果然是那三哥。琳琅又问：那你是谁？

男人说：我是郑六啊。

六比三小，要称哥。但琳琅说：三哥不在家。说完又后悔——她的意思就是，这里也是三哥的一个家。同时她还诧异，这男人是怎么找到三哥这个家，不过转念又一想，大概是三哥老家的人口口相传，而三哥也只在这些日子以来行事谨慎，以往对村里亲戚全不提防的。这倒是三哥的大意之处了，琳琅想，有机会也要批评一下三哥。

叫郑六的男人看似远道而来，却没露出失望。又问：什么时候回？

琳琅说：说不好。他忙，到处跑，到处有家。

郑六又问：你是三嫂？

琳琅不知该不该接这称谓，反问：那你看我像保姆吗？

郑六如同吃了一瘪，不语。这时琳琅才细看他的正脸，小眼阔嘴，胡子拉碴。郑六却又低头，看向琳琅膝盖上的创可贴。琳琅穿得满身精致，但他偏偏盯着伤处。又片刻，两人互相把眼挪开。琳琅再问：找三哥什么事？

郑六说：也没大事，回头再说吧。

说完转身，沿小路走出去。也没说去哪儿，也没说还来不来。

琳琅怔了一怔，没叫他，径自回屋。心里却有些悬着，更加后悔刚才开了门。好在呆坐片刻，屋外再没动静，她又出去转了一圈，别墅区里一如既往地寂寥。玉兰没有树叶，花瓣碎了一地。等转回来，煤气灶上的两样炖菜也好了，砂锅里飘出黏腻的香。又换锅开火，做了一盆同样气味浓郁的面，而后将吃食统统装进一个硕大的分层保温桶，出门骑上电动车，重新往小区外面驶去。几年前，她还蹬着自行车满城跑，现在却对两个轮子的交通工具难以驾驭，一摇三晃，差点儿又把自己甩下来。

等琳琅骑着电动车回来，天色渐黑，她又见到了那男人。这次是在小区侧面。一堵两人高的砖墙，墙上拉了铁丝网还竖着碎玻璃，以狰狞捍卫着静谧。郑六端坐在路边一块废弃的水泥板上，一侧放了个包裹，大约是捆扎起来的被子。城乡接合部风尘仆仆，不时驰过的大卡车震得地面微微颤抖。墙影里，面色模糊，身形如钟。

他在这儿待了多久？ 是不是等了一天甚至更早就来了？ 而琳琅下午出门没发现他，是因为前往菜市场走的是另一个方向。琳琅忍不住捏了把刹车，硕大的保温桶敲击车头，令男人猝然抬脸。

她尖着嗓子说：我说了，三哥不在。出门了。

郑六的声音仍然又低又哑：出门也有回来的时候。

琳琅便叹一口气，指指那团被子：你就打算睡这儿？

郑六不语。琳琅又说：跟我走吧，天气预报说晚上有雨。

郑六还没琳琅高，在暗处站直的身影却如同耸起一座小山，山上还晃悠着个包袱。片刻，两人行进在马路上。行进的方式也让琳琅略犯了一下难：如果骑车带着郑六，无论从技术还是别的方面来说都不妥，但推车步行她又腿疼。膝盖仍像着了火似的，不仅外皮发烫，里面也承受着炙烤。她一迟疑，却见郑六在身后挥了下手，短粗的胳膊仿佛没关节，直上直下。那意思是你走你的。琳琅只好上车，低速行驶。从后视镜里，就见郑六背着包袱跟在身后，并未奔跑，步子迈得稳当，却始终不曾落后。琳琅有些试探，也有些挑衅地拧了拧油门，电动车跑快了些，耳边嗖嗖有了风，郑六却仍不疾不徐，与她之间的距离像被无形的绳索固定。这男人御风而行，速度与姿态不成正比。

未几绕小区半圈，望见大门却不进去，而是拐上大马路岔出去的一条小马路。这里是镇上的商业街，因为附近建起几个小区而繁华了许多，饭馆排档鳞次栉比，连网吧都有好几家。琳琅将车停在不大不小一家旅馆门口，下车等待须臾而至的男人。郑六到了，头上没汗，只是微微喘气，呼吸均匀。

又不等他说话，琳琅已经进去开好了一个房间。她这才对郑六道：有熟人求到门上，三哥都给安排安排。三哥不在规矩还在，你也不用客气。

郑六看似懂了琳琅的话，但又愣神瞪着服务员，仿佛搞不明白登记身份证这道手续。该是没住过宾馆吧。琳琅又提醒，只有本人出示证件才能入住，这是规定。郑六便掏兜，掏出来的不是钱包而是一张牛皮纸，像他的耳朵一样皱巴巴的。展开，露出证件和一沓钱，也都是皱巴巴的散碎票子,两毛五毛都有。

这就让琳琅心里一酸。她想起自己刚来北京的日子,不认识三哥的日子。接着就将保温桶递了出去:没吃饭呢吧?

郑六装看不见,半晌咕哝一声:不饿。

琳琅懂得,那是从怯懦里滋生出来的傲慢。不只眼前这男人,自己那些七大姑八大姨也常摆出这副嘴脸。只不过自家亲戚的怯懦与傲慢里还藏有一丝鄙夷,倒像琳琅欠了他们似的;相形之下,郑六的装腔作势就简单多了。她嗤笑,将保温桶蹾在旅馆前台上:东西没人动过——你是三哥的客,不让你吃剩的。

这说的倒是实情。只可惜面条泡了许久,已经软了。而每个礼拜有两天拎着一桶吃食出去,再拎着一桶吃食回来,是琳琅一段日子以来的例行公事。不等郑六再说什么,她掏出手机来交了旅馆押金。房间订了两天。然后才转向郑六,口气里有了一丝同情:来一趟没见着人,也帮不上你什么忙,请体谅三哥。我替三哥跟你道个歉。也别白来,北京好歹转一转,这里离城里远,不过坐车也方便。

又说:我还有事,就不能顾着你了。

又说:想走就走你的,不用再打招呼。见了三哥,我就说你来过。

她还真像个三嫂。交代完一通,这个插曲就结束了吧。处理得有里有面,三哥知道了也不会怪她。对于那些找上门来的旧相识,尤其是从老家来的人,过去三哥的手面还要阔绰许多。有的给介绍工作,安插在自己或上下家的队伍里,有的甚至活儿都不用干,好酒好肉供养半年,走时还给封个大红包。只可惜现在不是过去了,怪只怪这男人运气不好。这么想着,琳琅不容置疑地出门,将郑六抛在身后。无疑,背后的郑六正在目送她,也不知那目光是感激还是不满。总之与自己没关系了。琳琅轻松下来,但没走两步,膝盖一软,差点儿单膝跪下。

好容易站稳，心下就是黯然的了。

然而只过了一天，琳琅便第三次见到了那个名叫郑六的男人。这次是在早上，她刚起床，还没弄早饭，就听见敲门声响了。咚咚，咚咚，不疾不徐。

琳琅立刻知道是谁，心里沉了沉，嘴上也没有好声气：等等。

然后开始女人那一套：各种洗，各种抹，各种修。膝盖还疼，昨晚涂了红花油，但不见效果，上下楼梯时都快前腿拖着后腿了。再想，昨天是怎么摔的？还不是觉得身后有人，心里就慌了。所以这笔账就记到了郑六头上。不仅洗抹修，她还坐到餐台前吃了半顿早饭。然而琳琅毕竟不是那么沉得住气，也不是那么端得住架势的人，一杯牛奶下肚，到底坐不住，又到窗口张望一眼，而后悻悻开了门。

开门劈头道：你怎么又来了？不是说了嘛……

郑六抬起短粗的胳膊，仿佛没有关节：走也得把东西还了呀。

琳琅低头，看见保温桶。昨天只想打发他，倒把这个忘了。接过掀开，俩菜一碗面已经不见踪影，不锈钢盆刷得没有一丝油花。琳琅反而有些不好意思，脸也不是僵着的了。吃饭还帮刷碗，这在三哥的客人里从未有过。而听他的意思，这就要走了？她扭身将保温桶放上厨房餐台，然而又一回身，却见郑六也进了屋，在客厅里不疾不徐地逡巡。

琳琅立刻又悬起了心。别说三哥交代过，家里不能来外人，仅说她一个女人住在这里，蓦然闯进脏兮兮的一条汉子，那也……别墅区又是那么偏远，那么空旷。她想制止这男人，却不知说什么，话哽在嗓子眼儿。

郑六却保持着探查的目光，突然又宣布：这房子，缺点儿手艺。

琳琅的目光跟着郑六的目光，沿客厅天花板溜了半圈。昨夜果然下了雨,导致墙壁上方的接角处又有几大团洇湿,泛出浅绿色的霉斑。这个毛病琳琅也知道,前两天还叫物业来修过,不过物业的人客气倒是客气,干活儿就不行了,忙叨了半天,该漏还漏。琳琅还想起刚搬过来时三哥的评价,也是这么一句,缺点儿手艺。那时琳琅不懂,看不出富丽堂皇的欧式装修手艺缺在哪儿了。三哥还说过,要不是人家非拿这房子抵债,他才不想要呢。

也许是想起了三哥的话,当郑六有了进一步行动时,琳琅竟未阻挡。门外檐下就摆着工具和梯子,还有半口袋腻子,是上次物业的人落下的;郑六转身搭了梯子,扛着东西三步两步上了屋顶。屋顶倾斜,垒着层叠的灰瓦,他行走其上却如履平地,两脚好像扎了根。弯腰探查片刻,又对来在院子里的琳琅道:打些水来。

琳琅如同得了命令,上二楼取了个塑料盆,从露台递给郑六。大半盆水在她手上颤颤巍巍,郑六只需单手一端就接了过去。同时对她解释:屋顶返潮,一定是防水做得不到位,而这种房子又有一层保暖材料,里面是中空通着的,哪儿漏补哪儿,当然没有效果,还得找到源头上的漏点才行。嘴上说着,手上不停,将瓦片一块一块掀开细看。又没一会儿,几处漏点毕露无遗,现调腻子封上。郑六干活儿利索,而利索的某种境界仍是不疾不徐。雨后的太阳升上来,照得焦黄的一张脸泼出光亮。

琳琅就在露台上看他干活儿,她现在也没事做。

再没一会儿,郑六起身,顺梯子从房上下去。琳琅这才想到,还没给人口水喝,赶紧进屋,从二楼下来,到一楼冰箱去拿饮料。下楼梯时一震,膝盖又疼起来,前腿拖着后腿。来到面前,郑六并不接她的饮料,而是蹲下身去,一双铁钳般的手从前后两个方向握住她的膝盖,隔着裤子摸索几下,猛然一发力。琳琅只听见咔吧一响,声音直贯头顶,一阵剧痛让她惨叫起来,半个身子像过电般一抖。再看自己的腿,当然没断,不过裤子上多了几道污痕。郑六从琳琅手里摘下冰镇可乐,按在膝盖后面,说了声,夹着。

他搀扶琳琅,在台阶上坐下。琳琅觉得膝盖虽然还疼,但只剩下了外面的疼,里面陡然松快了。一上午的工夫,这男人修好了房顶,也猝不及防地修好了她的腿。当铁罐的冰凉沁入皮肤,她心里的扑腾乱跳也缓和下来。郑六这才解释:你的腿扭了关节,到医院也得正骨。不能拖,否则以后阴天会疼。

琳琅打断他:你还会这个?

郑六说:小时候调皮,磕了扭了是常事,村里老人教的。

琳琅又看他的残耳,只觉得形状瘆人,又想起三哥跟她说过,他们老家一带有养大牲口和练武的传统。牲口就不说了,单讲过练武的门道,也都是些趣闻。譬如铁布衫是真的,不过就是增加抗打击力,用大棍子揍出来的;还有水上漂,看上去是踩着水面腾跃,其实就是靠脚快,滞空期间踢出几个水花造成的视觉效果。琳琅也问三哥,那你也练过?三哥扑哧一笑,说,老一辈习武之人,一九五三年枪毙一拨,一九八三年抓走一拨,剩下的也没几个了;年轻人早就不兴这个,屁用没有,还净给人当牲口使。

而这男人大约是练过的吧,怪不得。但琳琅再对郑六开口,便不觉带出了和三哥相类似的嘲讽,当然这嘲讽也有了亲近的成分:哟,看不出你还是个人物。

郑六却恭敬道:早年跟着三哥,学的才是吃饭的本事。

琳琅又问:你们搭伴干过活儿?

郑六道:何止搭伴,一起拉出来的队伍,在县里装修宾馆,给市里翻新影剧院,也算闯出了一点儿名号。

琳琅又问：那后来呢，你怎么没跟他一起来北京？

郑六讪讪道：我没出息，回家伺候老娘了。当年三哥还不让走，是我辜负了三哥。如今三哥已经是大老板，要不是家里拉了亏空，我也不好意思求到门上……

说来说去，眼瞅着又绕回到了那点儿事上。从老家来找三哥的人，无非也就为了那点儿事。不过琳琅的确听三哥说过早年发迹的过程，县宾馆和影剧院都确有其事。这个郑六倒让她有点儿作难了：听来还真与三哥有交情，因而不好随意打发，但眼下这个状况，想帮忙恐怕也不现实。脑子里转了一转，她就问：

所以你来，是非要见着三哥，否则就不走喽？

郑六局促，看向正门一角的餐台，餐台上放着保温桶：今天真是送东西……

琳琅一笑：我看你挺老实，不是那种张嘴就要钱的人。来这一趟，其实还是想找个活儿干吧？那这么着，三哥不在，我倒有事麻烦你，等完事，我给你钱。

郑六沉吟，更加讪讪：话也不是这么说的，还是想看看三哥……

琳琅再次截断他：这儿是三哥的家，帮了我的忙就是帮了三哥的忙。三哥领了你的情，等将来再有什么也好说。

郑六半晌不语。琳琅道：也就半天工夫，工钱你说个数。

郑六还不语。琳琅道：那我定了啊，反正不让你吃亏。

又说了句等着，吩咐的口吻，意味着雇佣关系已经达成。然后琳琅进屋，开始了新一轮的洗抹修，换了套见人的衣裳，明艳地开门亮相。这时雨后的太阳高悬，郑六坐在阴影里，背后就是车库，里面停着一辆黝黑的奔驰轿车，车牌不是北京的，然而号码好，连着几个8。这车也有日子没动过了，那同样来自三哥的叮嘱。琳琅却抬手指指台阶下的电动车,晃了晃钥匙。郑六不以为怪,接过钥匙拧上去,弯腰拔了充电插头。琳琅斜坐在电动车的后座上,一手抱紧一只皮包,一手抓住郑六的工装后摆。女人骑牲口的姿势,电视剧里看过。

车子出门,琳琅一边保持着平衡,一边发布指令:左,右,我不说话就直行。

转眼出了小区,继续发布指令:左,右,我不说话就直行。

俩人在烈日下飞驰。路线是早就规划好了的,先去邮局。这年头来此处办业务的人很少了,都是不会叫快递的老头老太太,大厅空空荡荡。琳琅径直取了张单子,填汇款。她一笔一画地写,地址是三哥老家。郑六就站在一旁,眯眼瞅着汇款单,如同不认识字。然后排了不一会儿队,窗口里的办事员貌似对琳琅也熟了,并不提醒谨防诈骗之类,只等琳琅从皮包里掏出一方钱递进去。转眼办好,琳琅仍然抱紧皮包,对郑六说,下一个地方。

下一个地方就远了许多,幸亏头天晚上给车充满了电,否则还真跑不下来。太阳愈发炽烈,琳琅从皮包侧兜掏出阳伞撑上,仿佛在车后绽开一顶小小的华盖。前面的郑六被晒得发烫,附着在那件工装上的空气都在蒸腾,产生了折射的视觉现象,但他连领口都不曾松开。他们出来的地方已在城外,又往更外的地方开出许久,这时就从荒地里露出一片楼来。其实都是水泥框架,还只盖了一半,如同地里钻出的灰色的笋。四下却又没有工地的喧闹,连塔吊都不见踪影,只见到几条土狗在铁皮围墙外踱去踱去。

琳琅说声停车,下来却不率先迈步,而是瞪眼等着郑六。三哥说让她来个地方,没想到是这么个地方,不免有些打鼓。郑六仍不动声色,锁了车,不疾不徐跟在琳琅身侧。两人便从铁皮围墙的豁口进入工地。狗们起先龇牙咧嘴,坚定地捍卫地盘,但突然又往外跑开很远,聚拢到一片垃圾堆上才敢发出吠叫。对于它们,郑六就像身上有刺一般。琳琅却只是掏出纸巾捂着嘴,高跟鞋谨慎地在土路上试探着下脚,像鹭过水塘。迎面碰见个看门老头,说找经理,又说是三哥叫来的。老头掏出手机打电话,不多时,工地侧面一排铁皮屋子开了扇门,一个胖大汉子冒出来,满身油汗,闪闪发亮。

胖子一边披上工装,迎到琳琅面前:三哥多久没个消息了,兄弟们还以为——

琳琅冷冷道:别人有可能,三哥不至于。你跟着三哥又不是一天两天了。

胖子道:那是。我也这么跟他们说的,可他们不信。

琳琅跟那胖子走向铁皮屋子,先探了一眼,又打量打量左近的其他窗口,而后仍然犹豫着,并不往里迈步。郑六却将身子横在门前,又把胯上那只单肩包往前拽了拽。这人看着愣,却一眼看穿了琳琅的担忧。而这也是琳琅叫他来的缘由了。门外有了保镖,虽然只有一个,琳琅方敢随着胖子进屋。也不多说,拉开皮包,从里面抓出几方钱来。反复几次,在桌上散乱堆着,倒让人诧异皮包那么能装。

而胖子笑道:三哥净玩儿幺蛾子,这年头还有谁用现金。

又略一估算:不过数目还差着呢。

琳琅正色,说出三哥教给她的一段话:知道不够,你多担待着。三哥的意思是,咱们挑头的吃点儿亏不算什么,先把兄弟们的工钱结了,好歹稳住队伍。眼下都难,等缓过来,人在就有盼头。别的不多说了,希望你能再信三哥一次。

又补充说:三哥把车都抵出去了,收的是现钱,就为在别人那儿瞒过这笔账。

还说:你也别玩儿幺蛾子,前两次的克扣,三哥是看破不说破。

胖子听了似乎一凛，看向门外的郑六，目光在他的残耳上停留片刻，转眼又笑了：我信三哥。以前大水漫灌，现在形势不好，当然不是一个玩儿法。

琳琅点头，看胖子写了收条，揣进皮包。皮包已经外鼓中空，一按四下漏气。胖子又说，替兄弟们谢谢三嫂，琳琅不应。出门，快步离开工地，穿过铁皮墙的豁口站在马路旁，这才揉着膝盖舒了口气。郑六开着电动车，无声地跟上来。

琳琅不看郑六，说了一句：要不是看在那些钱的分儿上，他们能活撕了我。

郑六瞥了眼后座：还去哪儿？

两人再去的地方，却又往城里折了回去。离开一条大路，四下不再风尘仆仆，一条林荫道直通几座庞然的建筑。进到院子里，连标牌也都变成了英文的，别说郑六不懂，琳琅也看不明白。好在来过几趟，知道大概方向。紧赶慢赶，总算赶上了学校的家长开放日，停车场上已经满满当当的了。琳琅让郑六把车停在两辆丰田保姆车中间，自己走向不远处的教学楼。走不几步，回头一望，看见郑六立在电动车旁，双手捂裆，好像在和旁边两个穿衬衫戴手套的司机比谁站得直。她咯咯一笑，示意郑六到树荫下歇着。

学校里的事情倒也简便，家长会听了个尾巴，取了考试成绩单，揣进皮包里出来。停车场里，车辆纷纷启动，杂乱地往外挪着，好像一种名叫华容道的益智游戏。开车的有司机也有家长，互不相让，乱成一团。这时又从某幢建筑里走出一队女孩，都是十三四岁的模样，穿着百褶裙与长筒袜，上身是短小的西装外套，也不知是cosplay还是国际学校的校服。女孩们看见父母家人，纷纷雀跃着打招呼，加剧了停车场门口的拥堵。偏有一个染了头紫发的女孩低头含胸，躲着众人闪开。

又有别的女孩对她喊:尉梓桐,你妈换车了,连司机都换了。

说时指着停车场门口的琳琅、郑六和电动车。女孩们叽喳而笑,脸上的浓妆遮掩不住一派天真的刻毒。叫尉梓桐的紫发女孩从脖子上拿起一个酷似哨子的小物件,放在嘴里吮了一口,吐出一片白色烟雾,朗声道:

我还换妈了呢,这是我爸的三儿。

那一脸的坦然和冷酷,令其他女孩受惊似的闭嘴,粉的绿的蓝的瞳孔却聚焦在琳琅身上。琳琅也是一脸的坦然和冷酷,远远喊向尉梓桐:你又好几门不及格,等我告诉你爸,下个月停了你的信用卡,看你拿什么买化妆品,买手办。

尉梓桐停住脚,又吐出一口白雾,同时吐出的还有两个字:骚×。

琳琅不动声色,两人遥遥错肩而过。上了郑六的车,琳琅眯着眼,远望林荫道上的百褶裙和女孩们纤细的背影,嘴角上翘,神往地笑了。

也不等郑六再问,她拽拽工装后摆:回去。

但等回去,俩人仍没散。琳琅说跑了一天了,让郑六陪她吃点儿东西。他们就坐在马路旁的一个排档上,此处的特色是黄泥烤鸽子。鸽子没吃两口,琳琅倒灌了不少啤酒,又支使郑六去给她买了包烟。她一手端着酒杯,一手夹着烟,以老家妇女的惯用姿态盘腿坐在长凳上,脸上洗抹修的成果全乱成了一团糟。她不看郑六,也不让郑六走,每当郑六局促地或呆滞地将眼神挪开,她就说:你听我说呀。

说的是三哥:真他妈背,好不容易傍上一个,还是个手里没剩几个钱的。原来据说还是可以的,几百个人的队伍呢,都是从老家拉出来的,后来就不行了,到处都在拖欠工程款,老本儿投进去也回不来。生意难做就难做呗,人家也难,可他又跟别人不同,爱充大个儿的,供着村里一伙儿孩子上学，自己垫着底下人的工资。说不为别的，就为人家叫声三哥。三哥三哥，叫得轻巧，难处还是让他担着 —— 净是他妈的你这种货色。

还说：他老婆比我精，早跟他离了，几套房子分到手，剩下个闺女不认他，倒让我来管。那小婊子还以为一辈子不愁钱花呢，将来没准儿像我一样，也到夜店去陪酒。等人家管她叫骚×，看她想不想得起我来。

还说：要不我再给你唱个歌吧，我原来特会唱王菲。

说时招手，叫过一个卖唱的残疾人，点了一首，朗声唱道：谁说爱上一个不回家的人，唯一结局就是无止境的等，是不是不管爱上什么人，也要天长地久求一个安稳。噢，噢，难道真没有别的剧本，怪不得能动不动就说到永恒 ——

郑六不语，稳重地吃喝，将鸽子一一肢解，撕成条状送进嘴里。片刻琳琅哇了一声，他抄起一个空盆，恰到好处地送到琳琅嘴边。琳琅专心吐完，收敛了神色，那一瞬间显出一分庄严。她打开皮包，从里面掏出一沓票子，揣到郑六手里，说别嫌少。郑六不接，琳琅说，跑了半天，你应得的。郑六还不接，琳琅将钱甩在桌上，说我跟三哥一样，不拖欠人家的。而后又说，回吧，见不见三哥都一样了。

她将郑六扔在桌旁，起身去开电动车。到底是混过夜场的，吐完霎时清醒了许多，再加上刻意小心，一路上骑得出奇地稳当。路上灯火辉煌，恍惚间竟觉得白天的太阳又回来了。没一会儿进了别墅区，四下才复归静谧，只剩几点流火，随着夜风掠向脑后。琳琅迎风流泪，到家门口抹了一把脸才进去，倒像家里有人等着她似的。

然而家里果然有人。她将客厅的灯开得大亮，踢踢踏踏去二楼上了个卫生间。膝盖是比原来好多了，肿起的地方也都消了下去。又想起明天的任务，便折下楼来，去看冰箱里剩了什么菜，如果不够，早上还得跑趟菜市场。可刚走下楼梯，就见一楼全都黑着，她正在纳闷刚才是否忘了开灯，就有硬东西顶在腰上，男人的声音从暗处响起：别出声。琳琅只感到手腕一紧，胳膊也被人往后撅过去。当然不敢出声，任由人家将她捆了，嘴上贴块胶布。对方动作麻利，尽管这种经历从未有过，琳琅也认为来的应该是老手。她最怕的还是来了。而又一晃，灯重新亮起，却不是吊顶水晶灯，而是墙边的小射灯。这就看见了三个男人，两高一矮，两胖一瘦，都一袭黑衣，戴着黑头套。

琳琅配合地保持安静，被俩胖男人架到沙发上坐好。瘦男人靠近过来，面罩底下嗡然响起：姓尉的什么时候回来？

琳琅摇头，也不知是表示否定，还是表示不知道。但她料想，这些男人摸上门来，必是认定三哥住在这里，既然破门而入还设了埋伏，也是不见着人不罢休的意思了。她还回想起三哥在这间客厅里与人打电话的情景，肢体的影子像树枝摆动，或哀求，或咒骂，或说些琳琅不懂的暗语。也不知是哪个电话招来了这伙人。

只可怜自己被绕了进去。幸亏刚才上过厕所，否则没准儿要尿一沙发。

而瘦男人大概只想认一认琳琅的脸，并不觉得有审讯她的必要，因而对一个胖男人哼了一声，射灯倏然而灭。继续守株待兔，不过多了一个琳琅。客厅里恢复了黑暗，甚而恢复了空旷。不知过了多久，人声唯一一度再次响起，是另一个胖男人按亮手机刷了两下，估摸着是犯了网瘾的习惯动作。瘦男人便哑着嗓子说：你能不能专业一点？

偏在这时，门就被敲响了，咚咚，咚咚，不疾不徐。琳琅一怔，刚想扭动身体，被那硬东西顶到了脖子上，立刻又软了。她瞪大眼，借着窗子纱帘里透进来的月光，看着两个胖男人从两侧夹住门框，一个拨了下门锁。

门霍然拉开,风吹得琳琅一阵清凉,但却没人进来。门里门外屏着呼吸。一个胖男人看向瘦男人,瘦男人刚刚摇手示意别动,另一个胖男人却探出头去。他的脑袋刚进入门框范围之内,硕大的头颅就一颤,脖子咔吧响了一声,面朝下扑倒在门口。剩下的胖男人刚要扑出去,被门外的人用肩头扛住,打着趔趄跌进屋里来。来人欠身,迎面两拳,脚下使了个绊儿,胖男人轰然而倒。挣扎再起,被人用膝盖照肋上一磕,又倒,只剩下哼哼了。

琳琅想叫郑六,说你他妈瞎了你没看人拿刀顶着我呢?然而也只能哼哼。这时却感到脖子上一松,硬东西挪开,借着月光瞥了一眼,原来不是刀,而是一根铁棍,一尺来长,通体白亮。刚才吓蒙了,尖的粗的都分辨不出来。而挟持着她的瘦男人也哼哼了一声,对俩胖男人表示无奈与失望,接着站起身来,瓮声瓮气道:

兄弟,我不伤人,你别报警,可以不可以?

郑六的身影浸泡在月光里,一团黑:兄弟,这办法公道。

瘦男人朝门口走去,手上短棍挽了个花。郑六空着手,反将单肩包往后拽了拽,吊在屁股上。瘦男人又道:你是个脑袋清楚的人。

郑六道:我还有事,你替人干活,大家留个退路。

瘦男人点头,将短棍反别在腰上。琳琅看到两个男人在门口对视,月光泼了一身。然后动手,也就是手脚并用地乱打,但撞击肉体的声音砰然作响,仿佛劈进骨头里去。瘦男人高,动作大开大合,郑六矮,出手短促。未几郑六失去重心,被瘦男人按倒在地,然而郑六原地打转,又将瘦男人带到地上。俩人滚了一滚,分开。瘦男人单腿跪地,按着一边肩头,咔吧一按,给自己接上。但左臂已然垂着,软塌塌的像条蛇。

借着月光,他盯了盯郑六的残耳:跤耳……刚才大意了。

我这是野路子,站着施展不出来,郑六道,兄弟,你可惜了。

瘦男人脑袋一歪,头套下面似乎透出惭愧。然后站起身来,依次踹踹地上的两个胖男人。栽了,走人。胖男人还要嘟囔,瘦男人踢得更狠了。郑六靠近琳琅,扯下她嘴上的胶布,背后拽了两拽,绳子就开了。琳琅猛喘了几口气,蹬着腿瘫软片刻,似乎又听见瘦男人说:告诉姓尉的,他捅的娄子太大,回头还会有人找他。躲是躲不掉的。

琳琅支起身子,扒着沙发背往门口看,已然空了大半,只剩下郑六。郑六道:来时就盯上他们了,领头那人一看就干过警察,做事知道方寸,料他不会用刀子,所以我才敢进来。但他说的应该不假,你也躲躲吧。

说时往门外走去,单肩包在屁股上一拍一拍。琳琅脱口道:三哥没躲。

郑六没停,琳琅又道:想见三哥,明天中午一起去。

郑六身形一慢,也哼哼一声,兀自走了。琳琅这时才有点儿后悔,想自己是不是又把事做到脑袋前面去了。然而也罢,该睡觉睡觉。生死都经过了,还怕睡觉?门锁形同虚设,但一点儿不慌,和衣躺在沙发上。次日睁眼,已经大亮,昨夜的一地月光如同潮水,将搏斗的痕迹统统带走,连家具的位置都未曾挪动过。

琳琅从冰箱里取菜,开火,做了海带炖排骨,茄子熬鲇鱼,又下了碗面。都是三哥的口味。开门骑了电动车,来到小区门口,正看见郑六。郑六被拦在岗亭外,保安仿佛没见过他,正在粗声粗气地盘问。琳琅上前招呼一声,换了郑六坐在后座,起步时又是一摇三晃,郑六腿短,伸出两脚乱踢,妄想帮她找回平衡,再加上背上扣的包裹,如同一只笨拙的龟。好在路是再熟不过的,每个礼拜跑两趟,监护室也

425

只在这两天的下午允许探视。

没人知道三哥躺在这家医院里。既不是三甲也不是私立，门诊后面只有小小的一栋住院楼。来这儿住院的都是从大医院转出来的康复病人，拄着拐或坐着轮椅，看着精神倒好。他们进门时，正碰上男护工在逗一个老头：是不是又想抽烟了？

还拿烟凑到老头鼻子上：虫虫飞——

老头两眼亮晶晶的，前襟上都是哈喇子，婴儿一样雀跃。琳琅对郑六晃晃保温桶，有些得意地说：这也是跟人家学的法子，指望他闻着味儿会有反应。

说时登了记，领着郑六进入走廊尽头的一间病房。床上躺着一人，也三十来岁，身量魁伟，鼻子上和胳膊上都插着管子，一条腿打着石膏。他闭着眼，一动不动，脸面倒收拾得干净，头发也刚剪过，显得挺利落。

琳琅以为郑六会叫三哥，然而郑六无动于衷，只是无声关了房门。

琳琅将保温桶打开，几只小钢盆依次放到床头柜上，屋里充满黏腻的香味。一边忙活，一边介绍：有两个多月了。那天夜里说出门见个人，也没开车，刚出小区就被车撞了。司机没跑，让保安给我打了电话。我到的时候，三哥人还清楚，把撞他的人放走了，只让他别声张，又让我把他送医院，还交代千万别让人知道他伤了，别让人知道他住这儿。也让我到外地躲一阵，我不干，说你可别想趁机甩了我。他拿我没辙，反又托付了几件事让我做，你也都看到了。但送进来的第二天，人就昏迷了，死活没反应。医生说是颅内伤，十天半个月也是它，十年八年也是它，让我做好准备。

说到这里，琳琅一顿，又扑哧一笑：我老怀疑他是装的。你不知道三哥这人多鬼。

郑六仍无表情，比床上的三哥更加平静：听你说的，倒不像仇家干的。

琳琅道：该是碰巧吧，恰好让他撞上了，恰好又在这个节骨眼上。有时我也想，倒不如落到仇家手里算了，那就算怨，也知道怨谁……

但说到这儿，她就见郑六把单肩包往前一拽，从里面掏出刀来。刀比匕首略大，造型古朴，手柄磨得乌亮。拆下皮套，鱼肚子似的流着光。郑六也没让琳琅别出声，然而琳琅果然不再出声。仿佛经了昨夜的事，她练就了在胁迫中保持冷静的能力。

她猛然明白，原来郑六是仇家。兜了一圈儿，到底中了仇家的套，而这仇家是她领来的。当然也不能全怪她，郑六装得还挺像，并且不知道几分是装，几分是真。反正小区多半是翻墙进去的，还有住旅馆的身份证，也不知到底是不是他的。除了郑六这个称谓，甚而不知这人叫什么。但对方敢在医院动手，就说明全不顾忌后果，是以死相拼，这仇大了。因而无论怎么拦怎么叫都是没用的。

琳琅瞪着郑六，郑六瞪着三哥，都像不知怎么办才好似的。

又过了片刻，郑六开腔说话，像与睡熟了的三哥聊天：咱们两个的事情，本来也可以算了。当初两支队伍抢标，都是带着兄弟们讨口饭吃，我伤了你的人，你报官，这我认了，可又何必把别的案子也扣到我头上，是怕我牢底坐不穿吗？多坐几年倒也没什么，主要是你还不给我挑个好名目，强奸犯是那么好当的？老娘到死也不肯见我一面。有心尽孝，没脸回家，这就是我必须找你的缘由了。

琳琅听懂了大概。她又听见郑六说：三哥，咱们都是要脸的人哪。

说时扬起刀来，指向三哥头颅。这就是要动真格的了，琳琅终于尖叫出来。声音在走廊滑过，片刻有护士跑进来，问：怎么了？

护士看向床上，三哥仍闭着眼。郑六两手捂裆，肃然站着，胳膊压着单肩包。琳琅轻托三哥的脑袋,将底下的枕头取出来。枕头漏出荞麦皮,撒了半床。护士笑道:我还以为醒了呢——再给你取个新的来吧。

琳琅谢过护士,却不敢看郑六。但她懂了郑六的意思,颤声说:我替三哥谢谢你。

郑六道:三哥应该谢谢你。

说完飘然而去。后来琳琅只记得自己坐在床头,补那个枕头。一共三刀,刀刀刺了个对穿,并且排列整齐,如同用尺子比过。她还记得三哥的手动了动,像是在掐床单。然而三哥后来坚称,他是第二天才醒过来的,对那天的事一无所知。

原刊《鄂尔多斯》第9、10期合刊

白色猛虎

金仁顺

他们差不多是最后出来的。齐野推着行李车，车上有两个拉杆箱，加上一个双肩包，边走边扭头跟身边的女人说着什么。她穿了件白色紧身T恤，前面印着几个黑色英文字母，下身穿条牛仔裤，背着帆布双肩包，脚上是双帆布鞋。

有人拉着拉杆箱从后面急匆匆地奔跑，在出口处朝着齐野他们直撞过去，齐野把女人拉到怀里躲避，那个人一边冲他们点头表示着歉意一边毫不减速地拉着箱子继续往前冲，齐野看着他的背影说了句什么，环住女人的手在她肩上拍了拍，验过行李出门后，齐野朝接人的人群里扫了一眼，动作一下子僵硬了。

齐芳举起手，挥摆了几下，看他们走到近前。

"跟你说了不用接的，"齐野说，"我们都订好专车了。"

"你坐你的专车，"齐芳说，"我开车在后面跟着你们。"

"你好，"女人笑了，朝齐芳伸出手，"我是杨枝！"

杨枝的手跟她的名字一样,肌肤柔嫩,但骨节分明,软中有硬。

"欢迎来长白山。"

这些年齐芳在机场说得最多的就是这句话,针对不同客人,汉语、英语、韩语、日语,切换自如,流利至极。

"很高兴。"杨枝说。

三个人一起往外走,齐芳想,"很高兴"是指什么呢?很高兴见到你?还是很高兴来到长白山?还是说她现在的心情?之前齐野说她在国外读完了高中、大学、硕士才回国的,"很高兴"只是她的口头语。她如此揣摩一句口头语是假意还是真心是不是有病?

"我们真的叫了专车。"快走出大厅时,齐野对齐芳说。

"谁拦着你了?"齐芳沉下脸。

"跟专车司机说一声儿我们有车接就好了啊,车费照付。"杨枝拍了拍齐野,南方口音音软软糯糯的。

出门后齐芳径自往停车场走,听齐野在身后打电话退专车,行李车发出"咔嗒""咔嗒"声响,她的心里疙疙瘩瘩的。上一次齐野回来的时候,她来机场接他,一米八五的大个子从出口奔出来张开双臂抱住她,"芳芳,想死你了!"

"别整没用的,"她把他推开,"啥时候领个女朋友回来?没有漂亮的丑的也凑合啊。"

"女朋友分分钟换一个,老妈才是常青树。"他搂住她的肩膀,跟她撒娇,"今天晚上我要吃烤肉!明天吃紫苏汤年糕,榆黄蘑菇馅儿饺子,野生蓝莓给我买好了吧?多多益善啊——"

她打开车门上了车,杨枝坐到了后面,齐野开后备箱把行李放好后,也拉开后车门。

"你坐前面陪陪妈妈吧。"

"巴掌大的地方,坐哪儿不是陪?"齐野边说边上了车,在后视镜里对齐芳笑笑,"是不是老妈?"

"说谁老呢?"齐芳瞪了他一眼,发动了车子。

要说老,杨枝倒是有点儿,34岁了。齐野跟她说找了女朋友的时候,说她如何酷,如何聪明,如何漂亮,如何阅历丰富、年轻有为;时间长了,她品出不对劲儿来,"阅历丰富"是几个意思?另外,再年轻有为,大学生或者研究生能是高级白领,在事务所的位置举足轻重?在她追问下,齐野才承认杨枝34岁,是他当实习生时的顶头上司。

齐芳把车停到客栈门口,让齐野和杨枝先下车。齐野把行李箱拿下车后,她把车开进车库里。走回来时,发现杨枝站在客栈前面,用手机拍照。

客栈的外墙是青砖,上面涂着白色油漆,涂得不厚,(人工费越来越贵,最近三年都是齐芳带着张嫂李嫂自己动手,每次都预备涂三遍,最后都是涂两遍将就了。)偏冷的灰白色在下午的光线中,透出抹橙红色的调调,大门右边用几块带皮的桦木板拼接出一块招牌,上面是黑色铸铁的几个字 ——

"白色猛虎"。

"名字很酷!"杨枝笑着说,"怎么起这么个名字?"

"—— 就随便那么一取。"

客栈装修的那一年冬天,镇上一共没多少居民。齐芳把齐野安顿在市里亲戚家,独自在山上,每天整这整那,忙得不可开交。那年冬天雪多,小雪天天都下,大雪隔三岔五,铺天盖地,齐芳有几天感冒窝在家里没动,等病好些了想出门,门已经推不开了。她走到三楼,费了好大劲儿打开一扇窗户,往下一看,大雪把半栋楼都埋进去了。

客栈变矮了，再往远处看，整个镇子都被埋进了白茫茫中。

雪湮没了所有。天、地、云、风。只剩下了白和冷。风在雪面上刮过时，会打起一个个旋涡，雪沫儿扬起又落下。

她给林场场长打电话，说客栈被雪封住了。

他也被封在家里，闲着没事儿，两人在电话里聊了半天。他说以前也遇上过这么大的雪，"那会儿我还是青头小伙儿，刚成了林场正式工，得意得不行。那年冬天，我在林场值班，刚入冬那一个月没觉得怎么着，冷是肯定的，零下四十多度，大烟炮儿风能把我这样的大老爷们儿卷飞。有一天晚上下大雪，冬天日头短，睡得早，半夜里我们几个突然就醒了——屋外的风刮起来时像哀嚎声，撕心裂肺的，那天晚上的风里还夹杂着别的声音，以及气息，说不清道不明的。我们把屋里能搬动的东西全撂到门口儿堵着门，围在火炉边儿上坐成一圈儿，一边烤着火一边打着哆嗦：我心里这个憋屈啊，刚有个正式工作，美了没几个月，命就要没了，我没孝敬过爸妈，也没娶媳妇儿呢，这辈子活得太窝囊了。我们听着外面的动静，守着炉子不敢动也不敢说话，坐了好几个小时，最后困在椅子里睡着了。天亮后推开门一看，屋外的雪地上，有好多脚印，一圈儿又一圈儿，岁数儿最大的老陈腿一软坐在门槛上，说，妈呀，这是东北虎啊！"

而且不是一只，他们确定不了东北虎是因为风雪太大，借用房子来挡风；还是闻到什么味道把他们当成了食物。它们没撞开门，但雪地里冻的几只鸡一头猪被它们发现了。它们吃光抹净，走了。接下来的两个月林场值班职工们只有白菜土豆可吃，但他们仍旧庆幸不已。

"东北虎是吧？"放下电话，齐芳对着窗外的白色喊，"来啊！谁怕谁？！"

她站在窗口，不到10秒，身上就被寒风打透了，但她持续对着白色世界喊叫:"来吧,来啊!谁怕谁?!"

寒冷在长白山的冬季是看不见的固体,喊声刚发出去就被撞得稀巴烂。喊叫的碎片儿和寒风雪屑混在一起,反打回来,让她脸颊生疼。她关上窗子,在客栈里走来走去,像个困兽,不,她就是困兽!没到半分钟她又推翻了这个想法,不,她不配,她最多是个蛐蛐,在笼子里面转圈圈儿,叽叽咕咕,哭哭啼啼。

"来之前我上网查过这个客栈,"杨枝指了指门口的招牌,"是网红打卡地呢。下面还有很多留言,什么'不入虎穴,焉得虎子',什么'威虎上山',女孩子自称'虎妞',男人说自己是'虎兄虎弟',可热闹了。"

"年轻人喜欢搞事情。"齐芳笑笑,推开门,示意杨枝进来。

"老妈,"齐野把拉杆箱放在门厅,自己钻进吧台里面,在电脑上查找空房间,"我看'美人松'被预订了,不是让你给杨枝留着吗?"

美人松是客栈里最贵的套房。旅游旺季时,一天的费用是888元。齐野订了机票后,齐芳一早在网上把这间房挂上了已预订,昨天一对情侣跟她商量只住一晚上她都没给。

"是给杨枝预留的,"齐芳说齐野,"你的房间也收拾好了。"

齐野顾不上拿行李,先拉着杨枝在客栈里转来转去:客栈一楼一进门是前厅吧台,往里面走分别是客厅、餐厅、小酒吧和厨房。客厅里摆了三组沙发,落地窗对着外面的广场,广场依湖而建,湖水幽蓝黑绿,湖边树林郁郁葱葱如一块海绵,时不时地,飞起些鸟儿来,羽毛斑斓,惊飞了在广场上啄食的鸽子,湖面如上古宝镜,白天鹅和黑天鹅脖子弯成半个问号,悠游游走,鸳鸯在湖畔不远处耳鬓厮磨。穿过过道往里面走是餐厅,整面墙的落地窗,窗外的那片树林仿佛巨幅天然油画,除了白桦树外,大部分是岳桦树。山里的树绿得纯粹,新生的叶片嫩黄或者浅红，蜷成小小蜗牛的样子，高山树种树干坚实而纤细，五六十年的树也瘦瘦一根，根系却是个巨大的爪子，在地下拼命地抓挠、纵深，抵御15级的大风对它们是家常便饭，25级的风能把整个客栈刮成碎片，能把树拦腰折断，却拿地下的大树根爪子毫无办法。厨房摆着两张能容纳二十个人吃饭的长桌，吃饭、咖啡和喝酒，都在这里。厨房是开放式的，岛台和壁炉是前年客栈二次装修时添加的。齐芳在岛台和壁炉之间放了把自己专用的沙发椅，忙活累了，她喜欢坐在这儿喝茶，落地窗外的景色随着季节变换，春绿秋红，夏凉冬暖，山中日月如一段段哲思。

客栈是用石头、水泥、钢筋加固、垒盖起来的（花光了齐芳离婚时拿到的钱，银行贷款十年才还清），二楼和三楼是客房，大大小小加起来有15间房。三楼上面加盖了120平米的房子，一个客厅加上两间各带卫生间的卧室，是齐芳和齐野的家。其余的200平米阳台，春、夏、秋三季是空中花园，冬天如果放任大雪不清扫，几天就会把整个房子埋进去。齐芳带着张嫂李嫂在阳台的雪里面挖过地道，但大部分时间，她们及时把雪清扫成一个个雪堆，再把雪堆堆成一个个金字塔。每年冬天都有些艺术家在镇上搞冰雕雪雕，齐芳曾想找人雕个狮身人面像，但费用太高，就作罢了。

齐野带着杨枝四处参观，边走边介绍，杨枝听得津津有味儿。然后他们各自回房间淋浴换衣服。晚餐是每次齐野回来必吃的烤肉，三楼阳台上，齐芳早早地准备好了木炭，新鲜玉米、山药和带皮土豆也早就洗干净，用锡纸包好了待用。

齐野带着杨枝上来，杨枝换了条墨绿色长裙，头发松松地绾了个发髻，穿了双夹趾凉拖，妆容精致，端庄大方又风情万种，齐野看着齐芳的目光落在杨枝身上，冲她挤了下眼睛，用口型说：我女朋友漂亮吧?

"去厨房里拿酒,"齐芳对齐野说,"想喝什么拿什么。"

齐野答应一声转身下楼了。

"这里太美了。"杨枝在阳台四周走了走,"我在朋友圈儿里发了几张照片,好多朋友以为我去了欧洲。"

"客人们都这么说,"齐芳说,"好多人来了就不想走了。他们觉得长白山很神奇,也很神秘。但他们只是这么说说,真正留下来的很少。"

"美是用来膜拜的,注定是寂寞的。"杨枝吟诗似的说,在齐芳身边坐下,"小野刚来公司的时候,话特别少,我们都以为他无比内向,有一天公司加班结束去吃烧烤,大家闲聊说起旅行,提到长白山,他就跟换了个人儿似的,手舞足蹈,说山、说树、说动物植物,说你,还有'白色猛虎',话匣子打开,跟滔滔江水似的,拦都拦不住。"

齐野提着个篮子上来了,听见杨枝最后的两句话,笑了。

"你还不是被我说动了心?"

他把篮子放到她们面前,里面有冰镇啤酒、红酒和白兰地。

"公司里的人知道你们的关系吗?"

"—— 不知道。"齐野说。

"有人可能会猜到些。"杨枝说。

齐芳用镊子翻了翻木炭,烧得正是时候,她把烧烤架支起来,把穿好的牛肉串儿摆上去。

"当地的黄牛肉,"她对杨枝笑笑,"小野最喜欢了。"

齐野以前回来,总是一手握着串儿,一手举着啤酒瓶仰着脖子"咕咚""咕咚",嘴里吵吵着"大口喝酒大块吃肉,人生豪迈!"这次他吃得很斯文,细嚼慢咽,啤酒倒在杯子里喝。他知道齐芳在盯着自己,转开目光不与她交集。杨枝在齐芳的介绍下,用紫苏叶片和野菜叶加上蒜片儿辣椒段儿，卷着烤肉吃。

吃完饭张嫂李嫂上来收拾，杨枝说回房间回几个电话和邮件。

齐芳和齐野回了"自己家"。

齐野说吃了烧烤身上有味道，又冲了一次淋浴，出来时见齐芳坐在客厅，手里端着杯茶，他在齐芳对面的沙发上坐下。

两个人沉默了一会儿。

"杨枝挺好的，"齐野说，"除了年龄，她几乎没有缺点。而且年龄这事儿也分怎么看，按社会标准来说，她还很年轻。"

"她是你领导，又比你有钱，别人背后会怎么说你？傍富婆？还是抱大腿？"

"她算什么富婆？我们是姐弟恋。再说了，你是客栈老板娘，长白山金香玉，我凑合凑合也算富二代，谁傍谁啊。"

"女人老起来很快的——"齐芳顿了顿，"我离婚那年就34。"

"你离婚跟年龄没关系，你遇上的是个混蛋！"齐野犹豫了一下，"——田大雨最近联系你了吗？"

"——联系你了？"

"嗯。"

"——说什么？"

"他说他生病了，很重，问我能不能去看看他。"

"——你怎么回的？"

"我说你哪位？打错电话了。"齐野说，"然后我就把他拉黑了。"

一个半月前山上春光如同滤镜，随手一拍都是美景，整个镇子水绿水绿，桃花李花粉白粉白，客栈远看像是银子盖成的；客人多时，齐芳把茉莉花茶叶直接扔进杯里，冲上热水，得空"咕咚"几口，那天客栈里面就她自己，花香和春风潮汐般一波又一波地从窗子里涌入，春天轻盈而繁盛，齐芳拿出功夫茶茶具，给自己泡了一壶存了二十年的班章。那还是刚开"如意居"时，她去云南进货时买的。

门被推开，风铃响的时候，她刚喝了一口，感慨二十年的时光，发酵了茶的甘甜，浓郁了茶的香气。

她放下茶杯，刚站起身，来人已经进来了，很瘦，戴着帽子，捂着口罩，穿着薄羽绒服，走近时，身上有股奇怪的味道。

齐芳心里"咯噔"了一下，开店久了，什么事儿都经历过，这是来了硬茬儿？来人摘下口罩，叫了她一声"芳芳"，她眨了眨眼睛——

她从未想过田大雨会变成这样儿：皮包骨，脸色黑黄，眼睛四周青得像被人打了，脸颊凹进去，鼻子眼睛显得特别大。

"——你生病了？"

"肺癌晚期，撑不了几天了。"

她一时不知道说什么好，让他坐下，拿了个杯子放到他面前。

"咱俩离婚时你骂我做了亏心事，不得好死。"田大雨笑了笑，"让你说着了。"

"恶有恶报。"

话语涌上田大雨的嘴边，但随后而来的咳嗽声把他的话吞掉了，他转过身去咳嗽，声音大得吓人，他的身体内部变成了风箱，呼啦呼啦地响，背对着齐芳的肩胛骨隔着羽绒服支起来，仿佛两个翅膀要从他身体里面展开。

好几分钟后他平息下来，转身看着齐芳，"我都快死了，你就不能客气点儿？"

"你以为你死了就完事儿了？想得美！我爸在地底下等你呢，还有赵小环。你们两个狗男女欠的账，地上地下连本带利，一分一毫也别想少。"

十五年前齐芳妈妈生病住院，她去医院陪床，饭店忙，她把放寒假的齐野送回娘家，让他跟姥爷做伴。有天晚上齐野闹着要回家取寒假作业，齐芳爸爸拗不过他，打车去齐芳家里取，一开门，撞见床上两个人。老爷子一股气上来，脑血管迸裂，送到医院时，人已经走了。

齐芳手持菜刀满大街找人，就想砍死这对狗男女，杀人偿命！整整两天两夜，她不吃不喝不睡，在"如意居"和所有她能想到的地方翻找这两个冤家，派出所的两个警察寸步不离地跟着她，第三天的时候，齐芳满嘴火疱，嘴唇开裂，嗓子哑得说不出话来，她在"如意居"门口的马路牙子上坐下，整个人都虚脱了。

警察把齐野（那会儿他还叫田齐野）带来，齐野眼睛红肿，"姥姥一个劲儿地问你去哪儿了？姥爷去哪儿了？"

"姐，"刚认识两天的女警察劝她，"你杀了那两个王八蛋容易，但杀人得偿命，这孩子没爸没妈的，以后怎么活？还有你妈，现在还在医院住院，你忍心留下老的老小的小病的病？"

齐芳扔掉菜刀，把齐野抱进怀里，放声大哭。

一个月后，齐芳妈妈也走了。临走时，她握了握齐芳的手，她的手瘦得皮包骨，"握"也是象征性的。

"芳啊，"她看着女儿，过了好久，眼泪从眼角流出来，"芳——"

老太太咽了气，那滴眼泪凝固了似的，挂在她脸颊上。

齐芳盯着那滴眼泪，在床边坐了很长时间。护士提醒她再不换衣服人就硬了，她才起身去取寿衣。

"半个月前，田大雨死了。"齐芳看着齐野，"他留了张卡，里面有一百万，说是给你结婚用。"

齐野嘴唇半张，说不出话来。

第二天早上杨枝先下楼吃早餐。她的T恤是紧身弹力的，胸部像藏着两颗果实,当她走动,或者做某些动作时,腰会露出来一截儿,白腻润泽。她边喝咖啡边跟加拿大中年夫妇聊天。他们很高兴遇上语言交流如此顺畅的客人,问了一大堆问题。

"从长白山流下来的那条河叫什么?"杨枝替他们问齐芳。

"白河。"

"山是白色的山,河是白色的河?所以名叫白河?"

"这么说也行,"齐芳想了想说,"一年之中有半年,河是封冻的,冰雪是白色的;其他季节瀑布和河流远远看上去也是白色的。"

加拿大人又问,他们昨天上山,看到岩石上面长着很好看的花朵,越野车开得太快了,他们看不清花朵具体的样子。

"野花很多种,他们看到的可能是高山杜鹃。"

"这里有雪莲吗?"

"没有。有一种冰凌花,春天的时候开在冰雪里面,黄色的花瓣是透明的——"

齐芳从手机里找到照片,给他们看。

"这么娇弱,"他们一片惊叹声,"却开放在冰雪里!"

"美强惨!"刚从楼上下来的齐野看一眼照片,笑着说,"最流行的。"

他坐在杨枝身边,和加拿大人互相问好。

他们聊得那么愉快,齐芳把新鲜玉米磨碎煮粥时,给加拿大人带出来两份儿,上桌前,每碗粥里撒了几粒松子仁。

齐芳昨天订了温泉鸡蛋,鸡蛋是当地散养的本地鸡下的,在温泉水里面煮熟,蛋清是透明的,蛋黄是溏心的。她装了一小筐送到桌上。

"哇哦!"他们纷纷发出惊叹声,"太美味了。"

"这里有黑松露吗?"

"不知道——"齐芳说,"这里有松茸。稀少,很珍贵。"

"昨天晚上他们闻到烧烤的味道了,"杨枝扭头问齐芳,"他们问今天晚上可以在楼顶开烧烤派对吗? 他们可以付费。"

吃完早餐,加拿大夫妇去大峡谷地下森林,齐野、杨枝去看天池。几个人换了衣服背着双肩包出门,在门口互相告别。

"小野这女朋友,"张嫂打量杨枝,"性格挺好的。"

齐芳最不相信性格。当年的赵小环就是因为性格好,才被她挑出来,在饭店做最让人眼热的收款员,厨师满头油汗,服务员跑断腿,她坐着收款,工资不比别人少一分。饭店里忙起来从早到晚,她让赵小环三不五时地去家里做做保洁,照顾下齐野。可赵小环是怎么回报她的?

齐芳按杨枝嘱咐的,把晚上阳台办派对的消息写在黑板上,支在门口处,客人进出时一眼就能看见。

当天晚上客栈里有一半客人来参加阳台派对,加拿大夫妇穿上了西装和低胸碎花裙子,几杯酒下肚,笑得很大声。杨枝穿了一件抹胸小黑裙,腰细得像个漏斗,裸露的肩背奶油似的,男人们的目光时不时地黏在她身上。

齐野楼上楼下来回好几趟,把酒水饮料拎上来,再把空瓶收拾进空箱里搬下去。没活儿的时候他也拿了瓶啤酒,站在栏杆边儿往远处看。杨枝走过去跟他说了几句话,还用手在他头发上揉了揉。

墨蓝天幕上星星亮晶晶的,既近又远。音乐声欢快悦耳,有几个人手里拿着酒杯摇摆着跳舞,笑容灿烂,越来越多的人从座位上站起来,跳起舞来。

派对持续到半夜才结束,杨枝回了房间,齐野帮齐芳她们把阳台清理出来,把餐具酒具送到楼下。齐芳和张嫂李嫂在厨房一边清洗餐具一边准备明天早餐的备料,回房间都快一点了。齐野坐在客厅玩手机,听见她进来抬起了头。

"你怎么在这儿?"齐芳有些意外。

昨天半夜她听见齐野轻手轻脚地开门、关门。她在监控屏幕上看着他穿过二楼走廊,走到最南侧的"美人松"套房门口敲了敲门,杨枝穿了一件吊带睡裙,把齐野让了进去。

"——等你啊。"

"想喝茶吗?"

齐野摇摇头,收起手机。

"——田大雨这笔钱,赵小环知道吗?"

"他们早就离婚了。"齐芳叹了口气,"我也刚知道。"

跟齐芳离婚后,田大雨带赵小环去了南方,开了家餐馆。赵小环以前眼热齐芳是老板娘,住大房子,有车开,在店里呼风唤雨,她如愿以偿后,才知道老板娘意味着什么。前两年她嫌辛苦哭哭啼啼,天天抱怨,田大雨被她哭烦了就一巴掌抡过去,打得她闭嘴。她开始藏心眼儿,收银的钱一半掖进了自己的小金库,再后来她遇到一个油嘴滑舌的帅哥,跟他走得头也不回。

"遭报应了。"田大雨太瘦了,笑起来时满脸皱纹动起来,更像哭。

"他怎么没回来找你?"齐野问。

"拉不下脸吧。"

她接到电话后回去参加葬礼。以前的公公婆婆还活着,见到齐芳哭得稀里哗啦,把她弄得泪水涟涟。他们哀求齐芳,让他们见见孙子。

"'三七'的时候,你回去一趟吧,上个香,烧点儿纸,"齐芳说,"也看看爷爷奶奶,八十多岁了,怪可怜的。"

"如果他没留这笔钱给我,你还会让我回去吗?"

齐芳自己也想过这问题。答案是不知道。

"你有了这笔钱,是不是可以考虑找一个正常的女朋友。"

"杨枝怎么就不正常了？我跟杨枝在一起是我高攀她——"

"高攀容易摔下来,所以让你找个正常的。"

齐野看着她,叹了口气,"——我不想跟你吵架。"

"好像我想似的——"齐芳转身往自己房间走,她六点不到就起床,忙到这个时间,后背酸疼,腿像灌了铅,"你要去找杨枝就大大方方去,别偷偷摸摸跟搞外遇似的。"

"谁搞外——"

"客栈里到处是监控摄像头。"

"——我已经二十五岁了！"

"可不,你都二十五了。"

第二天他们一起下楼吃早餐。

"早安呀！"杨枝对齐芳露出笑容,她的牙齿整齐漂亮,白得像刚下的雪,跟齐芳打招呼的同时,冲正吃早餐的加拿大夫妇摆手。

"早！"齐芳也笑笑。

齐野像跟谁生着闷气,没帮忙往餐桌上拿东西,一屁股坐在杨枝身边。

齐芳也没像前一天那样,给他们额外准备小灶儿。齐野坐了一会儿才反应过来,自己去取咖啡面包。他把东西摆上桌的时候,杨枝正跟加拿大夫妇聊天,有些意外地抬头看了看他。

齐芳给自己煮了杯咖啡,坐在她的"专座"上,看着落地窗外的树林,把咖啡喝完。开客栈,当老板,听着很酷;只有她自己知道有多累。干不完的活儿,操不完的心,每天晚上临上床前,腰都僵得跟块钢板似的,她花了十年还完银行贷款,又攒了三年的钱,前年重新装修了客栈，刚装修完，就闹了疫情，好多店铺撑不下去，关门大吉，齐芳算是幸运的，好歹没有贷款压力，能够撑到疫情消停，游客回来。

早餐吃了一个多小时，加拿大夫妇退房离开，杨枝和齐野送他们到门口，四个人互相拥抱，依依惜别，仿佛他们才是亲人。

把他们送走后，齐野和杨枝回房间换了衣服出门去原始森林的"林中漫步"，齐芳在楼上库房听见齐野跟张嫂李嫂说下午回来。

"美人松"房里，齐野比前一天小心多了，一些物品没再大咧咧扔在垃圾筐里，被褥也整理了一下，杨枝的衣物还是有些乱，出来玩儿，居然带了两个大拉杆箱，客栈衣橱被塞得满满的，拉杆箱里仍然有至少一半衣服没挂起来。鞋子也有四五双，洗护用品七七八八，都是大瓶，排成了一排，护肤品化妆品浴室里房间里到处都是。小客厅茶几上也堆得满满的，电脑、平板电脑、以及几本书；杨枝还带了茶叶茶具，几盒挂耳咖啡，但都没用。她更乐意喝店里提供的饮品，直言没想到会这么好。

齐芳在房间里寻找齐野的痕迹，几乎没有，至少能放到台面上的东西，没有一样是他的——

房门被房卡刷开，发出"嗞——"的一声，齐野走了进来。看见齐芳，吓了一跳。

"你怎么在这儿？"

"——你说呢？"齐芳扬了扬自己戴着胶皮手套的手。

齐野脚步僵硬地走进来，在拉杆箱里面翻了翻，拿出个眼镜盒，"我来取杨枝的墨镜。"

齐芳把垃圾袋系紧、收好，扔到门外。换了另外一副手套收拾卫生间。

"——我回来收拾就行。"齐野一脚门里一脚门外，看着齐芳，"你放那儿吧。"

"你是就收拾这一个房间,"齐芳直起腰来,问,"还是帮我收拾所有的房间?"

"你抬什么杠啊?"齐野变了脸色,"我哪儿惹着你了?"

"你这话儿说的,"齐芳冷笑,"就好像你以前不知道我打扫客房似的?怎么了?不好意思了?你不用不好意思,走的时候付房费就行。"

"我爸不是留了卡吗?"齐野转身往外走,"你从卡里扣。"

齐芳手里的抹布扔出去打到门框上,"留了张卡给你,他就又变成你爸了?!"

门外静了静,然后是齐野下楼的声音。

齐芳浑身发抖,做了好几个深呼吸才平静下来。她收拾完二楼所有的房间,把需要洗的床单被罩扔进洗衣机清洗,毛巾浴巾扔进另外一个洗衣机清洗,又把仓库收拾好才下楼。

"小野想吃蘑菇馅儿——"张嫂正和着面,抬头看她一眼,"——怎么了?"

"没怎么啊。"她从她身后过去,倒了杯水。

"儿大不由娘,跟孩子较什么劲?"

"就是,"李嫂也劝她,"小野是男的,这种事儿上吃不着亏。"

下午有两个韩国女生和一个澳大利亚中年男人入住。他们在餐厅里跟杨枝相谈甚欢,晚上的阳台派对也得以继续下去。旁边旅馆的客人看到他们这边热闹,也跑来凑趣,虽然折腾了些,但收益倒很可观。

"你这未来的儿媳妇儿,脑袋瓜儿真好使。"李嫂说。

"卖了小野,小野还得谢谢她,帮她数钱。"

接下来几天齐野大部分时间都在杨枝房间里待着。每天下午杨枝来餐厅喝茶，跟齐芳聊天，他有时候帮张嫂李嫂干点儿杂活儿，有时候出门跟朋友见面。

齐芳自己烤点心，烘焙的香气经常把客栈里的客人勾引出来，他们下来点杯咖啡，或者要壶茶。

"这是我想象中的生活，"杨枝说，"不紧不慢，岁月静好。"

齐芳煮了一壶咖啡，用玻璃茶具沏了壶菊花茶，血菊是当地的，小小的花头，入水后一朵一朵活了过来，茶水（或者说花水）冶艳无比。她们坐在沙发椅上，面对着玻璃窗外的树林，雨中的树木绿如新翡，通透、干净，开着的窗里，空气中流荡着植物鲜嫩的气息。

"我会想念这个地方的，'白色猛虎'。"杨枝望着餐厅落地窗外的风景，隔着一层玻璃的森林，几近魔幻，雨停的时候张嫂李嫂带着篮子出去，一个小时就能拣回满满一筐的蘑菇，最近几天的食谱一直有蘑菇汤和蘑菇馅儿饺子。

"一想到明天就回去了，怪舍不得的。"杨枝笑着说，"我现在理解为什么每次提起长白山，小野就一副打了鸡血的样子。"

"你们可以再来。越来越多的客人喜欢冬天来这里了，虽然冷，但冰雪漂亮，山上雪大，有时候一下一整天，客栈快被雪埋到看不见了，网上订房的客人经常找不着门。客人里面，年轻的大部分是来滑雪的，年纪大的是来泡温泉的，一来都能住个十天半月的。壁炉里面的火炭不断，烤松子、榛子、核桃，还有地瓜土豆，整个客栈香喷喷的。"

"听着都让人流口水，"杨枝笑着说，"冬天我带着欢欢乐乐来。"

"来这里的人都欢欢乐乐的。"

"——欢欢和乐乐是我的孩子。"

齐芳的笑容定在脸上，举到嘴边的茶也忘了喝。

"我结过两次婚。欢欢是女儿，今年七岁，乐乐是儿子，今年五岁。

他们各有各的爸爸,"杨枝笑了笑,"——我就知道小野不会把这些事情告诉你。"

"——我就说嘛,"齐芳喝了口水,仍旧觉得嗓子干得厉害,"你这么漂亮,聪明,优秀,怎么可能——"

这些年齐芳开店,阅人无数。杨枝是个厉害的。温柔起来,嗲嗲的调调能哄得人骨酥肉烂;认真起来(齐芳听见她在网上安排工作),领导的架子端得又稳又高;又是个贪玩儿的,疯闹起来不管不顾,烟酒都上手。齐野跟在她身后,就是个小迷弟。

"小野以前没正经谈过恋爱,喜欢他的女同学有过几个,他跟我吧啦吧啦地讲,听着挺热闹,但转眼就凉了;遇上你,他什么都不跟我说,我知道这回他是真动心了。"

"小野来我们公司应聘实习生,我觉得这小孩儿跟别人都不一样,气息清新,眼神儿干净,其实他的业务能力不太好,但我仍然把他留下了。"

"那天晚上他给我打电话了,高兴的啊,"齐芳说,"说能进这个事务所实习,即使留不下,以后想找个工作也很轻松。那天他跟我说主管是个女的,气质好、气场大、气势足。我还逗他一句,领导这么多气,你以后不得变成受气包儿?"

"我没想到会跟他变成现在这种关系——"杨枝看着齐芳,"他就像个小老虎似的,让我招架不住——"

"你会和小野结婚吗?还是,只是跟他谈场恋爱?"

"你希望我们结婚吗?还是,希望我们只是谈场恋爱?"

他们走的那天天气晴朗。

齐芳开车送他们到机场,第一次,她希望齐野快点儿走,早点儿走,飞机千万别停航,别延误。

离开前,杨枝结了这几天的房费。

齐芳跟她在吧台前面争执了半天,"你是小野女朋友,是我们家的客人。"

"如果我住他房间,我就不会结账,"杨枝笑着说,"但我是住了你们最好的套房,我是客栈的客人,账是必须结的。"

齐芳说不过她,最后给她打了个七折,收了她五千块钱。刷卡的一瞬间,她觉得她输了。

车上,杨枝坐在副驾驶位上,跟齐芳聊了几句对长白山的印象,对"白色猛虎"的喜欢。到了机场,齐野忙着打开后备箱搬运行李,她对齐芳轻声说:"我会对小野很好的,你放心吧。"

齐野找了个行李车把两个拉杆箱放上去,齐芳跟他们挥挥手,正要开车离开。齐野叫了一声,"妈!"

齐芳愣了愣。

杨枝冲她摆摆手,推着行李车先进候机厅了。

齐野绕到齐芳车窗外,脸都憋红了,"能不能把 —— 田大雨那个卡给我?"

齐芳看着他。

"借我也行,我以后有钱了,会把钱还回去 ——"齐野低头说,"—— 过几天是杨枝生日,我想给她买个包。"

齐芳拿起自己的包,从夹层里面拿出张卡,随手扔出窗外,"密码是你身份证最后六位。"

她一脚踩上油门,车子忽地蹿了出去,一辆刚停下来的车跟她的车差点儿撞上。

"你有病啊你 ——"那辆车的司机抻头骂她。

败家玩意儿!

啥也不是!

山喜鹊,尾巴长,娶了媳妇儿忘了娘!

齐芳骂个不停。踩着油门时,她觉得自己精神油耗在更快地消失。十五年前,齐野还小,需要抚养,但现在他不需要她了,他有了杨枝 —— 性感上是女朋友,年龄上可以当姐姐,阅历上能充任妈妈 —— 她算什么呢?"白色猛虎"和长白山金香玉不过是齐野跟人聊天时的一个噱头,一个逗趣?

齐芳抬头看着公路的前方,天蓝得像块冰,云彩丝丝缕缕,寒烟似的从冰面上掠过。她想起小时候看过的一个电影,一个医生在阳台上对一个男人说话,语调平稳而魅惑,"多么蓝的天啊,一直朝前走,你就会融化在天空里 ——"

她把油门踩到底,就会融化在天空里,融化在蓝色里。

齐野乘坐的飞机像只银鸟飞过这同一片天空,落地开机时,他会接到消息,然后立刻再回来:他会难过,会后悔,但同时他也会觉得解脱,她和客栈就像一个被废弃的茧壳,遗留在长白山上,变成他的过去和记忆,它们在他的生命里所占的比例会越来越小,直至缩成胶囊 ——

齐芳的思绪回到了三十五年前,她是高一女生,一心想考个好大学,窗外的秋蝉叫声响亮,她的同座田大雨才高一个头儿就蹿到了一米八,在操场上打球打到上课铃响才冲进教室,他拉开她身边的椅子坐下,她为他那一身汗味儿皱起眉头,他冲她呵呵一笑,棕色的脸孔上,一口牙齿白得耀眼 ——

阳光如一柄利刃,朝汽车穿刺而来,白得耀眼!

原刊《万松浦》第1期

化 鹤

薛超伟

演山被自己的心跳吵醒,睁开眼,盯着黑夜里的空无看了一会儿,房间慢慢显出轮廓。他无声诵经,调整呼吸,胸闷渐渐好转,心跳也平复下来。窗外万籁有声,蝉叫里捎带一些风,半月池扑通一响,又安静了。他不能很快入梦,心里头有事。父亲常跟他说,别老皱眉,小孩子哪有这么多心思,要快快乐乐的。可事情没有那么简单,是心事来寻他。在这佛堂里,师父说,烦恼即菩提,烦恼多了,就没有了。师父的话比较合他意。

现在,师父就睡在旁边的禅床上。她平时严肃,睡着时,也保持着清净僧相,不打鼾,绝少梦呓。演山有几回夜里醒来,甚至不确定她有没有躺在那里。师父四十岁出头,法名常觉,长得瘦,跟他母亲相似。

他拜过很多师,有气功师父,有道教师父,也有常觉师父这样的释教师父。以至于,年初到上海的一家医院里做手术,见到医生,他也脱口而出，喊了句师父。从上海回来，父亲听乡里人说，明寂堂的果云住持，是得道之人，一些生了病的人跟她一同起居，一同念佛，身体就好起来了。于是父亲带着他来到明寂堂，来了才发现，佛堂的住持已经换了人。他皈依在常觉师父门下，是演字辈，法名演山。他喜欢这个名字，就在心里叫自己演山。

禅床吱呀一声，紧接着又带出一串吱呀。是师父起来了。演山没出声，不想让师父知道自己没睡。看窗外的天色，还没到早殿的时间。她没开灯，穿好僧衣，摸黑出去了。一会儿，窗外有一束光晃动，他猜那是手电筒的光。师父去做什么呢？他坐起身，看到光束往西边去了。雪隐在东，香积厨在西。他想，师父是去香积厨偷吃吗？昨天午斋，他跟父亲吃到了发霉的豆腐渣。好像只有他俩吃到了似的，师父们都没有反应，如常地吃着碗里的食物。父子两人交换了眼神，忍耐着把豆腐渣吞下去。想到近处的事情，他放松下来，重新躺下，渐渐有了睡意。

他睡到自然醒，阳光落在屋内，他躺着，听窗外的动静，那里面藏着季节和时辰。白天的声音，他可以放心听，没有夜间那般凄清。他听到有人敲磬，还有几位师父在唱诵，若远若近，如雾弥散开来。听久了，会觉得那一切不是人为发出的，而是天地间自有的。这是小镇中的小小佛堂，外头是草地，再远处是居民区，但隔着墙，他觉得，他在一个离开自己的远方，休憩着。他在床上赖了一会儿，起身走到窗边，拉开插销。有只小动物急急地从榉树上窜下来，是松鼠。这树上有好几只松鼠，师父说是一大家子，但通常一次只出动一只，还是谨慎的。他学师父的样，从橱柜里拿出一袋生花生，抓一些在手里，准备去喂，松鼠大概看出他不是它熟悉的常觉师父，背过身去，抬头比量了一下自己与树枝的距离，跃到榉树上，榉树繁茂，松鼠很快就隐到不知何处去了。

演山下到一楼,穿过东厢前的小路,走到道坦,道坦前的门就是山门了。他听佛堂的僧人说,道坦是新修的,整个明寂堂都是新修的,原先佛堂只有一间小殿,常觉师父接手佛堂后,募集善款,雷厉风行,盘下旁边的旧厂房,在三年间把佛堂做成了现在的模样。仍是小,但建起了大雄宝殿,后有面阔五间的圆通殿和左右厢房。道坦上两边分立六座小柱,柱上是六尊青石沙弥盘腿而坐。

道坦上,父亲已经在黄葛树边打太极拳。父亲打了十年太极,很有架势,蹬地时石板砰砰响,令人心惊。树叶都惊到了,飘下来几片,演山抬头看,是两只鸟飞走了。许久,树枝还在微微颤动。他寻一尊欢笑的青石沙弥,在其跟前席地坐下,练气功师父教他的静功,是一种吐纳法,与周围的空气交流,同禅定有几分相似。约莫半小时,睁开眼,发现父亲在旁边守着他。父亲扶他起来,两人走到大殿,对着佛像拜了三拜,穿过殿门,去后面的香积厨吃早斋。早斋没什么问题,粥是粥的味道。喝完粥,父亲说要去集市一趟,买些东西。演山说:"我也去。"

"太远了,你留在这。想吃什么,爸给你带。"

"嗯,四季豆。"

"就四季豆?"

"我也想吃羊蹄,在佛堂,最好不吃呀。"

父亲笑,从饭头师那要来一只编织袋,离开了。其实,那是演山的一个小秘密。小时候,母亲去菜场前,问他想吃什么,他就会说四季豆。他觉得四季豆应该是四季都有的,这样他随时都可以拿它应对,母亲就不用有选菜的烦恼了。

演山在门口站了一会儿。香积厨是西首厢房里的一间,厢房和墙围出一个小院,小院里挖出了两口半月池,池边修了护栏,成对相望。池水清澈,只是水而已,不做他用,没有游鱼,也没有杂物。演山去过一些寺院,凡有水处,都沉着许多硬币。这里没有硬币。

他到禅堂坐下,摊开佛经,等着师父来。他晓得,一般禅寺的禅堂用于坐禅和参话头,不念经。在这里好像没有那么多规矩,禅堂可以学经,也可以开会,一室多用。相较于别的寺庙,他格外喜欢明寂堂,正因为它的局促。和小小的他,以及内里更小的心脏,是相映的。

常觉师父走进来,檀香气味也飘了进来。演山觉得好闻,挨师父近一点。近了,他愈加感觉到师父的疏瘦。人瘦了,会显出锋棱,大概也是因为这样,他对她既敬且畏。以前的一些师父,圆胖的,都温润慈爱。是那些发霉的食物,是简约的生活,让师父这样瘦下去吗?他听过一个故事,从前饥荒年代,有个和尚将寺庙里仅有的食物拿出来,分给灾民。自己没吃的,日日瘦下去,有一天,就变成了鹤,飞去溪边吃马蹄草。

师父念《楞严经》的第三卷,为他叙说大略,不做详解。演山偷眼看师父,她仍披着袈裟,结跏趺坐,在除了寮房以外的地方,她都是这样严整。师父曾说过,僧相威仪,是自己的修持,修行者要与自己相处,有没有人看见,都没关系。

演山把注意力转回到经文上。经的第三卷有许多"但有言说,都无实义"。他感觉奇怪,既然如此,佛为什么要言说呢,弟子又为什么记录这些经文呢? 他向师父提出这个问题。师父问他:"你向佛祖祈愿的时候,佛祖答你吗?"

演山说:"不答。"

"佛祖不答你,你下次还祈愿吗?"

演山说:"还祈愿的。"

"你的言说落到哪里去了？"

演山摇摇头。

"莲花不着水，日月不住空。可又有那名物，称水中莲、空中月。言说无实义，是因为领悟真如自性的人，看清了世界本来面目。身处无明中的众生，还是要依靠言说。"

演山想了想说："师父，好难啊。"

"难没关系，慢慢感受就好。"

"师父，如果我一直都不懂，怎么办？"

"路遇石子，有人会踢一脚，有人不踢，踢不踢石子，路都好走的。"

学完当日的经，演山听从师父的话，在院子里散散步，消化一下经文。院墙外面是荒地，有时候会听到小孩子跑跳、嬉闹，现在近中午，没有人，都是蝉鸣还有草木的声音。一会儿，草木呼啸起来，传到耳朵里变得拥挤，声音里还有声音，好像一些喜欢隐藏自己的有灵之物也愿意寄身在风里热闹一下。以前在大别山养病的时候，他听到林子里有一种鸟，会重复唱一句"谁是傻瓜"，不是真这样发出人声，而是声调类似，附会一下就是如此。当时还经常听到一种类似于蛐蛐的声音，可又比蛐蛐的声音低沉。有个伯伯跟他说，是蚯蚓翻土的声音。他就迟疑地信下来了，时间长了，忘了那份迟疑，再听到那种声音，就跟人说起蚯蚓。父亲说，那就是蛐蛐，人家逗你的，翻土怎么会是这样的声音。误解有时是这么有趣。便有了刻意的误解，时不时地，他有意骗自己一下，让事物偏离常规，在脑海里铸成新的逻辑。

在他老家有个词叫"无空讲"，是"胡说"的意思，而他觉得，"无空讲"不应该只是这个意思，他喜欢这三个字的组合，在心底给它换了个意思，把所有那些幽微的不可解的现象，称为"无空讲"。比如鸟为什么会一直问"谁是傻瓜",这就很无空讲。这样一来,当他念叨着一些奇怪的话,父亲就会说,你这是无空讲。演山欣然表示同意。

在墙边站了许久,演山走到另一侧,靠近香积厨的一段不是墙,是一间小屋。这个小屋有些年代,重建时没有被拆除。寺院大多讲究对称布局,主殿的两边,建筑往往成双,明寂堂也不例外,独独这间屋子,小而旧,孤零零窝着,毫不起眼,又因为它的不起眼而显特别。他推了下门,锁着。夜里,师父未必是去香积厨,也可能是进了这间小屋。小屋的顶上有烟囱,看来以前是间灶屋。上了锁,难道是因为供奉了灶王爷?他知道,一些小寺庙,为了讨好信众,会供奉一些本教以外的神仙。他走到屋子侧面,往窗里面看,里面有灶台、洗菜池、一口水缸,还有一些杂物,没看到神像。

"演山。"有人在身后喊了他一声。他回头看,是定慈居士,她正端着洗衣盆出来。定慈居士说:"不要在太阳底下晒。"他应着,走回到屋檐下。

定慈居士是借住在明寂堂的。以前她在自家修行,虔心礼佛,不仅花费许多精力,也买许多佛器佛像。那些佛器佛像,慢慢侵占了家里人的生活领地,因此闹了不少矛盾。有一天,吵过一架后,女儿问她,妈妈,对你来说,我们是什么呢?是你修行的障碍,还是能够帮助到你修行的工具?定慈居士听了很难过,想了一段时间,做了决定,处理掉那些法器,找到这间佛堂住下。一年间,春夏在佛堂礼佛,剩下秋冬的时间,回到家中,不管佛事,做一个纯粹的尘世中人。

定慈居士坐下来,一边搓洗僧衣,一边说:"那小屋里头有个镇堂之宝,除了住持,其余人不能进去的。"

演山说:"镇堂之宝?灶台吗?"

"是那口大水缸。"

演山说:"一口破水缸,是镇堂之宝?"

"不破,不是好好的吗?"

"我家里也有这样的宝贝。"

"没你想的那么简单,就像常觉师父说的,物不因材质而贵,贵的是人的念想。"

演山蹲在檐下,陪定慈居士说了会儿话,听到父亲回来。父亲把一个编织袋扛到香积厨,演山也跟进去,看父亲和饭头师清点食材,有西红柿、四季豆、丝瓜、佛手瓜、洋芋之类一大堆。父亲拿出一根茄子,轻抚着,格外珍视,对演山说:"我一看到摊位上的茄子就流口水,茄子有肉味的。这镇上羊蹄出名,我还想偷偷买一根来啃,因为有这茄子,忍住了。"演山说:"爸,茄子好吃,其他也好吃,我都喜欢。"想把话题掩过去,又有点欲盖弥彰。饭头师笑呵呵,没说什么,似乎很理解世人的嘴馋。

父亲给饭头师打下手,演山也帮着择菜,他爱掰四季豆,清脆有声。忙活一个多钟头,到了午斋时间,一张大桌上摆出八道菜,如宴席一般。演山观察常觉师父的吃相,端正的姿态,饭一口一口,细细咀嚼,师父们的好恶依然不形于色,但他知道是有滋味的。他希望师父多吃点,不要在吃上面节省。他住在安佑寺的时候,那位长得像弥勒佛的宏仁师父,不喜欢寺里的斋饭,钟爱寺门外一家饭馆里的馒头。出家人不好显示贪吃的模样,所以宏仁师父总叫他去买,从山门进出,如果拎着一袋馒头,过于显眼,还让他背着书包去。馒头买回来,打坐的时候,宏仁师父就掏出馒头吃,以为他不知道,他听得出来的。因为有这先例,他以为出家人都会偷吃,不然,怎么扛住过午不食,又能长得胖乎呢?

吃完饭,演山就午睡,打坐,庸闲地等待一天过去。在这里,行走坐卧都是修行，什么都不做，也是修行。打坐时，听不见外头的蝉鸣蛙声。反而是蝉鸣蛙声消止的瞬间，会让他倏然一惊，睁开眼，发生什么事了？也没事，可能它们就是想歇一歇。他啃一个苹果，啃到流汗，甚而睡着了，醒来，苹果已经氧化了一部分，拿起来接着啃，将果核扔到窗外的草丛里，如明月掷入井中。对抗蚊虫，是最劳神的事。用蒲扇挥赶，去而复来，再赶再来，妥协后布施于蚊虫，又难以忍受。用指甲在痒包上刻卍字，敷以口水，摩挲着摩挲着，日头就渐渐西斜了。这是一九九八年的夏天，他十三岁，再没有比这更好的一天了。

过了几日，有个香客挑着一筐西瓜，送到佛堂来。佛堂里偶有香客来还愿，演山也见过两三次。那几次，父亲都过去打听，问人家是还的什么愿。有愿意说的，有不愿意说的。有一天，父亲就跟那不愿意说的吵了起来。他走过去，拉拉父亲的手，父亲回过神来，连忙跟人家道歉。演山知道，父亲想打听到一个案例，一个痼疾得愈来还愿的案例。

这次，送西瓜的香客过来，父亲上去帮忙搬运西瓜，什么多余的话都没说。香客走后，父亲蹲在瓜堆边敲敲摸摸，最后捧出一个，放到竹篮里，拎到院子，将竹篮浸没在半月池中。到了晚间，演山跟着父亲在院子里乘凉。定慈居士要搬藤椅给他们，父亲说不用，台阶很干净。坐了一会儿，父亲起来，将半月池里的西瓜打捞出来，抱到香积厨切开。演山在屋外听那脆响，就知道是一只好瓜。父亲嘱他将西瓜送到僧房，分给几位师父吃。他端着脸盆，急急地走，心跳又加快，有些难受，但脚下步伐不减。回来时，他走慢一点，以免让父亲看出来。还好，父亲和定慈居士在聊天，瓜都候着，没动。他拿一瓣西瓜，坐在他俩边上,含一口,清甜得想念一声阿弥陀佛。将籽一颗一颗吐尽,咀嚼着,齿间无挂无碍。

镇上的人声,从上空蜿蜒而来,有呼朋引伴的,有喊孩子回家的,有喊你再不回就别回来了的。其实他听不清,即便听得清,也不懂这边的方言,他猜就是这些意思。夏天的夜晚,都是一样的,人从暑热中脱身,要庆祝一番。在老家的夏天,黄昏边,他们会朝院子里泼水,简单清洗,等到晚上出来,地面已经干了,将凉席铺上,人就躺在院子里,左邻右舍十几个人,三四张席子,男女长辈要避嫌,分席而卧,小孩就不避了,随意寻一个空处躺过去。那头大人喊自家小孩,小孩说一声,我在这里。这里,也不知是哪里。那头就安心了,反正没跑到院子外边去。他躺在凉席上,听着大人们讲古,听到鬼故事,他也不怕。那时他还小,不知死亡是什么意思,世上还没有什么值得担心。

演山望着院子里的灶屋,向定慈居士问起水缸的事。

定慈居士说:"水缸?"

演山说:"前两天,你说灶屋里的水缸是镇堂之宝,它怎么就成宝了?"

"那是前任住持亲口指定的。"

"师父的师父?"

"对,果云师父。"

演山想起来,半个多月前,他和父亲找到明寂堂来,其实就是想见果云师父。佛堂里的僧人告诉他们,果云师父已于两年前圆寂。父亲带着他拜了本师和诸位菩萨像,打算离开,在殿外遇到借住佛堂的定慈居士。定慈居士对父亲说,其实都一样,能治病的是佛法,不是哪一位出家人。父亲觉得有道理,再看这里环境清幽,没有太多香客游人打扰,就捐了香火钱,住下了。

父亲说:"我在镇上听人讲过一句话,果云师父能背动一间佛堂。"

定慈居士点点头,说:"这是一种说法。明寂堂最小的时候,实际的佛堂已经没有了,只有一位僧人,果云师父。果云师父就是一间明寂堂。"

果云师父接管明寂堂是在四十年代,恰逢乱世,半座佛堂毁于兵燹。五十年代,明寂堂又被征用,改作粮库。果云师父生性忠厚,不与世争,搬到仅存的一间寮房里起居、念佛。那时,她在路边捡到一个女婴,想留在身边,但自己也吃不饱饭,实在没办法,抱着女婴挨家挨户询问有谁愿意收养,她问遍了镇上的人家,终于将孩子交托出去。过了几年,果云师父挂念那个孩子,就偷偷走到人家门口看,看到一个约莫五六岁的女娃,背着数十斤的柴火,往这家人的院子里走。果云师父一眼就知道,这是她当初捡到的女娃。她上前询问那户人家,能不能把孩子领回来,自己养,遭到拒绝。果云师父从怀里掏出一只指甲大的金佛,双手合十念了三声佛号。金佛是她师父留给她的。她记得师父说,丛林清苦,此物予你傍身,世事无常,他日可以换碗粥喝。她没拿金佛换粥,换了个女娃回来。她为此还惶恐过,会不会贪多了。到七十年代,佛堂又被一家纤维厂占用,整体拆建,她就和小孩住到灶屋里。有人来灶屋赶她们,果云师父指着灶屋里的水缸说,这口水缸有两百年历史,不能动,动了,菩萨会怪罪。工厂负责人似乎也有所敬畏,就允许她们在灶屋里住着。有一天,果云师父对孩子说,你也大了,想做什么,要早做打算。孩子说,想当出家人。果云师父说,不用当出家人,出家人有什么好?孩子说,出家人不会孤单,家人全死掉了,还可以跟菩萨说话。果云师父流下眼泪,给她剃度,取了法名叫作常觉。八十年代,纤维厂搬迁,决定转让这里的土地。果云师父向信众筹资,买回了土地使用权,修缮了原先的念佛堂。至此,才安定下来。九十年代开始，她收一些香火钱，让人住在佛堂，跟着她念佛。收的钱仅做佛堂日常开销用，不用于扩建。果云师父怕有一天，寺庙又被毁掉。建很多殿堂，塑很多佛像，毁掉可惜。她晚年一直节俭。临终时，她对常觉说："这佛堂里没什么东西留给你，那口水缸是镇堂之宝，传于你。以后，由你来当这个家了。"

从过往里抽身而出，定慈居士起身收拾西瓜皮，将盛西瓜的脸盆拿去清洗。父亲取来扫帚，清扫地上的西瓜子。

演山说："爸，以后，师父也是一间明寂堂。也会流传一句话，叫作常觉师父能背动一间佛堂。"

定慈居士放好脸盆出来，说："常觉师父岂止是一间明寂堂，以后她要把佛堂做成一座大寺，到时候，恐怕要叫明寂寺。你跟爸爸来还愿时，别走错了。"

演山说："还要做大啊？我觉得现在刚刚好。"

定慈居士说："没有什么是刚刚好的。做大了才能让人记住。道坦上的青石沙弥看到了吗，常觉师父专门请人雕的，小小的六座造价不菲，如果没有那青石沙弥，好像佛堂在外观上也没什么区别，还可以省下一大笔钱。那为什么要造？因为别处大寺有十八罗汉，甚至五百罗汉，明寂堂小，就从小处做文章。信众见了，就会记住，就会跟人说，那间明寂堂，有六尊石雕小沙弥，很是可爱。"

演山说："为什么要记住呢？佛家不求这些吧。"

定慈居士说："寺庙做大后，等到破旧了，衰朽了，大众会有遗憾，会想着法子去重建它。"

父亲说："是这样。念佛堂毁了，单靠几个人的愿力，也重建不起来。没了，也就没有了。"

第二天清早醒来，演山回想着常觉师父和果云师父的故事。他下床打开橱柜，在抽屉里找到一盒茶叶罐。昨晚听到故事时，他就想到了这个，之前他帮师父在抽屉里找零钱时发现的。他打开罐子，里面有一只金佛，是佛祖的像，小小的，旧了，金身上有一些更细小的黑斑。也不知道算不算贵重，是放在罐子里了，但罐子就这么袒露在这，没有锁起来。是故事里的那只吗？是常觉师父又把它找回来了吗？似乎，只要是果云师父的东西，师父都要保留下来。堂宇，灶屋，金佛。他把金佛放回去。只是看看，不算做坏事吧。关上橱柜，他忽然想起来，没锁起来的是金佛。那锁起来的，肯定是比金佛更贵重的什么吧。

上午，跟师父学经，演山读到一个句子：亦如翳人，见空中花，翳病若除，花于空灭。忽有愚人，于彼空花所灭空地，待花更生，汝观是人，为愚为慧？说的是一个眼睛生有翳膜的人，常看见空中有虚无的花朵绽放，眼病去除那日，这空中的花也消失了。却有一位愚人，在那空花消失的地方，等待花重新绽放。本师和富楼那尊者都批评这个愚人的行为，是被无明遮蔽了眼睛。演山倒是觉得，愚人有趣。眼睛有问题的人，可以看见空中花，对于这样的现象，同样作为病人的演山，完全能够理解，但他不为陷入虚幻感到苦恼。苦恼已经够多了，就让空中花变成一件好事吧。

他到院子里闲走。灶屋失去神秘感，变得亲切。而屋里头的水缸，他听过它的故事后，已对它高看一眼。他又凑到灶屋的窗户前面，往里头看。那是一口外观普通的大水缸，缸身没雕花，也没上漆，可能曾经有漆，早褪掉了。缸口覆盖着塑料膜。他想，塑料膜底下会是什么。是腌菜或者笋干？他家里也有一口大水缸，用来泡笋干。父亲带他离家之后，就剩母亲一人铡笋干、泡笋干，凌晨四点，还要骑着三轮去南门头卖笋干，与这里早殿的时间差不多。偶尔，他会思念母亲，只是静悄悄地思念，怕有玄远的某物知晓了，自作主张做那信使。他其实习惯了在外的生活，母亲也习惯了他们的不在。

下午佛堂出了点小变故。两个小孩爬上道坦的围墙，翻进佛堂内，在菩萨像周围打闹。常觉师父叫人把两个小孩抓起来，绑了手脚，吊起来。师父这样做让演山很意外，虽然她平日严肃，但他也没见她真正动过怒。以前在安佑寺，他踏大殿门槛，宏仁师父只是拿戒尺打他手，对于寺外的信众，更是温言相告。有香客劝说常觉师父，请她消消气，常觉师父说她没有生气，只是按律施以惩戒。两小孩的长辈寻过来，赔礼道歉，常觉师父也不放人。她说，小孩不懂事，在菩萨像前嘻嘻哈哈，菩萨不会怪罪，但是山门大开，他们偏要爬墙进来，扮作贼人相，这一点不可饶恕，好像佛堂是人人都可以侵占的，是人人都可以损毁的。小孩起先倔强，到后来终于哭出声。直到太阳下山，常觉师父才松了口，说："让小孩回去吃饭吧。"两个小孩被领走后，佛堂又静下来。鲜少人语，树悄然立着，树影比树热闹，在墙壁上涌动。

晚上，演山看见师父照例在灯下抄经。屋里灯光昏暗，每次抄经时，师父都会点一盏油灯。他坐到师父边上，看柔顺的毛笔尖在纸上轻轻刷过，纸上就新添几个秀丽的字，心里头痒起来，也想写字。师父不让他写，他硬要写。师父只好说实话："你的字师父见过，不好看，以后练好了再来。"

演山在一旁笑个不停。笑够后，又看师父写字，突然注意到，师父的袖口上有金色的秽渍。他伸手帮她抠，没抠掉。师父说："大概是袈裟的金箔沾上去了，不要紧。"演山点点头，伸出手指，在灯火里穿来穿去玩着，突然火抖了一下，以为是自己撩到灯芯了，连忙停手。火抖个不停，才晓得是起风了。演山护着油灯，一会儿，灯火还是熄了。师父顺势停笔。演山眯起眼看，正写到"乃至无老死"，"死"字没出来。

他看得难受，说："师父，写完这一句呀。"

"抄经须诚心，停了就停了，下次再接上就好。"

师父招呼演山坐到床边。演山双盘，师父将手放在他的胸口，念诵经文。做好这番睡前功课，演山躺下，师父替他盖好肚子。演山说："师父，我要蒲扇。"师父的房间没有电风扇。师父把蒲扇拿给他，关上灯，各自睡下。黑暗里，演山听着自己的心跳声，想起一些事。几十年前，师父和果云师父就一起住在楼下小院里的灶屋内，那是怎样的光景？即使演山已经过得很辛苦了，他也想象不了那样的人生。可能，这世间所有人都有病痛，有些病痛在身内，有些在身外。大家都是痛的。想到这里，他没有感到安慰，反而变得难过。他喊了声师父。

师父问："怎么了？"

"师父，你会变成鹤吗？"

"这是什么问题？"

演山跟她说了饥荒年代，有和尚化鹤的故事。

师父听后，说："你知道那是什么意思吗？"

"就是人变成鹤呀，师父，有别的意思吗？"

师父说："丛林不讲神通法术，只讲因果。变成鹤，也是可能的。"沉默了一会儿，她又说，"师父不会变成鹤，放心吧。"

演山说："那就好。师父，你要多吃点，不要瘦成鹤。"

师父说："好。"

听到这一声保证，演山高兴起来，可以抵消一点烦恼。佛堂无人敲鼓钟，他渐渐睡去。

白天，学完经，演山坐在檐下放空。云好看，不太薄，仍然透亮，离树和屋顶咫尺之遥，等真正飘到二者上方，又远了。偶尔会有鸟掠过，速度之快，连影子都迟疑，慢了半秒，才跟着飞离。安静的时候，人会注意到影子,因为跟它们共处一个悄无声息的维度中。演山站起身,走下台阶,身影跃入光中,他也悄然进入那个世界了。他四处走,让自己的影子与树、与栏杆、与门扉的影子贴合。他走到大殿前,与雀替一起栖身在梁柱之间。躲在这,就能赢过所有人了吧。

父亲从大殿拜完菩萨出来,问他在做什么。

"捉迷藏。"

"捉迷藏？跟谁？"

"我也不知道。"

"傻孩子,不是晒进热毒气了吧。来,爸帮你摘一下。"所谓"摘热毒气",就是徒手刮痧,在相关穴位又掐又拧,痛得很。演山连忙走开了。

黄昏边,演山到佛堂外面玩。所谓玩,于他来说,就是换一个地方静坐。日落里的小镇,喧闹而安宁。他坐在河边一块石头上。河里头有一些男孩在游泳,离他们不远处还游着几只鸭子,两方看着都十分惬意。水不是至清的,泛着浑绿,但水里有一幅清晰的夕照图,毫不省颜料地在水里晕开,整条河便看着很洁净。有几个小孩蹲在河埠头的台阶上,拿米筛捞鱼。按常理来说,就是捞着玩,没那么好捞的。演山凑过去看,桶里竟有好几条鳝鱼,忍不住赞叹,厉害呀。他们回头看他,里头有个男孩朝他笑,问一起玩吗。他说不用。过了一会儿,他们不捞了,提着桶走到岸上。刚才那个男孩走向演山,问他,你住明寂堂里的吧？演山说是。男孩说,来养病的吗？演山说,你怎么知道？男孩说,你一开口就是普通话,看着又面生,肯定是外地来拜佛的。而来佛堂的小孩,都是为了养病。男孩在演山旁边坐下,身上只穿着底裤。几个小孩收拾完东西走了,男孩仍坐在石头上,他游过泳,要先烘干底裤再回家,不然母亲要骂人。

男孩说："我妈让我带储水桶游泳，我才不呢，被人笑死。"

演山说："听妈妈的，别逞能。"

"嚯，你看着跟我差不多大，居然这么讲话。我也要这么讲话。"

"我不是在教训你，我自己做什么都很小心。小心点，不丢人。"

男孩点点头，问他："你在佛堂里每天都做什么？"

"念经，打坐，吃饭，睡觉。"

"好玩吗？"

"好玩。"

"听你语气就不好玩。"

演山笑说："就是那种，静悄悄的好玩。"

男孩表示理解，在他脸上看了一会儿，说："你的嘴唇是紫色的。"

演山伸出手，说："我的指甲也是。"

"我以前认识一个大哥，也像你这样。"

"他也是来佛堂养病的？"

"对。那时我八岁，他跟我现在一样大。他不会游泳，不会抓鱼，但他比别人都厉害，会折很难的纸飞机，飞个不停。你会折纸飞机吗？"

演山说："只会两种简单的。"

"没关系，我已经会了。下次我教你。"

演山应着。一个在石头上烤底裤的小孩，为打发时间随口说出"下次"，不作数的吧。但他没想到，男孩又接着往下说计划。

"下次，我带你坐船，我叔有一条船，卖西瓜。买瓜的人担着箩筐来。我叔把瓜往岸上抛。"

演山问："不会摔地上吗？"

"也有。我叔抛得好，容易接。瓜卖得差不多，船腾出空间，人可以躺在船上,人跟着船流啊流。你不游泳,肯定不知道从水里看天的感觉。天上的云,就像河里的柳絮一样。你看久了,就分不清自己在哪里了。"

演山说:"你这么描述,我就看见那场景了。"

"真的?"

"真的。"

"下次,你会过来坐船吗?上回我邀大哥,他说他马上要离开了,过段时间还来,就没来了。"

"放心吧,我还要待一段时间。"

"那等船过来,我去佛堂找你。"

"好。千万不要翻墙。从正门走。"

"我知道。"

男孩很高兴,问他叫什么名字,演山报了法名。男孩说他叫阿俊,丢下名字,一跳一跳跑了。演山看着那个只穿一条底裤的瘦黑身影,忍不住笑了。

晚饭后,演山回到寮房,看到师父在窗边喂松鼠。有师父在,演山靠近它,它也不跑。心里想的是"它",也许不是同一只,这只比上次那只胆大也说不定。花生比松鼠的脑袋小一点,松鼠的爪子又比花生小一点。它双爪捧着双仁花生,翻动,找到合适角度,几下就把壳啃穿了。它不低头吐皮,碎壳像锯木时的木屑自然纷飞,约莫半分钟,花生开了一个口子,像一条小舟,它用舌头将花生仁舔出,忙忙地吃起来。

"师父,我们叫它松鼠,是不是应该喂松子呀?"

"松子多贵。禅林的松鼠,也该克勤克俭。"

演山笑,觉得这时候,师父也像小孩一样。

目送松鼠离开，演山关上窗，做了睡前打坐的功课，与师父各自躺下休息。他心里回响着松鼠啃花生壳的声音，很快就睡着了。到半夜，却突然醒过来。他先听自己的心跳，是正常的。也没有做噩梦。他往禅床望去，望了一会儿，终究看不出来师父是不是躺在那。他壮起胆喊了几声师父，无人应他。他下床，凑到师父禅床上看，才确定她不在。窗外的天色，还远远没有亮起来的意思。这些夜晚，师父究竟是去干什么呢？他决定去看看，如果师父是偷吃，他可以叫师父分一点。

他穿上衣服，下到一楼，走进院子里。禅堂里发出微弱的光。师父应该不在禅堂，禅堂跟大殿一样，点着长明灯。他往西边看，灶屋也亮着。他轻轻走过去。灶屋闭着门，门缝里漏出光，他看到，锁已经打开了。他走到围墙边，透过灶屋的小窗，往里面看。师父果然在里面。她背对着窗，坐在那口镇堂之宝前面，手里拿着什么东西，晃动着。他看了一会儿，师父把手从身前移开。原来她手里拿着画笔一样的东西，她用画笔去蘸身旁一只大碗里的颜料。就在她俯身的时候，演山看见了水缸里的东西。

水缸里坐着一个人。

那人身上缠满纱布，一直缠到头顶，没有一丝外露的皮肤。师父蘸好颜料，在那人身上涂画。他知道，师父是在刷金漆。

当演山明白自己看到的是什么，那一切景象都模糊了。是肉身佛。缸里的，应该是果云师父。师父把她自己的师父，做成了一件佛器。他在别的寺院听过，缸内放大量防腐香料，刷上石灰，把僧人的尸体放进去，封缸三年，称为坐缸。他现在看到的，是第二个步骤，给尸体刷漆。他慢慢往后退，退回院子里，站了一会儿。他希望师父发现他，走出来，他就会跟师父争吵，他会告诉师父，那样是不对的。师父会用什么佛家的道理说服他,让他安下心来。但师父没走出灶屋,她很专注,正全身心做着自己眼下的工作。这一切,可能在那个女孩十几岁立誓出家的时候,就已经注定了。

演山往开阔的地方走,走得很快,最后几乎跑起来。跑到道坦,他停下来,坐在地上,身体里传来震动的声音。他的心跳和呼吸多努力呀,它们希望快一点,再快一点,这样才能维系下去。而他,从来是个不紧不慢的人,有些跟不上了。但跟不上,仍然要走下去呀。演山坐了一会儿,想明白一些事,起身慢慢往回走。

他知道人都有秘密。比如,他经常看到,父亲跪在圆通殿的一侧,将脸埋在蒲团里,一动不动。他不敢走近,怕看到父亲是在哭。他在殿外就知道,父亲跪拜的是延命观音。圆通殿里除了中央的三位主尊,两侧只有延命观音跟前设有供案。他自己也有秘密。他给自己设的寿限是二十岁,超过之后,活到的都是赚的。现在他十三岁,要努力抵达那里,他要去二〇〇〇年,还要去更远一点。

这天他跟父亲坐在佛堂的院子里。他不跟父亲说水缸的秘密,有些事,他是准备忘掉的。等他日重新拜访已经成为明寂寺的这座大寺,香火环绕,他跟父亲看到果云师父的肉身像,要与父亲一起发出惊叹。

"爸爸,我不会死。"演山说。

"又在无空讲了,别说不吉利的话。"父亲说。

"我们做个约定吧,把现在作为一个点,我会在现在等爸爸。等以后,爸爸想我了,你就来这一天找我。我还会跟你说话。我会知道,你来了。"

"爸不用想你,爸不是每天陪着你吗?"

"爸爸,每天在一起也可以想念啊。"

"也对。那妈妈呢?"

"嗯，那以后我跟妈妈再约定一个地方。这里，就只是我俩说悄悄话的地方。"

"好。"父亲说，对濱山笑。

起一点风，树影在墙壁上轻轻挠着，它们挠好久了吧，如此轻轻，经年累月，也剥掉了些白灰。叶子飘进半月池，静水里发出一些空声，别人未必听得到，他能够听到。夜晚的时候，半月池偶尔会扑通一声，是它们在悄悄嘀咕吧。一池水会照见另一池水，一朵花会衬映另一朵花，他坐在这里，能听到远方的人，能听到很久以后的人。

原刊《花城》第6期

杏 园

董夏青青

八月初,全营受命执行高原机动任务。上山扎营时,我们支援保障连所在的营房是临时搭建的板房。为了保暖,板房里安装了一个小型锅炉。锅炉的运转开始于九月下旬,散发的热气,一度曾将板房顶上的积雪融化。如今融化的雪水早已成冰,牢牢冻在房顶上,冰的上面满覆积雪。

十一月上旬,第一批运送冬菜的物资车开到营房点位时是凌晨两点。炊事班里一名绰号叫"狗妈"的下士来连部向我报告,说刚才炊事班班长带他爬上车查看菜质,发现一部分大白菜已有轻微冻损,再放一夜肯定冻烂。我走出去时,看见炊事班班长正披着大衣,在菜车旁来回转圈。

不多时,刚整理完白天视频会议记录的连长也裹着大衣出来了。我和连长一合计,吹了紧急集合哨,全连都起床出来搬菜。到早上六点,总算把冬菜都卸下车,按既定的任务时间分了菜。

第二天中午开饭时，炊事班班长又来连部找我，说指导员，那些大白菜进屋上架储备之前，必须把表面的烂菜叶剥掉，大蒜、大葱也得捆绑编扎。于是除了执勤官兵，全连又齐齐上手，用了近两天时间才将所有冬菜按要求收拾完毕。接连几天，连队闻起来像个菜市场。

　　那天，我拿一个摔掉了手把子的瓷缸泡了杯茶，握杯暖手时感到手掌刺痛，发现手已经被烂菜帮子磨肿了。我把军医叫来，告诉他检查一下全连战士的手，弄点防裂膏给大家抹抹。军医说，早就发下去让战士们抹了，可是像炊事班里的人，抹了还得沾水干活，熏肉、腌鱼、泡咸菜的，抹了白抹。

　　确实，在这个海拔近5000米的地方，只要不停地干活、训练，那么手背开裂、指缝裂开、增厚变形的手指甲开裂、脸被冻裂、耳垂被冻开、脚被冻肿，形形色色的冻伤，应有尽有。弄完菜随后几天，炊事班班长带着几个人开始剔骨剁肉、切萝卜条、撕泡菜叶、调制酱汁。有时作业时间会从上午十点一直持续到凌晨两三点。几个人的动作机械麻木，累得脸色发茄皮紫，嘴皮子黏在一起。

　　去年上山驻训时，炊事班班长有一次端着盆开水冲我喊，"菜等不得、肉等不得，我真想一头栽在案板上，一死百了。"讲完这话几天后，轮到炊事班班长和连队另一名战士过集体生日。炊事班班长提前找到那名战士，商量说这回不做蛋糕也不烘饽饽、锅盔，整个新鲜玩意儿。生日那天，炊事班班长把那名战士带到营房外头，指着地上一块圆形的、用刮铲修得很立整还插了根香烟的小雪墩子说，小兄弟，生日快乐，这个雪做的蛋糕也能吃，上面的烟留给你抽。炊事班班长拎着剔鱼鳞的刮刀走过那名战士身边时还塞给他一个小纸包，里面是他从荒滩捡回来的玛瑙石籽儿。战士在雪墩子前蹲下来仔细端详，过会儿拔走香烟，藏进冬帽。

就是靠炊事班班长带着手底下几个人这么愣干，从我们连队倒出去的潲水都成了好东西。

去年连着几个晚上，连队的狗狂吠不止，次日清晨，清理营区垃圾池的哨兵都能发现前日清扫规整的垃圾被翻得一塌糊涂。垃圾池旁的雪地里，留着各种动物的脚印。一天夜里，两个下了哨的战士听见垃圾池里有动静，走过去看，发现有三只狼正在翻垃圾，见有人过来，六只发亮的眼睛直勾勾地盯着手电光柱。一名哨兵不由自主地向后退了几步，另一名哨兵赶紧捡起一块石头猛力敲击手里的铁质自卫器材，发出尖锐的声响。三只狼迅疾跃出垃圾池，遁入夜色。

驱狼一事后，连长强化了警卫等级，哨位多了防暴盾、防暴棍，两人同行成了硬性规定，出去蹲旱厕的官兵也必须带上自卫器材以防野兽突袭。

可在一个雪夜，巡夜的连长还是发现有一只大狼带着一只小狼，跑进厨房里翻到一条腌制的羊腿，叼起就跑。惊醒的炊事班班长说要牵几条狗去追，小狼跑得慢，如果追，或许还能赶上。连长一听，说算了，大冬天的，都挺不容易。

兴许因为连长这句话，随着天气愈冷、食物愈少，跑来营地觅食的冻僵的小鹰、钻进铁丝网被刮伤的狐狸，都曾被连队的战士收治。炊事班班长因此常跟班里人讲要把饭做好，饭做得好，畜生都认。

今年负责熏制腊肉的主要是狗妈，他连续蹲在炊事班里搞了五天的烟熏火燎，一百多公斤的腊肉出炉时，他的眼睛已经又红又肿。

一天，我们接到上级命令，要派一支供应保障队到西北方向的5410高地执行热食前送任务。原本应由连长带队，但前一天夜里，连长带人到一地平整场地、构筑伪装工事。忙活到深夜，连长突然抱着小腿一屁股坐地，两个战士赶紧上前帮他解开裤脚。拉开裤腿一看，一根大约十五公分长的紫红色血管像条蚯蚓一样钻到皮表。连长狠劲拍击冻伤抽搐的小腿，扯出一根鞋带牢牢扎紧靠近患处的部位，颤颤巍巍地起身，由两名战士架着，蹦着高地加快把活儿干完了才返回连队叫军医。于是热食前送的任务就给了三排长。

队伍集合时，狗妈也背着几十斤重的背囊、端着枪，站到队列里。我叫狗妈出列，说眼睛难受的话可以马上打报告，把任务交给其他人。狗妈大喊了一声，我保证完成任务！随后，我看着三排长和他们几个人抱着、提着有把手的、没有把手的各式各样的保温桶，狗妈和另一名战士抬着一只装有米饭的几十斤重的特制高压锅，出发了。

等我回到连部时，军医正在门口等我。

"导员儿，狗妈那几个出发了吗？"军医问道。

"刚走。"我说。

"你觉得狗妈最近怪不怪？"

"怪？哪儿怪？"

"前几天叫他熏腊肉，他干到每天早上五点，谁去叫他睡觉都叫不动。前天晚上来了一批药和雨衣，要卸车，本来没有叫他，他又跟着爬起来，三个人通宵把车卸完、入了库房。昨天晚上轮到他们班站哨，他一个人站了三班哨。导员儿，他这个干法不大正常啊。"

今年八月初，连队坐着大厢板上山时，一过海拔4000米的山口，山涧河道与沉积冰雪交相拦阻，行进至坑洼泥泞的搓板路上，坐在驾驶室里都能感觉到剧烈的颠簸。突然车底一声巨响，车子猛地停下。驾驶员赶紧跳下车。山风从他拉开的驾驶室的那扇门外冲进来，我像是被从另一侧车门给推下去的。驾驶员叫来三个人开始更换轮胎。我绕到车辆后方，看看车里的战士。刚走过去，正好看到狗妈捧着个刚拉开的罐头，罐头里挤出来的肉被冻成了半凝固的胶状物。狗妈从兜里拿出一把铁勺插进罐头,见到我,立刻把罐头递出来给我,说导员儿,您尝尝?我们刚吃一罐了。我接过罐头,看到大块随肉带出来的油脂裹住了勺柄。

这玩意不难吃吗?在车上颠着还吃这玩意你不难受?我问他。

不难受,像冰激凌。狗妈回答。

能生吃冰肉罐头的人,我想,很难有他吃不了的苦。

晚上熄灯前,供应保障队的人回来了。狗妈被俩人扶着,搀进了医务室。他的嘴唇受伤豁了个小口,右臂的手肘摔破了。

据带队的三排长说,狗妈嘴唇上的伤是快到连队门口时,直挺挺朝前扑倒在地时摔的。

食堂里,炊事班班长从后厨端出留好的热饭热菜。其他人狼吞虎咽时,刚在医务室简单处理了伤口的狗妈颤颤巍巍地歪着嘴端起碗。他嘴上的伤口在下唇内侧,没法正常咀嚼进食,只能喝稀汤,还得仰头用小汤勺倒进嘴里。炊事班班长在一旁看了半天,叹着气回后厨给他调了一碗不烫嘴的苞米糊糊。

三排长说,出发热食前送的路上,他们走了近九公里的路程后,缺水、干燥让人的喉咙像被钢丝球刷过一样刺疼。狗妈和另一个战士先是抬着高压锅,之后上山爬坡就开始又扛又抬,走不了几步就面红耳赤、两腿发抖,额头上冒出的汗水流到眉毛处结了冰。三排长原本让另外两个战士去替狗妈他们,但那两个战士刚抬着高压锅走了没几分钟就迈不开脚了。狗妈立刻上去换下一名战士,就在接过高压锅把手的那一刻,狗妈的身体向左一倾,脚一滑踩进了沟里,瞬间被高压锅的重力压倒在地。可还没等身边人上前扶起,狗妈就像根被压倒的弹簧一样竖了起来,迅速爬起时又抬起了锅,并对另一侧的人说,抓紧啊,前面的兄弟还等着。三排长过去伸手要抢狗妈手里的高压锅,

473

狗妈非但没有领情,还脱掉棉手套甩在地上,冲着三排长吼叫,你是不是看不起我?

等他们将给养送上5410高地,不少人都看见了狗妈的手。他的手冻得发紫,手掌上的皮都粘在了高压锅上。

返回途中,三排长带着队伍抄近路,翻过海拔最高处5376米的山口就能节省一个多小时的路程。但山口路险,一米多高的雪墙从路沿一侧绵延而上,雪墙外是深渊。出发没多久,慢慢下起了小雪,一行人进入山口后,小雪变成暴雪,能见度降至3米以下,道路冰滑,不到两公里的山路一行人走了半个多钟头。

好不容易到了山谷洼地,就在山中一处一侧通往我们连队、一侧通往河谷地的岔口,三排长一行人遇上了驾驶平地机在执行道路平整任务的工兵团的弟兄。见到三排长他们,工兵团的副连长立即跑上前,说他们出来时人手是够的,可刚才在附近作业的有线班的班长又叫走了两人去帮忙挖埋线沟,目前急需有人帮忙。三排长立刻把人叫到近前,让工兵团的副连长讲具体。副连长说,因为要平整的道路已经跑不动车,必须到别处取土进行平整,他们刚才四处查看,发现离道路最近的一处山坡就可以取土,但山坡上有一道手腕粗的光缆经过,得有俩人举着才行。

三排长问了一句,谁跟我去?没人应声,但狗妈已经向前站了一步。三排长还没爬上取土的山坡,狗妈就已经上前双手举起光缆,示意副连长可以取土作业了。

狗妈和三排长在漫天大雪中坚持了半个多钟头才放下光缆。再往连队走的路上,有人要去扶狗妈,都被他甩开了。于是眼瞅还差几步到连队,狗妈就地趴倒。

夜里,军医给狗妈输上了营养液。我去医务室看他时,军医下班排送药,屋里只有狗妈和炊事班班长。

狗妈蜷在椅子上,佝偻着背,抬起硕大的双眼望着我。

"打上多久了?"我问炊事班班长。

"一把牌吧。"炊事班班长说。

"想上厕所吗?"我问狗妈。

"有一点想。"狗妈说。

"那走吧。"炊事班班长说着给狗妈披上大衣,拎起输液瓶,扶着狗妈往屋外走。

外面有些地方的积雪没过了脚腕。从旱厕回来时,炊事班班长在门口猛跺了跺脚,我看见他举着输液瓶的手又紫又青,烂冻疮疙里疙瘩。

"你弄盆温水泡泡手吧。"我说。

"咋了? 我这手就是颜色难看一点,好用得很。"炊事班班长说。

"班长,我自己放瓶子。"狗妈嗫嚅着说。

"你快闭嘴吧,一会儿又豁开了。"炊事班班长说着往我跟前踢了一张塑料凳子。

"狗妈,最近遇上啥事情了?"我拉过凳子坐下,"你讲话不方便可以写下来,觉得安排给你的工作太多,任务太重太辛苦,也可以告诉我。"

狗妈看看我猛地摇摇头,又留心看了眼他的班长。

"他知道啥叫'辛苦'?"炊事班班长俯下身子扭头看着狗妈说,"比我还扛造,多稀奇。"

狗妈抿着嘴眯缝起眼睛,低头时像笑了笑。

"是最近他家里的事搞得他脑袋发胀心也慌。"炊事班班长指了指狗妈。

狗妈受了伤合不上的嘴唇有些抖动，不置可否。

"家里怎么了？"

"他爹，就是他继父，帮邻居家架太阳能的时候从屋顶摔下去了，只躺了几天就走了。"炊事班班长说道，"他妈想告诉他这个事，打了几十个电话也接不通。上星期排队轮到他打上了卫星电话，联系上他妈想问问家里的情况。他妈没有一上来就告诉他继父的事，就老反问他，说这么长时间了你一点感觉都没有吗？一点感应都没有？你总要做个梦……干个啥，是吧？这孩子就问，说咋了妈，你咋哭了？他妈就说，你应该问你爹咋了，他说我爹咋了？他妈就说，两个多月快三个月了，你一点感觉都没有的吗……"

狗妈被炊事班班长的话激起了回忆和痛楚，伸出没输液的那只手比比画画，"我后爸……从我九岁……就养起我和我妈，真正的好人……"

随后，狗妈将手搭回座椅扶手，耷着脑袋看自己被雪水浸湿的作战靴。狗妈已经是今年连队里第二个父亲故去时未在其身边的孩子了。

"别太难受。"炊事班班长不带犹豫地说道，"不是和你说过吗？我亲爹就在我旁边5米不到的一条河道里淹死的，我一丁点感觉都没有。"

这时我诧异地抬头，但对面的炊事班班长的表情没有一丝波澜。自从我们于北疆兵团农场的初中学校毕业，再到在连队里见面，仿佛中间这十来年的时间，他都用来消化从前那股子一提到他父亲就烧起来的刺挠劲儿。

"你是该好好干，把家顶起来，但导员儿和我坐在这里陪着你，就是因为你最近这样不叫好好干，你这是糟蹋身体。"炊事班班长接着说道，"你爹对你好天经地义，当老子的都会把最好的东西给儿子，但儿子不一定,儿子不会把最好的东西给老子,只会给自己的儿子、孙子。这个顺序是天定的,永远不会改变。等你有了自己的孩子,还能想着你妈,让养你的、你养的都有得吃,就算你有良心。"

"我想……"狗妈说,"我想孝顺,他说他不缺钱花,就是缺个说话的人,他说现今找个听你说话的人不容易,去喝茶聊天还要付茶位费。我当了兵,他说的话我就听得懂了。"

狗妈说罢,一时间无人接话。过会儿狗妈扭过头看了一眼快吊完的输液瓶,炊事班班长起身披上大衣正往屋外走时,军医回来了。

军医一手提着药箱,一手拽着自己的袖口,袖子上兜着他要给我们看的东西。

"快看呢哎,今天的雪花有股香气。"军医亢奋地说,"快,你们谁有绿茶?"

炊事班班长从后厨拎出来一只铝皮的烧水壶。军医脱掉手套,拿酒精搓过手,半跪着往搁在门口台阶上的烧水壶里塞入落下不久的新雪。等壶里塞得满满当当,军医吹着口哨,提溜着水壶,往炊事班后厨的方向晃悠而去。

"这是个仙人。"炊事班班长靠近了我,冲着军医的背影说,"前天早上开完饭,他跑到前面沟里没人的地方转了一圈,回来跟我说,探山如访友,这回遇见了三位两百万岁的老哥。"

"蒙你呢。"我说,"他又去捡玉了。"

"我存的小玛瑙籽儿都是他带我捡的,这人不自私,不耍奸,还可以。"

"你老喝他的茶,当然说他好。"

"你喝过他的普洱茶没有?"炊事班班长说,"那个味道我一直觉得熟悉,但怎么也想不起来。刚才在屋里和你们一起说话的时候我总算想起来了,是苦杏仁,咱兵团农场那个杏园里的苦杏仁。"

"你还记得那个味道吗?"他问道。

"当然记得。"我不假思索地回答。

他说的杏园,包括杏子、杏仁的味道,我当然都还记得。我十岁之前的童年就是在杏园里,和酸杏子、甜杏子、红杏子、黄杏子、毛杏子、光杏子做伴长大的。在这记忆里,那时候的炊事班班长还是北疆和静县兵团农场三连的外地农民子弟,因为他和父亲擅长从灌溉渠里边儿捞鱼,大伙儿都跟着一对四川来的兄妹叫他"鱼伯伯",后来就叫"鱼伯"。

当时鱼伯把杏园里的大树、小树都爬了,还在很多棵杏树上做了记号——这棵是毛杏子、那棵是光杏子,这棵树上苦杏仁多、那棵树上甜杏仁多。可无论怎么挑,吃到嘴里时还得凭运气。有时候谁砸到一颗甜杏仁,嘴巴不停地嚼着给我们说,这个杏仁好甜。有时候谁砸到一颗苦杏仁,一口咬开苦得不行,啪地一口就吐了。

"你在杏园里面……"我对他,就是此时已是炊事班班长的鱼伯说,"你总是后知后觉,你总是吃到那种开始以为是不怎么甜,实际上嚼两口才发现很苦的杏仁。有一次你嚼了半天才吐出来,我们一看,那个杏仁早就已经被嚼碎了。觉得你怎么那么可笑啊,吃那么久才吃出来。"

"你还指挥我上树,记得吗?搞得我摔了腿。"他说。

"是你非要爬到树尖尖上去摘熟杏子。"我说。

"我没有和连队的人说过老早就认识你。"他突然说道,"我不喜欢给别人添麻烦。"

"知道。"我点头,"你比狗妈还能吃苦。"

"有什么办法。"他低声说,"我爹活着的时候好几回讲起,要不是我和我妹还小,他早就不想活了。"

"有时候在食堂看你做了鱼,还会想到你父亲。"我说,"我父母也记得他。每回渠里放水浇麦地,你们都去渠里等着浇完了关水上闸,然后捡鱼。我妈有一次路过你们家,看到你们家门口胡杨木的卡盆里全是鱼,黑的、黄的,感觉都挤得不行了。你爸见到我妈就赶紧喊住她,拿一个洗干净的小尿素袋子,装了满满一兜子给她。她晚上就把鱼洗了,裹上面粉炸了给我们吃,那个味道香死人,我现在还记得。"

"那时候你妈妈还没当英语老师,在家门前养了好多花,太漂亮了。"炊事班班长说着,放松地活动了两下肩膀,"我知道那些花都是要拿去巴扎上卖的,但我每回路过就走不动路了,站在那看,她就拔几棵让我带回家去,还告诉我怎么栽花就能活。还有第一次去你们家拜年,真给我惊讶坏了,你妈妈炸了那么高 —— 高 —— 的几摞馓子摆在茶几上的水晶盘子里,还有小油饼子、奶皮、酥油好多好吃的。你妈妈包着的头巾亮晶晶的,连衣裙艳艳的。后来回去的路上还问我妈,为啥咱不是回族?"

"还有一个事一直想跟你说。"他笑着很快地说道,"虽然炊事班卸菜、分菜的时候活儿不要太多,我不要太累,但是,这里……"他指指胸口的位置,"这个地方太满足了。看着成卡车的菜和肉运到我面前,码好了放在菜窖里,我感觉自己就是昆仑山的神仙,站在菜架子跟前香烟一点,法力无边。"

军医煮好了茶水,把我们叫进屋里。拔了针的狗妈正抱着军医的Kindle埋头看。

"行了,明天再接着打,你先回屋吧。"军医抽走了狗妈手里的Kindle,打发他回班排宿舍。

狗妈看了一眼正在支起的茶桌,嗅了嗅,慢腾腾地起身。

"是老家的生茶。"军医拿指关节剋了一下狗妈的额头,"但是你不能喝,喝茶兴奋,你不要兴奋了,你要睡觉。"

狗妈顺从地点头,走出医务室。

我和炊事班班长坐在凳子上,等着军医烫洗了两个搪瓷茶缸摆在我们面前。

"不喝绿茶?"炊事班班长问道。

"不知道哪个鬼偷喝了,只剩了普洱。"军医嘟哝,"我就不应该告诉这些鬼,烧不开的水,八十几度泡绿茶最好。"

"这小孩为啥叫狗妈?"我问炊事班班长。

"狗妈狗妈……"炊事班班长狐疑地看看我,又看看军医,"为啥来着? 他喜欢养狗,还找你给他的狗看过病吧?"

"他之前养的,兵站送给他的那条小白狗,上山以后得的是白内障啊,又不是普通的雪盲症。我跟他讲了他不信,后面军总医疗队上来,他又抱过去找带队的主任看。我就去找他,我说小老乡,你这是侮辱我的专业啊,难道我的二等功是白立的吗? 我说看不好,就是看不好。当时他还委屈,气得我…… 后面他找了锹、镐、雨布和盾牌,非要我帮他给那只狗在前哨点上搭个窝。你们不知道我那个运气,我在冻土上下的第一锹,一锹砸下去只看见一个白点子,给我右手的虎口都震裂了。"

"他还听得懂狗说话,他们说是真的。"炊事班班长说。

"是我教他的!"军医愤愤地说,"他去扫垃圾池的时候被狗围在中间叫,我就告诉他,哎,狗在骂你呢。"

"你咋知道狗在骂他?"炊事班班长问军医。

"有狗朝你乱喊乱叫,你就掏出手机录个音再放给它听,它要是马上跑了肯定是脏话。当时我就教了他这个,往后,狗语十级。"军医说着打了个排凉气的嗝。

"稀奇,军犬还骂人?"炊事班班长慨叹。

"怎?知识分子不打架?"军医反问。

我端起茶缸闻了闻,军医赶忙打开一块包在绵纸里的剩茶叶给我看。

"特级生普。"军医说。

"你尝尝,是苦杏仁吧?"炊事班班长盯着我说。

我嚯了口热气冲他点头,"好像是。"

"今晚上的雪水熬这个茶,出味儿。"军医笑滋滋地捧着茶缸耐心咂摸。

"狗妈身体没别的啥事吧?"炊事班班长问军医。

"没事。"军医说,"二十出头的小伙子能有啥大毛病,作都作不死。"

"是啊,是啊……"炊事班班长在杯沿儿上来回吸溜,过会儿双手捧着杯子放到双膝上,猛吸了一下被热气贯通的鼻腔。

"狗妈和我说,他继父一直不同意他当兵,天天盼他回家。"炊事班班长说,"他讲在老家总有人背后骂他继父,说眼里容不下人,把他撵到部队。其实好冤枉,最不想他当兵的就是他继父。这次去给邻居安太阳能也是想巴结人家,给狗妈找点门路,让他趁早回家。"

"为啥不让孩子当兵?"军医问。

"一九七九年的时候他继父在南边上过战场,两条腿都被打残了。"炊事班班长说,"他继父看狗妈,还跟过去战场上的老兵看新兵一样,不想看他受罪嘛。"

炊事班班长讲,当年狗妈的继父受伤,医务兵给他包扎完伤口后他就在草窝子里睡着了。这时他们营突然接到急令要赶赴另一个高地,走时太匆忙,狗妈继父睡着的地方草又长得太深太高,没被人注意到。等狗妈的继父醒来一看,队伍走了就剩他一人,手无寸铁,两腿骨折。实在想不到办法也站不起来,狗妈的继父就双手撑地,嚼着草根,一点点地往前爬。爬到一条水沟前,他判断部队肯定是朝南前进,就顺着水流又往山沟里爬。爬了三天才被团里出来清剿的人发现,送回指挥部抢救。腿上的伤口早就烂了,蛆在伤口里团成个球。刚缓过气来,狗妈的继父就掰着腿骂蛆,说老子还活着你们就着急吃。

"想想,狗妈他老子受过那么严重的腿伤,老了腿上更没力气,爬到房顶上能站得稳?"炊事班班长说完朝腿上用力拍打了两下。

军医给每人杯子里添上热水。再饮时,我已感到后脑勺和脚心发汗。

自打每年上山驻训,就没再有过夏天暴汗的概念。此刻看到炊事班班长,鱼伯,才想起小时候干农活时候的那种热。

夏天地里最苦最累的活儿就是打农药。每天中午太阳最大、没有露水和雾气稀释药剂的时候,各家的男劳力就背着四十公斤、按比例兑了药和水的喷雾器下田,人工打药。大片大片的棉花田要反复打好几遍药,有的男劳力忙不过来或身体有病的,就得老婆孩子一起到地里帮忙。

那种晒得人晕头晕脑的热,有时会从夏天一直延续到初秋和秋收时的晌午。

鱼伯的父亲不是当地头一个死在秋收的农民。早年还有一个从江苏来收棉花的工人,女的,有天实在渴得不行,从棉花地里跑出来,看到旱厕墙根底下放着一桶矿泉水,抱起来拧开盖就往下灌。旁边有人看到了跑过来抢夺,她才知道喝下去的是玻璃水。鱼伯的父亲也和这个人一样,在棉花地里突然感到燥热难忍,就跑到田边的河道里下水凉快凉快，不知怎么再没爬出来。为了帮鱼伯和他体弱多病的母亲，老师们在周末时把我们带去地里给鱼伯家摘棉花，把秋收抢完。

等到十一月底，我上学路过棉花地时还见到过鱼伯。那时有人包了地，收得差不多时就不再雇人收尾，觉得劳动力比剩下的棉花贵，不合算。鱼伯就去那些地里捡别人不要了的棉花，捡五公斤就能卖五公斤的钱。可冬天的早晨会打霜、起雾，鱼伯赶在上课前去弄棉花，又怕手套被棉花上的霜打湿，就摘下手套摘，没几天手上就起了冻疮。

我不知道鱼伯家的这件事对我们家有什么影响，我能记得的就是鱼伯的父亲落葬之后，母亲开始准备自学考试，要拿英语教师资格证。中午，我父亲拿上白开水、干馍馍，去跟着人家削甜菜、挖甘草，留母亲在家背书、写笔记。等我上初二时，团场走了一批老师去县城的重点中学教书，那时我母亲正好拿到资格证，就顶上了缺编。团场有三种身份的人：干部、教师和农民，托母亲的福，我们一家人都住进了知青在团场住过的小平房。

准备升初三时，为了突击升学率，校长把我们分成两个班，学习班和平行班。假期时，学习班的孩子每人交五十块钱，就在农场的幼儿园里开始十五天的补习。鱼伯当时分在了平行班，但他听从校长的安排，每天一早就来幼儿园的平房里生炉子。鱼伯起初并不太有架炉子的经验，总是弄得一屋子烟熏火燎，后来有经验了，火又被他烧得太旺，结果就是坐在炉子旁边的学生热得出汗，坐在屋子角落里的学生冻得发抖。有时候我看到烧完炉子的鱼伯蹲在小小的桌椅板凳后边，缩手缩脚，就觉得好笑。有一天，化学老师来给我们补课，我们在屋外打雪仗打得正酣。开课许久，有孩子看到化学老师就站在窗边，这才赶忙把我们喊回屋里。化学老师那时说了句话："你们往后印象最深的，和初中同学一起打雪仗的记忆也就这一回了。"

初三正式开学后的一天，鱼伯突然在平行班里带着一帮同学闹意见、罢课，说化学老师只给学习班上课，是看不起平行班的学生。为了让他们赶紧罢休，不要吵到在隔壁上课的学习班，校长那天临时安排化学老师到平行班加一节课。化学老师讲课从来不用课本，那天他也空着手就去了平行班。在课上，化学老师说，同学们翻开第三十二页，当大家低下头翻书找第三十二页时，只听到哐当一声，再抬头看，化学老师已经倒在地上。当时我们班上的孩子以为化学老师只是晕倒了，下午上完课才听别的老师说化学老师已经去世了。那时我们才知道，化学老师有遗传的心脏病，为了带我们考学，一直拖着没去市里做手术。当初县城的重点中学也来请过他，他表示自己是当年知青教育出来的第一批兵团子弟，不能说走就走。

化学老师被葬在兵团一处叫王木槽子的墓地，离鱼伯的父亲不远。化学老师出殡时，一起去送别的同学告诉我，鱼伯和母亲搬到兵团另一个连队去了。

我有些话还没有和鱼伯说。他惦记的杏园在两片啤酒花地之间，杏树愈生长，愈影响啤酒花的产量。鱼伯和母亲搬离农场后不久，杏园里的杏树就都给挖掉了。

但杏园仍常常被我梦见。梦中，当我看见树上有了像大拇指甲盖大小的青杏子，就赶紧钻进杏园。刚摘下来的杏子在我手中胀大了从青色变为橘黄，叫我狂喜不已，可还来不及咬一口，就从啤酒花丛里传出愠怒的喊声。我慌忙跳进啤酒花丛开始玩命地采摘。啤酒花藤上长满倒刺一样的毛钩子，被我不小心地挂在身上、脸上、腿上、胳膊上，留下一道道红印。

疼痛从梦里一直带到清醒。当我白天把梦说给母亲听时，她说："Happiness follows labour."高一那年的九月份，我们每天下午放学后跟着大人去收啤酒花的时候,我想鱼伯一定也在某地干活,被不是啤酒花的别的什么东西扎得刺疼。

鱼伯曾告诉我,军医去年夏天被直升机紧急送至山下县城,是为对峙时牺牲的一名营长入殓。当军医解开营长的衣物,他和身边的人都震惊得说不出话来。那名营长双眼怒瞪,牙关紧咬,双手攥拳,浑身肌肉死死绷住,完好地保持着临终前冲锋的姿态。只有头部被利器砸开的一道伤口和满腿瘀青,提示众人这名营长已不在世。

喝玻璃水的女人、鱼伯的父亲,还有从装了秋收的农作物的车子上被颠下来,又被歪倒的车子砸中身故的,我那从青海迁来北疆的外公,他们也倒在了近似冲锋的时刻。很难说是不是因为对"冲锋"和其后随时失却生命的熟悉感,才让我和鱼伯重逢于这片被军医称作"地球脑袋顶上突兀的隆起、最孤独的犄角"之地。

我、连长和军医一直警惕地观察连队里的每一名战士,唯恐他们会因为吃不了苦而做出自我戕害的举动。但在鱼伯,如今的炊事班班长看来,什么都有吃完的一天,只有苦头吃不完。我们之所以出现在此地,正是血液里带来的世代对苦味的眷念。

可当我也有了孩子,或成为某个孩子的继父,难道能够向其绘声绘色和头头是道地描述的,就只有这份苦吗?

由不得我多想,替连长进行全天讲评的时间到了。我和炊事班班长走出屋子时,军医还在忘情地啜饮杯中余下的苦杏仁汤。

凌晨两点时分。我带两名哨兵绕营区巡夜回到连队,看见炊事班班长正在炊事班的帐篷跟前来回踱步。

"在干吗?"我喊住他。

他像从梦中被人叫醒,抻长了在大衣里缩着的脖子。

"不干吗,晃一晃。"他信步走过来时说道。

"几点了还在乱晃?"我说,"口令!"

他看着我笑起来。

"杏园!"他回答道。

炊事班班长告诉我,方才凌晨一点,他下了哨回到班里。刚钻进睡袋,邻旁伸过来一只手将他一把抓住,吓得他一个激灵。定睛一看,发现是睡在他身旁的狗妈,此时张着嘴,嘶哑断续地朝他说:"渴……班长,我想喝水……"他赶紧爬出睡袋,在帐篷里挨个找战士们的水壶,晃了晃发现都没水,就出来到军医屋里倒了点茶水底子回去喂给狗妈。狗妈喝了水,又继续睡了。他进进出出时呛了几口寒风,激得肚子叽里咕噜,索性在帐篷外边晃晃,等肚子不响了再回帐篷。

"你记得小时候去河坝里滑冰不?"炊事班班长说,"刮北风跟下刀子一样,可咱那一帮子人里面没哪个生病的。"

"不知道现在河坝里还能不能捡到野鸭蛋了。"我说,"那会儿捡了的都拿回家让大人卖了,好像我们就尝过一个,是你烤的吗?味道都忘了。"

"是我最早从苇子里捡到蛋的,可我一口都没吃过。"炊事班班长说,"想滑冰吗?"

"滑冰?"我问道,"这会儿?"

炊事班班长看着我点点头,"就在外边的旱厕后头不远,一块儿不大的地方,应该是地下渗出来的一些水给冻上了。但是那块冰和咱小时候在小河坝里滑的地方很像,白天你去看,冰面毛毛的,不平,可对着太阳看,它里面也有蓝色的、白色的和银色的冰花。"

"那怎么滑得起来呢?"我低头看了看鞋,"小孩的脚多大,我这脚多大,滑不动就走几步没意思。"

"也能擦着滑出去十几步。"炊事班班长很快地补充道,"我和军医去旱厕，有时候就滑一会儿，我俩老犯痔疮和前列腺，最近刚消停。"

"没办法，忙起来就记得吃记不得拉。"他又说。

"去看看吧。"我说道，"能滑几步也行。"

走近那块冰面时，一束从山体侧面探来的月光正落于其上，让那块冰面的形状看起来像山体裸露的心脏，近乎人性。

冰面的颜色让我想起自有记忆以来，生命里最为快乐的一天。那是初一下学期一个星期五的早晨，班里一个住在小河坝旁边的同学一大早赶到班上告诉我们，小河坝的水已经冻上了，可以滑冰了。那天下午放学后，我们一路小跑连着快跑，你追我赶地冲到小河坝，看到闸口附近的冰面平滑如镜，其他地方的冰面则不平、发毛，断裂处挤满了蓝色和白色的雪花。

当时我穿着母亲做的千层底布鞋，滑了几个小时就感觉鞋底被渗进来的水泡透了。当鱼伯听我叫着说鞋子漏水，就从附近的芦苇滩里捡出来一块秋收时落在里面的废塑料薄膜，帮着我赶紧把脚包上。包上脚后，我站起来时还费了点力，但走动了两步，就发现鞋子包上塑料薄膜后明显滑得更远。我赶紧让鱼伯在身后推我，鱼伯起初小小地使力，过会儿他先从我身后助跑滑行，随后伸长胳膊，用带着速度的惯力推我，于是我就能一直向前，滑出不敢相信的一段距离。

也是在那个下午，一个掉进了被敲开给牛羊饮水的冰窟窿的女孩被我和鱼伯发现。我拽着她的发辫，鱼伯拖搂着她的腰，将她拉上冰面，随后她跟着我们走到鱼伯家，烤干鞋和裤、袜，免去了从父母那里讨一顿打。最近，我们开始了自初中毕业后就再没有过的频繁联系。她会将自己曾被前夫踹倒在地、用脚踩住胸口的事说给我听，也会发来自己与八岁孩子的合影。我在深夜醒来时会第一时间想到她，觉得有些事很操蛋，好像我们在此累死累活就是为了让有的人腾出精力来揍女人。

我知道，如果决定要做她和孩子的倚靠，这身皮暂时就脱不下来了，还得接着干才养得起家。没有什么事是容易的，有人多一点，就有人哪里少一点。我倒不害怕少一点什么，毕竟我和鱼伯早都习惯了。等到真脱下这身皮的一天，自己经过的这点阅历就都讲给孩子，爱不爱听，都得听。

此刻，鱼伯吹起口哨，一步一颠地走在我前头。我很想叫住鱼伯好好聊聊，问他怎么做才能成为一位好父亲，就像狗妈的继父那样好的父亲。我还想到，当我也有了孩子或成为某个孩子的继父，我会向孩子绘声绘色描述的，除了苦头，也许还有我每次站上野地里某块冰面时的欣喜若狂。那种欣喜就是你随时会从冰面最脆弱的地方掉下去，但冲起来的时候一定不会顾及。

原刊《小说界》第6期

玛雅人面具

徐则臣

那段录像很多朋友都看过，我没有瞎说。录像中，那座倾圮的金字塔废墟一样瘫在奇琴伊察。可能找起来有点麻烦，本地人也未必知道，但我相信它在。千真万确。除了金字塔，除了通往金字塔顶端的隐约小路，以及石头与土堆间的荒乱草木，只有画外音般植入的解说。

那人当时用的是英语，他说每年都会来几次，带有缘人过来看一看。我还问了他一句：何为有缘人？他说："比如你。"我应该继续问下去，为什么我是有缘人？但当时正沉浸在决定随他来此的虚荣中，此外，不免想到这又是旅游点的套路，便一笑置之。因为野外大风浩荡，那些声音被风稀释后，在录像中已经无法分辨他还说了哪些内容。惭愧，这都怨我没把英语整地道。我的确可以凭借那点披头散发的英语游遍整个世界，但如果语速过快、方言太重，或者干扰一多，我就只能傻眼了。那天我顶着大风就傻了。

录像里有两句话极突兀地高亢出来。我找墨西哥的朋友鉴定，说，那是玛雅人的土语，比当地人的方言还要古老一点，大意是：我看见的在极高的高处，我想象的在很远的远方。我给转了一下文，即：我所见者高万仞，我所思兮在天涯。什么意思？我也不懂。他为何唐突地抒起这巨大的情，我也不明白。当时我既没看懂，也没听懂，只见他背靠一块打磨过一半的大石头，突然像主持人那样张开双臂。拥抱完我看不见的东西之后，他垂下手臂，继续引领我沿着那条布满碎石的荒芜小路往高处走。我跟在他身后三四米处。这个距离既可以随时调焦，把废墟般的金字塔整体和局部自如地呈现出来，又能保证他一直都被框在镜头里。

——只是现在，你再看那段录像，金字塔和人声、风声、鸟叫声都在，人不见了。

人叫胡安。墨西哥叫这名字的有几十万。单奇琴伊察这一个地方，我的出版商朋友说，也得上千。后来他又去奇琴伊察，动了不小的脑筋，基本上把上千人捋了一遍，还是没找到我说的这个胡安。他是个做面具的，纯手工，一刀一刀刻出来，然后叮叮当当背到金字塔景区附近卖。

那天，出版商朋友陪我看完著名的库库尔坎金字塔、勇士庙和千柱群，从高大丰肥的热带树木的阴凉里走出来，一群叫卖声热浪一般扑面而来。朋友说，墨西哥的面具一定要带一个回去。必须的，我是木匠的儿子，见到好木工就起贪心是遗传。我爸是全镇最好的木匠，当然早过气了，也干不动了。手工木匠活儿，现在年轻人看不上，结婚、装修宁愿要烤漆的板材家具，虽然单薄且寡，但看着光鲜洋气，能当镜子用，也便宜。我爷爷也是木匠，据说我爷爷他爸也是木匠。总之，我出身木匠世家。世家不是随便说的，必须有好木匠。好木匠从来都不只做家具，必然是做着做着就有了"艺术"上的野心。

比如我爷爷，家具之外，最拿手的就是脸谱面具。我爷爷是个好木匠时，我们那里还很穷，戏班子化妆买不起油彩，就让我爷爷把张飞、关羽、包公的脸谱做成面具，往脸上一扣，可以反复用，又不伤皮肤。全县大大小小的戏班子、文艺宣传队，大大小小的面具，都出自我爷爷之手。到我爸，艺术抱负放在了木雕上，观音菩萨、寿星、钟馗、送子娘娘、善财童子、齐天大圣，你说出个名字，保质保量，准时到货。我爸不做面具，没市场，但我家里堂屋东山墙上挂着大几十个面具，有我爷爷的手艺，更多的是五湖四海搜罗来的。我有义务为那面墙再添一件展品。

景区外卖面具的摊子一个挨一个。大同小异，三维立体的面具，脸部突出，面部上端雕刻着各种造型的太阳神和蛇神，木头的材质也一样。都是机器加工出来的批量产品。所以看见胡安手工制作的面具，我两眼为之一亮。造型奇特，对面部和面具上方的装饰处理充满了想象力。除了太阳神、蛇神等常见的玛雅人图腾，他把日常生活雕到了面具上：有人在渔猎，有人在吃穿。

他穿着玛雅人的民族服装，留长发，下巴垂下一绺小胡子，盘腿坐在一堆面具后面的地垫上。刻刀平稳地在木头表面前进，一条条木头片轻微卷起，刀停下，木条掉落下来。一条马尾巴在他脑后摇荡。可能三十多岁，也可能更大，我对墨西哥人的年龄缺少判断力。刀起木落。几个动作过后，开始给面具开眼。慢下来。如果把之前的走刀比作大写意，那现在就是工笔。我惊异处也正在于此。那些规制统一的面具，眼睛部位就是两个核桃形状的空洞；他刀下的眼睛也是挖出两个框框，但你就觉得那眼睛是有神的，好像框框里面真有两只会转动和聚焦的眼睛。面具在他手中变换位置，我分明觉得一双眼睛从不同角度盯着我看。悚然一惊，天似乎也不那么热了。陪我来的出版商是梅里达人，这地方来了不下十次。照他说的，除了偶尔出现的漂亮性感姑娘，这里已然没有什么能再提起他的兴致了。他问我，买吗？不买就下一家。我说当然买。蹲下来挑了一副太阳神和蛇神脸对着脸、他们的头像下面有山峦起伏和丛林密布的面具。

那面具空眼眶同样是聚焦的。我用磕磕巴巴的西班牙语问："多少钱？"

胡安头都没抬，刀搭在膝头正做的面具上，右手五指张开，在我眼前晃了晃，然后又拿起刀，继续雕刻。五百比索折合人民币不到两百。挺划算。我朋友用英语提醒我，有点贵，三百就能拿下。

我回他："不贵，值。"

胡安抬起了头，真正让我震惊的事来了。如果不是在墨西哥，如果这不是一个做面具的玛雅手艺人，我就要用汉语问他老家哪里了。天地良心，他比很多中国人长得更像中国人。黄皮肤，黑头发，黑眼睛，脖子比别的玛雅人都长，身体也比其他玛雅人瘦高。看见他一张中国脸，我确定应该在四十岁左右。

关于玛雅人是中国人的后裔之说，略有耳闻，零零散散也看过一点资料。比如，有学者说，商周时期，商被周打败，二十五万商人集体东渡，一部分到了墨西哥高原，由此缔造了伟大的玛雅文明。中国人和玛雅人的确外貌相似，文化也十分接近，甚至有科学家对古代玛雅人做了化验，发现他们与中国人在"线形体DNA中含有三十七个相同基因"。文化角度上也有一说:我们的古籍《山海经》中，《大荒东经》和《海外东经》里就非常精确地描绘了美洲地区的地形地貌和这些地区特有的动物。当然，也似乎有足够的证据表明，玛雅人跟中国人没任何关系。这事儿不归我管，咱们说的是胡安。

胡安抬起头，用英语对我说："谢谢。"

"值。"我又说。

梅里达的朋友白我一眼,摊手耸肩。

"第二副,"胡安说,拿起另外一副面具,"三百。"

比我买的那副面具还大。刚才我真为它犹豫过,因为大,才放弃了。朋友提醒我,买的一堆小零碎,早把两个大行李箱塞满了,总得给随身携带的登机箱留点空间,还有一周才回北京,谁知道会碰上什么好东西。

"这个有金字塔,跟他们的都不一样,"胡安说,"平常卖八百。"

他没把金字塔雕成上下结构,而是塔尖冲正前方,整个金字塔就像面具额头上长出的棱锥形独角。面具鼻子凸起,金字塔的角比鼻尖还高。正所谓鼻子不到人前,角先到了。这造型我喜欢。我对朋友使个眼色,真动心了。朋友又一个摊手耸肩。

"先生喜欢我们的金字塔?"胡安问。

我点头。

"我就知道您是喜欢玛雅金字塔的人。"

"何以见得?"

"直觉。"胡安一笑。真是太中国了,"有一处金字塔您肯定没见过。"

"哪儿?"这回是我朋友接的话。他自诩整个墨西哥没有哪座金字塔他去过的次数少于一个巴掌。

胡安比画了一个位置。那地方我的出版商显然也蒙了。为了说明白,胡安用西班牙语跟他解释。我只能干瞪眼,在一边听鸟语,只看着我的朋友半分钟点一次头。终于不点了,他对我说:

"值得去。"

"那好啊,同去同去。"

"值得你去。"朋友说,打了个哈欠,"我来奇琴伊察比去看我妈还勤,下次吧。车给你们,我去酒吧喝两口,眯一会儿。回来别忘了接我就行。"他们俩刚刚用西班牙语已经顺便谈好了行程和价钱,由胡安开车带我去。出版商早起去酒店接我,赶了个大早,困是肯定的,但酒瘾犯了可能才是根本原因。

事情就是这样。胡安把他的面具打包寄存到旁边一个小店里,坐到了我朋友奔驰车的驾驶座上。打火之前,他向我伸出手说:

"我叫胡安。幸会。"

奇琴伊察不大,南北长三公里,东西宽两公里,这个意为"在伊察的水井口"的城市一马平川,不存在当地人都罕见的金字塔,所以,我做好了跑远路的打算。起码得跑上一两个钟头吧。出了城二十分钟不到,驶过一条两边灌木和树林如屏障的沙石路,路越走越细瘦,在一块覆满青苔的方形巨石前,胡安停车熄火。我跟着他穿过一片热带雨林,完全辨不出方向,就像穿行在某个史前巨型动物燠热的盲肠里,两分钟就蒸出了一身油腻的汗。胡安为我清理灌木和藤萝,叮嘱我走路时看好头顶上和脚底下。雨林里远远近近传来各种奇怪的声响。五分钟后,天亮起来,豁然开朗,一座荒芜散乱的高台矗立在一片开阔的林中空地上。一八四二年,探险家约翰·弗洛伊德·斯蒂芬斯和弗雷德里克·卡瑟伍德第一次发现奇琴伊察的历史遗迹,惊喜地高声尖叫,跟他们一样,我也创世般兴奋地喊起来。

毫无疑问,这个倾圮的高台曾是古代祭祀用的金字塔,灌木、荒草、苔藓和碎石遮蔽不了它内在的秩序。荒芜和散乱自有其方向,草木与石头或成片分布,或沿线蔓生,各自遵循隐秘的逻辑。我突然生出一个强烈的感觉:它静静地矗立在这块平地上,已经等了我很多年。历史与当下,从来不会无端地劈面相逢。我决定把它拍下来。打开手机的拍摄功能,我让胡安一边讲解,一边带领我沿着我看不见而胡安无比熟悉的小路,跌跌撞撞地向上攀爬。胡安善解人意,为了让我听明白,用英语说,关键处还不厌其烦地重复。

天上降下大风,四周的雨林和高台上的草木开始涌动。热带雨林我极少去过,长风浩荡的经验完全没有,大风里拍摄的经历我更缺乏。我大声地问,胡安就大声地答,我听见了,我以为手机也听见了,没想到镜头里留下的,只是有限的没被大风挤走的含混声音。你只能辨出那是人声,如此而已。直到胡安背靠一块巨石,布道般抒情他之所见与所思。人兴奋了发发癫,胡言乱语一下纯属正常;说什么不重要,别人听懂与否也不重要,所以当时我完全没当回事,还跟着他一起比画了一下,有那一段抖动的画面为证。

我们在大小石头、泥土和灌木中登临高台之巅。金字塔并不比周围的雨林高多少,我们仅看见一片热带雨林树梢组成的浩瀚海洋;大风经行辽阔的水面,绿色波浪前呼后拥。看不见远处的库库尔坎金字塔。在一块石头的背风处,我请胡安抽了两根我老家产的苏烟,他吐出一口烟,说烤烟型抽着挺舒服。绕着圈又俯拍几张照片后,我们原路返回到地面。路上我问胡安,为什么这座金字塔在奇琴伊察也鲜有人知?

"是人就有盲点。"胡安说,"眼睛并非任何时候都看得见。"

到了我朋友休息的咖啡馆,他正从沉实的酣睡中醒来。睡着之前,他喝了三杯龙舌兰酒,此刻酒意和困意刚刚消散。

回到墨西哥城,做了几场新书推广活动,回国的日期就到了。果然如我的出版商所言,行李箱真就多出了那副面具,我只好装进背包,随身带回了北京。回到家,收拾停当,我把两副面具拍照,跟胡安带领我的金字塔遗址之行的录像一起发给了我爸。老爷子刚学会用微信,每天抱着手机不撒手,要开眼看世界。

先反馈回来的是对面具的意见:"做得真是好。高人。"

十分钟后又来一条微信:"录像里谁在说话?"

我回:"胡安啊。镜头里的那个玛雅人,面具就是他做的。"

"哪有什么玛雅人?"

我刚要回,微信语音电话打过来了。

"连个人影都没见着,"我爸说,"你确定他是什么玛雅人?"

"当然是玛雅人。您说什么? 人影都没见着?"

"就是没人。"

我把语音电话挂着,查看发给我爸的视频。果然没人。前前后后又拖着看了三遍,真的没人。后背上唰地出了一层汗,像身上突然长出了毛。天地良心,我的镜头完全是追着胡安走的,不是他的正面,就是他的背影。他的声音在,但人不见了。该有他身影的地方,现在像空气一样透明;或者说,胡安透明的身体没有遮住任何景物,金字塔和它的乱石草木一样不少。我拖到了胡安那段慷慨激昂的抒情处。我爸在电话里问:

"他说的啥?"

"我哪知道。听不懂。"

"听着,有点,耳、耳熟。"我爸结巴了。

我们俩的语音都挂着,谁都没出声。哪个地方出了问题。

"有时间你回来一趟,"我爸先开的口,"面具带着。"然后没打招呼就断了语音通话。

这在我们父子俩的通话史上是头一回,过去都是我先挂的电话。我把录像又仔细过了一遍,还是没人。诡异。我蜷进沙发里,连抽了三根烟,压完惊给四个信得过的朋友分别发了那段视频。我提醒他们:

"那玛雅人跟中国人没两样。"

十来分钟,信息回笼。

一个问:人呢?

另一个说:扯淡,这么low的玩笑也开。

第三个朋友问我:是不是发错视频了?

最后一个完全无视我的提醒,直接回:这金字塔不怎么样啊。

顾不上时差了,我给出版商打去电话。他从睡梦中清醒过来后,首先对我发誓,我们的确见过那个胡安,他对他印象还挺好。我在电话里让他听胡安的那句抒情。反复听了几次,他才尝试着用英语向我解释大致意思。他让我把视频用电子邮件传给他,反正也睡不着了,索性看个稀奇。半小时后,我收到邮件回复。他说看第一遍时,也认为我是在开玩笑,又看一遍,认真比对了我的拍摄角度和声音来源,他断定,镜头里应该是有人的,但他确实连个人魂儿也没见着。在邮件末尾他写道,最近他会回梅里达,如果时间宽裕,他再去一趟奇琴伊察。真他妈的见鬼了。

如果不是我妈电话,我会推迟几天回。我妈说:"你爸脸色不大对。"当晚我就买了机票回老家。我爸一向不苟言笑,不细心真看不出他的脸板得更硬了,经年的土地板结了一样。他把两副面具翻过来掉过去地看,最后目光都落在空眼眶上。他用手指肚一寸寸摩挲那四个空眼眶。一个老木匠这本事当然有。

"手法像。"我爸说。

"什么手法像?"

"老二。"

我看看我妈。我妈小声说:"你二叔。"

"他不是早死了吗?"

"是失踪。"我爸纠正,"再没回来,就当死在外头了。"

有点蒙。我竟然听了四十年的假消息。

我爸一屁股坐到老式藤椅上,让我给他根烟。"老二发火时,嘴里吼的跟录像里那声音一模一样。"

二叔是我二爷爷的儿子,从小和我爸一起跟我爷爷学木工。天赋极高,学啥像啥,做啥成啥。这我断断续续都听说了。我爸说:"他最拿手的是面具,得你爷爷真传。你们的文话怎么说? 对,青出于蓝而胜于蓝。胜在眼睛。"十八岁,我二叔就跟胡安一样,能把空眼眶挖出眼神来。

我爸也是个木工好手,其他的活儿都不比二叔差,但面具之眼不及。师傅是我爷爷,我爸自己的亲爹,我爸又比我二叔长两岁,所以面子上一直过不去,心里也不舒坦,长年跟老二较着劲儿,隔三岔五也会找弟弟一点不痛快。"那时候年轻,也是心眼儿小,"我爸说,"哪知道以后的路有多宽多长,一辈子有多苦多难。"他找了不少碴儿,也使了不少小坏。最后一桩,是在一副面具上动了手脚。

那是二叔代我爷爷给县淮海剧团做的道具。某天早上,我爸先到工房,看见我二叔头天做的面具放在案子上,虽然尚未彻底完工,但那空眼眶里流转出的眼神依然诱人。我爸说,他的嫉愤之火瞬间拔地而起。那眼神太精妙了,也太微妙。正因为精妙和微妙,所以经不起半点差池,关键处多那么一两刀,眼神必会散掉。我爸关上工房的板门,拿起刻刀。刀刃刚切进木头,二叔推门进来,大吼一声,把我爸掀翻在一堆木屑刨花上。我爸说,他第一次闻到刨花和木屑散发出来的味道如此酸臭。我二叔拿起面具,对着右膝盖猛地一磕,薄薄的面具裂成五瓣。接着他继续大吼。

"爸,您确定二叔吼的跟胡安说的一样?"

"年头太久，又不像人话，哪记得清。"我爸的声音衰弱下去，"听到你那个什么玛雅人胡安的声音，我好像又想起来了。就算不是一模一样，也大差不离。那个味儿，不会错。"

"然后呢？"

"你二叔第二天没来干活。第三天也没有。从此就消失了。"

"会不会，二叔碰巧想出个远门，到外面的花花世界闯荡闯荡？"

"年轻人谁想窝家里？老二倒是一直嘟囔着想往外跑。问题是，他是出了这事才不见的。"

我爸木头一样的脸上，皱纹开始细密地游动。我爸三十三岁有的我，在此之前十年里，走街串巷，成了个云游的木匠。活儿从江苏做到山东、安徽、浙江和河南，最远的到过江西和湖北，二叔的一点音讯都没打听到。用现在的话说，我二叔人间蒸发了。游方的那些年，唯一的收获是在山东认识了我妈。三十二岁，在乡村已是超大龄青年，只好带着我妈回到老家，安稳下来过日子了。也没法再跑，爷爷奶奶和二爷爷二奶奶年纪都大了，腿脚日甚一日地不利索，他得守着，把四个老人伺候周全了。二叔没找到，但十年辛苦也非寻常，二爷爷拍一下我爸肩膀，长叹一声老泪纵横，事情就算过去了。

消失既久，形同消亡。街坊邻居也说，徐家会做面具的老二，早已经死啦。

二叔唯一的遗迹，是挂在山墙最高处的两副脸谱面具。一个是张飞，一个是碎成五瓣又拼接到一起的颜回。在那个特殊的年代，颜回的这出"侍读"孔子的地方戏，主要是演来供批判之用。没错，张飞二目圆睁，炯炯有神；颜回的右眼五十年前被我爸挖了一刀，眼神只能斜视了。这些过去我都没注意过。我爸让我把两个玛雅人面具也挂上墙，跻身近百个面具和脸谱中间。其他的面具中，一部分是我爷爷做的；三个是我爸学艺时的作品；大部分是他在十年游方中收集来的；剩下的都是我的贡献，世界各地跑，见到我就买了往回带。我爸盯着挂好的两个面具，背着身问我：

"你说，那个胡安是什么人？"

"墨西哥玛雅人啊。"

半个月后，墨西哥的出版商给我邮件，他去了奇琴伊察。很遗憾，掘地三尺也没能找到胡安，胡安带我去的那座雨林中的金字塔也没找到。胡安寄存过面具的那家杂货店店主说，他完全记不得有一个扎着马尾巴的叫胡安的瘦高个男人。叫胡安的人太多，做面具的也不少，全世界的人出入他的小店，你来我往，谁有那么大的脑袋全记住。照我的描述，出版商雇了一名当地的向导，驱车到了那条沙石路的尽头。他看到了那块大石头，但左转进热带雨林后，披荆斩棘走了两个半小时，也没发现哪儿有林中空地，更没见着视频里的那座金字塔。

"全是树，一棵接一棵的树。"他用诚挚的文字跟我说，"兄弟，我尽力了。"

鉴于我们长期愉快的合作，我想我不应该对他有所怀疑。

原刊《北京文学》第11期

暮色与跳舞熊

鲁 敏

一直画，差不多到肚子饿了的时候，西力就下楼去找点吃的，嘴里念叨着：手机、钥匙、口罩。

租屋地势偏高，从坡道往下走，总可以看到挂了一整天的太阳，半藏半露地落到对面的楼群之后，那楼群就成了铁灰色的钢面，几只黑瘦的鸟突然惊起，墨水点子一般溅到半空。到傍晚了就是这样，看到什么，都成了点、线、面。走到十字路口，高高矮矮各个方向的路灯杆子、指示牌、栏杆，像不清晰的线条与小方格缠绕成一团。

西力四面扫视一圈，熟悉的踏空与悲怆又来了：我这是在哪儿呀，出门往哪儿去呢，这世上有谁在意我，这一天天的算个什么。脚下没有停，闷头顺着路走。查过，这可能属于"黄昏综合征"，也叫"暮色反射"或"日落现象"，原来说的是老年痴呆患者的阶段性症状，后来指涉所有人群，主要指黄昏日暮时分出现的情绪和认知功能问题……既然是一种病症，就这么着吧。反正什么都可以算病，拖延症社恐症选择恐惧症幽闭空间症咖啡依赖症。

走到小馆子,老习惯,顺着墙上菜单的顺序,昨天是炒面,今天则是炒饭,固然炒饭跟炒面炒粉也谈不上多大区别。坐在习惯的那个位置上,正可以看到斜对过的慧谷广场,来来往往的人群中,粉红小熊又在那里跳舞了。所有人都戴着口罩,相比之下,反倒显得小熊像是裸面,有种毛茸动物特有的莫名性感。

去年那一波时疫过后,关闭多日的门市纷纷重开,"Q 乐园"也是其中之一,并推出这么个卡通跳舞熊来招徕顾客。跟小馆子寥寥七八行的菜单一样,西力也十分熟悉这只"跳舞熊"的所有招牌动作,它不仅照搬了表情包上的那几套连环舞,还自创了几个小花招,但因为这身玩偶服大了点,它蹦跳的步子总也迈不开,膝盖弯度不对,比画的剪刀手也只能到脖子那里,可正是这样,显得尤其滑稽。加上它显然也有着努力搞笑的自觉,总是使劲甩动小耳朵,故意凑近拍照的镜头,或是舔食手上并不存在的蜂蜜,确实也会吸引到高高矮矮的小孩。他们围住它,扯它抱它,摇晃它,它于是更加地疯了,就势跌坐到地上打滚儿,笨手笨脚没法起身,假装向孩子求助。有时孩子已被大人拉走老远,它便只好自己爬起……

吃饭时西力就一直望着小熊,盯着屏幕一整天,眼角都有些烂了,已不敢再刷机,能有这个跳舞熊在面前蹦跶着"伴宴"也算不错,可以说是一整天里,唯一叫他感到亲切和放松的活物了。反过来想,西力也算得上是最留意它的人吧。

毕竟,除了小孩儿,谁会当真在意呀,何况这只小熊也实在有点傻乎乎。它肚子上贴着"Q 乐园"的二维码,显然是有任务,但得看对象吧,它不管,为了吸引并逗弄附近的小孩子,不论前面走过何人,背着行李包的外地人,笔挺西装男,捧着冰淇淋的胖女生,拉着小推车的龙钟老太,它都同样卖力地迎上去,摇头摆臀地跳上一圈,直到对方不耐烦了,才仓促而大幅度地把肚皮亮出来,姿势显得有点色情,尤其从西力这个角度看来。这叫他不大舒服,于是垂下眼皮,落回到桌上的炒饭或炒面或炒粉上。极偶尔地,会有人扫它肚皮上的码,它便立即谄媚地点头哈腰或是撅起屁股来扭几下。

隔着灰蒙蒙有点刮花的临街玻璃,西力每天就这样看着,一边无知觉地往嘴里大口投送。吃完之后,会到慧谷广场去散几圈步,由于心里那淡淡的单方面的亲切感,他会以一种若有若无的方式趋近那只小熊。

它的连体服,准确来讲,不是粉红,而是皮粉色,这颜色近看有点显脏,肚皮下方一圈,被小孩子们摸得较多,有几块污渍,裤腿堆在脚脖子上,连同整个脚底板,全是泥灰。但暮色恰到好处地掩护了这些,反倒使它显出一种家常的柔和,似乎它并非毛绒玩偶,而就是一只真真切切的跳舞小熊,跟来来往往的大人小孩老人,是并列的一种存在物种。西力垂头慢慢走着,只要走到它十米以内,那小熊就会主动趋近了,左右脚交替踮起,两只手在鼻尖下画来画去,一边使劲但其实也蹦不了多高地原地跳,每个不准确的动作,都奉献出毫无保留的热情。

等它跳到正面,西力就抬眼平视,出于起码的礼貌,不排除有好奇,因为小熊这身卡通服太严实了,一点瞅不到里面,唯一的出口,应当就是它眼睛这里,可眼睛的位置,只能看到两只深褐色的透明球,折射着薄薄的暮光与刚刚亮起的路灯,五颜六色,里面的眼珠却一点儿也看不清。这反倒更加叫西力产生一种自愿糊涂的愉快确认:看,它不就是一只彻头彻尾的小熊! 他心里不禁热乎起来,忍不住也往它身边快迎两步,近到差不多都能听到它的喘气儿,能碰到它毛茸茸脏乎乎的巴掌了。可他毕竟不是小孩子，总不能也去摸也去抱吧，只能掏出手机来，扫它肚皮上的二维码，虽然已扫过许多次，但愿它认不出。正好也有口罩遮面，估计确实认不出，反正小熊每回也都认真定格在那里，俟他扫完，即刻送上它的花式鞠躬，然后认认真真伸出胖胳膊，引导西力往后左方的Q乐园那边走。

Q乐园是个综合儿童游乐场，里头有泡泡球池、攀爬架、陶泥手工区、小白兔小仓鼠饲养区、夹娃娃机、跳床、攀岩馆，全是半大小孩，到处闹哄哄的。这当然不是西力的理想去处，但也不至于讨厌。实际上里头的大人比小孩还多些，即便隔着口罩，仍能看出一张张面孔下的疲惫和敷衍，走上两圈，反倒让西力脚下感到一点重力和方向，恍惚感也随之消失了。小熊的指引很有道理，看，人们的生活不就这样嘛——他开始觉得小租屋里的那种清冷，是值得的，孤独就是他的自在与拥有。遂掉转头回家，当天的这一份黄昏综合征也在渐重的夜色中暂告治愈。

并且这种疗效还有一点点多余的溢出。当天晚上，继续挠着头进行插画时，直至熬到后半夜时，西力都还会时不时想起粉红跳舞熊，它的笨拙姿势，它的二维码肚皮，它堆在脚面的长裤腿和黑灰脚底板，还有它的眼睛，透明球上流光溢彩的光线。想想就觉得不错，但也有点淡淡的不满足，要能对视多好，要能看到它里面真正的眼睛多好。他根本不在乎它的性别、年纪、长相、性格、口音、是否有趣之类，或者干脆点说吧，他排斥、否定它的"人类"性，它只是一只跳舞小熊，而这就是他需要的，也是它所能给予的全部。

有天西力扫完码，照旧转身去往Q乐园，边上被人叫住，是一对小情侣，叫西力替他们跟跳舞熊合个影。一直这样，拍照的远远多过扫码的。有次看到一个壮汉，抱着它又捏又揉，最后甚至一把举起小熊来，小孩儿们看着它两脚两手在空中乱蹬乱画全都笑坏啦。总之小熊十分熟稔此道，西力这边手机还没调好，它已跟女生各分左右站好，向中间的男生投怀送抱了。四五张不同的亲热姿势之后，男生主动问西力，你也来一张吧？把手机给我。好像这是个免费福利，不拿怪可惜的。

西力本能地摇手后退，他不爱拍照，偶尔外出游玩，最多拍点小狗小猫，当然也因他向来是独行独往。不过拒绝别人的好意，更叫他为难。嘴里正支吾着，小熊却以它不由分说的热情一下靠拢上来，肥粗的胳膊环上西力的腰，男生顺手拿过他手机，高声吩咐道，笑起来！起——司——你也搂紧些啊。

这时小熊不仅胳膊环着他，连硕大的脑袋也顺势靠到西力肩上，嘴里故意呼哧呼哧地模拟着生气。这才发现，小熊个儿挺矮啊，才到他肩膀。西力有些失笑，不觉也把手搭到它身上。

拍照时泄露的笑意，一直延续着，时隐时现在西力嘴边。回家后，画一会儿插画，就要拿出手机看两眼合照。主要看小熊，看他们整体的那种感觉，一人一熊，搂得像模像样，居然显得那样自然，怎么看都舒服、搭配。小熊的眼睛呢？这下子能看清吗，西力把图片放到最大，还是不行，最多能看到褐色玻璃球里模模糊糊的那对小情侣。突然想起家里父母，每每打来电话，总是不停嘴地问，自以为旁敲侧击，其实都指到他鼻子上了，不找份正经工作吗，何苦租个房子空耗，实在不行回老家找个对象？他当然也不想让他们伤心，可诸种平淡冷淡的状况确实难以回复，也难以说清。这会儿看看照片，心里突然生出一丝谐趣，顺手就把他跟小熊的合影发了回去——这似乎就是一个很好的答辞，概括说明他生活的各个方面，更说明他的心境与态度。

电脑突然死机、不知里头画稿能抢回多少的那个下午，好像还嫌不够糟似的，又接到蓝色书系的编辑留言，说因其中两册出了问题，整套书稿都叫停出版，这就意味着，除了那几片薄树叶似的预约金，一百多幅定制插画，全部悬而无用了。等于白打一个多月的竿子，半颗枣儿都没落下，本来还想着用这笔稿费换台新电脑呢。

　　沮丧地呆坐，越发闷热，饥饿感倒是准时来了。西力起身往外，下坡时都没有留意到太阳是否落下，只觉到处都暗乎乎的，暮色里像是被倒入了墨汁，在街面上四处流淌。今天的菜该轮到鲇鱼豆腐套餐，端上来却觉得腥气未尽，米饭明显夹生，换了一碗，仍然夹生，只好重新叫面条⋯⋯跳舞熊还在那边，踩脚、扭腰、剪刀手、送飞吻、假装滑倒。奇怪，西力坐了这么久，发现它没吸引到一个小孩，也没人合影，更没人扫码。小熊今天完全唱独角戏了。其实慧谷广场上人倒是蛮多，甚至可以说还比平时多一些，男人挽着女人，大人拖着小孩，个个走得飞快，衣发飘动，仿佛要倒，又仿佛要飞。西力怔忡地望了好一会儿，才明白过来，哦，这是起大风了。怪不得刚才没看到太阳，早给刮跑了呀。

　　等外头落起大而疏的雨珠，面条才端上来，西力想起啥也没带，又想起窗户好像没关，书桌上东西全都铺着，忙打了包提上冲出去。才跑到广场背后，雨已密集如箭，浇得眼睛都睁不开，刚才还奔跑的行人全部消失了。这条背街长道没有商户，也没长廊，只有两根类似柱子的合拢处，形成一块窄窄的壁檐，西力只好不管不顾跑了进去。本是狼狈又懊恼，抹抹眼镜上的水，定睛一看，一个大失笑：粉红跳舞熊也在这里。

　　不过这里已是太挤了，主要小熊身子很占地方，它边上还有个胖老头。胖老头一见他进来，就把下巴上的口罩又拽上去。西力刚才太急，口罩落小馆里了。而他们脚下，还有个三四岁的小孩，听那胖老头嘴里的嘀怪,当是这个小孩把跳舞熊拽到这里来的。小男孩的卡通口罩已经湿透,映出两片翘嘟嘟的嘴巴,正咕噜噜地编故事,小熊找蜂蜜小熊要冬眠之类……西力有点愧疚地尽量贴着柱子,还是无可避免地紧靠着小熊,它已半湿,身上的毛绒头子粘结起来,黄黑了。它的大脑袋靠在后面的墙壁上,一只肥手正被小男孩紧紧拖着,由于潮湿和挤压,肚皮上的二维码皱巴巴的。哈,不跳舞的跳舞熊。西力可真乐意跟它一块儿躲雨呀,心里掠过租屋里的桌子,东西全都一团糟了吧,算了。

"几点了?哎呀几点了,我得回去吃药哇。"老头沉吟着自问自答,掏出手机,隔着口罩冲电话里嚷,送伞或送药,对方看来耳朵不好,地点又闹不清,反复追问。小男孩也摇晃起小熊伴奏,"老狼老狼几点了?小熊小熊几点了?"先是小声,继而越来越得意越大声。挤挨的小空间突然极是嘈杂。西力下意识地寻找小熊的眼睛,好像要跟它交换一下眼色。天光暗黑,这半爿街也没有路灯,小熊的玻璃球眼睛,黑中隐隐有亮。

聒噪中,小男孩突然改口,大叫起来,"恩恩!宝宝要!宝宝要恩恩!"好像分秒也等不及了,小手已经开始要拉自己裤子了。这可是紧急信号。胖老头立刻掐了电话,不管外头是风是雨,横拎起小孙子就冲了出去。

柱檐下突然安静下来,只听到哗哗哗雨声,好似一道巨大的帘子,把他们两个包围隔绝在这个角落。小熊没有动,头仍然搁靠在后墙,两手搭在圆肚皮上。西力稍微调整了一下站姿,只能说不挤了,还是挨得挺近,近到好像是遗世独立相依为命,心里一时高兴又凄然。

但老是不说话,好像也不对,刚才那小男孩可一直在讲故事呢。西力稍微扭过身子,斜对着小熊,看看它那黑乎乎的大眸子,仍旧是动物般的纯粹无知，可又像是人类的尽在不言。甭管它是什么，到底对他有没有印象？或者，可以提示一下。于是吭哧着开口，"我每天傍晚六点左右，都路过慧谷广场，当场扫码加关注、办会员，但一回家，就取消，第二天扫的时候，我再重新办理。不知这样，能不能算你的任务？"

小熊没吭声，好像还在维护着它这个形象的整体约束——西力知道，像迪士尼乐园就有严格规定，为了所谓的世外乐园气氛，所有的卡通人偶，都不得表现出人的思维与行动，比如，不可以听得懂语言类指令，不可以像人类一样生气，不可以认识现代交通工具或通信工具等等——他肯定想多了，这只是区区Q乐园的一只卡通小熊罢了。显然小熊是听明白了，它略略转过头，把肥手从肚皮上抬起，轻轻碰一下西力的胳膊肘。这小小动作的反馈，叫西力觉得很舒服。怪不得那小男孩要一直拉着它的手，谁不想拉着抱着搂着呢。西力涌上一个荒谬的冲动，随即暗骂自己一句，退而求其次地想，能这样一起靠着，也挺不错啦，并且他又想到一个更挨近的理由，"我腿吃不消了。要不咱蹲着吧。"

果然，小熊顺从地，挨着墙角蹲下，一蹲到底，差不多坐了下来。它肯定更累，下雨之前刮大风那会儿，它不是一直在蹦跶嘛，再说那脑袋多重。西力往边上让让，给它腾出地方，但地盘就这么大，他和它还是明显更近了。他的左腿和它右边那只毛茸茸的小短腿，有部分交错相叠。可真叫人满足。

既然这样了，为了更加地熟悉彼此，西力觉得他应当介绍介绍自个儿。于是清清嗓子，说起他的插画。打小就这样，喜欢涂涂画画，尤其是四格漫画，别的啥都不行，成绩不好，大学不好，工作也不好，尤其这两年多，接二连三地，要么被裁，要么工资欠着，要么老板跑路，要不干脆公司倒掉。哪儿都指望不上，只能靠插画，看能不能养活自己。他让自己笑了笑。随后也老实讲了今天上午刚刚被黄掉的合约，讲了再也拿不到的插画稿费。也承认他还不够拼，总会分心摸鱼，每夜熬到一点两点，最差劲的，是临睡前还会四处翻找，吃喝点垃圾食品才算完事。这就又讲到他不断试吃不断淘汰、最终保留下来的六种口味的泡面……当然他也注意营养，晚饭会去巷口吃"大餐"。讲了他定点的小破馆子，讲了它家菜单上的七种招牌菜，价格22～35元不等，其中他最中意的是牛腩面与香肠煲仔饭，但他不会因为这两个偏好而改变顺序。讲到他啰里啰嗦的爸妈，讲到那天发去他和小熊的合影。又讲到今天上午突然趴窝的电脑，多少天的心血恐怕片甲不存，讲到这会儿正泡在风雨里的写字台，桌上可有他好不容易下决心买的原装咖啡豆，老贵，而他忘记夹上袋子了……

　　直到外面雨声小下来的时候，西力才意识到自己嗓门有点大，说得太多，且有些不自觉的夸张。小熊不知啥时，把它的脑袋歪过来一点，搁在西力肩上。挺重。没准正是这份重量，让西力没有注意对舌头的控制，想想吓人哪，他什么时候跟人说过这许多话，还说得如此私人，如此絮叨。西力猝然住了嘴，像犯了个只有自己才明了的大错，不过心里也在辩解，它只是一只熊嘛，要是跟任何一个"人"说这么多碎头巴脑的，那就太奇怪了。跟熊就没什么了。

　　这样一想，西力也没有觉得尴尬，只是收了口，默默地望着雨，雨越来越稀，不久就变成星星点点。天色亮白了一些，但亮白中也还是夹杂着暮色里的雾然。西力不大甘心地又寻找着小熊的眼睛，那里还是一如先前的黑亮玻璃球，可能因为他这边吐露太多，心境略有变化，觉得那看向他的眼睛里，比之稍早，深邃了许多，并同样有着满腹的心事。西力略感不安，瞧，他只顾着讲他自己，小熊呢，小熊肯定也有啥的吧。"

这时雨已经完全停下，外面很快有了走动的人影，远处有三个小孩们尖叫着，踩踏浅浅的雨坑。他们两个，已不合适再挤在这片狭窄里了。

出来之前，西力想不起来了，是谁更主动，还是同时，总之小熊和他抱了一下，不紧也不松，挺像一个营业性的抱抱，就像以前隔着玻璃看过它无数次这样抱过路人。可西力分明又觉得，不一样，这个抱抱不一样。起码，在这个大雨刚停的黄昏时刻，它完全是他的小熊。

电脑送出去修了一下，所幸损失不大。被雨水泡坏的书和画本晒了好几天。咖啡豆长了霉只好扔掉。新接到一家电子刊的专栏配图，稿费和截稿时间都很苛刻。就是这样的，日子没有变好的趋势，也没有变得更糟。小馆子的菜单调整了几个新菜，味道还可以。小熊的衣服想来是洗过了，远看不觉，走近前了扫码时，觉得它的皮毛一根根竖起，还发出一股淡淡的香草味。西力抓住靠近的时间与小熊对视，小熊黑亮的眸子向他微微抬起，里面是华灯初上的映射……可西力知道，即便隔着口罩，小熊准会认出他、记得他、于众人之中另眼看他。

他承认，对于小熊，他心里总有更进一步的想法，这当然很可笑，因为他完全说不清，所谓进一步的想法是什么。一个人，能跟一只熊怎么样呢，一只粉红跳舞熊。他一边自嘲，同时也琢磨着，思而不解。他有点害怕，想躲避这越来越真切的念头，可害怕中又有着喜悦和期待，而这种期待又为每一天和每一天的细节都赋予了意义——同样是听着歌洗澡、听父母讲车轱辘话、顺着菜单点菜、电路坏了找房东、下楼取快递、泡面出了新单品、看中的电脑放到双十一购物单，似乎都有滋有味了，因为他跟小熊聊过其中一些，小熊知道他在如何生活，而这生活里新发生的部分，没准下次可以跟小熊继续聊。原来，西力恍然觉悟，随即又十分困惑，他想要的就是跟小熊再多聊聊？这想法是不是太平常了一点，甚至也谈不上多大的难度与障碍……不，西力总觉得，不完全是聊天那么简单，他肯定还没有找到他所需要的那个什么。但不着急，他愿意慢慢来，就这么控着，尽量地延长这种模糊不清的愉悦，延长某种奔向的过程。

五月十三日的事情，发生得很突然。

当时他已扫过小熊肚皮上的码，走到Q乐园里面，正顺着"8"字形的主通道，一路飘飘忽忽地走，听着各个区域的小孩，发出那种各种如果不是亲耳听到永远无法想象的欢乐尖叫。广播大喇叭突然响了，开始西力并未在意，后来见坐着的一干家长们都开始跑动起来，纷纷呼儿唤女，情形颇像上次那场暴雨的突然降临。西力立住，终于听清广播里再三再四的重复。原来刚刚在儿童医院门诊发现一例疑似染疫的男童，男童参加了篮球兴趣组，四天前上过一次球课，球课共有十来个小学员，其中有一个，中午在Q乐园玩了有个把小时。所以这里接到指令，大家就地待着，等专门人员过来统一处置。西力看看手机，电量尚足。旁观四周，大人和小孩们搞清情况后，也都不急不跑了。Q乐园开放了Wi-Fi密码，几处的大小屏幕索性放起老少咸宜的猫鼠动画片，还有免费的饮料开始供应，一时倒也融融。

忽然惊奇地发现小熊，它也回来了，倚在靠入口处的彩色广告牌下，脑袋软软地搁在栏杆上，连屁股后的小短尾巴也显得毫无生机。几个小孩不顾大人的拉扯，想去拽弄，小熊却立刻退缩着，指指身上，动作虽小，却也十分准确，好像连它自己也嫌弃自己似的。动作很有效，孩子们散了。等了不到半小时，就来了一队专门人员，招呼大家过去排队检测，小熊则被留下，跟木马地垫球拍飞镖栏杆什么的，一起被喷洒。西力随着人群往指定方向移动，不时扭回头看，心里莫名

511

地不忍起来，甚至疼痛。虽然理智上知道这毫无道理，小熊那一身，网上到处能买到，消消毒或是扔了都无所谓，它之所以是他的小熊，并不是因为那套衣服，可，要没那一身，它又是什么，他到底在心疼什么呢，西力突然慌乱起来。

测完之后，要等送检结果，可能还有医学观察和研判的需要，总之广播里有了时间拉长、少安毋躁的预告，外面开始陆续送进吃的，还有薄毯和行军床，数量不太多，西力与一些爸爸们便自觉分散到各处的角落。西力坐在一处延绵曲折的攀爬架下面，头顶绳索交叠，挂下丝丝拉拉的彩色线头，简直像是紫藤架，而头上通亮的大灯泡，则是一轮清月，甚至能感到脸上微微有风。今夕何夕，今人何人啊，仿佛被拉长加厚的黄昏综合征，西力沉入了巨大的恍惚……

被人轻轻推碰，西力才知道自己盹着了，忙摸出手机，一看已是夜里十二点多了，身边被放了一盒牛奶和一只小圆面包。四周安静幽暗，角落有两盏顶灯，动画片关成无声，只偶尔听到小孩子按捺不住的笑闹和大人含糊的责骂。怔怔中戳开牛奶，才发觉确实渴了，又撕开面包，机械地往嘴里扔。上学时食堂打饭菜也好，实习时加班的盒饭也好，馆子里大同小异的快餐也好，反正只要放到他面前的，总归都要吃光喝光。就这习惯，饿不饿都一样。

正吃着，走道那边过来一个瘦小的女人，匆匆把几个纸盒子归置在脚下，随即手脚像是断了一般，垂挂着。想来当是刚才发食物的员工。歇了好一会儿，女人才木偶似的，僵硬地，也从盒子里取出一盒牛奶，无声地吸起来。西力这时已一口气吃光，正想接着打盹，女人开口了，"饿的话，这盒子里还有。"西力四处望望，其他人隔这里还老远，那这是对自己说的了，忙欠身摇摇头。女人好像担心他客气，索性拿出另一种长面包和一盒酸奶，直接送来，并顺势坐在他边上。

西力不太乐意，但还是勉强接过，出于该死的惯性，又往嘴里塞起来。总是这样的，对陌生人，主动开口难，拒绝什么的，更难。

可能因为多给了一份食物，这女人不仅坐下，还大有说上几句的意思，"想想也好玩的，否则这半夜三更的，怎么可能大家都在乐园里一起睡觉。小孩们其实才高兴呢。"她音质有点哑，语调是主妇的那种家常感。西力愣住，停了一秒，继续咀嚼，他实在没有聊天的打算和能力。好在女人又自顾往下，"我前面走了好几圈，带小孩来的，有的是爸爸，有的是小姨，有的是保姆，有的是外婆。如果是妈妈带的，最好认，只有她们，总是在追着小孩喝水、擦汗。笑一笑拍个照。要尿尿要恩恩吗。讲礼貌呀快叫叔叔好呀。蓝色用英语怎么讲，绿色呢。数数看这里有几条金鱼？你可真棒奖励一朵小红花……"她忽高忽低变换语气地模仿，最终还鼓起掌来，"哈哈哈，了不起。妈妈们都太了不起了。哈哈哈。"她的笑声和巴掌声，都显得有点大。西力咽下嘴中食物，分辨着，听不出她是讽刺还是赞赏。叫他松了一口气的是，女人并不需要他接话。

"我就不行，太不行了。我绝对、绝对不是一个好妈妈。我家小宝……"她语速放慢，终至不语，摇头晃脑的姿势静止在那里，视频卡顿住一般。西力小心地瞟她，嘴里也不敢动了，以免吞咽的声音有所不敬。女人掉入她的情绪，不断下沉，连西力都能感到那仿佛是要在水底窒息的憋闷。怎么弄啊这。临近濒死，女人终于吐出一口气，像是又从水底升上来了，她往后仰着甩甩头，恢复到先前那种絮叨的语调，"我也是滑稽吧，看到每个小孩都能想到我家小宝。喜欢吃手的，不敢爬滑滑梯的，沙子揉进眼的，爱揪人头发的。就连看到大小孩我也会想呢，哎呀，我家小宝，不是也会背起个书包嘛，会打游戏的嘛，爱吃炸鸡嘛，能玩个滑板的嘛。"看来她喜欢这种排比式的表达，但西力有点困惑，听这口气，不是虚拟的，可也听不出过去时还是将来时，甚至都缺乏空间感。她的小孩，是不在她身边，是已经长大了，还是说特别小？是不再会长大了，或者不能待在她身边了？有一点是肯定的，这貌似聊天的独白充满了深海般的无底之痛。

西力无措地垂头看着地上的纸盒子，他想应当顺口问一下，起码表示点什么。她口中的"小宝"到底是怎么了？这跟她到Q乐园工作有关系吗？如果是这样，不是每时每刻都会刺激着她吗，还是说，她正需要这样的痛苦来转移或惩罚另一种痛苦。西力心里胡乱猜测着，不知该如何劝解或安慰，以致心里都生出了几分排异感，这女人碰醒他不算，多塞给他吃的不算，坐在他边上不算，为什么还要跟他说这些呢？要从谈心的角度来说，这既不是地方，也不是时间，他也完全不是合适的对象。他连两次恋爱都只是单方面好感，他不了解女人，不了解孩子，更不了解做妈妈做爸爸的人，他只是路过的，是局外人，偶然困在这凌晨时分的儿童乐园里的呀。

好在，老天爷来帮他了。广播里忽然吱吱几声，一个显然也带着睡意的声音响起，非常简洁地通知大家，结果无异常，可以各自回家……各处的灯光一下子大亮，懵懵中惊醒的人们还有点吃惊，甚至夹杂着几声低微的抱怨，意思是不如索性让我们睡一觉算了。说归说，四下里的气氛已明显松动起来，彼此招呼着动身。西力如蒙大赦，大块咬掉最后两口面包，站起来整整衣服，一边看不出什么幅度地向身边的女人欠下身，要向门口去了。

女人手脚也挺快，早把几只纸箱交叠着一起抱在胸口，方向却是相反，朝着员工通道那边，抬脚之前，像是突然想起什么，扭头问道："哎，后来你电脑，修好了吗？"

西力条件反射地点点头，脚下已是迈出，女人"噢"了一声也没停步。两人随即错肩而过，几乎只是两秒钟的事。

可她，怎么知道我电脑坏了……西力最深处的一根弦被拨动，却是空洞之音，随即闪过巨大的异样，或者是愤怒？欺骗感？不知是什么，总之胸口都疼起来，庞然的沮丧与跌落。不，不应当啊，他只告诉了跳舞熊，它就是一只熊，它只是一只熊，它永远只是熊……

第二天西力一直闷头睡到中午，醒来洗了把热水澡，同时在心里严厉纠正了昨夜的幼稚病。选择了几支最易沉浸的马友友大提琴，把自己摁在桌边，以远远低于平时的效率画了快两个钟头。抬头看看窗外，还早着呢，肚子也并不饿，但西力决定出去吃东西。下坡时太阳还斜飘在楼顶上方，暮色的惆怅与空虚果然也没有发作。他用一种打气的心理，一路上给自己叮嘱，待会儿看到小熊，就当作什么也不知道吧，千万要做到一如从前，仍旧认真扫它的二维码，然后照它的指引，仿佛第一次，去往Q乐园……

走出巷口他就知道，多虑了。

远远就可以看到大半人高的黄色围挡，延绵地拦住慧谷广场东、南方向两条道，一应的金店奶茶店咖啡店牛排馆美甲铺，都是白花花的拉门一落到地，平时满地滚人的广场整个空荡荡。他常去的小馆子因为隔着个岔路口，倒还是开着，但不可堂食。只得点了今天应当吃的油泼炒面，等待时划拉了一下本地疫情分析，口吻保守。于是一路上看到啥买啥，提着香蕉、馒头、辣酱和饮料等，沉甸甸地一路返回。心里倒是没觉得太糟糕，回想刚才出门时那一番心理建设，得承认，其实是松了一口气。想想自己真太差劲了，因为有点怕见小熊，居然觉得，这么来一下暂时性的封控，也不算太坏。扭身进楼道时，还是看到了当天的日落，无限遥远的太阳在他屁股那个位置，带着可以感知的热度，投来薄薄的余晖，仿佛一声悲喜交加的叹息。

此后半个多月，对西力来说影响不大，仍是接单子或单子黄了、画画或摸鱼、拖稿或交稿。外卖打包所食，照旧顺着菜单。所缺少的，只是慢吞吞下楼、坐在老位置、眺望广场的那一套动作。可没了这小小的一套，日常生活的刻度与秩序好像就失去了绳索维系，散塌了，不成形了。

可能西力主观上也在放大这种感觉，尤其每到黄昏时分，飘浮感更是变本加厉，伴随室外光线从蓝白到淡黄又到暗红，最后浸入一天中最沉重的黑金，死死罩住狭小的租屋。他往嘴里一勺一勺塞饭食，眼神无处搁置、无处停留，唯有小熊——它并不存在，正因为不存在，反倒异样突出地，"杵"在他的面前，旧时片段再现——它跟小孩子们追打搂抱，它左倒右歪的舞姿，它跌倒，它扭动着屁股逼近，连小尾巴的细小抖动，都可以看得十分清楚，温柔的夕阳照射中，它的粉红绒毛仿佛镀上了一层金光，让西力有种纯粹又澄明之感……随即，暴雨天气里的小熊覆盖了画面，它湿漉漉地挨着他，一对黑洞不见底的眼睛，冲他投来无须多言的眼色，西力向它絮絮倾谈……接着，是多给他一份面包牛奶的小个子女人，挨着他坐下，语焉不详的排比句式……粉红跳舞小熊、雨中拥抱的小熊、凌晨时分诉说的女人，分裂、重叠、融合，叫西力迷惑和怨恨。当然，理智总会在最后一刻降落，带着姗姗迟来的冷静与一丝丝人情味儿，小心地给西力分析，他所亲爱的小熊和那小个子女人，是一体化的。你想，怎么可能单单痴迷于一张卡通皮？当然，这也不代表他就非得喜欢那张皮下面的人，毕竟，从那晚上所有的观感来讲，不仅他跟她，可以说完全不是一回事儿，她跟小熊，也完全不是一回事！他简直地就恨她，真的，她不该问出那一句，她戳破了他的小熊，她拿走了他所能找到的最好寄托呀。

而与这种怨恨的同时，西力也一直在努力。虽然这努力可能是无意识的，因为他完全不明白自己为什么要做这个努力——他在尽量、尽量地，企图把那个女人给美化一些，以期能与他心爱的小熊，稍微搭配一点、合适一点。毕竟，很快就会再次见到的，最符合事实与理性的做法就是，知行合一，熊人为一，不是仅仅把对方当作它、当作熊，同时还要把它看作人，看作朋友。无论如何，在迄今所有的社交经验里，他跟那个女人之间，得算是最亲切、最体己的。

他竭力回忆那个女人的相貌，当时光线不行，只记得是小鼻子小眼，头发乱蓬蓬的，个子矮小，衣着则全无印象。他当时毕竟处于子夜的困倦中。说话声音呢，柔和吗，可能也谈不上，她一直讲孩子，都没聊其他的。从这些元素，可以说明她是朴素的，有着清贫的单纯，挺能吃苦，对孩童有爱心，对陌生人有同情心。还有什么吗，再想想。其实真正击中他的，正是最后两秒钟吧，那脱口而出擦肩而过的询问，她还记着他的电脑，不放心是否修好，而他又那样敏感地，几乎是刀刻火灼般地接受到这种关切。太稀罕了，他第一次被别人惦记，以致他只愿意把这安放在小熊身上，只有来自小熊的关切，才是适配和贴切的，才叫他踏实……是的，只能是小熊。

就此打住，不要再想那个女人，越是进行这种捏合与拼凑的努力，越是让西力感到别扭——再使劲也没有用，他实在是感到，自己并不能跟那个女人成为朋友，普通的都不行，更不要讲达到他对小熊的那个程度。

荒唐的是，即便意识到这一点，仍然不能改善西力的空虚与期待。随着时间的推移，随着这种半隔绝的飘浮状态越拉越长、越拉越稀薄，他一天比一天地渴望着，想再次见到小熊，想有进一步的依偎与托付。这显然是个悖论，难以向外人道，更难以向自己道，可分明又如此真切，西力被这拉扯的力量撕裂成两块。可真疼。

街市重又恢复后，慧谷广场的人流却没有很快回到从前的挤挤挨挨。旅行社的铺面转租了。金店门可罗雀。时装店也只上半天班，且试衣间不可使用。Q乐园说是又做了几次消杀，推迟了一周才开张，开张后没有再出现那只粉红跳舞熊。

没有了小熊的广场看上去倒也没什么不对，不久就有一个卖氢气球的瘦高男人，花花绿绿的，四处缓慢移动兜售，孩子们像小鱼一样围着他转，乐趣可一点儿也没少。也可能只有西力才惦记着它吧。磨磨蹭蹭又过了十来天，西力每天都在心里催促自己，得去Q乐园问问，小熊到哪儿去了，会回来吗，啥时呢？但老是提不起劲，主要也是怕人家笑话，他又不是小孩了，还打听这个。

直到有天下午，电脑又突然死机，怎么都活转不了，看看天色还早，索性抱到上次那家维修店，却发现老板换了，技术员因疫情所困要一周后才来，只好先把电脑寄在彼处。两手空空地回来，正好顺路经过Q乐园，无可回避，反正也没有了劳动工具，西力伸伸脖子，像要挨一刀似的，径直进去了。

好久没来了，或者是时辰不对，发现Q乐园里远比从前清淡，中间的大泡泡球池子和迷你沙滩都给围挡了起来，两只蓝色酒精桶上歪歪斜斜地搁着一张牌子：暂停使用。西力从攀爬架那里绕了一圈，找到员工通道方向，张望着往里寻摸。

一个胡子拉碴的男人正好往外走，不等西力开口就截住他："找哪个？"声音硬撅撅的，一点没有和气生财的意思，西力不禁嗫嚅，音量更低了三分，"嗯，你们的跳舞小熊，呃，不在广场上扫码办会员了？"

"还办啥会员？都他妈的要倒闭了。你看看，你看到没？有几个毛人？"他宽宽的身子堵住过道，骂了几句娘，突然想起来，"你意思是，要办会员？"

西力一愣，几乎要点头，想想不对，忙摇头，一边小心地，"我意思是，生意不好做么，更需要促销。原来那个小熊，还是蛮有效果的，小孩子们都挺喜欢……"边说边看对方脸色。胡楂男人打断道，"也就是个噱头。现在哪里还养得起噱头呢。"他又瞅瞅西力，眼神犀利地上下打量，"噢，敢情，你这是来找活儿的，来扮小熊？"

西力低头扫一眼自己衣衫，看上去很落魄吗？他不介意，倒是觉得这个误解像是天注定，天撮合，他可不就差一份工吗？于是沉吟着，等老板接着往下。

胡楂男人的表情已发生变化，口气有了老板的威严，"就算是个卡通人偶，也跟所有员工一样，得有试用期。你先来做一周看看，嗯？"他停了停，可能是误解了西力游离的神色，退一步，"那三天吧，三天是起码的。如果合格，后面再谈工钱。"西力其实无所谓，可以长期，他只是担心一点，"那原来那一位，会再……"

"哦，正好借这次停业把她给辞了。她太麻烦了。在广场还好，反正她是熊嘛。可每次回来这里，卡通服都脱掉了，她还是自说自话的，追着要带着人家的小孩玩，搂搂亲亲抱抱，没轻没重。有些家长很反感她这样，你想，现在小孩多金贵，外人哪里碰得……"

"为什么？她自己没有小孩？"西力让自己的语调尽量显得像闲聊，心下却紧张起来，几乎有点惧怕。

"妈的当初也是同情她，才应下的。这小熊的点子，就是她出的，自荐说她擅长蹦跶打滚，最会逗弄小孩儿。早先确实也呼啦啦的，给我们带来一些会员。可这也拦不住投诉啊，我总不能跟在后面替她一个个地跟家长解释吧。您就行行好，把小孩借她抱抱吧，太惨她了，自家小孩出了那样的事情……"他咂咂嘴，皱起眉头，嘴唇闭了足有两秒钟，"问这些干吗，我这可还有事呢。你想好了，要干，就试个工。不干也无所谓。这小熊，也就为她特设的，工资不高，也没指着多大的效果。现在生意都这样了，马上泡泡球和沙滩都还要拆掉呢。讲实话，有的没的我也是无所谓了。"

看来是打听不出了，但显然，她小孩的事十分之残酷，以致连这位胡楂糙汉也不忍转述……西力忙点头说愿意，并且现在就可试工。老板转身带他走了几步，拐到一个库房模样的房间，打开灯，只见一堆乱糟糟的童椅、篮球、木马、三轮车，有的缺腿，有的少轮子，粉红小熊的衣服软塌塌卷成一团，扔在这些破烂当中，如果不是特别熟悉它的颜色和毛发，西力几乎都不会认出。

老板拎起来，抖搂抖搂上面的灰，又用袖口擦擦它两只黑黑的玻璃球眼睛，两头扯扯，向西力扔过来，"说不定还穿不下呢。这得小个儿才行。"

西力心中有一丝丝的愉悦。毕竟，他让粉红跳舞熊重又出现在广场上。匆匆行路的人们对它视若平常，似乎没人意识到，小熊曾经消失过一个多月。倒是卖彩色氢气球的瘦高男人稍微往另一个区域挪了挪，以此表达与小熊平分地盘的不犯之意。

衣服果然小了，加上大头小身的比例，腿部绷得特别紧。西力想起以前看到的小熊，脚脖子上总是堆着几层褶皱。最不舒服的是头，厚厚的大脑袋压在顶壳上，中心位置不大对称，两边乱倒，脖子分外地吃劲。黑白鼻头是用另外一种材料缝制的，贴合处一圈毛拉拉的线头，又痒又刺。最难受的是眼睛，两只玻璃球虽然挺大，但位置偏下，西力得垂着眼皮，以一个不足90度的视角看往外面。如果是大人，勉强只能看到对方腰部以下，小孩儿倒大都能看个囫囵。然而小孩子一出现，作为小熊，西力不免就得跳起来，要比画剪刀手，跳键子舞，当然，还要亮肚皮，扭屁股，配合照相，还要抱抱……可能只有半个小时吧，或者只有十来分钟，已感到脖子酸痛无比，浑身汗透。怪不得老板说要试用，这不是谁都干得来的。

可西力喜欢这样，宁愿这样，并且一点也不肯偷懒或惜力，凭着所有能记得的画面，他全力以赴地模仿他的那只小熊，好像借此就能抒发出某种亲密而绝望的、永远不在同一个次元的情感。只有通过这身体上的辛苦，通过这狭窄的空间，以及只有自己能听到的大声呼吸，西力才依稀能感到一种故人重逢的喜悦，以及……就此别过的哀伤。我爱小熊，再见了小熊。西力在玻璃球后面热泪交流。透过泪水，他看到，准确地说，是感受到了落日时刻的到来。

慧谷广场上暮色将至，最后一缕金黄色的夕阳，穿过楼宇的缝隙，穿过清凉的空气，正打在小熊身上，使得它的皮毛在奔跑和颤动中闪闪发亮。

原刊《长江文艺》第11期

金钉子

沈 念

一

谁也没想到,石昱东突然就消失了。

这么说也许不准确,是他把自己藏起来了。奉命"看"着他的夏甘午清早起来,看到门开着,屋里没人,到大院里转了一圈,每个犄角旮旯都找遍了,真蹊跷,连影子也没找着。

大院并不大,一栋上世纪八十年代建的三层老楼,一排用作全镇政务服务大厅的平房,靠着后山的老供销社仓库,停放过各种紧俏或滞销的物资,三分之一改装成了食堂,三分之二是在建的公租房。夏甘午又找了一圈,着急了,大声喊,石镇长,石镇长!声音把他自己都吓了一跳。

夏甘午很疑惑,莫非石昱东跑了?真要跑了也好,但不会想不开吧?如果想不通,走了极端,做了蠢事,他心想,那就糟了,这个黑锅他背定了。逃不脱，跳进寿溪都洗不清了。

寿溪是离镇两公里的一条河流，很早之前叫瘦溪，源出黔西松桃县内的牯羊溪，流经此地，往南几经转合，先入沅水再入洞庭湖。寿溪并不瘦，宽水面也有五十余米，从山林岩罅走到排碧镇，最窄处也有两米多。山区这样的水流说少不少，有的没流多远，就入地而藏，了无踪影；有的汇流成河，欢蹦乱跳，仿佛下一刻就能走到世界尽头。

外人看寿溪，碧水清波，山树倒映，微波粼动，有几分诗情，觉得此地有了灵性，有了桃源气质。本地人见多不怪，男女老少却都喜欢暑天下寿溪游泳。下水处名送溪口，水面开阔，水流平缓，水底清澈，如同天然泳池。上行不远，有两排跳岩，青石礅交错，礅面方正，河水积年冲刷，有的石礅腰身瘦如握拳，两岸的人就在这石桥上来来往往。

石昱东挤出空闲也会下水，但不凑人多的热闹，再往上走三里地，地形略微复杂，岸边长有几棵参天水杉，水深不见底。他是在湖边长大的，水性好，在水中换气自如，深潜一次，长则十分钟，普通人几乎做不到。他潜入水中，静默不动，光溜溜的身体上仿佛长了看不见的鳃鳍，水底就多了一根剥去皴裂树皮的水杉。有一回，夏甘午在岸上数着时间，那个青黝的影子慢慢化开了，不见了，他心慌起来，唤着石镇长，在岸边踱过来踱过去，几颗石子慌急中被踢入河水，响声闷闷的，像是水下有张大嘴来者不拒。喊声越来越急切了，千呼万唤的那个人，倏忽间变成条活蹦乱跳的鱼杀出水面，溅他一身水花。

大院铁门还是关着的，锁挂在上面。夏甘午夜里十一点亲自上的锁，钥匙随身带着。那片备用钥匙，压在大门石柱开裂的一块砖缝里，没人动过。他梳理了一下昨天夜里的情景，十点一刻石昱东才从县里赶回来，还没等他问要不要吃碗当消夜的面条，就说困了，早点休息吧。

时间确实尚早，平日都是半夜过了才去找那张床。石昱东神情看似平常，但焦虑涌动，像水在身体里咣啷作响，外人听不到而已。看着他进了房，十分钟后灯熄了。夏甘午的忐忑不安略有平复，又磨蹭了一阵，才去锁了院门。

办公楼和宿舍出奇地安静，连院里的虫鸣也歇了。夏甘午突然觉得这份安静长出了三头六臂，乱拳能打死一头牛。石昱东不在，他也没歇停，其实早疲乏了，回房熄灯，倒头就沉沉睡去。这个心思细的年轻人是大学毕业后考公务员过来的，很受石昱东的赏识。他性情随和，做事一丝不苟，不像北方人，长着一张南方人的脸。每个初次见面的人都会问他同一个问题——怎么跑到这里来了？他说不是我自己跑来的，是上天派到这里来的。

这是他的真话。此前他从没听说过排碧这么个地方，就像多数人同样不知道他老家所在。他是大西北的孩子，出生地隶属甘肃武威，老地名叫牛角疝。人家都说没听说过，他就会认真解释一番，古代丝绸之路就经过他家门口，还有"马踏飞燕"，著名的铜奔马，也是从他老家的雷台汉墓挖掘出来的。施宗文第一次听他这么说，就勾起了对牛角疝的遐想。

七点差两分醒来，穿好衣服，固定的闹铃紧接着响起。夏甘午开门出去，到走廊东头，屋里空荡荡的了。他脑子里还在摇荡那点残余的睡意，四处找寻，没见着人，顿时完全醒了，再四处找寻，仍然不见，就有些拎不清一个大活人突然消失的状况了。

如果不在院子里，那一定是出去了；如果没有出去，那就一定在大院里。这并不矛盾，但此时此刻摆在眼前的就是个矛盾的事实。

"绝对不会丢的,一个大活人,也许是老麻雀飞到树上歇会儿,你去树上找了吗?"

施宗文还在调侃。石昱东经常自嘲是洞庭湖的"老麻雀",见过风浪。有人背后就叫他老麻雀,还编排了一句顺口溜:开心的时候,老麻雀会唱歌;生气的时候,老麻雀要啄人。

这天早上,施宗文醒得比村里所有人早。他漱口时,摇头晃脑,鼓动腮帮,喉咙发出咕咕的声响,然后把水吐射到房屋后的半坡山岩上。

岩上有片林子,似乎被响动惊扰,立即传来几声尖扎扎的鸟叫,像是抗议吵醒了它们的晨梦。施宗文的右眼被声音刺到,不由自主地就跳动起来。

过去这是没有过的,他隐隐有种不祥的预感,但又说不上是什么。他双手并拢,上下搓动,然后将掌心覆盖眼部,一股暖流从皮肤上弥漫开,流过眼球,往眼眶四周弥漫。他的心却跳得更慌乱了。

慌乱其实昨夜就伴随着他。

夏甘午傍晚紧张兮兮地打来电话说,石昱东去县里了,他没跟去,下午接到个电话,对方自我介绍是县纪委的,说石镇长最近很忙碌,身心劳累,要密切关注他的行踪,说话的人一板一眼,并且要他保密这个电话内容。夏甘午接着说第六感很不好,接完电话后心就怦怦狂跳,想立刻就告诉他,违反纪律要求也不管了。

他们去年同一批考上镇政府的公务员,一个在镇里,一个在村上,来来往往,成了无话不说的朋友。夏甘午小一岁零三个月,金牛座,说和施宗文的巨蟹座最搭。他们都猜到纪委的电话跟前些天茶农闹补偿的事有关,茶农种茶失败,到大院堵门,还有项目资金贪污的说法。

当时谣言四起,有人说石昱东肥了自己腰包,买的假茶苗;有人说上面拨的项目资金,石昱东和几个干部私底下吃了、分了。

施宗文也是不久前才听说新近发生的这些事。他信前者,不信后者。大学读了几年农林,案例听过多少,他都记不清了,没有只成功不失败的种植。但农民不懂其中门道,他们不允许失败,他也能理解。

施宗文劝慰:"你跟着镇长这么久了,你的判断呢?"

夏甘午说:"石镇长要是有那些问题,除非寿溪的水倒流上山。"

施宗文说:"有这句话,我没什么好担心的。"

夏甘午的保证让他暗暗松了口气,但仍觉得哪里不踏实。当时通话,他正半蹲在黄马岩下发现的一个深洞旁,手持一支专业录音笔靠着洞壁。从幽深的洞里传出来的声音都被他录了下来。

这是他的一个不太为人所理解的爱好。村人每次看到他手持黑色录音笔,一动不动蹲在某个地方,都会绕开他,也都不明白他要录制那些他们听得见听不见的声音干什么。虽说他是学农林的,但声音又不能开花结果。

鸟、兽、虫、林、草、花……施宗文在电脑的分类文件夹,已经收集了上百种声音。土地之上的声音都会记录,最近他又开始留意山洞。那些深浅大小不一的山洞,即使空无一物,也有它自己的声音。前不久在黄马岩下偶遇的这个洞,口小腹大,没探到深度,也许和另外的洞是相通的。他先侧身俯贴,倾听洞口能感受到的声响。那是一种怎样的声音,像是一种昆虫,像是一股隙隙的水流,像极其缓慢的大提琴低音,又像是气流摩擦发出的声音。和夏甘午通话结束,他的耳朵里就跑进来阵阵嗡鸣,喊喊喳喳的,再也捕捉不到洞里的声音了。

上周,石昱东约好他今天上午见面,聊聊回来干了一年的感受和想法。一年前,石昱东送他到村里,一晃就是一年。他感动的是,属于他人生中的特殊日子被另一个人记住。

石昱东还说要带他去金钉子走一走。他去过那里,金钉子在岑岩村和镇政府中间,319国道擦身而过。金钉子不是地名,却又成了当地的代名词。它其实是全球年代地层划分与对比的国际标准。石昱东放他下来当这个村官时就提醒他,要把周边土地现状摸得一清二楚。夏甘午当时悄悄地说,又不是做地质勘测,有必要那么精准吗?

金钉子这个地方是过千禧年后被保护起来的,一拨拨人进进出出,还有几个高头大马的蓝眼老外,很快省里就发文建了个地质公园。上中学时施宗文去看过,没看出啥名堂,一块斜坡状的沉积地层裸露在外,据说是典型的寒武系台斜坡相地层。这些个地质名词,去省城读大学才略有所懂,课堂上讲地壳运动、地质变化、物种兴亡,他就会想到家乡那一小块裸露的地层。后来找到金钉子的资料看过,才恍然大悟,整片武陵山区有着复杂的地质构造,说是靠山吃山,但山与山是不同的。石昱东让他必须弄清每一块地的特性,打通地与地的界限。

有一次,夏甘午请他说说金钉子。他多了个心眼,觉得是石昱东要考他。夏甘午扑哧一笑道,别想多了,那么多外地人都要来看,我老家虽在北方,但好歹也算"本地人"了,要没弄懂,好意思不?

施宗文现学现卖,说金钉子命名的来历。地球已经走过四十六亿年的历史,地层上留下的痕迹,就靠现在科学家界确定的七十二个金钉子来区分。用通俗易懂的话说,记录时间有年月日,记录不同的地质生命就是金钉子,它标志的是地层"朝代"的起始。"放在眼下,就是个大IP,关键看这篇文章怎么做。"他学了石昱东的腔调,说"做"文章不说"写"文章。夏甘午狡黠一笑,竖了个大拇指。

二

杨大年骑摩托去镇上办事，施宗文让顺带捎上他。风在耳边鼓噪着，嗖嗖地钻进他的耳朵。

昨天后半夜，从黄马岩走回家，他的耳朵就像失灵的开关，再也听不到虫鸟啁鸣草叶摇动的声音了。他默念着，没事的，不会有事的，心却急剧跳动。失眠和浅睡是交叉进行的，他深呼吸，耳边却跳出刺耳的金属音。

出村的路，又烂得厉害些了，遇到坑洼，杨大年并不减速。年关将近，说了几次的启动修路又要推到年后了，资金没到位，征地补偿协议没达成，或者还有别的原因。这一块工作施宗文没参与，石昱东给他这一年安排的任务，是四个字——熟悉情况。他起初心切，要早些融入村里的事务中。石昱东并没批评，但暗示他，这片土地你都很熟悉了吗？他想自己土生土长，好像都很熟悉啊。最后又有点心虚，好像并不是真正的熟悉。

石昱东说，我要的不是过客似的熟悉，而是扎进土里能生根。他虽说在水边上长大，但到山区工作的年头也不短了。施宗文拍胸脯，说保证实打实地熟悉土地。石昱东要他重点研究山上将来发展什么产业。看准了就去做，施宗文当然懂，但说到产业，他又心虚了，这么个穷乡僻壤的地方，产业怎么说有就有？

夏甘午悄悄鼓励他，人总得有希望吧。

施宗文说不反对有希望，也知道因为希望会让人活得更好，但徒劳的希望还是不要了吧。没过多久，夏甘午送来几本砖头小说，每个文科生都喜欢读小说，好像有意把他往这条路上拉。他瞟了一眼，哪有时间啊,与安静下来看小说比较,他更愿意到山野里跑动,找个僻静之地,录制一段奇妙的声音。

谁也不知道他录了声音有何用处。

村里建设的事都是村支书杨保山在跑动,有时急得暴跳如雷,有时装聋作哑。施宗文更哑巴,本来就话少,年纪轻资历浅,言多必失,这些道理他懂,但又心高气傲,看不惯办事拖拉推诿,也见不得村民赖皮死脑筋,为此没少生闷气。他发现,有人生气管用,有人就是白生了,事情几磨几转终归解决了。村里很多事,要的是结果。他就更生气,生自己瞎操心的气,暗中嘀咕自己不懂周旋。

石昱东有次到村里检查工作,临走时说:"你晒黑了点。"

"黑一点,更健康。"施宗文笑着回答。

"未来还会脱层皮。"

"只要能干事,脱层皮也值得。"施宗文像是在表态。

"有你这话,我就知道我眼光错不了。"石昱东得意地笑起来。他笑的样子,左边嘴角会露出个酒窝,偏偏只有左边有。施宗文暗中观察了几次。

回想这一幕,他紧紧抓着嘉陵的铁座后架,生怕大意就给颠下来了。直到拐上公路,他才腾出一只手,手心湿漉漉的,散发出浓烈的铁锈味。

杨大年突然问了他一句:"听说石镇长出事了?"

施宗文假装没听到,但心里咯噔了一下,一些捕风捉影的消息传得蛮快的。他回村后,比他年长一轮的村会计杨大年始终是不冷不热。大家心知肚明,他是石镇长"请"回来的,就是石昱东的人。他不想去辩驳,父亲叮嘱他,要懂得感恩,不管本事再大,也不要忘记帮助过自己的人。他心里当然是感激石昱东的,但从报名、笔试到面试,不说过关斩将,他也是凭真才实学考的。人言可畏,幸好他忙乎的这一年,都是跟山里的动植物、跟那些不同特点的土地打交道。土地不说话,长出来的草木,农田里的稻作,都是它的话语。他有时想,人不说话,也会有别的替代你说话吧,但那是什么呢,他没想明白。

自从约定后,施宗文琢磨了好几天,要向石昱东倾吐他的土地构想,谈谈金钉子的 IP 效应。虽然还有些混沌的地方,也许说出来,话落了地,反而就知道斤两轻重了,但没想到节骨眼上麻烦来了。见到石昱东,他也不想说了,估计也没心情听。他不知道这个麻烦到底有多大,凡事不会是空穴来风,水流堵了就会四周溢出来。

"你是要去见石镇长吧?"

他脑子里一片空白,没有回话,杨大年也噤声了,脚尖踩下换挡,手上旋加油门,摩托如猛然间冲破淤堵的水流,带着呼啸声向镇政府飞奔而去。

施宗文把手插进裤兜里摸索,手机振动很长时间了,掏出来看是夏甘午的电话,很执着地振响。犹豫之间,车身摇摆了一下,他的手划拉了接听键。

"石镇长没、没去岑岩村吧?"夏甘午急切地问道,像是舌头上有粒石子连滚带爬。

"没有啊,我快到了。"

"石镇长不见了,我们找了一圈了,"夏甘午更急了,"听说茶农又要来堵大门了。"

"起火了,就灭火,问题终归是要解决的。"施宗文镇定地说,这话是他从杨保山那里学的。他一直对这位外地来的同龄人有着深切的好感。一年前,他们在县委党校的培训班上认识,那是当年考入乡镇公务员的岗前集训,大家的去向基本定了,排碧镇新增的名单里,他看到了夏甘午的名字。夏甘午读的是中文专业,分在党政办写材料。他们一见如故,经常在一起聊儿时、少年和大学期间的往事。这个年代,能让同龄人之间产生这般感觉,太难得了。施宗文带他到岑岩村,没想到他竟然特别喜欢这个僻远的山寨。问他为什么,他捂着嘴乐了半天,说是一种感觉。凭感觉喜欢一个陌生的地方,施宗文也是无语了,心想这就是文科生的特质吧。

"石昱东去了哪里呢?"施宗文并没有太糟糕的预感,他深信同样是农家子弟出身的石昱东,有超常的耐挫力。他脑海中浮现出他们第一次见面的场景。

三年前的冬天,石昱东去林科大拜访学校有名的茶博士黄庭玉,咨询山区茶种植的事。黄庭玉是无性系茶树良种繁育的专家,在茶叶良种的自繁自育这一块深有研究。当时他折腾着要在排碧搞大规模的种植,黄庭玉考虑到周边地区黄金茶的种植风生水起,建议他另起炉灶,不如两条腿走路,其中一条就是把大量夏秋茶中被茶农当垃圾裁剪扔掉的枝枝叶叶,经过科技提升加工成砖茶。他当然知道砖茶,也是我国五大茶类之一,又被叫作茯茶、黑茶,主要消费群体是西北地区吃牛羊的人群。这种茶里面含有一种叫冠突散囊的益生菌,俗称金花,是国家级保密菌种。

这次对接很开心,黄庭玉住在学校苗圃旁的家属区,围栏外有道侧门,石昱东还被领进去参观了他的试验茶园。事情谈完后,他说起从岑岩村考进林科大的一个大学生,这样的人才毕业后要是能回家乡就好了。黄教授带的博士生一直陪在左右,他是留校的年级辅导员,顺口问道,是哪一级的,说不定认识。很巧的是,他正好是施宗文班级的辅导员，电话打过来，约在校门口见面。

施宗文匆忙从西北角的图书馆跑出来，走到东南门有点距离，步行要一刻钟左右。他远远看到几个人站在大石柱的学校拱门下说话，凭直觉猜到了是辅导员电话中说的家乡领导。博士辅导员临时有急事，没有陪着等。他们和擦肩而过的学生相比，一眼就能辨认出那种差异性。

过了不惑之年的石昱东穿着一件灰色西装，在寒风里站立不动，边说话边往经过的人群中找。他嘴角微翘，似笑非笑，像有一道地下清泉潺潺流过。施宗文后来才知道，石昱东冬天从没穿过厚棉衣，当时他不由暗中多偷看了两眼，也没什么特别，就因为长得胖，脂肪厚，可以御寒吗？可他看起来是很结实，没有多余的赘肉。紧张脸红的施宗文喘着小气走近，石昱东走上前，一把抓着他的手说："人群中一眼就知道是我们苗家小阿哥。"

施宗文差点就抽出双手，石昱东的手又冷又硬，吓了他一跳，但后来一直忘不了那双有热量的眼睛。他眼神是热的，比他那双冷手温暖多了。那是一双抓心的眼睛，充满温和、鼓励、恳切、信任。那一天，石昱东告别时有一个动作，双手按在他的肩上，那双手，就变成了另一种力量，是向上的托举。

三

他们四处找他的时候，石昱东听到喊声，迷糊中醒过来。真是有意思的一件事，一个人就在眼皮底下，但他们找不到他。

他无意翻身起来，更不想回应那些呼喊他的人。地上四周都是砖块，一个孤零零的灰桶，沾满水泥屑。前年就跟上面打报告，要在大院这块荒了许多年的空地上建一栋公租房,给年轻干部做宿舍。招考、选调来的干部越来越年轻化,要让他们安心工作,先得有个安身之所。现在住的办公楼旧得不行,好多房间漏水,修补过好些次了,楼道间某些角落,逢上雨季,长期遇水浸泡,变成了一幅斑驳的旧画,但不能细看,毫无美感可言,看久了似乎那些霉点会长到人的眼睛和心里面。

昨晚是怎么跑到这个工地上睡觉的,真是鬼使神差,几乎没有了印象。石昱东记得的是,下午在罗建海办公室,被这位管农业的副县长羞辱了一顿。

他进门就作揖,嘻嘻哈哈地说:"很久没有和罗县大碗喝酒了。"

罗建海瞅了他一眼,低着头看报告。他是老县委书记的秘书,书记去市里当常委前,把他安排到排碧当乡长。最早石昱东和他打交道时,他还是县林业局的一个普通干部。都说大树底下好乘凉,一年后乡镇合并时罗建海被提拔为镇党委书记,干了一届,换届时顺利地进了县政府班子。在他眼里,要年轻几岁的石昱东属下级,又是外地人,本该凡事要听招呼。但偏偏石昱东是不听招呼的人,是个认定想法就不愿轻易改变的人,或者照他在酒桌上说的,两人尿不到一个壶里。说有什么具体矛盾,也谈不上。石昱东还是懂规矩的,只是前些年为了排碧镇山林和产业发展规划的问题,两人意见相左,或者说,他没有给罗建海面子。好几个场合,他抵制过罗建海的一些做法。罗建海有些理念还是计划经济时代的一套,做事总要依循"过去、老规矩、凡事",缺少打破和创新。这让石昱东心底瞧不起。工农业存在价格剪刀差,农产品价格低,山区资源禀赋本就弱。改革开放后,农民进城成了廉价劳动力,中国的现代化,农民是付出双重代价的,现在国家稳步发展了,该开始有个反哺了。这个反哺当然不是简单的输血,而是资金、技术、人才、购买力这些生产要素,要有意识地向乡村聚集,不然永远都还是一吨粮食换不到一块芯片。后来他力主推动的万亩茶园项目,虽然是刚启动,但远景是可期待的,可人算不如天算,一场倒春寒和冰雹,把那些山上的茶树苗判了死刑,现在能不能救活不说,专家已经宣布,产量和品质绝对大打折扣。

农民是最现实的一群人,这话说得也许不对,镇长推动的项目,他们当然要找政府。新成立的合作社,原本在镇上租了个临街门面,里面的一台电脑、几张办公桌早被捷足先登的人搬走了。有的拿出了积蓄入的股,有的流转了土地,有的从村镇银行贷了款。事情闹大了,合作社牵头的撂挑子跑了,又回城里继续打工。茶农们感觉是上当受骗,一商议去堵了镇政府大院的门。不准进出,问题不解决,事情结束不了。

这次茶农上访闹赔偿的事一出来,过去支持的人都噤声了,看笑话的人肯定不少。石昱东觉得奇怪,给茶农讲过了,这次因自然天气造成的损失,镇上会想办法来赔补,但一下补偿到位,是没可能的。谁都知道,镇财政的账上有几块几角,是必须勒紧裤腰带。

镇里的干部有的看热闹,有的叫苦不迭。石昱东没想到出师未捷身先死,只好跑到县里来搬救兵。救兵的第一道符令就在罗建海手上,但他连手伸向符令的意思都没有流露。

办公室冷场了,罗建海不开嘴,石昱东也很知趣地不说话。其间有个来签字的年轻干部走进来,看到这情景,不知发生了什么,脚跨进来又缩回去,站在走廊上为难。

罗建海向年轻干部招了招手,把文件签发完,阴着眼盯着石昱东,当着干部的面训起话来。

"当初你不是要逞能吗?"

"那么有把握的事搞砸了,到我这里来干吗呢?"

"盖子捂不住就揭开,影响稳定的事,该谁担责谁去担。"

"自己拉的屎不要想等着别人擦!"

每一句话都戳到石昱东胸口。他脸上涨红,额头冒汗了,他不是怕担责,而是想怎么解决问题。罗建海却连头也不抬,目光落在文件上,话语间的侮慢就是山上的泥石流,可以将山谷的草木连根拔起。他按捺住自己,这个时候不想忍但必须忍,忍字头上一把刀,现在绝不可招祸,是需要消灾弭祸。

这一段,石昱东主动找过几次罗建海,想取得这位分管领导的支持,但对方搪塞推托找各种理由不见。好不容易直接闯到办公室"逮"到他,罗建海没个好脸色,就是这一顿嘲讽批评。

那个年轻干部脸上表情绷得紧紧的,好像挨批评的是他。石昱东心里明白了,罗建海当着外人的面,已经不是批评,而是羞辱。关于举报信中说到标准化砖茶生产厂项目资金挪用,他带了一份镇党委出具的解释函。从茶园到茶厂,立项推进,是他在主导,但每一个环节都是镇党委集体研究,也得到了上级的认同。三百万的茶厂建设资金,有一部分是发改委立项后给的,有一部分是民间募集股份形式的。茶园刚建成,茶苗刚栽下,茶厂的推进也就没那么大干快上,但有人把自然灾害造成的茶农损失,往茶厂建设项目资金挪用上关联。石昱东突然发现背后有只无形的手,要把他往水底下拖。

茶厂建设资金当然是专款专用,但镇上财政入不敷出,有些党委委员提出维稳定、保工资是头等大事,稳字当头,解燃眉之急,暂时性从项目资金里"借"点钱。他是镇长,也坚持过不能"借",有借有还,借了会还,但这个借的做法,可以上升到"挪用专项资金"的罪名。

最后，他心存侥幸地执行了镇党委的集体决定，发放工资、急需的办公经费，从茶厂那里借了一百万元。如果这场强对流天气下的冰雹不落下来，如果茶苗没有受损，如果不是茶农闹事，有人故意泄露借钱的事，过段时日，镇财政紧张纾缓，资金归还到位，也就没有这么重要的一个把柄和漏洞。但现实是没有"如果"的，找到解决连锁反应的问题是当务之急。

石昱东脑子里轰轰作响，好像又下了一场突如其来的冰雹，眼前什么也看不清了。罗建海越训越起劲，但他听不清半个字了。人豁出去就不再害怕了，上头来调查就来吧，他只是心里憋了一团火。天要下雨，娘要嫁人，他想捂住火，但火还是烧出来了，火烧连营，天王老子也不管了。他平复一下心中的激怒，装作什么事也没有发生，冲还站在那里的年轻干部微微一笑，昂首挺胸，头也没回地走出了县政府办公大楼。

四

夜空像块酞青色的玻璃，没有星辰月光，但这块巨大的"玻璃"自带亮光。

石昱东走出房间，下楼，在院里唯一那棵老桂树下转了几圈，一支烟工夫，就转身走到了公租房工地。因为夜里有工人加过班，不知哪个工人最后走的时候，忘记了那盏白炽灯还亮着，这些没建成的露天格子间，像一个个火柴匣，凌乱不堪。他走进靠山那间成型的"格子"，捡起地上的铁锹，伸向一堆水泥、沙子，倒水搅拌，铁具与粗粝的沙子摩擦，发出那种很笨拙却又很爽快的声音。

他走到窗台边，找到了一把瓦刀，抓在手上掂了掂，像武士手持利匕,突然有了征服对手的欲望。

连石昱东自己也没想到,他把那个原本留出来的门给砌上了。如果所有的事情这么简单,一下就把自己与世界进出的门给关上了,该多好啊!

几乎是一气呵成,石昱东的手艺不赖。父亲是老家的泥瓦匠,给很多人家的新屋出过力,也靠这手艺活打工挣钱,送他们兄弟姐妹读书改变命运。他假期给父亲当过下手,熟知这套流程,也算得上是有童子功吧。哪怕再长时间不摸瓦刀灰桶,拾起来也比别人强,多少水泥拌多少沙子,又掺多少水,干湿最合适,他也比一般泥瓦师傅熟悉。一个门,天衣无缝,变成了一堵墙。夏甘午到工地上来过,也有别的同事来过,但谁都没有看出来。干完活,石昱东也累得够呛,他找了个角落,用角落里工人原本不知从哪找来的几件旧衣服铺了一张"床",呼呼就睡着了。

凡墙都是门,但他是真累了。闭上眼睛,脑子里想的还是解决的方案,甲乙丙丁,一个个从脑子里过,一个个被推倒重来。

看到大院门前有十几个茶农摆开了阵势,喊喊喳喳,当初参与合作社的积极分子也是这些人。赚钱、避险,他们从不会落在后面。

施宗文决定从后门绕进去。后门并不是所有人都知道,其实也不是后门,是大院靠着的后山,有条小路,从旧围墙找个离地面并不高的地方,跳下去就进了大院,很方便。他本是不知道这么个地方的,有次夏甘午带他爬山,返回时说抄个近道,就不绕正门进了,就那一次,他记住了这个"后门"。

"听说还有人正在来的路上,这次石镇长是真有大麻烦了。"他下了摩托,杨大年故意说了一句,生怕他没听到。一转身,人不见了,杨大年目瞪口呆地四处望了望。

施宗文是小跑着爬上后院倚靠的小山的，镇上的房子也多是这样的布局，依山就势，街道就变得又窄又长。他找了好几处，发现院墙有些高，跳下去安全没有十足的把握，又多走了几步，就看到了在建的公租房工地。顺着没有建好的墙体，他借着坎梯，跳落着地。

落地的瞬间，一道熟悉的颜色掠过，是石昱东的灰西装。他躲在里面？施宗文有些欣喜，又有些好笑，堂堂镇长躲到了工地上。他又想，夏甘午这么粗心，也不上这里找一找。

他决定不惊动石昱东，想看看他到底躲在这里干什么？遇上这件事，躲是躲不了的，要躲也是要离开镇上。走过一间间的格子，除了地上四处摊放的砖块水泥和灰桶，并没有刚才眼里闪过的黑影。他并不在这里，刚才是自己的错觉？施宗文走到最里一堵墙面前，仔细看了看，仿佛有一个门的形状。细心的他终于发现，墙上的水泥的干湿程度不一样，门顶框处留着几块砖的缺洞，像七岁孩子满嘴的缺牙齿。他笑了起来，他不知道石昱东是怎么想到并做到的。

他举手敲了敲墙体，也是敲着那个没有完全被封严实的"门"。

"石镇长！"他轻声地说，里面并无动静声，但他听到石昱东小心翼翼的呼吸了，气流从胸腔经过，似乎只留有一条极其狭窄的过道，"我知道你在里面，你不出来我就叫人了。"

石昱东知道已经躲不过去了，其实他也没想躲，欠债还钱，躲得了初一，躲不过十五啊。他无非是想找个清静的地方，多歇一会儿，谁也别来吵别来说那些闹心的事。琢磨了大半个晚上，有几个方案是可尝试的，他又有了些底气，是这些底气让他好歹有了极其短暂的深度睡眠。

施宗文这小子心细,比一般同龄人要心智成熟。这是他第一次见施宗文时的印象。那天在学校门口等,省城的寒风真冷,冷到骨头里,他素来穿得少,但这小子姗姗来迟。他不知道为什么要等待,他还要到科技厅拜会一个老乡领导,希望以后在项目上给予一些支持。那段时间,他就是在做这些求人的事。从县里到市里到省里,每一个环节都要有人关照,办个事不容易。按说以后还是会有见面机会的,但他很好奇,听说过其父亲在岑岩村的故事——一个农民想移山。是个笑话,但又不是,在他心里,不是谁都会有一个"愚公"这样的父亲。

他们见面寒暄了几句,多是他问,施宗文简要且拘谨地回答。施宗文邀请他毕业后返乡,一个农民的孩子,回到家乡天经地义,也是海阔天空的。他对农村从来没有真正绝望过。蓝图是靠人画出来的,画好每一笔很重要,画错一笔也正常。他记得施宗文并没有坚决拒绝,而且在他握手转身要离去时,施宗文细心地帮他把西装袖背上的一小团茸茸的枯黄色的苍耳球拈掉了。他想起来,那是在林科大植物园里蹭到的。

落在金钉子和他头上的不是冰雹,是什么?他下次要跟人家说,是钉子。他之前的气恼,在砌上那个"门"的最后一块砖时,已经消散了。眼前的实际问题,就是拔"钉子"。他决定跑一趟省城,到金融办继续推动此前谈过的"金钉子"品牌入股计划。有了资本注入,加快茶厂项目就不是难题,恢复茶园建设、补充新的茶苗,黄庭玉教授答应了可以帮着跟茶研所求助。半夜他还收到了罗建海发的信息:大丈夫能屈能伸,自然灾害的救补金县里不会少一分,茶农的心还得靠你用心去换。后面是一张咧嘴的笑脸。罗刀子嘴,他读了两遍信息,心里的郁闷烦躁一扫而空,变得清新温暖起来。

"别喊了,你让开点。"石昱东噌地站起来,原地转了一圈,然后弯腰捡起一块看起来又厚又重的砖头。

施宗文听到里面的人说话了,犹豫了一下,然后麻利地闪到一旁。格子间里响起砖头撞击砖头的声音。水泥砌的时间不长,砖块之间垒得并不牢固,先是角落的几块砖松动,接着就听到哗哗哗啦的声响,那堵墙上的"门"被打开了。

石昱东拍拍手上的灰尘,瞪了他一眼,似乎还在责怪不该发现这个秘密。施宗文装不知情,也不问,却是示意他衣袖、胸前的灰土也要拍打掉。

"你跑来凑什么热闹?"

"我才不喜欢凑热闹。"施宗文说,"不是你约了我吗?"

"我这记性,都忘了,怕是今天谈不成了。"

"那就不谈了。"

"谈不谈,你都照我说的,好好干你的事。"

"做金钉子的文章,品牌立起来,茶农这里说不定坏事变好事。"施宗文从口袋里掏出一枚小U盘,"有空听听,山里的声音,都在里面。"

他们一起往外走,碰到镇上的几个泥瓦匠从墙体侧门走进来,想避也避不开,互相对望了一眼。泥瓦匠很诧异,没想到镇长比他们还早。石昱东装得一本正经,冲为首的瘦高个子说:"赶工期,麻利点,不要拖了,越早越好。"

瘦高个子嬉皮笑脸地说:"镇长,工期我们赶没问题,你的钱可不能拖欠。"又一个泥瓦匠补了一句:"镇长不好当啊,那些茶农把门堵了。"

石昱东当耳边风,懒得绕楼梯转了,从一米多高的墙垛子上弯身跳下,头也没回就往院子里走。他的步子迈得既大又快,这是他在乡里多年爬山走路练出来的,脚踩在石头、田坎上,像蜻蜓沾水,根本慢不下来。他爬山,稍陡之处,如兔子般,双腿发力,三五下就上了坡顶,不像走,更像是跳上去的。

夏甘午站在台阶上和几个人说话,刚抬起头,便看到施宗文正朝他招手。

"臭小子,别往外说。"石昱东回头"瞪"了一眼,又扮了个笑脸。

"打死也不说。"施宗文扮了个鬼脸,说,"什么时候我们去金钉子?"

"我现在要去拔钉子。"

"想到好办法啦?"施宗文一听就来劲了,"需要的地方招之即来。"

"拔不拔得掉,拔了才知道。"石昱东握了握拳头,又朝前走了。

远处夏甘午疾步走过来,施宗文把手伸到半空摆了摆,像是说,千万别问石镇长去向。这小子多半要打破砂锅问到底,他和自己打赌,这么想的时候,独自乐了起来。

原刊《中国作家》(文学版)第11期

醒来已是正午

邓一光

哼哼在微信里告诉景随风,她在他公司附近,离着不远,问他能不能出来两小时,一小时也行。

哼哼来微信前,景随风正坐在工位上发呆。有几年,很多年,景随风习惯在实证层面琢磨一些捕捉不住的事情,比如这会儿,他就在想婚姻这件事。景随风过年就满三十了,有两次,他差点走进婚姻的大门,结果门关上,他留在门外。景随风觉得不能再拖,再拖他就成游魂了。

景随风伸长脖子朝工位外扫了一眼。项目组三十来号人,只有三四个两周前才入职的年轻同事嘟囔着嘴改代码,其他人都一个模样,戴着耳机,捏着罐绿茶,嚼着零食,一脸冷灰地浏览网页,包括泰米尔人Jhaov。景随风知道,那些网页上的内容不是之前大家动辄狂刷的NFT和crypto、a16z基金和无聊猿NFT市场情况,而是公司内部网上的优化通告。

景随风收回视线。不用翻工作程序他也知道，下午没有插件安排。疫情两年多，市场萎靡，公司盈利项目纷纷转入亏损，董事会逼着运营团队收缩战线，集中资源保关键战场，公司在这个背景下开始裁员。首批员工优化上周完成，昨天传出风声，第二批优化名单很快就出来，他们这个组是去年底成立的，做Web3，属于风口项目开发，成立后火了半年，最近风头骤变，很可能滑进优化名单，组里有人会被调去中心组，但不是全部。一切都结束了，他和多数同事只能等待人事专员的谈话。

景随风在微信里回复哼哼，十五分钟后自己在楼下等她。然后景随风给12楼打电话订房间。12楼到16楼是一家经济型商务酒店，主营小时房业务，做大楼里几家公司的生意。景随风得到的答复是，没有房间了。五分钟前还有，现在没有了。

和女友在商务酒店见面的习惯是景随风三年前养成的。那会儿他还和前女友青岩热恋着，正常情况下，他夜里十点下班，新版本测试那些天会通宵赶工，青岩的应酬也不少，俩人约会老对不上点，节假日也休不到一块儿，好容易时间凑上了，约会地点也是问题。景随风来深圳后一直住政府廉租房，小两房改成的四五个隔间，空间小，不隔音，没有同居条件。有一次，心火上脑的青岩直接对景随风说，不能将就的话，你公司楼下有商务酒店，你去开个钟点房，我不要啤酒烧烤，不包你夜，宠幸你一下就走。景随风觉得脸上被打了一巴掌，有点不高兴。青岩感觉到了，笑笑说，不是我的规矩，你们那儿的人都这样。等景随风问过同事，才知道青岩没有说假话，大楼里的人都在商务酒店订房，和另一半或者别的什么人约会。再一想，怎么不是呢，买房过了入市期，约会却不能等，等两次就黄了。景随风和哼哼是疫情大暴发那个月开始相处，他倒是想约哼哼一起排队做核酸，这样约会每天都能坚持，但肯定找打，留给他的约会地，只剩下商务酒店。

景随风犯难到哪里去弄房卡。科技园片区有好几家类似商务酒店，目标客户是腾讯总部、百度总部、联想总部和中兴总部的数万码农，不过，下午钟点房比学区房紧张，三点一过一房难求。也许过几天情况会有改变，裁员台风登陆，营销小妹肯定会挨着扫楼推销房卡，哥哥哥哥地央告，但肯定没有人理会。景随风管不了营销小妹，他只管哼哼。哼哼在跨境电商平台做 QC，就是出口商品质检员，这两年封城封关，订单抢不出来，订货代表进不来，外贸难做，哼哼公司亏损像夏至后的气温，见天攀升，哼哼每天坪山、龙岗跑厂商，催单子，和人吵架，去年春天起咽炎就没有断过，够可怜的。景随风心想，要不就去街对面药店买两盒慢严舒柠和喉宝，进星巴克，"星冰乐"兑慢严舒柠，让哼哼喝，嘴里再填一粒喉宝，陪哼哼说两小时话，听她倒倒苦水。

景随风正那么想着，康九九像一条灵活的虎皮鱼，绕过礁石般的工位，驾驶着他那辆所向披靡的九圆牌残障车过来，将1212房间卡丢在景随风工作台上，冲景随风眨眨眼。

康九九是 ACM 高手，技术大牛，组里的业务经理，景随风的顶头上司，三十多岁，化州人很少有他这样一米八三的个儿。他毕业于上海交大，有过一年海外打工经历，爱说冷笑话，原先在核心开发部门，五年前脊髓前角细胞病变，腿部肌肉萎缩，撑不住高能运行工作，发配到边缘组，负责团队技术业务。康九九三年前离了婚，两岁的孩子判给了前妻纪芳芳，不过，疾病和离婚并没有打垮他旺盛的生活愿望，他和纪芳芳依然保持着密切联系，身边还有数目不详的女友，这就是他兜里常常揣着酒店房卡的原因。

康九九告诉景随风,不是同情他,本来纪芳芳约了谈孩子的事,刚才接人力资源部通知,下午开项目负责人会,没说会的内容,猜测是通报第二批裁员名单,他们这个项目组在雷区,大概率会炸,他得去做最后一次挣扎,争取少裁人。

景随风谢过康九九,在微信里给哼哼留了房间号,又叫了两杯"卡乐巴巴"。他能想象顶着一头乱发的哼哼,进门后像一匹法拉贝拉马,气急败坏喝光果茶,瞪着眼睛巴巴地看着他,等着他继续投喂救命水的样子。

景随风掐着点离开工位,下楼去了商务酒店,出电梯时,他看见运营经理老邹进了一个房间。老邹来组里半年多,景随风好几回看见他来开房。头一回遇上,他回头问康九九,邹 boss 有老婆有房,怎么也去楼下?康九九不说老婆和房的事,问他和老邹打了招呼没有。景随风说这些日子邹 boss 狂暴组里业务,自己没能幸免,不想打招呼。康九九这才解释,老邹挺可怜,没见他四十岁不到,脸上一块块老人斑?开房是为了减负,减完负按时回家扮演丈夫和父亲角色,选择晚上和周末时间会影响家庭生活。

景随风心想,可不是有压力吗,项目组就老邹不是搞技术的,海外做过几个月 Web3 社区,公司花高薪挖他来做运营。头两三个月,大家热情高,没成家的几乎没离开公司,吃睡都在工位上,连极其讲究契约精神的 Jhaov 都不拿劳动合同说事,没日没夜在工位上敲代码,老邹见人拍人肩膀说煽情的话,绿茶成箱往组里扛。后来情况变了,Web3 市场是疯狂的趵突泉,每天都喷涌出大量产品,想模仿就得一次次试错,每次都要花费大量精力,老邹不断拿市场调研推翻组里的方向,和业务经理康九九吵架,项目组完全没有共识,压力自然大。

"不过,他还是坏了规矩。"康九九眨巴着眼睛说,"他这种情况,有私密性更好的酒店，网上办入住手续，车直接驶入车库，走专属电梯进房间，见不到人。和单身狗挤小时房源，不地道。"

　　景随风进了1212。房间是白色雪原主题，到处贴着折射镜，提供给客人玩 Find me 游戏，桌上摆放着营造氛围的巧克力礼品和解锁用小支红酒，床头柜上还有两样自助玩具。景随风把桌上和床头柜上的东西收进衣柜。他和哼哼不需要这些。他们需要努力挣钱，稳定双边关系，拿到廉租房号，早一点建立家庭，那个靠酒精和热血玩具做不到。

　　项目组是新知识的交流地，Web3中文资料少，需要阅读大量英文资料，组里人开口就是行业黑话，外人听不懂。但没有人知道，景随风是个隐藏的诗人。不是名声在外那种。景随风少年时就偷偷写诗，写完不给人看，收进文件夹。景随风非常喜欢兰波的那首"通灵"诗：

　　　　我拥抱夏日的黎明。

　　　　宫殿前一切依然静寂，流水止息。绿阴尚未在林间消失，我走过，唤醒一生动而温馨的气息，宝石般的睛瞳睁开，轻翅无声地飞起。

　　　　在晨曦洒落的小路上，一朵花告诉了我它的名字。我向金黄色的飞瀑大笑，它披散着头发飞过松林。在银光闪烁的树林梢头，我认出了女神。

　　　　我揭开她层层纱幔，在小路上我挥动着双臂。在平原上，我把她介绍给雄鸡。在城市里，她从钟楼和穹顶间逃匿。我像乞丐一样，在大理石堤岸上追逐她在月桂树边，用层层轻纱将她环抱，隐约触摸到她美好的躯体……

景随风一直认为自己有前世，就像兰波有女神。他确信他现在的生活与前世的生活天壤之别，可前世的生活是什么，他却没有一点印象，这使他非常困惑。景随风觉得事情不复杂，极少数人能记住生命密码，大多数人记不住，所以才找不到通往前世的通道，就像兰波说的，被遗弃的火车头还在燃烧，但却已经停在铁轨上，而他区别于极少数人和大多数人，他记得很多密码，只是不知哪一个才能开启前世，他还在找，一个一个地试，需要一些时间，他希望自己依然属于幻想的一代，通灵能帮助他做到这个。

几分钟后，哼哼到了，旋风似的晃悠着双马尾辫进门，脚跟一磕关上门，通勤包往桌上一丢，口罩摘掉，口齿不清地说，连着两晚盯在厂里催货，一直没睡，困成狗，让我先睡几分钟，睡完起来咱们再说话。这样说完，她外套没脱，人往床上一倒，眨眼就睡着了。

景随风不能待很长时间，项目组负责人会开完他就得上楼。他过去替哼哼脱去脚上的板鞋，腿搬上床，拉过被子给她盖上，又怕她起来着凉，重新整理了被子，只在她腹部搭了一角。哼哼体形优美，折叠成一只犀牛虾可惜了，做QC更可惜，不过她这样的大专生，在深圳能找到一份收入过得去的工作，已经很不错了，再贪就过了。景随风犹豫了一下，要不要去接点热水，替哼哼敷一下脸上的口罩带勒印，想想有点矫情，放弃了。

景随风在窗前坐下，接上耳机刷屏。他想，员工优化的事情是不是早点告诉哼哼，告诉晚了她没有心理准备。又想名单没下来，说不定他是幸存者，告诉早了反而惹哼哼着急。项目组事业线不好，竞争不过游戏和云项目中心组，最近两年评级他都是中，不过他一直注意KPI排名，暗中抢着做一些边界的活弥补产出，他估摸了一下，就算组里裁掉一半人，他也在安全线内。

景随风的家乡在大别山区的麻城，父母在水务局分别当科级调研员和股级科员，大学毕业时，学校苦口婆心告诫，现在工作不好找，薪水给到三四千就接，就算这样，多数人也要做好啃爹妈两年的准备。父母让景随风回麻城，麻城是县级市，算得上五线城市，科级就是很大的官，父母怎么也能替他安排上考编名额，但景随风不甘心，不相信这就是他的前世，他要拼一下。景随风花540块钱买了张车票，外加15块钱盒饭，南下来到深圳，凭事先做好的功课，找到车公庙产业园，走进一家做山寨机的企业。面试时他很紧张，感觉随时要尿。HR问了他几个问题，都是一些链表反转、插入删除的基础常识。他紧张地答了。HR忙得很，告诉他录用了，起薪六千五。他吓一跳，出于找份工就好的心态，他做好了十天流落街头的准备，不会提太高的薪酬要求，没想到从武汉出发到拿到工卡，时间不到九小时，找第一份工就中了，薪水还远超学校的估价，怀疑进了一个不正经的强盗团队。HR看出他的疑惑，解释说，公司上午已经录了三四个南下大学生，无他，老板刚拿到第三轮风投，就愁钱没处花。

景随风一开始跟着组长搞安卓开发。他在学校没学过安卓，那会儿感兴趣的是超频，给WIN95找漏洞，和同学讨论相对论和熵之源，得多土的人才学安卓系统啊。组长说，车公庙周边五公里，狗都会安卓，不会狗都瞧不起你，没关系，我教你。景随风怀揣愧疚真心恶补了一气，把能找到的Donald Knuth计算机编程书全找来啃了一遍。没想到他撞上了大运，那么冷门的安卓，他刚学出来就火了。那一年他运气特别好，干什么成什么，参与做了两个软件，在全市青年技工比赛中拿了名次，成了公司骨干，唯一不顺的是女朋友换了两个，他认真谈，都没谈下来。

景随风的顺境在入职的第二年终结掉。投资人砸了几轮钱，用户一直不见涨，过了期待期就撤了。公司开始走背运，放弃研发转行做中低端电子设备，管理层整天吼着让员工没命地加班，经常加到凌晨两点，早上七点半接着开会。景随风说了几句抱怨的话，组长给上司打小报告，年终奖扣了四成，景随风一气之下辞了职，投了大厂简历。

　　景随风永远忘不了那一天发生的事，简历投出去十几个小时，他就接到回复，通知他第二天一早去科苑路面试，他去了。HR根本没正眼看他，他一落座就让他写一段代码，交代说别麻烦，直接翻工程文件就行。看过代码，HR问他对薪酬的要求，又让他去弄一份没有心血管疾病和精神病家史的证明。他就知道被录了，支支吾吾回避薪酬问题，拿定主意只要不低于前份工薪就干。HR说，行李带着呢吧？带了就别走了，去楼下找工位上工。说罢撕了张纸条和着工牌丢给他，说他级别T2.2，薪酬17000加16薪，另有1200房贴，合着奖金全年能拿30万。他没听清楚，愣在那儿不敢问，慢慢回忆了一下对方的话，觉得戏太过，这么演就有点夸张了。

　　那天景随风离开大楼，站在朝气蓬勃的科苑路大道边，一时不知道接下来该做点什么，心里想，这就是女神现身的黎明吧？如果是，那就是兰波说的思想的孵化，他要注视它、倾听它，拉下琴弓，在内心震颤的交响乐中跃上舞台。那么想着，他的眼眶居然湿润了。有件事情他清楚，他再也不可能回到五线城市的老家去考水务局抄表员工作了。

　　就是在那个时候，景随风交上了康九九这位朋友。

　　老极客康九九驾驶着他的九圆牌残障车，领着景随风熟悉公司环境，在咖啡厅、健身房、羽毛球馆和理发店里快速穿梭。康九九自嘲，项目组不是什么好组，在公司主营业务外晃悠，但包早餐，午晚两餐半价，有各种赠券拿。景随风像是打了鸡血，表示他不在乎蝇头小利，也不怕挫败和疯狂，在走进这栋大楼后，他就决定要做兰波说的伟大的病夫，伟大的罪犯，伟大的诅咒者，在工作中磨炼坚定的信仰和超人的力量。

"兰波是谁？"康九九用看冷冻蚝干似的眼光盯着景随风。

"他是通灵者。"景随风从对方的眼神中看出轻蔑，口气中透出不忿。

"你十八岁的生日早过了吧？"康九九咧着嘴嘲笑。

康九九没废话，花三分钟时间让景随风弄清楚了大厂生存秘诀：大厂不需要病夫、罪犯和诅咒者，他们会被资本家的机枪扫得满身窟窿。在大厂干，技术不是优势，年龄是，成了家的人体力半泄，心事也半泄，老挂着家庭经济安全系数，对薪酬期待高，管理层再蠢，也知道他们和精力旺盛、薪酬期待低、一说赶工住公司就兴奋的年轻人的性价比。景随风能做的只有两件事，别太早成家，早点评上技术专家，熬到签下终身合同。

"在你坐到工位上之前，确信把容易伤到自己的东西和易碎的东西都丢到脑后去，不然迟早完蛋。"康九九说罢，操纵轮椅来了个漂亮的原地转，大雨中的塞纳似的驾驶轮椅离开那里。

景随风上班后发现，组里很忙，PPT做不完，每天都催着提交工作结果，团队几小时开一个会，但全都是瞎忙，实际工作无非是没完没了地研究市场反馈，然后改写几个代码。项目组同事基本和景随风一样，闷骚型的985毕业生，个个暮气沉沉，玩的都是上古时代的"魔兽争霸""穿越火线"游戏，他们当中一半人希望留在一线城市生活，一半人属于走着看，趁年轻出来见见世面，混不下去就回家乡考公务员。

景随风很快看出来，大厂无非占着资本和赛道优势，谈不上创新，一般程序员不用考虑复杂算法，有专门团队基本山寨太平洋西岸的研发技术，不会出现 Linus 和 Jeff Dean 之类人物。景随风倒不敢沾 Linus 和 Jeff Dean 的边，对他来说，他们是神一般的存在，而他崇拜的是一头狮子发和大胡子的自由软件运动领袖 Richard Stallman，他对 Richard Stallman 开发出的 Emacs、GCC、GDB 烂熟于心，这是他在诗歌之外的另一项私藏，他没给康九九说。

组里的情况大大打击了景随风的浪漫主义志向，这让他非常困惑。他担心自己没有知识迭代，能力退化，以后成为废物。不过，他屁股下的发动机也不能卸下来，程序员是刚需，天不垮不会裁员，关键是业务逻辑不能生疏，绩效别混到摆尾就行，不然就算签下终身合同，还是会被末位淘汰。

接下来的四年，景随风工作顺风顺水，两次晋级，年薪拿到五十万，让父母直呼真的假的，非让他在微信里晒薪酬单才相信。

康九九和景随风不同，他离开中心组后薪水大减，前两年还能撑，这两年孩子要上学，纪芳芳缠着他变卖了龙岗的二线房，加杠杆买了南山的学区房，房贷每月三万，孩子幼儿园费用加生活费保险费一万，他自己要生活和交际，怎么也得万儿八千，加起来每月花销没有五万拉不开栓，要不是瞒着公司替一家小公司写源代码，财务规划根本算不过来。

"你有过家，现在还留着半个，就不能省着点，别和姑娘泡？"景随风劝康九九。他没告诉康九九，他这两年心怀成家过日子，多少有点受康九九负面影响。

康九九眨巴着眼睛哈哈大笑，说自己是恶性迟缓性麻痹，用不了几年就不能动弹了，不囤积点美好回忆，熬不过最后那两年。

也就是这个时候，机会出现了。去年底，防境外病毒输入最紧张那两个月，公司拿到天使轮资金，急着开新项目，高层决定试水Web3赛道，从海外挖来老邹做项目运营。康九九没有接触过Web3，可公司也没有对Web3熟悉的人，他在几个闲置的资深技佬中脱颖而出，抢下业务主管的活，从一些边缘组找来一批不得志的人，景随风是他最后谈话的，理由是他俩关系不错，他不能丢下景随风自己去一览众山小。

景随风这些年关注过虚幻引擎技术、脑机接口、人工智能、边缘计算、3D操作、智能合约和加密货币，但也只限于专业信息浏览，基本没有碰过涉及算力的底层技术，敏感的草地上不长蘑菇光长草，有些犹豫。康九九看出来了，劝景随风别为技术差距焦虑，中国不需要脑子开挂的工程师，只需要能做代工的技术生，Web3说穿了不是什么新技术，不过是个概念，风口煽起来，确实能影响市场的发展和应用。

"别指望自己有能力建立下一代网络技术、法律和支付基础，你就想，要不要抓住机会，改变自己大头朝下的生活？"康九九毫不客气地说，"你要确定不抢这拨水，我就扬长而去了。"

康九九这句话打动了景随风。这几年他看明白了，随着年龄增加，他确实在往前走，但却是被时代推着，不是推动时代的人，更别说改变。何况，时代并不始终往前走，有时候它会倒回来。前几天父亲来电话，东扯西拉说了些家事，然后支支吾吾透露，市里刚发了文件，三年停考，之前的参公也要清退一部分，当年幸亏他没回去考公，不然还得二次就业。

景随风那么想着，哼哼的手机响了，是《起风了》。

景随风记得哼哼去年的铃声是飒爽的爱情故事《盗将行》，从"看那轻飘飘的衣摆，趁擦肩，把裙掀"到"枕风宿雪多年，我与虎，谋早餐"；前年是朋克公主酵母所向披靡的《敲开天堂的门》，从头到尾就一句，"敲响，敲响，敲响天堂的门"。景随风觉得特别合自己的意，不过相比较，他更喜欢鲍勃·迪伦的《敲开天堂的门》，"妈妈，把我的枪放在地上，我再也不能用它射击了。"怎么可能？比利小子从拔枪到射击只需要0.3秒，他只是有点累，想躺下来睡一觉而已。现在哼哼把铃声换成"心之所动，就随风去了"，看来她被工作压力缠得苦，有些疲倦了。

哼哼没有醒。景随风过去，把哼哼的挎包放进洗手间，关上门，这样手机铃声就没么刺耳。

景随风很在意哼哼。他俩不是初恋，此前俩人都有过一些经历。哼哼是青岩介绍给景随风的，哼哼是她师妹。青岩在综合部做中层，公司大量交际她都得参加，不参加气氛保障不了，生意谈不下来，管理层关系也没法和谐。酒局上男性上司的习性谁都知道，青岩和那些紧张地叮嘱自己别喝醉，因为没喝上司敬的酒被打耳光的女同事不一样，她是主动型，酒桌上风情万种，频频举杯，主导局面，不失分寸地打消掉男上司的非分之想。只有景随风知道，青岩那样做有多辛苦，她每次喝到一定程度就会跑进洗手间抠喉咙吐酒，好几次抠出血。她为自己披上了那么结实的铠甲，最终还是在酒阵中陷落，成了上司的猎物。

"我不能保证三十岁戒掉，"青岩用盐水送服下云南白药胶囊和奥美拉唑，平静地对景随风说，"它是我的空气和水，我需要它，你让我和它过吧。"

她没说戒掉什么，她需要什么，酒，风情万种，还是主导局面的野心。

不是景随风不专一，他爱青岩，尝试过接受青岩就是这样的青岩，如同谢尔·希尔弗斯坦那本风靡全球的绘本所说,人生的另一半等于体量不一、形状不合、需求不匹配、速度不一致的总和,聚合是个漫长过程,能在一百次偶遇中遇见就不错了,他磨掉棱角匹配青岩就好。但景随风对付不了酒精中毒性嫉妒妄想导致的暴力攻击,应付不了俩人在频繁的幻视和幻听中揪打成一团,伤痕累累。

然后,哼哼出现了。青岩再一次主导了局面。

哼哼不如青岩漂亮,也没有那么要强,除了工作累一点,拿在职本科和学白话学英语苦一点,这些都逼着人不得不全力以赴,暂时还没有养成和世界拼个你死我活的煞气。

哼哼睡得很沉,景随风判断她还要睡一会儿,心想也许她第二顿还没吃,这么一想,就有些心疼。这个时候去食堂不是时间,他决定去给哼哼弄点吃的。

景随风下楼,在大堂里见到几个头一批被裁员的程序员,拿着消掉磁的生物门禁卡和保安吵架,宣称要从52楼跳下去。景随风站下看了一会儿,推测他们是裁员者中的风险分子,也不是非吵回公司,这个做不到,公司法务部早调出这些人的违规记录,就算没有财务问题,没有泄露过公司资讯,总不会全勤吧,哪能找不出点合同瑕疵,不过是宣泄一下心中的恐惧罢了。

景随风出了大楼,沿着传说中的宇宙中心大街走出二百米,拐个弯,来到楼群背后一处工地。那里有一排蓝色铁皮工棚,二楼晒着橙红色的工装和塌了布头的底裤,一些戴着黄色安全帽的工人进进出出,工棚旁有两个快餐摊,一家卖炒米粉,一家卖隆江猪脚饭。工地是蓝领的地盘,程序员不会到这儿来,前段时间公司因疫情封楼,程序员关在大楼里上班,有一次景随风跟车外出办事,大街上空荡荡,工地居然没停工,工人们忙着扛水泥、搭架子、拉线、打灰和炒油,两家快餐摊子点着炉火。景随风想在室外多待一会儿,怂恿同事停车,两人下车,各叫了一份猪脚饭,没想到一口酱香浓郁的猪肘入口,人就被征服了,哭的心思都有,以后景随风就常来这儿吃猪脚饭。

景随风在工地大门旁扫了场所码,隔着老远向两个摊主晃了晃绿码,走近快餐摊。米粉摊的摊主正忙着把胡萝卜、黑椒肠和鸡蛋摊饼切丝做备料。米粉品种不少,从五块钱的三丝米粉、六块钱的香肠、西红柿鸡蛋、海米米粉,到七块钱的香菇肉末、彩椒肉末米粉,八块钱的青菜虾仁、蚝油鸡丝米粉,加只卤蛋,一瓶啤酒,十四块五管饱,吃完顺便在旁边水果摊买点便宜水果,有时间还能花十块钱在摊子边理个发,采个耳。

猪脚饭摊主是红太狼夫妇,俩人三十出头,来自湖北最贫困的英山县,是景随风的黄冈老乡。黄冈出门打工的人不少,通常是丈夫外出挣钱,妻子在老家养老人带孩子。红太狼夫妇俩感情好,不愿分开,孩子寄托给嫂子,俩人手牵手来到深圳,头两个月打了五十七份工,俩人乐呵呵的,没听他们诉过苦。

夫妇俩这会儿正接待几位一身水泥粉尘的民工。红太狼从老汤里捞出半只色泽油亮的蹄髈,一小块奶脯,斩出一堆油汪汪的肉片,米饭上分别盖五六片,剩下的猪肘丢回老汤里,再往卤肉上搛了两根烫好的油菜、半只卤蛋和一筷子酸菜,浇上卤汁递给民工。民工们往微信里转了饭钱和啤酒钱,蹲到一旁大口吃饭,嘴角挂了油,就拉起下颌上不知戴了多少天的脏口罩抹掉。

景随风和红太狼夫妇打过招呼,点了猪脚饭,特别叮嘱要糯香的猪脚,不要肥肉多的蹄髈,再去一旁的冰柜里取了两瓶绿茶。

红太狼斩肉的工夫,景随风站在快餐摊边和红太狼妻子有一搭没一搭说话,知道这片工地还有两天就收尾,民工们会"提桶跑路",防疫管得紧，多数民工打算结完账就回家待着，红太狼夫妇不准备走，他俩相信疫情再紧也会有工地，不愁卖不出猪脚饭。

"提桶跑路"四个字让景随风心里咯噔一响。前几年大厂也有近似说法，叫"逃离996"，不过人家民工"提桶跑路"是换工地，大厂人"逃离996"是换工作，你看现在还有哪个大厂人还叫嚷换工作的？

景随风朝深南大道南侧深圳湾方向看了一眼。那里有一片神秘的高级会所，景随风入职四年只在视频中见过的公司big boss，还有一些别的公司big boss，他们经常在那片雅典卫城里议事。景随风知道，他们从康宁医院看完特需号，带着浮游性焦虑症诊断书回到会所，坐立不安地换着腿，谈论公链、钱包、图灵机和时间戳身份验证，编织合约大网，伺机捕捞DeFi、DAO和NFT公司，试图在垄断互联网之后，再度控制用户独立、保护隐私和夺回数据的区块链技术，或者进军元宇宙，抢夺5G+AI+XR+云计算，这样就能跨越Web3.0，创造人生高光时刻。

但雅典卫城里的事和景随风没关系。景随风在这个时代里，却不掌握时代的源文件，在康九九给自己的别成家太早和早点签下终身合同两个职业建议外，他能做的，是不要挤进精神障碍病高危个体人群中。

景随风拎着猪脚饭回到大楼，刚进电梯就接到康九九的电话，要他到48楼健身房见面。景随风感觉情况不妙，把饭盒送回1212。哼哼还在睡，章鱼似的蜷着手脚，脸埋在一堆乱发里，气息吹动两绺触手般挠动的头发，不知睡梦里是不是在和海鳗、海龟和抹香鲸搏斗。

景随风轻轻掩上门，赶到48楼，走进健身房，见康九九正在气咻咻地举铁，因为下半身没有力量，明显很吃力。

康九九搁下哑铃告诉景随风，会开完了，结果相当糟糕。

景随风心里一惊,小心翼翼问,总不会真的裁员过半吧?

"要是过半就好了,"康九九咧开嘴惨笑说,"断腕,项目组集体走人,连我一块儿。"

景随风很快知道,经济持续下行,高层选择停掉所有边缘项目,包括Web3这个五十岁男子憋大招生下的孩子,让别人去做下个世界的掠食者。接下来,凡是与传统产出无关的项目组大概率都会陆续出现在优化名单里。

康九九问景随风怎么打算。景随风以为自己能在过半淘汰中侥幸逃脱,没想到会这样,事情太突然,还没反应过来。快速想了一下,创业他没有资金和资源,头部大厂出去的人有光环,倒是可以试试去中小厂转管理,可大厂思维模式和中小公司有很大不同,一用就拉稀,也许可以换到新能源行业试试。但疫情和经济形势这样,不是一两家公司遇到事,离开的人太多,相当于海啸,新能源也不一定好就业。那样发了一会儿呆,想起功勋员工康九九也被裁了,不由得替他委屈,问他怎么打算。

康九九说,他的情况比较复杂,残障,有娃,分心处多,换他做高层也会开了自己,所以他才鱼死网破搏Web3,结果没时间做成,的确有点遗憾。麻烦的是,他是疫情头一年高杠杆换的房,当时向公司借了笔数额不小的安居贷,疫情起来后,想着人动不了,钱能动,向亲友筹了一笔钱,在股市和luna币上也加了杠杆,哪知中概股指望不上,下跌时没破产,补仓补破产了,号称币圈茅台的luna也跟着跌,投进去的钱全蒸发掉了,债背得重,现在一裁员,下个月房贷断供,公司要求解除劳动合同时一次性退贷,否则背上18%的利率,只能考虑贱卖房子,等于混了十年,一夜之间归了零。

"找微粒贷、借呗和度小满周转几个月?"景随风知道这个主意不怎么样。

"数据共享，信用额度肯定下调，钱借不出来。要说大数据，本人助纣为虐，也有责任。"康九九干巴巴说冷笑话，"不过，我是被离职，公司贷款行为有法律漏洞，先走免责仲裁，能拖上一段时间，不会坐以待毙。"

景随风心有戚戚，庆幸手中积攒的那点钱没挤进高杠杆。他记得康九九有个一起出道的朋友，后来离场转 VC，给人拎包去了海外，再后来投 TMT 成了，前些日子在新加坡寻找消费互联网项目，让康九九去帮忙。景随风就问康九九为何不投奔那位朋友。

康九九说，晚了，赛道不同，不在一个世界里了，就算赖着人家养他，等于温水煮青蛙，他不会自找没趣。他倒是可以去华为系外包公司做技术管理，不过自己手上的活过了气，新技术一干就露馅。他要对儿子负责，对前妻负责，对女友们负责，只能披挂上阵，搏一下。他打算邀两位朋友做低端芯片，用在儿童玩具和遥控器上一块钱一个那种，成熟了再去印度和越南做低端代工，国际禁运他拦不住，晶圆他碰不了，市场刚需十年八年优化不掉。

"我和你不一样，"康九九眨巴着眼睛看天花板，手上神经质地扳动遥控器，让轮椅来来回回在景随风眼前晃动，"我早年积分入户，是深圳人了，前妻是创一代，儿子是深二代，半数女友和深圳有千丝万缕的联系，要说家乡，我是我们康家在深圳的创世祖，走不了，拼死算数。"

康九九要回项目组宣布结果，轮椅驶到健身房门口停下，回头看了景随风一眼，说知道景随风一直在偷偷玩 LastLifet 和 A reborn hero 这种丢程序员脸的前世游戏，也知道景随风被前世的念头缠得苦，要劝景随风一句：

"你我这些吃程序饭的,是在现实中断了根的人,没有前世,也没有来世,就算这样,也要欢欣鼓舞地活下去,不然连现世也没有了。"

事情到了这一步,景随风决定不回项目组参加宣判会,没有必要回去捏着绿茶嚼着零食满脸丧气地听康九九宣判死刑。他倒是很想知道泰米尔人 Jhaov 的反应,不知道他是不是后悔没去美国,他的族人在那里可是抢手的香饽饽。

景随风下楼返回1212。哼哼已经起来了,坐在床头勾着腰急不可耐地往嘴里扒猪脚饭,见景随风进门,齿间衔着半片香糯的猪蹄肉,起身脱外套。

"一会儿得赶去坪山催货,还能待二十分钟,来得及。"

景随风把蹭过身来的哼哼按回床边坐下,饭盒塞回她手里,绿茶拧开瓶盖塞进她手里。

"怎么啦?"哼哼困惑地看景随风。

"不是时间不够了嘛,你先忙,我们再约。"景随风不打算立刻把实情告诉哼哼。

"那怎么行,我不能白来一趟,八十八块不是钱哪?"哼哼不干,继续解外套。

景随风捉住哼哼的手,告诉她,他知道一件事,过几天这片楼群里的商务酒店有大折扣,他们有机会好好说说话,讨论未来。

哼哼被景随风哄住,肩膀一抖,外套缩回身上,快速扒光盒饭,一口气喝掉一瓶绿茶,另一瓶装进通勤包里,回身抱住景随风,往怀里用力搵了一下,蹬上鞋匆匆出了门。人在电梯里给景随风发微信,说下次要在12楼待一整天,不说未来,先看住现在,她得靠它继续前行,不能像没有草料的马,那样跑不出一望无际的草原。

景随风走到窗边,看楼下的科苑大道。他看不见匆匆去挤地铁的哼哼，只知道这是他最后一次来12楼了。几天后，交还了公司电脑，领到 N+1 赔偿金，他会约哼哼在正规场合见面，告诉她他遭遇到什么，告诉她这一波病毒没有那么容易消失，它们不断更新迭代，活跃得很，而他青春已过，耗不起，再待下去也没有指望，他先回麻城待几天，再说以后的事。

景随风有些难过，他喜欢这座城市，它有一股野蛮生长的劲头，现在它还在生长，只是被套上了一具枷锁，看上去不再野蛮，不可能一意孤行了。

景随风突然想起，来深圳后，他无数次地在互联网上浏览这座城市，可来了几年，他从没走进过它的真实空间，还不如那些一日游的外地旅游者。景随风不知道这意味着什么，是不是说，这座城市非常了不起，他高攀不上？

景随风在窗前站了几分钟，推测哼哼已经上了地铁，精力充沛地挤到人群中，环住把杆，掏出七吋平板刷货单。他转身离开窗前，出了1212，乘电梯回项目组。在电梯里，景随风脑子里突然冒出兰波那首"通灵"诗，他无来由地想，诗里写到的黎明，是不是他寻找了多年的前世？如果是，他是不是早已错过了它？他那么想，嘴里嗫嚅着，背出那首诗的最后两句：

> 黎明和孩子一起倒在幽林之中。醒来时，已是正午。

原刊《北京文学》第12期